OMNIBUS

J. F. Freedman

LINEA DI DIFESA

Traduzione di Katia Bagnoli

ARNOLDO MONDADORI EDITORE

ISBN 880436760-1

TITOLO DELL'OPERA ORIGINALE
AGAINST THE WIND
I EDIZIONE GENNAIO 1993

LINEA DI DIFESA

A mio padre,
formidabile avvocato

PARTE PRIMA

Il braccio mi fa un male cane. Con un enorme sforzo di volontà apro le palpebre di qualche millimetro. Ieri notte ho tralasciato di chiudere le persiane e adesso il sole sta cercando di disintegrare il vetro e di perforare palpebre e retina per arrivare al cervello. Cristo, fa un male insopportabile, sono in uno stato pietoso stamattina, tutto un dolore. Ieri sera ho trasgredito alle regole che mi sono da poco imposto e sono andato per bar. Ricordo questo, in quanto al resto con un eufemismo potrei dire che è un po' confuso. Una nebulosa. La pratica di sbronzarmi e spassarmela in compagnia di sconosciute, donne con un passato sessuale nella migliore delle ipotesi sospetto, si è già rivelata nociva alla mia salute in più di un'occasione. L'ultima volta che mi sono lanciato in un'avventura di questo genere, due sabati fa, poi l'ho pagata con un brutto quarto d'ora. Il lunedì mattina mi sono presentato in tribunale con una bella benda sull'occhio destro, la faccia coperta di lividi orrendi, ecchimosi ed escoriazioni. La cliente, pacifista accanita, diede in escandescenze costringendomi a chiedere un rinvio dell'udienza. Fred Hite, uno dei miei due soci, fece del suo meglio per rabbonirla, ma l'episodio non contribuì in alcun modo a migliorare la mia reputazione né all'interno dello studio né in tribunale.

Adesso apro gli occhi e cerco di mettermi seduto. So già che entro breve tempo dentro la mia testa si verificherà un'esplosione sorda, più o meno come il tonfo prodotto da un'anguria lanciata dal terzo piano. E tutto per del whisky che ho bevuto e non ricordo nemmeno... ma certo me lo merito, perché sono uno stupido imbecille che perde il suo tempo a piangersi addosso e il braccio mi fa ancora un male cane.

Forse è una frattura multipla. Forse sono già in ospedale. Sarebbe il colmo.

La donna ha i capelli castani sulle punte e grigi alla radice. Più che capelli sembrano un viluppo inestricabile, una matassa di filo spinato. Li tocco: hanno una consistenza metallica. Forse ha fatto una permanente casalinga e poi si è trattenuta al telefono più del previsto. Russa gentilmente, e la sua testa appoggiata sulla mia spalla è morbida come una palla da bowling. Buon Dio ti prego dimmi che non è vero. Se non mi muovo il braccio andrà in cancrena; forse l'unica maniera per portare a casa la pelle è di amputarlo e lasciarglielo nel letto. Ma quale casa? Questo letto è il mio. Io abito qui.

«Hai del caffè?»

«Cosa?»

«Ti ho chiesto se hai in casa del caffè. Dimmi dove. Ci penso io.» Mi fissa come se ci separassero le sbarre di una gabbia, come se io fossi l'ultimo esemplare di una specie estinta. Ha gli occhi iniettati di sangue color rosso vivo, innaturale, come nei cartoni animati.

Riprendo possesso del mio braccio. «Sopra il lavello.» La donna si alza e, nuda come mamma l'ha fatta, si dirige con calma verso l'angolo cottura. Resto a guardare quel suo culo un po' basso. Ubriaco d'accordo, ma ero anche cieco? Oh Dio, che cos'ho combinato ieri sera? Per quello che ne so potrei anche aver decapitato tre passanti. Se qualcuno mi ha visto insieme a lei con questa città ho chiuso.

Si infila nel bagno e io sono costretto a restarmene in ascolto dei rumori che produce. Rotolo su me stesso dall'altra parte del letto alla ricerca di qualche indizio. Trovo la sua borsetta sul pavimento e perquisisco il portafoglio in cerca della patente. Si chiama Doris Mae Rivera, ha quarantasei anni, è di Truchas.

Io e Patricia eravamo squattrinati (Patricia è la signora Alexander numero uno), e Claudia nacque subito dopo la laurea, ma io e Holly invece eravamo una coppia alla moda: l'avvocato di successo e la sua bella e devota moglie. D'accordo, il secondo matrimonio per lui e il terzo per lei, ma chi vuole tenere i conti? Sempre presenti e attivi negli affari della comunità, due veri Vip: il ranch fuori porta, due Bmw ultimo modello, l'appartamento a Taos proprio sui campi di sci. E me ne sto qui, sdraiato tra lenzuola intrise di sudore che non cambio da settimane, in un appartamentino in affitto che farebbe schifo anche a una madre col sussidio di disoccupazione, intento a rovistare nella borsetta di Doris Mae Rivera. Cognome acquisito, ovvio, nessun genitore ispanico battezzerebbe mai una figlia Doris Mae, una donna attualmente nubile dell'età di quarantasei anni che probabilmente vive in una casa senza nemmeno l'acqua corrente Truchas va famosa per i suoi bei cessi sotto le stelle.

Quando la sento tirare lo sciacquone lascio cadere il portafoglio nella borsetta. La signora Rivera riemerge dal bagno avvolta nella mia vestaglia di velluto, quella color blu notte regalatami da Holly lo scorso Natale e comperata per corrispondenza dal catalogo di Sharper Image per la modica cifra di 275 dollari. Uno dei suoi regali più insignificanti. Ha un asciugamano avvolto intorno alla testa: dev'essersi guardata allo specchio.

«Come le vuoi le uova?» grida mentre fruga dentro il mio frigorifero. Torna verso la camera da letto con un sorrisetto civettuolo. Forse ieri notte ci siamo sposati. Tutto è possibile.

«In nessun modo.» Riesco a districare i miei pantaloni dal groviglio sul pavimento e arranco attraverso il soggiorno fino all'angolo cottura. È un unico locale: un casino.

Se non mi procuro una donna di servizio finirò per trasformarmi in una creatura kafkiana. Quello che mi sta succedendo adesso è un segnale che ci sono già abbastanza vicino.

«Rivestiti.» La dribblo e trangugio la spremuta d'arancia direttamente dalla bottiglia. Lei si volta a guardarmi a bocca aperta, abbassa la mano e rompe involontariamente l'uovo nel tegame. Allungo un braccio e senza indugi spengo il gas. La donna assume un'espressione addolorata: un incontro tra ubriachi e si crede già la padrona.

Chiudo gli occhi e prendo un bel respiro; non vorrei farlo ma devo.

«Ti ho...» balbetto.

Sorride. «Con tutto il cuore»risponde estatica, e socchiude perfino gli occhi. «Hai una bocca sensuale da impazzire. La sento ancora sulla...»

«Basta così.» Distolgo lo sguardo dal suo sorriso premuroso e sdolcinato.

Fraintende.

«Oh cielo, ho capito a cosa stai pensando.»

Mi giro. Nemmeno per sogno. A meno che non sia una di quelle che leggono nel pensiero. Ha la pelle scura, potrebbe avere del sangue indiano; magari è uno spirito.

«Sono a posto» si affretta a spiegare. «Niente Aids, niente herpes, niente di niente.» Liquidata la faccenda contagio torna a sorridere. «Non ti avrei mai fatto una cosa simile. Né a te né a nessuno. Non vado più tanto forte ormai» aggiunge dopo una breve pausa, «e quando capita apprezzo il gesto.»

«Te ne devi andare. Subito.»

«Ma... e la colazione? Il caffè? Potrei farti un'omelette col peperoncino.» Ha il cucchiaio di legno in una mano e il bollitore nell'altra. Sono proprio un uomo fortunato: ho una specie di Julia Child messicana all'opera nella mia cucina.

«A due isolati c'è un McDonald. Fanno un Egg McMuffin che non è niente male.» Torno al letto, prendo biancheria e borsetta e scaraventо tutto sul divano. «Fuori di qui. Infilati quella roba.» Comincia a piangere. Non per finta come faceva Holly nei suoi numeretti a mio esclusivo uso e consumo, questo è un pianto autentico: grosse lacrime tonde e singhiozzi che la scuotono. Mi afferro la testa tra le mani e la tengo stretta.

«Senti, mi dispiace. Veramente. Ma io devo andare a lavorare e sono già in ritardo. Tu non hai un lavoro?»

«Sono disoccupata» singhiozza. Si è nascosta il volto nell'asciugamano e i capelli fanno la loro ricomparsa in forma di ciocche bagnate e stoppose. «Mi hanno buttata fuori tre mesi fa.»

Devo andarci piano, adesso. Farla sedere, sfilarle la vestaglia e infilarle le mutande, il vestito. Col reggiseno e le calze meglio non tentare, li metterò nella borsetta. Le infilo le scarpe.

«Posso usare il tuo bagno?» mi domanda con un filo di voce. «Non voglio uscire di qui in questo stato.» Si volta e mi guarda negli occhi. È fastidioso. «Che tu ci creda o no ho ancora un po' di orgoglio» aggiunge in un estremo tentativo di difendere la sua dignità.

«Ma certo.» Sono turbato. «Fa' pure con calma. Non preoccuparti del caffè.»

«Lo sapevo che non eri poi così cattivo» dichiara tornando al tono da romanzetto rosa mentre si dirige con ritrovata disinvoltura verso il bagno. Vestita e vista da dietro non è poi tanto male. Devo stare attento, controllarmi, sto diventando un maestro nell'arte della sublimazione. Hai fatto una cretinata, non peggiorare ulteriormente le cose.

Torna dopo qualche minuto. Ha indossato anche il reggiseno e le calze, si è truccata e ha spazzolato con cura i capelli crespi. Molto meglio; certo non è niente male. In un certo senso la scoperta non mi sorprende. Indugio nel bacio più a lungo di quanto vorrei.

«Peccato che fossi così ubriaco» mi dice sulla soglia «Siamo stati davvero bene insieme. Mi dispiace che a differenza di me tu non abbia nemmeno un bel ricordo della nottata.»

Mi aggrediscono con le buone notizie senza che io sia riuscito a mettere le mani sulla prima tazza di caffè della giornata.

«Vieni nella sala riunioni. Ti dobbiamo parlare.» Andy Portillo è l'altro socio, discende da una delle vecchie famiglie delle concessioni fondiarie del nord. È grande e grosso, ha un paio d'anni più di me e il fisico di uno di quei braccianti messicani seduti in un furgone

Chevrolet del '52 intenti a mangiare *burritos* belli unti. Come tutti sanno l'apparenza inganna: le cornicette da due soldi nel suo studio racchiudono diplomi rilasciati da luoghi come l'Oberlin College e la Columbia University, nonché decine di prestigiosi riconoscimenti. È il nostro fiscalista, il genio dietro le quinte. Il civilista è Fred, il penalista sono io. Circa due anni fa uno dei giornali più importanti dell'albo pubblicò un'indagine sui migliori penalisti del paese divisi per Stato e il mio nome comparve insieme a quello di pochissimi altri legali del New Mexico. Quando mi scaldo in aula faccio un certo effetto; alcune delle mie arringhe sono diventate leggendarie.

«Will, hai passato il segno» esordisce Fred senza perdere tempo in preamboli.

«Lo so. Ma ho la situazione sotto controllo.» La miglior difesa resta l'attacco. «Andiamo ragazzi, che storie sono mai queste? Non ho ancora bevuto il caffè.» Sfodero il celebre sorriso da mascalzone, quello che uso in tribunale e che secondo molti ricorda Jack Nickolson. Lo credo bene, l'ho copiato da lui.

Non ci cascano: mi conoscono da troppo tempo.

«Ti ricordi la signora Tagliaferro?» La domanda retorica è di Andy. «La signora Tagliaferro, quella dolce vecchina di Pueblo che ci sgancia trentacinquemila dollari l'anno per essere sicura di poter contare su di noi quando le serviamo?»

Mi lascio sfuggire un gemito. Arriva Susan, mi scotto la lingua con il caffè, ne rovescio un po' sul tavolo di mogano. Susan ripulisce e scompare con la velocità di un lampo: le nubi sulle nostre teste sono grevi e foriere di tempesta.

«A che ora era l'appuntamento?» Ultimamente fatico a tenere sotto controllo il tempo; ogni giorno brucio migliaia di cellule più del necessario. Guardo l'orologio sul muro: 10,45.

«Alle otto e mezzo» risponde Fred. «Un appuntamento fissato due settimane fa.» Appoggia entrambe le mani sulle mie spalle. Il gesto risulta tutt'altro che amichevole. «È arrivata per incontrarci con il suo jet privato. *Tutti* e tre. Trattandosi di una causa penale, visto che quello scemo di suo figlio si è fatto prendere con le mani nel sacco da un federale della Narcotici, ci teneva soprattutto a incontrare il nostro penalista. Ma sfortunatamente il penalista era indisposto.»

«Vado subito da lei. Prendo il primo volo del pomeriggio.» All'inferno, posso anche sbattermela se è necessario, ormai sono un esperto in geriatria.

Andy scuote la testa. «Ci ha mollato. Quindici minuti fa hanno chiamato dallo studio Dixon. Mandano un fattorino a prendere gli incartamenti.» Mi dà le spalle e osserva il palazzo del governo dall'altra parte della strada.

«Sistemerò tutto» prometto precipitosamente. Le mie viscere si stanno contorcendo. «Dixon è la mediocrità in persona. Lei non è una stupida e anche se ha messo al mondo una tribù di cerebrolesi le basteranno pochi giorni per accorgersene.»

La stanza è immersa nel più assoluto silenzio, e quando Fred spezza una matita tra le dita il suono che produce sembra quello di una revolverata; cerco di ignorare le catastrofiche notizie e lotto contro i postumi della sbornia. Prima di pranzo dovrò scolarmi una caffettiera intera.

«Siediti» ordina Fred. «Dobbiamo parlare.» Sembra stremato. Entrambi i miei soci sembrano stremati. Siamo amici, lavoriamo insieme da quasi dieci anni. Siamo le giovani promesse che sono state mantenute.

«Hai passato il segno... Mi riferisco alle tue ultime gesta...»

«So a cosa ti riferisci.» Sono suscettibile, non mi piace che mi si faccia la predica, soprattutto quando me la merito.

«Non è la prima volta» dice Andy. «Né la seconda. Hai perso il controllo della situazione. Hai...» esita. «Non stai combinando niente di buono. Né per te né per nessun altro.»

«Andy ed io ne abbiamo discusso» aggiunge Fred troppo precipitosamente. «C'è stato un incontro con gli associati, poiché riguarda anche loro, ma in ultima istanza la decisione resta nostra... dei soci... noi tre.»

Trangugio mezza tazza di caffè. Meglio di niente.

«Ma di che cosa stiamo parlando esattamente?» Non sono nemmeno sicuro di voler conoscere la risposta.

Andy si siede, si protende verso di me. È un orso, è un grande orso caldo e io gli voglio bene, è il miglior amico che abbia mai avuto.

«Will, non sei utile a nessuno e men che meno a te stesso.»

«Ehi... ho qualche problema, d'accordo. Ma non è la fine del mondo.»

«Vogliamo che tu ti prenda una vacanza» dice la voce di Fred da sinistra.

Ho già preso qualche colpo basso nella vita; ti tolgono il fiato anche quando li vedi arrivare. Inspiro profondamente e li guardo. Devo ammetterlo: reggono il mio sguardo. Non è una cosa da tutti.

Ingurgito il resto del caffè in un solo sorso. «Non posso permettermelo. Non in questo momento. Lo sapete benissimo che in questo momento non posso.» Poi arriva la fitta di dolore: i miei soci, i miei migliori amici mi stanno buttando fuori dalla società. «Alexander,

Hite, Portillo» dice la targa sulla porta, e il mio fottuto nome viene per primo.

«Ma cosa cazzo è questa storia!» urlo. Cammino avanti e indietro e richiamo in me tutta la vecchia adrenalina tribunalesca. In piedi ragiono meglio.

«Calmati» dice Fred. «Vuoi che ti sentano in tutto il palazzo?»

«Che vada a farsi fottere il palazzo! Con te in testa.» Cammino, sto sudando, sono su di giri ma ho anche paura. «Sto attraversando il più stramaledetto periodo della mia vita: ho in corso un divorzio che mi ridurrà sul lastrico, ho una figlia che ha bisogno di tremila dollari di dentista, per parlare soltanto della punta dell'iceberg. Ho per la testa un milione di altre cose importanti e voi venite a dirmi che mi volete buttare fuori perché ho mancato a uno schifoso appuntamento. Grazie, amici. Ho bisogno del vostro aiuto e voi mi voltate le spalle.»

Mi lascio cadere su una sedia. Jane, la redattrice del "Michigan Law Review" che abbiamo assunto l'anno scorso rubandola sotto il naso a due tra i più importanti studi di Wall Street, si affaccia sulla soglia con un'espressione interrogativa. Andy le fa un cenno impaziente e lei scompare con un balzo; non è da Andy comportarsi in modo scortese. Tutto l'ufficio deve sentire la tensione che si è creata qui dentro.

Andy mi guarda. Mi sono amici e si preoccupano per me. E io non li sto aiutando. Non posso. Se perdo lo studio perdo l'unica ancora che mi rimane.

È Fred a parlare per primo: non per niente l'abbiamo soprannominato "il coltello".

«Stai danneggiando lo studio.» Semplice, diretto e letale.

«È di dominio pubblico», aggiunge Andy. «Si mormora.»

«Lasciamoli mormorare. Chi se ne frega? Lavoro o no?»

Non rispondono.

«Okay...» Devo fare attenzione. Questi sono amici e soci, mi gioco tutto. Cerchiamo di non dire cose che più tardi potremmo rimpiangere.

«Ho combinato qualche guaio, forse. Forse più di uno, anzi, sicuramente più di uno. Ma è tutto finito, parola, rimetto ordine nelle priorità, mi occuperò del lavoro. Soltanto di lavoro. E inoltre non sto bevendo, non bevo da una settimana (d'accordo, è una bugia veniale, me ne pentirò più avanti)...»

«Ieri sera eri al bar» mi informa con freddezza Andy smascherandomi subito. Si irrigidisce sulla sedia; non è più l'orso amichevole che conosco. «Eri da Longhorn con Buck Burghess all'ora dell'aperitivo. Piantala di dire cazzate e sii onesto con noi altrimenti non esiterò a buttarti fuori dalla finestra.»

«Ma era birra, una schifosissima birra.» Quasi vomito per il sollievo; per un momento ho pensato di averla fatta davvero grossa e di essere stato visto avvinghiato in un abbraccio appassionato alla signora di Truchas. «D'accordo, per esattezza erano due, ma chiare» preciso in fretta: la mente di un avvocato non riposa mai, «e due birre non significano bere. Accidenti» aggiungo con una smorfia «mi fa di più il tè freddo.»

«Allora aggiungi anche il tè freddo alla lista delle cose che non devi toccare» ribatte Fred. «Will, sta' a sentire» riprende ,«c'è ancora una via di scampo: prenditi una vacanza e trova una soluzione al tuo problema...»

Fa una pausa. Pur essendo un uomo che apprezza sempre lo scontro, questa storia lo mette a disagio .Certo io non collaboro; devono mettere tutte le carte sul tavolo. Voglio che mi facciano vedere cos'hanno in mano.

Andy non batte ciglio. È un giocatore freddo come il ghiaccio.

«Will, noi non ti vogliamo liquidare, ma se sarà necessario, se non ci lascerai altra via d'uscita, lo faremo. Nessuno di noi lo desidera, è sicuramente l'ultima cosa che vorremmo.»

È una clausola del nostro accordo: se due dei tre soci ritengono che il terzo nuoce allo studio fino al punto di danneggiarlo seriamente possono esercitare il diritto di estrometterlo liquidandolo al valore corrente della sua quota societaria più l'onorario dei casi ancora in corso. Un sacco di soldi; nessuno di noi ha mai immaginato di prendere in considerazione un'ipotesi che adesso mi si sta trasformando in realtà sotto gli occhi.

Restiamo immobili, sprofondati in un silenzio che ha l'odore della decomposizione.

Sono il primo a riscuotermi dall'incantesimo.

«Una vacanza lunga quanto?»

Fred si stringe nelle spalle.

«Una settimana? Un mese?»

Andy fa segno di no. «Un mese non basterà, Will.» Si protende verso di me, ancora una volta nel ruolo del mediatore. «Non è tanto per noi...» aggiunge diplomaticamente. Non è bravo a fare il furbo, la sua specialità è quella dell'onestà immacolata, «il tuo benessere ci sta a cuore più di qualsiasi altra cosa, ma c'è in gioco...»

«C'è in gioco l'immagine dello studio» concludo per lui.

Sospirano di sollievo; non sembro intenzionato a rendergli le cose difficili.

«Perché è dallo studio che vengono i soldi» continuo. Si sbagliano. Voglio farli sentire delle schifezze. «Non vi potete nemmeno permettere di liquidarmi?»

«Non sarà facile» risponde Fred. «Ma se dobbiamo... se dobbiamo arrivare a questo punto,sì, ce lo possiamo permettere.»

Qua dentro l'unico che bluffa sono io; se uno di loro dice di poterselo permettere vuol dire che i conti sono già stati fatti al centesimo.

«Allora di quanto tempo stiamo parlando? Tre mesi? Quattro?» Ormai sudo copiosamente.

«Per cominciare» risponde Andy di nuovo a suo agio su un terreno conosciuto, «ti devi dare una regolata. Sei conciato da buttare.»

Ecco fatto.

«E per i soldi?» chiedo. «Lo studio non può permettersi di pagarmi lo stipendio se non procuro lavoro. Non per un periodo così lungo.»

Mi fissano. Cristo, stamattina sono lento come una lumaca.

«Bastardi.»

«Dici bene» risponde Fred con un'aria da povera vittima. «Dici davvero bene. Non possiamo permettercelo. Senti... non ci comporteremmo diversamente se si trattasse di me o di Andy» aggiunge mellifluo.

«Potremo pagare un mese o due.» Perlomeno Andy ha qualche dubbio. Sto cominciando a chiedermi se Fred mi sia davvero mai piaciuto. Non credo.

«E se dicessi chiaro e tondo di no?» Mi alzo... cosa stanno cercando di fare questi due sporchi Giuda figli di puttana? Che stronzata è mai questa... siamo stati soci e amici per tanti anni e all'improvviso mi puntano una pistola alla tempia?

«Non farlo.» Adesso anche Andy parla in tono duro; la sua voce è piatta e priva di emozione.

Cedo, se ne accorgono, questa mattina non sono in grado di fare meglio di così. È un golpe senza spargimento di sangue, finito prima ancora di cominciare.

«Come la mettiamo? Non ho nessuna intenzione di essere umiliato pubblicamente. Piuttosto trascino lo studio alla rovina...» Li guardo con un atteggiamento di sfida.

«Prolungherai le vacanze» mi informa Fred. Le hanno pensate proprio tutte, gli stronzi, probabilmente hanno già pronti i documenti da farmi firmare. «Il divorzio ti ha sottoposto a una forte tensione emotiva, lavori da quando sei uscito dall'università, hai bisogno di prenderti un anno sabbatico per guardarti un po' in giro. Noi soci non siamo troppo felici di lasciarti andare ma tenendo conto degli interessi dello studio, di una visione a lungo termine, e soprattutto del tuo benessere, abbiamo deciso di venire incontro alle tue richieste. Ti auguriamo buona fortuna e speriamo che le trote abbocchino, se vai a pescare, o qualsiasi altra cosa, e restiamo qui nell'attesa di un tuo pronto ritorno nello studio del quale sei uno dei fondatori.»

Emetto un grosso sospiro di sollievo; i ponti non sono completamente tagliati. Forse hanno ragione loro, forse devo prendermi un po' di tempo per riflettere. E se questo non è altro che un tentativo di raziocinio in extremis poco importa; razionalizzare presuppone almeno qualche granello di verità e lucidità.

«E come faremo a stabilire quando sarà giunto il momento del mio ritorno?»

«Ci teniamo in contatto» risponde Andy. «Senza appuntamenti precisi.»

«Quindi contemplate anche la possibilità che non si verifichi mai.» Magnifico, penso, così a quarant'anni mi ritrovo a ricominciare da zero in una città dove tutti sanno tutto di tutti. Questa spiacevole storia sarà di dominio pubblico, è soltanto questione di giorni.

«Cerchiamo di non essere negativi» dice Andy. «Nessuno di noi avrebbe voluto arrivare a questo punto. Noi abbiamo bisogno di te, Willy, sei la star dello studio, perderemo metà dei clienti, clienti che nella maggior parte dei casi non riusciremo a riconquistare.»

«E allora perché adottare provvedimenti così draconiani?»

«Ci hai costretti. Riteniamo che lo studio non possa sopravvivere altrimenti.»

Cristo, siamo davvero a questo punto? Chiudo gli occhi, prendo un bel respiro, espiro. Devo scusarmi? No; se me ne vado me ne vado con stile, il mio. Certo che scusandomi li farei davvero sentire due stronzi.

«Mi dispiace. Non mi rendo conto della gravità della cosa ma è ovvio che con il mio comportamento ho ferito i vostri sentimenti. »

Balle. Le loro espressioni sono sincere. Fred appoggia una mano sulla mia. Un gesto strano, inadeguato, tuttavia commovente, all'an tica.

«Tornerai» mi dice con aria grave.

Annuisco con altrettanta gravità.

«E Susan?»

«Resta con noi.» Andy è di nuovo sulla difensiva. «Le abbiamo già parlato...» balbetta all'improvviso quando si accorge della gaffe. Si riprende e continua senza più apparenti ripensamenti. «Le abbiamo accennato in via ufficiosa al fatto che prenderai una vacanza. Lasciando ovviamente intendere che si tratta di un tuo desiderio. Lavorerà un po' per tutti, la terremo occupata. Lei è d'accordo» aggiunge. «Da qualche tempo era in pensiero per te.»

Probabilmente è vero. Susan è la segretaria modello nell'accezione più lusinghiera del termine. Grazie a Dio non mi è mai capitato di essere tanto ubriaco in ufficio al punto di farle delle avance.

«Chi si prende il mio ufficio?» È il più bello, quello d'angolo con una vista eccezionale su due strade.

Pensavo di fregarli invece non abboccano. Mi chiedo se non si fossero preparati anche a questo.

«Nessuno» risponde Andy «resta tuo fino alla decisione finale.»

«Bene. Magari di tanto in tanto lo userò. Per affari personali» aggiungo con uno scarto vendicativo.

«Certo.» Fred annuisce. «Non divertirti troppo... eh?» Mi strizza l'occhio; è una burla tra amici, ne siamo tutti coinvolti, peccato che la parte dello scemo sia toccata a me.

Andy non sorride, per lui è più difficile: come immaginavo. Fa un passo in avanti, mi tende la mano.

«Senza rancore?»

«Non so. Forse.»

Lascia ricadere la mano. «Se ti può consolare non è stato facile nemmeno per noi.»

«Infatti. Non mi consola.»

«Se hai bisogno di soldi voglio essere il primo a saperlo» offre. So che è sincero.

Vadano a farsi fottere insieme ai loro buoni sentimenti. «Se avrò bisogno di soldi voi due sarete le ultime persone alle quali mi rivolgerò.»

Ci guardiamo con facce tetre. Il caso ha voluto che ci trovassimo in piedi ai lati opposti del tavolo: loro due solidamente sistemati su un lato a fronteggiare me, dall'altro.

«Farò sparire tutti i miei oggetti personali entro la fine della settimana.»

«Non c'è fretta.» Fred ormai ritiene di poter perfino essere magnanimo; in fondo non ho nemmeno fatto scenate imbarazzanti. La civiltà, nel senso in cui normalmente l'intendiamo, è salva. «Susan prenderà nota delle tue telefonate.»

«Allora mi pare che sia tutto. Sistemerò gli appuntamenti in sospeso durante la settimana.»

«Fatti sentire» mi dice Andy. Non se ne rende conto ma mi sta trattando come se appartenessi già al passato. Fred ha gli occhi fissi sul panorama.

Non c'è più nulla da discutere. Io mi lascio cadere su una sedia. La testa mi sta davvero scoppiando e non posso più illudermi che sia dovuto alla sbronza di ieri sera.

I quattro motociclisti della banda dovrebbero ormai essere intronati, fuori di testa, fatti come biglie. Bevono tequila bum bum da quando sono arrivati, tre ore fa. Vengono da Taos dove si sono fatti un assaggio di crack, un po' di erba hawaiana con hashish, qualche barbiturico di produzione casalinga che qualcuno aveva imboscato anni prima e tirato fuori per fare colpo (nonché per tenerseli buoni) e una manciata di droghe nuove che hanno fama di essere tremila volte più potenti della morfina, rubate a un anestesista del posto. Qualsiasi uomo normale a questo punto sarebbe andato per sempre, perso al di là di ogni oblio, ma i nostri quattro sono ancora in piedi, padroni della scena.

I clienti abituali dell'infimo locale sono poveracci e disperati, ma anche il più incallito si scansa quando passa uno della banda perché tutti sanno che questi tipi sono pazzi. Così ci vuole un paio d'ore di bevute passate a squadrare le ragazze e ad ascoltare il gruppo che rifà le canzoni di Bob Seger e Willie Nelson prima che l'atmosfera si rilassi, prima che qualcuno dei ragazzi cominci a darsi un'occhiata intorno e a parlare di moto (si intende Harley Davidson ovviamente, non queste sfighe giapponesi, carburatori e ginocchia sbucciate e cambi di marcia da suicidio, se non hai mai cavalcato una vecchia indiana, amico, non sai che cosa voglia dire avere i reni a pezzi). Poi qualcuna delle ragazze presenti comincia a fare la scema (lo sanno tutti che alle donne piacciono i fuorilegge), a strusciarsi contro le loro canottiere, contro quegli straordinari tatuaggi, a farsi pizzicare il didietro. Poche balle, questi sono proprio dei bei tipi. .La società non può sopportare la verità del mondo e quindi li deve punire, etichettare, chiamare delinquenti. E se anche lo fossero davvero... questa è l'America. Da chi ti faresti sbattere bella (è Lone Wolf, il capo, che parla), da Jessie James o da Dan Quayle, quel finocchio col cazzo moscio.

Si sta facendo tardi, la notte si consuma come una sigaretta. Le ragazze tornano a casa con mariti e fidanzati. «Lascia perdere» dice una pupa con due tette straordinarie a uno dei motociclisti «mi piacerebbe un casino venire via con te, ma domani tu sarai solo un ricordo e lui è maledettamente geloso.» Non è male spassarsela un po' finché c'è in circolazione un angelo custode, ma andarsene via con uno di questi è un'altra storia. Circolano tanti racconti sui trattamenti che le bande di motociclisti riservano alle ragazze, veri e propri horror; è un giro su una giostra troppo pericolosa.

Il bar sta per chiudere; altri quattro tripli di Commemorativa, un sacco di soldi in tasca, i soldi non sono mai un problema, qui si sta parlando di donne, anzi, della penuria di donne.

«Qualcuno ha bisogno di un passaggio?» chiede Lone Wolf. Suona quasi lamentoso, dolce, innocuo.

«Lo voglio io un passaggio.» Dal fondo della stanza, dietro il tavolo da biliardo dove le luci sono già state spente.

«Come ti chiami?»

«Rita. Rita Gomez.»

«Vieni avanti che non ti vedo.» È un ordine. La ragazza punta verso il centro della sala dove l'illuminazione è migliore. Alcune delle donne presenti si ritraggono istintivamente; quella Rita è troppo scema e troppo ubriaca.

I quattro motociclisti la squadrano dalla testa ai piedi. Ventuno o ventidue anni, scura, non male se si passa sopra alla pelle butterata. Belle tette sode sotto la maglietta, un didietro ben fatto.

«Dove andate?» Parla con voce bassa e più roca di quanto ci si aspetterebbe, una voce non intonata al fisico.

«Ovunque il tuo cuoricino ci dica di andare.»

«All'Old Adobe Motel. East Side.»

«Sei di passaggio?»

Lei fa un cenno di diniego. È ubriaca, inciampa, si riprende. «Non sono ubriaca.»

«Non l'ho mai detto.»

«Lavoro lì. Mi danno una stanza con cucinino e tutto.» Inspira profondamente. «Ho bisogno di un po' d'aria.»

Saltano sulle moto; il frastuono della marmitta all'accensione scuote l'immobilità della notte. Sono le due e fa ancora un caldo infernale. Rita sale dietro Lone Wolf, gli cinge il torace con le braccia e appoggia una guancia contro il giubbotto di jeans. Lui sente il suo seno premergli contro la schiena; non ha una donna da tre giorni, l'erezione è immediata: questa è la volta buona.

Il motel si trova sulla destra a un isolato dopo il semaforo. $ 24 a notte. Porno via cavo. Il neon crepita.

«È quello!» grida lei dentro i capelli di Lone Wolf cercando di farsi sentire nonostante il sibilo del vento, e lo indica con un dito. «Entra dal retro. Al direttore non piacciono i motociclisti, specialmente quelli come voi. Ho un paio di bottiglie di Lone Star in frigorifero.»

Passano rombando oltre il semaforo senza nemmeno rallentare nei pressi del motel.

«Ehi, dove vai? L'hai superato!»

«Chiudi il becco.»

Rita si gira a guardare il motel che si allontana, il neon scoppiettante che si confonde con le lampade alogene della strada. Per un attimo sente una morsa di paura che le provoca il desiderio di fare pipì, ma poi la paura scompare disciolta nel lago di whisky che le ondeggia nella pancia.

Rispetto ai loro standard è un lavoretto veloce; sono appena in quattro e la violentano solo due volte ciascuno. Lone Wolf per primo, naturalmente. È il capo, gli spetta il bocconcino più prelibato, la scopata fatta bene con tanto di baci e carezze. Rita non sa quello che l'aspetta perché è troppo ubriaca, e quando si rende conto che le cose non stanno andando come voleva è troppo tardi, ormai è in viaggio. Sobria o ubriaca sa che in questi casi l'unico modo per sopravvivere è di lasciar fare. Hanno tirato fuori un coltello per metterle paura, un coltellaccio da macellaio, ma non devono nemmeno minacciare di usarlo, possono anche pulircisi le unghie, se vogliono .

Sono quasi in cima al monte Sangre de Cristo, più sotto le luci di Santa Fe tremolano nella calura. I quattro tirano fuori qualche stimolante, cuori rossi, bombe H da trenta milligrammi. Non possono dormire, li aspetta un giorno di viaggio, devono stare svegli.

«Vieni qua.» Lone Wolf stringe Rita a sé. È seduto con la schiena appoggiata a un masso e guarda le luci della città. Sulle prime lei vorrebbe essere scontrosa ma sa che non deve farlo arrabbiare e così si lascia stringere, si rannicchia contro il suo petto. Le fa male da morire, camminerà per una settimana come se avesse partecipato a un rodeo.

Lone Wolf si accende uno spinello. Lo fanno girare. «Non è stato male. Sei una brava ragazza. Potresti piacermi.»

«Anche tu.» Può dirgli qualsiasi cosa lui voglia sentire. È spaventata, esausta e dolorante; l'hanno lacerata per bene.

«Magari la prossima volta che vengo da queste parti mi faccio vivo. Da solo, capito?»

«Sì, sarebbe fantastico. Mi piacerebbe. Solo tu.» Digli quello che vuole sentire.

«Già.» Le afferra il mento e la costringe a guardarlo. «Non è successo niente stanotte. Capito?»

La risposta immediata e sincera le resta soffocata in gola. «No» dice. «Non è successo niente.» Non mi hai violentata, pensa, i tuoi amici non mi hanno violentata, non mi sento come se mi fosse scoppiata una granata dentro. «Mi hai accompagnato al motel e non ti ho mai più rivisto.»

«Già.» La sua voce è bassa, quasi un sussurro. «È andata proprio così.»

Si alza, l'aiuta a rimettersi in piedi. Risalgono sulle moto e tornano in città. Rita si aggrappa un'altra volta alla sua schiena. La scaricano al motel. La stuprano a turno un'altra volta. Ormai ha perso ogni capacità di opporre resistenza; giace immobile e subisce.

Tutto diventa confuso; ricorda un rumore contro il muro e qualcuno che grida di smetterla; c'è un ragazzo con cui è uscita che dorme in quella stanza e al Dew Drop ne ha incontrato un altro che forse era un pusher o qualcosa del genere. Infine perde i sensi. Non sa quanto tempo è passato, mentre geme in un dormiveglia da incubo e poi sente che finalmente riaccendono i motori.

Si sveglia di soprassalto, immersa in un bagno di sudore. Fuori il sole è alto nel cielo limpido, fa così caldo che le tarantole sono già a caccia di un po' d'ombra. Rita attraversa il cortile lercio. Dovrà lavarlo, è lurido,ci sono preservativi e porcherie di ogni genere. Eppure adesso l'unica cosa che vuole è tornare dentro a sdraiarsi. Dio, che male.

La sua amica Ellen, l'altra cameriera del motel, sta cominciando il turno. «Dove sei stata?» le chiede.

«Lasciami perdere.»

«Hai un'aria spaventosa.» Non vede bene, il sole l'abbaglia. «Cos'hai fatto all'occhio? Maledizione, metà faccia è maciullata. L'occhio praticamente non si vede.»

«Sto bene.» Sono sfinita, sfinita. Ma meglio essere evasive. Se scoprono che non ho tenuto la bocca chiusa quelli tornano a vendicarsi. «Sono uscita con dei tipi. Siamo andati in montagna.» Si passa la lingua sul palato, ha l'impressione di avere la bocca piena di cotone; le labbra sono spaccate. «Ho bevuto troppo. Devo darci un taglio.»

«Ma... racconta, non capisco.»

Entrano nella camera di Rita; apre una bottiglia di birra e ne beve un lungo sorso, poi si spoglia e resta in mutande.

«Santo cielo!»

Le mutande sono rosse di sangue. Si volta spaventata. Non vuole che Ellen sappia.

«Devono essermi venute le mie cose.»

«Le tue cose un corno. Nessuno sanguina così. Sembra che ti abbiano preso a coltellate.»

Si avvicina per capire meglio. Rita le sfugge e si infila un accappatoio di spugna rubato dal Ramada prima che la beccassero in fallo e la mandassero via.

«Fammi dare un'occhiata.»

È troppo stanca per discutere. Rimane ferma mentre Ellen le apre delicatamente la vestaglia e fa scivolare fino ai piedi le mutandine inzuppate di sangue.

«Accidenti!»

«Sto bene. Sembra peggio di quel che è.»

«Devi andare all'ospedale.»

Rita fa un balzo all'indietro stringendosi l'accappatoio contro il corpo sudato e appiccicoso. Ha bisogno assolutamente di dormire.

«Nemmeno per sogno.»

Anche Ellen fa un passo indietro, guarda Rita con sospetto. «Sei nei guai?»

Rita siede sul letto e beve un lungo sorso di birra. «Niente di grave. Mi sono fatta scopare da uno superdotato.»

«A vederti si direbbe che fosse Johnny Holmes in persona. Rita, sul serio, è meglio che tu vada a farti dare un'occhiata.»

Rita scuote la testa. «Senti... non ho chiuso occhio tutta la notte, devo dormire un po'. Se quando mi sveglio sanguino ancora ci vado. Mi procuri un paio di asciugamani?»

Ellen va in bagno e torna con due asciugamani sottili, quello che passa la direzione del motel. Rita li piega e se li mette tra le gambe, poi si sdraia su un fianco, la faccia contro il muro. «Mi copri tu per un paio d'ore?»

«Certo. Dopo vengo a darti un'occhiata.»

«Grazie.» Rita le sorride e si rannicchia su se stessa. Si nasconde sotto le coperte; fuori è già molto caldo e tra poco diventerà addirittura insopportabile, ma lei ha freddo. Rabbrividisce alla sensazione della fuoriuscita dal suo corpo di qualcosa di liquido.Al diavolo i motociclisti, al diavolo Lone Wolf, non sarà qui quando torneranno. No bello.

Perlomeno non può essere incinta.

Ellen beve un lungo sorso dalla bottiglia di Rita, l'appoggia sopra la tv e mentre chiude la porta getta un'ultima occhiata all'amica sdraiata sul letto, già addormentata, rannicchiata in una palla come quei cani bastardi senza padrone che dormono sulla piazza.

Patricia apre la porta. Deve essere appena tornata da una corsa; indossa ancora la maglietta stinta del liceo di Santa Fe, rossa con un diavolo azzurro, i pantaloni di felpa rossicci con una striscia bianca e delle scarpe sportive con una luna rossa sui lati. È in grande forma, ogni giorno si fa sette chilometri di corsa, si fa delle belle sudate. Seno, braccia e cosce devono essere coperti di sudore sotto la tuta da ginnastica, ci sono gocce di sudore anche sul labbro superiore e sulla fronte sotto il nastro che tiene fermi i capelli. È una donna attraente; ha sempre avuto un bel corpo atletico. Probabilmente avremmo fatto meglio a non divorziare. Ma è andata così, ed è passato tanto tempo ormai che il nostro matrimonio mi sembra un ricordo confuso, poco più di un'ombra.

«Claudia è da Paulette» mi informa. «Stanno giocando con le marionette. Sarà qui tra poco. Entra.»

È la stessa casa di quando ci siamo sposati; potrebbe comprarne una più grande e più bella ma continua a vivere qui, perché le piace il quartiere e soprattutto perché qui c'è la miglior scuola elementare della città, vicina sia all'ufficio sia al doposcuola dove Claudia trascorre i pomeriggi.

Mi dà l'inserto sportivo del giornale. «Vuoi un caffè? L'ho appena macinato.»

«Da quando bevi caffè?» chiedo. È sempre stata una salutista fanatica.

«Infatti io non lo bevo. Pensavo che facesse piacere a te.»

«Bene. Grazie.» Mi accomodo senza troppe cerimonie sul divano e sfoglio l'inserto in cerca dei risultati del campionato di baseball. È proprio una bella scenetta domestica: la moglie (d'accordo, ex moglie) che prepara al maritino una buona tazza di caffè mentre la figlia gioca dai vicini con l'amica del cuore, il giornale nuovo, l'erba del giardino appena tagliata, il cielo azzurro senza alcuna minaccia di pioggia. C'è qualcosa di strano. Vengo a prendere Claudia ogni sabato da otto anni a questa parte e Patricia non mi ha mai offerto nemmeno un bicchiere d'acqua.

Prima di appoggiare il vassoio sul tavolino sistema un sottobicchiere sotto la tazza.

«Dobbiamo parlare.» Siede vicino a me, anche se non abbastanza perché ci si possa sfiorare. Tiene le mani unite tra le ginocchia, e si china un po' in avanti. È tesa, non so cosa mi aspetti ma so che non sarà piacevole. Poi ho un'intuizione: conosce la verità che si nasconde dietro la mia presunta vacanza ed è preoccupata per l'aiuto economico che le do: gli alimenti. Magari, mi piace pensare, si preoccupa per me.

«Okay» dico ostentando una tranquillità che non provo, «spara.» Sorseggio disinvolto il caffè; il linguaggio del mio corpo deve parlare di calma, devo sembrare in controllo delle mie azioni.

«Ho sentito della vacanza che ti sei preso.»

Annuisco.

«Mi sembra un'idea fantastica. Non sai come vorrei essere al tuo posto.»

Mi stringo nelle spalle. «Non sono sicuro che le cose stiano andando proprio come vorrei.» Devo fare attenzione, è un terreno minato.

«Be'... potrai sempre tornare prima del previsto. Perlomeno hai qualcosa di interessante a cui tornare» aggiunge con amarezza. «Il tuo studio.»

Patricia detesta il suo lavoro di assistente del procuratore distrettuale nella sezione Appelli. Un lavoro burocratico, tutto svolto in ufficio; non si è mai trovata davanti a una giuria ma è molto brava, e senza di lei sarebbero perduti. Il procuratore distrettuale si chiama John Robertson; bevo qualcosa in sua compagnia di tanto in tanto anche se siamo sempre schierati su posizioni opposte e mi tesse ogni volta le sue lodi. Sono anni che Patricia detesta quello che fa.

«Odio il mio lavoro.»

«Però sei bravissima. Lo dicono tutti.»

«Oh Robertson, quel coglione» esclama irritata. «Apprezzerebbe anche un orango purché sapesse scrivere velocemente sotto dettatura e fosse disposto a fare tre giorni di straordinari alla settimana.»

«No, non credo.» È tutto qui quello che mi si richiede? Di gratificarla un pochino?

«Ma lo sanno tutti che sei tu a mandare avanti la sezione. Rodriguez è soltanto un prestanome.»

«Fantastico, dev'essere per questo che lui ne guadagna quarantasettimila cinquecento all'anno e io sono ferma a trentacinquemila.»

«Entro un paio d'anni si ritirerà» la rabbonisco. «E toccherà a te.»

«Non voglio aspettare un paio d'anni. Will...» si massaggia le tempie con tanta forza da far arrossare la pelle, «ho quasi quarant'anni.»

«Non li dimostri.»

«Grazie.» È risentita, insiste. «Sono imprigionata in un lavoro odioso e senza sbocchi. Vivo in una casa che detesto ma non posso permettermi di comprarne una nuova e inoltre...» Fa un respiro profondo... «Dio, è imbarazzante...»

«Cosa?» Comincio a preoccuparmi; sta forse male, si è presa qualche tremenda malattia, magari qualcosa di venereo? In tutti questi anni ho pensato che abitasse in questa casa perché le piaceva. Perlomeno così mi ha sempre detto.

«Non ho nessuno che...» Altra lunga pausa. È arrossita perfino sul collo. «Non vado a letto con nessuno da più di un anno» conclude guardando il soffitto.

Il mio primo impulso è di offrirle i miei servigi, ma riflettendoci non mi sembra una mossa intelligente. La guardo; è una gran bella donna, cos'hanno che non va gli uomini di questa città? Non riesce nemmeno a farsi una scopata occasionale? Il problema è che l'incontro occasionale probabilmente non le interessa.

«In questa città ci sono tanti scemi ciechi e finocchi. Non è una novità.»

«Il punto è proprio questo» ribatte con veemenza guardandomi negli occhi. «Questo è il dannatissimo punto. Insieme al fatto che con il mio lavoro non arriverò mai da nessuna parte. Zero, niente.»

«Vedrai che una soluzione si trova.» Non regge, come risposta, me ne rendo conto, ma cos'altro le posso dire? Mi dispiace che stia male, ma in questo preciso momento io sono nei guai fino al collo.

«Lascio Santa Fe.»

Mi blocco: la tazza di caffè resta ferma a mezza strada tra tavolino e bocca. Riesco a stento a riappoggiarla sul vassoio senza rovesciarne il contenuto sul tappeto.

«Mi trasferisco a Seattle.» Si alza, e guarda l'orologio improvvisamente affascinata dallo scorrere del tempo. «Forse è meglio se chiamo Claudia. Non voglio che perdiate nemmeno un minuto del vostro fine settimana.»

«Ferma lì.» Sono in piedi anch'io; anche se malfermo sulle gambe. Mi tremano le ginocchia. «Ma di cosa stai parlando?»

«Non sapevo come dirtelo.» Si sfila la fascia elastica che teneva fermi i capelli e comincia a giocherellarci. A un tratto mi sento la testa leggera, mi sembra che una folata di aria calda stia attraversando la stanza. La fisso, il mio cervello ha sospeso ogni attività.

«Dillo con parole tue.»

«D'accordo.» Raccoglie le forze e assume un'aria professionale. Se la nostra storia personale non fosse stata d' intralcio, l'avrei portata nel mio studio anni fa; lei e Andy avrebbero fatto una coppia eccezionale. Se non riprendono me potrebbero darle il mio posto; risparmierebbero qualche soldo evitando di cambiare la targa sulla porta, la carta da lettera e i biglietti da visita.

«L'anno scorso ho spedito il mio curriculum qua e là. Senza far chiasso, con discrezione; volevo sapere se avevo un valore di mercato.» Esita.

«Dunque?» Ho paura di aver capito dove vuole arrivare.

«Nel mondo c'è qualcuno che mi ritiene importante» conclude con improvvisa fierezza. Scommetto che sotto la maglietta sta gonfiando il petto.

«Anch'io lo penso.» Cerco di sorridere, non funziona.

Mi fissa con un'espressione che non le conosco. «È strano» dice «io non l'ho mai saputo. Voglio dire dal punto di vista professionale.»

«Non c'è mai stata occasione di parlarne.» Non mi piace la piega che ha preso la conversazione, voglio ricominciare daccapo. «Che cosa c'entra Seattle?»

«Quattro studi legali si sono dichiarati interessati a me e mi hanno fissato un appuntamento. Due sono all'est... e laggiù non voglio tornare. Uno è a Tucson e l'altro e Seattle. Così il mese scorso sono andata a Tucson e a Seattle.»

«Credevo che fossi andata a trovare i tuoi genitori a Minneapolis.» Ho tenuto Claudia per tutta la settimana.

«Non volevo che si sapesse.»

«Non volevi gettare Robertson nel panico» dico. «Né innervosirlo» aggiungo per amor di precisione.

«Nel caso non se ne facesse niente» risponde lei con onestà. Fa una smorfia. «Mi volevano entrambi.»

«Come mai hai scelto Seattle?» La mia mente va a mille ma non arriva da nessuna parte; sono arenato. L'unica cosa che riesco a pensare è che se Patricia si trasferisce, si trasferisce anche mia figlia, e che se mia figlia si trasferisce io non potrò più vederla come adesso almeno due o tre volte alla settimana. In questo momento, in questo preciso istante, una strana paura mi attanaglia.

«È una città bellissima» dice lei. «Vivo nel deserto da vent'anni, voglio sentire l'odore dell'oceano. Ed è una città piena di uomini disponibili... uomini interessanti, perbene. Sono stata invitata fuori tutte e due le sere in cui mi sono fermata a dormire» aggiunge con una certa allegria.

«E come mai non ci sei finita a letto?» Sono acido, non posso credere alle mie orecchie.

«Non sono una che si concede al primo incontro. Dovresti saperlo.»

«È passato tanto tempo.» Invece ricordo benissimo.

«Certe cose non cambiano» mi dice lei con affettazione. Poi passa a un altro argomento.«Inoltre lo stipendio è davvero fantastico. Comincio con settantaduemilacinquecento.»

Fischio con ammirazione.Sono un sacco di soldi. Seattle è una piazza importante, seppure non quanto New York o Los Angeles. Fino a cinque anni fa, quando ho preso il volo, non guadagnavo tanto.

«Sei mai stato a Seattle?» chiede. «Certo che sì» si corregge, «uno dei soci mi ha detto di conoscerti, avete lavorato insieme a un caso.»

«Joby Beckenridge» borbotto tetramente. L'unico avvocato di Seattle che abbia mai conosciuto. «Beckenridge & Hastings. Pesi massimi. Devono avere quaranta o cinquanta avvocati alle loro dipendenze»

«Cinquantaquattro con me.»

«Ti perderai in mezzo a tanta gente.» Ditemi che non è vero, che è soltanto un incubo.

«Figurati.» Sorride, è contenta, troppo contenta. «Nella mia sezione saremo solo in quattro...» Fa una pausa prima del colpo di grazia.

«Per il momento io sono la responsabile della sezione ma tra due anni divento socia dello studio.»

«E quando avrà luogo quest'evento benedetto?» Mi fischiano le orecchie. «Quando la vittoria di Seattle diventerà la caduta di Santa Fe?»

«Non subito» risponde. «Ho promesso a Robertson che non l'avrei lasciato su due piedi. Tra sei mesi, più o meno. Potrei traslocare durante le vacanze di Natale. Sì, probabilmente farò così.»

«Ma Beckenridge non morde il freno?» Dentro sto morendo: come può farmi una cosa simile? È una congiura, una cospirazione, tutto il mondo si è coalizzato per distruggermi.

«Loro vorrebbero che incominciassi domani» risponde irritata dal mio sarcasmo. «Ma si sono dimostrati molto comprensivi.»

«Bontà loro.»

«Non sputarci sopra, Will. Devo farlo, cerca di capire.»

«Claudia lo sa?»

Lascia trascorrere qualche secondo di troppo prima di rispondere.

«Sì.»

«E cosa ne pensa?»

«Non le va. Com'era prevedibile del resto. Le sue amiche vivono qui. È l'unica città che conosce. Si adeguerà, i bambini sono molto più adattabili degli adulti.»

«E io? Cosa ne sarà di Claudia e di me?» Mi rendo conto di aver assunto un tono piagnucoloso, ma chi se ne frega? Quello che pensa Patricia di me in questo momento è del tutto irrilevante.

«Lo so.»

La fisso.

«Senti» dice«pensi davvero che io voglia separarvi? Questa è la decisione più dura che abbia mai dovuto prendere nella mia vita. Ma dovevo farlo. Qui muoio.»

Qui muore. Balle, d'accordo, non è un posto perfetto, ma dopotutto la vita non è mai perfetta e gli uomini ci sarebbero anche qui se non facesse tanto la difficile. Io invece morirò. Diventerò uno di quei padri divorziati che si vedono in desolata attesa negli aeroporti a Natale e in agosto. Non sarò più presente nella vita della mia bambina e non contribuirò più alle decisioni importanti, e non sarò più con lei.

«Ho anch'io la custodia tutelare» dico con un filo di voce.

«Starà con te tutte le volte che potrà. Non ho alcuna intenzione di separarvi.»

«E allora non andartene.»

Scuote la testa con impazienza. «È tutto deciso. Non colpevolizzarmi, non lo merito.» Alza il telefono e comincia a comporre un numero. «La chiamo. È una bellissima giornata. Non vorrai perdere neanche un'ora. Mary?» dice nel ricevitore «c'è qui Will. Manda Claudia a casa. No, subito.»

Mi dirigo verso la porta, la apro. Dall'altra parte della strada si spalanca contemporaneamente un'altra porta; io e mia figlia siamo sempre in sintonia anche nelle cose più banali. Attraversa di corsa e mi abbraccia. Non posso immaginare la mia vita senza di lei.

«Andiamo rockettaro» m'informa. Guarda troppa tv. «Prendo lo zainetto.» Corre in casa. Resto a guardarla mentre sua madre osserva me. Esco. Da tempo immemorabile questa non è più casa mia.

Trascorriamo il pomeriggio di sabato a pesca in montagna nella proprietà del mio amico Lucas. Lucas è un ex hippie degli anni Sessanta che come tanti altri hippie un bel giorno decise di abbandonare la città e fondare una comune insieme a un gruppo di amici desiderosi quanto lui di "fare ritorno alla terra". (Una frase che non si sente dire più.) Diversamente da quanto accadde in altre comuni nate nel nord dello Stato, sopravvissute fino ad oggi, gli amici di Lucas presto si stancarono di rompersi la schiena su una proprietà che non avrebbe dato una rapa nemmeno con l'intercessione divina. Lucas non mollò – è un testardo figlio di puttana – e pian piano acquistò le quote degli altri al prezzo di dieci centesimi per ogni dollaro di valore nominale. Cercò di coltivare la terra nella stagione più favorevole dell'anno ma poi, davanti all'ineluttabile, si rassegnò. Andò nell'ufficio della commissione ambientale dove, con l'aiuto della sua buona amica e alleata Agnes Rose, direttrice del catasto eletta grazie alla lista verde e soprattutto grazie al supporto di Lucas e di altri fanatici ambientalisti come lui, divise i duemila acri in piccoli appezzamenti di cinque acri ciascuno e tenne per sé la parte più bella della proprietà. Il terreno era arido e roccioso ma la vista sulla valle e su Santa Fe era assolutamente fantastica. In capo a diciotto mesi i ranch erano stati tutti venduti (eccetto uno che Lucas generosamente regalò ad Agnes) al prezzo di sessantamila dollari ciascuno, perciò a soli trentun anni Lucas si ritrovava ricco sfondato. Lui e Dorothy («non chiamarmi un'ex hippie perché tanto per cominciare non lo sono mai stata») la sua sexy, divertente, maliziosa e ambiziosa moglie, oggi sono tra i più importanti protettori delle arti di Santa Fe e ogni anno al loro ranch organizzano un'enorme festa per la raccolta di fondi per la promozione dell'arte.

Curando gli interessi legali di Lucas percepisco un onorario più che dignitoso e godo del privilegio di poter cacciare e pescare liberamente nella sua proprietà. (Lucas è uno di quei clienti a cui non rinuncerei mai, e conoscendo il suo carattere perverso so che molto probabilmente risponderà ai miei ex soci di ficcarselo dove vogliono e mi resterà fedele.) Il fiume che scorre al confine della tenuta brulica di salmoncini affamati da aprile a novembre. Qualche volta sono riuscito a pescarli con esche molto improbabili come una linguetta di lattina o del formaggio Gouda ancora avvolto nella plastica, nonché con il tacco di metallo di uno stivale da cowboy. Io e Claudia peschiamo in questo fiume da anni. In occasione del suo sesto compleanno le comprai un kit da pesca per principianti e con mia grande sorpresa e felicità Claudia si appassionò immediatamente. Adesso dispone di un'attrezzatura professionale e può piazzare l'esca anche su un rametto trascinato da una corrente velocissima. Peschiamo con ami senza barbiglio e lei si guadagna tre o quattro trofei all'anno: rispetta tutte le creature viventi, un tratto del suo carattere che apprezzo molto.

«Non voglio cambiare casa» dice. Ne stiamo parlando da circa un'ora. Muove il polso come una professionista e poi osserva la canna tendersi in un arco pigro verso la corrente.

«Nemmeno io. Nemmeno io voglio che tu te ne vada.»

«Che cosa possiamo fare?» Avvolge il mulinello. È quasi mezzogiorno, l'ora in cui i pesci vanno a nascondersi. «Perché non la prendi come socia?»

Se potessi lo farei, farei qualsiasi cosa pur di evitare di perdere Claudia. Ma purtroppo a Patricia sembrerebbe un'offerta poco allettante anche se le cose allo studio andassero ancora a gonfie vele. Adesso che la porta per me è chiusa e sprangata non se ne parla nemmeno.

«Non è questo il problema, Claudia.» Apro una lattina e rassicuro me stesso sul fatto che una birra non significa bere. «Vuole una vita nuova in mezzo a gente nuova. Santa Fe non offre molto.»

«Sono le paturnie della menopausa» dice lei con aria sicura. «Figurati che vuole rifarsi le tette.»

La guardo: sta diventando grande troppo in fretta per i miei gusti. Ricambia il mio sguardo con innocenza.

«Come fai a saperlo?» In realtà non sono certo di voler conoscere la risposta.

«Me l'ha raccontato lei» risponde allegramente. «Mi ha mostrato il dépliant che le ha dato il dottore. È pazzesco!» Ormai è partita e non riuscirò a impedirle di entrare nei dettagli. «Ti fanno un taglietto sotto l'ascella (alza un braccio e mi mostra dove avverrà l'incisione) proprio qui, quasi non si vedrà e poi ci infilano questo sacchetto pieno di acqua salata sterile che non so se prendono dall'oceano o da dove e te lo spingono dentro la tetta...»

«Okay, okay.» Non voglio sentire più niente. «Ho afferrato il concetto.»

«Le ho detto che secondo me era un'idea stupida» dice. «Finirà per assomigliare a quella vecchia attrice... come si chiama?»

«Raquel Raley?» azzardo

«Sì, quella. »

«E cosa disapprovi esattamente in lei?» Non sono un grande fan di Raquel Raley ma devo ammettere che la signora ha ancora un corpo da adolescente. «Credo che tua madre sia una bella donna» aggiungo, (quando l'ho vista con la maglietta intrisa di sudore e incollata alla pelle sono rimasto senza fiato; inoltre è di gran lunga meglio della maggior parte delle donne che incontro di questi tempi) «... Ma se ritiene di aver bisogno di migliorarsi, perché tu o io dovremmo criticarla?»

«Il corpo umano non è stato creato per diventare un ricettacolo di plastica» mi risponde Claudia con disgusto.

«Ben detto. Devo ricordarmelo. Potrebbe tornarmi utile in qualche arringa un giorno o l'altro.»

Sorride. Le piace essere coinvolta nel mio lavoro. Le racconto quello che faccio, discuto dei miei clienti (spesso ironicamente, Claudia condivide il mio complesso di superiorità anche se in lei fa tenerezza), le chiedo consigli.

Osservo il fiume per qualche istante.

«Vuole sposarsi» dico a Claudia. «È sola e non vuole invecchiare così. La solitudine la spaventa. Quando si invecchia si comincia a pensare a queste cose.» Mi fermo: è proprio necessario sovraccaricarla anche di questo fardello?

La cosa non sembra crearle problemi: «Ma la mamma ha me» ribatte guardandomi con quegli occhi azzurri che mi stendono tutte le volte che mi fissa intensamente. È ancora una bambina, praticamente un bebè. Mi costringo a un po' di realismo. No, non lo è più, vorrei che lo fosse ma come per molte altre cose per le quali mi piacerebbe fermare l'orologio, non accadrà.

«Un giorno o l'altro tu te ne andrai. Voglio dire che prima o poi non vivrai più con noi due.»

«Se è per questo non viviamo insieme nemmeno ora» risponde lei.

Riponiamo la nostra attrezzatura e riprendiamo il sentiero che ci riporterà nel punto dove abbiamo lasciato l'automobile. Dall'altra parte della gola, nei pressi della baracca delle guardie forestali che nell'aria chiara della montagna sembra vicina ma in realtà si trova a parecchie miglia di distanza, si è radunata una piccola folla. Si distinguono le luci intermittenti delle macchine della polizia.

«Qualcuno deve essere precipitato» osserva Claudia. «Stupidi turisti.»

Quattro o cinque volte all'anno accade che qualcuno – di solito un locale e non un turista – schiacci troppo l'acceleratore e manchi una curva. È un bel volo.

Ci fermiamo un istante a osservare la scena ma il binocolo tascabile che porto con me per il bird watching non è abbastanza potente e distinguo ben poco. Ripongo i nostri attrezzi nel bagagliaio. Mentre torniamo in città Claudia lascia penzolare i piedi nudi dal finestrino.

Accendo il barbecue e aspetto che il carbone diventi incandescente prima di appoggiare sulla griglia le fette di salmone. Mentre le toglievo dall'involucro sul tavolo di cucina ho pensato non senza ironia che dovevano essere arrivate a nuoto fin dallo stato di Washington.

Claudia guarda alla televisione un vecchio documentario su sciacalli e avvoltoi, un programma vagamente educativo; Patricia e io abbiamo stretto il patto di non lasciarle vedere la televisione commerciale. È una delle poche convinzioni che condividiamo ancora.

Squilla il telefono.

«Non rispondere» mi grida Claudia dall'altra stanza. In genere quando il telefono squilla durante il fine settimana si tratta di sua madre o di un cliente, in entrambi i casi un'intrusione che non ci fa piacere.

Chiunque sia non sembra intenzionato a demordere e al sedicesimo squillo rispondo.

«Non sono in casa» dico con il tono più infastidito che riesco a produrre.

«Lo so.» È John Robertson, sembra divertito. Dovevo resistere e non rispondere. Non intendo parlare con nessuno che mi ricordi Patricia e non mi importa che lui sia quasi un amico. (Un'intesa tra un procuratore distrettuale e un difensore è sospetta. Me ne rendo conto.A mia discolpa posso dire che John non mi ha mai mentito né ha mai cercato di incriminare qualcuno a tutti i costi, perciò qualche anno fa presi la decisione di accantonare la mia giustificatissima paranoia nei confronti dei procuratori e di fare un'eccezione per lui.)

È l'uomo più arrivista dello Stato, il giovanotto biondo amato da tutti, malgrado il fatto che sia uno di quelli a cui riesce bene qualsiasi cosa: ottimo giocatore di football, sfoggia una moglie che sembra appena uscita dalla copertina di Vogue e i suoi figli hanno i denti diritti. Presto o tardi parteciperà alle elezioni per diventare governatore o senatore e sicuramente ce la farà.

«Sto cucinando» spiego. «Per me e per mia figlia. È il nostro fine settimana. Diamo molta importanza al tempo che trascorriamo insieme e preferiamo non essere disturbati. Il mio normale orario d'ufficio è da lunedì a venerdì dalle 9 alle 18. Grazie. Questa è una registrazione.»

Riappendo. Richiama subito.

«John, dico sul serio» a questo punto l'irritazione è autentica. «Non voglio essere disturbato. Cosa c'è di tanto urgente che non possa aspettare fino a lunedì?»

«Ma sei in vacanza» mi fa presente. Non avevo nessun bisogno che qualcuno me lo ricordasse! «Lunedì non sarai in ufficio.»

«Come lo sai?» Maledizione, in questa città le notizie viaggiano più veloci della luce.

«L'ho saputo ieri da Fred.»

«Dove l'hai visto?» Fingo un'indifferenza che non provo.

«Ha chiamato lui. Voleva comunicarmi che d'ora in avanti sarà Jane a occuparsi dei tuoi clienti, voleva informarmi personalmente.»

Brutto stronzo.

«Tutto bene?» chiede.

Mi sembra di sentire nel suo tono una sfumatura di preoccupazione.

Mi irrigidisco. «Certo. Perché me lo domandi?»

«Ho sempre pensato che tu fossi assuefatto al tuo lavoro.»

«Infatti. È proprio questo che mi ha spinto a decidere. Dovevo costringermi a smettere e dedicarmi un po' al giardinaggio.»

«Bravo. Ci vuole un bel fegato.»

«Oh, non è stata poi così dura.» Mento come se niente fosse. È meglio che stia attento, sta diventando una seconda natura.

«E come l'hanno presa gli altri due? Devono avere una fifa blu.»

«No... piuttosto bene, tutto sommato. Sopravvivranno.»

«Non troppo, speriamo» ribatte John. «Non vorrei che pensassero di potersela cavare anche senza di te. Perché non possono» aggiunge. «Senza di te sono due legali come tanti.»

«È vero.» Dopotutto sono contento che abbia chiamato. «Dimmi, cosa c'è? Perché io sto davvero cucinando.» Sento uno scatto nella linea. «Ma sei in ufficio?»

«Purtroppo sì.»
«Un'emergenza?»
«Hai dei nuovi clienti.» Dal tono non mi sembra che la cosa lo metta di buon umore.
«Ma sono in vacanza, ne abbiamo appena parlato. Da ventiquattro ore. Non è qualcuno dei miei, vero?»
«Non esattamente.» Sembra incerto, come se non sapesse cosa dire.
«Che cosa significa?Di preciso,se è possibile.»
«Senti... vieni qui. Non ti porterà via tanto tempo.»
«Non posso. Stavo cucinando davvero per Claudia.»
«Porta anche lei. Ho una nuova serie di fumetti.»
«La cena si rovinerà. Salmone di Seattle» aggiungo per puro masochismo.
John è troppo scaltro per lasciarsi sfuggire la battuta. «Non sono affatto contento che Patricia se ne vada, se la cosa ti può consolare.»
«Non mi consola ma grazie lo stesso.»
«Fai con calma. Finisci la cena, beviti una tazza di caffè e poi vieni quaggiù. Non ci vorrà molto... Ma sei l'uomo giusto, quando arrivi capirai.»
Riappende prima che mi possa opporre.
«Chi era?» chiede Claudia.
«Il tuo amico John Robertson.»
«Andiamo alla prigione?» chiede tutta eccitata. Andare nell'ufficio del procuratore le piace sempre molto perché tutti la vezzeggiano come se fosse la regina madre in persona.
«Magari dopo cena. Vedremo.»
«Spero che abbiano qualche fumetto nuovo» dice «quelli vecchi li ho già letti migliaia di volte.»
Esco sul patio. Il tramonto mi fa ricordare un verso dell'Odissea. Il salmone è bellissimo, morbido e roseo, pronto per essere girato. Due giorni fa nuotava in uno degli impetuosi fiumi del nordovest (se i pesci non hanno un cervello avranno almeno un cuore) lottando per la vita in mezzo a rapide impraticabili per il piacere di andare a deporre le sue uova altrove e adesso sfrigola sul mio barbecue. Alzo il bicchiere e brindo al suo disperato e valoroso sforzo. Perlomeno è morto provandoci.

I quattro motociclisti della banda avanzano senza fretta in formazione sciolta, Lone Wolf in testa. Ovunque vadano gli altri cedono il passo, soprattutto quelli che percorrono rombando le strade con le loro motociclette giapponesi high tech, quelle che ti vedi sfrecciare accanto a centottanta all'ora oggi e che domani sono dallo sfasciacarrozze. Stupide moto nippo, stupide straniere: un vero motociclista, soprattutto se appartiene a una banda, qualsiasi colore indossi ,cavalca una Harley. È la legge: compri americano e guidi americano. Qui non ci sono signorine che fanno gli obiettori di coscienza. Esclusi quelli respinti per via delle loro fedine penali, i motociclisti sono stati tutti in guerra, Vietnam o altri buchi del genere, e nessuno ha mai sentito parlare di diserzione nelle loro file. Proseguono per un paio d'ore e poi si concedono una sosta. Sai come dice la canzone , chiede Lone Wolf, una donna è costruita per il comfort e non per la velocità? Be'... questa bellezza (e intende parlare della sua moto, una Custom '66 Knucklehead) non è certo fatta per correre... e se è per questo non è neanche troppo comoda. Risate, pacche sui serbatoi della benzina, sei mani di vernice, come si accarezza il vecchio cane. Subito dopo i colori, cioè gli abiti che porti, con le insegne della tua banda, e se si escludono gli uomini che indossano i tuoi stessi vestiti, la tua moto è la cosa più importante della vita; molto più importante della tua donna, dei tuoi bambini, di chiunque. La tua moto ti definisce, la tua moto e i tuoi colori sono quelli che tu sei. E tu sei un figlio di puttana che incute paura e invidia in ogni uomo, donna e bambino che ti incontra. Come te ne nascono uno su un milione, sei uno degli eletti.

Prima si fermano a fare benzina, poi mangiano qualcosa e arrivano ad Albuquerque nel primo pomeriggio. Il caldo è opprimente e soffia un vento secco che inaridisce i polmoni. Si dirigono verso il club ben presidiato. È rilassante starsene lì a raccontare le storie della guerra e a cazzeggiare con i membri locali, tutti vecchi amici e camerati. E ovviamente c'è una bella scelta di pupe tra cui un paio di autentiche bellezze che desiderano soltanto spassarsela un po' con i quattro in trasferta. La festa va avanti senza tregua per quarantotto ore. C'è di tutto: cocaina, amfetamina, erba, eroina messicana, cibo cinese e messicano, costolette, pollo, birra, tequila, Bellini in lattina per le donne. Gente che entra ed esce a tutte le ore del giorno e della notte (ma solo i soci e i loro ospiti, il servizio d'ordine fuori è intransigente; sono armati con gli Uzi dell'arsenale del club) e si beve, ci si droga, si scopa. Una festa come si deve, una delle attività che preferiscono.

Dopo due giorni si sentono stanchi di festeggiamenti, salutano affettuosamente e ripartono diretti a sud. Non stanno nascondendosi, lasciano tracce che anche uno scout alle prime armi riuscirebbe a seguire. E viaggiano puliti; sulla strada sono sempre puliti perché vengono fermati di continuo, è uno degli sport preferiti dai poliziotti americani quello di fermare i motociclisti delle bande; l'esperienza gli ha insegnato a non lasciare mai niente al caso, a non dare mai uno spunto agli sbirri locali per farsi belli.

Così quando un agente della stradale li ferma a mezz'ora dal confine col Texas non hanno nulla da temere se non per quello che sono e su quello non possono fare niente e nemmeno lo vogliono. Uno di loro accenna alla ragaz-

za a cui hanno dato una ripassata... potrebbe aver parlato. Lone Wolf nega, era una troia a posto, e sapeva che aprendo bocca sarebbe diventata una troia morta. Il poliziotto non li preoccupa, procedevano a una media più che lecita di novanta all'ora. Scendono velocemente dalla moto, spengono i motori, abbassano le forcelle e tirano fuori le loro carte di identità in modo tale che il poliziotto non debba temere di veder spuntare una pistola. Cionondimeno l'uomo si avvicina con circospezione, la mano sul calcio della .44, la fondina slacciata: non vuole diventare un numero in una statistica.

Domanda se due notti prima fossero a Santa Fe. Lone Wolf risponde di sì, c'erano. Poi se si sono fermati al motel Pink Flamingo. La risposta è no, hanno dormito in campeggio l'unica notte in cui sono stati a Santa Fe, l'indomani erano già in viaggio. Ha perfino una ricevuta del campeggio, la toglie dal portafoglio, la spiega e cortesemente la tende al poliziotto. L'agente le getta un'occhiata distratta e poi, nel suo gergo poliziesco, li informa che sono in stato d'arresto. L'accusa è di rapina a mano armata ai danni del motel Pink Flamingo. Il proprietario del motel ha dichiarato d'essere stato derubato da alcuni uomini armati arrivati a bordo di quattro motociclette. La descrizione corrisponde perfettamente.

Balle. Lone Wolf lo dichiara senza esitazioni, ma con cortesia, ovviamente. Il poliziotto risponde di non saperne niente, esegue soltanto gli ordini. Ubbidienti lo seguono fino alla stazione di polizia di Hobbs dove un altro agente legge a tutti e quattro il rituale dei loro diritti, li arresta formalmente e li rispedisce a Santa Fe su un cellulare. In segno di gentilezza vengono autorizzati a chiudere le loro moto nel garage della polizia.

Troviamo Robertson nel suo ufficio, nell'edificio annesso al penitenziario della contea. È un bel palazzo costruito nel vecchio stile spagnolo. Bisogna riconoscere che gli urbanisti di Santa Fe procedono nel più grande rispetto dell'integrità architettonica della città. Ovviamente le costruzioni nuove sono molto diverse – i giorni dei mattoni fatti a mano in loco sono passati – ma si armonizzano perfettamente con l'insieme, e a un'occhiata superficiale non è facile distinguerli dagli edifici del centro. Naturalmente i nostalgici del passato strillano come aquile ogni qualvolta si costruisce un palazzo nuovo, e si rammaricano che il tempo non si sia fermato intorno al 1936. Devo ammettere che le mie reazioni non sono molto diverse da quelle dei più fanatici.

«Dov'è l'incendio?» esordisco. Claudia si è già diretta verso la libreria dove Robertson tiene i fumetti. Ne sfoglia alcuni velocemente.

«Qui non c'è niente di nuovo» dice in tono accusatorio. Diventerà un grande avvocato, è un diavolo scatenato quando si arrabbia.

«Guarda nell'ultimo cassetto.» Le indicai un punto oltre la scrivania. Mentre Claudia fruga nel cassetto Robertson si rivolge a me: «Sono dall'altra parte».

Claudia trova i volumi. «Questi sì che vanno *bene*!» esclama. «Ma dove li peschi? Alcuni sono veramente antichi.»

«Lieto che ti piacciano.» John sorride e Claudia si immerge nella lettura. «Ho comprato una collezione.» È un collezionista di vecchi album di fumetti che arrivano fino agli anni immediatamente successivi alla seconda guerra mondiale. «A Chama ho scovato un vecchietto che li conservava per il ritorno del figlio. Detto per inciso il figlio adesso avrebbe cinquantasei anni. Sono riuscito a convincerlo che non ne avrebbe avuto bisogno.»

«Allora, qual è il problema?» Sono sulle spine; tengo in grande considerazione il tempo che trascorro con Claudia e la notizia del suo trasferimento a Seattle mi pesa come un macigno sul cuore. Voglio fare tesoro di ogni minuto che posso passare con mia figlia. «Quale dei miei clienti ha sgarrato, questa volta?» Odio quelli che si mettono nei guai durante il fine settimana. Perché non possono fare casino durante gli orari di ufficio come tutti gli altri?

«Ti ho già detto al telefono che non sono vecchie conoscenze. Sono nuovi di zecca, ancora impacchettati.»

«Sono? Ma di quante persone stai parlando?»

«Quattro.»

«Perché mai...»

«Hanno chiesto di te.»

Non è insolito. La gente si mette nei guai, poi chiede un po' in giro e scopre chi sono i più bravi.

«Uno di loro aveva in tasca il tuo biglietto da visita» aggiunge John. «L'anno scorso hai difeso certi loro... colleghi.»

«Ah sì, e chi? A quanto pare mi hanno fatto una buona pubblicità.»

«Già» risponde Robertson inespressivo come un sasso. «Li hai fatti assolvere malgrado l'imputazione di detenzione e spaccio per milioni di dollari.»

«Gli Hell's Angels di Fresno.»

Annuisce irrigidendosi ancora di più; detesta che gli venga ricordato quel caso. Non cerco nemmeno di nascondere la mia soddisfazione. La pubblica accusa li aveva presi con le mani nel sacco e io ottenni un'assoluzione completa. Una bella lezione per John; avevo chiesto il patteggiamento e John l'aveva rifiutato, una delle sue sconfitte peggiori. La faccenda non danneggiò la nostra amicizia ma un paio di colpi simili potrebbero allontanare di qualche anno la poltrona di governatore.

«Altri Hell's Angels?» domando.

«Peggio.»

«E cosa mai potrebbe essere peggio... dal tuo punto di vista?»

«Vedrai. Andiamo di là.»

Getto un'occhiata a Claudia: rannicchiata in una poltrona, è profondamente assorta dai suoi fumetti; starà tranquilla almeno per un'ora.

«Cos'hanno fatto?»

«Probabilmente niente.»

«E allora come mai sei venuto fin quaggiù di sabato sera?»

«Perché quando si tratta di stronzi come questi devo farmi vedere prima che qualche gasato giornalista di una tv locale venga a mettere il becco.»

«I dolori e le tribolazioni dell'uomo politico!» scherzo.

«Non hanno bisogno di te né del tuo ridicolo onorario, potrebbero starsene buoni per tre o quattro giorni e aspettare che le acque si calmino, invece vogliono quello che in questo Stato passa per l'avvocato più in gamba. Vogliono chiedere subito di uscire su cauzione.»

«Chiunque ha diritto ad avere un avvocato» dichiaro con solennità. Lancio un'altra occhiata a Claudia. «Risolviamo la questione. Tornerò tra pochissimo, cara. Tutto bene?» Claudia è assorta nella sua lettura e si limita ad annuire. Attraverso la sala insieme a John e mi dirigo verso l'ingresso della prigione.

Ho di fronte quattro dei più inquietanti ceffi mai visti. Ho difeso altri delinquenti nel corso della mia carriera, con o senza moto, assassini, stupratori, trafficanti di droga colombiana, squallidi bastardi di ogni foggia e colore, ma pochi al primo incontro mi hanno gelato il sangue nelle vene come questi quattro.

Indossano le sbiadite divise di stoffa azzurra del penitenziario e hanno le manette ai polsi. Nei cinque minuti passati in attesa che li accompagnassero giù ho avuto tempo di curiosare nei loro dossier: nell'insieme hanno avuto una vita intensa. Siedono davanti a me, dall'altra parte del tavolo, uno accanto all'altro nella formazione che probabilmente adottano quando sono in moto. Riconosco il capo prima ancora che qualcuno apra bocca; comunica la sua supremazia fisicamente. Uso il plurale, perché se accetterò di difenderli saranno tutti miei clienti, ma mi rivolgo solo a lui.

«Prima di cominciare ufficialmente» esordisco «il mio onorario è di duecento all'ora più le spese personali più le spese varie... investigatori o qualsiasi altra cosa si renda necessaria. Non accetto assegni di altri Stati.»

Il capo annuisce con un movimento impercettibile: è già passato attraverso questo piccolo rito.

«Ne voglio mille in anticipo. Quello che non sarà speso vi verrà restituito.»

Un altro impercettibile cenno del mento. Sulla bocca gli aleggia un debole sorriso, probabilmente è la sua espressione preferita. Rivela sicurezza, superiorità, disprezzo, rabbia, tutto in una sola smorfia.

«Subito.»

«Come vuoi tu. Ma tiraci fuori di qui più presto.» Parla a voce bassa, masticando le parole tra i denti. Un po' come Marlon Brando.

Faccio scivolare sul tavolo un'autorizzazione in virtù della quale lo sceriffo potrà prelevare la mia parcella dal denaro che gli hanno sequestrato. Legge, firma e respinge il foglio verso di me. Lo infilo nel taschino della camicia. Adesso veniamo al dunque.

«Ho letto l'accusa» dico. Li guardo in faccia. «Siete stati voi? Vi difenderò comunque, ma sono curioso, nient'altro.»

Il capo legge tra le righe; se vuole può mentire... lo difenderò ugualmente. Ma non è obbligato a farlo. «Sono balle.» È disgustato; li stanno accusando di un reato al di sotto del loro livello. «Mai messo piede in quel posto.»

Do un'occhiata all'imputazione per chiarirmi le idee. «Nel tal giorno alla tal ora, eccetera, okay, "entrati nel detto locale e preso possesso di duecentocinquanta dollari puntando un'arma contro Said Mugamb, gestore e proprietario di detto locale" eccetera. Chiudo il fascicolo. «Non avete mai puntato una pistola alla gola di questo tipo per fargli i soldi?»

«No. Non è nel nostro stile.»

«Cosa, la pistola o i soldi?»

«Tutt'e due. Soprattutto gli spiccioli.»

Dice la verità. L'ultima cosa che questi uomini vogliono o di cui hanno bisogno è di dare nell'occhio. E quando mettono a segno un colpo come quello di cui li accusano è per molto più di duecentocinquanta dollari.

«Io ci credo, per quel che conta. Detto tra noi penso che anche la legge vi creda.» Ne ho parlato con Robertson mentre attraversavamo il cortile; questi tizi non gli piacciono per niente e sarebbe felice di tenerli dentro, tanto per levare dalla strada quattro soggetti indesiderabili e farsi un po' di pubblicità. Ma anche lui conosce i codici di comportamento e le abitudini di bande come questa e si rende conto che la testimonianza a loro carico è inconsistente. C'è solo la dichiarazione della parte lesa che li ha identificati in un improvvisato confronto all'americana prima che Robertson mi raggiungesse al telefono. Potrei invocare una violazione tecnica ma non ne vale la pena, anche il procuratore distrettuale è d'accordo. È un'accusa che in tribunale non reggerebbe senza altri elementi. Robertson è il pubblico ministero, è sempre Stato dall'altra parte della barricata fin dal suo primo lavoretto post-università. Però pur essendo completamente indottrinato da una mentalità poliziesca resta un uomo di principi e non monterebbe mai delle false accuse contro un imputato, anche nel caso di gentaglia come questa. Li lascerà dentro qualche giorno, ma se non trova altri elementi a loro carico – ed entrambi sappiamo che non succederà – mollerà l'osso.

«E allora qual è il problema? Quando usciamo?» È tranquillo ma vuole una risposta, e sensata.

«Più o meno fra un'ora» dico. «Chiederanno una cauzione per via dei precedenti. Ce la fate?»

«Quanto?»

«Probabilmente riesco a ottenervi uno sconto comitiva. Mille a testa.»

Annuisce.

«Dovrete restare in zona fino all'udienza preliminare. Se vi beccano a cercare di uscire dal paese abbiamo chiuso.»

«L'udienza sarà lunedì?»

«No. Le cose non vanno così in fretta da queste parti.» Vengono dalla giungla urbana, sono abituati a dei veloci dentro e fuori. «Cercherò di fargli fretta, di averlo sul registro delle sentenze per venerdì.»

Brontolano in coro. «Abbiamo da fare» dice il capo.

«Lo so. Ma dovete starvene una settimana a Santa Fe e tenervi lontani dai guai.» Mi alzo. «Sarete fuori entro un'ora. Questo è il mio numero di telefono» aggiungo, scrivendo il numero della mia segreteria su un foglietto. «Quando siete fuori chiamate e fatemi sapere dove dormite. Garantito» concludo. «Venerdì all'ora di pranzo siete per strada.»

Il secondino spalanca la porta metallica. Mentre mi allontano getto un'occhiata ai miei nuovi clienti attraverso il vetro: mi stanno fissando anche loro. Uscendo penso che non mi piacerebbe trovarmi dalla parte sbagliata della barricata con tipi simili.

Il corpo viene trasportato ad Albuquerque sull'ambulanza di un'associazione paramedica della contea. La legge dello Stato impone che l'autopsia venga eseguita d'ufficio su tutte le vittime di morte violenta. In un caso come questo, un caso assurdo e atroce, probabilmente l'opera di un fanatico appartenente a qualche setta, si svolge nel luogo più attrezzato, ovverossia nel laboratorio di patologia della facoltà di medicina diretto dal dottor Milton Grade, un uomo anziano ma ancora dinamico, ex presidente dell'associazione americana di patologia legale.

È un corpo straziato. Pur essendo abituati alle morti violente, gli uomini dell'équipe devono trattenere un moto di raccapriccio. Il fatto che il corpo sia rimasto sotto il sole cocente peggiora ulteriormente le cose e lo stato di decomposizione è molto più avanzato del normale. Anzi, le condizioni del cadavere sono tali che sarebbe bastato un altro giorno di esposizione al sole per farlo esplodere rendendo quasi impossibile una stima accurata dell'ora della morte e dell'arma usata Fortunatamente il corpo è stato messo al fresco in tempo, stabilizzato e impacchettato.

Grade è l'ultimo ad arrivare. Si scusa, perché queste cose devono capitare sempre durante il fine settimana? Il suo staff ride educatamente. È proprio così, sabato e domenica si lavora sempre più degli altri giorni, deve aver a che fare con la cultura del New Mexico che perversamente, di venerdì e sabato notte, onora con pistole e coltelli gli ubriachi e le loro conoscenze . Il dottore appende gli abiti civili in un armadietto e indossa il camice. Adesso sembrano tutti uguali: una équipe di macellai. Dopo ogni autopsia i lunghi camici bianchi vengono lavati ma la lavanderia, malgrado tutta la candeggina, non riesce a cancellare le macchie marroni lasciate dal sangue.

Grade parte dalla testa e procede senza smettere per un solo istante di parlare nel microfono di un registratore; con gesti disinvolti e professionali, ordina pacatamente all'altro patologo e agli assistenti di sollevare questo o quell'arto, o di girare il corpo se ritiene necessario dare un'occhiata da vicino a qualche particolare.

Questa parte dell'autopsia richiede il doppio del tempo normale. Grade concede ai suoi aiutanti una breve pausa. Prende un caffè dal distributore automatico e lo beve appoggiato alle fredde piastrelle che rivestono il muro del laboratorio in compagnia del suo assistente, un giovane di Columbus, nell'Ohio. Nello scantinato silenzioso i neon violetti accentuano l'atmosfera gelida dell'ambiente.

«Le vittime di Manson dovevano essere più o meno ridotte così» insinua Matsumota. È un novizio del mestiere e quando gli si presenta un caso particolarmente atroce sta ancora male; oggi ha già sostenuto la sua battaglia per non vomitare il pranzo da tre dollari: riso con chili, enchilada, fagioli e formaggio.

«Peggio» ribatte Grade. «Pensa a cosa dev'essere stato per la vittima.»

«Ma era morto...» Un'ipotesi diversa è troppo insopportabile per essere presa in considerazione.

Grade finisce il suo caffè. «Ritengo che gli abbiano sparato soltanto alla fine.»

«Vuol dire che era vivo...»

«Fino ad un certo punto sì. Sarà entrato in stato di shock catatonico prima che compissero l'opera.»

Matsumota cerca di trattenere i conati.

«Ho riscontrato un caso analogo di recente, forse in un seminario, ora non ricordo con precisione, ma non importa» riprende a spiegare Grade. «Omicidi rituali perpetrati da gruppi omosessuali. Hai visto com'era conciato?» dice senza preoccuparsi di nascondere il suo disgusto .«Evirarlo in quel modo... una mutilazione feroce.» Fissa il soffitto. «Mi auguro che sia morto presto. Dio abbia pietà di lui se ha resistito fino in fondo.»

Matsumota non lo ascolta più; sta correndo verso il bagno le mani premute sulla bocca.

Esplorano la cavità pettorale, muovendo mani e bisturi senza riguardo, spezzando le ossa che li ostacolano, con il sangue che schizza ovunque sui camici; tagliano organi, li ripongono nelle buste di plastica, li pesano, li catalogano. È un lavoro noioso che dev'essere svolto con accuratezza e precisione perché al processo potrebbero essere esibiti come prova. Quando hanno finito i medici alzano ciò che resta, uno scheletro, e lo ripongono nell'involucro apposito che finirà nella cella frigorifera. Riescono a ottenere un paio di impronte digitali decenti che andranno a Washington, all'Fbi, e al Pentagono. Con un po' di fortuna qualcuno denuncerà la sua scomparsa e verrà a identificare il corpo, così avrà una sepoltura decente, una preghiera e una lapide con il nome invece di un posto nella fossa comune.

Dopo la doccia Grade si riveste e va nel suo ufficio. Domani la segretaria batterà a macchina il referto ufficiale; ma prima di uscire deve telefonare al procuratore distrettuale. Non è una faccenda che si possa rimandare.

«Devi venire immediatamente.»

«Cos'altro c'è?»

«È scoppiato il casino, bello» mi dice Robertson. «Non voglio parlarne al telefono, è troppo importante, ma precipitati qui subito e *muy pronto.*» Il mio amico John sta sudando, è ovvio, lo so anche se non lo vedo. Una cosa già molto snervante in sé perché John Robertson non traspira nemmeno in agosto.

«A proposito, sai dove sono i tuoi nuovi clienti in questo momento?»

«No. So che alloggiano allo Sheraton. Chiamali se sei così ansioso, anche se personalmente dubito che la notte di domenica la passino in albergo.» Esito. «Ma cosa vuoi da loro?» Mi rendo conto subito di aver fatto una domanda stupida.

«Ne parleremo quando sarai arrivato.» Riappende.

Stappo una birra, mi spoglio e mi dirigo verso il bagno per una doccia veloce. Sono appena tornato a casa dopo avere riportato Claudia da sua madre. Abbiamo passato la giornata insieme passeggiando, nuotando, giocando come matti e sono sfinito. Il telefono squillava mentre aprivo la porta di casa: era il mio servizio di segreteria per dirmi che il procuratore distrettuale aveva personalmente cercato di rintracciarmi durante le ultime due ore e che lo dovevo richiamare immediatamente nel suo ufficio anche se avessi ricevuto il suo messaggio a notte fonda.

Mi trattengo sotto la doccia più di quanto dovrei; non so di cosa si tratti ma il pensiero che i miei nuovi clienti siano coinvolti in un crimine più grave, in qualcosa di più pericoloso di un'insostenibile accusa di rapina a mano armata, è sconfortante. Anche gli avvocati sono esseri umani come gli altri. Non dobbiamo necessariamente approvare qualcuno anche se lo stiamo difendendo. Un buon legale non permette che considerazioni di ordine personale entrino nel suo lavoro, tuttavia vi sono casi nei quali si preferirebbe non essere coinvolti. Esperienza e istinto mi dicono che mi sono infilato proprio in una di queste situazioni. Così lascio scorrere l'acqua della doccia più a lungo del necessario e mi lavo i capelli per la seconda volta nella giornata. Robertson sarà ben vestito e rasato di fresco e avrà sicuramente un bell'aspetto, anche con i blue jeans. In via del tutto eccezionale arriverò anch'io alla prigione fuori dall'orario di ufficio in buone condizioni.

Prima di uscire chiamo lo Sheraton. Nella loro stanza il telefono squilla a vuoto. Anche se la cosa non dovrebbe preoccuparmi mi preoccupo ugualmente.

«Ieri pomeriggio hanno riinvenuto un corpo. Alcuni ragazzini passeggiavano in montagna vicino alla casupola della guardia forestale e l'hanno trovato.»

«Sì, lo so» dico. «L'ho visto al telegiornale.» Era quello il trambusto che avevo notato con Claudia tornando verso l'automobile. «Sembra una brutta storia.»

«Brutta storia. Interessante eufemismo.»

Di nuovo nell'ufficio di Robertson. Siamo soli, anche se fuori ferve molta attività, anzi, molta più della norma per una domenica sera. È quasi buio e dalla finestra vedo il sole che tramonta dietro l'orizzonte.

«Ti faccio vedere le foto tra un attimo» dice. «Se non ti daranno un'idea negativa dei tuoi simili, niente potrà mai dartela.»

«Cosa c'entra questa storia con i motociclisti?»

«Potrebbero essere stati loro.» Mi guarda diritto negli occhi con un'espressione che mi gela il sangue nelle vene.

«Che cosa te lo fa pensare?» La mia mente corre cercando di anticipare le sue mosse. Se devono rispondere di un'accusa di omicidio la partita è nuova, e io non so se sono pronto a giocarla. In un caso di questo genere ci vuole un team di supporto alle spalle, un avvocato che è stato appena buttato fuori dal suo studio come me non può farcela, o perlomeno non può lavorare bene tenendo soprattutto conto del fatto che i miei clienti non riscuotono più simpatie di Adolf Eichmann.

«Me l'ha suggerito il dottor Grade» dice Robertson.

«Ma sei impazzito?» scatto. «È pregiudiziale e lo sai benissimo. Come faceva il dottor Grade a sapere che i miei quattro erano in città? Gesù Cristo, John, è inammissibile. Non riuscirai neanche a ottenere un'imputazione.»

«Calmati Will. Grade non sapeva che erano in città; non sapeva nemmeno che esistessero.»

«E allora di cosa diavolo stai parlando?» Sta facendo dei giochetti psicologici con me e la cosa non mi piace. Non con un'imputazione di omicidio tra capo e collo.

«Di questo.» Prende un fascicolo dalla scrivania. Lo riconosco subito, è il referto di un'autopsia. «Lui mi ha dato questo, il resto l'ho messo insieme da solo.» E dopo una breve pausa aggiunge: «E non potrai fare diversamente nemmeno tu quando avrai visto quello che c'è dentro.»

«Lascia che giudichi da solo.» Allungo una mano ma Robertson mi sottrae il fascicolo.

«Lo vedrai soltanto se ci sarà l'incriminazione formale.»

«E quando?»

«Da un momento all'altro.» Do un'occhiata all'orologio. «Li abbiamo pescati qualche minuto fa. Stanno arrivando.»

«Da dove?»

«Non so. Non farti prendere dal panico» mi rassicura «non stavano cercando di battersela. Erano tranquilli.» Lascia cadere il fascicolo sulla scrivania. «Parliamo da uomo a uomo, Will. Questa storia è veramente pesante.»

«In via non ufficiale?»

Annuisce.

«Okay.»

Mi tende il fascicolo. Guardo le foto. Aveva ragione: è veramente raccapricciante. Sono stato in Vietnam, quand'ero un ragazzo fresco di liceo e ancora con le idee confuse e ho visto l'azione in prima linea, ma mi basta un istante per rendermi conto di non essermi mai trovato di fronte a niente di così barbaro.

«Gesù, Giuseppe e Maria.» Deglutisco. Ho bisogno di bere qualcosa, non foss'altro che un po' d'acqua.

«E sono in bianco e nero» sottolinea John indicando le foto. «Pensa come dev'essere stato dal vivo con il termometro fisso a 45 gradi. Per non parlare della puzza. I poliziotti che l'hanno trovato si sono sentiti male.»

Mi costringo a riguardare le fotografie: le immagini non migliorano.

«Non posso biasimarli» dico. «Ma perché pensi che l'abbiano fatto i miei uomini? Se da queste foto emerge una pista, sembrerebbe quella del crimine organizzato, mafia o cosche simili.»

«Per via del membro.» A John non piace dire certe parole.»

«Appunto. È un crimine tipico» rispondo. Chiunque l'abbia ucciso ha pensato bene di tagliargli l'uccello e di infilarglielo in bocca.

«Sappiamo che la mafia usa questo trattamento con gli informatori; lo sanno tutti. Anche i vietcong» ricordo all'improvviso. Non vi ho mai assistito di persona ma laggiù ne avevano tutti una paura folle.

«A quanto pare lo fanno anche le bande di motociclisti» m'informa Robertson.

Nel mio cervello scatta un campanello d'allarme. «Non lo sapevo.»

«Neanch'io» ammette Robertson. «Ma Grade sì. Mi ha fornito l'informazione spontaneamente, non sapeva nemmeno che avessimo questi tizi sottomano.»

Capisco dal suo tono che sta attribuendo all'informazione grande significato. È comprensibile: quando la faccenda diventerà di pubblico dominio ci sarà un bel tumulto.

«E cos'altro ti ha detto, spontaneamente?» Devo cercare di concentrarmi ma non riesco ad allontanare i miei pensieri da quelle foto.

«Che non è stato il colpo di pistola a ucciderlo.»

Sono tutt' orecchi.

«Bensì...»

«È stato pugnalato a morte. Quarantasette volte, o forse prima è stato evirato e poi pugnalato. In qualsiasi modo siano andate le cose gli hanno sparato solo alla fine... un ultimo ripensamento.»

«D'accordo» dico lentamente. La mia testa sta riprendendo a funzionare; voglio essere sicuro di dire la cosa giusta, ovverossia una cosa che non danneggi i miei clienti. «Convengo con te che questa faccenda sia atroce, barbara e raccapricciante, ma ancora non riesco a capire in che modo possa venire collegata ai miei quattro.»

«Erano in città.»

«Ma fammi il favore!»

«Secondo il dottor Milton Grade, uno dei più eminenti patologi del paese...»

«Conosco la fama del dottor Grade» lo interrompo con impazienza.

«... Questo genere di omicidio rituale ha forti componenti omosessuali...»

«Qualcuno taglia il pisello di un altro e tu mi vieni a dire che c'è di mezzo qualche faccenda sessuale?»

«... Che sono piuttosto caratteristiche di omicidi perpetrati da alcune bande di motociclisti» conclude. «Grade l'ha letto in qualche giornale medico.»

Sento abbattersi il primo colpo di mannaia. Adesso non ho che da aspettare il secondo.

«Va bene. Ma ciò non ha niente a che vedere con il mio caso. Cos'altro hai in mano? Qualcosa che colleghi la vittima ai miei clienti?»

«Non ancora» risponde lui pacatamente.

«E allora qual è il problema? Oltre alla paura della gente e a un certo disgusto della comunità più perbenista verso questo tipo di persone?»

«Appunto. Tutti odiano i balordi come quelli» dice Robertson. «Te compreso. Anche quando li rappresenti.»

Squilla il telefono. «Parla Robertson.» Resta in ascolto. «Bene.» Riappende. «I tuoi clienti sono arrivati.» Vuole dire che i miei quattro sono di nuovo chiusi in una cella.

«In stato d'arresto?»

«Indiziati, per il momento.»

«Di cosa?»

«Omicidio aggravato e sequestro di persona.»

Siamo entrambi consapevoli di ciò che viene taciuto: omicidio e sequestro di persona in questo Stato significano la pena capitale.

I miei clienti si sentono oltraggiati e non fanno il minimo tentativo di nasconderlo. Il processo per rapina non c'è ancora stato e per di più a meno di trentasei ore dalla scarcerazione sono di nuovo seduti al tavolo della sala colloqui. Non hanno ancora indossato la divisa carceraria e gli abiti civili li fanno sembrare perfino più minacciosi. Lone Wolf si protende verso di me, le braccia muscolose appoggiate al tavolo sono coperte di intricati tatuaggi: falchi, cuori e pugnali, sangue e rose, un museo d'arte ambulante.

«Che cazzo sta succedendo?» La voce bassa e sussurrante sembra il sibilo di un fantasma e contrasta in modo netto con la forza selvaggia che emana fisicamente da Lone Wolf.

«Che razza di avvocato sei, Alexander?» La minaccia sottintesa è tangibile, ne sento l'alito sul collo: hai preso i nostri soldi, ci hai detto che avresti messo le cose a posto. Invece siamo ancora qui.

«Mi hai chiamato tu, amico, ti ricordi o no?» Vadano a farsi fottere. Se vogliono un altro avvocato se lo cerchino. Ho già abbastanza grane per conto mio senza dover fare i conti con le loro.

Mi fissa. Non sono abituati a sentirsi apostrofare con tanta durezza.

«Non ti agitare» dice. Un sorriso furbo emerge dalla barba di tre giorni. «Sappiamo che sei il migliore.» Si appoggia allo schienale, smette l'atteggiamento minaccioso. «Ma spiegaci che cosa sta succedendo.»

«Cosa vi hanno detto?»

«Un cazzo. Sono arrivati nel posto dove stavamo mangiando e ci hanno comunicato che se non venivamo volontariamente a rispondere ad alcune domande avrebbero revocato la cauzione. Non avevamo scelta.»

«Hanno fatto un bello show» aggiunge un altro. Il suo nome di battaglia è Roach, e assomiglia a Mick Jagger. Ha una voglia color vino con la forma dello Stato della Florida che parte dal lato destro del collo e arriva al sopracciglio. «Spaventando a morte i civili» aggiunge con una smorfia. Ostenta anche una stellina di zaffiro incastonata nel canino superiore.

«Non ci hanno neanche lasciato finire la cena» dice il terzo, detto Dutchboy. È enorme, il pivello del gruppo, capelli rossi tagliati a caschetto e lentiggini: un Huckleberry Finn uscito da un incubo. «Ho così fame che mi farei una vergine.»

Ridono; mio malgrado sorrido anch'io. Forse perché condivido con loro l'impressione che li stiano maltrattando.

«Ci sono dei distributori automatici di panini nel braccio. Dovrete accontentarvi fino alla colazione di domani mattina.»

Si incupiscono. Non sarà facile, ma è ormai chiaro che non c'è molto da scegliere.

«C'è stato un omicidio su una delle montagne a nord di qui qualche giorno fa» dico. «Ieri hanno trovato il cadavere. Faccio una pausa. Nessuna reazione; bene.

«Per il momento gli indiziati siete voi.» Perdere tempo in inutili perifrasi non mi sembra sensato.

Mi fissano sorpresi.

«Ma neanche per idea.»

«Non siete stati voi?»

«Te l'ho già detto.»

«Dovevo chiederlo. Te l'ho già spiegato. Devo sempre chiederlo.»

«Okay. Va bene.» Lone Wolf cerca di controllarsi, è più calmo. «Non siamo stati noi, non ne sappiamo niente, è la verità, lo giuro davanti a Dio.» Mi sta fissando, tutti mi fissano; questi quattro possono stare ore senza battere mai le ciglia.

Il mio sguardo non ha la stessa intensità; bisogna essere un po' matti per essere così. Questi uomini vanno al massimo. Io no, per fortuna. Il mio cervello invece diventa una slot machine; le scritte luminose colpevole- innocente- sincero- bugiardo si alternano velocemente. A volte capita, quando non si riesce a decifrare il cliente. Non so se sono sinceri o se mi stanno prendendo in giro, non riesco a decidermi. Quando mi hanno detto di essere estranei alla rapina a mano armata non ho avuto esitazioni, ma oggi non sono del tutto convinto, c'è qualcosa che non mi sembra chiaro. Sono propenso a credere che siano sinceri, l'assoluta mancanza di reazioni quando ne ho parlato la prima volta non può essere simulata, novantanove persone su cento avrebbero lasciato trapelare qualcosa. È vero però che questi quattro sono speciali, uomini che sopravvivono camminando sul filo del rasoio. Forse non sono stati loro, anzi, è molto probabile, però è il genere di atto barbarico di cui potrebbero essere capaci.

Ma fino a quando non cambiano la versione della storia o non emerge una prova inconfutabile della loro colpevolezza io credo alla loro parola. Ho con me il rapporto del dottor Grade, lo apro e lo sfoglio mentre ascolto la ricostruzione degli eventi degli ultimi giorni in cerca di qualche discrepanza tra le due versioni.

In un bar di infimo ordine hanno raccattato una ragazza (lei ci stava, o così vogliono farmi credere), okay era ubriaca, d'accordo, ma non c'è stata nessuna coercizione, ci saranno stati duecento testimoni (Dutchboy fortunatamente ha conservato un pacchetto di fiammiferi del bar, sarà la prima cosa che controllerò) hanno fatto un giro con la moto per un paio d'ore...

«Avete avuto rapporti carnali con lei?» li interrompo.

«No, amico, ci siamo seduti tutti intorno al fuoco e abbiamo letto un libro di Rod McKuen. Ma che cosa ti credi che siamo, finocchi? Certo che le abbiamo dato una ripassata» mi dice Lone Wolf con disprezzo. «Se non le scopiamo vuol dire che fanno proprio schifo.»

«Tutti e quattro?»

Si guarda in giro. «Qualcuno di voi ha simulato?» Ridono. Una bella risata di pancia. «Sì amico. Tutti abbiamo fatto un giro.»

«Qualcuno più a lungo di altri» dice Roach.

«Tu sta' attento» ribatte Lone Wolf puntandogli un dito contro. Ammiro il loro autocontrollo; non penso che riuscirei a fare delle battute con un'accusa di omicidio sulla testa nemmeno se fossi innocente come un neonato.

«È stupro.»

Non mi piace per niente la piega che hanno preso gli eventi; la ragazza, chiunque sia, non sarà mai dalla nostra parte. Se sono fortunato non si farà più viva.

«Nessuna violenza» ribatte enfaticamente Lone Wolf. «Era bella calda e pronta per la festa. Qualcuno di voi ha sentito delle lamentele?» Gli altri negano.

«Calda e pronta per tutti e quattro? Ne sei sicuro? Perché qualora fosse stata pazzamente innamorata di tre di voi ma non volesse il quarto, si tratterebbe di stupro.»

«Era più che disponibile» insiste Lone Wolf «non ci ha mai chiesto di smettere neanche una volta.» Conosce il gergo, deve conoscerlo per forza, l'ha sentito per gran parte della sua vita.

Rifletto. È una buona linea; se un cittadino qualsiasi fosse processato per stupro probabilmente in questo caso se la caverebbe. Ma non c'è giuria che non condannerebbe loro quattro.

Continuiamo la ricostruzione. Riportano la ragazza nello squallido motel dove abita (non lontano, realizzo, dalla casa di Patricia) e poi via con le moto verso Albuquerque sulla statale 14 del New Mexico, la pittoresca strada che passa attraverso Madrid, la ferrovia abbandonata e la città mineraria ora trasformate in attrazione turistica, colonie di artisti hippie. Si fermano a fare benzina e arrivano a Madrid intorno alle sette del mattino. Li interrompo su questo particolare; come fanno a essere sicuri dell'ora? Sono sicurissimi; hanno dovuto aspettare fino alle 7.30 per mangiare qualcosa perché l'unico ristorante in città apre a quell'ora. La cameriera, che è anche la cuoca, si ricorda certamente di loro; era un bel tipo, non si è fatta intimidire e ha scambiato battute per tutta la durata della colazione. Hanno ancora la cedola della carta di credito che gli hanno dato alla stazione di servizio. Ringrazio Dio per aver creato la plastica e mi infilo la cedola in tasca: anche i delinquenti la usano.

Mi descrivono il loro soggiorno ad Albuquerque. Cerco di fare in fretta: i dettagli sono noiosi, ripetitivi e infantili, e mi ricordano i fine settimana al college, all'insegna di uno spirito di fratellanza di cattivo gusto e con in più sangue e voltastomaco. L'unico elemento positivo è che sono stati visti da parecchie centinaia di persone, la maggior parte delle quali potrà essere chiamata a testimoniare in loro favore. E teoricamente dall'arrivo a Santa Fe fino all'arresto avvenuto più a sud ogni minuto del loro tempo è stato registrato e, cosa ancor più importante, vissuto in presenza di testimoni. L'omicidio ha richiesto tempo. Il rapporto del coroner è esplicito. Se quello che mi stanno raccontando è vero, non si sono mai trovati soli abbastanza a lungo per poter commettere un omicidio in modo tanto macchinoso.

«Fissano la cauzione domani?» chiede Lone Wolf.

«E di quanto sarà?» Goose fa sentire la sua voce per la prima volta. È il più anziano, probabilmente ha superato i quarant'anni. La barba e i capelli legati a coda di cavallo sono più sale che pepe. È un barilotto che assomiglia a uno dei sette nani di Biancaneve di Walt Disney. «Non siamo mica milionari, cosa ti credi?»

«Ma possiamo coprire le spese» aggiunge Lone Wolf. Non vuole farmi scappare.

«Dovrete starvene tranquilli per qualche giorno» li informo. «Il procuratore vi può trattenere anche senza un'imputazione formale fino a lunedì, quando parlerà con il giudice, dopo di che chiederà la carcerazione preventiva fino al processo. Perché non possiate scappare.»

«Ma non siamo scappati neanche prima» mi ricorda Roach.

«Prima non eravate indiziati di omicidio. Non sarà una cosa lunga...» Sto cercando di farla sembrare meno dura di quello che è. «Soltanto un paio di giorni in più di quanto avevate preventivato. Risparmierete i soldi dell'albergo e del ristorante.»

Non protestano, ci sono già passati, possono stare una settimana anche all'inferno, se necessario.

Raccolgo le mie carte. «Mi sembra di aver detto tutto» dico, «ripasso domani.»

Comincio a chiamare la guardia per farmi aprire. Lone Wolf mi ferma.

«Se capita il peggio... se in un modo o nell'altro ci tocca arrivare fino al processo... quanto ci viene a costare?» Me l'aspettavo. Avevo sperato che non arrivasse subito.

«Un caso di omicidio come questo costa normalmente da cinquanta a settantacinquemila dollari.» Non è il momento di menare il can per l'aia. «Dipende da come vanno le cose.»

Incassano tutti il colpo a fatica con l'eccezione di Lone Wolf che non muove un muscolo.

«A testa.»

A questo punto anche Lone Wolf ha una reazione. Ma cerca subito di mascherare le sue emozioni.

«Possiamo pagare» ripete con ostinazione.

«Il cinquanta per cento in anticipo.»

«Ho detto che possiamo pagare.» Ha solo una velocità: avanti tutta. Gli altri si guardano nervosamente; sono partecipi di un gioco che ha una posta altissima.

Goose si schiarisce la gola. «Dobbiamo parlarne» dichiara.

«Voglio aggiungere qualcosa.»

Si girano a guardarmi.

«Anziché chiedere il normale onorario» dico «vi farò un prezzo speciale.»

Lone Wolf mi fissa.

«Perché?»

«Perché vi credo. Perché avete bisogno di me... avete bisogno del migliore.»

Perché io ho bisogno di *voi* sarebbe più vicino alla verità. Non ho lavoro: non posso permettermi di lasciar scappare questa occasione. E non solo per il guadagno ma anche per la notorietà, la pubblicità che ne deriveranno. Casi così clamorosi non capitano spesso; e io ho bisogno, oltre che di contanti, anche di una buona pubblicità.

«E allora quanto?» chiede Lone Wolf.

«Cercherò di farlo per centocinquantamila. Al massimo centosettantacinque. Al di sotto di questa cifra non potreste avere la difesa di cui avete bisogno; se qualcuno dice il contrario mente.»

Lone Wolf mi fissa.

«Possiamo pagare» dice. «Se non sfora il tetto.»

«Faremo in modo che non succeda.»

Sorridono.

«Vogliamo il migliore» dice Goose. «Se il migliore sei tu avrai i tuoi soldi... è una promessa.»

Non ne dubito. Ma non voglio sapere da dove vengono. Gli avvocati di Manuel Noriega non chiedono da dove arriva il denaro del loro cliente. Non voglio saperlo nemmeno io.

«Speriamo che non si verifichi la necessità di spendere tanto. Personalmente dubito persino che si arrivi fino al processo.»

«A quanto lo dai?»

Sparo a caso. «Venti a uno.»
Si rallegrano subito. «Andrà tutto bene, se ci sei tu» dice Lone Wolf. «Mi hai fatto una buona impressione, avvocato.»
Adesso devo dirgli il resto. Conosco le loro fedine penali: hanno fatto i cattivi e hanno pagato, ma nessuno di loro ha mai dovuto rispondere di un'accusa di omicidio.
«*Se* formalizzano l'imputazione» dico «e *se* riescono a convincere il giudice a coprirli e voi arrivate al processo, a quel punto io posso essere uno dei vostri avvocati, oppure, se preferite» aggiungo in fretta prima che possano interrompermi «l'avvocato di *uno* di voi.»
«Cosa intendi? Cosa cazzo intendi?» Lone Wolf è in piedi e troneggia minaccioso su di me.
«Siediti» ordino. «Siediti subito!» Mi guarda con un'occhiataccia ma ubbidisce. Non sembrano capire.
«Posso spiegarvelo. Per la legge un avvocato non può difendere più di un imputato in un processo per omicidio. Sarebbe contrario all'etica, e per una buona ragione, poiché in alcuni casi si verificano conflitti di interesse.»
«Si fottano i conflitti di interesse. Tu sei l'uomo. Vogliamo te. Tutti e quattro.»
«Impossibile. I buoni penalisti non mancano. Anche i difensori d'ufficio sono dei buoni avvocati. Se fossi in voi mi rivolgerei a loro.»
«Ma tu non sei noi» ribatte Lone Wolf.
«Comunque per la legge le cose stanno così. In questo come negli altri Stati. Inoltre non saremo separati come quattro navi che passano nella notte. Gli avvocati lavorano e concertano le strategie. Un po' come avere quattro avvocati al prezzo di...»
«Al prezzo di quattro» conclude Lone Wolf per me. Guarda gli altri. Avuta la conferma della sua supremazia torna a dedicarsi a me. «Se le cose vanno così vanno così.» Mi fissa. «Quand'è che incontreranno gli altri tre geni?»
Sono diventato ufficialmente il suo difensore. In verità non avevo nemmeno immaginato che potesse andare diversamente. Nessuno degli altri accenna a una protesta.
«Speriamo che non debba succedere mai» dico. «Il giudice non dovrebbe avere elementi per confermare l'imputazione se quello che mi avete raccontato corrisponde al vero.»
«È la verità.»
«Bene. In questo caso non saranno necessari altri difensori.» Quando ho già un piede oltre la soglia mi giro con aria indifferente, come se fossi stato colto da un'idea improvvisa.

«Tanto per scaramanzia farò qualche telefonata. Per accertarmi che i migliori sulla piazza siano disponibili.»

Non sono degli Einstein ma capiscono l'antifona.

«Hai appena detto che non ne avremo bisogno.»

«Lo so» ammetto. «Ma sono un avvocato; mi hanno insegnato a considerare tutte le eventualità. È un riflesso pavloviano, non posso impedirmelo.» La stanno bevendo? Me lo auguro, ma a giudicare dalle loro espressioni non mi sembra.

«Vengo a trovarvi domani mattina.» Il secondino mi apre la porta.

Lone Wolf mi regala un sorriso arguto.

«Se non veniamo a cercarti prima noi.»

La porta si richiude alle mie spalle con un fragore metallico. Ormai siamo legati a doppio filo.

C'è una sola cosa piacevole in tutta questa storia: Fred e Andy resteranno di stucco domani mattina quando mi vedranno lucido e sbarbato in studio di buon'ora, penso con piacere mentre attraverso il cortile del carcere nel caldo secco della sera.

Sono arrivato alle sette e sono chiuso qui dentro già da due ore. Ieri sera ho chiamato Susan per chiederle di venire presto in ufficio e di tenere la bocca chiusa. Era nervosa ma contenta di lavorare con me e combattiva, come sempre. Fa piacere sapere che nella vita non sono tutti in vendita.

Sono arrivati insieme, come il gatto e la volpe. Fred per primo – Susan mi ha informato attraverso l'interfono – ma ha aspettato Andy. Può anche darsi che io e Andy un giorno si riesca a riaggiustare le cose tra noi, ma Fred è perso per sempre.

«Risolvi qualche problemino dell'ultimo minuto?» Fred ha deciso di adottare il tono condiscendente. Dall'altra parte della mia scrivania si protende verso di me come una vecchia mamma ebrea con la proverbiale tazza di buona zuppa di pollo caldo. La madre è Andy; Fred è la zia nubile con guance e mento coperti di verruche.

Li tengo ad aspettare un po' con il vecchio trucco del professionista superoccupato. Quando mi decido a guardarli lo faccio con un sorriso distratto.

«Un lavoro nuovo» dico. «Ma non preoccupatevi, il mondo non deve necessariamente sapere che sono qui.»

«Non funzionerà, Willy.» Andy è seccato ma cerca di nasconderlo. «Ne abbiamo già discusso. Non costringerci a fare qualcosa di cui poi ti pentiresti.»

«Cosa, per esempio?» Mi alzo. Sono al mio posto di combattimento. Nel mio ufficio, dietro la mia scrivania. «Su, non tenermi in sospeso.»

«Cristo, Will» geme Fred «devi proprio essere così stronzo?»

«Devo proprio essere così stronzo?» Alzo gli occhi al soffitto. C'è una macchia di umidità lasciata l'anno scorso da un guasto alle tubature del bagno, andrebbe sistemata. «È una domanda molto appropriata, Fred. Molto appropriata. Stiamo considerando la questione da un punto di vista legale o filosofico?»

«Will...» Andy annaspa. Li conosco da un'eternità, so quali tasti premere.

Li guardo appoggiando le mani sulla mia antica scrivania italiana per dare maggior enfasi alle mie parole. È un mobile che ha un paio di secoli, ed è appartenuto a uno dei governatori delle concessioni fondiarie. Mi è costata dodicimilacinquecento dollari.

«Lasciatemi spiegare alcuni fatti così come io li vedo» dico. «Voi mi volete fuori. Sono stanco e disgustato della vostra aria da santarellini e dalla vostra totale mancanza di compassione e lealtà.»

«Will...» Andy cerca di fermarmi. Faccio un cenno di diniego; questa mattina non mi ferma nessuno.

«State a sentire, per favore.» Maledizione, penso, sono un buon parlatore e non c'è da meravigliarsi che in tribunale faccia scintille.

«Non sono un santo. Non sono nemmeno una splendida persona, ma sono un uomo che *sempre*, e non lo dico per dire, che *sempre* ha coperto i suoi soci. Come quella volta, Fred, in cui il Consiglio dell'Ordine ti braccava per la storia del Fondo Indiano.»

«Ma era un errore» ribatte Fred in tono appassionato.

«Già, un errore» rispondo. «Però te la facevi sotto lo stesso. E chi ti ha difeso riuscendo a fargli fare la figura degli stronzi?»

«Non era la stessa situazione, Will» dice Andy «non confondere le acque.»

«Bene, allora vi illustrerò le cose più pedissequamente. Durante il fine settimana mi è stato affidato un caso...»

«Lo sappiamo. Robertson ha telefonato.»

«E allora saprete anche che quegli uomini hanno bisogno del miglior penalista dello Stato, *ovverossia di me*. E mi avranno! Voi non mi volete più nello studio, benone. Togliete il mio nome dalla porta, userò l'ingresso di servizio. Non disturberò nessuno, non rivolgerò la parola a nessuno eccetto Susan perché Susan resta con me... a proposito, avrete la sua lettera di dimissioni sulla scrivania per l'ora di pranzo.» Faccio una pausa, un vecchio trucco da arringa; sono andato a una velocità spericolata, adesso devo lasciargli il tempo di respirare e afferrare i concetti.

«Mi occuperò di questo caso e lo seguirò fino a quando lo riterrò necessario. Mi auguro che una settimana possa bastare, ma qualora si protraesse invece fino al giorno del giudizio io ci sarò, e lavorerò, in modo indipendente, nel *mio* ufficio. E se non vi sta bene nemmeno questo preparate i documenti per la risoluzione della società e facciamo saltare tutto.»

Noto con piacere che vacillano. Mi basterebbe soffiare con forza per farli volare via.

«Vi consiglio di lasciar correre. Di non esagerare. Voi volete che il mondo pensi che sono ancora in vacanza: benissimo. Dite che sono qui soltanto a causa della potenziale gravità del caso. Quando sarà tutto finito tornerò a pescare.»

Mi guardano. Non hanno via d'uscita: io non rischio praticamente niente, e lo sappiamo, mentre loro hanno tutto da perdere.

«Mi sembra una buona soluzione» dice Andy dopo un momento. «È così che lavora il nostro studio. Non abbandoniamo i clienti solo perché abbiamo un problema personale.»

«Sono d'accordo» cinguetta Fred«lo studio ha degli obblighi.»

«Bene.» Sorrido. «Questa è la versione ufficiale. Ma tra noi sia chiaro che lo studio non ha un accidente a che vedere con questa storia. È il mio caso, io mi prendo l'onorario e, se ce ne sarà, anche la gloria. Voi potrete brillare di luce riflessa» aggiungo. Mi sento trionfante. Non dovrei ma non riesco a impedirmelo.

«Bene» risponde Fred a denti stretti. «Spero che tu riesca a guadagnare un sacco di soldi, Will, perché potresti averne bisogno.»

Gira sui tacchi ed esce. Restiamo io e Andy.

«Peccato che non sia lui quello che alza il gomito» butto lì.

Si stringe nelle spalle. «Peccato? Chi può dirlo? Comunque il problema è tuo e non mi sembra che tu lo stia risolvendo.» Fa una pausa. «Anzi, al contrario.»

«Un giorno forse.» O forse no.

Mi guarda. Non ha altro da aggiungere. L'ho perduto. Per meglio dire ci siamo perduti. Esce e resto solo. Non ho nessuna voglia di fermarmi qui. Dico a Susan che me ne vado e passo dalla porta di servizio. Non mi vede nessuno.

Contrariamente alle sue abitudini Robertson mi tiene ad aspettare mezz'ora. Quando finalmente si decide a ricevermi non è solo; appoggiato contro l'armadio dell'ufficio c'è Frank Moseby che sorride con aria compiaciuta.

Frank Moseby è un pezzo di merda con sembianze umane. È alto, un po' gobbo, sovrappeso, flaccido e con un cattivo odore cronico. Dalle sue camicie puoi sapere che cosa ha mangiato a pranzo e, ciliegina sulla torta, è anche razzista. Quasi tutti gli abitanti di questo Stato nutrono una straordinaria fierezza nei confronti del loro patrimonio culturale ispanico, ma giù a sud, da dove viene Moseby, sono tutti bigotti rurali: comunque le famiglie di proprietari terrieri che hanno rivestito grande importanza nella storia dello Stato per centinaia di anni sono *cholos*.

Malgrado handicap che per la maggior parte delle persone si sarebbero rivelati fatali, Frank è diventato l'uomo di punta dell'ufficio del procuratore. Certamente anche per una questione di penuria di avvocati, perché per lo più i buoni penalisti della sua età si sono dedicati alla pratica privata, tuttavia Frank ama ciecamente il suo lavoro e inoltre ha una personalità che non gli consentirebbe di sopravvivere nel mondo reale. C'è dell'altro ancora. Moseby è un cristiano bigotto che è assolutamente convinto del fatto che quasi tutti gli uomini sono canaglie e criminali, e che sia suo compito, dovere, santa missione, cercare di rinchiuderne in galera il maggior numero possibile. È il predicatore di una delle chiese conservatrici locali, e porta il fervore delle sue prediche anche in tribunale. Non gioca sempre pulito e probabilmente a New York o a Los Angeles finirebbero per incastrarlo, ma qui a Santa Fe i suoi metodi risultano molto efficaci benché la città ambisca a considerarsi un'oasi di raffinatezza.

È la sua profonda conoscenza dello Stato a rendere i metodi di Moseby tanto efficaci. È stato l'unico giovane zotico in mezzo a una covata di scaltri avvocati moderni per così tanto tempo che ormai è diventata una sua seconda natura.

La sua presenza qui può significare solo due cose: è stato assegnato al caso e Robertson sta prendendo la faccenda sul serio.

«I miei complimenti al tuo sarto» gli dico.

Mi risponde con un gesto osceno. Se c'è una cosa bella di Frank è che con lui si sa sempre dove si è e con chi si ha a che fare.

«A quando l'incriminazione?» chiedo a Robertson senza perdere tempo in chiacchiere. È seduto dietro la sua scrivania con la schiena appoggiata alla poltrona. Sembra un Buddha biondo e snello e mi fissa attraverso le palpebre socchiuse.

«Quando richiederò al giudice la convalida del fermo» mi risponde con calma.

«E quando avverrà tutto ciò, di grazia?» Preferirei che avesse un aspetto meno piacevole. La cauzione non può essere fissata fino a che l'incriminazione non viene formalizzata, inoltre lui vi si può opporre; in base al nuovo codice criminale è una procedura piuttosto facile soprattutto in un caso di omicidio con quattro imputati che hanno la fedina penale sporca e una pessima reputazione come i miei clienti.

«Be'» risponde protendendosi verso di me, «secondo il decreto legge entro quarantotto ore. Sempre che io non riesca a convincere il giudice a concedere una proroga per le indagini preliminari» aggiunge.

Vuole dire che se arrivando davanti al gran giurì non avrà abbastanza prove concrete farà esattamente questa mossa.

«Non giochi secondo le regole, John.»

«Quali regole?» chiede.

«Quelle della legge dello Stato, per cominciare.»»

«È un po' presto per le contestazioni, non credi?»

«Voglio soltanto sapere a che punto siamo.» Do un'occhiata a Moseby. Sta ancora sogghignando, e sentendosi osservato accentua la smorfia in mio onore.

«Le cose stanno così» ribatte Robertson. «Io credo che questi parassiti siano colpevoli, Will. Me lo sento, anzi, ne ho l'assoluta certezza. E farò tutto quanto in mio possesso per trovare le prove che lo dimostrino.»

«Io sento esattamente il contrario.» In questo preciso momento ciò che sento davvero è una gran voglia di saltare addosso a tutti e due.

«Bene. Ma lascia che ti metta in guardia: giocherò tutte le mie carte. Il nostro Frank farà come al solito un lavoro eccezionale, e io sarò presente di persona in aula soprattutto quando arriverà il momento della discussione finale del processo. Maledizione, Will, sono stati loro. Lo so. E niente mi farà cambiare idea fino a quando non mi proverai il contrario al di là di ogni ragionevole dubbio.»

«Vuoi dire che sono colpevoli fino a quando non verrà dimostrata la loro innocenza?»

«Avranno un processo equo.»

«E poi li impiccherai.»

«Me lo auguro.»

Prima Andy e adesso Robertson. Una mattina davvero proficua.

«E non dimenticare che la cauzione può essere rifiutata in un caso di omicidio. Di solito va così.»

Il bastardo mi legge nel pensiero.

«Buona fortuna» conclude. «Ne avrai bisogno... da oggi fino al giorno della sentenza.»

«E vinca il migliore» aggiunge Moseby.

Che pirla. Non posso trattenere un sorriso.
«In questo caso vado tranquillo.»

Frank Moseby è seduto al bar del Freeway Ramada Inn in compagnia di Luis Sanchez e Jesse Gomez. Sanchez e Gomez sono i due vice dello sceriffo della contea assegnati al caso. Moseby ha chiesto specificamente di loro. Sono tutti e due nella polizia da vent'anni e non hanno più alcuna illusione circa la nobiltà del sistema giudiziario, al contrario: dal loro punto di vista le leggi sono soltanto una seccatura cui obbedire quando conviene e da aggirare quando è necessario. Non vuol necessariamente dire che sono disonesti ma sanno come fare il loro lavoro.Siccome sono fuori servizio bevono Michelobs alla spina ingurgitando barrette di cioccolato alla nocciola. La bevanda preferita di Moseby è la Diet Pepsi; la sua religione gli proibisce l'alcol. Gomez fuma una Salem dopo l'altra, un'abitudine contratta nell'esercito. Non perde di vista la cameriera, una donna formosa di una quarantina d'anni. Le donne ben messe gli piacciono molto e di questa apprezza tutto: tacchi alti, calze nere con la riga, un po' antiquate, minigonna, una blusa da contadinella molto scollata. Tra poco, con la scusa di dover andare al gabinetto cercherà di scoprire a che ora finisce il turno. Dal tavolo non gli sembra di vedere la fede nuziale sul suo anulare sinistro.

«Così ne ha pescato uno grosso eh?» sta dicendo Sanchez. «Un bel barracuda?»

«Un gruppo di squali al completo» risponde Moseby.

«E adesso bisogna tirarli in barca...» Gomez riporta la sua attenzione agli affari.

Moseby annuisce. Beve l'ultimo sorso della sua Pepsi, succhia un cubetto di ghiaccio e poi lo addenta rumorosamente. Gli si formano due bolle di saliva agli angoli della bocca. Alza il bicchiere vuoto. Che maiale, pensa Gomez. Non ha nessuna classe. E pensare che qualche poveraccia deve dormire con questa palla di grasso! Cerca di immaginare come potrebbe essere la moglie di Moseby. Certo non come la sua cameriera.

«Un altro giro?» La donna è già accanto al tavolo. Gomez la guarda. La blusa non riesce a contenere i suoi seni esuberanti. Accidenti che poppe! Sta sorridendo, lui non le dispiace, è chiaro. Piace a un sacco di donne, è famoso nel dipartimento.

«Perché pensi che abbia alzato la mano, per far prendere aria all'ascella?» chiede Moseby. Ride da solo della sua battuta di pessimo gusto. La donna si irrigidisce, Gomez sussulta. Incontra il suo sguardo e le strizza l'occhio con aria complice: tu ed io sappiamo che questo è uno stronzo. Lei gli sorride. Gomez lascia cadere con disinvoltura un braccio e apparentemente per caso le sfiora un polpaccio.

Non si ritrae. Le accarezza con i polpastrelli la cucitura delle calze. Lei si morde le labbra.

«Vi porto subito da bere.» Sparisce ancheggiando.

Moseby addenta un altro cubetto di ghiaccio. «Questa è la vostra parte. Tocca a voi due. Se c'è qualcuno che può trovare qualcosa da affibbiare a quei quattro rottami siete voi.»

«Ben detto» risponde Sanchez, perfettamente a suo agio. «Se là fuori c'è qualcosa noi la troveremo.»

Gomez accende una Salem e osserva l'anello di fumo che vola diritto verso le travi di finto legno del soffitto.

«Ma lei cosa crede che ci sia da trovare?» chiede. «Perché li tenete dentro?»

«Perché Robertson vuole così.» Una volta tanto Moseby è onesto. «Perché quando è stato commesso il crimine loro erano in città.»

Qualcuno ha selezionato una canzonetta sul juke box.

«Allora è una questione politica» ribatte Gomez in tono acido. Non gli piace. Vuol dire che faranno pressione perché venga trovato qualcosa a carico di questi motociclisti, e dovrà anche essere fatto in fretta, sebbene le piste non siano granché. Perfino se non portassero a niente.

«In parte» ammette Moseby. «Perché fino a oggi non c'è niente di concreto che colleghi la vittima ai motociclisti. Ma il profilo del computer indica loro, e il profilo di solito ci azzecca.»

«Ma il profilo...» ribatte con disprezzo Sanchez,«non è umano.»

«Però è utile» ribatte Moseby. «Comunque hai ragione, è soltanto una macchina molto intelligente. Tutto quello che può fare è dare un'indicazione. Poi ci sono gli uomini che portano a termine l'opera. Mi fido di voi due. Se là fuori c'è qualcosa, voi riuscirete a trovarla.» La cameriera torna al tavolo, appoggia i bicchieri. Non visto Gomez fa scivolare ancora una volta una mano lungo la sua gamba e stringe per essere sicuro che lei se ne accorga. La donna versa un po' di birra sul tavolo mentre appoggia il bicchiere davanti a lui.

«Chiamatemi, se vi serve qualcosa» dice guardandolo. Tornata al banco del bar si gira. Lui le restituisce l'occhiata abbastanza a lungo perché capisca che la faccenda gli interessa poi riporta la sua attenzione sui due uomini. Sanchez gli strizza l'occhio e si soffia sulle dita in un gesto di apprezzamento. Moseby è all'oscuro di quello che sta succedendo.

«Ha ragione» dice Sanchez. «Se là fuori c'è qualcosa da trovare noi la troveremo.»

Moseby inghiotte metà della sua Pepsi in un solo sorso. «E fate in modo di mantenere la parola» dice «e possibilmente anche piuttosto in fretta.»

È lunedì notte e faccio la cosa che mi sembra più ovvia: esco a bere qualcosa. Il Dew Drop Inn, il bar indicatomi dai motociclisti, è il tipico postaccio che l'ente per il turismo si guarderebbe bene dal segnalare nella guida della città. Un bar simile si frequenta per due sole ragioni: bere e trovare compagnia per la notte. Oppure, se si è in compagnia di una nuova fiamma o della tua vecchia, per bere e per farsi vedere. Di tanto in tanto si viene anche per fare a pugni, funziona anche in questi casi.

In tempi normali avrei affidato l'indagine a un investigatore privato, ma Al Collins, l'investigatore a cui ricorre di solito lo studio, è in vacanza. Inoltre non potrei permettermelo, visto lo sconto che ho fatto ai clienti. Ho l'impressione di ricominciare tutto daccapo, e non è un pensiero confortante.

In localacci come questi mi sono sempre trovato a mio agio, fanno parte in un certo senso della mia seconda natura. Bar simili li frequentavo da ragazzino, nel Kentucky. Gli uomini che li bazzicano si guadagnano quasi sempre da vivere col sudore della fronte. In genere bevono whisky, qui nel New Mexico tequila e birra. Oggigiorno c'è qualche donna che beve vino bianco, il vino va bene. Fumano tutti come turchi. Sono posti dove se nomini la parola prevenzione pensano subito a quel tizio alla tv che cerca di promuovere i preservativi.

C'è una cosa sola della quale sono indistintamente tutti al corrente: la consapevolezza del pericolo Aids è universale, ha permeato ogni luogo. Uomini e donne vanno ancora a casa insieme a fine serata, ma prima parlano un po', perlomeno la donna si accerta che lui non sia gay, e l'uomo chiede con chi abbia dormito lei ultimamente, cioè se sei una che se la fa con i finocchi grazie mille non fa niente, come se avessi accettato.

Rita non è stata prudente. Molti dei frequentatori abituali del locale ricordano di averla vista andare via con i motociclisti. Sono qui ormai da un'ora, sempre con la stessa birra davanti, visto che sono in servizio, e così ho fatto qualche conoscenza.

«La vecchia Rita beve come una spugna.» Sono diventato amico di una tipa coi capelli biondi ossigenati che sembra la semifinalista di una gara alla Dolly Parton. Ha un uomo fisso ma per mia fortuna (o malasorte) questo mese fa il turno di notte. È il mio tipo di donna in momenti come questo: costa poco (bianco della casa) e ha una bocca a mitraglia.

«Perché cioè... ubriacarsi è una delle poche cose che Rita fa bene.» È una donna maliziosa. «Non so che cosa vuole dimenticare ma ci va giù duro.»

«Quanto tempo ha trascorso con loro prima che partissero tutti insieme?» chiedo. Voglio mettere a posto una volta per tutte la vicenda stupro.

«Circa dieci secondi. Non è quel che si dice un tipo difficile.»

Bene. Una ragazza con la fama di ubriacona che se ne va con quattro sconosciuti le cui intenzioni ovviamente non sono immacolate è una brutta storia; innanzitutto per quello che lei rappresenta agli occhi della gente cosiddetta per bene e poi perché la situazione era tutta a suo svantaggio; duecento persone possono testimoniare sulla sua totale incapacità di prendere una decisione sensata. Scrivo un appunto per ricordarmi di chiedere ai miei clienti notizie più approfondite sulle condizioni della ragazza al momento del fattaccio; devo anche sperare di trovare qualcuno che l'abbia vista sobria intorno all'ora in cui accadde.

«E non era neanche la prima volta» mi spiattella Dolly. «Né la seconda. Una donna così fa schifo, perché ci fa sembrare tutte come lei» dice. «Cioè è okay se ti senti attratta da un tipo decente» prosegue mentre l'etichetta dei suoi pantaloni Calvin Klein si sfrega contro la patta dei miei Levi's 501, (a quest'ora il bar è affollato ma non al punto di poterle dare il beneficio del dubbio). «Siamo tutti esseri umani, giusto? Un posticino come questo va bene quanto un oratorio, giusto?...»

«Giusto» rispondo io, e non immagini nemmeno quanto, penso ricordandomi di aver incontrato Patricia in un bar non molto diverso; stavo bevendo da solo e all'improvviso, voltandomi, vidi questa sventola accanto a me col bicchiere vuoto, così versai metà della mia birra nel suo e...

«...Cioè dico una volta che ci si è conosciuti e si è scoperto di avere degli interessi in comune» conclude il suo pensiero.

Deve aver letto almeno un libro. Mi domando quale. Forse "Gli Uomini o le Donne che hanno amato o odiato troppo o troppo poco chissà chi."

«Sono sempre stata attratta dalla legge» confida.

«Davvero?»

«Moltissimo. Fin da quando ero bambina e guardavo Perry Mason. Mi piace anche *Avvocati a Los Angeles*, non me ne perdo un episodio. Ho letto su "People" che anche molti avvocati lo guardano. L'hai letto anche tu?»

«Deve essermi sfuggito.» È una specie di altalena: pochi minuti fa ero a terra e adesso volo, la bella Rita si accompagna con chiunque glielo chieda. Ed è probabile che faccia quello che vogliono di buon grado. Non è una grande freccia al mio arco però è sempre meglio di niente.

«A che ora hai detto?»

«A che ora cosa?»

«Quando se ne è andata coi motociclisti.» Dai, bella, adesso non fare l'oca. Non adesso perlomeno.

«Ma stiamo ancora parlando di quello?» Cerca di atteggiare l'espressione a un broncio.

Invece di rispondere scolo quello che rimane nel mio bicchiere. Il barista si materializza dal nulla. Annuisco; all'inferno tutto. Lei sposta il suo automaticamente.

«È tardi» annuncia. «Due, grazie. L'ora di andare a letto per me è passata da un po'. Di solito.»

«Già, anche per me» rispondo io. Era la cosa più sbagliata da dire ma me ne rendo conto soltanto quando le parole sono già rotolate sul banco.

Dolly mi infila una mano sotto il braccio. Per quello che la riguarda è cosa fatta. Ho un aspetto decente, ma non voglio farmi delle illusioni, è l' *avvocato* che vuole portarsi a casa.

Decide di concludere. «Non sono venuta con la mia macchina» mi dice. «Ero con un'amica.»

«Non hai paura che lo dica al tuo fidanzato?» Sono sempre stato incapace di dire no, non so se per paura di essere considerato poco virile o per il desiderio di non urtare i sentimenti delle donne.

Mi correggo: sono balle, se lei fosse stata una schifezza avrei detto no eccome. Ma è una donna piacevole, nel suo modo banale, e ha due enormi tette.

I tipi come lei mi eccitano, forse per via delle mie origini proletarie.

«Se è per questo lo detesta.» Non vuole lasciare niente al caso: «È molto difficile che riesca a riaccompagnarmi a casa.» Finisco la mia birra. Per una strana coincidenza lei sta finendo il suo vino.

«Posso darti un passaggio?»

«Grazie. Lo accetto volentieri.»

Nel parcheggio siamo già avvinghiati.

«Se non ti dispiace preferirei non farlo qui» dice quando riemergiamo in cerca d'aria.

«Posso aspettare» rispondo stringendola ancora più forte. «Forse.» Non voglio offenderla. Inoltre è la verità. In parte.

«Non abito lontano» mi rassicura.

«Meno male... perché...» Le strizzo una tetta. Sono su di giri al punto giusto. Si contorce e ridacchia.

«Aspetta... Che cos'è, una Bmw?»

«Sì.»

«Che classe. Gira a sinistra. Dopo tre isolati a destra.»

Metto in moto. È tardi, e del traffico cittadino non è quasi rimasta traccia. Senza preavviso si abbassa sotto il livello del parabrezza.

«Tu tieni gli occhi sulla strada. Io mi faccio un aperitivo.»

In un modo o nell'altro riesco a tenere l'automobile alla destra della doppia riga gialla.

«Non ti fermi con me?» Ho scoperto che si chiama Lori.

«Ho una giornata piena di impegni. Se mi fermassi per tutta la notte... Inoltre non vorrei farmi sorprendere dall'arrivo improvviso del tuo fidanzato.»

Riflette; l'idea sembra non piacere nemmeno a lei. Ma adesso io sono qui e lui no. « Sei dolce. Ed è stato molto carino.»

«Carino?» Sono offeso. «Per me è stato come un terremoto.»

«Un'esperienza straordinaria. Può andare?»

«Meglio.»

Mi osserva mentre mi rivesto.

«Non credevo che ce l'avrei fatta a portarti a casa» dichiara con un'onestà che mi coglie impreparato. «Al bar pensavo che mi stessi soltanto mungendo per ottenere delle informazioni.»

«Infatti» ammetto. «Ma sono lieto che tu abbia insistito.» È così facile quando non si deve mentire.

Mi sta guardando con una certa tenerezza e io la ricambio. All'improvviso ricordo. «Ma quel tuo fidanzato... ne stiamo parlando al presente o al passato?»

«Al passato.» Semplice e diretta.

«Perché sei ricorsa a un sotterfugio?»

«Che cosa?»

«Perché mi hai detto che c'era quando invece non c'è più?»

È imbarazzata ma decide di non tirarsi indietro. «Ho pensato che mi avresti trovata più interessante... se c'era un altro uomo in giro.»

Non ho mai sentito nessuno esprimere questo concetto con tanta brutale chiarezza, ma non mi sembra del tutto stupido.

«Per me non avrebbe cambiato niente» rispondo. Sono sincero anch'io.

«Sei il solo» ribatte con un tono amaro. «In questa città una donna di trentacinque anni se non è piena di soldi è da buttare.»

Vengo travolto da un'ondata di tristezza: per lei, per tutte quelle come lei, e soprattutto per Patricia, una bella donna, un bravo avvocato e la madre di mia figlia. Ha trentanove anni e un conto in banca che non supera i cinquemila dollari. Come faccio a pensare di impedirle di andarsene?

«Ehi» riprende Lori tornando a sorridere. «Comunque mi sono divertita. Ci siamo divertiti tutti e due.»

«Assolutamente.»

«Forse ci vedremo ancora. Perlomeno non ho l'Aids» butta lì. È così che oggi la gente dice "ti amo"?

«Forse sì.» Niente promesse, niente bugie.

Non crea difficoltà, ha imparato a prendere quello che trova. «La fine di quel ragazzo è stata spaventosa, vero?» Il cambio di argomento mi coglie di sorpresa. «Quello che è stato assassinato. Cioè è per *questo* che mi chiedevi di Rita, giusto?»

«Sì» rispondo con indifferenza.

«Perché lo conosceva?»

Cosa diavolo ha detto?

«Esatto.» Cerco di riprendermi. «Perché Rita lo conosceva.» Esito un istante. «Quanto *intimamente*, secondo te?»

«Non penso che se la facessero insieme o qualcosa del genere. Comunque non come coppia fissa. Quello che è sicuro è che lui abitava nel motel dove lavora Rita. L'ha portato un paio di volte al bar. Di lui non so proprio niente. Probabilmente si era fermato lì per qualche giorno.»

«Ci sono novità, gente.»

Si irrigidiscono sulle sedie. Le sette e cinque del mattino. Non sono riuscito a vederli prima.

«La ragazza che vi siete fatti...»

«Allora?» è Lone Wolf a parlare per tutti, come al solito.

«E il tizio che è stato ammazzato...»

«Allora?»

«Si conoscevano, stronzo! Viveva nel motel dove lavorava lei.» Mi alzo in piedi, non so dire come mi sento. Sono livido.di rabbia. Tradito.

«Mi volete raccontare la verità adesso sì o no?» Picchio un pugno così forte sul tavolo da farli sobbalzare. «Soltanto la verità» grido. «Non chiedo altro. Una verità semplice e senza fronzoli. Vi difenderò anche se siete inequivocabilmente colpevoli, se non mi mentite, ma così non posso.»

«Te l'abbiamo detta.» Lone Wolf mi fissa.

«Balle.» Chiudo il loro fascicolo. «Chiamate qualche altro fesso. Io non posso tollerare che mi si menta.»

«Ti abbiamo detto la verità» ripete fissandomi negli occhi. «Ti abbiamo detto la stramaledetta verità!»

Siamo in piedi tutti e due e urliamo come matti.

«Sei un sacco di merda, un bugiardo! Lo siete tutti!»

«È la verità!» grida anche lui, non meno furioso di me. «Non sappiamo di che cosa diavolo tu stia parlando.»

Osservo gli altri tre. Sono pallidi e silenziosi. Non so se sia un'ammissione di colpa, se tacciano perché sono stati colti in flagrante o perché scioccati da quello che ho appena rivelato circa il legame tra Rita e l'uomo assassinato.

«L'avete portata sulle montagne» dico.

«È così.»

«Dove è stata trovata la vittima.»

Mi fissa. «Di questo non sappiamo niente.»

«E poi l'avete riportata al motel» insisto. La mia mente corre. «Lì l'avete violentata ancora, col suo consenso, ovviamente» aggiungo sarcastico.

«Sì.»

«E durante tutto questo tempo non avete mai visto la vittima, Richard Bartless?»

«Si chiama così?» chiede Goose a bassa voce.

«*Si chiamava*» correggo.

«Non siamo stati noi.» È Roach a parlare. «Non siamo stati noi. È la verità, possiamo giurartelo, anche su un mucchio di Bibbie.»

Sono di nuovo vestiti con le divise del carcere e hanno l'aria spaventata.

«Strana coincidenza.» Sono perplesso; è solo sfiducia o c'è anche del panico? Il panico di un avvocato coinvolto in un caso che non gli lascerà nessuna via d'uscita? «Non so come fare a credervi.»

Incassano il colpo a fatica, anche Lone Wolf.

«Ho molto lavoro...» Cristo, quando Robertson lo scopre, e presto o tardi succederà, sarò lo zimbello di tutto lo Stato. L'idea di dover affrontare Andy e Fred mi è insopportabile.

«Cosa farai?» mi chiede Lone Wolf.

«Non lo so.» Li guardo. La rabbia lentamente sbollisce.

«Ci molli?»

«Dammi una ragione per la quale non dovrei farlo.»

«Perché non siamo stati noi.»

Ci fissiamo. Loro quattro dietro le sbarre e io che cerco di capire.

«Torno dopo. Se ho qualcosa di nuovo.» Raccolgo i miei documenti e me ne vado.

La verità è che non posso lasciarli. Se le cose fossero in altri termini con lo studio, e se Patricia non mi avesse fatto esplodere sulla testa la bomba del trasloco, e se non fossi in procinto di concludere il divorzio (sono stato generoso con Holly come il più grande degli imbecilli; Fred nel ruolo di mio avvocato insisteva per dissuadermi ma io avevo soltanto voglia di liberarmi di lei e farla finita con tutta la storia. Come potevo supporre che le cose sarebbero precipitate tanto in fretta?) e se tutti gli altri ostacoli che si sono assommati per cospirare contro di me fossero ormai superati probabilmente potrei lasciarli. Ma al momento questi quattro sono tutto ciò che ho. Il loro caso mi darà un po' di respiro dal punto di vista finanziario (un pensiero volgare e un po' ingiusto, ma cosa ci posso fare?) concedendomi una proroga per organizzarmi. Dentro di me so che le cose con Andy e Fred non sarebbero mai tornate come prima anche se io non avessi reagito come ho fatto nel mio infantile accesso di rigidità e senso dell'onore. La porta si è chiusa alle mie spalle quando mi hanno chiesto di andarmene in vacanza. Dovrò ricominciare tutto daccapo, e anche se non è la cosa peggiore che mi potesse capitare, tenendo conto della mia reputazione professionale, è pur sempre un'eventualità che fa paura.

Inoltre abbandonare i clienti non mi piace. Non l'ho mai fatto nemmeno quando ne avrei avuto pieno diritto, quando le loro bugie erano lampanti. Credo ancora in quella vecchia solfa secondo la quale ogni cliente merita la migliore difesa che può permettersi, indipendentemente dall'opinione che ha di lui la società. E i casi come questi mi piacciono, in fondo mi piacciono perfino i motociclisti, uomini pericolosi che vivono ai margini, che apprezzano quello che noi aborriamo, gente che ci fa paura e ci suscita il desiderio immediato di scappare in cerca di riparo. In genere scappo come chiunque, perciò quando ho la possibilità di rizzarmi sulle zampe posteriori e di ululare un po' alla luna non mi tiro indietro; è liberatorio.

E per concludere non è detto che mentano. Casi simili mi si sono già presentati in passato.

Intorno a me il cerchio si stringe: il bar, l'appartamento della bionda tinta e adesso il motel dove lavora Rita Gomez. Pensavo di aver lasciato localacci e alberghi da quattro soldi alle mie spalle, se non proprio vent'anni fa quando me ne andai di casa senza voltarmi indietro, certamente quando fondai la società con Fred e Andy.

Evidentemente mi sbagliavo anche a questo proposito.

Parcheggio lontano dall'entrata e metto l'antifurto, una cosa che faccio di rado. Non voglio incontrare i gestori di questo posto; molto probabilmente licenzierebbero la ragazza per aver creato una grana. Visto che sono il difensore dei motociclisti nemmeno lei sarà troppo disponibile nei miei confronti; ho delle buone ragioni per non attirarmi subito le sue antipatie.

Il motel è un edificio antiquato, un complesso formato da sedici cottage forniti di cucina, tutti in cattivo stato. L'odore di fogna mi assale appena entro. Più tardi, quando il sole arrostirà i muri, quell'olezzo sgradevole si diffonderà ovunque. Il motel mi ricorda le vacanze dell'infanzia, quando mio padre ci ammucchiava dentro la sua Hudson e ci trascinava fino a quella che oggi si chiama la Riviera dei burini, Florida settentrionale, Alabama e Golfo del Mississippi. So che adesso è diventata esclusiva: allora era la tappa obbligatoria se si abitava in quella parte del paese e, privi di alternative, si riteneva indispensabile lasciare la città e vedere un po' d'acqua. Le vacanze erano così uguali alla vita che si conduceva a casa che con l'eccezione della sabbia che stillava catrame per via dei pozzi petroliferi a qualche chilometro di distanza, e dell'acqua tiepida zeppa di zanzare, non si sarebbe potuta notare alcuna differenza. Dopo tre estati rinunciammo e preferimmo l'acquisto di un televisore a colori.

Oltre una porta spalancata vedo una giovane donna intenta a passare l'aspirapolvere. Lei avverte la mia presenza ma sceglie di ignorarmi.

«Senti» la chiamo. Non posso perdere tempo, devo risolvere questa cosa subito.

Socchiude gli occhi. Siccome ho il sole alle spalle dal suo punto di vista non sono altro che un'ombra scura, ma le basta per sapere che non sono un cliente: sono troppo ben vestito e in mia compagnia non c'è una donna.

«Sì?» La voce è lamentosa, ostile, pungente.

«Posso parlarti?»

«Di cosa?»

«Se spegni l'aspirapolvere te lo dico.» Ma per la miseria, devo proprio farmi trattare a pesci in faccia da tutti?

Spegne; visto che il mio tono era autoritario ha deciso di non esagerare.

«Grazie.» Un po' di sarcasmo non guasta.

«Che cosa vuoi?» È sempre più lamentosa. «Devo lavorare, è già tardi e sono da sola. I bastardi non mi hanno mandato nessun aiuto.»

«Sto cercando Rita Gomez» dico.

Sbarra gli occhi spaventata.

«Sei tu?»

«Ti sembra che le somigli?»

«Non so, non l'ho mai incontrata.»

«Perché la cerchi?»

«Devo farle qualche domanda.» Di questo passo al tramonto saremo ancora qui. «Solo qualche domanda, non ci vorrà molto.»

«Sei della polizia?»

«No. Perché?»

«Allora cosa vuoi? Perché la cerchi?»

«Perché credo che mi possa dare qualche risposta. Perché pensavi che fossi dei loro?»

Divento sempre più sospettoso. «Non viene mai nessuno a trovarla? Non ha amici?»

«Non sembri uno dei suoi amici.»

Siamo al punto di partenza. Se si fosse comportata normalmente e mi avesse detto che Rita non c'era con ogni probabilità me ne sarei andato senza sospetti. Adesso devo insistere.

«E tu sai dov'è?»

«No.»

«Ma non vive qui?»

«Sì, vive qui. Ma adesso non c'è.»

«Quando pensi che ritornerà?»

Fa spallucce.

«A che ora incomincia a lavorare?» insisto.

«Adesso, di solito.»

«Allora è diserzione» dico.

«Che cosa?»

«Che dovrebbe esserci e non c'è.» Sorride. Nessuno ha mai speso tremila dollari dal dentista per lei.

«Infatti.»dice.

Ne ho abbastanza. Entro e mi richiudo la porta alle spalle. La ragazza si allontana da me con un balzo. Le tende sono state tirate per tenere fuori il sole e la stanza è sempre al buio.

«Non puoi stare qui. La porta deve restare sempre aperta mentre lavoro.»

«Per l'ultima volta, dov'è? Non farmi perdere del tempo che non ho in giochetti idioti. Non ne vale la pena.»

È spaventata; impugna il tubo dell'aspirapolvere come una spada.

«Non lo so. Non so dove l'hanno portata.»

Centro. Sul bersaglio di qualcun altro.

«Chi? Di chi stai parlando?»

«Non lo so.»

«Che cosa ti ho detto?» Avanzo minacciosamente di un passo.

«Dei tizi» risponde in fretta, e nel tentativo di allontanarsi da me inciampa. «Due uomini.»

«Quando?»

«Ieri sera. Erano le dieci, o le undici.»

«Poliziotti?» chiedo.

«Non so.» Esita; faccio un altro passo verso di lei. A questo punto è quasi contro il muro. «Sì. Non l'hanno detto ma erano poliziotti di certo.»

Sono nei guai un'altra volta. La notte scorsa, mentre mi ubriacavo e mi facevo sedurre con la scusa di raccogliere informazioni, due poliziotti si muovevano con intelligenza e arrivavano a Rita Gomez per primi.

«E non sai dove sono andati?» chiedo.

Prima nega, poi ci ripensa.

«In galera, credo.»

«In galera?» Sono davvero così lontano dalla realtà? Rifletto. Forse Fred e Andy hanno ragione, forse mi sono davvero bevuto il cervello.

«Per interrogarla su Richard. Sai» dice con un tono pieno di disgusto, «quel pezzo di merda che le girava intorno a cui hanno fatto la festa.»

Ma che tipo di uomo era per farsi disprezzare perfino da una ragazza come questa? Per sembrarle un tale rottame?

La polizia attraversa Santa Fe come un turbine. Ogni bar, motel, bidonville, banca del sangue, agenzia di collocamento, angolo di strada, ovunque... si muovono nella città in ondate, coordinati da Moseby, guidati da Sanchez e Gomez, ogni agente disponibile requisito, gettato nella mischia. Se riescono a inchiodare i motociclisti tanto meglio, il processo sarà più spettacolare dal punto di vista politico, garantirà l'attenzione di un vasto pubblico e si concluderà con una condanna: Moseby sa, senza bisogno che Robertson glielo dica, che se riescono a mettere insieme abbastanza prove per arrivare davanti al gran giurì e ottenere un'incriminazione, il resto verrà da sé. Ma l'obiettivo principale è trovare l'assassino. Fino a questo momento è stata evitata ogni pubblicità. Dietro le quinte Robertson manovra; continua a sembrare l'epilogo di una guerra interna tra bande, un epilogo sfuggito al controllo e trasformatosi in un orribile ma prevedibile omicidio. Il pubblico è all'oscuro dei particolari più atroci. Per il momento la stampa ha bevuto le dichiarazioni degli inquirenti; quando l'arresto sarà formalizzato e comincerà l'istruttoria si aprirà anche la caccia al mostro da parte dei media e prima ancora che abbia inizio il processo gli accusati saranno già stati giudicati, e condannati: vili assassini, cani rabbiosi che meritano soltanto la morte. La storia è sempre la stessa, quando si tratta di un omicidio come questo la sceneggiatura non cambia. Esclusi gli accusati e i difensori tutti gli altri non vengono mai sfiorati da alcun dubbio sulle veridicità della versione dell'accusa. E le loro ragioni, chiaramente, sono sempre le più ovvie e parziali.

Sono proprio Sanchez e Gomez a fare la mossa giusta. Al Dew Drop Inn avevano fatto un buco nell'acqua. Due poliziotti che non fanno nessun tentativo per nascondere chi sono in un bar del genere non riescono nemmeno a farsi dire l'ora. Scoprono che i motociclisti sono stati lì (informazione priva di significato, poiché sono stati in decine di altri posti) e che se ne sono andati con una ragazza che forse lavora in un motel. E che forse anche la vittima era stata lì a bere e che forse i motociclisti e lui si erano azzuffati per una stupida storia di droga e forse erano usciti a discuterne, questo è molto incerto, poteva benissimo essere stato qualcun altro a uscire con la vittima, magari addirittura in un'altra notte. Quasi tutti sono concordi nel ricordare che la vittima aveva l'abitudine di fare promesse che non poteva mantenere.

Il nono motel è quello giusto. La ragazza è in condizioni penose, non riesce a fermare l'emorragia. È ricorsa a rimedi casalinghi perché ha paura di andare all'ospedale e di non essere capace di inventare una storia plausibile sull'accaduto. La spaventano: poteva morire, non si è resa conto del pericolo che ha corso? Era troppo debole per resistere; sì, sono poliziotti e avrebbero certamente apprezzato il suo aiuto, ma al momento la loro unica preoccupazione è quella di procurarle le cure dovute al caso.

All'ospedale, dove è assolutamente impossibile manomettere i dati sul registro dei ricoveri, i due li manomettono. (Per garantire, spiegano, che gli assalitori non possano scoprire che si è rivolta alle autorità.) Così quando alcune ore più tardi la portano via, ancora debole ma rammendata con perizia, con una borsa di plastica zeppa di antibiotici, ufficialmente in quell'ospedale non l'hanno mai vista. E poiché non è mai stata ufficialmente in quell'ospedale nessuno l'ha ufficialmente interrogata né le ha chiesto spiegazioni sull'accaduto. Poi scompare e per cinque giorni nessuno ha sue notizie.

Mi telefona Robertson. «Domani mattina c'è l'udienza di convalida del fermo.»
«Finalmente.» Sono irritato per il ritardo e non cerco di nasconderlo. «Doveva già essere fatto tre giorni fa.»
«Tre giorni fa non avevo un giudice a disposizione.» Robertson è troppo tranquillo per i miei gusti; mi sento rabbrividire.
«Qual è l'imputazione?» chiedo. So che non ha in mano nessuna prova concreta. Il gran giurì non può essere convocato.
«Concorso in omicidio.»
«Ma è una stronzata!» esplodo. «Non hai un fottuto straccio di prova! Ti stai soltanto accanendo su di loro perché la stampa non metta in croce te. Maledizione John!» Cerco di abbassare la voce e di calmarmi«È irregolare e lo sai benissimo. Non è da te. Perché lo fai?» Non voglio aggiungere un patetico «proprio a me» ma la frase resta sospesa nell'aria e nello spazio che ci separa e che diventa a ogni istante che passa sempre più incolmabile.
«Non prenderla come una faccenda personale, Will. Sarai più felice e probabilmente vivrai di più.»
«Non sono certo di voler vivere di più» dico. «John... se non hai niente contro di loro non lo fare. È al di sotto della dignità del tuo ufficio oltre che del tuo codice etico.» Tento la carta del senso di colpa.
«Complicità in omicidio» ribatte. Non ha abboccato. «Abbiamo abbastanza elementi per un'imputazione, secondo le leggi dello Stato. E puoi star certo che faremo perfino di più, tra non molto» aggiunge.
Può riferirsi soltanto a un'accusa di omicidio di primo grado, ma quando un procuratore distrettuale, soprattutto se amico, si impunta sulle leggi dello Stato non ti resta che accusare il colpo. Quel che mi preoccupa di più è che John è una persona prudente. Se così non fosse non starebbe dalla parte della legge. Gli capita molto di rado di correre qualche rischio e questo modo di lasciarmi intendere che ritiene di poter chiedere omicidio di primo grado è quantomeno preoccupante. A meno che il suo obiettivo non sia proprio approfittare della mia vulnerabilità per gettarmi l'esca della cauzione. Sì, non è impossibile. «Okay. Quanto suggeriresti?»
«Un milione può bastare.»
«Cosa?»
«In contanti. A testa. Confido che il giudice la pensi come me. Sono uomini pericolosi e non vogliamo che ci sfuggano.»
Sospiro. I miei clienti hanno le stesse possibilità di trovare un mi-

lione di dollari in contanti a testa di quante ne abbia io di diventare il primo astronauta che andrà su Saturno.

«Ma perché devi essere così stronzo?» Ritrovare la calma e la voce non è stata impresa da poco.

«Perché hanno ucciso un uomo» risponde lui. «E voglio essere sicuro che siano qui a pagare il prezzo del loro crimine alla società.».

«Dichiari il suo nome per i membri del gran giurì.»

«Rita Gomez.»

«Età?»

«22 anni.»

«La sua occupazione?»

«Faccio la cameriera al motel Old Adobe.»

«A Santa Fe?»

«Sì signore.»

«E dove abita?»

«Al motel. Mi lasciano usare una stanza perché di solito in questo periodo dell'anno non sono al completo.»

«Da quanto tempo vive al motel?»

«Circa tre mesi.»

«E prima?»

«Las Cruces, da dove vengo.»

«Signorina Gomez, potrebbe per favore raccontare con le sue parole ai membri del gran giurì cosa accadde la notte del 21 luglio di quest'anno?»

«Sì signore. Ero andata in questo bar... Dew Drop Inn si chiama. Ero andata con Richard ma lui si è arrabbiato e se l'è filata.»

«Richard Bartless? La vittima?»

«Sì signore. Stava al motel da un paio di giorni e così ci siamo conosciuti.»

«Continui prego.»

«Comunque Richard era con un altro che diceva di essere un pusher o qualcosa del genere e Richard ha cominciato a piantare grane con questi tizi che gli hanno detto di andare fuori...»

«Questi tizi? Si riferisce ai quattro uomini noti con i nomi di Lone Wolf, Roach, Goose e Dutchboy?»

«Sì signore. Proprio loro.»

«Prosegua.»

«Allora sono andati tutti nel parcheggio e lui ha capito che avrebbe finito per prenderle e così è scappato lasciandomi lì e allora poi tutti sono tornati dentro e hanno continuato a sono andati avanti a bere fino all'ora di chiusura e poi quello che chiamano Lone Wolf ha detto: "Qualcuno vuole

un passaggio?" e io ho detto di sì perché avevano messo in fuga Richard che era il mio accompagnatore e allora Lone Wolf ha detto che mi avrebbe riportato al motel e io ho accettato.»

«E la riaccompagnarono al motel?»

«No signore.»

«Dove la condussero?»

«Vicino al motel, e io ho detto ecco sono arrivata ma loro non si sono fermati e sono andati avanti. Su in montagna. Non si sono fermati fino a quando siamo arrivati più o meno a metà . Solo allora sono scesi dalle moto.»

«E a quel punto cosa accadde?»

«Mi hanno fatto la festa.»

«Le usarono violenza?»

«Sì signore.»

«Tutti e quattro?»

«Sì signore, due volte ciascuno.»

«Lei oppose resistenza?»

«Crede che sia matta? Essere violentati è brutto, ma essere ammazzati è peggio.»

«Dunque lei acconsentì per timore di perdere la vita?»

«Appunto.»

«Prosegua.»

«Poi mi hanno riportata indietro al motel e abbiamo bevuto della birra e hanno ricominciato a scoparmi.»

«A usarle violenza?»

«Sì signore... Poi è arrivato Richard che dormiva nella sua stanza che è vicino alla mia e li aveva sentiti e aveva sentito anche me perché gli gridavo di smettere perché mi facevano male ed è entrato e gli ha detto di smetterla, non vedevano che mi stavano facendo male? Allora loro gli hanno detto di andare a farsi fottere e di levarsi dai piedi ma lui non se ne andava.»

«Non aveva paura?»

«Probabilmente sì ma cercava di aiutarmi. Probabilmente aveva fumato dell'erba. Aveva dell'erba fantastica che stava cercando di vendere.»

«Prosegua.»

«Allora a loro non è piaciuto come la stava prendendo, come se fossi la sua ragazza o cose del genere, non lo ero, ero soltanto una sua amica. Ma lui continuava a dirgli di smetterla e loro hanno cominciato a picchiarlo. Allora lui ha tirato fuori un coltello dallo stivale come uno di quei Berretti Verdi e ha cercato di farsi sotto e la cosa li ha fatti incazzare, glielo hanno strappato di mano e hanno cominciato a pestarlo sul serio. Gridava forte, probabilmente si sentiva anche dall'altra parte della strada. Allora si sono innervositi all'idea che qualcuno lo sentisse e chiamasse la polizia così han-

no preso un po' di asciugamani dalla lavanderia e l'hanno legato stretto, non c'era nessuna necessità di legarlo così stretto, praticamente gli hanno fermato la circolazione. Allora dopo che l'hanno legato l'hanno caricato nella sua macchina e l'hanno portato su in montagna dov'erano stati con me.»

«E lei andò con loro?»

«Mi hanno costretta. Avevano paura che chiamassi la polizia. L'avrei fatto.»

(Beve un sorso d'acqua.)

«Continui prego.»

«Così allora quando siamo arrivati là le cose si sono messe male. Voglio dire che... era disgustoso. Prima due di loro gli hanno fatto il culo...»

«Lo sodomizzarono?»

«Sì signore, di dietro.»

«E lei ricorda chi è stato dei quattro uomini?...»

«Vediamo... Non era Lone Wolf... Era quello vecchio, Goose, e non il ragazzino... Roach, l'altro...»

«Continui per favore.»

«Richard gridava come un matto e gli hanno detto di piantarla ma lui continuava a gridare e loro gli hanno detto guarda che adesso la paghi, così hanno acceso il fuoco, l'hanno tenuto fermo e poi hanno preso il suo coltello, l'hanno messo sul fuoco per scaldarlo e poi l'hanno pugnalato un sacco di volte. Scaldavano il coltello ogni due volte, forse perché entrava meglio, non so. So soltanto che continuavano a pugnalarlo. Così quando hanno smesso era morto, è sicuro.»

«E cosa fece lei in quel frangente, signorina Gomez?»

«Pregavo. Pregavo che non mi uccidessero, soprattutto che non mi uccidessero come avevano ucciso lui. Era la cosa più orribile che ho visto nella mia vita.»

(Beve ancora un po', si ricompone.)

«Riprenda la deposizione, quando se la sente. Vuole riposare?»

«No signore. Sto bene. È solo che ricordare tutto è veramente brutto, soprattutto quello che è venuto dopo.»

«Capisco... Continui prego.»

«Così allora hanno preso il coltello...»

«Forse sarebbe meglio aggiornare...»

«No. Voglio finire... Così hanno preso il suo coltello e gli hanno tagliato l'uccello e glielo hanno ficcato in bocca»

«Lo evirarono.»

«Sì signore, gli hanno tagliato l'uccello e glielo hanno infilato in bocca.»

«Come se fosse parte di un rituale?»

«Sì signore, come quella roba vudù che si legge in giro...»

«Continui, per favore.»

«E poi siamo stati lì per un po'; come se dovessero pensare a cosa fare dopo e poi Lone Wolf tira fuori questa pistola dalla tasca e gli spara nella testa...»

«Ritiene che la vittima fosse deceduta?»

«Morta di sicuro. Così gli ha sparato un po' di colpi nella testa e quando uno degli altri gli ha chiesto perché lo faceva lui ha detto: "Così sembra che sia stato prima sparato e poi pugnalato. Così la polizia pensa che è l'omicidio di una banda e viene portata fuori pista!".»

«Disse questo? L'uomo che lei conosce con il nome di Lone Wolf?»

«Sì, signore.»

«Continui.»

«E poi hanno buttato il suo corpo tra gli arbusti, mi hanno rimessa in macchina e mi hanno riportata al motel.»

«E lì la liberarono?»

«Sì signore. Prima hanno parlato di uccidermi perché così non lo dicevo alla polizia ma io gli ho promesso che non avrei parlato con la polizia, così Lone Wolf ha detto: "Okay, non ammazziamola, non parlerà, giusto?" .E io ho detto di no. Lui sapeva che avevo troppa paura a parlare perché loro potevano tornare e farmi fuori davvero. Così invece mi hanno scopata ancora...»

«Tutti e quattro?»

«Sì signore.»

«Poi sono partiti con le loro moto. Basta. Questa è tutta la storia.»

«Sono tutte balle» mi dice Lone Wolf. «E vuoi sapere perché?» È quasi insolente.

«Sì, mi piacerebbe.» Non conosco ancora i particolari, verranno fuori all'assunzione delle prove, con il contagocce, come vorrà Robertson, cioè con tutta la parsimonia di cui sarà capace. Va bene, ora so dov'è minato il terreno e farò attenzione. Adesso devo riprendermi dallo shock della prima esplosione, quella che non mi aspettavo: basando la sua decisione solamente sulla testimonianza di Rita Gomez – la cameriera del motel che con mio grande dolore e profondo imbarazzo è ricomparsa con la stessa prontezza con cui era sparita – nel pomeriggio il gran giurì ha deciso di incriminare i miei clienti (tutti e quattro), per concorso in omicidio che potrà trasformarsi nell'accusa di omicidio di primo grado con le circostanze aggravanti oppure di omicidio colposo. So che Robertson cerca il colpo grosso e rinuncerà soltanto se la cosa si rivelerà davvero impossibile. Lo Stato vuole i miei clienti morti.

«Perché se avessimo ucciso quel figlio di puttana e se lei fosse stata presente» mi risponde Lone Wolf «avremmo fatto fuori anche lei. E in fretta.»

In un certo senso è irrefutabile. Non ho sentito la testimonianza della ragazza, ovviamente, ma deve aver dichiarato di essere stata presente al momento dell'uccisione... in caso contrario non le avrebbero creduto.

«Potresti avere avuto pietà di lei» ribatto. «Forse hai pensato che fosse troppo spaventata per parlare.»

«Ma ci stai prendendo per il culo?» Ride di me. «Pensi che siamo tipi di avere pietà per una cretina che potrebbe costarci la pelle? Dio santissimo» continua con un'espressione di disgusto, «forse dopotutto tu non sei l'avvocato che fa per noi. L'unica cosa sicura è che non stai dimostrando di avere un gran cervello.»

Sono punto sul vivo. Ho pronta una risposta a tono ma riesco a trattenerla; probabilmente il gesto più responsabile che abbia compiuto da molto tempo. Posso lasciare le scaramucce a loro, se ne hanno voglia, io voglio vincere la guerra.

Regna il più assoluto silenzio. Ci possiamo sentire respirare fusi in un'unica entità: inspiriamo ed espiriamo all'unisono. La mezzanotte è passata e il popolo della prigione è già stato spedito a dormire. Avendo l'autorizzazione di incontrare la mia piccola banda in qualsiasi ora del giorno e della notte, non ho voluto rimandare la visita, come sicuramente Robertson si immaginava che facessi quando ha scelto deliberatamente di aspettare le nove e mezzo per informarmi dei capi di imputazione. Fino a qualche giorno fa mi sarei comportato in modo diverso, ma negli ultimi tempi ho subito troppi smacchi per permettermi distrazioni.

Devo avere tempismo – o perlomeno provarci. E so una cosa con certezza, non abbandonerò il caso.

«La scelta devi farla tu» rispondo con calma.

Mentre gli altri tre sembrano in preda al panico Lone Wolf sorride, il sorriso più smagliante che gli abbia visto. Capisco perché lo chiamano Lone Wolf.

«Dicevo per dire.» Tenuto conto delle circostanze trovo ammirevole il suo coraggio. «Non ti libererai di noi così facilmente. Ci sei dentro anche tu, avvocato.»

Gli altri tre non sono altrettanto sicuri; li tengo col fiato sospeso per qualche lungo istante prima di rassicurarli con gesto magnanimo.

«Bene» dico. «Sto con voi.»

Il loro sollievo è autentico. Mi fa sentire bene, in parte perché mi dà il controllo della situazione e in parte perché capisco che mi vogliono davvero e ne hanno davvero bisogno. Mi colpisce la loro solitudine: io sono il loro unico legame con il mondo dall'altra parte della gabbia in cui sono rinchiusi.

«A due condizioni.»

«Quello che vuoi.» Lone Wolf sembra inquieto, ha avuto il suo momento di gloria ma adesso la loro situazione è troppo precaria per scherzarci sopra. Sono contento che si preoccupi anche se una parte di me vorrebbe che non lo desse a vedere. Mi piace la sua arroganza.

«Cercate di capirmi bene tutti quanti perché le vostre vite dipendono da quello che sto per dirvi.»

Aspettano.

«Non mi mentirete per nessun motivo, nessuno.»

«Non l'abbiamo mai fatto» risponde Lone Wolf a nome di tutti.

«Che la testimone dell'accusa fosse consenziente è tutto da vedere, amico» replico, «ma ormai è acqua passata. Ma il secondo punto...» Prendo un grosso respiro perché questo è il succo di tutto e voglio che lo capiscano bene, «è che voi siete innocenti. Probabilmente in un'altra situazione saresti riuscito a escogitare qualche stratagemma; ma adesso non è più possibile.»

«Lo siamo» risponde Lone Wolf senza battere ciglio.

Li guardo. O sono la più grande troupe di attori dai giorni di *Qualcuno volò sul nido del cuculo* oppure dicono la verità.

«Erano proprio quattro sagome, quei ragazzi.» La sua risata spontanea e comunicativa ha il suono cupo e profondo di un barile che rotola lungo un tunnel echeggiando all'infinito.

«Ti ricordi davvero di loro?»

«Non ci si può dimenticare quattro ceffi come quelli. Poi mi conosci» (in effetti la conosco, ma direbbe la stessa cosa anche a un perfetto estraneo), «io non dimentico *mai* una faccia. Potrei dirti al millimetro quanto erano lunghe le basette di Elvis, e sono passati vent'anni da quando quel ragazzo ha messo piede qui dentro, che riposi in pace. Il prosciutto arrosto gli piaceva praticamente bruciato e nei suoi fiocchi d'avena ci metteva cucchiaiate di salsa. Un chitarrista come si deve per di più. Sei ritornato a Graceland?»

Non rispondo e del resto non è nemmeno previsto. Siedo al banco dell'unico caffè di Madrid, nel ruolo di spettatore completamente passivo. Il banco antiquato è tutto di formica bianca ben lucidata, con una vecchia spina di soda e con tanto di sgabelli inchiodati al pavimento rivestiti di similpelle rossa ormai sbiadita ma ancora in buone condizioni.

Fuori si scoppia dal caldo. Il vecchio condizionatore è al massimo e ansima con tutto se stesso senza ottenere grandi risultati, anche se poco è sempre meglio di niente.

Maggie si protende dall'altra parte del banco, una Lucky Strike infilata in un angolo della bocca come Ida Lupino in *Il tesoro della Sierra*. Indossa una maglietta senza maniche dei Grateful Dead, un paio di Levi's tagliati corti e ai piedi porta delle pantofole con i tacchi alti e due pompon molto rosa e molto soffici. Ha le unghie dipinte di uno smalto verde metallico. Ha circa settant'anni, e tra i capelli d'un agghiacciante rosso vermiglio spicca una bella fascia punk color blu elettrico, omaggio di un cliente.

Riempie le tazze. Sono l'unico avventore.

Ho lasciato Santa Fe questa mattina seguendo le tracce dei motociclisti. La strada numero quattordici è bella e pittoresca anche se ormai troppo inflazionata dalle immagini riprodotte su cartoline e manifesti pubblicitari. Costeggia il penitenziario dello Stato, attraversa Madrid e supera Golden ,il cui spaccio andava famoso per la più bella scelta di turchesi del paese fino a quando il proprietario, alcuni anni fa, morì, lasciando tutto agli eredi che decisero di chiudere. Poco più avanti la strada si interseca con la Interstate 40 a est di Albuquerque. Il caffè di Maggie è una sosta obbligata per i locali, se non per il cibo, che in verità è identico a quello di tanti posti analoghi e per di più quasi sempre congelato, per Maggie, per il flusso ininterrotto della sua conversazione e per le sue massime di filosofia spicciola.

«Non ti hanno fatto paura?» chiedo. «Nemmeno un po'?»

«Paura? Perché mai?» È sinceramente stupita.

«Perché di solito spaventano a morte tutti, ecco perché. È una delle loro specialità.»

«Ma mi prendi in giro? Diavolo, quei ragazzi erano proprio dei gattoni, e avevano anche delle belle moto. Non c'è niente come una bella Harley per metterti un po' di fuoco nelle vene. Il mio terzo marito ne ha avuta una fino al giorno in cui uscì di strada a Jemez Pueblo. Quello che rimase della Harley sarebbe entrato in un pacchetto di sigarette. Era un bel tipo, ma dopo l'incidente non fu più lo stesso, però» aggiunse .«Gli si stortò tutto, perfino l'uccello. Non riuscivo a guardarglielo senza scoppiare istericamente a ridere. Immagino che è per questo che se ne scappò via con una donna mezza navajo. Spero che sia riuscita a raddrizzargli la curva. Ma prima dell'incidente era proprio un bell'uomo.» Maggie si ravvia i capelli e controlla la sua immagine allo specchio. Dicono che riesca ancora a conquistare qualche turista in pensione Rv capitato nel bar per caso con o senza moglie appresso.

Gattoni, li chiama. Leoni di montagna, piuttosto. Non riesco a immaginare nessuno oltre a lei che potrebbe parlarne come se fossero creaturine pelose da vezzeggiare.

«E anche gentili» continua. «Ottime maniere. Tanto di cappello alle loro madri.»

«Ti hanno mostrato i tatuaggi?»

«Solo quelli che si possono esibire in pubblico» risponde con affettazione. «E io gli ho fatto vedere un paio dei miei.» Scoppia a ridere ancora una volta con quella sua risata sfrenata e contagiosa. «Erano molto impressionati, credimi. Hanno detto che i miei erano più belli, proprio così. Del resto è vero. I loro erano lavoretti fatti in qualche modo, tatuaggi da galera, si potrebbe dire. I miei sono stati tutti eseguiti da professionisti» aggiunge con fierezza. «Lyle Tuttle mi ha fatto il cuore e la farfalla quando è venuto qui. Non gli ho dato niente da bere fino a quando non mi ha promesso di farmeli. Hai visto che parlano di lui in quel numero speciale per l'anniversario di "Rolling Stone"? Quel ragazzo è il Rembrandt dei tatuaggi, caro mio.»

«Me lo sono perso» rispondo. Getto un'occhiata ai miei appunti. Mi riempie di nuovo la tazza aggiungendo latte e panna e mesce per me. La guardo. «Erano qui sabato mattina. Ne sei proprio sicura?»

«Sicura come l'oro» risponde indignata, «non te l'ho già detto? Eh? L'ho detto o no?»

«Certo» rispondo in fretta. Maggie non è una persona con cui vorrei avere una discussione. Per cominciare mi farebbe perdere un paio d'ore, mentre io devo vedere delle persone al più presto.

«Sembro una con il morbo di Alzheimer?» continua. «Ti sembro così? Il mio cervello funziona così bene» continua senza aspettare la risposta, «che un professore del Mit, che è l'Istituto di Tecnologia del Massachusetts, se non lo sai, carino, be', quello mi ha detto che mi voleva a Boston, nel Massachusetts, per studiarmi. Per studiare il mio cervello. Diceva che avevo una memoria infallibile, più di tutte le altre persone di una certa età che gli fosse mai capitato di incontrare. Sì, era sabato. Sabato mattina presto.»

«Ricordi anche l'ora in cui sono arrivati?»

«Erano seduti sul gradino quando ho aperto.» Maggie vive in un piccolo appartamento sul retro. Un giorno me l'ha anche mostrato; è tutto in stile hawaiano.

«Cioè a che ora?»

«Le sette e mezzo. In punto. Non le sette e venticinque» sottolinea con enfasi, «né le sette e trentacinque. Le sette e mezzo spaccate.»

Prendo nota dell'ora. Anche i miei clienti hanno raccontato la stessa storia: lasciata Santa Fe prima dell'alba si sono diretti a sud, fermandosi per fare benzina e comprare una decina di birre in un negozio aperto tutta la notte a nord di Cerillos per arrivare a Madrid più o meno alle sette, dove si sono fermati sulla veranda di Maggie in attesa dell'apertura. L'inserviente della pompa di benzina, un adolescente con un caso grave di foruncolosi, li ricorda benissimo. Forse a Maggie sono sembrati quattro innocui gattoni, ma il ragazzo si è spaventato a morte. Quando ha visto dei fantasmi sbucare dalla notte sui loro *chopper* devono essergli sembrati una visione terrificante, l'incubo dell'americano medio. Mentre i serbatoi delle moto si riempivano hanno scolato una mezza dozzina di birre, non più di quindici o venti secondi per lattina. Non erano ancora le sei; il ragazzo se lo ricorda bene perché mentre loro facevano rifornimento lui aveva acceso la televisione per sentire il telegiornale e aveva visto lo schermo coperto di righe colorate per un buon minuto prima che il programma delle sei cominciasse. Gli ho mostrato la ricevuta della carta di credito con l'ora segnata dal computer e firmata da Goose. È proprio lui, ha confermato il ragazzo. Gli ho fatto vedere anche alcune Polaroid che ho scattato ieri. "Sono loro", non c'erano dubbi. Non ti dimentichi quattro sconosciuti così, nemmeno per sogno.

«Cos'hanno mangiato?» chiedo a Maggie. In realtà non me ne importa niente. Voglio soltanto mettere alla prova la sua decantata memoria. Trangugio il mio caffè freddo e un po' acido sotto la crema dolce. Comincio a sentire dei brividi alla schiena perché l'aria condizionata sta raggelandomi la camicia bagnata sulla pelle.

«Uova fritte e pancetta ben cotti, semolino, pane integrale tostato, prosciutto e uova poco cotte, patate alla griglia, focaccine. Pancetta e uova strapazzate ben cotte, patate alla griglia, pane bianco tostato, frittelle e pancetta. Quattro bicchieri di latte, tre caffè. Il ragazzino non l'ha bevuto. E quattro spremute d'arancia» conclude trionfalmente. Appoggio un dollaro sul banco, le faccio cenno con la mano di non darmi il resto, chiudo il taccuino.

«Sono libera?»

«Sì, ho un appuntamento con una persona.»

«Non lasciar passare troppo tempo prima di farmi un'altra visita. E la prossima volta porta con te la tua bambina. Le piacciono sempre le nacchere che le ho dato?»

«Ci va pazza. Praticamente ci dorme.» Circa un anno fa mi sono fermato qui con Claudia, e Maggie aveva insistito per farci vedere anche la casa. L'attenzione di Claudia era stata attratta da un paio di vecchie nacchere appoggiate sul cassettone di Maggie, dono di un vecchio ammiratore, e senza pensarci due volte Maggie le aveva regalate alla bambina. Non mi sembrava necessario farle sapere che Claudia aveva perso interesse per le nacchere nel giro di due ore e che le aveva smarrite.

«Be', salutamela» mi dice Maggie con un sorriso raggiante. «Dille che c'è un altro regalo pronto per lei.»

«Lo farò. Grazie.»

Sulla soglia mi sembra già di sentire l'ondata di caldo che mi accoglierà fuori.

«Quei ragazzi» mi grida Maggie. «In che genere di guai si trovano?»

«Grossi.»

«Hanno ammazzato l'uomo in montagna che ho visto alla tv?» mi chiede in tono querulo.

«Così dicono.»

«Non sono stati loro» ribatte con sicurezza. «Li difendi tu?»

Annuisco. Sembra rassicurata.

«Tu pensi che l'abbiano ammazzato loro?» La voce le si spezza, si offusca, lascia affiorare la donna anziana che di solito tiene nascosta.

«No» rispondo. «Non sono stati loro.»

È la prima persona che me lo sente dire. E anche la prima persona al mondo che me l'abbia chiesto.

La prima birra della giornata è sempre la migliore. Siedo nel retro di un bar immerso nell'oscurità e bevo Budweiser in bottiglia a collo lungo fredda di ghiacciaia. È sempre più buona nella bottiglia a collo lungo e sempre più fresca quando è stata un po' in ibernazione sotto un iceberg galleggiante in un'acqua verde scura.

Il motociclista di Albuquerque seduto di fronte a me si chiama Gene. È il presidente della sezione degli Scorpions di Albuquerque, la stessa organizzazione nazionale a cui appartengono i miei clienti. Supera il metro e novanta d'altezza e ha il fisico di un Arnold Schwarzenegger vestito da motociclista. È il miglior amico di Lone Wolf fin dai tempi del riformatorio di Pittsburg.

«Lone Wolf... come l'ha trovato un nome così? Suona un po' romantico per il suo stile.»

«Un po' scemo, vuoi dire?» Non rispondo; lui può dire quello che vuole, io non oso.

«Gliel'ha affibbiato una ragazza. Deve averlo scovato in qualche romanzetto rosa.»

«E nessuno l'ha mai preso in giro?»

«Oh sì! Fino al giorno in cui ha trasformato l'avambraccio di un figlio di puttana in uno stuzzicadenti. Dopo di che credo nessuno abbia più trovato niente da dire.»

Beve un lungo sorso di birra, mi guarda.

«Ma prova a immaginare... Quale imbecille con due arresti alle spalle e in libertà su cauzione secondo te ammazzerebbe qualcuno lasciando in vita un testimone pronto a spiattellare tutto?»

«Un imbecille che si sente al di sopra della legge, per esempio» rispondo. «Lo stesso fottutissimo imbecille che raccatta una ragazza ubriaca in un bar davanti a duecento testimoni e poi organizza uno stupro di gruppo. Quel tipo di imbecille lì.»

«Ma sono dentro per stupro?»

«Sai bene che non è così.» Sono seccato. So che è perfettamente al corrente di come stanno le cose.

«E allora gli imbecilli sono loro perché hanno fatto casino con le accuse. E comunque che lei sia una troia è di dominio pubblico» mi informa. «Si scoperebbe anche un cane sifilitico in un bordello di Juarez. Conosco di persona un'ottantina di uomini che sono stati con lei e l'hanno fatta franca.»

«Tutti Scorpions?»

«Quasi» sogghigna. «Più qualche Hell's Angel e qualche Bandido.»

«Tutti disposti a testimoniare?»

«Se è necessario.» Si protende in avanti e accarezza la bottiglia della birra facendola scomparire tra mani enormi. «Che cosa pensi?» chiede, improvvisamente serio.

«A che proposito?»

«Del futuro.»

«Il verdetto?»

«Già.» Finisce la birra. Si dirige verso la ghiacciaia e torna con altre quattro. Ne apre due facendo uscire la schiuma.

La bevo in lunghi sorsi, assaporando con piacere il freddo che scende lungo il collo e la nuca. Ci sono occasioni nelle quali medito seriamente di smettere di bere per il mio bene, ma oggi non è una di quelle.

«Sarà una lotta dura» rispondo con franchezza. «Non so ancora esattamente chi siano i testimoni dell'accusa, ma saranno più o meno tutti a prova di bomba. Dandomi da fare e con un po' di fortuna riuscirò a trovare una crepa nella testimonianza di qualcuno e smonterò l'impalcatura.»

«E cosa mi dici delle prove in tuo possesso?»

«Ci sto lavorando. Sono qui per questo.»

«Alla fine sarà la parola di uno contro la parola di un altro.»

«Solitamente funziona così. Ne saprai qualcosa anche tu.»

«Sicuro. E so anche che di solito sono quelli come noi ad avere la peggio.»

Quelli come noi. In una forma o nell'altra da quando esercito l'avvocatura ho sentito ripetere questa frase migliaia di volte. Esiste forse una sottoclasse segreta che sfugge a ogni definizione sociologica? Non parlo di quella fascia della popolazione colpevole di quasi tutti i crimini: le famiglie senza capofamiglia, le minoranze etniche maltrattate, quasi sempre neri o ispanici, i miserabili del ghetto urbano e della campagna, gli alcolisti, i drogati, i malati di mente. Tutti figli della stessa madre: la miseria. Non sto parlando di loro. Penso piuttosto agli uomini che vivono con la sensazione di essere completamente al di fuori della società. La mia famiglia era povera e tuttavia io non ho mai avvertito niente di simile. Al contrario ho sempre provato un certo senso di appartenenza, nel bene o nel male. Ma nel mondo ci sono milioni di persone che sentono di non far parte della comunità; e anche quando riescono a raggiungere il benessere economico, continuano a ritenersi estranei, alieni. E se non si appartiene al gruppo, perché rispettarne le leggi? Penso che la maggior parte di questi uomini credano di non aver mai avuto alcuna possibilità di scelta; è come la quarta generazione di gente che vive col sussidio, hanno conosciuto una vita sola. Ma altri, come questi motociclisti, decidono consapevolmente di tenersi in disparte, fuori dal gioco. E da qualche giorno, da quando quattro di loro sono diventati miei clienti, mi sto chiedendo perché abbiano scelto questa strada.

«Ma perché?»chiedo a Gene.

«Perché questa società è fatta in modo che qualcuno perda. Mi riferisco a questa idea dei vincenti, sai, la filosofia americana, vincere, essere vincenti? Be', se deve esserci un vincente, se hai bisogno di vincenti perché il sistema funzioni, devi avere anche qualcuno che perde. E per l'uomo medio con un'ipoteca da pagare a cui hanno lavato il cervello tutta la vita dicendogli che se farà questo e quest'altro sarà un vincente, quelli come noi, che pensano che tutta la dannata faccenda sia soltanto una grossa stronzata e lo dicono ai quattro venti possono solo perdere. E i vincenti devono avere la meglio, giusto? Perché quelli come noi predestinati a perdere possano avere la peggio.»

«Dunque ammetti che siete soltanto dei perdenti.»

«Fottiti.» Finisce una birra e ne beve metà dell'altra in un sorso solo. «Sei *tu* ad ammetterlo. Per quello che ci riguarda noi siamo i soli a vincere. Tutta questa storia sul fatto che la giuria è composta da tuoi simili... in quella fottuta giuria non c'è nessuno che assomigli a me. Dammi una giuria di miei stramaledetti simili e sono fuori in un minuto.»

È un idea originale. Dovrò usarla un giorno o l'altro, magari proprio in questo processo. Chissà come reagirà la comunità alla proposta.

«Non credo di riuscire a far passare questa idea» gli dico. Attacco la birra. Qui dentro si sta bene. Sono al riparo dalla calura e bevo Budweiser conversando con un uomo dotato di un'intelligenza se non eccezionale quantomeno ragionevolmente superiore alla media.

«Hai mai letto Karl Marx?» chiedo oziosamente.

«Dalla prima all'ultima riga» mi risponde con un mezzo sorriso. «Nonché Veblen, Hoffer e Frantz Fanon, tra gli altri... anche Milton Friedman, benché ormai sia stato unanimemente discreditato. Dannato Reagan» borbotta con disprezzo, «quel bastardo è riuscito a far sembrare Nixon una persona perbene.»

Cristo. Sono qui a bere birra in compagnia del presidente di una banda di motociclisti specializzato in politica economica, socialista e radicale, con un paio di condanne alle spalle e tre non luogo a procedere che adopera parole come "unanimemente" al bar.

«Parlami di Lone Wolf e degli altri.»

«Che cosa vuoi sapere?»

«Qualsiasi cosa possa tornare utile alla difesa.»

Riparte verso la ghiacciaia e torna con un'altra mezza dozzina di birre fredde. Sarà la mia ultima indagine della giornata. Alziamo le bottiglie in un brindisi. Si abbandona contro lo schienale della sedia pensando a qualcosa da dirmi per salvare la vita ai suoi amici.

«Ha commesso qualche brutta azione ma non ha mai ammazzato nessuno. Parlo di Lone Wolf, per quanto ne so. E nessuno degli altri ha mai nemmeno pensato di uccidere qualcuno.»

«Questo non mi è di grande aiuto.»

«Vuoi dire che ti dovrei raccontare che è stato un ottimo boy scout, o qualcosa del genere? Che ha salvato un paio di vecchie da un palazzo in fiamme? Quel tipo di stronzate lì?»

«Non guasterebbero.»

«È stato in Vietnam. Ospedale da campo a Da Nang. Ha preso due cuori e una stella di bronzo.»

Così va bene. Prendo nota, più tardi controllerò. Quest'uomo mi piace, ma potrebbe anche essere uno bravo a prendermi per i fondelli.

«È chiaro... alla fine della guerra distribuivano medaglie come caramelle» riprende. «Cercavano con tutte le loro forze di dare un aspetto eroico alla faccenda, sai cosa intendo?»

«Va bene lo stesso. Le giurie hanno un debole per gli eroi di guerra. Nient'altro?»

«Aveva un fratello omosessuale.»

«Aveva?»

«È morto. O perlomeno così dice Wolf. Dei particolari non sono al corrente. Lui non ne parla e nessuno osa mai tirare in ballo l'argomento.»

Annaspo. Quanti scheletri devo ancora trovare nei loro armadi? E stiamo parlando di un imputato solo.

«Non è una storia di dominio pubblico» continua Gene. «Faresti meglio a controllare con lui se vuole farlo sapere in giro. Non gli piacerà nemmeno sapere che te l'ho raccontato.»

«Non ti preoccupare, lo farò. Controllerò.» Aspetto qualche secondo. «Tu sei suo amico, sai come ragiona. La storia del fratello l'ha reso più tollerante nei confronti degli omosessuali?»

Scuote la testa. «Al contrario. Odia i finocchi con tutto se stesso. Non che qualcuno di noi li ami, ma a Lone Wolf salta subito la mosca al naso quando c'è qualche checca in giro. Una volta ne ha quasi ammazzato una perché gli sembrava che ci stesse provando. Si è fatto novanta giorni.»

Sono salito sulle montagne russe più spaventose di tutta la mia carriera. Pochi minuti fa ero euforico, sempre più persuaso dell'innocenza dei miei clienti e vibrante di indignazione contro la società che li vuole condannare a ogni costo. E adesso mi sento di nuovo con le spalle al muro: non c'è dubbio che l'omicidio abbia forti implicazioni omosessuali. E il migliore amico del mio cliente mi sta dicendo che questi nutre un'avversione patologica nei confronti dei gay. Se Robertson e i suoi mettono le mani su questo bocconcino mi troverò davanti un altro ostacolo insormontabile.

«Senti, questa storia è particolarmente scottante. Se l'informazione esce di qui potrebbe contribuire a mettere Lone Wolf e gli altri nel braccio della morte.»

Annuisce. «Non fraintendermi, sono contento che tu me l'abbia raccontato» continuo, «e ne parlerò con lui... ma devo fare del mio meglio perché non venga fuori.»

«Mi stai dicendo che se qualcuno mi fa delle domande io non so niente?»

Bevo un po' di birra. «Dovresti prendere in considerazione l'ipotesi di iscriverti alla Facoltà di Giurisprudenza.» Sto scherzando soltanto in parte. «Non saresti un cattivo avvocato.» Deve essere la birra a farmi parlare così.

«Già fatto.»

«Hai frequentato l'università?»

«Case Western Reserve. A Cleveland. Per un semestre. Non faceva per me. È stato il mio ultimo futile tentativo di vivere da regolare.»

Lo guardo. Forse è la birra a parlare per me, non so, ma devo chiederglielo.

«Tu sei un uomo intelligente» gli dico. «Perché hai scelto di vivere in questo modo?»

«È una domanda cretina.» Apre un'altra birra.

«Raccontamelo.»

«Non tutti possono vivere come vorresti *tu*, o come dovrebbero. Comunque non lo vuoi sapere davvero.»

«Te l'ho chiesto o no?»

«Piantala, avvocato. Tieni i piedi sulla terra. So come vanno le cose nel mondo normale. Riveste gli uomini come me di un alone romantico. Be'... è pericoloso... perché noi siamo pericolosi. Voglio dire, senti... non sono così cattivo come la gente mi dipinge ma non sono neanche un fiorellino innocente. Intendo dire che non sono Peter Fonda in *Easy Rider*, capisci quello che dico? Anch'io son stato dentro. E sai una cosa? La gente in galera ci va per una buona ragione. Hanno fatto qualcosa, qualcosa di male, probabilmente di violento. La violenza è una cosa che gli frulla sempre per la testa. Cioè se non stanno pensando di sbattersi qualche troia stanno progettando di far vedere i sorci verdi a qualche borghese, è più che probabile. Cioè quello che voglio dire, avvocato, è di non fare del fottuto romanticismo. Ti si potrebbe ritorcere contro.»

«Non ci penso nemmeno» dico. Quest'uomo non si perde certo in perifrasi. «Tuttavia mi rimane la curiosità di sapere... perché scegliere uno stile di vita che ti trasforma automaticamente in un capro espiatorio?»

«Forse è stata questa vita a scegliere me.»

«Non mi sembri un tipo passivo. Nemmeno Lone Wolf lo sembra.»

Mi fissa, anzi, inchioda il suo sguardo al mio.

«Ti racconterò una storiella» dice. «L'altr'anno sono andato nel New England. Tornavo all'est dopo quindici anni. Era autunno, con le foglie che cambiano colore e tutte le altre belle storie. Solo io e la mia vecchia. Come una coppia di turisti normali. Niente moto, niente insegne. Invisibili.»

Finisce un'altra birra. Aspetto. Non sembra intenzionato a proseguire.

«E poi?» mi decido a chiedere.

«Non mi stava bene la parte invisibile» dice. «Ma non è questo che ti volevo dire. Eravamo nel New Hampshire... un posto stramaledettamente bello. Ci sei mai stato? In autunno, con le foglie, tutte quelle belle stronzate?

«Una volta» rispondo. Sono andato al Winter Carnival quand'ero al college. Non ricordo bene, ero sempre ubriaco, come tutti gli altri, del resto.

«Be', era proprio bello. La mia vecchia ci diventava quasi scema e parlava già di trasferirsi e così via. Io le ho detto aspetta fino a quando sarai dentro nella neve fino al collo per un mese intero e poi ne riparliamo. Comunque sulle targhe delle automobili nel New Hampshire c'è una scritta. Mi ha fatto proprio venire nostalgia di casa. Sai che cosa dice?»

«Non lo so.»

«"Live free or die" ovverossia vivi da uomo libero o muori. Avvocato, quello sono io. Quello è Lone Wolf, e tutti gli altri fratelli. Questo è ciò che vogliamo.» I nostri sguardi s'incontrano ancora. «Sono pronto a mandar giù una tonnellata di merda in cambio della possibilità di assaporare un grammo di libertà» dice. «E tu, come sei messo?»

Siccome devo assolutamente sapere la verità sul fratello di Lone Wolf vado direttamente alla fonte.

«Non parlo di queste schifezze» è la prima risposta.

«Invece me ne devi parlare, bello. L'omicidio sembra avere delle implicazioni omosessuali e se ci sono scheletri nel tuo armadio io devo essere preparato.»

Si nasconde la testa tra le mani. È la prima onesta manifestazione emotiva che abbia visto in lui da quando lo conosco.

«È morto.» Mi guarda. «Tanto tempo fa.»

«Come?»

Scuote la testa. «È stato tanto tempo fa. Lasciamo perdere, okay?»

«E il resto della famiglia?»

«Non c'è resto. Non per niente mi chiamo Lone Wolf. Sono solo e solitario, non c'è altro da aggiungere.»

Claudia dorme tra le mie braccia mentre aspetto sulla soglia che Patricia venga ad aprirmi la porta. Vorrei che non avesse sentito il mio tocco leggero, e che magari fosse al telefono in camera da letto, tutta presa da un'interurbana con sua madre e con la televisione accesa. Vorrei restare qui sulla soglia con la mia bambina tra le braccia fino all'alba. Il caldo è secco e insopportabile anche a quest'ora, non c'è la minima ombra di umidità. È stato così tutta l'estate. Nell'aria afosa e immobile le farfalle notturne si muovono in gruppo attratte dal profumo del gelsomino e del caprifoglio e formano un'aureola intorno alla testa della mia bimba.

Patricia apre la porta come fanno le mamme, in punta di piedi, senza farla cigolare.

«Perché l'hai riportata così tardi?» mi sussurra attenta a non far sfuggire la sua irritazione. Posso anche avere il mondo in pugno (è questo quello che pensa), ma lei ha nostra figlia e non vuole che lo dimentichi. «Ha una lezione di nuoto domani mattina alle otto.»

«Ci stavamo divertendo» protesto. «Non voleva venire via; ho dovuto aspettare che si addormentasse.»

«D'accordo.» Annuisce. Lo sa. Quando vuole può anche essere una donna gentile, il garbo è un tratto che appartiene alla sua vera natura.

Percorro con Claudia tra le braccia il breve corridoio che mi separa dalla sua stanza, la adagio sul letto e con delicatezza le sfilo scarpe, calze, calzoncini. Può dormire con la maglietta e le mutande. La copro con un lenzuolo, non tanto per tenerla al caldo quanto per proteggerla contro non so chi. Falso; lo so. So benissimo perché lo faccio. Lo faccio perché ne ho bisogno, ho bisogno di sentire che la proteggo, mi è necessario. Si rannicchia su se stessa a palla, respira profondamente con le labbra socchiuse.

«Vuoi una tazza di tè, prima di andare?» mi chiede Patricia. È seduta sull'angolo del tavolino in short e maglietta, intenta a prendere appunti su una citazione. Da qualche tempo porta gli occhiali per leggere, mezze lunette con la montatura di tartaruga. In un certo senso aumentano il suo fascino, mi sembra di guardare una donna con indosso soltanto la biancheria e gli occhiali, una giusta mescolanza di sesso e intelligenza. Mi fa riflettere su quanto tempo è trascorso da quando c'è stato qualche barlume di intelligenza nella mia vita sessuale.

«Non hai una birra per caso?» Fa ancora abbastanza caldo per sentirmi autorizzato a chiedere una birra senza fare brutta figura.

«Non bevo più in casa. È un'immagine che non mi piace, per Claudia.»

Mi chiedo se la bambina le abbia parlato dei miei frequenti drink. Mi ha visto bere spesso ma non ha detto mai niente. Cerco di fare dei calcoli: quanto bevo esattamente di fronte a lei? Se escludiamo le birre quasi niente; magari uno scotch o due mentre preparo la cena. Non sono un bevitore solitario, in genere mi lascio andare di più in compagnia di estranei, meglio se numerosi.

«Una tazza di tè andrà bene. Ma non ti scomodare.» La trattengo quando accenna ad alzarsi, «So dov'è.»

«Non c'è problema. Lascia che faccia io.»

Siedo al tavolo mentre riempie il bollitore. I documenti sono sparsi ovunque, citazioni e appunti su blocchetti dell'ufficio. Getto un'occhiata: una causa contro un ente parastatale al suo quarto anno di appello. Quel genere di lavoro noioso che personalmente non sopporterei. Capisco perché voglia lasciarlo. Non mi comporterei in modo diverso se dovessi affrontare una simile noia tutti i giorni.

Ha ragione lei; è sottopagata per un lavoro che esige la lettura continua di cartacce come queste. Se devi perderci la vista che almeno sia materiale più eccitante.

«Cosa preferisci? Ho camomilla, tè alla menta, Earl Grey.» Mi mostra le scatole.

«Quello che vuoi tu.»

«Allora Earl Grey. Tu dormirai lo stesso.»

Appoggia le tazze con l'acqua calda, prima di immergervi le bustine.

Soffia sulla sua per raffreddarla. Beve camomilla; ha sempre sofferto d'insonnia, la teina la terrebbe sveglia tutta la notte.

«È interessante?» le chiedo indicando con un cenno il lavoro sul tavolo.

«No.» Mette un punto di domanda a matita sul margine. «Hai idea di quanti laureati in Giurisprudenza siano incapaci di scrivere una semplice frase affermativa? È spaventoso. E le citazioni scritte peggio sembrano finire inevitabilmente sulla mia scrivania.»

«Presto non dovrai più fare i conti con queste seccature.»

«Non sarà mai abbastanza presto.» Era soltanto un amo gettato nella speranza che avesse cambiato idea riguardo al lavoro di Seattle, ma lei si è mangiata l'esca restituendomelo con olimpica tranquillità.

«Allora come va la preparazione del caso?» chiede con aria disinvolta.

«Bene, bene.»

Mi sta osservando con attenzione. «Davvero?»

«Già, anzi, in realtà le cose vanno meglio di quanto mi aspettassi, almeno per il momento. Ho trovato tre bravi colleghi per gli altri imputati e la settimana prossima diamo ufficialmente inizio allo studio delle strategie. Comunque il fatto più rilevante è che continuo a trovare in questo caso buchi da cui potrebbe passare anche un carro armato. Nella ricostruzione dell'omicidio fatta da Robertson i tempi non coincidono. Anzi, se hai voglia di stare ad ascoltare puoi dirmi se ti sembro matto.» In effetti mi sta già guardando come se lo fossi. La ignoro e tiro dritto. «Hanno lasciato il bar alle due di notte. Decine di testimoni possono confermarlo. L'hanno portata in montagna. Ci vogliono almeno quarantacinque minuti, lo sai, conosci anche tu il posto. Tutti se la... le usano violenza. Due volte ciascuno. Mi segui?»

Annuisce. Devo essere riuscito a risvegliare il suo interesse.

«Okay» proseguo. «Diciamo che hanno impiegato dieci minuti a botta. Poi la riportano indietro. Un'ora e mezzo di viaggio tra andata e ritorno cui va sommata un'altra ora e mezzo trascorsa giocando al dottore. Sono già le cinque del mattino; a proposito, dimenticavo... altre due scopate al motel, diciamo altri quindici minuti, probabilmente erano delle sveltine, e arrivano le cinque e un quarto. Alle sei meno cinque sono a Cerillos, ho una ricevuta e un testimone, e un'ora dopo si trovano a Madrid, ho un testimone anche lì. Adesso dimmi, se ne sei capace, quando hanno portato quel tizio in montagna, quando hanno trovato il tempo di pugnalarlo innumerevoli volte, di sparargli, di evirarlo e riportare la ragazza al motel? Pat, non funziona. È umanamente impossibile.» La guardo raggiante. Dio, mi sento bene. Dirlo ad alta voce lo conferma. «A meno che succeda qualche cosa di catastrofico ho buone possibilità di tirarli fuori. Voglio dire tirarli fuori completamente.»

Mi fissa come se invece di averle provato al di là di ogni ragionevole dubbio di avere ragione avessi commesso un errore che mi sarà fatale.

«Cosa c'è?» Bevo un sorso di tè; non è cattivo anche se gli preferirei di gran lunga una birra.

«Niente.»

«Cos'è? Dimmelo.»

Accantona il lavoro. Si toglie gli occhiali. È un gesto classico, molto probabilmente inconscio ma ben eseguito. Non ha mai dibattuto un caso davanti a una giuria nella sua vita ma sono certo che saprebbe cavarsela.

«Senti... Non prendertela.»

Quando qualcuno esordisce con questa frase so già che probabilmente me la prenderò moltissimo.

«Cosa c'è?» insisto.

«Te lo dico soltanto perché penso che sia giusto metterti al corrente.»

«Ma cosa dunque?» Odio quelli che procrastinano. Rimando così spesso le cose che quando lo vedo fare da qualcun altro lo trovo insopportabile.

«Ho ascoltato il tuo racconto e mi è sembrato ragionevole, Will, tuttavia la gente dice che il caso è già concluso. Che stai soltanto lottando contro i mulini a vento.»

Esplodo.

«Che razza di ridicola propaganda sta diffondendo Robertson?» Pretendo una risposta, alzo la voce, sono furente. «Quel bastardo cerca di manipolare tutto. Capisci» dico agitando l'indice come un vecchio maestro elementare, «ciò non fa che provare quant'è nervoso. Sa di essere nei guai e cerca di vincere la causa fuori dal tribunale. Hai appena sentito la mia ricostruzione, puoi giudicare da sola se i miei elementi sono buoni o no.»

«Non gridare, per favore» dice con dolcezza. «Io non ti sto accusando di niente.»

«Scusa, bambina, scusami. Ma odio queste stronzate. È un tipico trucco da procuratore distrettuale, ma da John non me lo sarei mai aspettato.»

«John non vuole perdere.»

«Certo che non vuole perdere! Neanch'io voglio perdere, ma non per questo metto in atto tattiche psicologiche dibattendo il caso fuori dal tribunale.»

«Soprattutto non vuole perdere questo caso. In ufficio lo sanno tutti» mi dice. «È convintissimo che i motociclisti siano colpevoli e non può nemmeno tollerare l'idea che quattro schifosi bastardi, cito le sue parole, se la possano cavare grazie a qualche perversa manovra della difesa, cito ancora.»

«Ma non si lavora così. Lo sai anche tu. Non è professionale.»

Appoggia una mano sulla mia. Un brivido mi percorre la spina dorsale. Fisso le nostre due mani unite.

«Will... sto soltanto cercando di metterti in guardia. Tutto qui. Stai attento.»

«Quegli uomini sono miei clienti, e si meritano la miglior difesa possibile.» Ne sono davvero convinto. «Soprattutto visto che sono certo della loro innocenza.»

«Okay. Io te l'ho detto. Finita qui.»

«Grazie.» Ne sono toccato. «Lo apprezzo. Davvero.»

In realtà sono turbato, e capisco che le farebbe piacere vedermi abbandonare il caso. Piacerebbe a tutti. Non c'è nessuno in questa città che non voglia vedere i miei clienti condannati, e qualcuno ha paura per me, teme che io precipiti con loro nel tentativo di scagionarli.

«Tu sei il padre di mia figlia, non voglio vederti fare una brutta fine.»

«Cercherò di evitarlo, tuttavia intendo portare a termine la miglior difesa possibile.»

«Lo fai sempre. È per questo che sei il migliore.»

Mentre accetto il complimento sento risuonare il proverbiale campanellino d'allarme: «Hai parlato per caso con Andy o Fred?».

«Di cosa avrei dovuto parlare con i tuoi soci?» ribatte.

«Niente. Chiedevo.»

«Sono anche loro contro questo caso?»

«Non esattamente. Sono contro di me in generale» azzardo nella speranza di riuscire a disinnescare la bomba prima che esploda.

«Lo so.»

«Ah sì?»

Annuisce. «Si dice in giro.»

Sobbalzo sulla sedia. «E cosa si dice esattamente in giro?»

«Che potresti lasciare lo studio.» Distoglie lo sguardo da me per un istante.

«Stai scherzando?»

«No, niente affatto.»

«Sono cazzate! Stupidi pettegolezzi, pure e semplici chiacchiere da bar. E tutto perché ho deciso di prendere una vacanza.»

Annuisce ancora.

«Non so come siano cominciate queste voci» insisto. «Non c'è niente di vero.»

«Meglio così. Perché in caso contrario sarebbe drammatico.»

L'aria sta diventando soffocante. Devo andarmene. Il problema è che non ne ho alcun desiderio. Voglio restare in questa casetta piena di ricordi con la mia bambina che dorme nella stanza accanto e sua madre che mi tiene per mano.

«È tardi» dico. «Devo andare.»

Spero che Patricia cerchi di fermarmi. Non dovrebbe nemmeno insistere.

Annuisce. «Sono sfinita anch'io. Domani mi aspetta una giornata faticosa.»

Mi costringo ad alzarmi. «Sarà dura anche per me.»

Mi accompagna alla porta. «... Notte.»

«Buonanotte.» Si protende leggermente in avanti e mi sfiora le labbra con un bacio. Leggo nel gesto affettuoso più significato di quanto Patricia in realtà gliene attribuisca.

«Buona fortuna, Will.»

«Grazie. Non sono preoccupato.»

«Ma non fartene ossessionare. Non puoi vincere sempre.»

«Lo so.» Dio solo sa se lo so. E il fatto di essere qui con lei sulla veranda è la prova più dolorosa della mia consapevolezza

PARTE SECONDA

Volo, la mente come ali spalancate, seduto nella calda casupola a ovest di Taos. Sono con il mio vecchio amico Tomas Lost Ponies, il famoso sciamano pueblo noto per le sue apparizioni a trasmissioni come *Donahue* e *Nightline*, che sorride sempre malgrado il fatto che lui e il suo popolo siano stati calpestati fin da quando può ricordare, ovvero da settantasette anni, anche se non gli daresti nemmeno la mia età. Secondo un'interpretazione rigida della legge io non dovrei essere qui, perché chi non è membro della Native American Church, cioè chiunque non ha nelle vene almeno un'ottava parte di sangue indiano, non può partecipare a questi rituali. E soprattutto non può assumere il peyote che agli occhi dell'ignorante e arido mondo legislativo dell'America anglosassone è soltanto una sostanza stupefacente nociva e illegale. E in quanto membro dell'albo degli avvocati dovrei essere particolarmente sensibile a ciò che è legale e a ciò che non lo è. Ma mi trovo qui in qualità di ospite e sarei poco gentile se rifiutassi l'invito di un amico. Indosso la toga ancora per qualche momento e ricordo che la legge, pur essendo severa, è anche comprensiva e compassionevole (perlomeno nei testi del primo anno di corso) e che tutte le leggi sono un mosaico di fatti, di coincidenze ed eventi fortuiti, cosicché accade che la causa Plessy contro Ferguson di oggi diventi domani quella di Brown contro la Direzione Scolastica.

Sono, ergo mi allucino, e se una sostanza capace di farmi stare così bene è illegale me ne frego.

Mezzanotte è passata. Siamo in trip da più di dodici ore, seduti e accaldati nella casupola intenti a guardare i mondi interni ed esterni avvicendarsi nella fiamma di una candela, il sudore che scorre lungo i nostri corpi nudi. Poi usciamo e danziamo sotto la luce bianca del sole, quindi per molte ore sotto la luna, mentre milioni di stelle scintillano sopra di noi, ciascuna carica di significato, ciascuna in contatto con me che comunico con loro, che le tocco attraversando di tanto in tanto il tempo e lo spazio per viaggiare nei cieli accanto a loro che si sussurrano segreti mentre la consapevolezza ci unisce e fa di noi un'entità cosmica.

«Amico, come sei scapestrato.» Tomas ride. Ci siamo tuffati nel lago per rinfrescarci, lui, io e gli altri che partecipano al rito. Sono rimasto sott'acqua per parlare con alcuni pesci, splendidi pesci scintillanti di fogge e colori infiniti. I pesci mi fissano con gli occhi sporgenti mentre mi parlano con quel loro tono profondo.

Dio, sono così sexy, così maliziosi, come quel pesciolino che si chiamava Cleo nel *Pinocchio* di Walt Disney. Posso restare sott'acqua e parlare con loro perché mi hanno insegnato a usare le mie branchie segrete, le mie vestigia del Pleistocene che soltanto gli esseri molto illuminati possono richiamare a sé.

In questo momento sono straordinariamente illuminato, sono una cosa unica col sole, le stelle e la vita sott'acqua.

«Sto parlando con i pesci» gli spiego, e per qualche ragione che mi sfugge la cosa gli provoca un parossismo di risa.

«Davvero.» Bisogna essere pazienti quando si spiega l'assoluto a qualcuno, anche se si tratta di un uomo già illuminato.

«Parli coi pesci.» Non riesce a smettere di ridere. «Questa è buona.»

«Davvero.» Adesso basta, deve smettere.

«E da quanto tempo?»

«Abbastanza per averne imparato i segreti» rispondo con sincerità sentendomi molto soddisfatto della mia conquista. «Smettila di ridere, non è così assurdo.»

«Sei stato giù meno di dieci secondi» mi dice. «Ho dovuto tirarti fuori perché altrimenti saresti arrivato sul fondo.»

E allora? Dieci secondi possono essere interminabili. Comunque la notizia mi confonde. Mi era sembrata un'eternità.

«E poi in questo periodo dell'anno nel lago non c'è nemmeno un pesce. Non l'hanno ancora ripopolato.»

Sorrido tra me e me. Questo non fa che dimostrare quanto sia disinformato il mio amico. C'erano migliaia di pesci là sotto. Avevano tutti i colori dell'arcobaleno e nuotavano con me, scivolavano sul mio corpo, mi spiegavano come rimettere in funzione le mie branchie preistoriche.

«Per fortuna c'ero io» aggiunge, «perché altrimenti saresti annegato. Non sai che gli esseri umani non possono respirare sott'acqua?» Mi guarda in tralice. «Merda, Will, puoi fare un cattivo servizio agli allucinogeni, ti rendi conto? Non fare stupidaggini da hippie con me, okay?» Tomas getta un'occhiata agli altri che si trovano poco più lontano. Sono completamente assorti nei rituali, ignari della nostra esistenza.

«Sto bene» lo rassicuro.

Mi guarda dubbioso. «Ai vecchi non piace che i bianchi prendano parte alla cerimonia. Non vogliono che i federali vengano a piantare grane.»

«Mi comporterò bene.» Involontariamente ridacchio. «Ma quei pesci erano bellissimi. Non avevo idea che i pesci potessero essere così sexy.»

Ride con me. «Tu hai il sesso in testa, amico» mi dice.

Il sesso in testa. Gesù, mi ha scoperto arrapato anche adesso che sono strafatto. Lo guardo attentamente. E lui mi sorride di rimando, un sorriso franco e spontaneo, e in un flash di incomprensione esacerbato dal fatto che la mia mente si trova in uno stato troppo elevato d'illuminazione perché il mio spirito possa starle dietro, qualcosa in quel sorriso chiaro e innocente innesca una bomba che aspettava di esplodere, la bomba del sospetto che porto dentro di me sotto la coscienza, come una permanente nuvola nera di non consapevolezza. Viticci di paranoia cominciano a strisciare nel mio cervello, una macchia Rorschach purpurea che senza preavviso mi esplode nella testa distruggendo la riserva di buone sensazioni che si era accumulata durante il giorno e la notte. Ed ecco la spaventosa lucidità che soltanto una mente stonata riesce a produrre, quando si vedono passato e futuro contemporanei e sovrapposti. Stanno braccandomi, ci sono tutti nella battuta di caccia, guidati da Tomas, è un piano organizzato dai miei nemici per rovinarmi. Merda, come ho fatto a essere tanto ingenuo? Nella mia posizione non si può mai abbassare la guardia nemmeno per un istante.

«Ehi, Will.» Tomas interrompe il mio sogno. «Guarda quella!» Indica verso il cielo e vedo cadere una stella. «Bella no?»

«Sì.» Guardo in su. È bellissima, è tutto bellissimo. Lui è bello e io sono bello e il cielo e le stelle e la luna, gli altri, l'intera *enchilada*. Tutto è bello, tutto è amore. Me ne frego di me stesso e delle mie due sventure, me ne frego della vita civile e del processo.

Entrano tutti nella casupola. Resto fuori solo io in compagnia della notte. La coltre di stelle riempie il cielo scuro. Nudo, i peli intrisi di sudore (non sono affatto evoluto come gli uomini dentro che sono glabri praticamente ovunque), le mie ghiandole secernono una sostanza che produce un afrore primitivo e potrei essere scambiato da uno smarrito viaggiatore proveniente da un'altra galassia per il primo esemplare della mia specie che dieci milioni di anni fa comparve su questa terra. Mi sento vecchio e giovane insieme.

Sul crinale dall'altra parte della mesa vedo passare un coyote solitario, una silhouette scura stagliata nettamente contro il cielo color indaco. Per un attimo mi sembra che si giri a guardarmi e mi coglie l'impulso irresistibile di entrare in lui, di diventare uno spirito coyote. Senza perdermi in preamboli volgo la testa e il torace verso il cielo e ululo alle stelle, un ululato lungo, acuto e perforante che echeggia nell'oscurità, rimbomba contro le pareti dei canyon, un ululato alle stelle come il più furbo dei vecchi coyote, gridando a me stesso e a tutto quello che ora mi circonda che sono tutt'uno con loro, il lato positivo del peyote che ritorna con forza e mi mostra l'autentica audacia dei miei sciocchi, confusi, dimenticati da Dio eppure straordinariamente bellissimi cosmi. Quando dentro di te sei peyote e fuori sei una notte a nord del New Mexico sai con certezza che Dio ha il senso dell'umorismo. Deve avercelo davvero per perdonarci con tanta generosità i meccanismi banali e perversi della nostra mente, incapace di accettare le verità più semplici. Mi tornano alla mente Claudia e il manifesto di Einstein nella sua camera con l'epigramma: "La vita dovrebbe essere il più semplice possibile, ma non più semplice di com'è."

Ululare alla luna a pieni polmoni come un cane malato d'amore che annusa una cagna in calore. I miei ospiti sono usciti e mi trovano molto divertente, ridono a crepapelle mentre si passano una bottiglia di verminoso mescal per scopi religiosi e per combattere il freddo. Io sono il tipo istruito e ignorante delle cose della terra, delle loro battute pagane. Mi piace tuttavia giocare alla mascotte, divertire il re e la sua corte, essere il più giovane del branco che cerca di piacere. Non c'è nessuna malizia in questi uomini e nella loro risata, il loro è lo spirito dei bambini, innocente e felice.

Certo tutti i figli di Dio hanno le ali e una casa a due piani con una convertibile nel garage invece di una baracca di calcestruzzo e di scorie formata da una sola stanza e il cielo fuori. Dovrei essere libero e consapevole come questi uomini. E altrettanto clemente.

L'alba si sta avvicinando. Ci siamo lavati l'un l'altro e vestiti e ora ci dirigiamo a cavallo verso est e la sommità della mesa. Nessuno sente il bisogno di parlare; è uno stato naturale per i miei ospiti ma perfino io dopo un giorno e una notte trascorsi ad alterare mente e spirito, a piegarli, a forgiarli e accarezzarli sono felice di essere passivo e lascio che tutto accada.

In sella ai nostri cavalli osserviamo l'alba che avanza in ipnotiche onde. È bella da mozzare il fiato, ma un senso di tristezza mista ad apprensione mi assale; tra poco, troppo poco, siederò in un'aula per la selezione dei giurati. Tornerò nel mondo.

Ci separiamo. Mi abbracciano tutti, sono stati contenti di avermi con loro. Mi piacerebbe tatuare questo istante sul dorso della mano cosicché la prossima volta che mi assale la paranoia io possa osservarlo fingendo di guardare l'orologio: oh sì, non è niente, non c'è niente di che preoccuparsi, passerà.

Ancora qualche istante con Tomas e poi via sulla mia Bmw, diretto a sud. È presto, non sono ancora le sette; non mangio da un giorno intero e sto letteralmente morendo di fame. Quando passo davanti a un McDonald sono tentato di fermarmi ma un hamburger non mi sembra il modo più adeguato per rompere il digiuno.

Il minimarket aperto ventiquattro ore su ventiquattro offre hot dog al chili, due per novantanove cent, con aggiunta di formaggio a dadini, sottaceti e cipolle. Sorseggio il mio caffè lungo e nero mentre il proprietario, un tizio grasso e unto con un taglio di capelli alla Parris Island mi imbottisce i panini. Quando mi tende il pacchetto bisunto e il resto piega la testa e mi fissa. Involontariamente mi guardo alle spalle: non c'è nessuno.

«Ci conosciamo, per caso?» Mi scruta socchiudendo gli occhi.

«Non mi pare. Non ricordo di essermi mai fermato qui.» Mi ci mancava solo questo, uno stronzo che siccome è stato rapinato una volta vive nel terrore che qualsiasi cliente sconosciuto possa essere il colpevole che torna sul luogo del delitto per umiliarlo e magari derubarlo ancora.

«No, non è lui.» Si stringe nelle spalle e torna al suo lavoro. Poi all'improvviso ha un'illuminazione e torna da me con un sorriso trionfante. Deve masticare tabacco, perché ha i denti neri. «Tu sei l'avvocato dei motociclisti. Quelli che hanno fatto fuori il ragazzino in montagna. Ti ho visto alla tv.»

Sorrido con aria disarmante. «Che l'abbiano ammazzato loro deve ancora essere provato.»

Assume un'espressione minacciosa. «Sono stati loro. Dovrebbero prendere quei bastardi e fargli friggere il cervello... e il tuo pure.»

Porca miseria. Questo è un colpo. Di solito i motociclisti sono considerati eroi popolari, dei Robin Hood in sella ai cavalli meccanici dell'era moderna, soprattutto da tipi come questo. Se perfino i poveracci sono contro di noi vuol dire che i miei ragazzi hanno già collezionato un sacco di pubblicità negativa. Brutto segno.

Però io non sono costretto a sopportare, in fondo il cliente ha sempre ragione. «Sono indiziati, amico» lo informo, mentre i primi raggi di un sole già rovente mi riscaldano la nuca, «ma non sono ancora stati processati. E fino al processo, anzi fino al verdetto di colpevolezza, *qualora* tale verdetto venga emesso, cosa della quale personalmente dubito, sono innocenti. Le cose funzionano così, che ti piaccia o no. Capito?»

Mi guarda con aria sempre più torva. «No. Non sono d'accordo per un cazzo. Quelli sono colpevoli e lo sanno tutti e tu ti puoi prendere tutte queste puttanate processuali e ficcartele nel culo.»

«Vai a farti fottere.»

Per un istante mi guarda come se mi volesse assalire, ma sono più alto di lui di almeno dieci centimetri, peso quindici chili di più e ho dieci anni di meno. Non gli resta che battere in ritirata e trincerarsi dietro la sua espressione torva.

«Sono colpevoli.» Alza la voce. «Sono più colpevoli dei diavoli dell'inferno e lo sanno tutti. E anche il peggiore azzeccagarbugli, quel che sei tu se stai dalla loro parte, non potrà cambiare le cose.» Il fatto di non potermi riempire di botte lo innervosisce. «E adesso vattene via e non farti mai più vedere nel mio negozio.»

Giro sui tacchi e mi allontano senza degnarlo di un'occhiata, apro la porta e la richiudo fragorosamente.

Mi appoggio alla mia automobile: tremo per la rabbia. I miserabili come lui non mi spaventano, ne ho incontrati a decine, parlano e basta. Ma quel che lui rappresenta ha l'effetto di allarmarmi e smorzare ogni entusiasmo: lo Stato del New Mexico ha già processato e condannato i miei clienti. I giornali, la televisione, tutti quanti se ne sono occupati in abbondanza. .Le cose per ora sembrano tranquille ma quando comincerà il processo riprenderà anche il trambusto dei media le peggiori nefandezze verranno puntualmente a galla.

Gli hot dog comunque sono buoni e piccanti. Mi ripulisco la bocca unta di chili e cospargo l'ingresso del negozio di cartacce. Quando sbircio dentro la vetrina vedo l'uomo che mi fissa come un tasso idrofobo e furente nella tana. L'incidente mi disgusta, ma devo prepararmi, episodi del genere non mancheranno.

Malgrado il sole già alto e la grande calura rabbrividisco dentro l'involucro invisibile di sudore che mi avvolge mentre mi allontano diretto verso casa e verso decisioni che non possono più essere rimandate.

Lone Wolf sfoglia gli atti del processo istruttorio che gli ho portato mentre gli altri lo guardano. Benché la stanza dove avvengono i colloqui con i detenuti sia climatizzata ho l'impressione che la canicola sia ugualmente riuscita a varcare i cancelli del carcere. I miei fogli volano sul tavolo che ci separa.

«Ma è uno scherzo! Siccome non ci potevi portare un video di Bug 's Bunny ci hai portato questo.» Comincio a odiare i suoi occhi azzurri e glaciali; può fissarmi per un'ora intera senza mai battere le ciglia.

Resto in silenzio, calmo e tranquillo, perlomeno in apparenza. Durante l'ultimo mese ho imparato a lasciargli spago.

«Una troia, uno schifoso messicano, e un fetente ubriacone che probabilmente non riuscirebbe a trovare il suo culo nemmeno con un radar?» urla picchiando i pugni sul tavolo con forza. Le sue mani si muovono all'unisono; è ovvio, li hanno incatenati per bene: braccia, gambe e vita. Afferra i fogli e li strappa in due pezzi, in quattro, in otto. «Puliscitici il culo» mi invita senza smettere di fissarmi con quel diabolico sguardo azzurro.

Raccolgo i pezzetti di carta e li getto nel cestino alle mie spalle. «Sei tu che decidi» dico con estrema tranquillità. Con molta calma, deliberatamente, ripongo i loro quattro dossier nella mia ventiquattr'ore di morbida pelle, mi alzo, prendo la giacca dallo schienale della sedia dove l'avevo appoggiata, mi sistemo i polsini della camicia e la infilo. Tutto molto lentamente, perché non perdano neanche un particolare e senza smettere di guardarli nemmeno per un secondo. Afferro la mia valigetta e mi dirigo verso la porta.

«Dove vai?» chiede Roach. È preoccupato, dardeggia occhiate inquiete a Lone Wolf e a me. Colgo un barlume di incertezza anche negli altri, era quello su cui contavo.

«Fuori» rispondo laconico. «A dire al pubblico ministero che non avete più bisogno della mia assistenza. È una formalità che va osservata» aggiungo «affinché mi possa recare dal giudice in tempo utile e inoltrare la richiesta di un'adeguata difesa d'ufficio.»

«Che cazzo...» È Lone Wolf.

«La mia segretaria farà il conteggio delle ore che ho dedicato al vostro caso ed entro la fine della settimana riavrete quanto rimane della somma versata.» Batto due colpi sulla porta per far sapere al secondino seduto a pochi metri che voglio uscire.

«Aspetta un attimo.» Ci giriamo tutti. Goose è ancora più sorpreso di noi di sentire la sua voce. «Stai dicendo che ci molli?»

«No. Dico che mi avete appena revocato l'incarico.»

«Neanche per idea!» Roach è in piedi, il volto paonazzo e la voglia color vino che pulsa insieme alla giugulare. «Come ti è saltato in testa?»

«Chiedi al capo» dico guardando Lone Wolf che mi sta trafiggendo con gli occhi, «è lui quello che sa tutto.»
«Vai a farti fottere, Alexander.»
«Non da te.» È il momento di mettere le carte in tavola e io sono il solo ad avere il gioco.
«O mi sbaglio? Ho frainteso le tue intenzioni?» Sono stufo di questo ritmo forsennato, di questo fottutissimo ballo macho. Deve capire una volta per sempre che sono pronto a passare la mano, perché in caso contrario non riusciremo mai ad affrontare il processo.
Mi sorride; il bastardo sa anche essere disarmante. « *No problem.* Vogliamo il migliore.»
«È quello che avete.» Il secondino nel frattempo ha aperto la porta e infilato la testa nella stanza. Quando gli faccio cenno di non aver più bisogno di lui si ritira richiudendoci dentro. «Per questo processo e per voi – per quello che siete e per quello che state pagando» – non dovrei dirlo, ma viviamo tutti in un mondo relativo – «avrete il meglio.»
«Okay.» È serio.
«Okay.»
«Nessuno di questi avvocati è ebreo?» domanda Goose.
«No.» Cristo, ma che cos'hanno questi quattro, odiano anche le minoranze? «Perché, gli ebrei non ti piacciono?»
«No anzi, sono bravi avvocati. Il migliore avvocato che ho avuto era ebreo. Volevo dire» conclude con mestizia, «che personalmente l'avrei preferito ebreo, se ne avevi uno.»
«Già, anch'io» aggiunge Dutchboy, «sono speciali qui» e si indica una tempia, «sai che cosa intendo?»
Rido. «Mi spiace di non essere riuscito a trovarne neanche uno con un preavviso così breve, comunque quelli che vi ho procurato sono altrettanto bravi. Fidatevi.»
«Non abbiamo scelta, o sbaglio?» Lone Wolf è serio, tutto preso dagli affari.
«Non finché sono io a occuparmi di questo caso.»
«Allora d'accordo.»
«Stanno aspettando fuori. Adesso li faccio entrare. E ancora una cosa...»
Non concludo la frase e Dutchboy abbocca all'amo. «Cosa?»
«Basta coi giochi. Basta coi deliri narcisisti e coi tranelli.Io sono franco e diretto con voi e voi siete franchi e diretti con me. Io dico cosa e quando e voi rispondete sì o no. Questo caso è un cuscino di spine, signori miei, e dovete lasciarmi lavorare in pace. Capito?»
Si guardano, e ancora una volta è Lone Wolf a parlare.

«Capito.»

Busso di nuovo alla porta e chiedo al secondino di accompagnare dentro i miei colleghi. Poi mi rivolgo ai motociclisti. «Andrà tutto bene» dico.

«Abbiamo fiducia in te, non ti ricordi?» chiede Lone Wolf.

«Ci provo» rispondo con sincerità. «Ma non mi rendete le cose facili.»

La porta si spalanca ed entra Mary Lou. Si spalancano anche gli occhi dei miei clienti. Roach comincia subito a fare apprezzamenti su seno, vagina, gambe o una combinazione di tutti gli attributi femminili ma Lone Wolf lo raggela con un'occhiata. "Questa è una faccenda seria, lascia perdere l'uccello", è quello che sembra dire. Roach arrossisce, e tutta la faccia assume la tonalità della voglia. Deve sentirsi come se gli avessimo letto nel pensiero.

Mary Lou ha un'aria molto professionale e sembra non notare quello che sta succedendo, o perlomeno finge in modo convincente.

La seguono Tommy e Paul. Prendiamo posto, due gruppi compatti che si fronteggiano cercando di valutare le forze degli altri, come se fossimo avversari. Nei prossimi mesi ci vedremo molto assiduamente.

Introduco prima i motociclisti, poche parolę sono sufficienti perché sono già stati preparati sul loro conto dettagliati dossier. Inoltre l'obiettivo dell'incontro è un altro; siamo qui per vederci, per collegare a ogni nome un volto, una fisionomia, per non pensare più agli imputati come a numeri o fedine penali.

Poi presento gli avvocati senza perdere tempo a tessere lodi; i fatti sono inconfutabilii, sono tre professionisti di grande valore. I motociclisti sembrano rendersi subito conto che saranno in buone mani: ho dedicato una appassionata ricerca e non poco lavoro per mettere insieme questa equipe. Dapprincipio non sapevo chi coinvolgere; al contrario di quello che ci vogliono far credere Perry Mason e i suoi simili, un buon legale non si costruisce la carriera e la reputazione con casi complessi dagli esiti incerti. Un buon difensore vuole vincere la causa, o perlomeno vuole avere buone probabilità di farcela. È così che ci si conquista una fama. Si finge di accettare i casi disperati, e perfino gli avvocati più idealisti del Consiglio dell'ordine forense sono, nel profondo del cuore, rigidi conservatori che si considerano baluardi posti a sbarramento di oceani di anarchia. Se la pensassero diversamente non eserciterebbero l'avvocatura. E tenuto conto dei fatti e delle personalità coinvolte nel caso, non me la sono sentita di proporlo come una vittoria certa.

Volevo un difensore d'ufficio per ridurre i costi e avvalermi della sua esperienza in cause di questo tipo. Volevo che il terzo venisse da uno studio affermato, qualcuno desideroso di avere una possibilità di diventare famoso e quindi di entrare di diritto come socio nello studio grazie a una vittoria difficile; insomma qualcuno che non dovesse rischiare troppo. Il quarto elemento l'ho cercato tra i free-lance di cui si avvale l'ufficio della pubblica difesa sperando di trovarne uno che non fosse né un ubriacone né un fallito. Sapevo che la corte non avrebbe mai lasciato che ciò accadesse; lo Stato attribuisce troppa importanza al caso per permettere che venga contestato qualche vizio di forma.

Tommy Rodriguez è il difensore d'ufficio. È un ragazzo che ha avuto una vita difficile, una storia come quelle che si leggono ogni tanto sul "Reader's Digest:": è nato in una cocomeraia da due contadini messicani arrivati qui grazie al piano in favore dei primi coloni. Il fatto che sia riuscito a frequentare una scuola americana è già un piccolo miracolo; che poi si sia rivelato uno studente modello pur cambiando continuamente residenza mentre la famiglia avanzava anno dopo anno dalle montagne messicane verso nord è addirittura stupefacente. Un'anziana zitella insegnante di inglese a Tallahassee, in Florida, lo prese sotto la sua ala protettiva e ne diventò il tutore. E da quel giorno i trionfi si susseguirono senza interruzione: primo della classe al liceo, borsa di studio alla Duke University, alla Facoltà di Giurisprudenza dell'Università della Virginia, la tesi pubblicata su "Law Review." Quando andò in pensione l'anziana signorina si trasferì nel New Mexico per il clima e portò con sé il devoto figlioccio. Ciò spiega perché Tommy sia diventato un avvocato d'ufficio dello Stato del New Mexico anziché farsi assumere con uno stipendio con molti zeri da uno studio di Wall Street. Un giorno o l'altro lo farà, ha soltanto ventisei anni. Mi ha raccontato di avere già ricevuto proposte di lavoro sia da L.A. che da New York. Sta aspettando il momento opportuno e intanto ripaga i suoi debiti morali: quando si trasferirà lo farà con stile. Un caso di omicidio importante come il mio è proprio quello che gli ci vuole.

L'astro nascente del grande studio – Simpson & Wallace, uno dei più grandi dello Stato, con oltre sessanta avvocati, tantissimi per il New Mexico – si chiama Mary Lou Bell. Come direbbe il mio amico Travis di Austin, questa donna è *completa*. È giovane (non ha ancora trent'anni),è intelligente, è competitiva, si applica al lavoro con zelo e, come ciliegina sulla torta, ha il fisico di una reginetta di bellezza. Kathleen Turner con centodieci e lode in tutte le materie. In una situazione diversa sonderei il terreno e cercherei di farmela anche solo per dire di esserci passato, come un cane che delimita il territorio. Ma come mi ripeto continuamente ho abbastanza autocontrollo per trattenermi dallo sputare nel piatto dove mangio, e inoltre qualcosa di lei mi dice che sarebbe una mossa sbagliata; non è il tipo che si accontenta di merce bacata. Perciò ci comportiamo da buoni amici. È un avvocato che per puro caso porta la gonna e i tacchi alti. Come immaginavo Simpson & Wallace si incamerano la maggior parte dei suoi onorari, perciò non ho dovuto insistere troppo per convincerla. Inoltre i suoi capi erano felici della pubblicità. Può solo venirgli utile.

Paul Marlor è il jolly del gruppo. Appartiene a un'altra generazione, deve essere sulla sessantina anche se non ne sono sicuro. Famoso nell'est (Philadelphia, o qualcosa del genere, non è mai prodigo di dettagli) negli anni Sessanta ha deciso di cambiar vita e se l'è svignata abbandonando moglie e bambini per ricomparire da queste parti una decina d'anni or sono con una moglie molto più giovane e un figlio e ricominciare daccapo. È un ottimo avvocato che lavora con la meticolosa precisione di un orafo. Non si sforza più del necessario; sembra che un modesto stile di vita lo appaghi; forse è un modo di proteggersi contro il rischio di bruciarsi ancora. Il figlio di Paul e Claudia frequentano la stessa scuola. Io e Paul ci siamo conosciuti durante i consigli di classe. È una brava persona, beve soltanto con gli uomini migliori ed è sempre contento di dare una mano. C'è in lui qualcosa di solido che forse dipende dall'età, come le macchie di fegato sulla pelle e la perdita dell'udito. Dà peso al gruppo. Gli altri lo rispetteranno. E lui rispetterà le mie scelte... è il mio caso, dopotutto. Inoltre costa poco, elemento tutt'altro che trascurabile.

Nel complesso (mi do delle metaforiche pacche di congratulazioni sulla spalla), un gruppo formidabile.

L'incontro dura un'ora. Niente di particolare, tastiamo il terreno, la prassi del primo incontro, abbiamo già esaminato l'imputazione e le dichiarazioni del testimone dell'accusa, quindi sanno tutti che cosa devono aspettarsi.

Il mio compito oggi è quello di assegnare a ciascuno il suo difensore; ho già fatto la mia scelta prima di arrivare ma volevo aspettare ad annunciare gli abbinamenti nel caso non risultassero soddisfacenti per tutti. Nessuna contestazione, evidentemente ormai conosco i motociclisti abbastanza bene.

Dutchboy è con Paul: il vecchio professore e il ragazzo scapestrato, Mark Twain e Huck Finn. Paul avrà un effetto tranquillizzante su Dutchboy; probabilmente la prima influenza stabile nella sua vita.

Assegno Tommy a Goose in un'accoppiata opposta a quella di

Dutchboy e Paul. È il tipo di accoppiata a cui le giurie si affezionano senza nemmeno rendersene conto. Goose ha più possibilità di cavarsela degli altri e Tommy, essendo messicano, prenderà i voti degli ispanici, elemento importante in uno Stato fiero delle sue origini. Da come si guardano immagino già la dinamica del loro rapporto: Goose ansioso di piacere, come un vecchio cane preso troppo spesso a calci che vuole soltanto un posticino caldo accanto al fuoco, e Tommy che capisce di cosa l'altro ha bisogno.

Roach ottiene quello che desidera: Mary Lou. Ne ho parlato con lei prima di entrare; Roach è il più spostato e in un certo senso è perfino più pericoloso di Lone Wolf che quantomeno sembra intelligente anche a colpo d'occhio. È un netto rovesciamento dei ruoli: la donna forte e competente ma anche femminile e tradizionale (indosserà soltanto gonne di media lunghezza e abiti sobri, niente toga né indumenti provocanti), e l'uomo che si sottomette al suo giudizio. Quando i giurati dovranno emettere il verdetto Roach sembrerà meno minaccioso, gli saranno stati limati gli artigli. Inoltre avevo l'impressione che Goose e Dutchboy si sarebbero potuti trovare a disagio con lei; Mary Lou è troppo donna per loro. Roach ci proverà un paio di volte e Mary Lou lo rimetterà al suo posto con l'indifferenza di chi schiaccia una zanzara.

Fissiamo quattro appuntamenti separati per l'indomani. Lavoreremo quasi sempre insieme al caso ma per il momento ciascuno dei quattro motociclisti deve conoscere il suo difensore, stabilire un'intesa. E io ho bisogno di un po' di tempo per star solo con Lone Wolf perché il caso è lui: se riesco a tirare fuori lui gli altri seguiranno.

I motociclisti sembrano dispiaciuti di vederci uscire. Lì dentro hai paura anche se sei un duro. L'idea di passare il resto della vita in quattro metri per quattro con le sbarre alla finestra e alla porta o, peggio ancora, di essere ammazzato è più che sufficiente per riportare alla realtà chiunque non sia completamente pazzo. E questi quattro non sono matti; hanno soltanto cavalcato un'idea folle della vita che adesso li sta portando alla rovina.

Scambiamo le nostre prime impressioni davanti a un caffè.

«Potrebbero essere innocenti.» L'affermazione di Mary Lou mi sorprende.

«Quel che è certo è che sono stati incastrati » interviene Tommy. «È il caso più politico che abbia mai visto.»

«Ti ci devi abituare» commenta Paul versando due cucchiaini di zucchero nella tazza, «questo processo è soltanto politico. E date le premesse innocenza e colpevolezza hanno ben poca importanza.»

Paul cerca di gettare acqua sul fuoco, una tattica che si impara con l'esperienza. I tuoi clienti non li giudichi, li rappresenti; non lasci che le tue emozioni offuschino la capacità di giudizio nelle scelte di strategia difensiva. Fa' il tuo lavoro nel migliore dei modi possibile e lascia che i cuori sensibili sanguinino a loro piacimento.

Domani c'incontreremo dopo che ciascuno di noi avrà visto il suo cliente e incominceremo a confrontare i dati raccolti. Sono felice che tutti e tre la pensino come me; e che, indipendentemente dal fatto che i motociclisti siano innocenti (chi più chi meno tutti fino ad ora si sono trattenuti dal pronunciarsi in proposito), credano senza ombra di dubbio nel fatto che lo Stato stia cercando di incastrarli. Questa convinzione ci dà un po' di spinta e un certo ottimismo, e il lavoro preparatorio assomiglierà più a una crociata che a un interminabile periodo di fatiche improbe.

Mary Lou si trattiene qualche momento dopo la partenza degli altri. Sono tentato di invitarla a cena, soprattutto quando appoggia una mano sulla mia. «Volevo ringraziarti per avermi chiamato, Will» dice. «Avevo proprio bisogno di un lavoro così, non immagini quanto.» Mi guarda. È così vicina che posso sentirne il profumo. Chanel numero 5. Sono frastornato.

«Mi fa piacere che ti faccia piacere.» Coraggio amico, lascia perdere, parli come un deficiente.

«È molto interessante, non credi? Il tipo di caso che ti ricorda perché sei diventato un avvocato. Una bella differenza» proclama sottolineando la sua convinzione con un pugno sonoro sul tavolo, «da tutto quel lavoro di assistenza spirituale che devo fare da Simpson & Wallace.» Mi fissa: i suoi occhi sono grandi, azzurri come quelli di Paul Newman (probabilmente lenti a contatto, ma cosa importa?) e scintillano con tutto il fervore dell'avvocato della difesa appena investito dell'incarico.

«È per questo che il mio lavoro mi piace. Quello che faccio serve a qualcosa, anche se non è molto» ribatto con modestia. Sono tutto preso a dare l'impressione di essere un tipo perbene e un serio lavoratore.

«Sei hai bisogno di me, non esitare a chiamarmi. Dico davvero, Will. Questa è una situazione che richiede la disponibilità di tutti ventiquattro ore su ventiquattro.»

Annuisco. Siccome devo nutrirmi, forse è il caso...

«Con l'eccezione di questa sera.» Sorride con aria simpatica ma sbrigativa. «Ho un appuntamento per cena.»

«Anch'io, in effetti.» Le sorrido di rimando per farle capire che pur apprezzando la disponibilità non ho alcuna intenzione di invadere la sua vita privata.

Merda. Sono stato troppo affrettato.

In piedi sulla soglia la guardo uscire. Niente male anche da dietro. Dacci un taglio, Alexander. È una collega, non una potenziale scopata.

Sarebbe stata una mossa sbagliata, lo sapevo eppure quasi ci cascavo. Fermarmi prima che colpisca ancora, o qualsiasi cosa sia per uno stupido come me. Se sarà necessario me lo farò tatuare sulla mano: gli affari sono affari. Andrà tutto meglio. O perlomeno sarà più tranquillo.

«Voglio farti vedere qualcosa.»

«Cosa?» Non le presto alcuna attenzione; Claudia ed io siamo stati nervosi per tutto il fine settimana. Non potevo distogliere la mia mente dal caso e ovviamente Claudia se n'è accorta subito, i bambini hanno un radar per queste cose. Adesso è più grande, più indipendente, i vecchi schemi non funzionano più. Non c'è più quell'assoluta e disinvolta accettazione del verbo paterno, non sono più l'unica e suprema fonte di informazioni terrene. I cambiamenti non mi piacciono, non mi basta che sia mia figlia, vorrei che fosse sempre una bambina innocente e piena di bisogni. Durante questo week-end ho capito per la prima volta che i miei bisogni sono più pressanti dei suoi e la scoperta ha portato con sé un autentico dolore.

A Seattle se la caverà senza fatica, entro un mese si sarà ricostruita una vita nella quale io non avrò parte. Già parla della nuova casa, della nuova automobile, di tutte le altre cose nuove. Povero vecchio papà, verrà a trovarmi; cerca di confortarmi come può.

È *lei* che conforta *me*.

Sarà orribile. Dorme a pochi metri e sento già la sua mancanza.

«Vorrei farti vedere una cosa» ripete Patricia.

Alzo gli occhi. È sulla soglia della camera da letto, incorniciata dalla porta, una luce bassa che la illumina alle spalle.

«Cosa c'è? Devo andare, ho ancora del lavoro da sbrigare.»

«Basterà un minuto.» Mi avvicino. È accanto alla finestra e mi dà la schiena. Indossa soltanto un paio di pantaloncini corti. Sento crescere in me l'eccitazione. Si volta.

«Che cosa te ne pare?»

Resto a bocca aperta. Non sono mai stato così nervoso davanti a una donna dai tempi delle scuole medie.

«Sono bellissime» le dico quando riesco a ritrovare la voce.

Si avvicina a me fermandosi a meno di trenta centimetri. «Sei sincero?»

Annuisco; non mi fido delle mie corde vocali.

«Non sono troppo grosse?»

Mi passo la lingua sulle labbra e lotto per produrre un po' di saliva. «No. Vanno benissimo. Perfette» gracchio.

Si protendono verso di me. Quand'ero ragazzino le tette come queste venivano chiamate paraurti Cadillac.

Sorride. «Non volevo farle troppo grandi, non volevo sentirmi pornografica...»

Continuo stupidamente ad annuire.

«Ma poi ho pensato che visto che c'ero tanto valeva farlo fino in fondo. Entro i limiti del buon gusto» aggiunge, timida come una scolaretta. «Come se il buon gusto c'entrasse qualcosa con un'idea così pazza.»

«Sono belle. Sembrano vere.»

«Ma sono vere. Le ho soltanto aiutate un po'.»

«Già, è quello che volevo dire.» È in piedi davanti a me con questi enormi seni incredibilmente sodi. Non avrei mai immaginato che avesse tanto coraggio, e non penso all'intervento in sé quanto al fatto di lasciarmi guardare, anzi di chiedermi di guardare. Ha deciso di cambiare la sua vita in ogni aspetto e lo sta facendo. Vorrei applaudire.

La mia erezione è inequivocabile. Esci di qui. Esci di qui subito.

«Avevo paura di fartele vedere.»

«Conoscendoti non riesco a credere ai miei occhi.»

«È da tutto il pomeriggio che ci penso.»

Ce l'ho duro. Era da molti anni che non mi succedeva con Patricia. Se guarda se ne accorgerà. Si sentirà in imbarazzo; non è una donna molto disponibile sessualmente. Tuttavia potrebbe appagare il suo ego. Probabile. O indispettirla. Non lo so, un'erezione non voluta è un fatto nuovo e inquietante anche per me.

«Ma alla fine ho pensato: "Devo pur farle vedere a qualcuno, perché sottopormi a una cosa così faticosa se poi nessuno lo saprà?" E tu sei l'unico.» Si avvicina di un altro passo. «Dai, toccale. So che ne hai voglia.»

«No che non lo sai.»

«Nemmeno per sapere che sensazione danno? Nell'interesse della scienza?»

Dove ha imparato tanta sfrontatezza? Be', è una donna. Un nuovo paio di poppe e pensa di essere la padrona del mondo. Accidenti, magari è proprio così. Dovrei congratularmi con lei anche per questo, è sempre stata una nullità nella promozione di se stessa.

Sono dure. Le sfioro leggermente in una carezza gentile e, mi auguro, innocente.

Sarebbe troppo bello. Il gemito che le sfugge e la mia voglia famelica ci travolgono. Ritraggo la mano come se avessi toccato un tizzone ardente.

«Mi dispiace.» È arrossita.

«Va tutto bene.» Devo andarmene. Subito.

Sembro aver messo le radici nel pavimento.

«Non avrei dovuto farlo. Non so come mi è successo.»

Avevi queste nuove tette eccezionali e non volevi tenerle segrete, altrimenti perché l'avresti fatto? Dovevi pur farle vedere a qualcuno, e io sono l'ex marito eunuco. Volevi fare il tuo show, volevi avere la conferma che puoi ancora eccitare un uomo. Può trattarsi di una qualsiasi di queste ipotesi, oppure di tutte insieme.

«Sei fiera di quello che hai fatto e del tuo nuovo aspetto. Posso capirlo.» Respiro meglio, ho riguadagnato un po' di controllo di me stesso se non della situazione. «Fammi un favore però, infilati una maglietta.»

Prende una t-shirt e nell'indossarla tiene le braccia alzate più del necessario. Devo vedere lo spettacolo fino in fondo compresa la discesa del sipario.

È la miglior birra che abbia bevuto da tempo, ne avevo davvero bisogno. Patricia deve averle comperate nel pomeriggio prevedendo quello che sarebbe successo. Se fosse riuscita a mostrarmi il nuovo seno, la sua nuova personalità – gesto che, dietro l'apparente disinvoltura, entrambi sappiamo difficile – una birra mi avrebbe aiutato a ricompormi. Un pensiero gentile; un gesto in molti sensi più significativo dell'esibizione.

«Come va il caso?» Si allunga per prendere un sorso della mia birra.

«Va.»

«Com'è l'équipe?»

«Sono bravi. Non si risparmiano.»

«Anche Mary Lou?»

«Soprattutto lei.» Colgo una sfumatura di durezza nel suo sguardo.

«È un bravo avvocato?» Domanda retorica; conosce la reputazione di Mary Lou quanto me. Vorrebbe sentirmi dire che Mary Lou ha più fortuna che talento. Non posso. È una menzogna e Patricia lo sa molto bene. Inoltre Mary Lou lavora con me e io sto sempre dalla parte dei miei soci. Perlomeno fino a quando mi fottono. Dio ce ne scampi.

«Non ho niente di cui lamentarmi. Inoltre tiene molto al caso.»

«E chi non ci terrebbe?» La gelosia è uscita allo scoperto. Scelgo di ignorarla.

«Ti sbagli. Ci sono molti avvocati che non toccherebbero questo processo neanche con un dito. Perfino in caso di vittoria politicamente potrebbe risultare controproducente.

«Io darei qualsiasi cosa invece» dice. «Persino la mia tetta sinistra.» Ride senza allegria. «Persino la mia nuova tetta sinistra.»

«Ma non è il tuo lavoro.» Finisci la birra e fai un'uscita elegante, mi dico, questa conversazione non ti porterà da nessuna parte se non all'inferno.

«Ah, certo...»

«Ti prego. Non farlo. C'è già tutto il mondo che mi massacra.»

«Mi dispiace. Sono gelosa e non posso impedirmelo.»

«Ma qual è il problema...»

«Il problema è che Mary Lou ha ottenuto il caso e io no. Questo è il problema. Il problema è che lei è l'avvocato più in auge in città, sta con un grosso studio, ha quasi dieci anni meno di me, è carina, ha il mondo in pugno. E sai una cosa? Io sono più brava ma lei è al posto giusto mentre io no e non lo sarò mai finché vivo a Santa Fe. Questo è il problema, Will. E non startene lì seduto con quell'aria imperscrutabile.»

«Non posso farci niente. E comunque non è più bella di te.»

«Perlomeno non ha delle tette come queste. Non le ha certo di gran classe come questi nuovi meloni» dice alzandole un po' con le mani per farmele vedere bene. Si è aperta una bottiglia di Heinecken, ne beve un lungo sorso. «Non è vero?»

Per poco non mi soffoco con la mia birra. «Adesso devo proprio andare.»

«Rispondi prima alla mia domanda.»

«Non saprei.» Di tanto in tanto riesco anche a dire la verità. «Ne dubito fortemente.»

«Vai a letto con lei?»

«No.»

«D'accordo, non ancora. Succederà. È questione di tempo.»

«Chi ti dice che ci starebbe?»

«Non può farle del male, anzi. Tu sei il capo, la stella, e a tutte piace dormire con una stella, pensano che resti loro addosso un po' di polvere dorata.»

«È poco professionale» dico. E sento ronzarmi nella testa una vecchia canzone di Jimmy Durante: *Did you ever have the feeling that you wanted to go, but then you had the feeling that you wanted to stay?*

«La cosa non ti ha mai fermato.» Si alza. «Va bene, non ti sto criticando. Sarai pur sempre il migliore amante che Mary Lou abbia mai avuto.» Si avvicina al tal punto che i suoi capezzoli duri mi sfiorano il petto. «So di cosa parlo.»

Mi sfiora il collo con la punta delle dita, un tocco molto più erotico di quello dei suoi seni.

Facciamo l'amore come se la fine del mondo incombesse su di noi. Si rivelerà un disastro, probabilmente, il gesto più stupido e avventato della mia vita. È accettabile soltanto se penso che non vivremo abbastanza per pentircene. Che ridicola stupidaggine: ne sono pentito anche mentre lo stiamo facendo, perfino prima, mentre ci stavamo spogliando. Ma ci gettiamo uno sull'altra senza indugi, senza lasciarci il tempo per riflettere; un solo pensiero basterebbe a fermarci, deve essere un atto inconsapevole, dobbiamo cercare di restare incoscienti.

«La scoperò fino a farle dare di volta il cervello.» «La perforerò come una lama.» Mi tornano alla mente tutte le spacconate da liceali che usavamo per eccitarci verbalmente nei gabinetti, mentre fumavamo una sigaretta clandestina, tutti con il cerchietto indelebile nel portafoglio lasciato dall'immancabile preservativo. Non amore, conquista. Nessun preliminare; quando la mia bocca si avventa sulle tette nuove la fame è autentica; con una sensibilità ingigantita dai miei modi bruschi e dalla consapevolezza dei nuovi attributi Patricia grida più forte di quanto l'abbia mai sentita fare, mordendo un cuscino perché i gemiti non penetrino attraverso le pareti nella stanza di Claudia.

La sua energia sessuale mi sbalordisce; esattamente l'opposto di tutti i nostri amplessi coniugali. Come una piovra mi avvolge nei suoi tentacoli. Quando la penetro stringe i miei glutei con tanta forza da farmi temere che sanguineranno. «La scoperò a morte». Che spiritosaggine; qui sono io quello che lotta per la sopravvivenza. Senza risparmio di colpi, è la cavalcata più violenta della mia vita.

Quando viene mi morde una spalla stringendomi a sé con forza spaventosa; potrei scivolarle dentro e perdermi per sempre. In lei tutto si abbandona; orgasmo, lacrime, dolore, rabbia repressa. Fiumi di passione che mi terrorizzano.

«Non dobbiamo farlo più.»

«Lo so.» Patricia è appoggiata contro la testiera del letto, i seni protesi in avanti. Beviamo birra direttamente dalle bottiglie.

«Non l'avremmo dovuto fare neanche questa volta.»

«Perché no?»

«Andiamo Patricia, sai maledettamente bene perché.»

Siede nella posizione del loto. Non riesco a distogliere lo sguardo dai seni che non vogliono cedere nemmeno di un millimetro.

«Perché non siamo sposati?» chiede. «Sei andato a letto con la metà delle donne libere della città... perché una in più dovrebbe fare differenza?»

«Perché noi *siamo stati* sposati.»

«Vuoi dirmi che va bene tutto finché ti accoppi con ogni rottame che ci stia ma con con la tua ex moglie? Valgo meno di qualsiasi donnaccia raccattata in un bar?»

«La differenza con te è che ti ho amata.»

«Sarebbe a dire che puoi dormire con qualcuno di cui non t'importa niente ma non con qualcuno che ami? O che hai amato?»

«Più o meno.» Sono stanco, tutta la faccenda mi ha stremato, dovrei rivestirmi e battermela.

«Che tristi principi. Mi dispiace per te, quando ti sento parlare così.»

«Non esagerare.»

Mi guarda perplessa. «Non ti preoccupare» mi assicura, «non succederà più.»

«Lo spero.»

«Non succederà perché non ne ho più bisogno.»

La guardo.

«Volevo una conferma» dice senza mezzi termini. «L'operazione di chirurgia plastica era il primo passo ma per completare l'opera avevo bisogno di un uomo. E tu eri l'unico di cui potessi fidarmi.»

«Be', grazie...» borbotto. Cristo.

«Che cosa c'è?»

«Mi sento usato. Ecco cosa c'è. Che cosa cazzo ti aspettavi?»

«Infatti. E allora?»

«E allora non mi piace essere usato, soprattutto da te.»

Si stringe nelle spalle. «Non si poteva evitare, Will. Tutti usiamo gli altri, a volte.»

«Parli come me.»

«È così orribile?»

«Dalla tua bocca sì. Mi sgridavi sempre quando parlavo così.» Sono la scopata utilitaristica, ecco a cosa mi sono ridotto.

«Peccato Will. Adesso sai come mi sentivo.»

Touché. Alzo la bottiglia in un brindisi, bevo. Beve anche lei; un buon sorso.

«A proposito... avevo capito che non bevi mai.»

«Solo raramente. Quando ho bisogno di un supporto emotivo, per esempio. Non è stato facile organizzare la cosa» confessa, «sono stata nervosa tutto il giorno.» Quando ripiega la testa all'indietro per bere osservo il suo collo ancora bellissimo, lungo e eburneo alla luce della luna. Sembra a proprio agio, inconsapevole dell'effetto che fa. Oppure è un'attrice migliore di quanto ricordassi. Migliore in molte cose.

«E tu? Ho sentito dire che hai chiuso con l'alcol completamente.»

«Falso» rispondo cercando di sembrare indifferente. «Chi te l'ha detto?»

«Andy. Secondo lui hai deciso di smettere.»

Mi stringo nelle spalle. «Stavo esagerando, lo ammetto. Sono passato a birra e vino, niente superalcolici. Probabilmente è meglio.»

«Devo averlo frainteso. Sembrava veramente preoccupato.»

«Andy è una chioccia. Preoccuparsi fa parte della sua natura.»

Patricia annuisce. «Pensaci.»

«A cosa?»

«A chiudere completamente.»

«Perché dovrei?»

«Perché sei un alcolista o quasi, e la differenza praticamente non si nota. Non è un segreto. Lo sa anche Claudia.»

«Balle.»

«È la tua vita.»

«Appunto.»

«Ma è anche la sua.»

«Con lei va tutto bene.» Perché devo mettermi sulle difensive così?

«Lo so, sei fantastico. Tuttavia Claudia vede e ne è influenzata.»

«Se la cosa ti fa sentire meglio non berrò più in sua presenza. Perlomeno superalcolici.»

«Grazie.» Mi sfiora una mano. «Sei un padre magnifico, non dimenticarlo mai.»

Mi accompagna alla porta. Dalla veranda giunge un intenso profumo di gelsomino e caprifoglio. Patricia, appoggiata contro uno stipite, indossa soltanto una vestaglietta.

«Sei sempre un grande amante» mi dice. «Scusa se all'inizio non sono stata franca.»

«Non importa. Anche tu sei eccezionale.»

«Sarà un bel ricordo da portare nella vecchiaia.»

«Te ne dimenticherai quando incontrerai un uomo migliore.» Non sono più offeso.

«Spero di no.» È sincera.

È piacevole starsene qui sulla vecchia veranda in compagnia della ex moglie con l'odore del sesso che aleggia ancora intorno insieme ai profumi della notte.

«Buona fortuna per il processo.»

«Grazie. Ne avrò bisogno.»

Vuole dirmi qualcosa ma non sa se sono disposto ad ascoltare. Aspetto.

«Hai un buon gruppo di aiutanti» si decide infine a dire. «Anche Mary Lou.»

«Lo penso anch'io.»

«E sono gelosa di lei soltanto da un punto di vista professionale... non in un altro senso.»

«Non ne hai più motivo. Tra poco sarai un avvocato importante, l'hai dimenticato?»

Sorride per un istante, poi torna seria: «Posso farti una domanda di carattere professionale?»

«Spara.»

«Come mai il tuo studio non è più partecipe?»

Ho l'impressione che i capelli mi si stiano drizzando sulla nuca. «Cosa intendi?» chiedo con cautela.

«Da quanto sento, il che, devo riconoscere, non è di prima mano, non mi sembra che ti stiano aiutando molto. Capisco che sei in vacanza e che non è un lavoro che prevede la partecipazione di tutto lo studio, ma tuttavia è pur sempre un caso sensazionale e probabilmente avrai l'attenzione dell'intero paese. Invece loro restano invisibili.»

Emetto un lungo e lento respiro. Al diavolo, se non lo puoi raccontare alla tua ex moglie, a chi mai potrai dirlo?

«La risposta è facile.»

Sorride, sembra contenta. Buon Dio, la mia vita le sta davvero a cuore.

«Queste vacanze non sono volontarie.»

«Santo cielo!» Si copre la bocca con le mani e poi mi abbraccia forte, mi stringe al petto. Non è soffice né confortevole: niente è perfetto a questo mondo.

«Bastardi!» esclama, «stronzi schifosi. Dopo tutto quello che hai fatto per loro. Non sarebbero nessuno senza di te.»

«Loro non la pensano nello stesso modo, e in un certo senso hanno ragione.»

«Ma chi se ne importa di quello che pensano?»

Sono con lei.

«Lascia che ti aiuti.» Mi stringe in un abbraccio solidale.

«No.»

«Perché?»

«Perché sarebbe sbagliato, ecco perché.»

«Chi se ne frega?» È molto più pratica di me. «Hai bisogno di tutto l'aiuto e di tutto il supporto possibile. Il resto non conta.»

Devo essere onesto. «Da chiunque, Patricia, ma non da te.»

«Ma è stupido.»

«Lo so... Ma non ci possiamo più vedere. Nada, nix. Non deve esserci niente tra noi.»

«Per via di quello che è successo questa notte?»

«Sì.»

«Merda.» È arrabbiata. «Perché non me l'hai detto prima?»

«Non ne avevo alcun motivo. Perché» domando, «avrebbe fatto qualche differenza?»

«Non lo so» risponde con sincerità. «Forse. È probabile.»

«Mi dispiace.»

«Chi poteva immaginare?» Mi dedica un sorriso mesto. «Mi sono persa la grande occasione di Santa Fe per una scopata.»

Le sorrido anch'io. Adesso che l'ho detto ne ho paura.

«Se vorrai fare due chiacchiere...»azzarda lei.

«Ti chiamerò.»

«Promesso?»

Annuisco. Le do un casto bacio sulla fronte, attraverso la veranda e scendo i gradini. Quando metto in moto e incomincio ad allontanarmi vedo che è ancora sulla soglia a guardarmi.

Il mio appartamento non viene pulito da due settimane e il condizionatore d'aria si sta rompendo. Mi sento sporco. Se non dovessi badare al centesimo chiamerei un'impresa di pulizie per disinfestare tutto e andrei in albergo.

Invece mi verso un abbondante Johnny Walker con ghiaccio. Smidollato figlio di puttana, non potevi stare più attento? È già abbastanza spiacevole averla scopata, e per di più le hai inondato di lacrime lo zerbino. Cristo, la notizia potrebbe aver fatto il giro della città entro domani all'ora di pranzo. Il secondo scotch mi aiuta; niente panico, Patricia non è quel tipo, si porterà il tuo segreto nella tomba. Ma se inavvertitamente le sfuggisse? È inevitabile, lavora per Robertson, e Robertson non pensa ad altro.

Risponde al terzo squillo. «Sei tu?»

«Già.» Merda, perché diavolo ho chiamato?

«C'è qualcosa che non va?»

«No, no.» Finisco il whisky, afferro la bottiglia e me ne verso un altro goccio,solo due dita.

«Will, sei lì?» È preoccupata.

«Senti... quello di cui abbiamo parlato prima...»

«Sì?»

«Perché non te lo dimentichi? Non abbiamo mai avuto quella conversazione, okay?»

«Be'... com'è possibile? Perché?»

«Perlomeno non dirlo a nessuno, okay?» Cerco di tenere il terrore sotto controllo ma ci riesco solo in parte.

Silenzio.

«Pat?»

«Perché dovrei raccontarlo a qualcuno?»

«Non volontariamente, lo so, ma potrebbe sfuggirti.»

«No, non succederà» risponde. È sicura di sé. «Credo che tu stia proiettando quello che faresti al mio posto.»

«Pensavo che ti potesse sfuggire per caso, nient'altro.»

«Io non sono te, Will. Il tuo segreto è al sicuro.»

«Ehi, lo sapevo.»

Restiamo in silenzio ad ascoltare i rumori di fondo della linea.

«È tardi» mi ricorda.

«Già. Domani bisogna darsi da fare.»

«Sono contenta che tu mi abbia chiamata. Che tu abbia ritenuto di poterlo fare.»

«Anch'io.» Lo penso davvero.

«La prossima volta cerca di avere un atteggiamento più positivo, d'accordo?»

Mi batto il ricevitore contro la fronte.

«D'accordo. Prometto.»

«Bene. Buonanotte Will.»

«Buonanotte Pat.»

Riappende prima lei. Maledetto stupido, ogni volta che pensi di stringere il mondo per le palle finisci per scoprire che i testicoli che stai disperatamente strizzando sono i tuoi. E in questo momento il dolore mi ammazza.

«Vostro Onore, vorremmo essere ascoltati su questa istanza.»

Il giudice Martinez annuisce.

È un'udienza per il trasferimento del processo. La giuria deve ancora essere selezionata. Potrebbe trattarsi di un momento cruciale.

Moseby si avvicina trascinando i piedi. Deve aver mangiato pane all'aglio per colazione; il suo alito puzzolente arriva fino a noi. Mary Lou arriccia il naso sventolandosi le dita davanti al volto. Frank le regala una smorfia mostrando il cibo che gli è rimasto tra i denti. Mary Lou scuote la testa disgustata e gli altri fingono indifferenza. Io ho smesso di interrogarmi sul conto di Moseby e mi limito a prenderlo in considerazione soltanto come la mia controparte. Quando ci incontriamo la posta in gioco è sempre troppo alta perché si possa lasciare spazio alle considerazioni di ordine personale.

«Avvocato?» Il giudice Martinez guarda in giù. È il giudice più anziano del tribunale, un ex pubblico ministero. Si è dato molto da fare perché il caso finisse nel suo elenco delle cause a ruolo, non tanto per il processo in sé – ha presieduto decine di processi per omicidio, non ha bisogno della pubblicità né di tutte le seccature che vi si accompagnano – ma perché, qualora i motociclisti venissero giudicati colpevoli, non vuole appelli e ritiene di avere più possibilità di altri giudici di tenere la situazione sotto controllo. È un giurista severo, generalmente ben disposto verso l'accusa ma corretto.

«Su quali basi?» chiede Martinez.

«Perché riteniamo che i nostri clienti non possano avere un processo giusto e imparziale a Santa Fe, Vostro Onore» dice Tommy. «La pubblicità pre-processuale scatenatasi nelle ultime settimane non ha precedenti nella storia giuridica del New Mexico.»

«Ma da qualche parte dovranno pur essere processati.»

«Vostro Onore» interviene Paul, «abbiamo tre interi volumi di servizi e articoli comparsi su quotidiani e settimanali. Nonché sei ore di registrazione. È impossibile che qualcuno in questa città non abbia mai letto o sentito parlare del caso.»

«Non so» risponde Martinez. «È proprio quello che ci dovrebbe dire la selezione della giuria.»

«Le prove sembrano inconfutabili, Vostro Onore» ribatte Tommy.

Martinez lo fissa. «Il giudice sono io, avvocato» dice con voce stridula.

«Chiedo scusa, Vostro Onore.» Regola numero uno: non irritare il giudice. «Intendevo dire che in base alle nostre ricerche il caso risulta pubblicizzato in maniera eccezionale.»

Martinez si rivolge a Moseby. «Che cosa pensa l'accusa?»

«Noi vogliamo che il processo si svolga qui, Vostro Onore» replica Frank facendo attenzione a non alitare su Martinez. «Riteniamo di poter convocare una giuria giusta e imparziale a Santa Fe come altrove. Il processo susciterà scalpore, giudice Martinez, e l'accusa cercherà di fare del suo meglio. La difesa dovrebbe fare altrettanto.»

È un tanghero ma è furbo. Ammette il problema e con ciò ne elimina la pericolosità. È riuscito a ricreare la situazione del gatto col topo: noi piantiamo le grane e lui cerca di risolverle.

Martinez riflette. Sa che la dichiarazione di Moseby, per quanto fatua nella sostanza, contiene una parte di verità, ma sa anche che questa potrebbe essere la decisione più importante di un caso che si prospetta lungo ed estenuante. Se una volta conclusosi il processo con un verdetto di colpevolezza una corte d'appello decidesse che la giuria non è stata imparziale, ci si potrebbe trovare a ricominciare tutto daccapo. E allo Stato non piace spendere milioni di dollari per riprocessare qualcuno che avrebbe dovuto essere giudicato equamente la prima volta.

«Sospendo la decisione su questo argomento» dichiara infine Martinez. Era quello che temevo. Per questo abbiamo rimandato la richiesta di trasferimento, tormentandoci per settimane, discutendone a lungo e accanitamente. Potremmo sprecare un mese intero nell'organizzazione della giuria per poi scoprire che Martinez ha deciso di darci ragione e che il processo si svolgerà in altra sede. A quel punto bisognerebbe ricominciare da principio.

Succede spesso, purtroppo, ed è sempre una seccatura oltre che una bella perdita di tempo e denaro.

Un po' abbattuti torniamo al nostro tavolo. I motociclisti, ripuliti per l'occasione ma pur sempre molto minacciosi, ci guardano cercando di decifrare le nostre espressioni. Non lasciano trasparire niente; ne discuteremo in privato perché non vogliamo fornire all'accusa elementi che potrebbe usare contro di noi. Ma più o meno si sono già fatti l'idea che quando non comunichiamo nessuna novità si tratta di cattive notizie; sono dentro ormai da mesi e cominciano ad assumere l'atteggiamento disfattista dei carcerati. Sono dispiaciuto per loro, e l'ironia della situazione non mi sfugge; in circostanze normali sarei contento di vedere gente simile al sicuro, invece oggi mi sembrano soltanto quattro povere vittime di un sistema tragicamente corrotto.

«Queste sono le ultime notizie della Nbc. Vi parla Tom Brokaw.»

Sono le cinque e mezzo. Seduti nel mio ufficio guardiamo tutti e quattro la tv. Siamo arrivati al telegiornale nazionale. È stata una giornata poco proficua ma tuttavia dobbiamo ammettere che ci sembra un grande momento. Lo assaporiamo insieme con una sorta di fascinazione perversa, sembriamo quattro cristiani nell'arena che guardano con aria sciocca i romani assettati di sangue seduti sugli spalti.

Andiamo in onda subito dopo la pubblicità. La corrispondente della Nbc, una donna appena uscita dal parrucchiere, con una sciarpa di Gucci artisticamente annodata intorno al collo, è in piedi sui primi gradini della scalinata del tribunale. Alle sue spalle i soliti narcisisti lottano per conquistarsi qualche secondo sullo schermo.

«A Santa Fe il giudice Louis Martinez ha selezionato la giuria del New Mexico per il sensazionale processo di omicidio, il più clamoroso degli ultimi anni, che vede alla sbarra quattro membri di una banda di motociclisti fuorilegge, gli Scorpions, accusati di avere assassinato e mutilato Richard Bartless. Con me il procuratore distrettuale John Robertson, il cui ufficio si occupa dell'accusa.»

Sullo schermo compare Robertson con la perfetta aria dell'uomo di legge (al mio occhio un po' meno che imparziale sembra soltanto viscido e lievemente sudato) nell'abito elegante completo di panciotto.

«È contento che il processo abbia finalmente inizio?» chiede la vaporosa giornalista atteggiando la faccia a smorfiette che corrispondono all'idea tutta televisiva della serietà femminile.

Robertson annuisce. Lui è serio davvero, ormai per lui il processo è una questione personale.

«La popolazione del New Mexico lo merita» dichiara. «Si tratta di un crimine atroce e i colpevoli devono essere puniti severamente. Noi faremo quanto in nostro potere perché il processo non si areni a causa di faziosi cavilli legali» Questo è un attacco alla difesa offerto al pubblico su un piatto d'argento. I messaggi subliminali non sono mai troppi.

«E noi abbiamo prove sufficienti per determinare al di là d'ogni ragionevole dubbio la loro colpevolezza, ed esigiamo che essi paghino per il crimine commesso.»

«Chiederà la pena di morte?»

«Non chiederla sarebbe un grave abuso di giustizia.»

«Fottiti» dice Mary Lou rivolta allo schermo. È seduta accanto a me e involontariamente mi ha appoggiato una mano sulla coscia nel tentativo di rassicurarmi. Rabbrividisco.

Gli altri due fischiano. Stiamo ormai sviluppando una mentalità da ghetto, ci sentiamo soli contro il mondo: il genere di autoconvincimento di cui si ha bisogno per andare avanti in questi casi.

Vediamo la telecamera cambiare angolazione ed eccomi lì, davanti agli occhi di tutto il mondo. Nel complesso ho un aspetto sano, i vestiti cadono bene e non sono stropicciati, i capelli sono a posto e lo sguardo è sveglio. Un degno antagonista, all'erta e a proprio agio con se stesso e il suo compito, meno rigido di Robertson.

I miei soci applaudono. Penso a Claudia che sta guardando con orgoglio il suo papà. Mi fa molto piacere.

«Ed ecco invece Will Alexander, uno dei più illustri penalisti del New Mexico, responsabile del collegio della difesa. Mi dica avvocato, lei e i suoi colleghi siete soddisfatti dei progressi compiuti a tutt'oggi?»

«No» rispondo. Anch'io ho un aspetto serio, non devo fingere. «E in realtà il processo non ha ancora avuto inizio» la correggo. «Questa è soltanto una fase preliminare, tuttavia... No, non siamo soddisfatti come avremmo sperato.»

«Per quale ragione?»

«A differenza dell'accusa noi intendiamo condurre la nostra difesa all'interno del tribunale» contrattacco. «Ma posso dire questo: non ritengo che gli imputati siano giudicati da una giuria giusta e imparziale, perlomeno non nell'accezione del significato che io attribuisco alle parole "giusta" e "imparziale". Più della metà dei giurati sono donne nessuna delle quali ha mai guidato una motocicletta né ha mai visitato un carcere né tanto meno vi ha trascorso qualche tempo. Queste sono solo alcune delle ragioni che ci hanno spinto a sollecitare un trasferimento della sede, richiesta che sfortunatamente ci è stata negata.»

«Intende dire che vi sono dei pregiudizi intrinseci nei confronti degli imputati?»

«Lei cosa ne pensa?» rispondo. È sempre meglio reagire, se devono difendersi non possono attaccare. «Se legge i giornali locali si renderà conto che i nostri clienti sono già stati condannati da chiunque abbia sentito parlare del caso, vale a dire dall'intera popolazione dello Stato e certamente dagli abitanti della contea.»

«È questo il motivo che l'ha spinta a chiedere un trasferimento di sede?» insiste.

«Uno dei motivi.»

«Come si è sentito di fronte al rifiuto del giudice Martinez?»

«Me lo ridomandi quando sarà finito.»

Guardo la telecamera allontanarsi, inquadrare la giornalista che ripassa la linea a Brokaw. La sintesi della giornalista è più o meno questa: nessun membro di una banda di motociclisti è mai stato condannato alla pena capitale per omicidio ed è proprio questo ciò che attrae su di noi tanta attenzione al di là del caso in sé. La società vuole giustiziare dei fuorilegge.

Paul spegne la televisione. «Niente male» commenta.

«Non facevo una brutta impressione» ammetto. Non nascondo le mie poche virtù. «Sembravo serio e competente.»

Ridacchiano. Qualsiasi cosa pur di allentare la tensione.

«Tu andavi bene» aggiunge Tommy, «Robertson invece aveva l'aria preoccupata.»

«Perché è quello che ha più da perdere» spiega Paul sottolineando un punto importante. In senso letterale non è vero, sono i motociclisti quelli che rischiano di più, ma in termini processuali, avvocato contro avvocato, ha ragione. Tutti pensano che l'accusa abbia le carte più alte; perciò se vinceremo noi faranno una figura tremenda. Così si dice. D'altro canto ho vinto ben più d'un caso in apparenza disperato, perciò non è detto che qualcuno prima o poi non cominci a puntare anche su di noi.

Passiamo ancora un paio d'ore insieme per gli ultimi accordi sulle dichiarazioni di apertura di domani. Io sarò l'ultimo: sono la star. Moseby farà quasi sicuramente il suo solito numero dell'uomo giusto e perbene, ma non indulgerà troppo con la retorica perché qualora lo facesse, in chiusura io lo distruggerei punto su punto. In aula devi essere fedele a te stesso, se puoi avere la luna cerchi di prenderla, ma se non puoi giochi le tue carte tranquillamente e non tenti nessun bluff, perlomeno all'inizio.

Paul e Tommy se ne vanno lasciandomi solo con Mary Lou che seduta davanti al computer porta gli ultimi ritocchi al suo intervento di domani. Non è mai stata così coinvolta in un caso, e so per esperienza che un processo per omicidio può fare molta paura.

In piedi accanto alla finestra guardo la città immersa nelle tenebre. Le uniche luci sono quelle dei bar dove stasera non andrò. Poi siedo dando le spalle a Mary Lou e alla stanza, inserisco il pilota automatico e preparo mentalmente l'intervento di domani.

Dopo aver terminato di apportare i cambiamenti dell'ultimo minuto Mary Lou accende la stampante. Quando va nell'altra stanza a fare le fotocopie l'ufficio resta immerso nel silenzio.

Avverto la sua presenza dietro di me prima ancora di sentire le sue mani che mi massaggiano le spalle con forza. Prima di rilassarmi mi contraggo, poi mi abbandono al piacere delle sue mani che si muovono ritmicamente.

«Tu non sai quanto ti ammiri» mi dice stringendo con forza le dita sui miei muscoli doloranti. «Qualche volta in aula ti guardo ipnotizzata e mi dimentico di tutto.»

«Grazie.» Il suo massaggio è davvero magnifico. Lotto contro l'irresistibile voglia di baciarle il palmo della mano, di leccargliela. Riesco a resistere. Sento il suo profumo mescolato all'odore, leggero del suo corpo. Si è sfilata le scarpe con i tacchi e cammina scalza.

Sono eccitato, e Dio sa quanto in questo momento preferirei non esserlo. Cerco di pensare alla tavola pitagorica, ai risultati del campionato di baseball. Lei continua il suo massaggio distendendo i muscoli del collo. Vorrei sciogliermi.

Passa alle tempie e io chiudo gli occhi abbandonandomi al ritmo del movimento delle sue mani. Quando comincio a rilassarmi davvero sento salire una marea di desiderio e una mano di Mary Lou scivola lungo la mia nuca in un'inequivocabile carezza. Un gemito cerca di sfuggire dalle mie labbra ma riesco a soffocarlo.

Cristo. Ci sta provando. Patricia aveva ragione; ci sono cose che le donne sanno per istinto.

Afferro la sua mano, mi alzo e la affronto. Ormai è chiaro. Sarà la più grande storia di sesso dei tempi moderni, ne ho la certezza assoluta.

«Muoio dalla voglia di venire a letto con te, Mary Lou» le dico. Morire è la parola giusta in questo caso.

Sorride come una ragazzina felice. «Oh, avevo paura di rendermi ridicola ma non ho potuto trattenermi...»

Adesso so perché hanno inventato l'espressione"sentirsi le gambe molli." Mi sembra di essere prossimo a uno svenimento. In tutto questo tempo non ho fatto altro che fantasticare sul suo conto e scopro che lei non è stata da meno.

«Ma non posso. Non adesso.»

Mi guarda stupita.

«Non possiamo.» Comincio a sentirmi la bocca secca come se fosse piena di cotone. «Lavoriamo insieme diciotto ore al giorno» dico prima di perdere le ultime forze, «e se diventassimo amanti la causa ne risentirebbe. Una sola volta insieme a te e sono rovinato, passerei il tempo ululando alla luna come uno scolaro. Non è professionalmente corretto Mary Lou.»

Ironia della sorte! Una simile considerazione non mi ha mai fermato prima: dovevo scegliere proprio questa occasione per decidermi a crescere?

Mi guarda come se fossi appena sceso con il volo delle cinque e dieci da Marte.

«Ma di cosa stai parlando? Succede sempre.»

«Davvero?» Sembro un liceale.
«Ma certo.»
«Non lo sapevo» balbetto.
«A te non è mai capitato?»
«No.»
«Ma sei un famoso... Casanova» dice.
«Può darsi. Ma non dove mangio.»
«Ma è inevitabile, Will... Lavori insieme ad altri giorno e notte e prima o poi trovi qualcuno che ti piace.» Mi guarda per accertarsi che non la stia prendendo in giro. «Ma stai dicendo sul serio?»
«Temo di sì.»
«Merda. Mi sono tenuta in serbo per l'uomo giusto per anni, sfuggendo alla caccia della metà dei soci anziani del mio studio e vado a perdermi per un virtuoso, probabilmente l'unico sopravvissuto in questa città e certo il più insospettabile.»
«Mi dispiace» le dico. Dio, come mi sento.
«Non è professionalmente corretto» ripete come se si trattasse di una lingua sconosciuta. «Suppongo di non essere abituata a simili principi morali.»
Ti prego, Mary Lou, non mollare così in fretta.
«Posso avere una chance per il futuro?» Non sta recitando, è seria.
«Quando sarà finito il processo» le prometto, «se sarai ancora interessata» aggiungo per cautela.
«Lo sarò.»
Magari questa è la volta buona. Una brava ragazza trova la mia personalità interessante.
La accompagno all'automobile parcheggiata sul ciglio della strada. Prima di salire Mary Lou si gira verso di me.
«Un pegno» dice, baciandomi sulla bocca, «perché non ti dimentichi di dovermi un'altra possibilità.»
«Non temere, non dimenticherò.» Assaporo le sue labbra riflettendo sul fatto che la virtù non sempre viene premiata.
Mary Lou si allontana facendo lampeggiare le luci nell'ultimo saluto. La guardo scomparire; non riesco a credere di aver rifiutato una donna che desideravo.

«Lo Stato del New Mexico contro Jensen, Paterno, Hicks e Kowalski, presiede Louis Martinez. Tutti in piedi, entra la corte.»
Quando mi alzo la morsa nello stomaco si allenta. Siamo nell'aula A, la più grande dello Stato. L'architettura è quella classica del sudovest: soffitto alto, travi di legno scuro, panche con elaborati inta-

gli. Proprio come dovrebbe essere un'aula, più perfetta ai miei occhi di quelle neoclassiche della costa orientale. Prendere parte a un processo che si svolge qui dentro mi piace moltissimo; trasforma la pratica dell'avvocatura in un nobile mestiere.

L'aula è sovraffollata. Tutti i posti a sedere sono occupati e violando i regolamenti antincendio sono state ammesse anche alcune persone in piedi vicino alll'ingresso. I giornalisti si aggirano, i caricaturisti sono arrivati all'alba per ottenere posti decenti. Gli avvocati sono sette, noi quattro e i tre dell'accusa a cui vanno aggiunti vari assistenti, e tutti vogliamo il posto migliore, la posizione favorita.

Martinez ci tiene il discorsetto d'apertura. Ogni processo è unico nel suo genere e ogni processo è importante, tuttavia questo è ancora più unico, se è possibile perfino più importante. Si dibatte un'accusa di omicidio colposo che vede coinvolti alcuni imputati che potrebbero, tutti o in parte, essere condannati dallo Stato alla pena capitale. Il che significa, sta dicendo, che ci si atterrà alla massima scrupolosità. Niente esibizionismo, niente istrionismi dei media, nessuna difesa alla F. Lee Bailey che parla con il pubblico attraverso la stampa. E cita ad esempio il caso di John Landis, dibattuto a Los Angeles alcuni anni fa. Non imporrà il silenzio stampa ai partecipanti, soprattutto agli avvocati, precisa, a meno che non vi si veda costretto. Questo mi va bene, penso tra me mentre ascolto, ci sarà molta pubblicità prima che tutto sia finito, e nella maggior parte dei casi non sarà in nostro favore. Robertson e i suoi tirapiedi possono anche vincere fuori, ma dovranno vincere qui dentro con una giuria severamente isolata; dovranno vincere per questioni di merito, se possono. I sacerdoti dei quotidiani e delle televisioni, quegli onnipotenti arbitri di bene e male ci hanno già dato per spacciati, ma in fondo il problema non è centrale, ha un certo effetto oggi ma alla resa dei conti non avrà alcuna importanza.

Moseby attacca con le osservazioni di apertura della pubblica accusa. Indossa un vestito ben stirato ed è rasato con cura. Si è fatto perfino tagliare i capelli ma resta sempre un bifolco, un coltivato bifolco, "uno di noi". Sposo e padre timorato di Dio, frequentatore assiduo della chiesa. Come voi, concittadini. (A questo punto devo soffocare una risata amara, malauguratamente so anche troppo bene quanto funzioni sulla gente robaccia simile.)

«Io sono il fedele servitore della comunità, niente di più e niente di meno» dice alla giuria. «Non sono qui per difendere un interesse personale. Sono qui a nome e per conto della popolazione del New Mexico per una sola e unica ragione: vedere che giustizia sia fatta.»

Parla per più di un'ora, basando la sua argomentazione su due punti chiave. Uno: dispone di prove inconfutabili della colpevolezza degli imputati, di un incontestabile testimone oculare e dei reperti di uno dei patologi più illustri del paese, reperti dai quali emerge un evidente legame tra la vittima e gli accusati. Eccetera, eccetera.

Due: un attacco violento agli imputati poiché, come ci dice tra le righe, il processo in realtà riguarda proprio questo. Non posso biasimarlo, al posto suo farei lo stesso. Usa il guanto di ferro ma so che ciò che sta dicendo dei miei quattro è niente in confronto a quello che dirà nell'arringa finale. Eppure ascoltarlo anche per pochi minuti è una fatica infernale. Sono fuorilegge, disprezzano le norme della comunità civile. Ciò è risaputo, è quasi un dato di fatto. Non hanno alcuna morale, non possiedono un'anima. Sono psicopatici, spiega alla giuria: conoscono la differenza tra bene e male ma non se ne curano, non sentono alcun obbligo sociale o etico, mirano soltanto ad appagare i loro bisogni. E se per soddisfarli un innocente deve soffrire o morire, poco male.

Cerca di sollevare un'ondata di indignazione morale. Queste quattro belve feroci hanno assassinato a sangue freddo. Hanno ucciso con calcolo e premeditazione. Hanno procurato alla vittima efferate sofferenze, hanno commesso sul suo corpo indegni gesti di atroce perversione. E ne hanno riso.

Al momento di concludere Moseby si avvicina al nostro tavolo tanto da poter toccare gli imputati, soprattutto Lone Wolf, il primo della fila.

«Ma sapremo chi riderà quando la giuria emetterà il suo verdetto» dice fissando Lone Wolf negli occhi, «quando questa giuria composta di onesti e *civili* cittadini emetterà l'unico verdetto possibile: omicidio di primo grado. Omicidio punibile con la pena di morte.»

La mia mano scatta sotto il tavolo,afferra un polso di Lone Wolf. Stringo con tutte le mie forze, ho il cuore in gola; non ho fatto che ripetere loro centinaia di volte che avrebbero sentito le affermazioni più tremende sul loro conto e che ciononostante avrebbero dovuto mantenere la calma. Un incidente, uno scatto, e potrebbero essere riconosciuti automaticamente colpevoli. E tuttavia mi sembra impossibile che riescano a restarsene calmi, li conosco, e so che potrebbero esplodere.

Lo osservo. I suoi occhi sono gelidi; è uno sguardo definitivamente omicida. È *capace* di uccidere, so anche questo.

Quando si rilassa allento la presa sul suo polso. Sono sudato. Si volta verso di me con uno sguardo che dice: "Posso gestire la situazione".

Respiro. È stata una verifica. Sono fiero di lui. Non rovinerà tutto con un colpo di testa.

Tocca a noi: prima Tommy, poi Mary Lou, Paul. Ciascuno presenta il suo cliente e il caso, illustrando la situazione da angolazioni diverse, diverse prospettive. Sono tre professionisti preparati e gettano i primi semi di un dubbio che ci auguriamo di veder mettere radici e crescere durante i dibattimenti. Dubbi ragionevoli o al limite del ragionevole. È possibile che siano loro gli autori del delitto? È possibile. È possibile che sia stato commesso da qualcun altro? Altrettanto probabile. Anche noi annunciamo di avere dei testimoni in grado di dimostrare che gli accusati non possono aver commesso questo crimine secondo i tempi e i modi emersi dalle circostanze. Matematicamente impossibile, signore e signori della giuria.

È il tardo pomeriggio. Il sole lascia filtrare dalle alte finestre lunghi riccioli d'ombra. La polvere brilla sospesa nell'aria fattasi sempre più pesante con il trascorrere delle ore, malgrado l'onnipresente aria condizionata. Tocca a me. Mi alzo pronto a vendere cara la pelle degli uomini che rappresento.

Dal fondo dell'aula giungono dei rumori. Qualcuno ha socchiuso la porta. Martinez sembra seccato. Non è permesso, non nella sua aula e soprattutto non in questo caso, durante il primo giorno di udienza.

«Messo» chiama.

Un ufficiale della corte gli si avvicina in fretta sussurrandogli qualcosa all'orecchio.

Getta un'occhiata a Moseby che dal canto suo lo guarda serafico.

Robertson sorride. John ha trascorso con noi quasi tutta la giornata. Passerà molto del suo tempo in quest'aula perché la gente sappia quanto il caso gli stia a cuore. Hanno un'aria troppo soddisfatta, dev'essere un colpo basso. Robertson mi guarda con l'aria di dire: Te l'ho fatta.

«D'accordo» risponde Martinez all'ufficiale, «fatela entrare.»

Le porte si spalancano ed entra in aula una donna su una carrozzella spinta dal vicesceriffo del tribunale. Probabilmente ha una cinquantina d'anni ma ne dimostra molti di più. È una contadina: capelli grigi raccolti in un severo chignon, le mani coperte da lunghe vene sporgenti e macchie, le dita callose con le unghie spezzate grottescamente contorte a causa di una brutta e dolorosa artrite. Un volto inespressivo e senza trucco. È vestita di nero come una zitella amish , nere anche le scarpe ortopediche.

Mentre la donna viene spinta lungo la navata centrale fino al cancelletto che separa gli attori dagli spettatori di questo teatro, il brusio cresce d'intensità soprattutto tra i giornalisti accalcati sul fondo. Il vicesceriffo si ferma in attesa di istruzioni. Con grande fatica la donna cerca di girarsi a guardare gli accusati. È uno spettacolo doloroso, e perfino Lone Wolf distoglie lo sguardo..

«Possiamo avvicinarci,Vostro Onore?» chiede Moseby.

Martinez fa un brusco cenno d'assenso. Raggiungo Moseby davanti al giudice. Mi auguro per lui che abbia una buona spiegazione per questa buffonata.

«È molto poco ortodosso, avvocato» esordisce Martinez senza fare alcun tentativo per nascondere l'irritazione.

«Ne sono consapevole, Vostro Onore.» Si rivolge a me pieno di falsa contrizione. «Non intendevo scavalcarti così, Will, davvero, ma...»

«Aspetta un attimo» lo interrompo. Questa storia mi sta facendo girare le palle a mille; il tempismo è vitale, potrei essere sputtanato davanti alla giuria prima ancora di cominciare. «Chi diavolo è questa donna e perché viene introdotta in aula proprio quando io sto per dare inizio alla mia dichiarazione di apertura, giudice?»

«Si chiama Cora Bartless» dice Moseby gettando sul tavolo la sua briscola, «la madre della vittima.»

Gesù, Giuseppe e Maria. A proposito di colpi bassi.

«L'aspettavamo per questa mattina, Vostro Onore» riprende Moseby, «ma ci sono state difficoltà a Salt Lake City a causa della sedia a rotelle. Prima che gli addetti riuscissero a trovare una soluzione la signora è stata lasciata ad aspettare all'aeroporto per ore. Viene dall'Arkansas, a sue spese, ed è evidente che non ha soldi da buttare. Ma questo processo significa molto per lei, vuole essere presente, Vostro Onore.» E con tono più aggressivo conclude: «Le spetta di diritto».

«Avvocato, non ha organizzato le cose molto bene.» Martinez è furibondo e vuole che Moseby lo sappia.

«La colpa è della compagnia aerea.»

«La compagnia aerea un corno. La colpa è *sua*. Per non averci avvertito.»

Tamburella con le dita sul banco. «Comunque adesso è qua. E non possiamo farla sparire per magia.» Si rivolge a me: «Vuole che aggiorniamo a domani, avvocato? Non ha che da chiederlo».

Guardo i miei colleghi, gli imputati, la povera donna seduta nella sedia a rotelle, all'oscuro di tutto, un'innocente pedina nello sporco gioco di Robertson e Moseby.

«Preferirei procedere, Vostro Onore» dico. «Anzi, insisto per procedere.»

«Facciamo una sospensione di mezz'ora affinché possa essere sistemata in modo meno ingombrante. Poi tocca a lei.»

Durante la pausa metto al corrente clienti e colleghi dello sporco trucchetto di Robertson, mentre il mio ex amico e il suo compare si occupano di sistemare la donna a un'estremità della prima fila dove i giurati possano vederla bene.

«Quel figlio di puttana è morto» sussurra Lone Wolf. «Morto e stecchito.»

Mi protendo verso di lui e parlo a voce bassa perché nessuno mi possa sentire. «Sta' a sentire, pezzo di merda, perché non te lo ripeterò: devi tenere la bocca chiusa qui dentro e ovunque ci sia qualcuno che ti può sentire, *comprende*? Non voglio che tutto vada a farsi fottere perché un giornalista o un messo ti ha sentito dire queste puttanate. Tu fai quello che ti dico io, quando te lo dico e nient'altro, altrimenti noi ce ne andiamo, tutti e quattro.»

I suoi compagni ci guardano.

«Fa' come dice» mormora Roach.

Lone Wolf sembra sul punto di scattare.

«Ci siamo dentro tutti» aggiunge Dutchboy. Per la prima volta da quando li conosco li sento affermarsi come individui, non come gregari per i quali è sempre Lone Wolf a decidere.

«Non ci mettere nei casini solo perché qualcosa ti fa incazzare.»

«Ci sono in gioco le nostre vite» aggiunge Goose. «Lo sai benissimo che stiamo tutti con te, Wolf, ma sta calmo per piacere.»

È chiaro che questa improvvisa dichiarazione di indipendenza lo coglie di sorpresa. «È soltanto un modo di dire.» Appoggia una mano sulla spalla di Goose. «Soltanto un modo di dire. Mi conosci bene.»

«Ti conosco» ribatte Goose. Non l'ho mai visto tenere testa così a Lone Wolf. «Ed è proprio perché ti conosco che ti parlo così.»

«È soltanto un modo di dire comunque... come farei a mettergli le mani addosso se sono qui inchiavardato come il culo di una vergine?»

«I tuoi sistemi ce li hai» dice Roach.

«D'accordo» intervengo. «Lasciamo andare. Ma state tutti attenti a quello che dite.»

«Sta bene.» Lone Wolf si appoggia allo schienale della sedia.

«E la madre afflitta?» chiede Tommy. È preoccupato, non è abituato a questi colpi di scena.

«La madre?» ripeto. «Guarderà e ascolterà come tutti. E forse imparerà qualcosa.»

Paul e Tommy sorridono della battuta. Il grande cannone è pronto a sparare. Sorride anche Mary Lou. Mi piace sentirmi come il cavaliere errante che va ad affrontare il drago per ucciderlo o perlomeno per infliggergli serie ferite. Povera donna; prima della fine del mio discorso l'avrò massacrata. Mi controllo: niente boria, amico. Qui ci sono delle vite in gioco, la tua boria, Alexander, per una volta mettila da parte.

«Vostro Onore. Signore e signori della giuria.» Faccio una pausa, mi guardo intorno.

Il sole è ormai quasi al tramonto nell'aula attraversata da una calda e avvolgente luce rossastra. Una luce che invita alla calma, ipnotica fino a quando non ci si ricorda che qui dentro quattro uomini vengono giudicati per omicidio. Allora la sensazione di pace scompare per lasciare il posto a un'atmosfera tombale.

Guardo i giurati cercando di stabilire un contatto diretto con ciascuno. Non sanno chi sono, tuttavia, seppure in modo molto approssimativo, io finirò per conoscerli intimamente. Cercherò di convincerli a fidarsi di me perché non ascoltino le mie parole come se fossero linguaggio legale ma l'unica verità, la verità in gioco.

«Voi vi trovate qui per una ragione» comincio. «Una ragione molto semplice. Ed è la stessa ragione per la quale anch'io sono qui. E per la quale il giudice è qui, e anche il pubblico ministero. Può darsi che per quanto concerne questo caso specifico ciascuno di noi abbia un'idea diversa della giustizia, tuttavia ci troviamo qui per servirla. Per trovarla. Anche gli spettatori che ci guardano, giornalisti che vanno e vengono dall'aula... siamo tutti coinvolti e nessuno è imparziale, perché secondo uno dei principi fondamentali di questo nostro grande paese siamo tutti implicati, siamo tutti responsabili. Siamo qui per giudicare innocenza e colpa.»

Mi giro a fissare la madre della vittima, la donna si guarda alle spalle prima di capire che voglio lei, poi abbassa il capo. Robertson e Moseby dividono la loro attenzione tra lei e me. Durante la mezz'ora di pausa, Ellen,una praticante che lavora in tribunale, ha svolto una breve ricerca usando i telefoni all'ingresso e poco prima dell'entrata dei giurati mi ha passato un foglietto con un sorriso di trionfo.

«Quella signora laggiù è qui per avere giustizia.» Indico Cora Bartless immobile sulla sua sedia a rotelle. Non sanno ancora chi sia perché Moseby intendeva riservare la sorpresa per un momento propizio. «Quella signora nutre un interesse speciale nell'assicurarsi che giustizia venga fatta perché la vittima dell'omicidio era suo figlio.»

Dal pubblico si alza il previsto mormorio. Un paio di giornalisti schizzano fuori. Robertson e Moseby mi guardano, guardano lei e infine si fissano a vicenda per qualche istante in una studiata scena di costernazione. Il giudice Martinez mi osserva con rinnovato interesse; sarà un bel dibattimento, non dovrà temere di addormentarsi.

«Questa donna vuole sapere chi è il colpevole. E non vuole soltanto che il colpevole venga rinchiuso in una cella per il resto dei suoi giorni: vuole che sia giustiziato, eliminato, cancellato dalla faccia della terra come è stato cancellato da questa terra suo figlio.»

Ho gettato un altro seme. Un colpevole, non quattro. Un uomo ha commesso il crimine, dico. E quale, sempre che si tratti di uno degli imputati? Un problema molto più difficile che non accusare tutta la banda.

Cora Bartless resta a bocca aperta e getta occhiate nervose a Robertson e Moseby in cerca di rassicurazione. I due sono preoccupati. Lei si deve sentire in trappola così bloccata sulla sua sedia.

«Posso comprendere i suoi sentimenti e sono sicuro che li comprendete anche voi. Sentimenti legittimi, nati dal cuore; e se c'è qualcuno che ha il diritto di essere presente in quest'aula è proprio la sfortunata madre della vittima.» Adesso vado a colpire l'accusa per neutralizzare il loro attacco. «Ciò che non è legittimo invece è che questa donna venga strumentalizzata!»

«Obiezione!» Moseby scatta in piedi, paonazzo.

«Respinta.» Martinez si rivolge alla giuria: «Vi invito a ignorare la richiesta del pubblico ministero. I discorsi d'apertura e di chiusura sono per loro natura soggettivi e non vincolati alle regole del processo vero e proprio.» Si gira verso il banco dell'accusa protendendosi in avanti. È scontento, e vuole che tutti lo sappiano, soprattutto Moseby e Robertson. L'ultimo dei suoi desideri è vedere il processo annullato per qualche futile vizio di forma.

«La sua richiesta è completamente fuori luogo» dice a Moseby in tono duro.

«Sì signore.» Il bastardo non guarda nemmeno il giudice negli occhi.

«Un altro errore come questo e dovrò ammonirla.»

«Sì signore.»Il bastardo abbassa gli occhi davanti al giudice. Martinez torna a dedicarsi a me. «La corte si scusa per l'interruzione.»

«Non è necessario, Vostro Onore» dico deferente. Il mio gruppo, avvocati e imputati, sorride. È un punto conquistato senza fatica che accettiamo con piacere.

«Proceda.»

Mi rivolgo ai giurati. «Questa donna non è qui per caso. Non ha tolto dal salvadanaio i suoi poveri risparmi per pagare il biglietto di un volo aereo che la conducesse a mille chilometri da casa per poter vedere gli uomini che secondo l'accusa sono colpevoli dell'uccisione di suo figlio. Non sapeva nemmeno che il processo fosse cominciato, non ne sapeva niente fino a ieri, quando un membro dell'ufficio del procuratore distrettuale le ha telefonato per comunicarglielo. Signore e signori, oggi questa donna è qui perché l'accusa ve l'ha portata. L'hanno trovata, dopo mesi di ricerche, le hanno comperato un biglietto aereo, hanno prenotato per lei una stanza in un motel a pochi metri dal tribunale, e pagheranno le sue spese di soggiorno, e tutto quello di cui avrà bisogno fino alla fine del processo. Pagano perfino l'infermiere che spinge la carrozzina, venti dollari all'ora, per inciso, è l'accusa che paga le spese di questo viaggio, o, per essere più precisi, siete voi a pagare. Sono i cittadini che pagano le tasse a pagare.» Faccio una pausa per dare loro il tempo di assorbire l'informazione.

«Ed è giusto che gli avvocati dell'accusa si comportino così. È il meno che si possa fare per lei.» Cambio marcia e torno al tono moraleggiante. «Ma quello che essi non dovrebbero, quello che nessuno di noi dovrebbe fare è di strumentalizzarla. La vita l'ha già strumentalizzata anche troppo. All'accusa non interessa che Cora Bartless assista al processo; l'accusa vuole soltanto farvela vedere.» Sono accanto alla balaustra dietro cui siede la giuria e mi sporgo verso i giurati puntando un dito, squadrandoli a uno a uno.

Torno a guardare la signora Bartless. Robertson è tetro e tiene la testa bassa. Moseby mi fissa. Bene, speriamo che faccia qualche altro passo falso.

«L'accusa vuole che voi proviate dispiacere per questa donna. Vuole che vi sentiate addolorati al punto di condannare chiunque sia sospettato di averne ucciso il figlio, perfino se i loro sospetti cadono su una persona innocente. Bene... suppongo che sia normale. Anche se personalmente lo trovo eccessivo. È teatrale e un po' subdolo, ma devono fare il loro lavoro.»

Mi avvicino al mio tavolo e bevo un sorso d'acqua. Poi attraverso l'aula fino alla panca dell'accusa in modo da poter abbracciare tutti con lo sguardo: i procuratori, Cora Bartless e i giurati.

«Quello che non è giusto è che la strumentalizzino, o peggio ancora che strumentalizzino voi. Hanno paura di non avere prove sufficienti contro gli imputati e perciò vi chiedono di condannarli non in base ai fatti ma perché questa povera donna su una sedia a rotelle ha perso un figlio e qualcuno deve pagare.

«Il problema è: hanno ragione. Non hanno prove sufficienti, e allora vi gettano fumo negli occhi. Ma ricordate, signore e signori della giuria, che questo processo non riguarda la madre di Richard Bartless. Anche lei è una vittima, e anche a lei sono state inflitte delle sofferenze.» Faccio un'altra pausa. «Lasciate che vi domandi una cosa: non ritenete che abbia già sofferto abbastanza?»

La guardano. Qualche giurata si agita sulla sedia, a disagio. È una posizione difficile; non voglio che si dispiacciano per lei al punto di bere qualsiasi cosa Moseby vorrà raccontare, ma al tempo stesso devo disinnescare la bomba una volta per sempre. Voglio che smettano di accorgersi della sua esistenza.

«Siamo tutti coinvolti in questo processo, ma soltanto i quattro imputati potranno essere giudicati colpevoli, e soltanto loro potranno subirne danni permanenti. Rischiano di essere condannati all'ergastolo o perfino giustiziati per un crimine che *non* hanno commesso. Io non devo provare la loro innocenza; tocca all'accusa dimostrare la colpevolezza. Quando deciderete non dimenticatelo. L'accusa deve portare prove assolutamente schiaccianti, prove inconfutabili al di là di ogni ragionevole dubbio.

«Già molte persone hanno sofferto. Facciamo in modo che la catena di sofferenze non si allunghi ancora. Facciamo in modo che né Cora Bartless né questi quattro uomini innocenti debbano soffrire ancora e inutilmente. Sono sicuro che tutti voi giudicherete questo caso sulla base dei fatti che verranno presentati e che, pur provando comprensibili sentimenti di umana solidarietà, giudicherete con menti serene. E così facendo prenderete l'unica decisione possibile. Arriverete alla conclusione che il mio cliente e gli altri tre imputati sono innocenti.»

È stato un pessimo week-end. Inevitabile, dopo i vertici toccati nel discorso di apertura non poteva che esserci un calo. Per una sera sono stato l'uomo più festeggiato della città; avevo battuto i ragazzi del governo al loro stesso gioco, perlomeno per ventiquattr'ore. Non c'è un solo avvocato al mondo che non vorrebbe dare una lezione al pubblico ministero, quello che ha sempre tutti e tutto dalla sua. Perciò, quando Moseby e Robertson si sono bruciati con lo stesso petardo che per goffaggine avevano fatto scoppiare, tutti gli avvocati della città, per un momento, sono stati felici. Io personalmente ero al settimo cielo.

A quel punto volevo una donna, e non la potevo avere. Mary Lou è disponibile, ma fuori discussione. Farei la figura dello stupido dopo quel discorsetto da santo. Con Mary Lou potrebbe funzionare soltanto se fosse amore, e io non sono ancora pronto, anzi non sembro nemmeno molto portato per l'amore.

Sabato mattina. Teniamo una riunione ai vertici. Poiché l'accusa attacca, a noi restano solo i falli. Abbiamo delle idee sulle loro prossime mosse e cerchiamo di prepararci nel modo migliore possibile.

Quando gli altri se ne vanno Mary Lou rimane. Ha l'aria molto giovane ed è più che mai attraente con i sandali, una maglietta e un paio di jeans, quasi senza trucco e con i capelli raccolti a coda di cavallo.

«La notte scorsa ti ho pensato.»

«Anch'io.»

«Mi piaci. Non solo come avvocato, voglio dire, mi piaci tu.»

«Mi hai visto soltanto nei miei momenti migliori.»

«E allora?»

«Allora niente.» Ma cosa vuole da me? Non mi sento a mio agio con le persone dirette, preferisco gli ambigui. Forse è per questo che Patricia e io ci siamo allontanati. Anche lei è diretta.

«Potremmo vederci» riprende. «Non voglio dire per andare a letto insieme. Ma uscire, frequentarci.»

Questa è buona.

«Voglio dire, senti... Will... Lavoriamo insieme a un caso di omicidio e dovremo vederci fino alla fine del processo. Non fissiamoci sul fatto che vorremmo fare l'amore e non possiamo, o non vogliamo. È ridicolo, non sembra anche a te? Paul e Tommy non li eviti, e se pesassi cento chili e avessi il mento coperto di verruche non eviteresti neanche me. Quindi perché sfuggirmi solo perché ci piacciamo? È un atteggiamento un po' adolescenziale.»

Sulla soglia si volta. «Sai dove trovarmi» dice. «Quindi cercami per favore.»

Pochi minuti dopo l'uscita di Mary Lou, Andy si affaccia alla porta. Non entra; ci guardiamo in silenzio.

È lui a rompere il ghiaccio. «Ho saputo che ieri hai sputato fuoco come un drago.»

Faccio un cenno, mi stringo nelle spalle.

«Bene, è proprio da te. Sei sempre il migliore.»

«Grazie.»

«Hai un buon team.»

«Funziona» dico. Devo chiederlo, mio malgrado: «Come ti va?»

«Benino. Senza infamia e senza lode, in effetti. È tutto più tranquillo qui. La tua vacanza ci sta costando qualche cliente ma ce la caviamo.»

«Mi fa piacere. Che ve la caviate, intendo.» All'inferno, sono troppo concentrato sul mio problema per preoccuparmi anche di quelli di Andy.

«Spero che tu vinca.»

«Siamo in due.»

«Il processo e anche il resto.»

«Come ho già detto lo spero anch'io.»

Mi fa un cenno e si allontana. Sono contento; non sono il solo ad aver sofferto qui dentro.

«Al banco dei testimoni Rita Gomez.»

La guardo percorrere il lungo tratto che la separa dal banco dove andrà deporre. La principale testimone dell'accusa sta compiendo sforzi immani per guardare fisso davanti a sé. Mentre vacilla incerta sui tacchi altissimi delle scarpe nuove evita con ogni cura di guardare i motociclisti. Lone Wolf la fissa con una strana intensità, emettendo un calore che è quasi palpabile.

«Controllati» dico, a scanso di equivoci.

Immobile come una statua trafigge la ragazza con lo sguardo. Prima o poi lei dovrà lanciargli un'occhiata, e quando succederà Lone Wolf potrebbe anche esplodere. Anche gli altri la fissano. L'hanno conosciuta nel ruolo di vittima, preda indifesa in balia di squali e rapaci senza scrupoli e se la ritrovano di fronte come l'incarnazione della più grave minaccia alle loro vite, l'ostacolo principale alla libertà. Possono reagire in un modo solo: eliminarla. E siccome qui dentro non lo posso fare fisicamente, provano con la forza di volontà. Può accadere. L'ho già visto succedere.

Rita offre un ben triste spettacolo di sé: sembra il manichino di un grande magazzino K-Mart. Ha usato una tale quantità di gel che i suoi capelli sembrano cristallizzati come lo zucchero su una torta nuziale italiana. Devono averla portata a fare compere e hanno commesso l'errore di darle carta bianca nello scegliere i nuovi capi del guardaroba. Un grave sbaglio. Anche Moseby, malgrado tutto il suo cattivo gusto, deve rendersene conto. Il vestito di stoffa lucida di una taglia troppo piccola è a righe orizzontali: giallo, rosso e verde; è troppo teso sul seno e sul sedere, la gonna è troppo corta, le calze sono scure con un filo di lamé, i tacchi altissimi. Nell'insieme riesce proprio a sembrare la puttana che vogliamo. Chiunque si sia occupato del trucco (non può essere stata lei) ha usato una cazzuola; le ciglia sono così coperte di mascara che sembrano grani di un rosario. Rossetto rosso sangue, fard in abbondanza e un eye-liner color porpora, il tutto su una base di fondo tinta che conferisce al suo volto l'espressione raggelata della statua di Joan Crawford al museo delle cere di Knott's Berry Farm, pronta a creparsi appena aprirà la bocca. Non ha ancora ventun anni e sono riusciti a trasformarla in una mostruosa ottantenne uscita da un film di Fellini. Forse meglio così della spaventosa acne di origine psicosomatica che il trucco copre solo in parte.

Quattro uomini rischiano di morire perché si sono voluti divertire con questa ragazzetta patetica. Per qualcuno la vita vale proprio poco.

È inutile che pontifichi; io stesso mi sono svegliato più d'una volta accanto a ragazze come questa, e non troppo tempo fa. Un modo sbrigativo per ricordarmi che cosa può succedere quando mi abbandono ai miei peggiori istinti.

Moseby la manovra bene, nel suo ruolo di diacono e consigliere spirituale di una ragazza vulnerabile finita sulla cattiva strada, ma solo per poco, perché è di buona stoffa e capiti i suoi errori prenderà il posto che le compete tra i membri rispettabili della comunità. Lentamente, con pazienza, la guida nella ricostruzione del giorno e la notte del crimine.

Era andata al bar con la vittima. Presto, comincia Rita, c'era ancora la luce, avevano bevuto qualcosa, solo un paio di bicchieri, non erano ubriachi né niente del genere, i motociclisti avevano fatto la loro entrata, una grande scena macho, spaventando tutti a morte...

«È una schifosissima balla» sussurra Lone Wolf, è furente.

«Bene. La smaschereremo nel controinterrogatorio.»

«Ma la giuria sta sentendo queste stronzate!»

«Va bene lo stesso» gli spiego. «Più mente e più fa il nostro gioco.»

«Ma è sotto giuramento» insiste lui. «Come cazzo fa a starsene lì seduta e a raccontare balle a raffica?»

«Ma da dove vieni?» gli domando con una certa incredulità. «Cosa pensi che succeda nei tribunali? Ci sei già passato...»

«E dovevano incastrare proprio noi» ribatte con disprezzo.

«Stai calmo. È molto importante, devo ascoltare con attenzione.» Spingo verso di lui un blocchetto di carta. «Prendimi degli appunti.»

Comincia subito a scrivere furiosamente e io torno a dedicare la mia attenzione al banco dei testimoni.

Richard ha una questione con questi tizi, racconta Rita Gomez e escono per discutere nel parcheggio. Poi Richard si accorge di essere fottuto. Si scusa (arrossisce come se fosse imbarazzata, come se qualcuno le avesse insegnato a recitare la parte della bambina. Mi ricorda il film *Il Verdetto*, dove James Mason dice al famoso anestesista: Non dica "espulso", dica "vomitato". Non dire "avere la peggio", deve averle ingiunto Moseby quando provavano la parte. Di' piuttosto "essere fottuto", poi fa finta di ricordare dove sei e correggiti, sembrerai più autentica agli occhi della giuria e ti crederanno di più) e poi si accorge che avrebbe avuto la peggio, continua, ha paura e scappa via lasciandola lì. Tutti rientrano a passare il resto della serata eccetera eccetera. Ho sul tavolo la deposizione che ha rilasciato davanti al gran giurì e la sfoglio mentre ascolto: è uguale, parola per parola.

La cosa ovviamente non mi stupisce: è stata imbeccata per bene. Tutti i testimoni lo sono, è la norma, ma è un'arma a doppio taglio e a volte va a tutto vantaggio della controparte perché se commettono uno sbaglio, se perdono colpi nel controinterrogatorio finiscono per mordersi la coda e rovinare tutto. Mi è successo più d'una volta.

Rita Gomez arriva al momento della chiusura del bar, quando i motociclisti chiedono se c'è qualcuno che ha bisogno di un passaggio e lei risponde affermativamente perché avevano messo in fuga il suo accompagnatore e partono tutti insieme. Ma invece di lasciarla al suo domicilio la portano in montagna e la violentano.

«Obiezione.» Paul si alza immediatamente. Abbiamo una strategia e facciamo un lavoro di squadra. In situazioni come questa voglio che sia lui a obiettare perché ai giurati sembra un vecchio gentiluomo, non lo trovano minaccioso o sgradevole come risulterebbe ai loro occhi un giovanotto ispanico, una donna giovane e aggressiva o un celebre penalista. Paul assomiglia al buon vecchio Gregory Peck. Quando Gregory Peck interpreta il ruolo dell'avvocato difensore i suoi clienti sono sempre innocenti.

Martinez chiede immediatamente l'allontanamento della giuria; e un giurista esperto sa che quanto Paul sta per dire in presenza dei giurati costituirebbe un vizio di procedura. «L'accusa di stupro non è pertinente» dice infatti Paul. «Non esiste un'imputazione in tal senso e nessun rappresentante dell'accusa ha presentato prove a carico degli imputati.»

«La testimone ci sta soltanto raccontando l'accaduto, Vostro Onore» ribatte Moseby.

Martinez guarda Rita. «Non siamo qui per accertare se questi uomini l'abbiano violentata o no. Siamo qui per stabilire se sono colpevoli di omicidio. Se intende denunciarli per stupro si avrà un'istanza separata.»

«Ma l'hanno fatto. Mi hanno violentata.»

«Stiamo cercando di tracciare uno schema di recidivi comportamenti illeciti degli accusati,Vostro Onore» insiste Moseby, «sia per quanto riguarda il passato sia per la notte in questione. Se l'omicidio fosse stato commesso perché questi uomini avevano ucciso una guardia durante una rapina in una banca non ci si vieterebbe di parlare della rapina. Il nostro intento è di dimostrare che l'omicidio non è avvenuto per caso ma che questi individui sono rei di molte colpe e che l'omicidio fu soltanto il culmine degli eventi di quella notte.»

«Tuttavia il mio cliente e gli altri tre imputati non vengono giudicati in questa sede per il reato di omicidio *e* di violenza carnale,Vostro Onore» dice Paul. «Non si tratta di un'imputazione accessoria, non è mai neppure emersa nell'udienza preliminare.»

Martinez riflette per qualche istante.

«Autorizzo il proseguimento dell'interrogatorio. Consapevoli del fatto che non stiamo conducendo un processo per violenza carnale, consento all'accusa di introdurre l'argomento perché il fatto può avere avuto e avere ancora conseguenze sul comportamento e sulla testimonianza della signorina Gomez. Se l'accusa vuole chiedere l'imputazione per violenza carnale gli avvocati dovranno preoccuparsi di esibire le prove del fatto, e dimostrarne la pertinenza ovverossia dimostrare che sia inerente e fondamentale per il caso che stiamo dibattendo.»

Mette in guardia Moseby: «Qualora si rivelasse una falsa pista potrei trovarmi costretto ad annullare il processo e sono assolutamente contrario a che ciò accada».

Paul torna a sedersi. È inquieto, lo siamo tutti. Adesso non abbiamo soltanto l'omicidio, già abbastanza complicato in sé; ma per di più c'è anche lo stupro. Tuttavia non sono convinto che la cosa finirà necessariamente per nuocerci. Che la testimone dichiari di esser stata violentata non prova il fatto e se noi riusciamo a dimostrare che si è accompagnata con i nostri clienti volontariamente (sostenere che il fatto non sussista è impossibile) potremmo screditare tutte le sue dichiarazioni.

Faccio cenno a Ellen di avvicinarsi. Benché giovane è già piuttosto brava, mi piacerebbe trovare il modo di aiutarla economicamente a portare a termine gli studi. Le do qualche istruzione a bassa voce perché nessuno ci senta. Prende un paio di appunti ed esce in gran fretta dall'aula.

Rita continua il racconto. Quando si avvicina alla descrizione dell'omicidio la sua voce, già bassa e incerta, diventa un sussurro. Martinez le chiede di parlare più chiaramente. Rita ubbidisce ma dopo qualche minuto le sue parole sono di nuovo incomprensibili. Tocca a Mary Lou invitarla ad alzare il tono, poi a Tommy.

La giuria è tutta protesa nell'ascolto. Non mi piace che siano costretti a rivolgerle tutta l'attenzione; muovo un'obiezione anch'io. Martinez la invita nuovamente a parlare a voce più alta. È severo ma non troppo, cerca di proteggerla, è soltanto una ragazzetta stupida e spaventata e, se dice la verità, brutalmente traumatizzata. E anche se la sua dichiarazione fosse veritiera solo in parte deve essere stata pur sempre un'esperienza orribile e spaventosa.

Moseby sa di avere il giudice dalla sua, inoltre la ragazza è ispanica, c'è una solidarietà non detta tra loro. La difende con rigore, sapendo che da questo punto di vista ha dalla sua parte l'alleato più importante: Rita è spaventata, i miei quattro hanno minacciato di ucciderla, non è lei ad essere sul banco degli imputati.

Invece ai miei occhi è colpevole. Tutti i testimoni dell'accusa lo sono, per principio. Visto che tocca all'accusa esibire le prove, i loro testi devono essere credibili, la loro credibilità viene giudicata insieme agli imputati. E spesso i testimoni mentono, lo fanno per molte ragioni diverse, in alcuni casi non se ne rendono nemmeno conto. Trasformano un'idea in una verità tangibile e concreta.

In privato processo Rita Gomez e cerco di elaborare qualche tecnica per farle sputare la verità. Perché finge, nei suoi discorsi ci sono pochissime verità, le menzogne contaminano tutto, rovinano ogni cosa. È la teoria della mela marcia. Una buona teoria che spesso si applica anche alla pratica.

Il suo racconto ci riporta sulle montagne al momento in cui i quattro colpiscono ripetutamente la vittima con un coltello, quando gli tagliano il pene e glielo infilano in bocca, quando Lone Wolf tira fuori la pistola e spara a un cadavere. La descrizione di Rita è esauriente e vivace.

I giurati sono raggelati dalla paura. Qualcuno di loro guarda gli imputati. È difficile non sentirsi tremare le ginocchia. Sì, sono uomini terribili e non vorrei mai che mia figlia sposasse uno di loro, ma una testimonianza come questa potrebbe distruggere anche un santo. E ormai si è insinuata nella coscienza di tutti. Del giudice, dei giurati, degli imputati, del pubblico. Ci resta incollata alla pelle come il sudore del panico, ne possiamo sentire l'odore.

«È questa la vittima, Richard Bartless?» le chiede Moseby mostrandole un'istantanea. «Il giovane che lei conosceva?»

La fotografia ritoccata mostra l'immagine di un ragazzo

dall'aspetto dolce; è una foto ricordo del giorno del diploma. Moseby l'avvicina al giudice perché la possa vedere meglio.

«Sì signore. È proprio Richard.»

Il giudice invita il pubblico al silenzio. Una sola fotografia può far nascere mille parole, dieciemila; è uno di quei fatidici momenti in cui vorresti nascondere la testa sotto una metaforica roccia e augurarti che tutto scompaia, anche se sai che probabilmente non succederà.

Guardo i miei colleghi. Ci sentiamo tutti nello stesso modo, delle schifezze.

La testimone è ormai in dirittura d'arrivo. La riportano al motel, se la scopano un'altra volta («perlomeno una cosa è giusta» mi dice Lone Wolf, « non ha detto "violentata"»), le fanno giurare che avrebbe mantenuto il segreto minacciandola di farle fare la stessa fine della vittima e poi spariscono. E da allora non li aveva mai più rivisti. Fino a oggi.

«E quegli uomini» conclude Moseby, «sono presenti in quest'aula?»

«Sì.»

«Può indicarli alla giuria?»

Rita Gomez si alza, si rassetta il vestito incerta sui tacchi a spillo e per la prima volta da quando è entrata in quest'aula guarda gli imputati. Scossa da un visibile tremito allunga un braccio, stringe il pugno e punta un dito accusatore. Il celebre dito del destino, in questo caso un ditino con un'unghia finta lunga tre centimetri smaltata di rosso: il dito scarlatto.

«Sono stati loro.»

11,30 p.m. Il controinterrogatorio è per domani. La faremo a pezzi, distruggeremo la sua credibilità: la distruggeremo anche fisicamente, se necessario. L'idea che questa troietta, questa stronza, cretina, questo miserabile sacco di merda possa risultare credibile agli occhi dei giurati fino al punto da indurli a condannare a morte quattro uomini è un insulto, mi fa uscire di senno ben al di là del normale e giustificato livello di indignazione dell'avvocato che sta dalla parte dei diseredati.

Mi sento bene: furore e indignazione mi piacciono. Quando passo con indifferenza attraverso un caso senza provare alcun autentico coinvolgimento so di essere nei guai e di avere quindi un cliente in pericolo.

Quando invece sono in tumulto e trasformo questo stato d'animo in azione allora le cose vanno per il verso giusto.

Qualche ora fa ho avuto una conversazione poco soddisfacente con Claudia al telefono: sente la mancanza del papà, la sua ansia è ulteriormente peggiorata dal trasloco imminente, dalla separazione.

Durante le ultime settimane l'ho vista raramente e la vedrò ancora meno sino alla fine del processo, che potrebbe durare mesi. Mi ha raccontato della scuola, degli amici, della mamma alle prese con il nuovo lavoro, ed era priva di entusiasmo. Si sente ingannata, ci considera colpevoli. Ovviamente dal suo punto di vista ha ragione ma non c'è niente da fare; sono attanagliato dal senso di colpa che mi pesa sullo stomaco come una pietra.

Non abbiamo potuto chiacchierare quanto avremmo voluto, ma mi ha strappato la promessa di un incontro durante il fine settimana, magari anche solo per poche ore. Sento che è ferita; è il mio unico vero legame e mi sto allontanando da lei. In momenti come questi vorrei non aver mai accettato l'incarico dei motociclisti, vorrei essere davvero in vacanza, non importa se coatta. Io e mia figlia avremmo potuto trascorrere molto più tempo insieme, tempo che le sto rubando e che non potrò restituirle; indipendentemente da quello che accadrà in seguito questi momenti sono perduti per sempre.

Un quarto all'una. Finalmente decidiamo di chiudere la giornata. Siamo pronti, domani tocca a noi. Senza destare sospetti negli altri Mary Lou riesce a trattenersi per ultima indugiando accanto alla porta in un tacito invito. Non è un invito per la notte, l'ultima cosa che potremmo o vorremmo fare questa notte è l'amore, soprattutto per la prima volta. È più un gesto di solidarietà, di mutuo soccorso. Mi piace. Questa donna mi piace; la paura che avevo di lei all'inizio perché la consideravo una giovane e bella avvocatessa aggressiva e magari appassionata ma completamente priva della capacità di nutrire emozioni (una castratrice, per dirla in altri termini), è scomparsa. È stupefacente quanto ti possa piacere qualcuno che ricambia esplicitamente i tuoi sentimenti. Una donna mi piace molto di più quando non temo di essere rifiutato.

Richiudo la portiera della sua automobile e la guardo allontanarsi assaporando quel che mi resta di lei sulle labbra. La notte è calda e stellata , promette felicità ma non a me. Resto immobile appoggiato alla mia macchina e penso a tutto quello che vorrei dal mondo, desidero con una semplicità nuova di esservi più partecipe. Voglio una rinascita. Voglio essere più felice di quanto non sia mai stato.

«Dunque lei sostiene di essere stata violentata?»
«Sì.» È irrequieta e si dimena sulla sedia. C'è afa nell'aula.
«Da tutti e quattro?
«Sì. L'ho già detto mille volte»ribadisce irritata.
«Obiezione.» Moseby è di nuovo in piedi prima ancora che la ragazza abbia finito di parlare.
«Su quali basi?» chiede probabilmente per la duecentesima volta Martinez.
«L'argomento è già stato sviscerato,Vostro Onore, in tutti i modi possibili.»
È il terzo giorno di interrogatorio. I miei colleghi l'hanno torchiata a turno e adesso tocca a me.
«Quante volte ancora dovremo essere interrotti da queste obiezioni irrilevanti?» chiedo. Moseby cerca continuamente di arrestare il flusso delle nostre argomentazioni con interventi futili. Anche Martinez è stanco di queste tattiche e guarda Moseby in modo tutt'altro che amichevole.
«D'accordo, l'argomento è stato sviscerato» rispondo anticipando Martinez, «ma certamente non da tutte le angolazioni. È stata l'accusa a introdurre lo stupro, non noi. Eravamo disponibili ad affrontare il caso così com'era poi è stato ampliato; benissimo, d'accordo, andiamo avanti. Ma dobbiamo essere messi nelle condizioni di esaminare i fatti con tutte le attenzioni e le cure che riterremo necessarie, perché l'accusa – non noi, Vostro Onore, l'accusa – basa la sua imputazione su una catena di causa-effetto. Ci deve essere consentito di proseguire, ovunque questa strada ci porti.»
«D'accordo. Obiezione respinta. E avvocato...»
«Sì, signore?»
«Non interrompa, d'accordo?»
«Signorina Gomez...» mi rivolgo nuovamente a lei. Oggi è vestita in modo più consono. Ho saputo che Robertson è andato su tutte le furie quando l'ha vista il primo giorno, e dopo aver dato una bella lavata di capo a Moseby ha spedito sua moglie a fare qualche compera. Adesso la testimone è vestita come una maestrina di una scuola domenicale: un vestito blu molto semplice con un colletto bianco, scarpe bianche coi tacchi bassi, perle finte. Molto meno trucco. Sembra più giovane e più vulnerabile.
«Deve essere stato doloroso se l'hanno violentata tutti quanti come dice e tutte quelle volte.»
«Faceva un male bestia. Ho perso litri di sangue.»
Sento alle mie spalle il rumore di una matita che si spezza. Quella

di Moseby. Scambia una rapida occhiata con Gomez e Sanchez, i due investigatori che hanno trovato la testimone.

«Dunque è andata in ospedale... Quale ospedale?»

Accenna a dire qualcosa ma si morde subito le labbra.

«Io...» si blocca.

«Ma ha detto che sanguinava terribilmente.»

«Sì. Molto.»

«Si è rivolta a un ospedale?»

Si morde ancora le labbra guardandosi intorno. Intercetto l'occhiata: Gomez e Sanchez continuano a fissare nel vuoto come totem.

«No» sussurra.

«Parli in modo più chiaro» la esorta Martinez.

«No» ripete.

Mi giro a guardare i giurati. Sono molto attenti.

«Ma non aveva paura? Sanguinando così copiosamente come mai non ha ritenuto di dover essere visitata da un medico?»

«È chiaro che avevo paura. L'avrebbe avuta anche lei se le fosse successo quello che era successo a me. Avevo più paura di andare da un dottore che del sangue.»

«Perché?»

«Perché il dottore avrebbe sporto denuncia e poi la polizia si sarebbe messa sulle tracce dei motociclisti e io avevo paura che se parlavo loro sarebbero tornati a uccidermi. Così mi avevano detto e gli ho creduto, sapevo che dicevano sul serio ,ho visto quello che avevano fatto a Richard.»

«Quindi non è andata in nessun ospedale e nessun dottore si è preso cura di lei?»

«No.»

In questo momento le credo. Indipendentemente dal fatto che i miei clienti siano colpevoli o innocenti dell'omicidio, hanno violentato questa ragazza senza pietà e non è possibile che la polizia l'abbia portata in qualche ospedale senza lasciare tracce. Questa dev'essere una delle ragioni che hanno spinto l'accusa a non aggiungere l'imputazione di violenza carnale a quella di omicidio. Ovviamente è probabile che sia stata visitata e curata da un medico privato, in città non c'è un solo avvocato che non conosca qualche dottore in ottimi rapporti con la polizia. Ma di prove nemmeno l'ombra. Questi due poliziotti possono essere pazzi o corrotti ma non sono stupidi.

«Nemmeno dopo aver parlato con la polizia?»

Si volta verso i due agenti investigativi seduti dietro il tavolo dell'accusa con uno sguardo implorante che sembra dire: "Che cosa devo fare?"

«Risponda alla domanda» la esorta Martinez con una chiara sfumatura di irritazione nella voce.

«No.» Deglutisce. «Nemmeno allora. A quel punto stavo... meglio.»

«Si tratta di poliziotti esperti, uomini di prima qualità. Deve essere stata davvero meglio, perché in caso contrario l'avrebbero accompagnata all'ospedale anche soltanto per precauzione.»

«In effetti... Sì... Già... Stavo molto meglio.»

«Tuttavia lei raccontò loro d'essere stata violentata.»

«Sì. Prima non volevo ma poi ho deciso di farlo.»

«Pur sapendo che ciò avrebbe scatenato su di lei l'ira dei motociclisti. O perlomeno così lei ha dichiarato più di una volta.»

«Mi hanno promesso la loro protezione.»

E cos'altro, patetica creatura?

«E poi perché avevo riflettuto su quello che avevano fatto a Richard» dice tutto d'un fiato. «Non volevo che la facessero franca.»

Guardo i giurati. Sentono anche loro l'odore della menzogna? Non so.

«Durante il tempo intercorso tra il momento in cui lei dichiara di essere stata violentata e il momento in cui i poliziotti l'hanno trovata» riprendo, «ha avuto rapporti sessuali con un altro uomo o con altri uomini?»

«Ma è matto? Quasi non riuscivo a camminare.»

«Pensavo avesse detto che stava molto meglio.»

«Perché non sanguinavo più. Ma mi faceva ancora male.»

Stronza di una bugiarda. Se i miei clienti non mi avessero raccontato d'aver avuto rapporti con lei a questo punto comincerei a dubitare che si siano mai incontrati.

«Dunque la polizia si è limitata a dar credito alla sua dichiarazione d'essere stata violentata da questi quattro uomini.»

«Era la verità. Perché non dovevano credermi?»

In un modo o nell'altro l'accusa è nei guai. Se non è mai stata visitata da un medico e non ci sono prove in questo senso Gomez e Sanchez hanno commesso un errore clamoroso. E se invece ha visto un medico e non lo dichiarano stanno nascondendo delle prove. C'è sotto qualche cosa e muoio dalla voglia di dimostrarlo.

«Torniamo al bar dove lei ha incontrato gli imputati» dico. «A che ora è arrivata, intorno alle 18 o alle 19, è esatto?»

«Sì, più o meno. Era ancora chiaro fuori.»

«Era in compagnia della vittima? Di Richard Bartless?»

Alza gli occhi al cielo, infastidita. «Già, ci sono andata con Richard.»

«Con la sua automobile?»
«Sì.»
Questo è già stato appurato. Sto soltanto chiedendo conferma.
«Chi era al volante?»
«Lui. A me avevano ritirato la patente.»
«Perché? Per guida in stato di ubriachezza?»
«No.» Ha un'aria impudente, si trattiene a stento dal farmi una boccaccia. «Non avevo pagato delle multe.»
«Ma poi è rientrata in possesso della patente?»
«Sì...»
«Con l'aiuto della polizia? Degli stessi agenti a cui aveva rilasciato la sua dichiarazione?»
«Obiezione.» Moseby sembra sul punto di spiccare un balzo sul lampadario.
«Ritiro la domanda, Vostro Onore» aggiungo in fretta prima che Martinez accolga l'obiezione. Torno a dedicarmi a lei: «Dunque guidava Richard Bartless?».
«Ma quante volte mi chiederete sempre la stessa roba?»
La fisso come se avessi avuto all'improvviso un'idea e poi mi dirigo verso il tavolo dove sono raccolte le prove, estraggo un documento e torno al banco dei testimoni.
«Dia un'occhiata a questo, signorina Gomez.» Le tendo un foglio. «Lo legga con attenzione. Fino in fondo.»
«Ad alta voce?»
Le faccio cenno di no con la testa. «Non è necessario. A meno che non le faccia piacere.»
«No, no. Non sono mai stata granché come lettrice.»
«Allora legga tra sé e sé. Faccia pure con calma.»
Legge lentamente, sillabando le parole a una a una. L'aula del tribunale è immersa in un silenzio totale e l'aria sembra sospesa su di noi come una pesante cortina. Finito di leggere la ragazza mi restituisce il foglio. Lo prendo e mi dirigo verso il banco della giuria.
«Che cosa ha letto, signorina Gomez? Che cosa le ho mostrato?»
«Una specie di fattura?» È perplessa, incerta.
«Esattamente. Molto bene.» Fisso i giurati e sorrido, un sorriso amichevole e innocuo, poi mi appoggio all'estremità del banco e fisso la ragazza.
«E sa di che fattura si tratta?»
«Io non... non sono sicura.»
«Non è forse per un'automobile?» le chiedo, «la fattura per la riparazione di una macchina?»
«Mi sembra... è quello che pensavo anch'io.»

«Infatti, è la fattura per le riparazioni all'automobile di Richard Bartless, una Honda azzurra. È questa la macchina che guidava? Una Honda azzurra?»

«Sì, proprio quella» risponde, lieta di far vedere di saperne qualcosa. «C'era un casino di fumo nero che veniva fuori dal tubo di scappamento.»

«Venne fermato per questo, non è vero? Fermato dall'agente...» leggo: «Dan Kline... della polizia stradale».

Ridacchia. «Sì, è stato fermato sul serio. Era incazzato a morte.»

«Secondo quanto c'è scritto qui l'agente Kline spiegò a Richard che non avrebbe potuto guidare quell'automobile fino a quando non fosse stata aggiustata. Gli ingiunse di farla riparare e di portargli come prova la ricevuta del meccanico, in caso contrario gli sarebbe stata sequestrata.»

«E perché pensa che Richard si fosse incazzato così tanto?»

«Tuttavia la portò a riparare...»

«Già... in un'officina vicino al motel.»

«Ricki's Auto» dico, leggendo dal documento in mio possesso.

«Può darsi. Già, mi pare che si chiamasse proprio così.»

«E lei ha co-firmato la richiesta per la riparazione, esatto? Questa firma accanto a quella di Richard Bartless è la sua, giusto?»

«Non era del New Mexico e non aveva nessuna carta di credito né niente del genere, così ho dovuto firmare io. Non voleva dire che poi dovessi pagare o qualcosa del genere.»

Tendo il documento a Martinez.

«A questo punto vorremmo introdurre questo foglio come prova numero 35, Vostro Onore.»

Martinez lo studia, annuisce e lo porge all'ufficiale del tribunale che lo porta a Moseby. Frank dapprima gli dà un'occhiata superficiale, poi lo esamina con più attenzione, lo mostra al suo vice, lo riprende e ricomincia a leggerlo. Aggrotta le sopracciglia, guarda la sua testimone e poi i due investigatori. Prima di restituirlo all'ufficiale con grande riluttanza lo fissa ancora un momento.

«Nessuna obiezione» afferma con voce incolore.

Reprimo un sorriso; l'ho colto di sorpresa, e a nessuno piace esserlo dal proprio testimone. L'ufficiale registra il foglio come prova numero 35 a carico della difesa. Lo riprendo e torno al banco dei testimoni. «Insomma gli ha dato una mano. Per quanto tempo è stata in officina la macchina? Un paio di giorni?»

«Anche di più. Dovevano far arrivare dei pezzi di ricambio da Farmington.»

«E che cosa fece nel frattempo Richard Bartless? Noleggiò una macchina?»

Ridacchia.

«Ma scherza? Non poteva permettersi neanche un motorino.»

«E come si muoveva allora?»

«A piedi. Oppure si faceva dare un passaggio.»

«Anche lei? Quand'era con lui?»

«Per forza. Mi avevano ritirato la patente, glielo ho già detto.»

«Giusto» dico. «Mi spiace.»

Moseby ha la testa tra le mani. È costretto a sentire ma non vuole vedere, come se non vedere lo facesse soffrire di meno. È contento che Robertson non sia in aula.

«Le date mi interessano» riprendo guardando ancora il foglietto. «L'auto era in riparazione anche il giorno in cui lei e Richard Bartless siete andati insieme al bar e avete incontrato i miei clienti, eccetera eccetera.»

«Eh?» Non sta capendo.

«Lei ha testimoniato d'essere andata con Richard, nell'automobile guidata da lui, fino al bar. Lei ha rilasciato questa testimonianza in molte occasioni.»

«E allora?»

«Sempre secondo la sua testimonianza Richard ha avuto uno scontro con il mio cliente e gli altri tre imputati in seguito al quale si è allontanato a bordo della sua automobile lasciandola senza mezzi per tornare a casa. Questo è quanto lei ha dichiarato, giusto?»

«Sì.» Si agita sulla sedia. Malgrado l'aria condizionata il caldo è intenso e Rita non deve essere abituata ai collant. Ho l'impressione che senta prurito in un punto dove non ci si può grattare in pubblico.

«Bene, secondo questo» le dico avvicinandomi fino a sentire il suo profumo da due soldi, «la Honda azzurra di Richard Bartless quel giorno si trovava nell'officina. In effetti Bartless non andò mai a ritirarla.»

«Per forza» ribatte subito lei nel tentativo di mostrare a me e al mondo intero di non essere una sciocca, «è morto prima.»

«Proprio così. Ma quella notte, la notte nella quale secondo le sue dichiarazioni Richard Bartless l'accompagnò con la sua automobile al bar, non poteva guidare nessuna automobile perché la sua era in riparazione, e come lei ha dichiarato, non era in grado di noleggiarne un'altra.»

Mentre concludo la frase guardo la giuria. Gli occhi dei giurati si spostano velocemente dalla testimone a me e viceversa.

Si agita ancora, bruciata dal suo stesso petardo.
«Merda, come ho fatto a dimenticarlo?»
«Dimenticare cosa?» chiedo.
«Che la macchina di Richard era dal meccanico.» Si umetta le labbra prima di fare un salto nel vuoto. «Vede, il fatto è che noi eravamo andati in giro insieme *prima*, ma poi era stato fermato e così quella notte abbiamo dovuto fare l'autostop.»
«Davvero?» chiedo seccamente guardando i giurati. Sono felice, ho appena sorpreso il testimone numero uno dell'accusa a mentire sfrontatamente.
«Sì. Altrimenti come facevamo a muoverci? Ha mai provato a prendere un autobus da queste parti?»
Qualcuno sul fondo dell'aula ridacchia. Martinez picchia il martelletto per richiamare all'ordine.
«Lei è andata in autostop fino al Dew Drop Inn?»
«Sì, io e Richard. Adesso me lo ricordo.»
Una coppia che non sarebbe passata inosservata: un fricchettone con i capelli lunghi e una ragazza che sembra una puttana da due dollari.
«Il che significa che dicendo a questa corte di essere andata fino al bar con l'automobile della vittima lei ha mentito.»
«Me ne ero dimenticata e basta! Lei non dimentica mai niente?» Sta sudando sotto il trucco.
«Lei è sotto giuramento, signorina» le ricorda Martinez. «È importante che ricordi le cose con precisione.»
Torno all'assalto. «Dunque quando lei ha dichiarato – quando lei ha detto a tutti noi, a me, al giudice, ai giurati seduti laggiù – quando ci ha detto di essere rimasta senza un passaggio perché Richard Bartless era stato scacciato dal mio cliente e dai suoi amici, la sua dichiarazione non corrispondeva a verità, esatto? Perché per cominciare lei un passaggio non l'ha mai avuto.» La sovrasto. «In effetti Richard Bartless se ne andò prima che i miei clienti arrivassero, vero?» grido inaspettatamente. Sento riecheggiare la mia voce.
«No!»
«Obiezione!»
«Non si sono mai incontrati, non è forse vero?»
«No!»
«Obiezione!»
«Cioè sì!»
«Respinta» ribatte in tono aspro Martinez.
«Lei è arrivata al bar con l'autostop, probabilmente da sola, oppure qualcuno le ha dato un passaggio e non se la sentiva di tornare

con l'autostop a tarda notte. Ha preferito fare una corsa in moto con un giovanotto di bell'aspetto e forse un po' inquietante, cosa che in realtà la eccitava. Non è così forse che sono andate le cose, Rita?» Vado veloce come un treno, è con le spalle al muro, non le concedo nessuna via d'uscita.

«OBIEZIONE!» Moseby sta letteralmente sbavando, è rosso come un peperone. Sembra sul punto d'avere un attacco alle coronarie.

«Ritiro la domanda,Vostro Onore.» Regalo a Martinez il mio sorriso più rassicurante.

«Non esageri, avvocato» è l'ammonizione pronunciata sottovoce. Un colpetto sulle nocche con un bastone di giunco bagnato.

«Sì, signore. Mi scuso.»

«Proceda pure.»

Bevo un sorso d'acqua e torno al banco dei testimoni.

«Ripartiamo dal bar» riprendo. «Dal Dew Drop Inn. Le accade spesso di bere in questo bar?»

«Dipende.»

«Dipende da chi offre?»

«Più o meno. O se è giorno di paga. Quelle cose lì.»

«Le capita qualche volta di andare al Dew Drop Inn da sola?»

«Sì, a volte sì. Ma non quella notte» ribatte con veemenza. «Quella notte io e Richard siamo arrivati insieme.»

«Sì, questo ci è già stato chiarito. Avete fatto insieme l'autostop.»

Annuisce. Non sarà più così pronta a fornirmi volontariamente delle informazioni d'ora in avanti.

«Ha cominciato a bere alle sette. Ci ha detto d'essere arrivata alle sette.»

«Più o meno.»

«E ha bevuto fino al momento della chiusura.»

«Non continuamente. Cioè non li buttavo giù in un colpo solo, niente del genere.»

«Dalle sette di sera fino alle due del mattino.»

«Sì, ma non bevevo ininterrottamente. Non avevo abbastanza soldi. Dovevo far durare il bicchiere un po'.»

«E Richard, sempre che fosse presente, le ha offerto qualcosa da bere?»

«Era presente. Sì, qualche bicchiere.»

«Nessun altro le ha offerto da bere? Qualche altro cliente?»

«Forse un paio... sì, un paio di ragazzi.»

«Qualche bicchiere ciascuno.»

«Sì.»

«Che cosa beveva, tequila?» Sono sicuro di avere indovinato.

«Un po' tequila e qualche succo di pesca col vino bianco.»

«Tequila e qualche succo di pesca col vino bianco e magari qualche birra.»

«Non bevo quasi mai birra al bar. I reni non la reggono. Bevo birra solo quando sono a casa da sola.»

«Quindi ha bevuto soprattutto tequila.»

Annuisce. «Se bevo tequila non mi sveglio col mal di testa.»

«Lei dev'essere una bevitrice eccezionale» dico. «Tequila dalle diciannove alle due del mattino. Io sarei finito lungo disteso sul pavimento.»

«Reggo bene l'alcol» risponde con orgoglio, come se si trattasse di una capacità veramente ammirevole. In effetti l'ho sempre pensato anch'io. Forse è arrivato il momento di rivedere le mie posizioni sull'argomento.

«Mi sembra davvero. Anche se con tutta quella tequila in corpo capisco che non le sia facile ricordare se è arrivata al bar con l'autostop o a bordo dell'automobile di Richard Bartless. Con tutta quella tequila in corpo io non riuscirei nemmeno a ricordare come mi chiamo, figuriamoci i fatti accaduti nel corso della notte.»

«Io mi ricordo» ribatte lei. «Ricordo benissimo.»

«O perlomeno così dice. Ma prima della notte di cui stiamo parlando, quando si era recata al Dew Drop Inn l'ultima volta?» chiedo, cambiando nuovamente marcia.

Aggrotta le sopracciglia per concentrarsi.

«Credo... non sono sicura.»

«La notte precedente?»

«Non so. Non ricordo tutte le cose che ho fatto in tutti i giorni della mia vita.»

«Le sembra probabile d'essere stata al Dew Drop Inn anche la notte prima?»

«Sì, credo di sì.»

«Se introducessi dei testimoni in grado di dimostrarle che nella notte precedente a quella in cui fu commesso l'omicidio lei si trovava al Dew Drop Inn l'aiuterebbero a rinfrescarsi la memoria?»

Si umetta nuovamente le labbra. Il rossetto si sta spargendo intorno alla bocca. L'accusa dovrebbe chiedere una sospensione dell'udienza e rassettarla. Non sta facendo un'impressione favorevole sulla giuria.

«Adesso che ci penso» ammette, «sono quasi sicura di esserci andata.»

«È una frequentatrice abituale del Dew Drop Inn, vero?»

«Più o meno. Ma non sono un'alcolizzata, se è questo che cerca di dire.»

Scuoto la testa in segno di diniego. «Sto soltanto cercando di stabilire alcune delle sue attitudini comportamentali, signorina Gomez. Il suo comportamento sociale.» Mi protendo verso di lei ma il suo profumo mi costringe a fare un balzo all'indietro. La frequentazione quotidiana di una donna con un profumo come questo deve avere procurato a Moseby un'emicrania cronica.

«Dunque lei si trovava nel bar la notte precedente a quella in cui fu commesso l'omicidio» riprendo imperterrito.

Annuisce. Martinez spiega alla giuria che il gesto deve essere interpretato come un sì.

«In compagnia di Richard, di un altro amico o da sola? Come?»

«Da sola. Non avevo trovato nessuno che venisse con me.»

«Ma trovò invece qualcuno con cui andarsene al momento della chiusura, è esatto?»

«Obiezione. È del tutto irrilevante, Vostro Onore» interviene Moseby con un filo di voce.

Martinez guarda la testimone: non vuole sbagliare.

Mi rendo conto che più vede e sente di lei e meno è propenso a crederle.

«Respinta» dice. «Ritengo che le attitudini comportamentali della testimone in questa sede siano importanti.» Sono soddisfatto; se usa le mie stesse parole vuol dire che mi ascolta con una certa attenzione. «Intendo autorizzare il collegio della difesa a spaziare, se lo ritiene necessario» spiega a Moseby. «Qualora si rivelasse una strada senza via d'uscita vi ci chiuderò dentro, avvocato» dice a me.

«Grazie, Vostro Onore.» Torno a occuparmi di Rita.

«Nella notte precedente a quella in cui fu commesso l'omicidio lei ha incontrato un uomo al Dew Drop Inn ed è andata a casa con lui, è esatto?»

Guarda Moseby: devo proprio rispondere, gli sta chiedendo, con gli occhi.

Moseby si limita a fissarla. Che sia furente per quello che sta succedendo è visibile a tutti.

«Risponda alla domanda, signorina Gomez» le ingiunge Martinez.

È quasi un sussurro. «Sì.»

«Parli a voce alta affinché anche i giurati possano sentirla» insiste Martinez.

«Sì.» A voce più alta ora, quasi con sprezzo. «Sono tornata a casa con un tizio che ho incontrato al bar.»

«Era qualcuno che conosceva già?» chiedo. «Un amico?»
«L'avevo visto un paio di volte.»
«Nel bar?»
«Sì.»
«Ma non lo conosceva?»
«L'avevo visto.»
«Lei si è accompagnata a un uomo che non conosceva, è tornata a casa con lui e avete trascorso la notte insieme, è esatto?»
Mi odia, ma a questo punto odia ancora di più Moseby. Non l'aveva preparata a un interrogatorio come questo. Certamente se l'avesse fatto Rita ci avrebbe pensato due volte prima di accettare la proposta.Ormai è troppo tardi.
«Okay. Ho passato la notte con lui. E allora. Loro...» indica con un dito i quattro imputati, «loro hanno fatto lo stesso quello che ho raccontato. Quello che io ho fatto o non ho fatto in un altro giorno non cambia le cose.»
«E quanto l'ha pagata quest'uomo per trascorrere la notte con lui?» chiedo, ignorando le sue rimostranze.
«OBIEZIONE!» Moseby è fuori di sé.
«Respinta.» Martinez si protende verso la testimone, è chiaro che è molto coinvolto.
«Quanto?» ripeto. «Lei è andata a letto con quest'uomo che ha incontrato al Dew Drop Inn, ha fatto l'amore con lui e per le sue prestazioni è stata pagata. Quanto?»
Rita si osserva la punta delle scarpe. «Quindici» mormora.
«Quindici dollari?» ripeto. Accidenti, davvero economica.
«Prima mi aveva pagato da bere» spiega, nel tentativo poco convinto di salvare la faccia. «Era un bel ragazzo, non sono una che lo fa per soldi» aggiunge disperata.
Nell'aula riecheggia una risata. Poveretta, qualcuno dovrebbe darle una mano. Se in gioco non ci fosse la vita dei miei clienti avrei perfino pietà di lei.
Martinez ristabilisce l'ordine.
«Accetta un po' di denaro per le spese» le dico andando in suo aiuto.
«Sì. Perché ho perso un paio d'ore di lavoro.»
«Questa ragazza deve pur vivere» commento, e subito me ne scuso con il giudice. Sta' attento, Will, Martinez in questo momento è dalla tua parte, non irritarlo inutilmente.
«D'accordo» riprendo, «a questo punto abbiamo agli atti che lei frequenta i bar da sola, che trascorre la notte con uomini sconosciuti e che per le sue prestazioni chiede d'essere pagata. Nel nostro Stato,

signorina Gomez, questo comportamento si chiama prostituzione.» E come se l'idea mi fosse venuta all'improvviso aggiungo: «Signorina, lei non è mai stata arrestata per il reato di prostituzione?».

Guardo i giurati; nessuno dorme.

Rita fa scena muta.

«Risponda alla domanda» ordina Martinez per l'ennesima volta.

«Devo proprio?» chiede lei con un filo di voce.

«Sì signorina, deve rispondere» ribatte il giudice senza nemmeno cercare di nascondere la sua irritazione. «Lei deve rispondere a tutte le domande che le vengono rivolte, non soltanto a quelle che le piacciono.»

Rita accavalla le gambe un paio di volte, si agita sulla sedia nel tentativo di sfuggire all'inevitabile; muove un piede a ritmo frenetico e la scarpa sembra sul punto di scivolare sul pavimento.

«Risponda, per cortesia.»

«Sì» dice infine in un sussurro.

«Quante volte?»

«Io... io non sono sicura...»

Ritorno da lei dopo aver preso dal tavolo della difesa la copia della sua fedina penale.

«Non è forse esatto» ricomincio leggendo il documento, «che lei è stata arresta e condannata ben due volte per prostituzione? E altre due per adescamento?»

«Se non lo sa lei che sta leggendo la mia fedina...»

«Devo interpretare la sua risposta affermativamente?»

«Se su quel foglio c'è scritto così sarà così» ribatte arrabbiata.«Sì, è così. È contento adesso?» Sembra una bambina che cerca di trattenere le lacrime.

Torno a studiare il documento. Lo faccio solo per amore della teatralità perché ne conosco il contenuto a memoria.

«Qui dice anche che lei è stata condannata per ubriachezza molesta.»

«Non ho mai...»

Le avvicino il foglio al naso, indicandole la riga che deve leggere.

Sposta la testa di scatto come se le avessi avvicinato al viso una torcia.

«Che cosa lei non ha mai... signorina Gomez?»

«Non era il caso di fare tutte quelle storie. Mi ero ubriacata, e allora? Capirai. Ho insultato la persona sbagliata, ecco tutto.»

«La capisco» convengo. «Qualche volta è capitato anche a me.»

Mi accorgo di quello che ho detto quando è troppo tardi. Martinez mi guarda con aria perplessa. Mi stringo nelle spalle e fingendo di nulla vado avanti.

«C'è qualcos'altro che mi viene in mente, signorina Gomez... Abbiamo stabilito che l'automobile di Richard era chiusa in un'officina meccanica durante la notte in questione. È sempre d'accordo su questo punto?»

«Sì, non funzionava, okay, ho fatto casino coi giorni ,l'avevo dimenticato.»

«Benissimo. Ma c'è qualcosa che mi lascia perplesso...»

Guardo i giurati prima di passare alla domanda.

«Con quale mezzo gli imputati avrebbero portato Richard Bartless in montagna? Certo non in motocicletta. Sarebbe caduto durante il percorso.»

Sull'aula cala un silenzio tombale.

«Signorina Gomez?»

«Eh... uh... hanno... uh... hanno rubato una macchina» dice d'un fiato.

«Che cosa avrebbero fatto?»

«Me ne ero dimenticata» dice. «Hanno rubato una macchina nel parcheggio del motel, l'hanno messa in moto collegando i fili, ecco come hanno fatto. Così ci hanno portato in montagna.

Guardo Martinez, i giurati, gli avvocati della pubblica accusa che fissano a loro volta la ragazza con un'espressione incredula.

«Signorina Gomez.» Il giudice Martinez sta praticamente cadendo dal suo scranno. Dire che sembra preoccupato sarebbe l'eufemismo del mese. «Come mai questo fatto non è mai emerso in nessuna delle sue testimonianze?»

«Perché me l'ero dimenticato» geme lei. «Mi avevano violentata, avevo un coltello puntato alla gola, Richard era tutto legato e credevo che avrebbero ammazzato anche me... me l'ero scordato..» È sull'orlo di una crisi isterica. «Che differenza fa con quale macchina ci hanno portati in montagna? Sono stati loro, non è questa l'unica cosa che conta?»

«E che cosa ne è stato di questa macchina tra virgolette rubata?» le chiedo. «È volata via o qualcosa del genere?»

Moseby si agita in modo incontrollato. L'ha fatta grossa e lo sa.

«L'hanno riportata indietro» dichiara Rita. «Credo che l'abbiano lasciata sul retro del motel, da qualche parte.»

«L'hanno riportata, vero? Signorina Gomez... mi auguro di non essere considerato insensibile chiedendole se questa storia non sembra ridicola anche a lei che pretende di raccontarcela.»

«Ma non mi ricordo tutto!» urla. «Li avevo appena visti mutilare e uccidere un mio amico. Non potevo stare attenta a una fottuta macchina.»

Malgrado l'ultima uscita commovente quando concludo il controinterrogatorio e Martinez aggiorna la seduta all'indomani mi sento abbastanza soddisfatto di come si sono messe le cose. È una teste distrutta: bugiarda, ubriacona e per di più puttana. Non sarà facile mandare quattro uomini nel braccio della morte sulla base delle dichiarazioni di una testimone simile.

Ho trascorso una bellissima giornata lontana da tutte le grane. Io e Claudia siamo stati in montagna, abbiamo passeggiato, abbiamo ammirato i fiori selvatici delle desertiche alture intorno a Santa Fe. Claudia mi ha decantato le bellezze di ciascun fiore in tono reverenziale, come se i suoi occhi fossero i primi a posarsi su quelle stentate sterpaglie. Abbiamo pescato la cena e l'abbiamo cucinata e mangiata seduti sulla rive del fiume riponendo poi i rifiuti da portare con noi per limitare al minimo le tracce del nostro passaggio. Il sole tramontava, sulla strada del ritorno, una palla arancione dietro le montagne a occidente che illuminava i nostri volti bruciati dal sole e dal vento mentre ascoltavamo due cassette dei Grateful Dead: *Truckin* e *Uncle John's Band.*

Una giornata che avrei voluto mettere in bottiglia e conservarla per sempre.

Stiamo leggendo insieme *The Yearling.* La piccola testa di mia figlia, con i lunghi capelli chiari ancora umidi riposa sulla mia spalla. Mentre leggo osservo con affetto i suoi tratti delicati. È la mia carne, il mio sangue. Morirò se se ne andrà. Morirò se dovrò lasciarla partire. Comincio già a discendere la mia china. In questo istante sono estatico. Vorrei fermarlo per sempre.

Finisco il capitolo. Si rannicchia ancora più vicina a me; non vuole andare a dormire, non vuole separarsi da suo padre.

«Posso restare ancora un pochino?» mi implora. «Solo un quarto d'ora?»

«È già tardi, angelo. È stata una giornata faticosa. Tutto quel sole ti assorbe ogni energia senza che tu te ne accorga e voglio che ti riposi.» Patricia mi ha raccomandato di non farla stancare troppo perché cova un'influenza.

«Ti prego!»

«D'accordo.»

Le racconto una storia, la stessa da anni, la storia di una ragazzina che scopre un accesso segreto a un altro mondo e del guardiano gentile che le fa da guida. Un mondo incantato dove anche nell'oscurità che spaventa vive la certezza di una speranza, del bene che alla fine trionfa.

Va a dormire nell'altra camera da letto, la sua. Vi tiene qualche vestito di ricambio, un paio di giochi, qualche libro. Non molte cose; nella mia ex casa aveva una stanza principesca. Questo appartamento è soltanto una soluzione transitoria, non intendo fermarmi a lungo. Ma probabilmente è la nostra ultima casa insieme, tra poco ci saranno soltanto le sue visite in occasione delle vacanze. Stringe tra le braccia il vecchio orsacchiotto e dorme sporgendo le labbra come se la sua bocca ricordasse ancora l'epoca nella quale succhiava il pollice. Quando era una bambina, molto tempo fa.

Bevo uno scotch ed esamino alcuni documenti. Sono troppo irrequieto per lavorare; troppo su di giri, e dovrà passare un'altra settimana prima che tocchi a noi presentare i nostri testimoni. Ormai conosco i loro e credo di sapere anche cosa dichiareranno.

Claudia sta sognando, è in un'altra dimensione, io ho voglia di uscire

Davanti a casa abita una ragazzina che a volte lavora come babysitter. Una ragazzetta dall'aspetto triste, con un corpicino insignificante, una brutta carnagione e una personalità da cocker. Il tipo di ragazza che il sabato sera non è certo a spasso con gli amici.

Si dichiara disponibile a venire purché sia di ritorno entro la mezzanotte. Mi sta bene, voglio soltanto cambiare aria; mi prometto di limitarmi a un bicchiere di vino o a una birra. Voglio solo trascorrere un paio d'ore in compagnia di adulti che non parlino di lavoro, e guardare delle donne vere con tette, culo e gambe lunghe. Nient'altro, puro voyeurismo, a questo punto non riuscirei neanche a farmi una scopata senza impegno. Tornerò a casa da solo, e se sarà proprio necessario mi masturberò. Sì, se non riuscirò ad addormentarmi chiuderò gli occhi e penserò a Mary Lou. Non sarà la prima volta. Sono depresso e nervoso; la tensione del processo e le emozioni della vita privata mi hanno ridotto con i nervi a fior di pelle. Non basto a me stesso e da solo mi tengo una pessima compagnia. Devo essere distolto da questo isolamento, devo incontrare qualche conoscente o, meglio ancora, degli illustri sconosciuti. Qui non si tratta di abbandonarsi all'autocommiserazione, mi sto addirittura lasciando annegare, e riesco perfino a ricavarne qualche godimento.

Il bar a La Fonda non è lontano dallo studio. Mi conoscono e il barista mi chiama per nome. Siccome il processo mi sta facendo molta pubblicità al mio ingresso mi viene subito offerto da bere. Potrei approfittarne e ordinare tutti i doppi Chivas che desidero, ma mantengo la promessa e mi limito a un bicchiere di Chardonnay della casa.

Tutti gli avvocati della città sembrano essersi dati appuntamento qui, e tutti vogliono chiacchierare con me, scambiare opinioni e raccontare pettegolezzi. Sono una specie di eroe locale, quasi che stando accanto a me si possa brillare di luce riflessa.

«Ehi Will.» Andy si è materializzato alle mie spalle silenzioso come un indiano. Al suo fianco c'è Harriet, la moglie conosciuta alla Columbia.

Mi offre una guancia da baciare. La sfioro appena con le labbra. Harriet è di ottima stoffa, anzi, è una roccia. Andy ha sempre fatto le scelte giuste.

«Ciao Harriet. Sei sempre splendida.» Alta, aristocratica, con una bella struttura ossea. Potrebbe benissimo fare la modella.

«Sei venuto a divertirti?» chiede Andy.

«Solo per un'ora. Claudia è da me per il fine settimana.»

Non posso certo far sparire il bicchiere di vino che ho davanti. Andy non fa commenti. Finisce il suo scotch con ghiaccio e ne ordina un altro indicando il mio bicchiere con un gesto interrogativo.

«No, grazie. Me ne basta uno.»

«Uno è consentito.» Sorride. «Anzi, tenendo conto della tensione alla quale sei sottoposto di questi tempi potresti concedertene anche di più.»

Al diavolo. Adesso il figlio di puttana fa anche il condiscendente. Povero triste Will, l'ubriacone dell'albo, riesce perfino a mantenere le promesse fatte al suo socio.

«Andy mi dice che stai facendo un lavoro magnifico» si intromette Harriet.

«È troppo presto per dirlo»rispondo con modestia.

«Si sta muovendo davvero bene»aggiunge Andy. «Se c'è qualcuno al mondo che può salvare la testa a quei quattro quello sei tu.» Mi dà una pacca fraterna sulla spalla. Deve avere bevuto qualche bicchiere più del solito, è stranamente disponibile.

«Sono innocenti, Andy.»

«Questo che cosa c'entra?» ribatte lui. «Credi davvero che a qualcuno importi? So bene che presto o tardi riuscirai a ipnotizzare i giurati e a convincerli che al momento dell'omicidio i tuoi motociclisti erano in un convento di Burlington, nel Vermont. Ma che cosa cambierà? Alza un dito per sentire il vento, amico, non capisci proprio da che parte sta soffiando?»

«Non sono discorsi incoraggianti.»

«Ma realistici.»

«Andy, è sabato sera. Lasciamo perdere la realtà per un paio d'ore, d'accordo?»

«Sì, hai ragione. Ehi, amico, può darsi che tu riesca a farcela. Ti ho visto in azione. Sei il migliore.» Alza il bicchiere e brindiamo. Io col mio fottuto vino bianco.

«Riguardati» mi dice.

«Anche tu.»

«Ci vediamo.»

«Sì, ci vediamo.»

Mentre si allontanano vedo che Andy parla a bassa voce all'orecchio di Harriet che si volta a guardarmi. Sorrido ma mi fa male.

Ne bevo un altro e me ne vado. Qualunque cosa stessi cercando,qui non c'è.

Mentre aspetto che il cameriere mi versi il vino Mary Lou sbuca all'improvviso dalla sala ristorante. È in compagnia di un tizio che conosco, uno dei soci dello studio per cui lavora, un uomo sposato che ha almeno il doppio dei suoi anni. L'irritazione che provo è incontrollabile, anche se so che probabilmente tra loro non c'è niente. È egoismo, me ne rendo conto: se non posso averla io non voglio che nessun altro l'abbia, nemmeno platonicamente, e per di più io agli amori platonici non ho mai creduto. Un uomo desidera sempre una donna attraente, poco importa se è la migliore amica di sua moglie o addirittura sua sorella, e quando la vuole la vuole. Il sesso ha sempre la meglio sull'etica.

Devono aver cenato insieme, e si stanno fermando al bar per il bicchiere della staffa. Si siedono in fondo. Mary Lou è vestita come una donna, non come un avvocato. La luce del locale le si addice, è bellissima, un vero bocconcino.

Non voglio che lei mi veda. Non trovo lo spettacolo di mio gradimento, anzi, mi sembra che si stia umiliando in compagnia di quel vecchio. Merda, sono geloso.

E ovviamente finisce per accorgersi della mia presenza. Mi fissa per un momento, poi si alza e viene diretta verso di me.

«Che cosa fai qui?»

«Non sapevo che fosse necessaria un'autorizzazione.» Le sorrido con aria indifferente ma sono sulle spine.

«Non intendevo dire che tu avessi bisogno di un permesso. Perché sei da solo?»

«In questo bar non servono da bere alle minorenni.» Le racconto di Claudia, dell'ora di libertà che mi sono preso. «Anzi»dico guardando l'orologio, «devo tornare a casa.»

«Vengo con te.» Mi accarezza una mano, non per caso.
«Come?»
«Ti seguo. Sono venuta con la mia macchina.»
«No.»
«Perché?» Questa volta mi afferra una mano con determinazione.
«Perché sei in compagnia di un altro uomo, tanto per cominciare.»
«Ma è un avvocato.» Come se gli avvocati fossero eunuchi.«Un socio dello studio.»
«Un socio autorevole. E sposato» aggiungo incapace di trattenermi.
Lei non ribatte. «Lasciamo perdere, va bene? Non cercherò nemmeno di allungare le mani. Chiacchieriamo e basta. Ho bisogno di parlarti, Will, davvero.»
Torna verso il tavolo e scambia qualche parola col suo accompagnatore. Lui mi guarda e annuisce. Mary Lou torna con la borsetta e la giacca.
«Che cosa gli hai detto?»
«Che venivo a casa tua.»
«Ma per l'amor di Dio...»
«Scherzavo Will, scherzavo»mi tranquillizza subito. «Gli ho detto che avevo bisogno di parlarti di lavoro, una questione urgente. Non se ne stupisce, è un avvocato anche lui.» Si rende conto che non le credo. «È stata soltanto una cena tra conoscenti, Will, nient'altro. Sua moglie è in vacanza e si sentiva solo. E comunque non è il mio tipo.» Mi guarda negli occhi. «Non mi occupo mai di cause perse.»
Finisce il vino rimasto nel mio bicchiere e mi prende sottobraccio. Ci dirigiamo verso l'uscita. Non vorrei ma mi sento già molto meglio. Balle; lo voglio con tutto me stesso ma non so se poi sarò in grado di gestire la situazione.

Parliamo per ore. Teniamo le luci spente e restiamo seduti sul divano del salotto. Le finestre sono spalancate e il vento caldo di settembre riempie la stanza con il profumo dei fiori. Mary Lou mi racconta della sua vita, della sua famiglia. Anch'io le parlo della mia, come si fa quando si corteggia una donna. Tutte le cose che non si dicono mai fino all'incontro con la persona che vuole sentirle davvero.
Parliamo anche del processo, è inevitabile, è stato il processo che ci ha fatto incontrare, è il processo che assorbe tutte le nostre energie. Mary Lou mi racconta i pettegolezzi che circolano in città, i sentimenti avversi della gente verso i motociclisti l'opinione della comunità.

Per lei è tutto rose e fiori; è una giovanissima avvocatessa che si occupa di un importante caso di omicidio. La mia posizione è molto più complessa e più precaria. Le chiacchiere sul conto mio e dello studio sono sempre più fitte, sempre più insistenti; a quanto pare Fred non si è comportato con tutta la discrezione che avrei auspicato. (Prendo mentalmente un appunto: la prossima volta che lo incontro gli rinfresco la memoria: dopotutto abbiamo un accordo preciso e se il bastardo non lo rispetta posso sempre piantargli una grana.) In un certo senso sto camminando pericolosamente sul filo: se vinco sarò sempre un avvocato di successo, con o senza lo studio. Se perdo perfino il mio nome sulla porta potrebbe diventare un peso per i miei affezionati soci.

Parliamo e parliamo fino a esaurire tutti gli argomenti, fino a quando resta da stabilire soltanto se si fermerà a dormire con me o tornerà a casa. Sono paralizzato, non riesco a muovere nemmeno un dito.

Non importa, questa scena è tutta sua ed è stata scritta molto tempo prima di questa notte.

Cominciamo a baciarci, ancora vestiti di tutto punto, sul letto. Sono baci lunghi e appassionati da liceali, quel genere di baci che non si smette mai di apprezzare. Poi si spoglia. Resto a guardarla mentre si denuda con disinvoltura, con calma, lasciandomi tutto il tempo per apprezzare le parti del suo corpo che i vestiti, cadendo, mi rivelano, che svelano a me solo. Ha un fisico bellissimo, meno magro di quanto avrei immaginato. Più bello in realtà: femminile, pieno. Nemmeno un grammo di grasso: evidentemente pratica qualche sport. I fianchi sono generosi, il sedere rotondo e perfetto, i seni più piccoli di quanto avrei immaginato in una donna della sua statura, la pelle chiara e levigata, quasi traslucida. I capezzoli lunghi e le areole pronunciate. È glabra ovunque eccetto che per i riccioli del pube. È morbida, vellutata.

Il mio spogliarello è molto più prosaico, non voglio indugiare oltre. E contemporaneamente desidero andare piano, far durare questo momento il più a lungo possibile, baciare ogni centimetro del suo corpo, dalle orecchie ai piedi. Ma tutte le mie buone intenzioni svaniscono appena la tocco, è troppo calda, lo siamo troppo entrambi. Ci divoriamo a vicenda, la mia bocca sulla sua fica, la sua sul mio cazzo, per non più di un minuto, poi sono già dentro di lei.

È bagnata ma stretta, non ha mai partorito. Rischio di venire subito, devo fermarmi; restiamo uniti uno all'altra e riprendiamo a baciarci cercando di non muoverci. Poi ricominciamo, affondi lunghi e lenti, questa volta, lei si stringe con forza a me perché la penetri più a fondo, mi bacia sul collo affondando le unghie nella schiena, gemendo. Le chiudo la bocca con un bacio; non voglio che Claudia ci senta. Viene con una lunga serie di sobbalzi che mi sollevano, io la seguo immediatamente; un'esplosione che mi travolge e non finisce mai.

Riapriamo gli occhi insieme, ci baciamo, sciocchi baci felici. In questo momento non riuscirei a muovermi nemmeno se la casa prendesse fuoco.

«Will?»

«Sì.»

«Siamo stati poco professionali?»

«Mi sembra che abbiamo offerto una prestazione più che accettabile.»

«Vuoi dire che è andato tutto bene?»

«Sì, tutto bene.»

«Soltanto bene?»

«No meglio.»

«Sei sempre così effusivo dopo l'amore?» Ha un'aria felice.

«Non sono abituato ad avere un'amante che usa parole come "effusivo" dopo una scopata. Ma per rispondere alla tua domanda, no.»

«Oh.»

La guardo. Sembra davvero che le importi qualcosa di me.

«Non voglio mai più andare a letto con nessun'altra donna al mondo» le dico.

Mi sfiora una guancia in una carezza dolcissima. «Dovremo stare attenti in pubblico»dice. «Non mi piace che si facciano pettegolezzi sul mio conto.»

«Neanche a me.» Ci mancherebbero soltanto delle chiacchiere sulla mia vita privata, a questo punto.

«Ma voglio stare con te il più possibile. Sto andando troppo in fretta?»

Ho paura, non perché stia andando troppo in fretta, ma perché la desidero già troppo.

«Spero di no.»

«Voglio essere franca con te, Will. Tu potresti farmi soffrire senza nemmeno accorgertene.»

«Me ne accorgerei. Cercherò di non farlo mai.» Perlomeno non intenzionalmente.

«D'accordo. Per il momento mi basta.»

Si rannicchia contro di me, pronta ad addormentarsi, la testa appoggiata sulla mia spalla. Mi sembra di averla tenuta così da secoli.

Dalla porta chiusa filtra all'improvviso nella stanza una lama di luce, probabilmente dal corridoio. Mi irrigidisco subito, facendo ricadere la testa di Mary Lou sul cuscino. Spalanca gli occhi.

«Papà?» È la voce tremante di Claudia.

«Aspetta un attimo, cara»grido.

Mary Lou mi guarda. «Devo...?»

Portandomi un dito alle labbra le faccio cenno di no. Mi infilo in fretta la vestaglia ed esco richiudendo la porta della camera da letto alle spalle.

«Cosa succede, angelo mio?» Claudia è in piedi sulla soglia della sua stanza e stringe con forza al petto l'orsacchiotto di peluche.

«Ho fatto un brutto sogno.»

Mi avvicino, la prendo in braccio. «Che cosa hai sognato?»

«C'era un mostro che mi inseguiva. In una grotta.»

«Hai visto un film che ti ha spaventata?» I film sono la causa più frequente degli incubi dei bambini. Conosco gente che porta i figli a vedere perfino *Halloween* oppure *Venerdì 13* quando non riesce a trovare una baby sitter.

«No. Be'... ne ho visto uno che faceva paura alla TV.»

«E allora sarà stato quello a provocare il brutto sogno. Comunque adesso è tutto passato.» La riporto nella sua stanza. «Va tutto bene, sono qui vicino a te. Prova a chiudere gli occhi e a riaddormentarti.»

«Ho tanta paura.»

«Non esagerare. Resto un po' qui.»

«Voglio venire a dormire nel tuo letto.»

«Non puoi.»

«Voglio venire lo stesso.» Incomincia a piagnucolare.

«Resto qui fino a quando non ti sarai addormentata.»

«Ma poi mi sveglierò un'altra volta. Per favore, papà. Starò buona.»

Mi siedo sul letto accanto a lei.

«Non si può, Claudia. Questa notte non posso farti venire nel mio letto.»

«Perché?» Non capisce. Ma come potrebbe capire? «L'ultima volta che sono venuta ho dormito con te.»

«Perché c'è qualcuno di là.»

Mi fissa per qualche secondo, poi con un balzo si ritrae e gira la testa contro il muro. Scoppia in un pianto dirotto. Cerco di farle una carezza ma allontana con un gesto brusco la mia mano.

«Claudia...»

Mi assale piena di furore.

«È il nostro fine settimana» grida tra le lacrime. «Avevi promesso che saresti stato con me.»

«Infatti è così.»

«Solo noi due. Non con qualcun altro.» Si rifugia ancora contro il muro, il corpo scosso dai singhiozzi.

«Cara, io...»

Mi colpisce con un pugno. Un bel diretto, poi attacca il materasso e il cuscino a pugni e calci. Non posso fare altro che stare a guardare e aspettare che passi.

«Will...» È Mary Lou che chiama dal corridoio.

È vestita di tutto punto. Mi alzo ed esco chiudendo la porta della camera di Claudia.

«Vado.»

Sono bloccato tra due fuochi.

«Non voglio.»

«Va tutto bene, Will. Capisco benissimo la situazione. Posso immaginare perfettamente come si sente, anch'io ti vorrei tutto per me.» Mi sfiora una guancia con dita leggere. «Avremo altre occasioni. Presto.»

L'accompagno all'ingresso e aspetto di vederla partire, poi torno da Claudia, la prendo in braccio e la porto nel mio letto. Non sta affatto dormendo come speravo.

«Papà, non voglio dividerti con nessuno.»

«Non succederà mai, angelo mio. Nessuno può prendere il tuo posto.»

«Non voglio andare via. Non voglio cambiare città.»

Come posso risponderle? Che è l'ultima cosa al mondo che desidero? Lo sa anche lei, e in quanto al resto le decisioni non toccano più a me.

«Senti... adesso sei qui. Magari è meglio preoccuparsi quando arriverà il momento del trasloco vero e proprio.»

È una risposta che ovviamente non può soddisfarla.

«Vorrei che tu non fossi tanto impegnato con quello stupido processo» dice. «Vorrei venire qui tutti i giorni per stare sempre con te.»

«Tra non molto il processo finirà. E tu sai che sei sempre nel mio cuore.»

Questo le piace. Perlomeno è una dichiarazione d'affetto.

«Papà?»

«Cosa c'è?»

«Prometti che non dormi più con una donna quando ci sono io?»

Stringo tra le braccia la mia dolce bambina.
«Lo prometto.»

«Sta bene?»
«Sì, benissimo.»
Siamo nel bar del tribunale, Mary Lou e io, in anticipo di un'ora sugli altri due. Sono contento di avere un po' di tempo in privato con lei.
«E tu come stai?»
Sospiro. È stata una notte insonne, e ho pensato a lei.
«Non possiamo frequentarci.» Verso lo zucchero nel caffè per la terza volta. «Almeno fino a quando Claudia non sarà partita e non avremo chiuso questo processo.»
«Will...»
Scuoto la testa. «C'è Claudia, e c'è il processo. Non riesco ad affrontare altri problemi per il momento. Merda, fossero soltanto questi i miei guai. Mary Lou, non immagini in che situazione mi trovo.»
«Invece credo di sì.»
«Ah davvero?»
«Sì. I tuoi due soci, per cominciare.»
La guardo in silenzio.
«È un segreto di Pulcinella che tu stia pensando di cambiare strada. Per questo ti sei preso una lunga vacanza... per riflettere sul futuro, non è così?»
«In parte» rispondo.
«Comunque...» riprende, «in quanto a noi... Non so che dire. Mi piaci molto e... e forse è meglio che non aggiunga altro.»
«Anche tu mi piaci molto, Mary Lou. Anzi, mi piaci un casino.»
«Interessante modo di esprimersi.»
«Sono emotivamente annientato. Non farei del bene a nessuno dei due.»
«Non sarà facile.»
«Nemmeno per me. Io ti desidero con tutte le mie forze. Non avevo previsto che potesse andare così, e per un po' dobbiamo cercare di stare tranquilli.»
«Purché non duri in eterno.»
«Non succederà.»
«Sei uno strano tipo, Will. Quantomeno atipico.»
«Pensavo che fosse un pregio» le rispondo in tono scherzoso.
Alzando gli occhi vedo entrare Paul. Anche lui ci ha individuati e

si avvicina al nostro tavolo lentamente. «Ma adesso sono stanco. Forse è davvero meglio essere semplici.»

«Non è da te.» Ride. «Non mi piaceresti più se diventassi un sempliciotto.»

Le sorrido. Mi sfiora la mano con la sua per un attimo, poi vede Paul e la ritrae in fretta.

«Farò la brava» mi sussurra. «Ma solo fino alla fine del processo.»

«Lo spero.» E lo spero davvero.

«Il dottor Milton Grade è chiamato a deporre.» Percorre la navata, attraversa il cancello e prende posto al banco dei testimoni. Diritto come un fuso presta il giuramento. Poi siede e accavalla le gambe, aggiusta con gesto elegante la piega dei pantaloni tenendola tra indice e pollice.

Secondo la leggenda locale il dottor Grade è l'unico uomo del New Mexico che si faccia confezionare gli abiti a Londra. Ormai è piuttosto anziano e il momento del pensionamento obbligatorio è stato superato da tempo. È un bel vecchio con una folta massa di capelli bianchi, due pungenti occhi azzurri e un pronunciato naso romano. Il prototipo del grande dottore americano.

Accanto al banco dei testimoni e a quello dei giurati c'è un cavalletto che sostiene la foto a grandezza naturale di Richard Bartless nel momento in cui arrivò all'obitorio. È un ingrandimento in bianco e nero e un po' sfocato ma l'immagine è impressionante. Gli imputati la guardano con curiosità; non paiono particolarmente orripilati da quella visione e, cosa ai miei occhi assai più importante, non mostrano alcun segno di riconoscimento, non sembrano aver mai visto la vittima, perlomeno non in quelle condizioni.

La fotografia ottiene l'effetto di stregare i presenti, in particolare i giurati. Quando fece la sua comparsa per la prima volta nelle mani di Moseby io osservai subito i miei clienti e solo in un secondo tempo i giurati. Qualcuno tratteneva il fiato, altri sussurravano a bassa voce, ma non era andata male come avevo temuto; se soltanto una delle donne avesse gridato avrei immediatamente richiesto l'annullamento del processo.

Guardo la madre della vittima che fissa con attenzione la fotografia in assoluto silenzio. Il suo controllo mi sorprende; o è stata preparata dall'accusa e sa che piangere o gridare le varrebbe l'allontanamento dall'aula oppure l'immagine le risulta così aliena da non provocarle alcuna emozione.

Moseby guida Grade attraverso la sua testimonianza e gli spiega come sia giunto alla conclusione secondo la quale la vittima morì a causa delle ferite inferte dal coltello anziché, come sarebbe stato più ovvio, in seguito ai colpi d'arma da fuoco. Grade si trattiene a lungo sul particolare dell'evirazione, anzi troppo per i miei gusti, e dopo avere spiegato ogni dettaglio insinua che la vittima fosse ancora viva al momento di essere separata da quella particolare parte del suo corpo. Conclude però che era "quasi sicuramente" morta prima che gli venisse tagliato il pisello.

Grade è un buon teste, professionale. La sua deposizione è diretta, precisa, dettagliata e attinente ai fatti. Si concede poche ipotesi e quasi sempre incontestabili; è un esperto nel non lasciarsi intrappolare. Ha testimoniato praticamente in ogni Stato del paese nel corso degli ultimi trentacinque anni e non c'è mai stata una richiesta di trasferimento in appello a causa di una sua dichiarazione. Gli avvocati difensori di solito passano dei brutti quarti d'ora quando lo devono interrogare perché Grade ha l'appoggio incondizionato di tutte le giurie e le sue credenziali sono di prima qualità, rappresenta insomma un caso piuttosto raro in un piccolo Stato come il New Mexico. Inoltre è un uomo piacevole che sorride senza pomposità; un aristocratico che si comporta da democratico.

L'interrogatorio dura tutta la mattina. L'accusa vuole definire gli elementi base. E arriva alle conclusioni pochi minuti prima della pausa per il pranzo. Nel pomeriggio è Paul a cominciare per noi. Pone a Grade diverse domande su come sia giunto alla conclusione che la vittima non sia stata uccisa con una pistola.

Paul cerca, come poi faremo tutti nel controinterrogatorio, di trovare una crepa nell'armatura che metta in discussione la possibilità tecnica per i nostri ragazzi di aver commesso il delitto. Non ci aspettiamo niente di eclatante, nessuno di noi si illude di poter estrarre un coniglio dal cilindro con un testimone come questo, ma cerchiamo di insinuare perlomeno qualche dubbio sugli eventi accaduti quella notte.

«In quanto alle ferite inferte dal coltello... quarantasette in tutto... esse sono la causa specifica della morte, a quanto lei dichiara, dottor Grade, è vero?»

«Sì.»

«Come mai la vittima non sanguinò più profusamente? Nel rapporto dell'autopsia lei dichiara che la fuoriuscita di sangue fu insignificante.»

«Esatto.»

«E non è una cosa insolita, dottore? Con tutte quelle ferite?»

«Lo sarebbe in circostanze normali» risponde Grade con disinvo tura. Modifica leggermente la sua posizione sulla sedia protendendosi un po' in avanti. «Ma quelle non erano circostanze normali.»

Sento un debole ronzio nel cervello. Che cosa ha detto Rita Gomez? Qualcosa di strano a proposito del fatto che i miei quattro avrebbero accoltellato la vittima... sì, c'era qualcosa di strano in quella dichiarazione. Ma siccome sono partito dal presupposto che i nostri clienti non hanno mai messo piede sul luogo del delitto, non ho dato troppo peso ai particolari di una testimonianza che sapevo falsa. Alla prima pausa devo assolutamente rileggerla.

Guardo Paul: anche lui ha alzato le antenne.

«Torniamo all'ora del decesso»dice cambiando argomento con destrezza. «Sembrerebbe sussistere un conflitto di opinioni sull'esattezza dell'ora della morte a causa della decomposizione in atto. Non crede anche lei dottore?»

Ancora una volta la risposta è professionale. Sono distratto... qualcosa nella penultima affermazione di Grade mi pesa come un macigno sullo stomaco.

È Tommy a condurre il seguito dell'interrogatorio di Grade. Non emerge niente di nuovo ma del resto non ci aspettavamo grandi cose; la nostra difesa è basata su argomenti molto lontani dai referti medici.

Finiamo poco prima delle 16,30. Il giudice Martinez guardava l'orologio già da qualche minuto; deve aver voglia di andare a casa.

«Se abbiamo terminato con il teste...» comincia.

Moseby si alza di scatto. Non l'ho mai visto muoversi con tanta agilità.

«Avrei un paio di domande ancora, Vostro Onore.»

«Bene. Riprendiamo domani mattina.»

«Con il permesso della corte vorrei procedere ora. Non sarà una questione lunga. Voglio chiarire un punto emerso nel corso dell'interrogatorio.»

Martinez guarda verso il nostro tavolo.

«Se non sarà una faccenda lunga non abbiamo obiezioni, Vostro Onore» dichiara Mary Lou a nome del collegio della difesa.

«Si proceda dunque» dice Martinez. «Ma nel caso ritenessi che ci stiamo addentrando in dettagli aggiornerò l'udienza a domani.

«Farò in modo che non accada» ribatte Moseby. Si rivolge a Grade.

«Lei ha dichiarato che la vittima venne uccisa dalle ferite inferte dalla lama, quarantasette coltellate per l'esattezza, e non dai proiettili che le perforarono il cranio?»

«È esatto.»

«E ha inoltre dichiarato che la fuoriuscita di sangue fu insolitamente ridotta.»

«Sì, l'ho dichiarato.»

«Ma non avrebbe invece dovuto sanguinare copiosamente? Voglio dire... quarantasette ferite d'arma da taglio... avrei immaginato che un uomo morisse praticamente dissanguato.»

«In circostanze normali sì, è proprio quello che accadrebbe» risponde Grade. «Ma come ho già dichiarato in precedenza, non abbiamo a che fare con circostanze normali.»

«Può spiegare la sua affermazione?»

«La vittima è stata colpita con un coltello, o più coltelli, precedentemente arroventati. Il calore ha cauterizzato le ferite impedendo una fuoriuscita significativa di sangue.»

«È una teoria interessante, dottore. Piuttosto originale. Che cosa gliel'ha suggerita?»

«Mi sono imbattuto in un caso analogo in un giornale medico non molto tempo prima d'aver esaminato il cadavere. Le analogie erano troppo chiare per passare inosservate.»

I peli sul mio collo si drizzano letteralmente. Rita Gomez ha testimoniato che prima di pugnalare Bartless i motociclisti scaldavano il coltello sul fuoco. Noi non abbiamo prestato alcuna attenzione a particolari che ci sembravano soltanto deliranti, e adesso Grade se ne esce con una teoria che conferma alla lettera la farneticante dichiarazione di Rita .

«Chiedo scusa, Vostro Onore.» Guardo i miei compagni: sono confusi quanto me. «Ho letto il referto dell'autopsia del dottor Grade e tutti i referti pertinenti al caso ma non ho mai trovato il benché minimo accenno a coltelli arroventati.» Guardo Moseby. Il bastardo sembra un gatto che ha appena mangiato il canarino. «Se l'accusa ha trattenuto delle prove, Vostro Onore, o occultato materiale pertinente al caso, saremmo lieti di saperlo. Ora.»

"Così potrò chiedere l'annullamento del processo per vizio di forma" è la conclusione della frase che lascio sottintesa. Il mio pensiero arriva a Martinez forte e chiaro. Si protende in avanti e guarda Moseby.

«Avvocato?»

«Non abbiamo occultato niente, Vostro Onore» risponde Moseby con aria innocente. «Inoltre non siamo stati noi a far emergere questo particolare, bensì la difesa, durante il controinterrogatorio, non più di due ore fa. È stata la difesa ad "aprire la porta" e se il dottor Grade si è imbattuto in un servizio interessante su una rivista e ce ne informa – servizio che pur non trattando un argomento necessariamente collegato alla causa diretta della morte di Richard Bartless, potrebbe tuttavia aiutarci a chiarire alcuni particolari oscuri sulle condizioni in cui venne rinvenuto il cadavere – ritengo che noi e i signori giurati abbiamo il diritto di starlo a sentire. Potrebbe definire meglio il vincolo che lega gli imputati all'omicidio» aggiunge.

Paul è il primo a scattare in piedi. La domanda che ha dato a Moseby questa possibilità era sua. «Abbiamo bisogno di tempo, Vostro Onore.»

«Concesso. Aggiorniamo l'udienza a domani mattina.» Martinez batte il martelletto ed esce immediatamente.

Grade lascia il banco dei testimoni. Moseby torna verso il suo tavolo. Qui c'è qualcosa che non va; ha trascorso tutto il tempo del processo preparandoci questa trappola e noi ci siamo caduti dentro.

Ci consultiamo; nessuno ne ha mai sentito parlare o ha la minima idea di questa storia; coltelli arroventati? Una specie di rituale o qualcosa del genere? Non abbiamo dato nessun credito alle parole di Rita Gomez perché è una bugiarda patentata. Ma un patologo della fama di Grade che le conferma più o meno alla lettera mi spaventa a morte.

Spediamo Ellen a consultare tutte le pubblicazioni mediche e legali del paese, poi proviamo a parlare con i nostri quattro. Non hanno la minima idea di quello che Grade sta dicendo. E come potrebbero? Per cominciare non sono mai stati in montagna con Bartless. Tutta la faccenda dei coltelli arroventati non ha nessun significato per loro; solo un altro inghippo legale per incastrarli.

Mary Lou riappende il ricevitore.

«Che cosa ha detto?»

«Sempre la stessa cosa: no.»

«Merda!» grido rivolto al soffitto.

«Già.»

È quasi mezzanotte e siamo ancora in ufficio. Nelle ultime ore siamo stati attaccati al telefono come quattro centraliniste cercando di trovare un patologo accreditato disponibile a confutare la testimonianza di Grade o perlomeno a insinuare qualche dubbio sulla sua attendibilità. Non riusciamo a trovare nemmeno un medico che voglia esaminare il caso e darci qualche consiglio. I tempi sono troppo stretti e il dottor Grade troppo famoso.

«Trovare un dottore disposto a dire che un collega si è sbagliato è la cosa più difficile del mondo» sbotta Mary Lou. «Ogni anno il mio studio difende una grande quantità di persone in causa con le compagnie di assicurazione, cause grosse, non storie di truffatori, casi dove il medico in questione è chiaramente incompetente. Non si riesce mai a ottenere nemmeno che il suo ospedale gli tolga qualche privilegio, figuriamoci chiedere che venga radiato dall'albo.»

«Sono peggio degli avvocati» commenta Paul con il suo solito spirito arguto.

Siamo insensibili al suo umorismo. Ci agitiamo, ci guardiamo l'un l'altro, fissiamo i muri.

«Ormai è troppo tardi per chiamare qualcuno, anche all'ovest» osserva Paul guardando l'ora. «Dobbiamo sospendere la ricerca fino a domani.»

«Domani siamo in aula.» Sono di pessimo umore. Detesto essere in corsa contro il tempo. Lo dichiaro: «Odio essere incastrato in questo modo. Mi sento un dilettante».

«Sei ingiusto con te stesso e con noi»protesta Mary Lou.

Lo so, e allora? Oggi ci hanno sorpresi con le braghe calate mentre tutto il mondo ci stava a guardare.

«E non c'era in nessun documento» aggiunge. «Non abbiamo una sfera di cristallo per sapere quello che potrebbe saltare fuori.»

«Invece dovremmo saperlo»sbraito. «è questo quello che fa un bravo avvocato. È per questo che ci pagano.» Sono illogico, me ne rendo conto da solo ma non posso impedirmelo. Sono spaventato.

«Magari avremmo potuto controllare la storia di Rita Gomez più accuratamente» insinua Tommy con cautela.

«E come?» ribatto.

«Nella sua dichiarazione si parlava di coltelli arroventati. Magari avremmo dovuto controllare se c'erano tracce di un fuoco dove è stato trovato il corpo, per esempio.»

«La storia di Rita Gomez è una fottutissima sequela di balle dall'inizio alla fine, ed è per questo che non siamo andati a controllare i fuochi né niente del genere. E abbiamo dimostrato ampiamente che è una sporca bugiarda.»

«La giuria non l'ha ancora deciso, avvocato» mi redarguisce Paul con gentilezza.

«Cosa vuoi dire?» urlo. Questa notte sono fuori di me, probabilmente sarei capace di staccare la testa a mia figlia per un'occhiata fuori luogo.

«Il fatto che tu non le creda non significa che il resto del mondo automaticamente la pensi come te» risponde senza perdere la calma. Paul non è un lottatore, non gli piace vedere rosso come me, ma nel suo modo tranquillo e discreto difende le sue opinioni fino in fondo. È una delle qualità che di solito apprezzo in lui. Di solito.

«Stai forse dicendo che pensi possa esserci qualcosa di vero nelle sue parole?»

«Will...» Mary Lou cerca di allentare la tensione.

«Sì, penso che l'abbiano violentata» risponde Paul con calma.

«Ma non sono accusati di violenza.»

«Mi hai chiesto se credevo a qualcosa della storia che racconta.»

«Okay. Diciamo pure che l'hanno violentata. Che cosa ha a che fare questo con l'omicidio?»

«Dicono di non essere stati loro.»

«E questo è assodato» rispondo.

«No. Non lo è.»

«Ragazzi, basta con questo battibecco. Dobbiamo lavorare» si intromette Mary Lou. Tommy non interviene in alcun modo, non vuole avere nessuna parte nella faccenda.

«Se dice la verità su questo, e personalmente io le credo» riprende Paul, «e loro mentono, e credo anche a questo, potrebbero esserci altre parti nella sua storia che corrispondono alla verità e forse altre parti che non vi corrispondono affatto. È tutt'altro che assodato, Will.»

Espiro lentamente.«Tu pensi che siano colpevoli, vero?»

«Non l'ho detto.»

«Ma lo pensi.»

«Non lo so» risponde, «so soltanto che sono colpevoli di qualcosa che è collegato al caso.»

«Non l'hanno ammazzato loro.» Mi sento come un derviscio che sta per entrare in trance. «Non lo sai ancora? Ancora non hai capito nemmeno questo?»

«Non ne sono convinto quanto te, no.»

Ci fissiamo. È un déjà vu: ci troviamo nella stessa sala in cui Fred e Andy hanno abbassato la loro mannaia, e proprio come allora ci fronteggiamo ai due lati opposti del tavolo.

«E allora perché cazzo hai accettato il caso?»

«Perché ne avevo bisogno» mi risponde onestamente. «E loro avevano bisogno di me.»

«Avevano bisogno di qualcuno che lottasse per loro con le unghie e con i denti.» Sto ancora urlando.

«È quello che faccio.» Sembra calmo, almeno in apparenza.

«Tirare in ballo quella maledetta storia dei coltelli arroventati è stato proprio un bel modo di lottare» ribatto senza riflettere, e appena lo dico mi auguro di non aver mai aperto bocca.

«Will! Esageri!» Mary Lou è pronta ad assalirmi.

«Lo so, lo so» rispondo il più in fretta possibile. «Mi dispiace, non posso farci niente. Mi dispiace, Paul.»

«Non volevi dire quello che hai detto. Siamo tutti nervosi» dice lui.

Mi appoggio a una parete.

«Moseby ci ha incastrati, il bastardo. Ci ha incastrati e noi ci siamo infilati da soli nella trappola. Pensavo di averlo in pugno e invece mi ha fregato come se fossi uno studente del primo anno.»

«È una battaglia che abbiamo perso Will, non la guerra» dice Mary Lou. «Abbiamo una buona difesa.»

«Non avremmo mai dovuto permettere che una cosa simile accadesse» replico. «Non possiamo fare sbagli.»

«Andrà tutto bene»insiste lei. «Quando cominceremo a presentare i nostri testimoni si dimenticheranno di Grade.»

In questo momento è la donna che parla, non l'avvocato. Cerca di aiutarmi, di consolarmi. Vorrei poterglielo lasciar fare.

«Ehi, senti...» interviene Tommy. «Prima o poi avrebbero trovato il modo di introdurre l'argomento. Paul si è trovato davanti alle linee nemiche nel momento giusto. Poteva toccare a chiunque. Vogliono vincere e non c'è nessun motivo al mondo per cui dovrebbero fare un gioco pulito se la corte non ve li costringe.»

Ha ragione. L'ira mi abbandona come la marea che si ritira dalla spiaggia. Non è colpa di Paul. Sta facendo del suo meglio. E se in fondo al suo cuore non crede alla loro innocenza né del tutto né in parte, che cosa importa? Un avvocato può difendere bene un cliente indipendentemente dal fatto che questi sia colpevole o innocente: se tutti i clienti fossero innocenti nella maggior parte dei casi non avrebbero nemmeno bisogno di un avvocato. È uno degli ingranaggi più efficienti del sistema.

Mentre ci separiamo Paul mi stringe un braccio intorno alle spalle in un gesto fraterno.

«Tutto bene?»

«Mi passerà. È che odio le sorprese.»

«Tutti le odiamo.» Mi sorride. «Mi sono fatto venire un'ulcera per un'incazzatura di troppo. Proprio come te. Will... stai facendo tutto il possibile... Non farti ammazzare.»

Il mio problema è che è proprio il fuoco dell'ira a sostenermi. Se mai lo perdessi come avvocato varrei zero, e oggi la mia rabbia è l'unica cosa di me ad avere ancora qualche valore di mercato.

«Vostro Onore. A questo punto vorremmo richiedere una sospensione al fine di studiare le dichiarazioni del dottor Grade e di procurarci un esperto di parte.»

Siamo chiusi nella stanza di Martinez. La difesa e Moseby.

«Ci opponiamo, Vostro Onore.»

«Lo immaginavo» dice Martinez.

«Non lo posso fare» ci spiega. «Non lo *farò*. La testimonianza emersa ieri è risultata dalle azioni della difesa, non da quelle dell'accusa. Ho una giuria convocata e non posso fermare il processo adesso, non per un motivo come questo.»

Guarda Moseby e noi in attesa di una nostra reazione.

«Posso fare una cosa sola per voi, posso autorizzarvi ad ampliare la lista dei vostri testimoni. Non dovrei ma voglio darvi tutte le possibilità. Saremo in aula per un'altra settimana circa. Se volete trovare un esperto il tempo dovrebbe bastare.»

Vorrei ringraziarti per questo aiuto, giudice, ma non posso. La possibilità di trovare un esperto attendibile, di metterlo a conoscenza del caso e di convincerlo a testimoniare contro un collega è meno che nulla.

«È una procedura semplice» dice Grade. È trascorsa un'ora, siamo di nuovo riuniti in aula.

Risponde a Moseby ma in realtà si rivolge alla giuria spiegando ogni particolare con pazienza. «Per niente complicata. Una cosa mi colpì quando vidi il cadavere per la prima volta. Certo la decomposizione era in atto da alcuni giorni e sicuramente non si trovava in buone condizioni, tuttavia qualcosa mi colpì come insolita.»

«E di cosa si trattava?» chiede Moseby.

«Del fatto che, come è stato osservato, fosse fuoriuscito pochissimo sangue. Quarantasette coltellate, alcune delle quali piuttosto profonde, avrebbero dovuto causare un'emorragia.»

«Perché non avvenne dunque? Perché l'emorragia di sangue non si verificò? »

«Perché» Grade siede ancora più impettito del solito sulla sedia: sta per dire qualcosa di importante e vuole che tutti lo ascoltino. Giudice e giurati sembrano calamitati. «Perché le ferite vennero cauterizzate nell'istante stesso in cui furono inferte.» Si alza e afferra il righello accanto al cavalletto. «Posso?»

Martinez annuisce. Grade scende dal banco dei testimoni e si avvicina al cavalletto per indicare con il righello una delle lacerazioni.

«Come potete vedere intorno alle labbra della ferita c'è un alone scuro. Come una crosta.» Sfiora l'alone con il righello.

Vedo anch'io i contorni scuri intorno alle ferite; pensavo fossero stati provocati dall'impatto del coltello sul corpo, così mi erano stati spiegati. Non distinguo i particolari ma è soltanto una fotografia.

«Potete vedere queste incrostazioni scure intorno a quasi tutte le ferite sul corpo»continua Grade indicando vari punti. «Giunsi alla conclusione che fossero state originate dal calore che cauterizzò le lacerazioni arrestando l'emorragia. Una nozione chiarissima in medicina.»

«Dunque lei ci sta dicendo dottor Grade» Moseby parla lentamente per dare maggior enfasi drammatica alle sue parole, «che queste ferite furono causate da...»

«Coltelli arroventati. Sì»conclude per lui Grade.

«Che prima di vibrare ciascuna pugnalata» continua Moseby, «per quarantasette volte, gli uomini che lo colpivano riscaldavano il coltello prima di infliggere il colpo?»

Grottesco bastardo. I giurati ascoltano, si bevono queste parole, ne vengono trascinati come falene verso il fuoco.

«È esattamente quello che sto dicendo.» Grade appoggia il righello e ritorna al suo posto, ma resta in piedi, troneggiando su tutti i presenti, Martinez escluso.

«Si tratta di una conclusione interessante, dottor Grade»dice Moseby, «ma piuttosto insolita. In effetti è la prima volta che ne sento parlare.»

Dici bene, penso. Nessuno ne ha mai sentito parlare eccetto la testimone principale dell'accusa.

«Ne convengo. E se non mi fosse accaduto di incontrare un articolo che parlava di questa teoria poco tempo prima di esaminare il corpo, il particolare mi sarebbe sfuggito.»

«In una pubblicazione medica?»

Grade annuisce. «Non ricordo esattamente quale... ne leggo tante. È necessario per tenersi aggiornati. Da quanto ricordo l'autore dell'articolo era un esperto di omosessualità e in particolare di crimini a sfondo omosessuale.»

Lone Wolf è un vulcano in eruzione. Dio, fa che non accada. Potrebbe dare in escandescenze se si sentisse definire un omosessuale.

«Cerca di controllarti» gli sussurro.

«Se quel figlio di troia dice che sono un finocchio gli strappo il cuore» ringhia.

«Se lo fai firmi la tua condanna a morte.»

Mi guarda accigliato.

«Dico sul serio» insisto.

Cerca di rilassarsi ma è in subbuglio. Facci uscire di qui o Signore senza che rovinino tutto, non chiedo altro.

«È dunque sua opinione, dottore Grade, che questo omicidio abbia delle componenti omosessuali?» gli chiede Moseby.

Afferro un polso di Lone Wolf. Sta stringendo i denti con tanta forza da fratturare la mascella.

Grade indica un raccoglitore. «Lo striscio rettale prelevato dall'ano della vittima ha rilevato la presenza di sperma. È nel referto.»

«Ne sono al corrente, dottore» dichiara Moseby. «Volevo soltanto accertarmi che fosse ufficiale.»

Pezzo di merda. Un avvocato corretto avrebbe presentato i fatti in modo onesto. Questa è soltanto una messa in scena in onore del pubblico.

Grade accantona il raccoglitore. «Se posso aggiungere un'altra cosa...»

Moseby gli sorride. «Ma certamente dottore. Lei è l'esperto.»

«Anche se non fosse stata rilevata la presenza di sperma sarei arrivato alla stessa conclusione.»

«Che si tratta di un omicidio a sfondo omosessuale?»

«Il pene dell'uomo è stato tagliato» dice Grade con una smorfia di disgusto come se volesse sputare per ripulirsi la bocca. «Un gesto efferato, brutale e raccapricciante. Chiunque l'abbia commesso è un uomo malato.»

Un rombo attraversa l'aula. I giurati siedono concentrati. Alcuni stanno guardando i miei clienti.

«Devo aggiungere» riprende Grade, «che chiunque abbia commesso questo atto ha dei problemi sessuali, conflitti riguardo alla sua» fa una pausa e poi con puntigliosità: «o alla *loro* sessualità.»

«Obiezione!» grido.

«Accolta. Il testimone si trattenga dal fare supposizioni di questa natura.»

«Chiedo scusa, Vostro Onore.»

«Cancelli l'ultima frase» ordina Martinez allo stenografo.

Capirai.

«In quanto a questo omicidio a sfondo omosessuale, chiedo scusa, a questo ipotetico omicidio a sfondo omosessuale...»

«Obiezione!» È Mary Lou a parlare. «Non è stato introdotto alcun elemento che riguardi l'omosessualità o la condotta sessuale di qualcuno degli imputati o delle vittime, il fatto che nell'ano della vittima vi fosse dello sperma non significa che il rapporto anale e l'omicidio abbiano avuto luogo nello stesso momento o entro breve distanza di tempo. Sono due argomentazioni nettamente distinte.»

«Obiezione respinta, avvocato. Questo omicidio è inequivocabilmente a sfondo sessuale. Hanno tagliato il pene alla vittima.» Poi Martinez si rivolge a Moseby. «Continui pure.»

Merda. Abbiamo perso il giudice, perlomeno per ora.

«Dunque abbiamo un probabile omicidio a sfondo omosessuale...» riprende Moseby. «Qual è il legame con una banda di motociclisti?»

Muovo un'altra obiezione. «Vostro Onore, il dottor Grade è forse un esperto di organizzazioni motociclistiche?»

Grade sorride al giudice. «Mi lasci dire che non lo sono affatto.» E poi, quasi con disprezzo, aggiunge: «Sono tutt'altro che un esperto in merito ma una vasta letteratura psichiatrica e psicologica è dedicata proprio a vincoli virili e omosessualità all'interno delle associazioni di motociclisti e in particolare di quei gruppi caratterizzati come bande fuorilegge. Letteratura che è di dominio comune».

«In altre parole, dottore, questo omicidio ha inequivocabili componenti omosessuali, e l'analisi delle bande di motociclisti nonché i profili psichiatrici dei suoi componenti mostrano a loro volta tratti di omosessualità sia in termini psichiatrici che medici» conclude Moseby.

«Senza alcun dubbio.»

«Tu sei un uomo morto, figlio di puttana! Mi senti? Sei un uomo morto!»

Lone Wolf si è alzato con un balzo pronto a saltare dall'altra parte del banco e attaccare il dottor Grade a mani nude.

«Sei finito! Ti strapperò quello stramaledetto cuore dal petto e me lo mangerò!»

È il pandemonio. «Sceriffo!» grida Martinez mentre io mi stringo a Lone Wolf per trattenerlo con la presa di un orso. Gli altri si fanno piccoli piccoli. I giurati sono in piedi, pronti a battersela.

Guardo Grade che ci fissa. Non ha paura, è l'unico in tutta l'aula a non avere battuto ciglio.

Ammanettano Lone Wolf, gli mettono i ceppi alle gambe e lo spingono fuori. Martinez batte il suo martelletto.

«Trenta minuti di sospensione» sbraita. «Voglio gli avvocati nel mio ufficio.»

«Voi attori da strapazzo non ve la caverete così, avete capito?»

Siamo tutti insieme,la difesa e l'accusa. Martinez sta cercando di incenerirci con lo sguardo.

«Prima voi con quella stupidaggine della madre.» Punta un dito accusatore su Moseby, «e poi voi» rivolto a me, «che non riuscite nemmeno a controllare un cliente!»

«Ci ha colti di sorpresa, Vostro Onore. Non succederà più.»

«Sarà meglio per voi.» Martinez è fuori di sé. «Non voglio incatenarlo e imbavagliarlo per il resto del processo. Non fa buona impressione. Ma se la riterrò l'unica maniera per controllarlo lo farò. Sono uomini pericolosi, avvocato, e io non intendo mettere in pericolo il tribunale e i giurati.»

«Farò del mio meglio.»

«Speriamo che basti.»

Martinez sospira. «È una situazione difficile, ragazzi. Non trasformate il tribunale in un circo. Pretendo un po' di professionalità nella mia aula.»

Ci dichiariamo tutti d'accordo. Guardo Mary Lou quando Martinez dice la parola professionalità ma lei non ricambia la mia occhiata.

Controinterroghiamo Grade dopo pranzo e proseguiamo per tutto il pomeriggio. Ellen torna tardi e a mani vuote. Non è riuscita a trovare nessuna pubblicazione che parli di omicidi perpetrati da bande omosessuali e di coltelli roventi. Facciamo acqua.

Grade è un testimone chiaro ed efficace ma è un teste a carico e per di più con lui bisogna essere cauti perché rischiamo di alienarci la simpatia dei giurati. D'altra parte se ci si limita a palleggiare non si sta lavorando come si deve.

Proseguiamo il nostro balletto fino al tramonto, per oggi basta. Mi riservo il diritto di richiamare Grade sul banco per rivolgergli altre domande.

È stata una giornata schifosa.

Nessuno vuole andare a dormire e restiamo in ufficio fino all'alba nel tentativo disperato di trovare del materiale qualsiasi sulla teoria dei "coltelli roventi". Sfogliamo decine di volumi, accendiamo i computer e chiediamo aiuto a tutte le banche dati: "American Bar Association","Supreme Court Reporter", "New York Times", "Library of Congress", "New England Journal of Medicine". Tutte le pubblicazioni psichiatriche o psicologiche che riusciamo a trovare. Niente.

«E se quest'articolo non esistesse?» teorizza Tommy. È l'alba, ci resta soltanto un'ora per tornare a casa, fare una doccia, cambiarci d'abito e presentarci in tribunale.

«Stai dicendo che Grade potrebbe esserselo inventato?» chiede Mary Lou. «Non ci posso credere.»

«Be'... non è più un giovanotto, potrebbe avere il cervello annebbiato.»

Li guardo con amarezza. Ho la bocca impastata, le ascelle che puzzano, sono stanco, frustrato e scoglionato. «Chi di voi vuole presentare questa accusa contro una delle più grandi autorità mediche del passato?»

Nessuno si offre volontario.

«E poi magari come per miracolo ricorda dove l'ha letto e ci cita capitolo e paragrafo.. Proprio una bella figura. Si capirà subito che abbiamo fatto i nostri compiti. Ai giurati piacerà un casino.» Prendo fiato. «È una trappola e non riusciamo a uscirne. Dobbiamo accettare la situazione creata da Grade e cercare di farcela con le nostre forze.»

Afferro la mia valigetta e la riempio di documenti. «L'ultimo chiuda la porta.» Mi avvio verso l'uscita trascinando faticosamente i piedi e sbatto la porta alle mie spalle con un tonfo. Alexander, Hite, Portillo. In un certo senso non mi sento più a casa neanche qui.

«Quando arrivarono gli agenti lei era al motel?»

«Sì signore.» A bassa voce a malapena udibile, è spaventata a morte.

«Ed era ancora lì quando Rita Gomez partì con i poliziotti?»

«Sì.»

Si chiama Ellen Sage. È l'altra cameriera del motel, quella che incontrai con un giorno di ritardo nella mia ricerca della bella Rita.

È Tommy che la sta interrogando. Cerca di stabilire che furono proprio Gomez e Sanchez a trovarla e portarla via, gli stessi poliziotti che presentarono la denuncia con la testimonianza che diede inizio a tutta questa storia.

«Quanto tempo trascorse tra il momento in cui lei vide Rita nelle condizioni che ci ha descritto e il momento in cui arrivarono i poliziotti?»

«Non lo so.» Geme, si agita, si stropiccia la gonna. Nessuno le ha comprato dei bei vestitini nuovi; è una piccola stupida senza travestimenti.

«Cerchi di ricordare, signorina, è importante.»

«Un paio di giorni. Forse tre. Non so precisamente.»

«E quando Rita se ne andò» continua Tommy, «la vide partire con gli agenti? L'ha proprio vista salire sull'automobile della polizia e allontanarsi con loro?»

Annuisce. «Stavo pulendo la numero sei che è proprio davanti all'uscita. Si vede tutto.»

«La porta era aperta?»

«Sì. Vogliono così... la direzione.»

«E lei ha identificato i poliziotti con cui Rita Gomez si allontanò negli agenti Gomez e Sanchez, è esatto?»

«Sì. Loro due.» E indica i due uomini immobili seduti nella prima fila dietro il tavolo del pubblico ministero.

«D'accordo. Dunque... quando Rita Gomez partì con i due agenti le sue condizioni di salute erano migliorate? Si era ripresa rispetto al mattino quando la vide per la prima volta?»

«Obiezione» dice Moseby alzandosi. «La testimone non sembra certo qualificata per dare un giudizio di carattere medico.»

«Accolta.»

«Formuliamo la domanda in un altro modo, signorina Sage. A lei personalmente sembrava che stesse meglio?»

«Niente affatto»risponde la ragazza. «Quasi non camminava. Ero appena andata a comprarle due scatole di super Kotex. Ne aveva mezza confezione dentro le mutande quando se ne è andata.» Ridacchia. «Quasi non poteva camminare tanto era imbottita in mezzo alle gambe.»

«Quindi l'emorragia era ancora in corso quando partì con i due poliziotti?»

«Un'ora prima di certo» risponde Ellen, «lo so perché l'ho aiutata a cambiarsi. Era in uno stato pietoso. Quando sono arrivati loro io ero anche contenta perché mi sembrava l'unico modo per farla andare da un dottore. Ne aveva bisogno ma non ci sarebbe mai andata perché era spaventata e per tutto il resto.»

«I due agenti le dissero forse qualcosa a proposito del fatto che si sarebbero presi cura di lei? Che l'avrebbero portata in ospedale?»

«Hanno detto che avrebbero fatto tutto il possibile per farla star bene» replica. «E non ho dubitato delle loro parole perché Rita sanguinava come un maiale sgozzato.»

Sanchez e Gomez (nessuna relazione con la bella Rita, un abitante del New Mexico su dieci si chiama Gomez) sono chiamati a testimoniare. Raccontano di come trovarono la ragazza dopo una lunga e faticosa ricerca, di come la convinsero che l'avrebbero protetta dai motociclisti, di come ottennero da lei la testimonianza mettendola al corrente ovviamente di tutti i suoi diritti compreso quello di avere un legale (offerta che Rita declinò, e mi piacerebbe sapere con quanta insistenza provarono a proporglielo). Non ci fu alcun patteggiamento sulla pena poiché Rita non era colpevole di niente ma soltanto spaventata a morte. Aveva fornito la testimonianza di sua volontà senza subire minacce né coercizioni.

«Era stata violentata? Lei testimonia in questo senso?» chiede Mary Lou a Sanchez. Cammina avanti e indietro facendo risuonare i tacchi sulle mattonelle del pavimento.

«Così diceva.» Sanchez ha le palpebre molto pesanti e dà l'impressione d'essere sul punto d'addormentarsi: forse dorme davvero.

«Ma voi non la portaste da un medico, o all'ospedale?»

«No.» È laconico, un tipico uomo del sudovest. Non dirà niente oltre allo stretto indispensabile.

«Come mai?»

«Non ci voleva andare.»

«E le spiegò la ragione del suo rifiuto?»

«Aveva paura che se la cosa fosse diventata pubblica i quattro motociclisti potessero trovarla e ammazzarla.»

«Ma poi è andata così. È diventata di dominio pubblico, voglio dire.»

«Sì, ma dopo.»

«Dopo quando?»

«Dopo che avevamo parlato con lei.»

«Quanto tempo dopo? Dal momento in cui la trovaste fino al momento in cui acconsentì a parlare?»

«Cinque giorni.»

«Dunque per cinque giorni lei e il suo collega siete rimasti chiusi con questa ragazza da qualche parte...»

«Obiezione!»

«Accolta.»

«Per cinque giorni lei e il suo collega interrogaste questa ragazza finché lei non acconsentì a testimoniare per l'accusa.»

«Già.»

«E durante questo lasso di tempo si riprendeva dalla violenza subita?»

«Così diceva.»

«E lei le ha creduto?»

«Perché no?»

«Ma anche dopo avervi rilasciato la sua testimonianza, e aver ottenuto la garanzia di essere protetta dagli uomini che accusava di averle usato violenza e di aver assassinato il suo compagno non si fece accompagnare in un ospedale. È esatto?»

«Sì.»

«Ma non era preoccupato per la sua salute? Per la salute di una donna che aveva subito tutte le violenze che dichiarava, una donna che sosteneva d'essere la testimone oculare d'un omicidio, che si sentiva in pericolo. Com'è possibile che un agente di polizia serio e responsabile non abbia affidato questa donna alle cure di un medico?»

«Non voleva. Io non sono suo padre, signora. Noi l'abbiamo proposto. Lei ha rifiutato.»

«Ma non sarebbe suo precipuo dovere accertarsi che fosse esaminata da un medico se sosteneva di essere stata violentata, e ciò indipendentemente dal suo volere? Soprattutto tenendo conto dello stato in cui si trovava? Secondo la sua amica, Rita Gomez sanguinava "come un maiale sgozzato", credo che siano state proprio queste le parole usate per descrivere le condizioni della vostra testimone.»

«Lei diceva di stare bene e io non sono andato certo a guardarle sotto la gonna.»

Qualcuno tra il pubblico ridacchia. E probabilmente è proprio quello che avresti voluto fare, penso io. Mi chiedo di quante prostitute Sanchez abbia fatto giustizia sul sedile posteriore della sua macchina d'ordinanza.

«Molto professionale da parte sua, agente» ribatte Mary Lou.

«Ovviamente» riprende come se pensasse a voce alta, «potreste averla portata da un medico privato. Un medico fidato. Qualcuno che vi aveva già aiutato in altre occasioni.»

«No, signora. Non sarebbe regolare.»

«Un medico privato...» continua, «... che non faccia domande. Un medico che non registri nemmeno le visite così che la vostra testimone non fosse costretta a rilasciare nessuna dichiarazione...»

«Obiezione!» grida Moseby con urgenza.

«... Così da lasciare a lei e al suo collega il tempo per costruire tutta la storia a vostro piacimento.»insiste Mary Lou. «In privato...»

«Accolta.»

«... Affinché fosse esattamente come la volevate voi» conclude, «e non come sarebbe stata raccontata da Rita Gomez alla sua prima dichiarazione pubblica.»

«Obiezione!»

«Accolta!» Martinez fissa Mary Lou. «Avvocato, è diventata sorda?»

«Chiedo scusa, Vostro Onore » Sembra molto contrita.

«Dovete ignorare completamente l'ultima domanda» spiega Martinez ai giurati. «Cancelli tutto» ordina allo stenografo.

«Se lo fa ancora dovrò multarla.»

«Sì signore, chiedo scusa.»

«Bene. Proceda.»

Mary Lou guarda verso il nostro tavolo per un istante prima di riprendere l'interrogatorio. Le faccio un cenno impercettibile; sarà anche stata cancellata dal verbale quella sua dichiarazione, ma non dalle menti dei giurati. La possibilità che la principale testimone dell'accusa e i due agenti facciano parte di un unico complotto esiste ed è stata espressa a voce alta.

«Mentre interrogavate Rita Gomez c'era una donna presente?» chiede Mary Lou, «una donna poliziotto?»

«No.»

«Non è previsto dalla procedura che una donna poliziotto presenzi all'interrogatorio di una donna? Soprattutto se per un periodo di tempo così lungo?»

«Non ce n'era nessuna disponibile.»

«In tutta la contea non c'era una sola donna poliziotto disponibile?»

«Pare di no. Noi ne abbiamo richiesta una ma non l'abbiamo trovata.»

«Ma non è una violazione del codice?»

«Noi abbiamo fatto la richiesta. Deve rivolgersi a qualcun altro.»

«Di che cosa avete parlato con la testimone durante i cinque giorni in cui lei e il suo collega siete stati segregati con Rita Gomez?»

«Del caso.»

«Dei fatti inerenti al caso?»

«Dei fatti che ci stava raccontando, sì.»

«E di cos'altro avete parlato?»

«Niente altro.»

«Non l'avete messa a parte di nessun elemento di vostra conoscenza? Magari qualche informazione ricavata dal referto dell'autopsia, per esempio...»

«Obiezione!» Moseby salta come una molla.

«Accolta.» Martinez ammonisce Mary Lou: «Non esageri».

«Sì, Vostro Onore.»

Non c'è via d'uscita. Siamo in un ginepraio.

«Parlaste del caso in base ai fatti di cui la testimone era a conoscenza?» precisa Mary Lou.

«Proprio così. Secondo le regole.»

«Secondo le regole? Una donna che sostiene d'essere stata vittima di violenze multiple e, sempre a quanto dice, costretta ad assistere a un raccapricciante omicidio, questa donna viene interrogata da due poliziotti senza che vi sia un'altra donna presente e non viene mai visitata da un dottore... Lei chiama questo modo di procedere secondo le regole? A quali regole si riferisce, agente investigatore Sanchez, alle regole del sopruso e dell'abuso? Poiché una donna nelle condizioni da lei stessa descritte avrebbe potuto morire tra le sue braccia, agente Sanchez.»

Si allontana battendo rumorosamente i tacchi sul pavimento. «Ho finito» dice mentre Moseby muove un'altra obiezione.

«Ma tanto non è morta» è il piatto commento di Sanchez.

In sintesi questi sono gli elementi in mano all'accusa. C'è qualche altra prova: sui pantaloni di Roach vi sono tracce di sangue il cui gruppo corrisponde al sangue della vittima, AB negativo. Solo il cinque per cento della popolazione ha questo gruppo sanguigno piuttosto raro. In sé non significa molto perché noi siamo in grado di dimostrare che Roach ha aiutato a trasportare all'ospedale un motociclista di Albuquerque che aveva avuto un incidente e ha lo stesso gruppo sanguigno. Le macchie sui pantaloni sono più che spiegabili, e in circostanze normali i due fatti si neutralizzerebbero a vicenda, ma purtroppo qui abbiamo a che fare con circostanze straordinarie.

I coltelli dei quattro imputati sono stati sottoposti a svariati test con risultati incerti. Potrebbero essere le armi del delitto ma potrebbero anche non esserlo. Resta il fatto che i miei quattro avevano l'abitudine di portare sempre un coltello.

Mentre vengono letti gli atti guardo i giurati: se dovessero emettere il loro verdetto in questo momento non troveremmo nessuno disposto a scommettere su di noi nemmeno a Las Vegas.

Ma tutto questo accadeva ieri, oggi è stato un successo. Non riesco a fingere una falsa modestia: stiamo conducendo una difesa brillante. Li ipnotizziamo coi nostri equilibrismi e tentiamo acrobazie apparentemente impossibili. Siamo arguti, abbiamo fascino, siamo preparati in modo eccezionale, suoniamo i testimoni come preziosi Stradivari. Siamo sintonizzati tra noi come una pattuglia speciale di marine. Abbiamo decine di testimoni e facciamo in modo di sfruttare al massimo ogni loro dichiarazione.

Seguiamo i movimenti dei motociclisti dal primo momento del loro arrivo a Santa Fe fino alla loro partenza e oltre, fino a quando venne rinvenuto il corpo di Bartless. Sappiamo cosa accadde in ogni ora, in certi casi addirittura in ogni minuto.

Il periodo critico è quello che va dalla notte in cui avvenne l'omicidio al mattino successivo. Parecchi testimoni non collegati tra loro, tra cui il barista e il padrone del locale dichiarano di non aver mai visto i motociclisti nel bar prima di quella sera. Ne sono sicuri; non ci si dimentica facilmente di quattro personaggi come quelli. Partirono all'ora di chiusura, le due del mattino, tra gli ultimi a uscire. E Rita Gomez se ne andò con loro. Non c'è nessunissimo dubbio che la siano potuta svignare prima. Assolutamente nessun dubbio.

Una parete intera dell'aula si è riempita di grafici e mappe che mostrano la distanza in tempo e in chilometri dal luogo dove i motociclisti si trovavano, o dove sono accusati di trovarsi, a un'ipotetica altra zona. Presentiamo i testimoni a discarico, uno dopo l'altro, una pila di alibi così alta che ci si spezzerebbe la schiena cercando di sollevarla: il ragazzo della pompa di benzina, Maggie della statale 14, i motociclisti della festa di Albuquerque. Decine di persone che li hanno visti almeno per qualche minuto. Introduciamo come prove le ricevute che certificano ogni loro movimento dall'istante in cui uscirono da Santa Fe. Presentiamo ogni testimone, ogni brandello di prova utile. Abbiamo coperto questo fronte come la nebbia copre San Francisco.

Entriamo nella seconda settimana del processo. I miei colleghi e io siamo gli eroi della comunità legale. Nei bar, nei club e nei ristoranti dove gli avvocati si incontrano dopo l'ufficio siamo l'argomento principale delle conversazioni: sono tutti concordi nel dichiarare che stiamo conducendo un'ottima difesa. Mi sento su di giri, elettrico, vivo. *Io* sono il più duro figlio di puttana della valle e i miei ex soci dovranno strisciare per riavermi con loro, quando il processo sarà finito.

Nelle pause di riflessione riconosco ciò che provo per quello che è; una gratificazione dell'ego a livello piuttosto infimo. Sì, è piacevole essere ammirati e rispettati, ma tutto potrebbe sfuggirmi di mano con la velocità di un Concorde.

E il successo conquistato in fretta se ne va in fretta, come dice il trito e vecchio adagio. Io voglio tornare a lavorare nel mio studio, o così credo. Voglio scoprire se c'è qualche cosa di serio tra me e Mary Lou al di là dell'eccitazione delle luci della ribalta accese su un processo importante. Voglio essere amato e rispettato e voglio tanti soldi. Ma soprattutto voglio che non mi venga portata via mia figlia e che il verdetto dichiari i miei clienti non colpevoli. E di queste due cose non ne ho la benchè minima certezza.

Il cancelliere del tribunale ha una vocetta stridula che risulta inadeguata alle dimensioni dell'aula e si dissipa nell'aria prima di riverberare contro le pareti e i soffitti. Ci si aspetterebbe dal cancelliere un tono vibrante di eco, capace di risuonare con autorità. La voce della legge. Probabilmente sono l'unico a prestare attenzione a inezie di questo genere. Non mi dispiace quando sento la mia voce risuonare.

«Steven Jensen al banco dei testimoni.»

Lone Wolf si alza in piedi. Si gira per un istante a guardare i giurati; non è un'occhiata minacciosa, vuol dire soltanto eccomi qua, sono io. La sua presenza fisica è innegabile. Cammina fino al banco dei testimoni, appoggia una mano sulla Bibbia, giura con voce forte e chiara. Lo abbiamo costretto a indossare un vestito e una cravatta, ma non inganna nessuno; è sempre un lupo anche se vestito da agnello.

Il risultato del processo potrebbe dipendere proprio da quello che accadrà con Lone Wolf sul banco dei testimoni. È un rischio calcolato, ne abbiamo discusso per ore e alla fine abbiamo deciso di osare. Non chiameremo gli altri tre, sono troppo nervosi e imprevedibili. Anche Lone Wolf è imprevedibile e potrebbe far saltare tutto per aria, ma dobbiamo ugualmente provare a metterlo a diretto confronto con la giuria, soprattutto dopo l'assalto verbale a Grade.

Ho imparato molto tempo fa che il diritto dell'imputato di restare in silenzio, il diritto di non testimoniare a proprio favore viene anche troppo spesso considerato una tacita ammissione di colpevolezza: le giurie vogliono sentire l'accusato dire di non aver commesso il fatto. E vi è un'altra ragione per non tacere soprattutto in casi come questi, dove gli accusati sono considerati fuorilegge; i giurati devono rendersi conto di avere di fronte esseri umani, uomini come gli altri. Che parlano, pensano e non sono animali; uomini che forse vivono in base a codici diversi ma sono pur sempre uomini che, come tutti, si pongono dei limiti, limiti che essi stessi hanno definito, contrassegnato, e che non supererebbero mai. Nel caso di Lone Wolf i limiti escludono la sodomia e l'omicidio.

Probabilmente in circostanze diverse potrebbero uccidere. Potrei farlo anch'io, forse, o chiunque altro. Ma in una situazione come quella che si sta dibattendo qui non lo farebbero mai. È questo il senso della presenza di Lone Wolf sul banco dei testimoni, il senso di quello che dirà.

Sussiste certamente il pericolo che nel controinterrogatorio l'accusa parli della fedina penale di Lone Wolf e dei suoi amici. Ne saremmo danneggiati, non c'è dubbio, ma dopo averne parlato a lungo con loro abbiamo deciso che non presentarsi affatto sarebbe stato ancora più dannoso.

Gli faccio raccontare la sua versione dei fatti. Sì, tutti hanno avuto rapporti sessuali con Rita sulla montagna ma a lei stava bene; è così che si guadagna da vivere, è abituata. Sappiamo tutti e due che sta mentendo, ma non posso farci niente. Io sono pagato per difenderlo, non per giustificare le sue azioni. Se i maledetti poliziotti avessero fatto il loro lavoro per bene adesso Lone Wolf dovrebbe dire la verità. È una storia losca e non sarò certo io ad aiutare Sanchez e Gomez.

Lone Wolf è un buon teste, articolato, divertente, affascinante. Quando parla in pubblico la sua voce è più alta del solito, è strascicata, sporca di whisky. Una voce che piace alle donne. Noto infatti che alcune delle donne presenti lo guardano con insistenza, come se fosse riuscito a risvegliare la loro immaginazione. Sono un uomo che fa cose che non bisognerebbe fare, ma così sono gli uomini, è il messaggio di Lone Wolf. Così sono i veri uomini. Probabilmente non i finocchi, ma questa è un'altra storia. Non ne sa niente. Non prova nessun interesse né nessun desiderio all'idea di farsi un uomo, nemmeno per qualche malsana fantasia punitiva. Gli uomini veri non toccano il culo dei loro simili.

Quando finisco con lui la giornata volge al termine. Rimandiamo all'indomani, quando toccherà a Moseby. Io e i miei colleghi ci ritroviamo nel mio ufficio e ci facciamo portare dal bar panini e caffè. Non è andata male. Lone Wolf è stato bravo, ha raccontato la sua storia in modo civile. Ritengo che abbia fatto dimenticare almeno in parte ai giurati la brutta impressione dell'attacco al dottor Grade.

Finiamo di lavorare e ci separiamo. Bacio Mary Lou prima che salga in macchina. Mi piacerebbe andare a casa con lei ma sarà per un'altra volta, devo tenere fede al mio voto di astinenza. È uno stupido giochetto che sto facendo con me stesso: se faccio una certa cosa un'altra cosa accadrà. Se per qualche tempo non frequento Mary Lou né nessun'altra donna Claudia resterà a Santa Fe. È un sogno, un desiderio. È tutto quello che mi rimane.

Lone Wolf guarda con aria di sufficienza Moseby che passeggia avanti e indietro davanti al banco dei testimoni.

«Non ci posso fare niente se è andata così» risponde all'ultima domanda. Il tono è tranquillo e sicuro.

È stata una lunga mattina. Durante la prima mezz'ora del controinterrogatorio la paura che Lone Wolf potesse commettere qualche follia e mandare al diavolo il buon lavoro di ieri mi ha attanagliato lo stomaco in una morsa. Ma con il susseguirsi di domande e risposte la tensione mi ha abbandonato e adesso mi sento addirittura tranquillo. All'erta ma a mio agio. Moseby ha cercato con ogni mezzo di metterlo alle corde, di trovare un punto dove far leva per scoprire cosa c'è sotto la sua tranquilla compostezza. Non ce l'ha fatta. Lone Wolf ha il controllo della situazione.

«Torniamo ancora in montagna... la prima volta...»

«C'è stata una volta sola, capo» ribatte Lone Wolf.

Moseby si stuzzica un dente. «Quando lei e i suoi tre amici eravate in montagna con la ragazza. Parliamo di quella volta.»

«Non ce ne sono state altre. Quella è stata la prima e l'ultima.»

Vanno avanti a botta e risposta così dall'inizio dell'udienza. Mi chiedo per quanto pensi di continuare; non sta facendo una bella figura. Moseby non è stupido e sa quando non fa una bella impressione.

«Di nuovo...» dice, «lei sostiene che Rita Gomez ha avuto rapporti sessuali con lei di sua spontanea volontà, senza avere subito coercizioni né minacce. Lei dice di non averla nemmeno dovuta pagare.»

«A un relitto come lei sembrerà strano ma è andata proprio così. Alle signore piacciono i fuorilegge e ai fuorilegge piacciono le signore, non lo sapeva? Non ascolta mai la musica country? Pensavo che qui all'ovest fossero tutti appassionati di musica country.»

Sorrisetti e risate tra il pubblico. Anche i giurati ridono. Quest'uomo è un buon testimone, un vero artista. Il fatto che parli come John Wayne non lo danneggia.

«Io stesso sono un patito dei classici» risponde Moseby sorridendo servilmente, la sua specialità. Bene, così Lone Wolf guadagnerà dei punti. «Comunque... lei ha avuto rapporti sessuali con la signorina Gomez ma non con Richard Bartless?»

«Se non era presente come facevo?»

«Ma anche qualora fosse stato presente lei non avrebbe avuto rapporti sessuali con lui, perché non frequenta carnalmente gli uomini.»

«Finalmente l'ha capita.»

«Che cosa pensa dei rapporti sessuali tra uomini? In senso teorico, in generale?»

«Mi fanno vomitare.» Lone Wolf sottolinea le sue parole con una smorfia di disgusto.

«Solo a pensarci?»

«Esattamente.»

«Che cosa pensa dell'omosessualità, signor Jensen?»

«Obiezione» dico. «Questo processo non verte sull'omosessualità.» So che c'entra ma voglio tenerlo il più lontano possibile perché è proprio su questo argomento che Lone Wolf rischia di saltare.

«Respinta»ribatte Martinez. «La vittima è stata penetrata analmente. L'omosessualità ha una grande parte in questa causa. Risponda alla domanda» dice a Lone Wolf.

«Una cosa da malati» è la risposta di Lone Wolf.

«Secondo lei gli omosessuali sono malati? Prova dispiacere per loro?»

«Ma scherza?»

«La risposta è no?»

«Certo che la risposta è no.» Si protende verso Moseby. «Se dovessi mai uccidere qualcuno – cosa che non mi è mai capitata di fare, non sarebbe un finocchio. Ammazzare finocchi non è nel mio stile. È al di sotto delle mie possibilità, capisce?»

«In altre parole» riassume Moseby, «lei non ha niente a che fare con l'omosessualità o gli omosessuali.»

«Esattamente »

Moseby si dirige verso il tavolo dell'accusa come se volesse prendere qualcosa ma all'improvviso si volta verso il banco dei testimoni.

«Nessun'altra domanda, Vostro Onore » Crolla pesantemente sulla sedia.

Martinez lo guarda. È sorpreso. Lo sono anch'io. Sembra quasi che l'accusa stia lavorando per me.

Martinez si stringe nelle spalle. «Il testimone può ritirarsi.»

Lone Wolf scende i gradini, torna al nostro tavolo e riprende il suo posto. Lontano dagli sguardi dei giurati mi strizza l'occhio.

Per lui è stato come bere un bicchier d'acqua.

Mi alzo. «La difesa non ha altre domande, Vostro Onore.»

Martinez annuisce. «Le arringhe finali cominceranno lunedì, se non vi sono altri testimoni dell'accusa.» Guarda Moseby che sembra in preda al mal di stomaco.

«Stiamo cercando di rintracciarne uno, Vostro Onore, ma non abbiamo molta fortuna.»

«Dopo lunedì mattina sarà troppo tardi. Se volete presentare qualcun altro tenete conto che dovrà essere di importanza determinante perché in caso contrario lo respingerò. Questo processo dura già da molto tempo, è giunto il momento di chiuderlo. Vorrei che la giuria si ritirasse per deliberare al termine di martedì prossimo.»

«Sì signore» risponde Moseby. «Se riusciamo a trovare il testimone sono sicuro che vorrà sentire le sue dichiarazioni.»

Comincia sempre nello stesso modo. È tardi, ti sei spremuto le meningi per diciotto ore al giorno per sette giorni su sette. Finalmente te ne torni in una casa che non sopporti – o non sopporti le persone con cui la dividi, come mi era successo con Holly, la donna da cui sto per divorziare, la sentenza definitiva è questione di giorni, altra spina nel fianco – oppure detesti lo spazio fisico come nel caso di questo pulcioso appartamento in cui vivo. La casa è una delle ragioni se non la principale che ti spinge a lavorare così tante ore. Con te stesso ti rifiuti di ammetterlo, fingi di amare quello che fai, di esserne assuefatto, ma sono balle. Magari il tuo lavoro ti piace ma non è lui a tenerti lontano da casa.

Comunque, sei elettrico, un processo è come mangiare watt di elettricità, non riesci a spegnerti e accenderti come un interruttore. Ci vogliono ore per ritrovare la calma, ma di lì a poco devi essere di nuovo in aula affilato come una lama. La vita di qualcuno dipende da te. Hai bisogno del tuo sonno, bambino, devi riposare. Ti spoglierai, farai una doccia o un bagno caldo, guarderai il telegiornale della CNN. E per essere sicuro di rilassarti almeno quanto basta per dormire ti verserai un bicchiere di vino. Un bicchiere, niente di più, è già tardi, tra poco dormirai, dormirai meglio. Il vino rosso è più adatto a quest'ora della notte, un buon Zinfandel o magari un Merlot, hai ancora qualche Newton dell'82 messo via per un'occasione speciale. Qual era l'occasione? Non importa, va bene così, se questa sera non puoi avere la donna dei tuoi sogni ti devi accontentare di un bel bicchiere di Merlot.

Ha un ottimo sapore, ti eri dimenticato com'era buono, normalmente non ti stappi una bottiglia se non c'è nessuno con te che la possa apprezzare (ci vorrebbe Mary Lou ma le circostanze non lo consentono), ti riempirai il bicchiere e te lo porterai a letto per guardare qualcosa, *Saturday Night Live* va benissimo; una replica, ma questa puntata non l'hai vista, e sorseggi il tuo vino e finalmente, finalmente, dopo la tensione della settimana ti rilassi. Te lo gusti, domani pomeriggio devi provare l'arringa e poi sarai ancora una volta sotto le luci della ribalta. Dovrai essere in gran forma, non ti concederai nemmeno due tazze di caffè.

Guardi la tv e ti gusti il tuo vino e ti rilassi fino a quando non ti addormenti.

Magari uno di questi giorni imparo qualcosa e divento saggio. È mattina, la bottiglia è vuota, la tv trasmette il dannato Jimmy Swaggart, e la mia bocca sembra la tomba di un elefante. Non ho mal di testa né niente del genere, una bottiglia di vino non basta per lasciare dei postumi in un bevitore del mio calbro e della mia esperienza, ma mi sento ugualmente male. Sono lento e un po' ottenebrato, mi sembra di avere la testa imbottita di cotone. Oggi devo preparare la mia arringa finale, farla sentire ai colleghi, ascoltare e criticare le loro e incidentalmente cercare di salvare le vite di quattro uomini della cui innocenza sono convinto.

Ma soprattutto ho violato l'impegno che avevo preso con me stesso. Non mi riferisco alla promessa strappatami da Andy e Fred; in quel momento mi sarei giocato anche il testicolo destro; né penso alle promesse implicite fatte a Patricia in tutti questi anni ogni qualvolta parlava delle reazioni di Claudia alla mia propensione al bere.

Mi riferivo alla promessa di prendermi cura della mia vita. Il fatto di bere non mi preoccupa, è la menzogna intrinseca che mi devasta. Se non riesci a essere sincero con te stesso con chi potrai esserlo? Smettila di prenderti per i fondelli, Alexander, bevi e non fare il martire e di' ai tuoi soci come ti senti. Smettila di trovare delle scuse e piantala di chiedere a quelli che ti vogliono bene di giustificarti. Un giorno ti svegli e guardandoti intorno scopri che non ci sono più. Li hai allontanati tutti. Altre balle: sono loro che ti hanno mollato. Niente più famiglia, né figli né soci.

Le cose più importanti della tua vita: sparite.

Possiedo tre abiti per le grandi occasioni, tutti Oxford. Uno grigio scuro, uno blu e uno grigio chiaro, un gessato sobrio. Li indosserò nei prossimi tre giorni, poi sarà tutto finito. Nel New Mexico il giudice istruisce i giurati prima delle conclusioni perciò Martinez occuperà una parte della mattinata, perlomeno un'ora, poi Moseby farà la sua prima arringa. Lui apre e chiude: il fardello delle prove grava sullo Stato. A loro tocca il compito di dimostrare la colpevolezza degli imputati. Molto probabilmente dopo pranzo toccherà a noi.

In aula quest'oggi ci sono soltanto posti in piedi; i pompieri allontanavano il pubblico già prima delle otto. Sono arrivato presto, il primo avvocato a prendere posto. Amo i giorni come questo, mi fanno sentire vivo. Il muro sottile che separa un imputato dalla sua distruzione. Una spaventosa responsabilità.

Gli altri mi raggiungono dopo poco. E sono tutti nervosi; saremmo pazzi se non lo fossimo. Mancano pochi minuti alle nove quando arrivano Moseby e i suoi con un'aria preoccupata. Non riesco a credere che non sia pronto. Sta per succedere qualcosa, mi guadagno da vivere decifrando il linguaggio corporale e lui non mi sta comunicando l'immagine di un pubblico ministero in procinto di condannare quattro uomini a morte.

I prigionieri vengono condotti in aula e fatti sedere. Aspettiamo. Un paio di minuti dopo le nove un messo chiede silenzio e Martinez sbuca dal suo ufficio sul retro.

«Se non ci sono altri testimoni» dice guardando Moseby, «sono pronto per istruire la giuria. Qualche obiezione o un nuovo teste?»

Si alza Moseby.

«Vostro Onore, l'accusa vorrebbe presentare un nuovo testimone.»

«Obiezione!» Sento la mia voce, quelle di Paul e di Mary Lou gridare all'unisono.

«Avvicinatevi» sbraita Martinez.

Mentre attraversiamo il tratto che ci separa dal giudice guardo Moseby. Il bastardo deve avere un asso nella manica, questo spiegherebbe il suo atteggiamento e il cipiglio di Martinez. Evidentemente gli hanno notificato l'arrivo di questo nuovo testimone pochi minuti prima che entrasse. Capisco anche perché Moseby è arrivato in ritardo.

«La difesa non è mai stata informata dell'esistenza di alcun testimone aggiuntivo» esordisco con veemenza. «Non può farlo, Vostro Onore»aggiungo indicando il basso ventre di Moseby con un dito, «è contro le regole, semplicemente contro.»

Martinez guarda Moseby. Spiegaci quello che succede, gli sta dicendo in silenzio, e fa in modo di essere convincente.

«Come le avevo detto venerdì, Vostro Onore, stavamo cercando da alcune settimane di rintracciare questo testimone ma senza successo. Ecco perché non abbiamo notificato a nessuno la sua esistenza. L'abbiamo trovato soltanto a tarda notte. Abbiamo dovuto noleggiare un aeroplano per farlo arrivare in tempo.»

«Ehi, che cazzo...»

«Avvocato» mi ammonisce Martinez.

«Non me ne importa niente, Vostro Onore » Sono disgustato, non me ne frega niente del decoro. «Non permetterò che questo pezzo di merda ci rifaccia lo stesso scherzo per la seconda volta.»

«Ascolta...» dice Moseby paonazzo come un maiale.

Lo ignoro. «L'ha già fatto con la madre della vittima. Questo è un circo, non è etico, non possiamo metterci a saltare anche nei cerchi. È sbagliato, non so chi sia il suo testimone e non mi importa ma non credo che non fosse rintracciabile e che noi non potessimo essere messi al corrente della sua esistenza. È un volgare trucco, ben al di sotto della dignità del suo tribunale e del processo che lei presiede.»

Martinez congiunge le punte delle dita.
«Pubblico ministero» dice, «la sua condotta è tutt'altro che limpida.»
Trattengo un sordo gemito. Glielo lascerà presentare.
«Tuttavia nell'interesse e nella necessità imprescindibile d'un processo esaustivo ascolteremo la testimonianza.» Si rivolge a noi: «Mi dispiace, avvocati. Non posso dire di no. È potenzialmente troppo importante.»
Torniamo al nostro posto decisi a non lasciarci annientare dalla depressione. Coraggio, mi esorto in silenzio, è solo un altro teste, puoi neutralizzarlo, hai neutralizzato tutti gli altri. Moseby tende al messo un foglio.
«James Angelus sul banco dei testimoni» legge.
Lone Wolf reagisce come un uomo a cui abbiano ficcato una sbarra nel sedere.
«Che cazzo!» esclama a voce abbastanza alta per essere sentito dai giurati.
«Cosa succede?» gli chiedo. «Chi è?»
«Nessuno. Solo un altro figlio di puttana morto.»
Lo guardo con attenzione. Non l'ho mai visto tanto turbato.
L'uomo che sta attraversando l'aula ha circa trent'anni, è snello e indossa abiti un po' troppo appariscenti per questa città: sicuramente non vive nel New Mexico, a meno che non sia uno di quelli arrivati nell'ultimo decennio da New York o Los Angels.
«A me sembra vivo e vegeto.»
«Per me è morto, hai capito?» Una delle sue sopracciglia è attraversata da una contrazione nervosa e stringe il tavolo con tanta forza da avere le nocche bianche.
Mi ci vuole qualche istante per capire che cosa avverto di insolito in questo testimone: è gay. Non una checca, non c'è alcuna affettazione nel suo modo di camminare, ma è gay agli occhi di chiunque voglia vedere.
Lo guardo con attenzione mentre prende posto e pronuncia il giuramento. Poi guardo Lone Wolf seduto accanto a me, immobile come una civetta che osserva un topo attraversare un campo innevato, inconsapevole povera creatura che tra qualche silenzioso secondo sarà diventato la cena della civetta. Poi torno a dedicarmi al testimone a sorpresa.
«Dichiari il suo nome.»
«James Anthony Angelus.»
È spaventato a morte. Per un breve istante il suo sguardo si è incontrato con quello di Lone Wolf. Ha distolto subito gli occhi pallido

e tremante. Il mio cervello corre veloce come la luce; c'è forse qualcosa che questi bastardi non mi hanno mai raccontato? Hanno forse qualche legame con la vittima? Un omicidio a sfondo omosessuale, un testimone dell'ultima ora gay, la reazione di Lone Wolf. Se ci hanno taciuto qualcosa di importante è finita.

«Grazie per essere venuto in quest'aula, signor Angelus» attacca Moseby.

Il testimone resta muto.

«Per la cronaca» riprende Moseby, «lei è forse imparentato con uno degli imputati?»

«Sì» risponde Angelus prima che io mi alzi. «Obiezione!» grido. «È completamente irrilevante.»

Martinez mi guarda. Lui conosce il seguito.

«Respinta.»

«A quale degli imputati?»

«Steven Jensen. Quello che si fa chiamare Lone Wolf.»

«Qual è il rapporto di parentela che la lega a lui?» chiede Moseby.

«Sono suo fratello.»

È una storia d'amore, di angoscia e paura, e infine di totale rifiuto. Due fratelli abbandonati nella prima infanzia dai genitori alcolisti passano da un orfanotrofio all'altro cercando sempre di restare uniti. Il più grande protegge con passione il più giovane; il più grande dimostra più degli anni che ha, è un guerriero nato, il minore è più vulnerabile, con bisogni apparentemente più forti. L'affetto che li unisce è autentico e disperato. In mancanza dell'altro ognuno dei due fratelli è solo al mondo, esiste soltanto nei documenti ufficiali.

Un giorno, quando hanno rispettivamente quindici e dodici anni arriva un piantagrane a raccontare che il fratellino è un finocchio, che è stato sorpreso mentre toccava il pisello di un altro ragazzo nelle docce. Il maggiore ringrazia il piantagrane per l'informazione con due pugni che gli infliggono un danno neurologico permanente. Viene punito con sessanta giorni di detenzione nel riformatorio della contea. Prima di essere portato via affronta il fratello: l'hai fatto davvero? Il piccolo giura su una montagna di Bibbie: no. Il grande gli crede. Va e sconta la sua pena. La prima di una lunga serie.

Torna all'orfanotrofio, dal fratellino. Tecnicamente è ormai abbastanza grande, ha quasi sedici anni, anzi, nessuno vuole che si fermi ma lui non abbandonerà mai il fratello e perciò gli consentono di restare. Si trova un lavoro, guadagna dei soldi, va all'orfanotrofio a dormire. Il fratellino fre-

quenta la scuola con profitto, forse ha un futuro. Il maggiore è disposto a fare qualsiasi sacrificio per assicurarglielo.

Poi succede di nuovo e questa volta il piccolo non può negarlo. Ha fatto un pompino a un ragazzo. Il fratello è fuori di sé per la rabbia, la vergogna, la paura e l'affetto. Devi smetterla con questa storia, gli dice, è malata, disgustosa, non puoi fare a te stesso una cosa simile. Né a me. Il piccolo piange, lui non vorrebbe ma non se lo può impedire.

Sta mentendo, ovviamente. È vero che non può impedirselo ma lo vuole anche, lo vuole più di qualsiasi altra cosa. È fatto così, quando sta con un uomo sessualmente, anche alla tenera età di tredici anni, si sente vivo, gli sembra per la prima volta di non nascondersi. Ma continua a mentire al fratello; non c'erano ragazze, era confuso. Da adesso in avanti si limiterà a masturbarsi fino a quando non incontrerà delle ragazze con cui fare del sesso, sesso giusto.

È quello che il grande vuole sentire e farà in modo che accada. Spazzerà via ogni perversione da checca. Quel fine settimana porta il fratellino in città. Ha soldi in tasca, tanti, ha perfino comperato un'automobile, non dirlo all'istituto, gli spiega, altrimenti mi mandano via e resterai solo. Il piccolo non vuole restare solo, non dirà niente a nessuno.

Vanno in un bordello. Un miserabile appartamento che ospita alcune minorenni scappate di casa che si vendono per dieci sacchi al colpo. Il fratello maggiore sceglie la più giovane e la più carina, le dà venti dollari e le dice di far divertire il fratello, di farne un uomo, di non uscire da quella camera fino a che non l'avrà fatto, fino a che non sarete così esausti da camminare a quattro zampe. Incoraggia il fratellino: falle la festa, Jimmy. L'ha visto nudo in bagno, per la sua età è ben equipaggiato, si farà onore. Diventa uno stallone, lo esorta.

Venti minuti più tardi la ragazza torna, da sola, e restituisce al fratello maggiore i venti sacchi. Non buttare via i tuoi soldi, gli dice con disprezzo, il disprezzo di cui può essere capace una troia di quindici anni. Non funziona, mi son slogata le mascelle per farglielo venire duro. Portalo alla stazione degli autobus, trovagli un marinaio.

Entra nella lurida camera e trova il fratello seduto all'estremità del letto, avvolto nelle lenzuola sudice. Ha gli occhi rossi ma non sta piangendo. Non posso farci niente, dice al maggiore, sono fatto così. Se non vuoi più essere mio fratello okay, dice, non ti posso criticare. Ma non cercare più di cambiarmi, non ce la faccio. Non ce la faccio a essere diverso.

Ma è ancora un bambino, ha tutti i bisogni di un adolescente. Comincia a piangere e cerca il conforto del fratello maggiore che l'ha sempre aiutato, l'unica persona che ha al mondo. Si butta tra le sue braccia. Anche Steve piange. Poi lo caccia con un gesto brusco. Sei un finocchio, gli dice tra le lacrime, un fottuto culattone, io odio i finocchi. Io ti odio.

Il piccolo cerca di abbracciarlo ancora. Si sente morire, è la sua sola zattera di salvataggio. E l'altro lo respinge, questa volta con più violenza, lo scaglia contro un muro e poi lo picchia con furia sulla bocca , lo assale con una scarica di pugni.

Il piccolo resta un mese all'ospedale. Ha rischiato di morire. Quando lo dimettono Steve viene incriminato per aggressione e percosse. Benché Jimmy, il fratellino,si rifiuti di testimoniare il maggiore va in prigione. Un anno nel riformatorio dello Stato. (È lì che incontra Gene, il presidente della sezione di Albuquerque degli Scorpions.) Emesso il verdetto, mentre un poliziotto lo scorta fuori dall'aula del tribunale Jimmy gli rivolge la parola: «Ti voglio bene» dice«sei mio fratello e qualsiasi cosa succeda ti vorrò sempre bene.» Il maggiore si gira a guardarlo. «Tu non sei più mio fratello, finocchio.»

Non si erano mai più rivisti. Fino a oggi.

Moseby attacca.

«Perché secondo lei suo fratello ha tanta paura degli omosessuali?» chiede nel tono accattivante di uno zio che parli con il nipote preferito.

«Obiezione! Si influenza il testimone.»

«Accolta.»

Se non fosse patetico mi farebbe ridere. Moseby ha una mentalità molto arretrata e per anni è stato pubblicamente in guerra con gli omosessuali. Adesso è tutto dolcezza e comprensione.

«Lei ritiene che suo fratello abbia paura degli omosessuali?»

«Sì.»

«Perché?»

«Obiezione, Vostro Onore! Queste domande influenzano il testimone e sono intenzionalmente provocatorie.»

«Respinta.»

Merda.

«Risponda alla domanda» ingiunge Martinez ad Angelus.

«Perché siccome io sono omosessuale ha paura di esserlo anche lui, che sia ereditario.»

Mi volto a guardare Lone Wolf. Ha appoggiato la testa sul tavolo e la nasconde con le braccia.

«Lei ritiene forse che a causa di questa paura suo fratello potrebbe uccidere, se qualcuno riuscisse a far riemergere alla superficie questi sentimenti rimossi?»

«Obiezione!»

«Accolta.»

Non importa che l'accolga o no. Tutti i giurati hanno sentito la domanda di Moseby e non la dimenticheranno.

«Perché ha cambiato nome?» gli chiedo quando arriva il mio turno.

«Perché quello vecchio non mi piaceva. Non l'avevo scelto, e poi non volevo portare il nome di mio fratello.»

Non so cosa diavolo fare. Potrei provare a screditarlo, ma come? Non ha precedenti. Nemmeno una denuncia per adescamento o atti osceni in luogo pubblico. Abbiamo fatto ricerche con il computer del National Crime Information Center e ne è uscito pulito. Lavora come programmatore a Silicon Valley. Un uomo qualsiasi, che odia il fratello perché non lo può amare.

«Lei prova affetto per suo fratello?» gli chiedo. Brancolo nel buio e non so dove andare. L'incubo di ogni avvocato.

«Mi piacerebbe poter dire di no ma credo di volergli ancora bene. Comunque non siamo più fratelli se non dal punto di vista biologico.»

«Pensa di rivederlo dopo quest'oggi?»

«Mi auguro di no.» Fa una pausa. «Sono sicuro che lui non vorrebbe. Non vuole saperne niente di me» sottolinea con enfasi.

Provo un colpo alla cieca.

«Quanto l'hanno pagata per venire qui a testimoniare?»

«Obiezione!» Moseby sembra sul punto di avere un colpo apoplettico.

Martinez riflette. «Respinta» decide. «Risponda alla domanda.»

Finalmente. Perché non mi ha dato una mano prima?

«Io non... Non capisco di cosa stia parlando.» Balbetta, è arrossito.

Cristo santo. Ho tirato un colpo alla cieca e ho fatto goal.

«Quanti dollari» dico lentamente sillabando le parole, «ha ricevuto dal pubblico ministero per venire qui a testimoniare contro suo fratello Steven Jensen?»

Abbassa la testa.

«Diecimila» sussurra in tono sconsolato.

«Quanto? Lo dica a voce alta!» Gli sono così vicino che posso sentire il suo alito profumato di menta.

«Diecimila dollari.»

«Le hanno dato diecimila dollari perché venisse qui a testimoniare contro suo fratello, il suo unico parente?»

«L'avrei fatto anche gratis.»

«Non ne dubito» ribatto. «Ho visto molto odio nella mia vita, signor Angelus, o comunque le piaccia farsi chiamare... Ma dove ha trovato un nome simile, forse è il ricordo di un amante?»

«Obiezione!» grida Moseby.

«... Ma non ne ho mai visto tanto in una sola persona» continuo precipitosamente benché Martinez stia sostenendo Moseby. «Lei deve davvero odiare se stesso.» E adesso un bel gancio. «E ciò che lei è.»

«OBIEZIONE!»

«Ritiro la mia affermazione.» Torno al mio posto. Una piccola vittoria, meglio di niente. Perlomeno ho creato un'altra possibilità per l'appello. E nel momento stesso in cui la mia mente formula questo pensiero mi irrigidisco, ho capito dove sono con l'immaginazione, già al processo d'appello.

Non posso permettermelo, sarebbe un colpo fatale per la difesa. Sono innocenti, ne sono stato convinto fin dall'inizio, adesso è troppo tardi per i dubbi.

Incontro gli sguardi di Paul, Mary Lou e Tommy. Stiamo tutti pensando la stessa cosa.

«Nessun'altra domanda.» dico alla corte.

«L'accusa non ha altre domande da rivolgere al teste, Vostro Onore.»

«Non l'ho ammazzato io, Alexander. Mi devi credere.»

Lone Wolf e io siamo seduti uno di fronte all'altro a un tavolo di una stanza di sicurezza nel seminterrato del tribunale. La luce cruda delle lampadine getta un'ombra sinistra sulla sua faccia e gli scava profondi cerchi sotto gli occhi perduti nell'oscurità. Il volto di un cadavere. Lone Wolf ha sempre la sua aria minacciosa ma le conseguenze dell'apparizione mattutina del fratello lo spaventano. È la prima volta che vedo in lui una paura che non riesce a camuffare.

«Non sono io il problema» rispondo. «Ma i dodici giurati.»

«Dannazione, Alexander, non sono stato io.» Esita. «Tu almeno ci credi ancora, o no?»

Rifletto per un istante. Devo essere chiaro, devo assolutamente essere onesto con lui su questo.

«Non importa. Io sono il tuo avvocato. Hai avuto la miglior difesa possibile.» Scuoto ancora la testa come per risvegliarmi da un incubo. «Ma per quel che vale la mia opinione sì, ti credo, anche se in questo momento preferirei che le cose fossero diverse.»

«Perché? Cioè, sono contento che tu lo creda ancora ma...»

«Perché se non ce la facciamo sarà ancora più difficile inghiottire il rospo.»

«Quali sono le possibilità?»

«In base ai fatti l'ottanta, forse il novanta per cento. In base alle emozioni... molto meno.»

«Cinquanta e cinquanta?»

«In questo momento ancora meno.» Mi alzo. «Adesso devo tornare al lavoro. Devo studiare la ricapitolazione del processo.»

Entra la guardia, lo ammanetta. Mentre lo conducono fuori si gira a guardarmi.

«Non sono stato io.»

«Sì, ma perché hai detto che tuo fratello era morto?»

«Lo era.» Distoglie lo sguardo. «Per me.»

«Signore e signori della giuria...»

Tutto il mondo è un palcoscenico e quest'aula è il mio. Le alte volte del soffitto, il giudice issato sul suo scranno con la toga nera e un'aria antica, il pubblico ministero seduto in attesa del suo turno, i miei colleghi accanto a me, gli imputati. Tutti mi guardano, pronti ad assistere allo spettacolo, alla rappresentazione di vita e di morte. Sono su di giri. L'adrenalina scorre. Ci sono avvocati che quando devono farlo ne hanno paura. Altri si rifiutano perfino di cominciare, non riescono a sopportare la tensione, per qualcuno invece è solo nettare e ambrosia, vi si abbandona, è linfa vitale. I re e le regine dei tribunali, la *crème*.

«In ogni testimonianza data, in ogni prova presentata in quest'aula vi è una piccolo nocciolo di verità. Come una vena d'oro che sappiamo essere lì ma non riusciamo a individuare esattamente né tantomeno a raggiungerla, estrarla. Bisogna separarla da tutto il materiale che luccica ma non è oro, dal materiale che può fuorviarci, indirizzarci su una falsa pista, allontanarci dal nostro obiettivo. In quest'aula noi stiamo cercando la verità. Non desideriamo vendette né ripicche, non siamo qui per risolvere un problema sociale. Siamo qui per cercare la verità, dobbiamo trovarla ed esserle fedeli; non possiamo permettere che le nostre opinioni personali o quelle della società, né tantomeno i nostri preconcetti ostacolino la ricerca della verità. Dobbiamo scoprire se il mio cliente, Steven Jensen, l'uomo seduto davanti a voi, ha ucciso un altro uomo.»

Sono l'ultimo a ricapitolare. Per primo ha parlato Tommy perché volevamo cominciare con qualcuno a cui andassero le simpatie immediate dei giurati, e perché il suo cliente, Goose, è il più facile da difendere. Poi Paul con il ragazzo, l'accoppiata opposta, e infine Mary Lou.

Io sono l'ultimo a parlare perché il caso è mio. Sono stato io a coinvolgere gli altri e tocca a me l'arringa finale, il taglio del cordone ombelicale. Inoltre sono la star, quello per cui il pubblico si è riunito in quest'aula, quello che comparirà alla televisione. È una questione di narcisismo, me ne rendo conto, ma cosa posso farci? Tutto questo me lo sono guadagnato, è fuori di dubbio .

La mia argomentazione si baserà sugli orari degli avvenimenti raccontati dai testimoni dell'accusa, soprattutto Rita Gomez e il dottor Milton Grade, nonché sulla credibilità delle loro testimonianze, soprattutto quella di Rita Gomez, e in misura minore, di James Angelus, il fratello rinnegato.

Due grandi piantine sono state appese in modo da essere ben visibili sia dal banco dei giurati sia dallo scranno del giudice. Una è l'ingrandimento di una cartina dell'area, compreso il bar – il Dew Drop Inn – dove i motociclisti hanno raccattato Rita, della zona sulla montagna dove l'hanno portata (e dove più tardi è stato trovato il corpo), con il motel dove lavora e dove (sempre secondo il suo racconto) i miei quattro avrebbero rapito Bartless, e la strada, la statale 14 che da Santa Fe conduce ad Albuquerque, dove fecero benzina e colazione. Sull'altra mappa c'è un orario che va dalle due di notte a mezzogiorno. È diviso in mezze ore e c'è un trattino accanto a ogni ora: 2,00 – 2,30 – eccetera. Tra le due mappe vi è un grosso quadrante di orologio con le lancette movibili.

Piano piano, con meticolosa attenzione conduco i giurati attraverso la catena degli eventi emersi dalle dichiarazioni di Rita Gomez; è lei l'accusa. Se riusciamo a dimostrare che ciò che lei ha raccontato non può essere avvenuto nel tempo da lei stessa stabilito, abbiamo qualche possibilità di ottenere un'assoluzione.

«Lasciano il bar alle due di notte» dico. «Parecchi testimoni compresa la stessa signorina Gomez hanno deposto in questo senso. Possiamo considerarlo un fatto inconfutabile.»

Mi avvicino alla mappa e accanto alle 2,00 scrivo "usciti dal bar." Posiziono le lancette dell'orologio sulle due.

«Poi in moto arrivano fin quassù» riprendo, e intanto traccio sulla mappa la strada che conduce fino al punto in cui secondo la Gomez avvenne l'omicidio e dove più tardi fu ritrovato il corpo. «La distanza tra un punto e l'altro secondo questa cartina, realizzata dal dipartimento stradale dello Stato del New Mexico, è di circa trenta chilometri. Poiché si tratta di una strada tortuosa è impossibile percorrerla ad alta velocità. Il limite orario imposto dalla legge è di settanta chilometri orari. Ma diciamo pure che gli imputati corressero. Diciamo che arrivarono lassù in mezz'ora.» Accanto alle 2,30 scrivo "arrivati sul presunto luogo del delitto."

«Per sua stessa ammissione Rita Gomez intrattenne rapporti sessuali con ciascuno dei motociclisti per due volte. Mettiamo che abbia indugiato in un minimo di preliminari - e non credo signore e signori che una prostituta da quindici dollari a prestazione perda troppo tempo con i preliminari- o mettiamo pure che si sia trattato di sesso duro, veloce e sporco, comunque sia, non può aver preso meno di mezz'ora.» Mi fermo un attimo perché abbiano il tempo di assimilare le mie parole in tutto il loro significato. «Quindi, pur parlando contro l'interesse del mio cliente riduco il tempo al minimo per dare alle dichiarazioni della teste ogni beneficio del dubbio. Diciamo allora mezz'ora per il sesso.»

Riempio lo spazio accanto alle 3,00 e sposto le lancette dell'orologio.

Poi procedo ad accompagnare i giurati attraverso gli avvenimenti della notte in base alla testimonianza di Rita Gomez. Stabilisco approssimativamente il tempo necessario per tornare dalla montagna al motel, quello impiegato per bere la birra nella sua stanza e per gli altri amplessi, il tempo trascorso con Bartless per litigare e picchiarlo, quello necessario per intontirlo di botte e gettarlo nell'automobile insieme a Rita.

«Nell'automobile fantasma» dichiaro. «La macchina che non è mai comparsa in nessuna delle dichiarazioni dei testi, la macchina della quale nessuno ha denunciato la sparizione e che per puro ma utilissimo caso si trovava disponibile nel posto giusto al momento giusto per trasportare Bartless sul luogo del delitto.»

Prendo fiato.

«La macchina invisibile. La macchina che non è mai esistita, che non si è mai nemmeno fermata nel parcheggio del motel, signore e signori della giuria. Lo sapete quanto me. L'automobile fantasma è solo un altro tassello nel mosaico di bugie che la teste ha costruito.»

Le lancette dell'orologio continuano a muoversi, a ogni ora corrisponde un'azione. Siamo ormai all'alba e ci troviamo ancora in montagna con Bartless, Rita e i motociclisti.

«A questo punto la vittima, dopo aver subito violenze sessuali, venne uccisa, ci dice l'accusa. Venne finita con un colpo di pistola dopo aver ricevuto quarantasette pugnalate, come ha stabilito il referto del coroner. Non intendiamo mettere in dubbio questo dato. La vittima fu dunque pugnalata quarantasette volte con un coltello che, sempre secondo il racconto della teste, veniva arroventato sul fuoco ogni due colpi.» Assumo un'aria perplessa, come se quest'ultima fosse una dichiarazione a cui mi riesce difficile credere. «Stanno assassinando un uomo ma cercano di cauterizzargli le ferite. Non so cosa ne pensiate voi, ma a me sembra eccessivo anche per un omicidio rituale. Tuttavia la testimone dell'accusa dice che le cose sono andate in questo modo e quindi procediamo nella ricostruzione dei possibili eventi. Ma solo in via ipotetica però, perché la nostra intelligenza si rifiuta di credere a una simile assurdità. Poi la vittima venne evirata e, per finire, i quattro imputati si trattennero sul luogo del delitto, incerti sul da farsi, per circa quindici o venti minuti, sempre secondo le parole della teste. Infine estrassero una rivoltella e spararono.»

Torno al mio grafico. «Secondo questi diagrammi, signori giurati, e secondo i miei calcoli, tutti per difetto, sono circa le sette o le sette e mezzo del mattino, e i miei clienti si trovano ancora in montagna in compagnia della signorina Gomez.» Riempio altri spazi, sposto le lancette sul quadrante. «Se diamo credito alla ricostruzione dei fatti della teste probabilmente è più tardi, forse sono arrivate le otto e mezzo o le nove, ma voglio contenere tutto al massimo, voglio darle il beneficio del dubbio. Diciamo dunque che sono le sette e mezzo, anzi, le sette. E sono ancora quassù» dico indicando un punto sulla cartina,«qua sul Sangre de Cristos.»

Arriviamo all'epilogo dell'odissea di Rita Gomez. I presunti assassini gettano il corpo lontano dalla strada, riportano a casa la ragazza e la minacciano, mentre due di loro (compreso il mio cliente) la violentano un'altra volta. Infine se ne vanno. Guardo il grafico. Sono le nove.

«Secondo la testimonianza giurata della teste principale dell'accusa i quattro imputati lasciano il motel alle nove del mattino. Potremmo più razionalmente affermare che ripartirono tra le dieci e le undici, se rispettassimo il susseguirsi degli eventi che abbiamo riepilogato, ma preferiamo accettare l'ipotesi delle nove. Non aggiungeremo nemmeno quindici minuti all'orario stabilito.»

Mi avvicino al tavolo della difesa per bere un bicchiere d'acqua. Non sto fingendo, è sete autentica. Prendo alcuni fogli e torno al banco della giuria.

«Tuttavia sorge un problema con questa versione dei fatti. E il problema è che non si sono mai svolti così come la testimone afferma; i fatti non possono essersi susseguiti come sostiene l'accusa. Secondo le dichiarazioni della teste nel momento esatto in cui il mio cliente, gli altri tre motociclisti, lei stessa e Bartless si sarebbero dovuti trovare tutti insieme quassù» – indico di nuovo il luogo del delitto con un righello – «abbiamo le prove che i quattro imputati fossero invece quaggiù.» Seguo con il righello la strada che conduce fino a Cerillos. «A ottanta chilometri di distanza. Un viaggio, in motocicletta, di almeno un'ora.»

«Anche noi abbiamo presentato dei testimoni» continuo, «testimoni che sotto giuramento dichiarano d'aver trascorso con gli imputati le ore in cui fu commesso l'omicidio. Bene... l'accusa ha presentato i suoi testimoni, noi i nostri. Ora affidiamo le loro dichiarazioni a voi e vi lasciamo soli a stabilire chi stia dicendo la verità e chi stia mentendo. Anche noi, anche la difesa potrebbe deciderlo, come fa l'accusa.»

Tamburello con le dita sul raccoglitore delle prove appoggiato sulla balaustra del banco dei giurati.

«Ma non è sufficiente. E quello che è accaduto in quest'aula è chiaro a me come a voi, signori giurati. E come voi so che non basterà per capire e giudicare viste le personalità degli accusati, visto l'atteggiamento ridicolo e incredibilmente prevenuto dei media nonché il modo sbrigativo e troppo disinvolto con cui i testi dell'accusa hanno giocato con i fatti, manipolando la realtà. Ho una prova inconfutabile della veridicità di quanto dico.»

Prendo fiato.

«Ma prima di introdurre questa prova voglio aggiungere un'altra cosa. Non è mio compito, né dei miei colleghi, individuare il responsabile del delitto. Non sono Perry Mason e non estrarrò il colpevole come un coniglio dal cappello. Non è questa la ragione della mia presenza in aula. Io sono qui per dimostrare l'innocenza del mio cliente. Vi prego di non dimenticare mai questo fatto.»

Apro il raccoglitore delle prove e ne estraggo la ricevuta della carta di credito rilasciata dalla stazione di rifornimento. La mostro a tutti i giurati prima di affidarla al loro rappresentante.

«Vorrei che ciascuno di voi la guardasse e la passasse al vicino. Vorrei che notaste soprattutto l'ora e la data stampate. Non sono state scritte a mano, sono numeri impressi da una macchina che, come ricorderete, è stata controllata da due diversi periti che ne hanno confermato l'accuratezza. Tutti noi conosciamo questa data. Vi prego di osservare l'ora. Osservatela attentamente. C'è scritto cinque e cinquantasette. Riflettete su quest'ora, signori giurati. Le cinque e cinquantasette del mattino, del mattino in questione.»

Aspetto che tutti i giurati abbiano letto la ricevuta e che questa sia tornata nelle mani del capo dei giurati. Quando me la restituisce la ripongo nel raccoglitore.

«Questa non è una congettura» dico. «È un fatto. Vi sono altri fatti. E domani, quando vi riunirete per deliberare porterete questi fatti con voi. Li analizzerete con attenzione. E per me è un fatto certo» continuo a insistere su quella parola,«che procederete proprio in questo modo, perché siete uomini e donne consapevoli.»

Appoggio il raccoglitore sul banco delle prove.

«Tutta l'accusa si basa su un solo elemento. Una persona sola. Rita Gomez. È lei l'unica arma nelle mani del pubblico ministero. Non so... forse le cose sono davvero andate come lei dice, ma forse no. Decine di testimoni dichiarano che il mio cliente e gli altri imputati si trovavano molto lontano dal luogo del delitto, ma Rita Gomez sostiene di averli visti commettere l'omicidio. Decine di testimoni hanno dichiarato, sotto giuramento, che Rita Gomez è un'ubriacona, e che era ubriaca anche durante la notte in questione. Lei stessa ha ammesso d'essere una prostituta, di vendere il suo corpo in cambio di denaro. E ha ammesso d'avere mentito. Perciò l'accusa basa il suo caso soltanto sulla testimonianza di una prostituta ubriaca che è anche una spergiura dichiarata. Prostituta, ubriacona e bugiarda. Tutto in una persona sola.

«Parliamo adesso di alcune altre dichiarazioni della teste. Rita Gomez sostiene d'essere stata stuprata, ma di non essersi rivolta a un ospedale. Quando la polizia la trovò e lei ebbe raccontato l'accaduto, neppure i due agenti la indirizzarono all'ospedale. Forse l'accusa di stupro era una menzogna pensata per incastrare ulteriormente gli imputati. E forse lei e i poliziotti sapevano che si trattava di una bugia e sapevano che se un medico l'avesse esaminata la menzogna sarebbe stata smascherata e tutta la sua versione dei fatti non sarebbe più sembrata plausibile, quindi decisero di sostenere che lo stupro c'era stato ma evitarono con cura di farla visitare. Dovevano comportarsi così se volevano che non venisse a galla la verità. O forse» continuo, «c'era stato qualche abuso sessuale. Ma non volevano che emergesse prematuramente perché intendevano essere sicuri di avere il tempo di inventare tutti i particolari della storia e di costruirla esattamente come volevano. Non potevano correre il rischio che all'improvviso dicesse la cosa sbagliata o che parlasse troppo presto con un'autorità, un medico, per esempio. Tutto quello che sappiamo è che Rita Gomez e i due poliziotti sono stati rinchiusi al riparo da sguardi indiscreti per alcuni giorni. Un comportamento quantomeno insolito.»

Faccio una breve pausa poi proseguo. Sto girando a mille e non voglio rallentare la velocità.

«Rita Gomez, l'unica testimone oculare dell'accusa, sostiene di aver visto commettere un omicidio. Tuttavia di quell'omicidio Rita Gomez non ha fatto parola con nessuno, l'ha tenuto per sé. Dice di avere taciuto perché temeva per la sua vita. Poi quando la polizia la trova vuota il sacco. Cosa ne è stato di quella paura? Sì, lo so che la polizia le aveva promesso protezione, ma che cosa significa? Potete onestamente credere che una persona spaventata come la teste sostiene di essere stata avrebbe parlato così a ruota libera? Non credo; con ogni probabilità si sarebbe decisa a spiattellare tutto soltanto se interrogata, ma a detta di tutti gli interessati ciò non è successo. Rita Gomez ha incominciato a cantare quando i poliziotti hanno varcato la sua soglia.»

Scuoto la testa. «I conti non tornano. Mettetevi nei suoi panni. Gli agenti non sanno che voi sapete qualcosa. È per puro caso che conoscete Richard Bartless e avete frequentato anche se di sfuggita questi uomini. Potreste dire di non avere la minima idea di come Richard Bartless sia finito ammazzato in montagna e sareste creduti. La polizia non avrebbe alcun motivo per dubitare delle vostre parole. E in queste circostanze specifiche, temendo soprattutto per la vostra vita come temeva Rita Gomez, parlereste? Entrambi conosciamo la risposta. La risposta è no.»

Resto in silenzio per un momento perché i giurati abbiano il tempo per assimilare il significato delle mie parole.

«È semplice, signore e signori. Deprimente e offensivo per il nostro sistema giudiziario, ma ciononostante semplice. Rita Gomez ha inventato questa storia, è stata costretta a raccontarla. In entrambi i casi si tratta di una menzogna. Non è accaduto così, le cose non sono andate come lei dice.»

Guardo i giurati a uno a uno. Alcuni di loro ricambiano la mia occhiata. Qualcuno fissa invece gli imputati, altri gli uomini seduti al tavolo dell'accusa e altri ancora, non più d'un paio, osservano gli agenti investigativi che hanno condotto l'inchiesta, Sanchez e Gomez.

Mi giro a guardarli per scoprire che loro stanno studiando me. E non con simpatia. Molto bene. Forse i giurati se ne accorgeranno e faranno due più due arrivando alla conclusione che quello che sto dicendo probabilmente non è privo di qualche fondamento di verità.

«Pensate a questo fatto» dico tornando a guardare la giuria. «Quegli agenti l'hanno tenuta segregata per parecchi giorni. Nessuno sapeva dove si trovassero, nemmeno una donna poliziotto. Provate a rivolgere a voi stessi questa domanda: perché nascondere qualcuno se non c'è niente da nascondere, se non state aiutandolo a nascondere qualcosa? Perché nasconderlo? Forse perché la vostra storia non funziona, e dovete abbellirla. Riflettete su questo fatto, signore e signori della corte. I poliziotti devono proteggere e servire i cittadini. E in che modo gli agenti Sanchez e Gomez hanno protetto la teste impedendole di essere esaminata da un dottore? In che modo l'hanno servita nascondendola lontano da chiunque potesse confortarla? Non la stavano né proteggendo né servendo, amici. Non proteggevano né servivano nemmeno la giustizia. Proteggevano e servivano il caso dell'accusa, anzi, con ogni probabilità lo creavano.»

Guardo ancora una volta il tavolo del pubblico ministero. Ormai è una questione personale; quei due vorrebbero vedermi morto. Tanto vale rischiare. Sono sempre stato certo che abbiano manipolato i fatti, e mentre pronunciavo l'ultima frase rivolta ai giurati la certezza della verità delle mie parole mi risuonava nella mente con rintocchi forti e chiari.

«Cosa dire poi del referto del coroner? Secondo il coroner la morte è avvenuta a una certa ora, e tuttavia quest'ora non corrisponde allo schema di eventi tracciato dalla teste e riesaminato oggi» dico indicando le mappe: «Dovremmo forse insinuare che uno dei più eminenti patologi criminali del paese abbia sbagliato i calcoli? Perché se crediamo alle parole di Rita Gomez, l'unica testimone oculare dell'accusa, dobbiamo pensarlo. Dobbiamo dire che il dottor Grade si è confuso, oppure, se crediamo a lui, dobbiamo screditare lei poiché la testimonianza di Rita Gomez e la testimonianza di Milton Grade si contraddicono. E noi non possiamo credere a entrambe.

«C'è tuttavia un elemento in queste due deposizioni sul quale devo interrogarmi, ed è la cosiddetta teoria dei "coltelli roventi".Tutti voi avete veduto le raccapriccianti fotografie della vittima quando venne portata all'obitorio per essere esaminata dal dottor Grade. Il cadavere era in pessime condizioni, ciononondimeno il dottor Grade ha asserito che la vittima venne uccisa con un coltello rovente, coltello che non è mai stato ritrovato. Si tratta di una teoria piuttosto bizzarra, e l'accusa non è stata in grado di presentare altri testimoni a corroborarla eccetto Rita Gomez la quale, come abbiamo dimostrato, è una bugiarda. E devo aggiungere, con tutto il rispetto per il dottor Grade, che ritengo una coincidenza eccezionale e assai improbabile il fatto che lui e Rita Gomez siano arrivati alla storia dei "coltelli roventi" indipendentemente uno dall'altro. Una coincidenza troppo strana per sembrarmi vera. E penso che forse non sembrerà vera nemmeno a voi.

«E poi c'è il fratello di Steven Jensen. Provo pena per lui. Ha vissuto tutta la vita in preda al tormento. È stato abbandonato da suo fratello, nutre un grande orrore per le sue tendenze sessuali, viene qui e vi racconta che Steven Jensen odia gli omosessuali al punto di ucciderli, praticamente al punto di spararli a vista.

«Bene... se le cose stanno davvero così come mai Steven Jensen nel corso degli anni non ha eliminato altri omosessuali? Certamente ne avrà incontrato qualcuno, a tutti noi è capitato. E dunque? È completamente irrilevante, irrilevante quanto la testimonianza di James Angelus che non è venuto qui per raccontarvi i sentimenti omicidi del fratello nei confronti degli omosessuali...» Comincio ad alzare la voce, sono furente e indignato e voglio che lo sappiano, voglio che capiscano che sto chiedendo conto all'accusa di questa pagliacciata. «... È venuto qui perché l'ufficio del pubblico ministero l'ha pagato. L'ha pagato diecimila dollari, e ha cercato di nasconderlo perché tutti sapevano che si trattava di una cosa sporca e scorretta. Una mossa astuta, come tutta la loro condotta in quest'aula. James Angelus è venuto qui perché l'accusa cercava di forzare la mano a voi giurati come ha fatto alla prima udienza quando ha convocato la madre della vittima. Devono essere piuttosto disperati per ridursi a tattiche tanto meschine.»

Inspiro profondamente.

«Lasciate che vi dica qual è la verità. La verità è che il mio cliente non ha commesso questo omicidio. Né l'hanno commesso i suoi amici. Un omicidio ha avuto luogo, è vero, ma non sono stati loro a compierlo. Nessuno sa chi sia stato. E il problema è che il pubblico ministero ha bisogno d'un colpevole. Deve gettare un po' di carne in pasto ai leoni. E perciò sceglie quattro uomini che, sono il primo ad ammetterlo, non sono esattamente dei santi. E che per di più avevano passato parte della notte in questione con Rita Gomez. Partendo da questi presupposti il pubblico ministero ha deciso che sono colpevoli anche di un crimine che non hanno commesso e ha costruito una storia adeguata.»

Cammino a passi lenti davanti ai giurati e li guardo negli occhi a uno a uno.

«Il pubblico ministero ha una sola testimone, e questa si è rivelata spergiura proprio davanti ai vostri occhi. Non ci sono prove fisiche perché il coltello non è mai stato trovato. Né la pistola. Dall'altra parte c'è la difesa che ha presentato decine di testi, più credibili di Rita Gomez che, vi devo ricordare ancora, non è soltanto una prostituta e un'ubriacona ma anche una bugiarda dichiarata.

«C'è un'altra cosa da aggiungere a proposito degli imputati. Quale assassino sarebbe stato così stupido da lasciare in vita una testimone oculare? Chi mai avrebbe commesso una simile imprudenza subito dopo aver perpetrato un omicidio da pena capitale? Certamente non i quattro imputati. L'assassino non poteva non sapere che risparmiare una vita non gli sarebbe stato di nessun aiuto. Al contrario, lasciarsi un testimone alle spalle è ridicolo e suicida. Ed è precisamente per questo motivo che i quattro motociclisti non possono aver commesso il crimine di cui sono accusati. Sono malvagi forse, spietati, ma non stupidi. Il vero assassino non avrebbe lasciato un testimone pronto a denunciarlo. La semplice spiegazione del perché questi uomini non hanno ucciso Rita Gomez è che non hanno ucciso Richard Bartless.

«Dunque... perché ci troviamo qui, oggi? Per giudicare l'innocenza o la colpevolezza del mio cliente e dei suoi amici, e benché non sia compito della difesa dimostrare l'innocenza degli imputati noi l'abbiamo dimostrata. Vi abbiamo portato le prove concrete del fatto che questi uomini non possono essere i responsabili del delitto. La legge vuole che sia l'accusa a dimostrare la colpevolezza degli imputati ma ciò non è avvenuto, in nessun modo, nemmeno in minima parte.

«Signore e signori, far parte di una giuria in un caso di omicidio è un fardello pesante. Voi state per decidere dell'innocenza o della colpevolezza degli imputati, della loro vita e della loro morte. E se deciderete che sono colpevoli, dovrete esserne certi. Dovrete saperlo con la mente e con il cuore e dovrete deciderlo in base alle prove, ai fatti concreti. Dovrete esserne certi al di là di ogni ragionevole dubbio.

«Signore e signori della giuria. Non giudicate il mio cliente per ciò che egli è o per come ha vissuto. Non siamo qui per processare la personalità di un uomo, le sue scelte esistenziali. Lo dovete giudicare esclusivamente per l'imputazione di omicidio e in base ai *fatti* emersi nel corso di questo processo. E quando lo giudicherete potrete arrivare a una conclusione, una conclusione sola, che il mio cliente non è colpevole e che deve uscire da quest'aula da uomo libero.»

«Buongiorno signore e signori. Mi chiamo John Robertson. Sono il procuratore distrettuale della contea di Santa Fe.»

È in piedi accanto al tavolo e indossa il suo abito più serio, con tanto di panciotto, catena e chiave con le tre lettere greche Phi Beta Kappa, distintivo della celebre confraternita studentesca, in bella mostra. Sorride ai giurati, un sorriso sicuro e amichevole. Il sorriso dell'uomo probo, dell'uomo dalla parte del giusto.

È un rischio calcolato il fatto che sia John a chiudere per l'accusa. Sono certo che deve aver esaminato tutti i pro e i contro per concludere che nel peggiore dei casi non sarebbe stato un danno. Tra gli elementi a sfavore vi è la sua relativa estraneità al processo: i giurati sono abituati a Moseby che a sua volta si sente perfettamente a proprio agio con loro, e potrebbe verificarsi un risentimento inconscio contro Robertson che arriva all'ultimo minuto a rubargli la scena. D'altra parte Robertson si è fatto vedere spesso e tutti lo conoscono. Inoltre è il capo e la responsabilità è sua. Quello che sta cercando di dire alla giuria è questo: il processo è tanto importante che mi sento in dovere di interpretare in prima persona quest'ultima scena, e non posso lasciare un ruolo così rilevante a nessuno, neppure al mio fidatissimo e competente collega. Occupo questo incarico e devo darvi il meglio di me. Vi prego di chiudere un occhio sull'implicito atteggiamento di sfiducia nei confronti dell'operato del fratello Moseby perché non è intenzionale, ma io solo conto qui dentro.

E più o meno lo dichiara, anche se in modo meno ovvio. Di certo quello che il bastardo narcisista sta dicendo davvero è: io sono un uomo politico in lizza per la carica di governatore e non posso perdermi questa occasione, si tratta del processo più importante e pubblicizzato che avremo quest'anno nello Stato o certamente nella mia giurisdizione, e io sia maledetto se voglio lasciare a qualcun altro questo momento; senatori e governatori si diventa anche con arringhe come quella che sentirete adesso. Voglio le telecamere puntate su di me. Oggi sono io la star...

«Ciò che vi si chiede di fare è molto semplice» esordisce. È in piedi di fronte ai giurati, solido come una roccia. Ammiro il suo attacco. Se io sono Jack Nicholson lui è Charlton Heston, un po' rigido magari, un po' superato, ma rassicurante.

«Voi dovete fare una scelta. Dovete decidere a chi credere, se credere ai testimoni dell'accusa o a quelli della difesa. Da una parte avete una testimone oculare che entrambe le parti, sia l'accusa che la difesa hanno convenuto essere stata presente sul luogo del delitto in compagnia degli imputati nella notte in cui l'omicidio venne compiuto, nonché la insindacabile testimonianza di uno dei patologi legali più eminenti del paese. Entrambi ci hanno raccontato la stessa versione dei fatti in merito alle circostanze della morte di Richard Bartless, la vittima. Nessuno di loro, né gli altri testimoni da noi presentati, può trarre alcun vantaggio dalle deposizioni rilasciate. Al contrario, hanno tutti molto da perdere. Rita Gomez potrebbe rischiare addirittura la vita. Questi uomini che voi siete chiamati a giudicare non sono dei santi, per citare le parole dell'avvocato difensore. Essi appartengono a un nutrito gruppo di persone che hanno scelto di vivere da fuorilegge. I loro amici, sia i membri della stessa banda di motociclisti che quelli di altre bande analoghe hanno giurato vendetta contro chiunque avesse testimoniato contro di loro. Rita Gomez sarà una donna segnata per sempre da questa esperienza, indipendentemente dal fatto che i quattro imputati vengano giudicati colpevoli oppure no. Rita Gomez era ed è ancora una giovane donna molto impaurita. Una giovane donna spaventata che non ha potuto tacere davanti a un delitto così atroce.

«Le qualifiche del dottor Milton Grade non hanno bisogno di essere discusse in questa sede; tutti noi ne conosciamo le capacità e l'imparzialità. Vi ha raccontato in modo inequivocabile ciò che accadde quella notte in montagna. È giunto alle conclusioni che vi ha esposto grazie ad anni di esperienza. E la sua deposizione coincide perfettamente con quella che Rita Gomez ha rilasciato in quest'aula e prima ancora alla polizia e al gran giurì. Rita Gomez e il dottor Grade non si conoscevano, e a tutt'oggi non si sono mai incontrati. Tuttavia entrambi dicono la stessa cosa: che Richard Bartless fu rapito dai quattro uomini accusati in questo processo, condotto contro il suo volere sulle montagne a nord di Santa Fe, dove venne brutalmente sodomizzato, mutilato e ucciso. Senza pietà.

«Esaminiamo per un momento la difesa che è stata condotta durante queste settimane. Devo ammettere di averla ammirata: un grande esempio di contorsionismo, un'esibizione degna di Houdini. Una prova di magia, di abilità e prestidigitazione. Ma come ogni magia si basa sulla *percezione* della realtà... e lasciate che lo sottolinei, signori giurati, sulla *percezione* della realtà e non sulla realtà. Sprovvisti di una linea difensiva efficace gli avvocati hanno cercato di ingannarvi. E se non fate attenzione, se non esaminate con diligenza i dati della realtà, se vi lasciate accecare dalle luci che hanno fatto balenare davanti ai vostri occhi anche voi scambierete la percezione con la realtà. Come in quella pubblicità televisiva di alcuni anni fa, dove si sosteneva che non fosse possibile distinguere la margarina Imperial dal burro, ve la ricordate?»

Qualcuno dei giurati sorride; ricordano o credono di ricordare.

«"Non si può distinguere il falso dall'originale" recitava la pubblicità» dice Robertson sorridendo a sua volta. «Be'... forse non si poteva; forse qualcuno non riesce a distinguere la margarina dal burro, e probabilmente per la maggior parte di noi distinguere non è nemmeno importante, a meno di non avere qualche problema con il colesterolo, nel qual caso importa, eccome. In effetti può essere addirittura una questione di vita o di morte. Bene se voi non riuscirete a distinguere il falso dall'originale, la menzogna dalla verità, sarà una questione di vita o di morte. Significherà che gli uomini che hanno sodomizzato e assassinato Richard Bartless usciranno di qui a piede libero oppure pagheranno per il loro crimine.»

Fa una pausa. Sta andando forte, devo riconoscerlo.

«È così che lo schema difensivo lavora, signore e signori della giuria. I difensori non negano che gli imputati siano usciti dal bar in compagnia di Rita Gomez. Non possono farlo. Perché perfino i loro testimoni lo hanno dichiarato. Così sostengono che Rita Gomez fosse troppo ubriaca per essere creduta. Ma non ci sono prove di questo. Sì, quella notte aveva bevuto, ma era abbastanza lucida al momento della chiusura del locale per parlare con loro, per dire quello che voleva, in modo chiaro e senza esitazioni. Nessuno dei testimoni l'ha negato.

«Ed era con loro sul luogo del delitto nella notte in cui l'omicidio venne commesso. Anche su questo non sussistono dubbi. E hanno avuto rapporti sessuali. Lei dice di avere subito violenza, loro ribattono che ha acconsentito di buon grado, e per sostenere la versione secondo la quale Rita Gomez ebbe rapporti sessuali con tutti e quattro gli imputati per due o tre volte ciascuno, di sua spontanea volontà e senza aver subito coercizioni né minacce, dicono che è una prostituta.

«Sapete che cosa implica, signore e signori della giuria, una tesi simile? Forse che una prostituta non può essere violentata? È una tesi infame, indegna di una società civile. Non commettete errori, signori giurati, Rita Gomez è stata brutalizzata da questi uomini, terrorizzata e minacciata di ritorsioni qualora avesse raccontato ciò che era accaduto su quella montagna. Non pensate che le cose siano andate diversamente, ve ne prego, nemmeno per un istante. Non trasformate la vittima in carnefice. Non siamo qui per giudicare Rita Gomez.»

Si volta e indica gli accusati.

«Bensì per giudicare loro.»

Si avvicina al tavolo delle prove e prende il raccoglitore con la ricevuta della pompa di benzina. La alza per mostrarla alla giuria.

«Ecco tutta la difesa» dice con malcelata derisione. «Un foglietto di carta con una data.» Scuote la testa fingendo un dispiacere derisorio e poi si fa sprezzante. «È la difesa più patetica che io abbia mai ascoltato. Andiamo, signore e signori! Devono credere che siamo stati tutti lobotomizzati. Un foglietto di carta che chiunque avrebbe potuto manomettere, uscito da una macchina di una stazione di servizio di un posto sperduto chissà dove. Chi può dire quanto è accurata e attendibile quella macchina? Per quello che ci è dato di sapere poteva essere rotta, oppure questa ricevuta potrebbe essere stata contraffatta. A meno che voi non riteniate le macchine infallibili, a meno che voi non abbiate mai avuto problemi con una bolletta dell'acqua, del gas o della luce.»

Tutti i membri della giuria annuiscono e sorridono. Il messaggio è chiaro, non credono nell'infallibilità delle macchine.

«E quel testimone» continua Robertson. «Un ragazzino trasognato la cui unica ambizione nella vita è di possedere una motocicletta e seguire le orme di questi individui.» E liquida i miei quattro con un cenno indifferente della mano.

«Poi c'è l'altro teste chiave. Una donna di settantacinque anni che ricorda quello che Elvis Presley mangiò a colazione trent'anni fa. Dice di ricordare il giorno e l'ora esatta in cui gli imputati si materializzarono sulla sua soglia. Nonché le ordinazioni e l'ammontare del conto, preciso al centesimo. Bene, io non so cosa ne pensiate voi, ma personalmente non sono in grado di ricordare simili dettagli con tanta precisione e non so se mi fido di qualcuno che dice di poterlo fare. Soprattutto se è una persona avanti con gli anni, non ne parlo con sufficienza... un giorno o l'altro, se sarò abbastanza fortunato, arriverò anch'io a quell'età e non mi farà piacere se gli altri dubiteranno delle mie parole. Tuttavia, secondo la scienza medica la memoria comincia ad andarsene con il passare degli anni,a diventare selettiva. E se vivete soli da molto tempo, come nel caso di questa testimone, se vivete isolati e vi siete creato un mondo personale per rendere la solitudine meno insopportabile, probabilmente direste a chiunque qualunque cosa volesse sentire, anche se non è esattamente la verità, purché si trattenga ancora a bere un'altra tazza di caffè insieme a voi.

«Questo omicidio presenta forti componenti omosessuali. La difesa vorrebbe farvi credere che l'omosessualità non riguarda il processo. Stanno cercando di dirvi che l'odio e l'avversione che uno degli imputati nutre nei confronti del fratello, l'unico consanguineo rimastogli, a causa della sua omosessualità, sia insignificante. È un insulto non soltanto alla vostra intelligenza ma, cosa ancora più importante, alla memoria di Richard Bartless che ha sopportato le sevizie e la morte perché uno degli accusati, il capo riconosciuto del gruppo, odia e teme l'omosessualità.

«Non solo l'omosessualità riguarda questo processo, ma ne è addirittura il filo conduttore. Steven Jensen ha odiato il fratello per anni. Per anni ha vissuto nella paura di essere condannato, nella paura che l'omosessualità gli fosse stata trasmessa nel patrimonio genetico. Fa di tutto per essere il più macho possibile. Va a letto con centinaia di donne. Entra in una banda di motociclisti, diventa un capo.

Pensa di essere in salvo, che l'omosessualità non lo possa toccare. Ma si sbaglia. Qualsiasi psicologo vi può spiegare quanta omosessualità latente serpeggia in queste bande, con la loro cieca fedeltà ai compagni e il più totale disprezzo nei confronti delle donne.

«Avete idea di quello che accade a una donna il cui fidanzato o cui marito si unisca a una di queste bande di motociclisti fuorilegge?» chiede con voce che risuona di furore. « Deve avere rapporti sessuali con tutti i membri della banda, e quando hanno finito tutti urinano su di lei. Immagino che a qualcuno una cosa simile possa sembrare da macho, virile. A me fa rivoltare lo stomaco. Mi fa stare male.»

Ci guarda con disprezzo. Siamo tutti impegnatissimi a trattenere i motociclisti dal dare in escandescenze, soprattutto Lone Wolf.

«Se fai casino adesso» gli ricordo per la centesima volta, «finisci automaticamente nel braccio della morte.» I miei colleghi stanno dicendo le stesse cose ai loro clienti.

Lone Wolf sembra in grado di controllarsi, ovverossia non è sul punto di scavalcare il tavolo con un balzo e attaccare Robertson.

«A quello ci penso dopo» è tutto ciò che dice. Non mi preoccupo di scoprire che cosa intende.

«In ogni crimine, e specialmente in un crimine violento come questo» sta dicendo Robertson, «se non ci si trova davanti a degli psicopatici si ha a che fare con moventi chiari. Bene, forse qui ci troviamo di fronte a degli psicopatici anche se, credetemi, si tratta di uomini capaci di distinguere il bene dal male e capaci di agire di conseguenza, ma disponiamo anche del movente. Richard Bartless ha capito che questi uomini cercavano di far del male a Rita Gomez e si è precipitato in suo soccorso. Una decisione coraggiosa. Ma con individui come questi il coraggio non funziona. È un affronto alla loro cosiddetta virilità. Non intendono fargliela passar liscia. Per assassini a sangue freddo come questi si trattava di un movente più che sufficiente. Inoltre le avevano usato violenza e correvano il rischio di essere denunciati. Erano certi di poter spaventare Rita Gomez al punto di ridurla al silenzio, ma sapevano che non ci sarebbero riusciti con un uomo, con Richard Bartless. Dovevano chiudergli la bocca per sempre. Un movente della massima importanza.

«E ne avevano l'opportunità. Era notte fonda e potevano portarlo in montagna senza che nessuno li vedesse. E così hanno fatto.

«Una volta giunti lassù è emersa alla superficie tutta la paura latente dell'omosessualità. Forse Richard Bartless ha fatto qualcosa che ha innescato un meccanismo, forse li ha provocati sul terreno del loro cosiddetto machismo. E loro hanno perso la testa, hanno voluto fargli vedere come stavano le cose. Gli hanno voluto dimostrare di essere così virili da poter stuprare indifferentemente uomini e donne. E così hanno fatto. Hanno abusato sessualmente anche della vittima.

«Dopo di che l'hanno dovuto uccidere perché era stato testimone della loro paura. Hanno praticato un rito esorcistico, non potevano mettere fine alle sue sofferenze con un semplice colpo di pistola, l'hanno dovuto colpire quarantasette volte con un coltello arroventato e hanno dovuto recidergli il pene, l'emblema della sua virilità, perché non potesse minacciarli nemmeno nella morte. E poi, per di più, per cercare di depistare la polizia, gli hanno sparato.

«Voi dovete fare una scelta» dice Robertson abbassando la voce a un sussurro. «Voi potete ignorare le prove autentiche, le prove concrete, l'attendibile testimonianza di uno dei patologi legali più eminenti del paese, nonché le dichiarazioni dell'unica testimone oculare di questo delitto e lasciare che quei criminali seduti davanti a voi escano di qui come uomini liberi. Oppure potete esaminare le prove con attenzione e amore per la verità. E quando lo farete arriverete a una conclusione, una conclusione sola. Che quei quattro individui sono colpevoli di omicidio e che per questo devono essere condannati alla pena di morte. Qualsiasi altra sentenza sarebbe un errore giudiziario, un'onta per l'umanità. So che voi farete l'unica scelta possibile, l'unica scelta giusta. So che li troverete colpevoli di omicidio di primo grado.»

È assiomatico che nei casi in cui si rischia la pena di morte più la giuria si trattiene a lungo tanto più le cose si mettono bene per la difesa. La giuria è riunita da tre giorni. Il primo giorno abbiamo sudato freddo: se la giuria fosse uscita avremmo saputo che i nostri quattro dovevano lasciarci la pelle.

Non è successo; e i giurati non sono comparsi nemmeno il secondo giorno. Quando alla fine del secondo giorno siamo tornati in aula per sentirci dire da Martinez che potevamo andarcene a casa, che non sarebbe successo niente perlomeno fino all'indomani, il nostro sospiro di sollievo collettivo avrebbe potuto sospingere una mongolfiera fino a Taos.

Robertson è decisamente stoico e nasconde in modo perfetto i suoi sentimenti. Moseby suda visibilmente e mostra tutte le sue emozioni. In ufficio hanno avuto qualche dissenso. Le nostre spie (segretarie che chiacchierano con la mia fedelissima Susan) ci hanno informato che la scelta di Robertson di fare personalmente l'arringa finale del processo ha scatenato un bel parapiglia.

Per la prima volta da quando si conoscono Moseby si è ribellato contro il suo capo chiamandolo esibizionista, politicante che se ne andrà senza lasciare tracce del suo passaggio. Da parte sua Robertson ha criticato aspramente Moseby e i suoi investigatori, Gomez e Sanchez, per aver creato un guazzabuglio a proposito dell'episodio dello stupro tale da fargli correre il rischio di vedere screditata l'intera faccenda dell'investigazione agli occhi dei giurati.

Speriamo che la giuria senta la loro vibrazione. A volte succede, in alcuni casi i giurati sviluppano una capacità di percezione extrasensoriale che gli dice quale delle due parti va meglio. Può tradursi in una decisione a favore della parte più sicura di sé. L'ho visto accadere. È per questo che indipendentemente da come mi sento, anche se sono consapevole della nostra estrema debolezza, ostento sempre un fronte forte.

Il terzo giorno trascorre come gli altri due. A questo punto nella stanza dei giurati può succedere di tutto, ma niente di rassicurante per l'accusa che vuole impiccare i miei motociclisti. Forse i giurati stanno discutendo su un verdetto meno severo, magari omicidio di secondo grado od omicidio preterintenzionale, oppure stanno pensando che un paio degli imputati sono colpevoli e gli altri innocenti (e in questo caso per me andrebbe male perché se una testa deve saltare sarà quella di Lone Wolf) altrimenti nella migliore delle ipotesi uno o più membri della giuria ritengono che lo Stato non abbia presentato un'accusa probante. Sogno che tutti e dodici i giurati nutrano una quantità di dubbi sufficiente per un'assoluzione, ma non si vive di sogni. Tutto quello che vogliamo è tener duro, non colpevoli sarebbe l'optimum, ma una giuria che manifesta due opinioni andrebbe ugualmente bene.

Martinez fa recapitare un messaggio ai giurati. Sono le quattro del pomeriggio di giovedì, il quarto giorno. Come ve la cavate, dice il messaggio, vi state avvicinando a un verdetto? Siamo prossimi al fine settimana e se siete in una strada senza uscita fatecelo sapere.

Teniamo le dita incrociate così strettamente da fermare la circolazione. Se il capo dei giurati risponde che non stanno arrivando da nessuna parte Martinez sarà costretto a concedere l'assoluzione perché la giuria non perviene a una decisione. E in questo caso tutto lo champagne di Santa Fe non basterà per i nostri festeggiamenti.

Rispondono di non essere sicuri, di avere qualche problema, ma di non voler ancora gettare la spugna. Hanno bisogno di un altro po' di tempo, perlomeno un'altra mezza giornata.

Vorrei una risposta più definitiva per domani alla pausa per il pranzo, risponde Martinez. Fate del vostro meglio. Avete il dovere di giungere a un verdetto se possibile.

Preferirebbe farsi strappare le unghie piuttosto che riprocessare i quattro motociclisti. E lo stesso vale per Robertson. In tale eventualità episodi come quello della madre della vittima non si verificherebbero, e anche il fratello di Lone Wolf probabilmente diventerebbe un pallido ricordo. Inoltre l'accusa sa che cercheremmo di far leva sulla poca chiarezza delle indagini della polizia.

Mentre torna a casa Mary Lou si ferma in una chiesa per accendere qualche candela. E non è nemmeno cattolica.

«Avete raggiunto un verdetto?»

«Sì, Vostro Onore.»

Sono le cinque e un quarto del pomeriggio, il tribunale dovrebbe essere già chiuso ma poco prima di pranzo i giurati hanno comunicato di essere in procinto d'arrivare a una conclusione.

Siamo stati riconvocati in aula, solo gli avvocati, senza imputati. L'abbiamo interpretato come un segnale positivo; se stavano pensando di aggiungere all'accusa di omicidio quella per stupro ne sono stati scoraggiati. Qualora l'avessero fatto il processo verrebbe annullato per vizio di procedura, Martinez è stato chiaro.

È proprio quello che non vuole, che all'ultimo minuto i giurati ignorino le istruzioni e mandino all'aria l'intera faccenda.

Il messaggio è arrivato dieci minuti prima delle cinque: sono pronti.

Vengono accompagnati in aula gli imputati. Siedono accanto a noi. Robertson, Moseby e gli assistenti prendono posto al loro tavolo. Dietro di loro la madre della vittima e i due poliziotti, Sanchez e Gomez. Il fratello di Lone Wolf non è tra noi, mancano anche Rita Gomez e gli altri testimoni.

L'aula è sovraffollata. I giornalisti si accalcano anche nel corridoio. Io respiro a stento, ma gli altri seduti accanto a me non se la stanno passando meglio.

Guardo Robertson, quando si sente osservato si gira e ricambia l'occhiata. Quattro vite e il mio studio sono la posta in gioco per me; per lui la possibilità di una candidatura al Senato.

«Potete passare il verdetto?» chiede Martinez al capo dei giurati. L'uomo tende i fogli al messo che li porta al giudice. Martinez li legge tutti con attenzione, poi guarda gli imputati. Non riesco a decifrare la sua espressione. Li studia ancora, annuisce, poi li tende nuovamente al messo che li dà al cancelliere del tribunale.

«Il cancelliere leggerà i verdetti» annuncia Martinez, gli occhi fissi su di noi.

Il cancelliere si alza.

«Nel processo dello Stato contro Steven Jensen» dichiara con solennità, «riconosciamo l'imputato colpevole di omicidio di primo grado.»

Un boato attraversa l'aula. Robertson e Moseby si abbracciano. Martinez picchia il martelletto chiedendo silenzio.

«Silenzio!» grida. Sono parole al vento.

Lone Wolf si accascia su se stesso. Gli metto un braccio intorno alle spalle per confortarlo.

«Non sono stato io.»

«Lo so» dico. Parole vuote di significato.

«Nel processo dello Stato contro Richard Paterno, riconosciamo l'imputato colpevole di omicidio di primo grado.»

È il turno di Roach di crollare. Non riesco a credere alle mie orecchie. È come un'esplosione.

«Nel processo dello Stato contro Roy Hicks, riconosciamo l'imputato colpevole di omicidio di primo grado.»

È Dutchboy, un ragazzo di ventidue anni. Guarda gli altri tre, è sbigottito. Dove sono capitato, sogno o son desto?

E per finire Goose, la vecchia barba grigia. Colpevole. Ha un cedimento, è l'unico a versare qualche lacrima. «Oh, no. Non può essere vero.»

Sono inebetito. I giurati hanno creduto a quella stramaledetta zoccola. Quattro uomini che *so* innocenti sono stati condannati a morte.

La giuria si riunisce una settimana più tardi per la sentenza, una pura formalità. Lo sapevo che se non fossi riuscito a tirarli fuori completamente sarebbero finiti allo spiedo. La giuria non perde tempo, non c'è possibilità di redenzione per questi uomini. Non appartengono alla società civile ed è bene che ne siano allontanati nel modo più drastico possibile. Resteranno in carcere fino al momento in cui la sentenza non verrà eseguita; un'iniezione mortale.

Li ammanettano, gli mettono i ceppi alle gambe e li conducono fuori. Li ho già informati sul ricorso in appello, in questi casi è automatico. Se farà tutto il percorso fino alla Corte Suprema resteranno nel braccio della morte per sette anni, forse qualcosa di più.

«Senza rancore, vero?» dice Robertson. Si è avvicinato e mi tende una mano.

Non gliela stringo.

«Sono innocenti, maledizione.» Suono patetico.

Non la pensa come me; ed è,ovviamente, al settimo cielo.

«La giuria dice di no. Così vanno le cose.»

«Sono stati incastrati.»

«Non lottare contro i mulini a vento, Will.»

«Prima o poi riuscirò a dimostrarlo» ribatto con veemenza. All'inferno la civiltà.

«Sono colpevoli, Will» ripete con calma. Ha vinto e può permettersi di essere civile. «Erano colpevoli ancor prima di metter piede in quest'aula e tutti eccetto te lo sapevano.»

«È la vecchia storia del "gli daremo un processo giusto e poi li impiccheremo".» È andata così, una verità che mi lascia la bocca amara. «Hai trascurato di dirmelo quando mi hai coinvolto in questo caso: non una disattenzione da poco, non ti pare?»

Non abbocca.

«Pensavo che la giustizia della vecchia frontiera fosse storia passata, John.»

«In alcuni casi non c'è alternativa» dice mentre mi dà le spalle e si allontana.

L'aula si svuota. Non voglio uscire, là fuori non c'è niente di buono per me, ma non c'è niente di buono nemmeno qui dentro. Sono paralizzato, non provo alcuna emozione.

Infine restiamo solo io e Mary Lou. Cerca di abbracciarmi, di stringersi a me.

«Abbiamo fatto del nostro meglio.»

«Una misera consolazione» dico.

«Su, dobbiamo andare.»

Mi prende la mano.

«Non ancora. Ho bisogno di stare per conto mio. Per favore.»

Annuisce. «Ricorrerai in appello?»

«Sì.»

«Da solo?»

«Credo di sì. È automatico, almeno nella prima fase.»

«Hai bisogno di aiuto?»

Non rispondo. Sono perduto.

Mary Lou prende la borsa.

«Sai come trovarmi, se vuoi.»
Annuisco.
Sembra sul punto di dire qualcosa, poi ci ripensa, e si allontana; i suoi tacchi alti echeggiano nell'aula deserta.

È buio quando finalmente mi decido a uscire. Non c'è nessuno; la folla sta con il vincitore. Salgo in macchina e mi dirigo verso casa. È una notte adatta per annegare il lutto, il dolore. Ho la ferma intenzione di bere fino a quando avrò completamente dimenticato perché ho cominciato.

PARTE TERZA

Sono seduto nel bar dell'aeroporto di Albuquerque in attesa del mio volo. Sullo sfondo la radio trasmette un potpourri delle mie canzoni di Natale preferite: *Grandma Got Run Over by a Reindeer*, *Santa Claus and His Old Lady* di Cheech and Chong, *Jingle Bell Rock*. Tra mezz'ora mi imbarco pieno di regali su un aeroplano diretto a Seattle. Trascorrerò il Natale in una città che non conosco in compagnia di mia figlia.

È la prima volta che vado a trovarla. Avrei potuto esigere che Claudia venisse da me, poiché gli accordi con Patricia sono chiari, ma non mi sembra giusto farla viaggiare continuamente avanti e indietro come un pacco postale, come uno yo-yo. È meglio se almeno in occasione del Natale veda entrambi i genitori, se anch'io l'aiuto ad abituarsi al nuovo ambiente. Non dev'essere semplice.

Riesco a catturare l'attenzione del barman e gli faccio un cenno. *Una mas*. José Cuervo, tu sì che sei un amico. In realtà si tratta di Johnny Walker. Fa lo stesso.

I due mesi appena trascorsi sono stati, per usare un eufemismo, schifosi. Il lunedì successivo al verdetto ho ricevuto gli ultimi documenti relativi al divorzio. Holly mi ha spennato come un pollo: la casa, i mobili, la sua automobile, quasi tutto il conto corrente in comune, eccetera. Quello che è tuo è mio e quello che è mio è mio. Non me ne frega un bel niente dei soldi, in realtà provo una sensazione di sollievo. Sono stato ripulito, non c'è più niente.

Non le spettano gli alimenti; Holly è la direttrice di un'importante galleria d'arte e guadagna un ottimo stipendio. Non abbiamo avuto figli perché non era mai "pronta". Per fortuna, penso adesso, dividere Claudia con Patricia è già abbastanza faticoso. Ha ripreso il suo nome da ragazza e pensa di vendere la casa e trasferirsi a Taos. Mi sta benissimo. Se non la vedrò sarò ancora più felice.

Una settimana più tardi Andy e Fred hanno abbassato la mannaia. Era una decisione maturata da tempo, probabilmente da quando mi hanno costretto a prendermi una vacanza. Se avessi vinto il processo magari ci avrebbero ripensato.

Ma ho perso.

Ufficialmente ci separiamo in termini amichevoli, per divergenze di opinione sulla direzione da imprimere all'attività dello studio. In concreto lo scherzo gli costa 200.000 dollari da corrispondermi in un arco di ventiquattro mesi. Mi basteranno appena per coprire le spese di uno studio nuovo.

Alcuni clienti restano con me. Fred ha blaterato qualcosa a proposito della necessità di limitare l'esodo, ma la scelta spetta ai clienti. Io sono stato zitto anche se tra me e me ne ho gioito. Anche Susan mi ha seguito.

Di fame non morirò, e ho abbastanza lavoro per tenermi occupato e al riparo dall'autocommiserazione, tendenza che non mi abbandona mai.

Sono contento di avere fregato Holly. Non quanto avrei voluto, certo, ma quando sei in ginocchio anche la vittoria più insignificante ha un sapore dolce, perfino se per gustarla devi mandar giù una tonnellata di merda. Non prenderà un centesimo della liquidazione; se i miei due soci avessero deciso di chiudere i conti con me con quindici giorni di anticipo Holly si sarebbe trovata altri centomila dollari sul conto. Quando lo saprà si sentirà ingannata e derubata. Mi fa proprio piacere. Come ho appena detto, di questi tempi non mi lascio sfuggire nemmeno la vittoria più insignificante.

Essendo al corrente delle date del mio divorzio, Fred ha cercato di rovinarmi del tutto ma Andy non glielo ha permesso. Un giorno o l'altro dovrò ringraziarlo per il suo gesto, magari quando l'odio che provo per entrambi si sarà smorzato.

In realtà mi sembra che si sia già spento. È acqua passata, sono passati mesi da quando mi hanno buttato fuori gettandomi sul lastrico. La separazione è soltanto una formalità. Non auguro del male a nessuno dei due; abbiamo condiviso grandi momenti nella fase di consolidamento delle nostre carriere.

Mary Lou mi ha chiamato appena saputa la notizia. Era sconvolta e sinceramente indignata. Una tremenda ingiustizia, ha detto, colpire un uomo già in difficoltà. Come se non succedesse sempre.

Se non hai la guardia abbassata non ti attacca nessuno, non l'ha ancora imparato?

Ci siamo incontrati per bere un aperitivo perché voleva accertarsi personalmente che fossi in buone condizioni. In realtà voleva portarmi a casa e prendersi cura di me. Con tutta la gentilezza di cui sono capace ho respinto il suo invito.

La ragione è molto semplice: se fossi andato a casa sua non sarei più stato capace di uscirne. Sarebbe stato un incontro tutto dolcezza e io, lontano dalla mia lurida tana, mi sarei lasciato andare a leccarmi le ferite rimarginandole in fretta. Avremmo consumato insieme la colazione e la cena a base di squisite prelibatezze preparate con le sue mani dopo una faticosa giornata di lavoro, oppure ce ne saremmo andati noi due soli in qualche ristorantino romantico.

E ci saremmo innamorati sul serio. Una cosa che non posso permettermi. Sono troppo a pezzi per affrontare un legame. Ho bisogno di stare solo e di una vita disciplinata che non desidero ma so necessaria. Ho l'impressione di avere gli occhi di tutti puntati su di me, di essere commiserato. il che probabilmente è vero. Non voglio portare questa compassione dentro un rapporto nuovo. E inoltre c'è un pantano di stati d'animo sublimati, un piccolo attico sul retro del mio cervello dove conservo i cattivi sentimenti arrotolati come vecchie annate di giornali, sentimenti di disprezzo nei confronti di tutto il sesso femminile a causa di Holly e di quello che mi è costata... In fondo una volta ho amato anche lei. Non voglio che Mary Lou debba portare questo fardello. Quando me ne sarò liberato, e a tempo debito succederà, potrò pensare a una nuova relazione amorosa.

Forse.

Se si fosse trattato solo di sesso avrei detto di sì. Ma con lei non posso ridurre tutto a qualche scopata. Ho cercato di spiegarglielo, ma Mary Lou non è stata a sentire; sostiene che se per il momento non possiamo avere altro che sesso la cosa le sta ugualmente bene.

Nessuno dei due ha creduto alle sue parole nemmeno per un attimo, e ce ne siamo andati a casa ognuno per conto proprio.

Non l'ho mai più chiamata. Quando riemergerò dal mio pantano lei starà con un altro.

Come dice Shakespeare le pene non vengono mai sole. Sacrosanto. L'ultimo è stato il colpo peggiore. Patricia ha traslocato un mese fa durante il fine settimana successivo al giorno del Ringraziamento. Sono partite di mattina. Claudia aveva trascorso gli ultimi giorni con me in un Ringraziamento privatissimo. Abbiamo comperato un tacchino proveniente da un allevamento biologico e io l'ho cucinato secondo la tradizione. Claudia ha preparato il pasticcio di zucca. Siamo andati a pescare in montagna e abbiamo giocato a calcio con il suo pallone con l'autografo di Dan Marino. Abbiamo fatto tutto il possibile per non pensare alla partenza imminente.

Venerdì sera siamo stati costretti a parlarne seduti insieme sul suo letto coperto di vecchi pupazzi. Dopo molte rassicurazioni del tipo "mi mancherai", "ti chiamerò" e "ci vedremo spesso"non sapevamo più cosa dirci. Era un'esperienza nuova perché pur non vivendo sotto lo stesso tetto non siamo mai stati lontani a lungo.

In piedi sulla soglia della vecchia casa di Patricia le ho guardate allontanarsi. Claudia si è arrampicata sul sedile posteriore, sopra le scatole di libri e dischi e ha incollato il naso al finestrino guardandomi rimpicciolire in lontananza. Ho sventolato una mano. Faceva freddo; c'era stata una nevicata precoce qualche giorno prima e restavano sulla terra zone ancora innevate e gelate. Il vento mi pizzicava le guance.

Il Johnnie Walker ha un buon sapore, anzi, mi sembra migliore del solito. Cercherò di farlo durare fino al momento dell'imbarco. Dalla radio escono le note di *Blue Christmas* di Elvis. Che tempismo, in un film sembrerebbe perfino troppo appropriata all'umore del protagonista. Qualche volta il guaio è proprio questo, la vita non è un film.

L'appartamento di Patricia mi coglie di sorpresa. Si trova al ventiduesimo piano di un grattacielo, quasi un attico con una vista eccezionale sullo stretto di Puget. Da quassù si riesce quasi a vedere il Canada. I mobili sono nuovi di zecca, ovviamente, e di gran gusto, come si addice a un avvocato giunto da poco al successo.

«Ha fatto tutto l'architetto» confessa Patricia accarezzando con mano da proprietaria il paralume Anne Taylor. «Io non avrei avuto il tempo di occuparmene. Invece così era tutto pronto per me... per noi... al nostro arrivo.»

«Très chic.» Anche un cieco capirebbe che è tutto opera di un arredatore; ma forse dipende solo dal fatto che la casa è ancora poco vissuta. Non ci sono tracce di bruciature di sigaretta né macchie di vino. Con l'eccezione di qualche libro giallo di Nancy Drew sul pavimento non ci sono nemmeno segni della presenza di Claudia. Mi aggiro nelle stanze, ammiro il panorama. È il tardo pomeriggio e Patricia è appena tornata dall'ufficio. Si sfila le scarpe eleganti e butta il cappotto su una poltrona. Anche i vestiti sono nuovi, ricercati e costosi emblemi di potere. Probabilmente le tette sono l'accessorio più vecchio. A questo punto mi chiedo quando affronterà il primo lifting.

«Sono stata costretta a rifarmi l'intero guardaroba» spiega quando coglie la mia occhiata sorpresa. «È una città più formale.» Fa una pausa. «E non sono più confinata nelle retrovie, ormai.»

Non riesce a sembrare disinvolta. È sulla difensiva, sento nel suo tono il bisogno di giustificarsi.

«Sono contento.»

«In quanto alla cena, perché non ce la facciamo portare a casa?» Svolazza come un colibrì tra i suoi mobili nuovi. «Se mi avessi informata dei tuoi piani avrei potuto cucinare, ma non sapevo nemmeno quando saresti arrivato...» A un tratto ci sentiamo due estranei come mai ci era accaduto in passato.

«Se non hai niente da obiettare porterei Claudia fuori a cena. Solo io e lei.»

«Oh...» Esita. «Domattina deve andare a scuola...» Cambia idea. «Certo, come preferisci tu, fa' quello che ritieni più opportuno.»

«Ma adesso dov'è?» chiedo. Mi sento maledettamente a disagio qui dentro, a disagio perché sono un intruso e niente della casa mi appartiene. Vivono qui da un mese ma sembra un posto asettico, abitato solo da adulti. La casa di una ricca donna in carriera di mezza età.

«È dalla sua amica Lily, qui nel palazzo. Frequentano la stessa scuola e giocano insieme. Hanno anche la stessa età. La madre di Lily non lavora. Sono fortunata... due coetanee di Claudia abitano qui, sono le sue nuove amiche.»

La mia presenza la innervosisce, non riesce a stare ferma. Dall'aeroporto l'ho chiamata in ufficio e per incontrarmi ha preso qualche ora libera. Io non sono nemmeno passato dall'albergo che Patricia mi ha prenotato a due isolati dalla casa. «Non mi sembra una buona idea ospitarti, Will» mi aveva detto con l'aria di avere riflettuto a lungo sulla questione. Al momento non ne ero stato felice; la sua voce al telefono mi aveva fatto ripensare al nostro ultimo incontro, tutt'altro che spiacevole. Ma adesso sono contentissimo della sua scelta; non ho nessun interesse a trascorrere del tempo sotto lo stesso tetto con la donna che ho di fronte. I vestiti nuovi, la casa nuova, è tutto bello, sono davvero contento per lei, ma personalmente lo trovo stonato, mi sembra una bambina che gioca a camminare con le scarpe per lei gigantesche della mamma. Ai miei occhi tutto lo charme di Patricia è scomparso, finito in fumo insieme alle vecchie magliette e alle tute da ginnastica.

Telefona alla madre di Lily per dirle di mandare subito Claudia a casa. «Vuoi qualcosa da bere?» mi chiede. «Non riesco a ricordare se i Martini ti piacciono o no...»

Martini? L'ultima volta che l'ho vista si sentiva in colpa per una birra.

«Così si dice.»

«Ti faccio compagnia.» Va in cucina, prende il gin, marca Bomary, approvo la scelta, il vermouth, la brocca, i cubetti di ghiaccio.

«Super dry?» mi chiede.

«Preferibilmente.» La osservo preparare il cocktail con una certa perizia. Non è la sua prima volta.

«Non sapevo che bevessi. Cioè... normalmente non bevi, vero?»

«Oh, sai com'è...» ride. È una risata troppo sguaiata, forzata. «Se intorno a te bevono tutti... in realtà non sul serio. Solo ogni tanto, per distendere i nervi.» Mi tende il Martini con due olive e porta il suo alle labbra. «Salute.»

«Salute.» Questa storia mi piace pochissimo. Nel giro di un mese si è trasferita in un attico di lusso arredato per lei da un architetto perfettamente all'oscuro dei suoi gusti, ha preso a vestire come una delle tante donne in carriera, tutte uguali, e per finire beve superalcolici.

Dopo il primo sorso fa una smorfia e si infila in bocca un'oliva.

«È soltanto un gusto acquisito» tento.

«Non ho pensato di farla diventare un'abitudine» mi risponde. «Né di bere abbastanza da non poterne più fare a meno.»

«Come è per te» è la frase sottintesa. Non me ne importa niente, se il fatto che io beva molto serve a impedirle di prendere il vizio avrò compiuto qualcosa di buono per l'umanità. E per mia figlia.

«Probabilmente è una buona idea.» Capisco che in questo momento è un fascio di nervi, che mi percepisce come un legame con il passato che sta cercando di lasciarsi definitivamente alle spalle, e che non vuole che niente e nessuno, soprattutto io, venga qui a metterle i bastoni tra le ruote.

La porta si spalanca alle mie spalle e ancora prima di aver fatto in tempo a voltarmi stringo Claudia tra le braccia.

«Oh paparino» esclama con quel suo tono a metà infantile e a metà adulto. «Non sapevo che fossi già arrivato.»

«Da un minuto, zucchina. Non sono ancora passato dall'albergo.» La riappoggio sul pavimento. Ormai è pesante, l'avevo dimenticato. Ed è trascorso un mese soltanto.

«Vieni.» Mi prende per mano. «Ti mostro la mia stanza. È veramente bella.»

Mentre Claudia mi trascina lungo il corridoio mi giro a guardare Patricia in piedi sul tappeto nuovo in mezzo al salotto, un sorriso inconsapevole e raggelato sulle labbra.

Ha vuotato il bicchiere senza neppure accorgersene.

Due settimane possono passare straordinariamente in fretta. Non è così per i bambini, ai bambini il tempo sembra scorrere sempre con troppa lentezza, una settimana può sembrare eterna. Ma per un adulto che vuole fare tesoro di ogni istante, che vorrebbe metterli in banca per quando verranno i giorni della lontananza, il tempo corre veloce come un razzo. È difficile vivere nel presente quando hai paura di quello che il futuro ha in serbo per te.

Le scuole sono chiuse per le vacanze di Natale, per questo sono venuto a Seattle. Patricia è impegnata anche di sera. «Devo recuperare cinque anni» mi ha spiegato, «e qui lavorano come schiavi.» Benvenuta tra noi, avrei voluto dirle. Ma mi sono trattenuto, perché non era stata lei a scegliere di lavorare per lo Stato, e inoltre il lavoro duro non la spaventa. Non lo dice ma è contenta che mi occupi di Claudia dandole la possibilità di immergersi nel lavoro senza sensi di colpa.

Così io e Claudia siamo sempre insieme. Dopo i primi giorni l'ho portata a vivere con me in albergo trasferendo anche libri, vestiti, orsacchiotto. Vagabondiamo per le strade di Seattle, frequentiamo musei e caffè, un uomo a spasso con la figlia. La sua maturità mi diverte, Santa Fe è un gioiello ma Seattle è una città vera che offre tante possibilità. È a suo agio come una paperetta nell'acqua, le piacciono i cinema, i ristoranti, i negozi. Comperiamo tardivi regali di Natale per gli amici rimasti a Santa Fe; li rimpiange, in alcuni casi sono amicizie nate alla scuola materna, ma anche i nuovi compagni le piacciono, vanno benissimo.

Sembra adattarsi a Seattle senza difficoltà. Una parte di me, probabilmente la più egoista (la parte maggiore, dunque) ne è contrariata. In un certo senso ero riuscito a dipingermi Claudia come una bambina sola e infelice pronta a implorare il padre di riportarla a casa, nella sua vera casa, dove ogni cosa è buona e bella. Ovvero casa mia, dove vivo io. Ma la parte migliore di me, e a quanto pare esiste, seppure minuscola, è sinceramente felice di scoprire che il trasferimento non è stato affatto traumatico e che la mia povera bambina sembra perfettamente a suo agio nella nuova situazione. Certamente può trattarsi del fascino della novità, e non è escluso che,una volta fatta l'abitudine, la realtà assuma connotazioni meno eccitanti. Ma spero di no, e lo spero con quasi tutto me stesso.

«Mi lasci restare sveglia fino a mezzanotte per vedere il pallone dell'anno vecchio che cade?» mi chiede.

«Ma certo, altrimenti come farai a sapere che è arrivato l'anno nuovo ?»

«Dal calendario, sciocco.» Ridacchia con una sfumatura di malizia. La mia bambina sta diventando grande.

Siamo andati a sciare e abbiamo fatto ritorno a Seattle il trentun dicembre. È stato divertente e siamo andati a letto presto ogni sera, esausti per le fatiche della giornata. Ora siamo di nuovo nella mia stanza d'albergo, intenti a consumare la cena che ci hanno servito in camera. È stata una scelta di Claudia, ho lasciato decidere a lei. Ne sono stato contento, non voglio dividerla con nessuno finché è possibile. Inoltre la cena servita in camera le sembra un'idea di grande lusso. Cocktail di gamberetti, cheesburger, ginger ale e torta di cioccolato con gelato. Tutte le cose più buone. Per riguardo a lei questa sera non bevo (tra me e me, tuttavia...); e in effetti non mi sembra nemmeno faticoso, anzi.

Chiacchieriamo: parliamo della nuova scuola e dei compagni, di sua madre, di me. Il nuovo lavoro di Patricia le crea qualche problema perché assorbe gran parte del tempo che prima veniva riservato a lei, quasi tutto, in realtà. Non può andarla a trovare in ufficio nel pomeriggio, com'era sua abitudine dopo la scuola. È troppo lontano da casa e Patricia non vuole che prenda gli autobus da sola. Inoltre l'atmosfera dell'elegante studio non prevede bambini intenti a giocare sul pavimento o a disegnare sulle scrivanie. I clienti non capirebbero, le ha detto Patricia. È una questione di riserbo, una parola appena imparata. La mamma è diventata molto più severa.

Inoltre non è mai a casa. Lavora fino a tardi e poi esce con qualcuno. Nessun corteggiatore fisso, a detta di Claudia. La notizia di queste uscite serali mi fa sobbalzare. Io non la desidero più, sono sincero, ma l'idea che ci sia un altro uomo in circolazione mi infastidisce. La solita primitiva rivalità maschile: un uomo va a letto con la madre di mia figlia? La gelosia è una spiacevole compagna. Non mi ero mai reso conto di essere tanto maschilista.

«Hai mai incontrato qualcuno degli uomini con cui esce?» chiedo.

«Sì, uno.»

«E com'è?»

«Calvo.»

«Ma a parte la calvizie!» Rido. «E poi cosa c'è che non va nel fatto d'essere calvi?»

«Niente, credo. Però tu hai tanti capelli.»

«Se fossi calvo non mi vorresti più bene?»

«Certo. Però non lo sei.»

«Ma ti è piaciuto?

«Credo di sì.» Si stringe nelle spalle con un gesto che significa "Non ho nessuna voglia di parlarne." «L'ho incontrato solo per un momento un giorno che è salito in casa a prendere la mamma.»

Il successo di Patricia scontenta Claudia. È inevitabile, e anche se potrebbe rivelarsi salutare, per il momento mi fa imbestialire. Una bambina in una città sconosciuta che è costretta a trascorrere la maggior parte del suo tempo in compagnia delle madri delle amiche o delle baby-sitter. Ne parlerò con Patricia pur sapendo che in fondo non sono affari miei. I miei discorsi non le piaceranno, ma l'argomento è spinoso. Dopotutto Claudia è anche mia figlia.

È Dick Clark a presentare la festa dell'anno nuovo. Guardiamo alla televisione migliaia di folli che scorrazzano per Times Square bevendo e gridando, alcuni nudi fino alla cintola malgrado si sia sotto zero, come accade alle partite di football a Pittsburg o a Cleveland. Penso che con lo scarto di tempo della differita quelle figure simili a formiche che vedo sullo schermo siano ormai a dormire da qualche parte o svenute, tuttavia percepisco la follia della scena, una cosa molto diversa da quando avevo l'età di Claudia e guardavo la tv con i miei genitori. È Halloween che diventa realtà, con veri pugnali e vero sangue. Mi ha sempre fatto piacere che la mia bambina crescesse in una piccola città anziché in una metropoli e adesso invece è entrata a far parte di questo branco rumoroso.

Un pensiero inquietante che cerco di allontanare. Per il momento è qui con me; si è appisolata pochi minuti dopo la mezzanotte con il vestitino indossato per la cena. Per un istante troppo breve, mentre la guardo dormire con la bocca socchiusa come fanno tutti i bambini, la vedo subire una metamorfosi e tornare alla prima infanzia, appena passata l'epoca dei pannolini, quando si succhiava ancora il pollice.

Ma è un'illusione, un'allucinazione. Claudia tra un paio d'anni sarà un'adolescente. Cambierà e crescerà e troverà se stessa, quel sé con cui convivrà per il resto della sua vita. Da come mi sento scommetto che diventerà adulta prima di me.

Il penitenziario dello Stato del New Mexico dista meno di mezz'ora da Santa Fe e sorge lungo quella stessa provinciale diretta a sud che i motociclisti imboccarono uscendo dalla città (pensando di non farvi ritorno mai più) sette mesi fa. Il clima è pungente, febbraio è il mese più freddo dell'anno e quest'anno è ancora più freddo del solito, gelido e secco. Per un mese siamo stati tormentati dai venti settentrionali che hanno spazzato via perfino i colori. Non c'è nessuna luminosità nell'aria e il cielo è pallido, di un azzurro slavato, quasi biancastro come un ruscello di montagna all'epoca del disgelo. Un occasionale cumulo di cirri oscura a intervalli il debole sole semitrasparente e circonda le montagne. Tutt'altro che un bel giorno invernale da cartolina; uscire di casa è un'impresa faticosa.

Vado a fare la mia visita mensile ai motociclisti. La numero quattro. Ne avrò fatte centinaia prima che questa storia finisca e si cominci a tornare in aula per gli appelli formali.

Io rappresento il loro unico legame con il mondo. Ci penso spesso. È buffo, o forse buffo non è la parola giusta, ma il mio atteggiamento verso loro quattro e verso il processo è diventato ambivalente. Non mi riferisco all'esito ma al mio coinvolgimento. I sentimenti mi hanno accecato e pensavo di essere completamente assorbito dal pensiero dell'appello per via della lampante ingiustizia di cui sono stati vittima. È un discorso sempre valido: sono stati incastrati ed è una cosa che odio, detesto il modo in cui il sistema permette che queste cose avvengano, nei confronti dei miei quattro e di altri come loro, in questa e in altre occasioni. E intendo combattere come un demonio per capovolgere il verdetto. Lo farò, non è una vuota promessa che faccio a me stesso soltanto per mettermi la coscienza a posto. Non mollerò fino alla fine.

Ma una parte di me rimpiange di essere stato coinvolto in questa storia. Per cominciare sono stato sconfitto. Non mi capita spesso di perdere un processo e essere battuto in un caso tanto importante non giova al morale, non rientrava nei miei piani soprattutto in un momento in cui stavo prendendo una grossa stangata anche nella vita privata. Il verdetto ovviamente ha contribuito a mettere fine al rapporto con i miei soci. Che non volessi restare nello studio era ovvio, visto come erano andate le cose. Ma avrei preferito andarmene alle mie condizioni. Malgrado tutti gli eufemismi che posso trovare per esprimere il concetto, la sostanza dei fatti è che sono stato silurato. E ricominciare daccapo con una sconfitta all'attivo non è come ricominciare da vincitori. Il lavoro non manca, ma probabilmente se il verdetto fosse stato diverso ne avrei di più. I vincitori attraggono, i vinti respingono.

Tuttavia non è questo il punto. A tutti capita di perdere, mi riprenderò. Il tormento che mi divora come un topo intento a rosicchiarmi le viscere è il pensiero del tempo perduto con Claudia, tempo che nessuno mi restituirà. Pensavo di esserne consapevole invece non è stato così fino a quando Patricia non l'ha portata via. Nel profondo non ci credevo. Pensavo che ne avrei sentito la mancanza ma che me ne sarei fatto una ragione. Se l'avessi capito davvero adesso non ci sarebbero recriminazioni. A conti fatti questi quattro mi costano una fetta di vita. A volte mi sembra di capire che ci siano cose che valgono di più del semplice perseguimento della giustizia.

Comunque è troppo tardi per le scuse, i ripensamenti, i se. È come prendersi una sbronza; mentre bevi ti senti bene ma i postumi poi ti costringono a riflettere. Sono tutti discorsi da uomo vinto, ma anche se ho perso un processo, uno studio, una figlia e quasi tutti i miei risparmi non sono un vinto. Devo rimettermi in sesto e tornare a vivere secondo i dettami di Mickey Rivers (uno dei miei preferiti guru del baseball insieme a Casey Stengel e Satchel Paige): "Non mi preoccupo delle cose che non posso controllare perché se non posso controllarle preoccuparsene non ha senso; e non mi preoccupo delle cose che posso controllare perché se posso controllarle non ha senso preoccuparsene".

«Ehi, cow-boy, ti tira ancora?»

«Sempre» ribatto.

«Meglio duro che moscio» replica Lone Wolf mostrandomi i canini in un sorriso forzato. Ha i denti quasi neri per via della presa di Red Man nascosta in una guancia. Si acquisiscono abitudini orrende in una prigione, quando si aspetta con le mani in mano il colpo della mannaia.

Siamo nella sala dei colloqui del braccio della morte, non un luogo piacevole. È una stanza asettica, eccessivamente illuminata e spietatamente lugubre. Qui dentro ogni incontro sembra un intervento di chirurgia dentale senza novocaina. In passato, prima che la prigione venisse rimodernata, era un luogo "tosto" dove malgrado le tetre circostanze contingenti due esseri umani riuscivano a stabilire un rapporto, cosa molto importante perché tutto ciò che riguarda il passare del tempo nel braccio della morte è tremendo, profondamente umiliante e deprimente; una mescolanza di noia, futilità e certezza.

Sediamo uno di fronte all'altro su due scomode sedie di plastica dura davanti a un lungo tavolo di formica che occupa tutta la lunghezza della sala. Una barriera di plexiglas taglia il locale in due dal pavimento al soffitto. Ha uno spessore di tre centimetri ed è a prova di proiettile. Comunichiamo attraverso due telefoni. Siamo soli e tutto quello che diciamo è strettamente riservato: una volta al mese una squadra speciale cerca microfoni nascosti da qualcuno per tutelare sia lo Stato sia i prigionieri. Se un brandello soltanto di conversazione tra un detenuto e il suo legale varcasse la soglia di questa stanza ne nascerebbe una causa spaventosa che potrebbe perfino portare a una commutazione della pena capitale. Lo Stato non desidera che accadano cose simili, e qua dentro le regole sono rispettate scrupolosamente. Possono permetterselo, la bilancia pende tanto a loro favore che barare sarebbe da stupidi.

«Che novità ci sono?» mi chiede.

Scuoto la testa: nessuna. Mi fa la stessa domanda tutte le volte che vengo a trovarlo non perché pensa che vi possano essere delle novità positive – sa che gliele comunicherei immediatamente – ma come se facesse parte di un rituale, il nostro *Kabuki* privato. Un'altra consuetudine da coltivare durante i giorni di inattività, come fare un certo numero di piegamenti o lavarsi i denti a ore prestabilite.

«Niente di nuovo, niente di nuovo» dice.

Annuisco e mi rammarico di essere qui. Lone Wolf non lo dice ma sospetto che la pensi come me. Io non posso fare più niente; con una sentenza capitale il ricorso in appello è un procedimento lungo, noioso e pieno di cavilli, con molti ostacoli da superare.

Per quanto riguarda i particolari tecnici procede automaticamente. È un vecchio cliché ma tuttavia contiene una parte di verità la convinzione che nessun giudice e nessun sistema legale, per quanto duro – compresi quelli del Texas, della Louisiana e della Florida, Stati in cui si uccide ancora tanta gente in nome della giustizia e della democrazia americana – voglia vedere un uomo messo a morte dallo Stato se non ha attraversato fino in fondo tutte le fasi dell'appello. Poiché siamo l'unica democrazia al mondo che assassina i suoi cittadini, dobbiamo prestare attenzione, o perlomeno fingere di prestarla.

Il problema, per quanto riguarda l'appello, è che i miei colleghi e io abbiamo condotto una difesa troppo efficiente. Per riprocessare un imputato in qualsiasi caso risoltosi con la sentenza capitale, l'unica via è quella di trovare un errore di procedura. E dev'essere un errore che avrebbe potuto cambiare l'esito finale. La maggior parte delle commutazioni delle pene avviene per un errore di procedura della difesa. Con il senno di poi posso dire che questi ragazzi se la sarebbero cavata meglio con una difesa da quattro soldi perché ci sarebbero stati gli elementi per un nuovo processo.

Per noi non esiste alcuna possibilità in questo senso. Qualsiasi avvocato del New Mexico, dal più prestigioso al più infimo, sa che ci siamo mossi nel miglior modo possibile tenendo conto del linciaggio morale. (Con l'unica eccezione dell'episodio del referto del coroner scatenato da noi ma inevitabile. L'accusa sarebbe riuscita a far emergere la storia dei coltelli anche senza il nostro aiuto.) Perciò quello che stiamo cercando è qualcosa che il giudice può aver detto o fatto, o qualcosa che l'accusa ha fatto (o non fatto) e che garantisca i presupposti per un nuovo processo o perlomeno per una riapertura del caso.

Fino a ora ho fallito. Il lavoro di Martinez è stato ineccepibile, non avremmo potuto sperare in un giudice più imparziale. A volte si riesce a coglierli in errore mentre istruiscono i giurati a proposito del valore da dare alle prove, ma non è successo niente del genere. Tutto si è svolto nel modo più ortodosso, *casher* come un rabbino di Gerusalemme. Negli anni che verranno scriverò pagine e pagine di mozioni per contestare le decisioni prese da Martinez, ma so già che non ne vincerò nemmeno una. Riuscirò soltanto a guadagnare un po' di tempo.

Semmai riuscirò a farlo, se riuscirò a dipanare questo nido di vipere sarà soltanto grazie a una scappatoia offertami dallo Stato. Saranno Robertson e Moseby, o qualche loro fottuto collaboratore, a offrirmi l'appiglio. Non so ancora cosa sia, non so nemmeno se esista, quello che so è che è l'unica via d'uscita per questi quattro uomini rinchiusi nel braccio della morte.

Comunque Lone Wolf è al corrente di tutto. Sa quali sono le possibilità che io mi trasformi in Perry Mason e trovi una nuova prova che convinca la corte o scovi un testimone, quel genere di colpo di scena che capita una volta su mille. Lui e gli altri lottano per accettare questa verità poiché sono costretti a vivere in due mondi paralleli: quello reale che li vede segregati in una galera e quello a cui aspirano, il mondo degli uomini liberi.

Malgrado sia perfettamente a conoscenza di tutti i particolari continua a chiedere.

«Niente? Cazzo, deve pur esserci qualcosa.»

«Sto cercando. Non posso inventarmi quello che non esiste.»

«Perché no?» dice. Ha ancora il senso dell'umorismo, benché macabro. Lo tiene in vita.

«Perché se poi mi scoprissero finirei qui con te. A quel punto che ne sarebbe di noi?»

Chiacchieriamo per un po'. Gli porto le notizie degli amici. Oltre a me può ricevere soltanto i parenti più stretti e poiché non ha moglie e tutta la sua famiglia è costituita dal fratello che ha collaborato a farlo finire qui dentro, non vede nessuno. Tantomeno gli altri tre, che pur vivendo in celle sullo stesso piano sono completamente segregati. Nessuno di loro ha visto i compagni nemmeno per un istante da quando sono entrati qui.

«E che ne è stato della puttana ?» chiede. «Hai trovato qualche traccia di quella vacca bugiarda ?»

«No.»

Rita Gomez, l'usignolo dell'accusa. La grande spergiura. Siamo riusciti a scuoterla ma non a demolirla. Alla fine di tutto mi sono reso conto, riflettendo sugli eventi processuali, che la Gomez è stata abbastanza furba per imbastire una storia e troppo bugiarda per uscirne. Ha trovato una risposta a tutte le domande e vi si è attenuta. Sorprenderla in flagrante menzogna non è servito a niente perché lei si limitava a incorporare le bugie, a digerirle e a trasformarle in un'altra appendice della storia. Persino alla fine, quando aveva più nubi addosso di Moby Dick, è riuscita a non soccombere. Troppo stupida anche per quello.

Oppure... troppo spaventata. Era stata molto, molto ben istruita. D'accordo, lo si fa sempre con i testimoni, ma nel suo caso si aveva proprio l'impressione che raccontasse una storia per conto di qualcun altro. Una cosa alla quale stento a credere, perché se vi credessi del tutto mi sentirei completamente senza rete. Se lo Stato manda quattro uomini a morire in base a una testimonianza montata siamo tornati al tempo in cui ci si faceva la guerra con bastoni e sassi.

Dopo il processo l'ho cercata ma senza successo. È scomparsa senza lasciare tracce. Non faceva nessuna differenza trovarla o no perché un processo non si può riaprire rimettendo un teste sul banco. A meno che non abbia mentito su ogni cosa, e sappiamo che non può essere andata così perché Rita Gomez è stata con i quattro motociclisti, ha subito le loro violenze, conosceva la vittima eccetera. Tuttavia qualche tassello manca, lo sapevamo tutti, e vorrei rimetterli al loro posto e trovare magari qualche vizio tecnico nel comportamento dei poliziotti, un appiglio qualsiasi.

L'ho cercata, ma quando arrivavo sulle sue tracce erano regolarmente fredde. Rita Gomez non risiede più nello Stato del New Mexico. Le possibilità di rivederla sono pari a quelle che i miei clienti hanno di uscire di qui. Per l'immediato possiamo sperare soltanto che si comportino così bene che il nuovo governatore, chiunque sarà quando toccherà a loro, commuti la sentenza in ergastolo.

A loro non lo dico, è ovvio. È troppo crudele, e non si deve mai uccidere la speranza nel cuore di un uomo. Così chiacchieriamo facendo trascorrere il tempo consentito.

È l'ora di andare. Ci alziamo e appoggiamo le mani sullo schermo di plexiglas, palmo contro palmo, dita contro dita, quanto di più vicino a un contatto umano questo povero bastardo avrà per molto, moltissimo tempo.

Il mio nuovo ufficio di fatto non è lontano dal vecchio, circa un paio di isolati, ma quanto a prestigio, ne dista anni luce. È un ex palazzo signorile un po' degradato di stile coloniale trasformato in una conigliera con tante gabbie dove avvocati che vivono ai margini come me e non si possono permettere nemmeno l'attrezzatura di base

– una biblioteca legale, qualche segretaria e una fotocopiatrice – aprono i loro studi. C'è una centralinista per mezza giornata, una biblioteca striminzita e assolutamente inadeguata, una fotocopiatrice che non funziona quasi mai e un distributore di caffè. Punto. Un appartamentino con due stanze, la segretaria all'ingresso e il principale in fondo. Probabilmente non più impersonale di qualsiasi ufficio di un grande studio newyorkese dove i capi non conoscono nemmeno tutti i loro dipendenti, ma lontano anni luce dallo studio dov'ero abituato a lavorare.

Questi primi mesi sono stati duri: era almeno da una decina d'anni che seguivo la stessa routine. Perfino quando mi hanno costretto ad andare in vacanza ho continuato a usare il mio vecchio ufficio. Mi sentivo come un vecchio cane lì dentro, potevo muovermi anche al buio, e inoltre con tutte le separazioni e i divorzi che mi sono toccati l'ufficio era per me casa più di tanti altri luoghi che ho abitato.

Ci si abitua a tutto comunque, e a poco a poco sto cominciando a sentirmi a mio agio anche qui. Del resto sono sempre stato un animale solitario. Gli altri sono brave persone, c'è di tutto un po'. Ci sono alcuni giovani turchi freschi di studi che non possono sopportare la burocrazia dell'impiego governativo sia nell'ufficio della difesa che in quello del pubblico ministero e non riescono ancora a inserirsi in studi più grandi e prestigiosi. (Come lo studio Alexander, Hite & Portillo che adesso si chiama Hite & Portillo. Otto giorni dopo avermi buttato fuori hanno comprato un quarto di pagina sul "New Mexican" di Santa Fe per farlo sapere a tutti. Uomini potenti, i miei ex soci. Mi ha fatto uno strano effetto vedere la pubblicità sul giornale, ma sorprendentemente non ne ho sofferto. Forse ero in stato catatonico.)

Nel resto del palazzo vi sono uffici mandati avanti da due o tre persone, con parecchie avvocatesse e altri single un po' più anziani, non paragonabili a me che sono ancora una potenza in questa città, ma più simili a Paul. Avvocati che hanno bisogno di un ufficio per poter uscire di casa, dove appendere il cappello anche se ci sono giorni, in alcuni casi quasi tutti i giorni di un anno, in cui nessuno varca quella soglia. Un luogo dove svolgere la professione.

A proposito di Paul, non l'ho più incontrato dalla fine del processo. Ci siamo promessi di tenerci in contatto e prontamente abbiamo perso i rispettivi numeri di telefono. Inevitabile; abbiamo tutti i nostri sogni da inseguire. Dubito che allungherebbe anche solo di pochi metri la strada per incontrarmi; il mio attacco sull'incidente dei "coltelli roventi" ha creato tra noi una spaccatura troppo grande.

Vedo regolarmente Tommy. Quando sono stato messo alla porta

da Andy e Fred mi ha contattato per chiedermi se stessi cercando un socio con cui mettere su uno studio. Sono stato tentato di accettare la proposta, entro breve Tommy diventerà un forte antagonista. Ma l'ho respinto, pur lasciando aperta una possibilità per il futuro, qualora lo volessimo ancora. Il mio rapporto con lui sostanzialmente è una variazione sul tema di quello con Mary Lou: appartiene anch'egli a un passato che per il momento voglio tenere a distanza. E come nel caso di Mary Lou quando io riuscirò a rimettermi in sesto lui non sarà più disponibile.

Tommy è un bravo ragazzo; va una volta al mese fino al penitenziario a trovare Goose. Non è più il suo avvocato, perché non sussistendo conflitto nella difesa abbiamo convenuto che sarei stato io a portare avanti l'appello per tutti. Questo processo sarà mio sino all'amara fine. Ma malgrado ciò Tommy non ha smesso di essere presente per il vecchio motociclista e si comporta come un figlio rispettoso. Per Goose l'amicizia di Tommy è fondamentale, probabilmente lo tiene in vita. Diversamente dagli altri, che sono più giovani e possono ancora immaginare la luce in fondo al tunnel della carcerazione, Goose è rassegnato al fatto di morire in prigione anche se non verrà giustiziato. Un atteggiamento simile trasformerebbe alcuni uomini in assassini, ma Goose è probabilmente più incline a diventare violento contro se stesso. In un caso o nell'altro lo Stato avrà la sua vittima.

In breve la mia vita sta tornando a una certa normalità. Mi alzo, vado in studio, incontro i clienti, inoltro istanze, mi reco in tribunale, le solite cose. Mi sono iscritto a una palestra che frequento per tre giorni la settimana dopo l'ufficio.

Attrezzi, aerobica, piscina. Sto rimettendomi in forma e bere non è più indispensabile. A quanto pare mi bastano un bicchiere di vino o uno scotch. Magari è il contraccolpo dell'effetto che mi ha fatto Patricia a Seattle.

Oltre alla visita mensile al penitenziario,la cosa che mi ricorda con regolarità i miei clienti sono le confessioni false che mi arrivano in ufficio, affiorando periodicamente alla superficie come pesci morti. Quando si verifica un crimine sensazionale ci sono sempre dei mitomani che sbucano dalle tenebre in cerca del loro momento di gloria. Dicono di essere i colpevoli e di poterlo provare, oppure di sapere chi è stato. È un fenomeno morboso con cui tutti i legali si trovano ad avere a che fare e,pur sapendo che sono testimonianze fasulle, bisogna ugualmente fare dei controlli rubando tempo al lavoro e soldi al cliente. Dopo un po', quando il caso è chiuso da molti mesi, come questo, riduci i controlli al minimo indispensabile, ma li devi fare perché quell'unica volta su un milione che lasci perdere potrebbe rivelarsi la volta buona.

Fino a oggi ne sono arrivate diciassette. Tutte false, come sempre. Entro poco tempo dovrebbero esaurirsi, per riaffiorare al prossimo caso sensazionale.

Il cambiamento più grosso avvenuto nella mia vita è che dal mio ritorno da Seattle non ho più avuto rapporti sessuali. Qualche occasione è capitata, ma è andata a finire in niente. Non mi masturbavo tanto dagli anni del liceo. Penso spesso a Mary Lou e mi chiedo come se la passi, ma con l'eccezione di una telefonata di auguri per l'anno nuovo non ci siamo mai parlati. Qualche volta nei miei sogni tutt'altro che dolci me la scopo.

Quando non devo vedere gente per lavoro sto quasi sempre solo. Circa un mese fa sono andato fuori a pranzo e ho incontrato Andy. La sua presenza mi ha paralizzato e non volevo che lui si accorgesse di me perché il mio ego non era abbastanza forte. Sono rimasto di stucco; non sapevo di poter provare una cosa simile fino a quando è successa: mi sono scoperto a tremare.

Sedeva dandomi la schiena. Mi sono rivolto al mio compagno, un giovane avvocato che lavora in un ufficio vicino al mio, e adducendo qualche confusa scusa sul fatto di aver dimenticato una telefonata importante me ne sono andato.

Una volta in strada mi sono accorto di essere in un bagno di sudore. Mi sono diretto verso l'ufficio sforzandomi di non correre.

«Ehi, Will!»

Mi aveva visto, purtroppo. Lentamente mi sono girato e sono tornato sui miei passi.

«Ciao Andy» ho detto fingendo una disinvoltura che non provavo assolutamente.

Mi ha guardato.

«Come stai?» ha chiesto in un tono niente affatto disinvolto.

«Me la cavo.»

Mi ha scrutato attentamente.

«Cos'hai sulla camicia?» Ha indicato una macchia che la cravatta non riusciva a nascondere.

«Mi sono versato del caffè addosso» ho risposto sulle difensive. «Mi sarei cambiato, ma non ho nessun appuntamento nel pomeriggio...» Ero consapevole della mia debolezza anche mentre mi scoprivo incapace di interrompere il flusso di giustificazioni. Perché pensavo di dovermi giustificare davanti a quell'uomo?

Si è infilato i pollici e gli indici nei taschini del panciotto.

«Ti fai il bucato da solo?» ha chiesto con un'aria ironicamente bonaria.

«Qualche camicia ogni tanto» ho ammesso mestamente.

«Se intendi occuparti personalmente della biancheria faresti meglio a imparare a stirare. Sembra che in quella camicia tu ci abbia dormito.»

«Non dormo vestito» ho risposto, «e comunque che cosa ti importa del mio aspetto? Non sono più con lo studio, non posso più crearvi imbarazzo.»

«Tu metti in imbarazzo te stesso, Will» ha ribattuto duramente.

«Tu invece vai al diavolo.» Ho cercato di allontanarmi ma mi ha fermato appoggiandomi una mano sulla spalla.

«Stai facendo ancora casini, Will. Peggio che mai.»

«Certo» gli ho detto. Mi aveva messo con le spalle al muro e la cosa non mi piaceva. «E comunque cosa te ne frega?»

«Me ne frega perché sei un amico e mi preoccupo ancora di te anche se tu non sembri preoccupartene più.»

«Tieni i tuoi sermoni per i giurati.»

Mi ha guardato con un'espressione a metà tra la pietà e il disgusto.

«Stai andando alla deriva. E ci sei più vicino di quello che credi.»

E su queste parole se ne è andato lasciandomi tremante in mezzo alla strada.

Da quel giorno mi faccio portare in ufficio da Susan un sandwich mandato dal bar oppure vado a mangiare in qualche locale che Andy e Fred non frequenterebbero mai.

Quell'incidente mi ha spaventato; mi ha fatto capire che dietro tutti i miei atteggiamenti spavaldi e indipendenti in realtà do molta importanza a come gli altri mi vedono, e di questi tempi non sembrano vedermi molto bene. Devo lavorarci su. E finirla di essere una vittima del mio ego o smettere di preoccuparmi di come mi vedono gli altri, o tutte e due le cose insieme. La cosa buffa è che pensavo di essere tanto sicuro di me quando avevo una rete protettiva, quando invece la rete te la tolgono scopri di non essere più coraggioso come credevi.

Sentirsi vulnerabile è inquietante, una sensazione che non ho mai provato. Piantala, non è vero, è una sensazione che non ho mai *ammesso* di provare. Sto facendo penitenza per tutti gli anni in cui mi sono preso gioco di me stesso. Spero che alla fine ci sarà una ricompensa.

«Ciao forestiero.»
«Ciao.»
Non sapevo che fosse dietro di me.
«Hai un bell'aspetto, sembri in forma, elegante.» Mi colpisce su un bicipite con un buon pugno.
«Ho perso qualche chilo» rispondo flettendo il braccio. Non sapevo che fosse così forte. «Cinque o sei. Mi sono impegnato a fondo..»
«Ottimo risultato. Non che ci fosse qualcosa di sbagliato nel vecchio aspetto» aggiunge.
«Anche tu sei bella, Mary Lou.»
«Grazie, gentile signore. Dove sei diretto?»
«Denver. Per una deposizione.» Accidenti, è davvero molto bella vestita da avvocatessa elegante. Diversamente da Patricia, porta gli abiti più impegnati con perfetta naturalezza. Probabilmente è soltanto una questione di aspettative diverse. Ha anche un buon profumo; siamo costretti a sfiorarci nella lunga fila, non riesco a evitarlo. La combinazione del profumo con l'odore del suo corpo è inconfondibile anche se è appena uscita dalla doccia.
«E tu?» chiedo.
Siamo nella fila della United all'aeroporto di Albuquerque. Oltre alla valigetta portadocumenti ha una borsa da viaggio e un porta abiti .
«Anch'io» dice.
«Vai a Denver? Per cosa?» Merda.
«Un miniseminario. Sulla legislazione fallimentare. Oggi e domani.»
«È vero, l'avevo dimenticato. Ero stato invitato» aggiungo, «ma ormai non mi occupo troppo di questo settore e ho declinato l'invito.» Non riesco a impedirmelo, devo farle sapere d'essere al passo coi tempi. Che professionalmente le cose non sono cambiate.
«Beato te» dice. «Probabilmente mi cadranno le tette per la noia.»
«Speriamo di no» rispondo guardandogliele con aria riflessiva.
«Puoi controllare personalmente stasera» dice in tono provocante, ridendo. «Scherzavo» aggiunge in fretta. Devo avere assunto un'espressione sciocca. Cambia subito argomento.
«In che albergo stai?»
«Nessuno. Alle tre avrò finito. Una toccata e fuga veloce.»
Sorride ma non commenta. Ai vecchi tempi dello studio mi sarei fermato, sarei andato in un buon ristorante e avrei trascorso la serata intrattenendo un potenziale cliente. Adesso che le spese sono tutte a mio carico devo essere più frugale. Non è una sensazione piacevole, e mi ricorda quando, nelle rare occasioni in cui i miei genitori mi porta-

vano al ristorante, ero autorizzato a ordinare soltanto i piatti più economici del menu, hamburger o spaghetti e polpette, mentre in realtà desideravo il pollo fritto o il vitello che costavano un quarto di dollaro in più. Una sensazione che non ho mai dimenticato.

«Io sono al Brown Palace» dice. «Nel pomeriggio ci sarà un cocktail. Perché quando hai finito non vieni anche tu? Sono sicura che conosci più o meno tutti.»

Ne sono convinto anch'io: per questo non ci andrò.

«Sì, d'accordo, magari passo.» È ovviamente una bugia, deve capirlo anche lei.

«Se non vieni ci resterò male.» Mi guarda intensamente negli occhi. Devo riconoscerle una certa tenacia.

Comperiamo i biglietti, ed entriamo nel bar. Mi verso un'altra tazza di caffè e guardo i titoli del "The Wall Street Journal".

«Allora con chi esci?» mi chiede all'improvviso.

«In realtà sono celibe.»

Alza un sopracciglio.

«È la verità» dico. «Credimi. Non esco con una donna da... un paio di mesi.» Non mi ero reso conto che fosse passato tanto tempo.

«Non farmi ridere» dice.

Sorseggio il caffè. È amaro, imbevibile. «E tu?»

«Con questo e quello.»

Spero di avere un'espressione indifferente. «Qualcuno in particolare?»

«Saresti geloso?» chiede.

Accidenti se lo sarei. «Curioso» rispondo. «Non importa. Non sono affari miei.» Ho le mani sudate e mi sembra di essere sul punto di arrossire.

«Peccato. Speravo di averti fatto ingelosire.»

Mary Lou è franca con me in un modo che mi spaventa. Le devo almeno una risposta sincera.

«Ci sei riuscita» confesso.

Mi sfiora una mano. Voglio disperatamente baciarla.

«Fermati, questa notte.»

«Non ho portato lo spazzolino da denti.»

«Te ne compero uno.

Ora mi rendo conto che Patricia mi ha restituito la libertà. Un atto inconscio, certamente non premeditato; anzi, se ne fosse stata consapevole si sarebbe comportata in modo completamente diverso visto la sua gelosia nei confronti di Mary Lou non soltanto per il processo, la pubblicità che ne è derivata e gli avanzamenti nella carriera, ma per il fatto che Mary Lou fosse diventata più importante di una collega qualsiasi. Mary Lou non è riuscita soltanto a lavorare al mio fianco (cosa che Patricia ha desiderato spasmodicamente per anni sia per avere da me un riconoscimento di appartenenza, di bravura, sia come trampolino di lancio verso lavori più importanti, o che perlomeno da queste parti passano per importanti... smettila di denigrarti Will, è una vecchia faccenda, ti ricordi? Quel processo era un grosso affare e tu ne eri il protagonista assoluto anche se si trattava di una causa persa), ma è diventata anche la mia amante. Solo per una notte, sì, è vero, ma nel mio cuore per molto a lungo, anzi, se mi guardo indietro lei è sempre presente, da quella prima sera nel mio ufficio. Patricia non mi voleva più, lo so, lo sappiamo entrambi da molto tempo, vi erano motivi seri dietro al nostro divorzio, ma come me anche lei non desiderava che altri avessero ciò che lei non poteva avere, anche se non lo cercava...

O forse sono tutte fantasie mie che attribuisco a lei.

Comunque sia, il trasferimento a Seattle, il fatto di avere fisicamente allontanato Claudia da me, e la sua trasformazione in una donna che non conosco e che mi mette a disagio, una donna che non desidero, mi dà la possibilità di fare l'amore con Mary Lou in modo diverso da come l'ho fatto con tutte le altre che ho frequentato negli ultimi dieci anni, dai tempi di Patricia, quando era ancora amore e non solo sesso.

Mary Lou sbuca nuda dal bagno, gli abiti ben piegati tra le braccia. Li appoggia su una delle poltrone regina Anna e si infila sotto le coperte accanto a me. In bagno ha messo il diaframma, tolto il trucco, spazzolato i capelli. La sua pelle riluce, soffusa di rossore e odorosa di muschio.

«Ma ti porti il diaframma sempre dietro?» le ho chiesto timido e geloso quando mi ha detto di aver bisogno di un minuto per prepararsi.

«Accidenti, perché sei così poco sicuro di te stesso?»

«Mi sembra poco...»

«Professionale?» Ha riso.

«Sai che cosa voglio dire.» Che sei pronta per scopare appena compare all'orizzonte qualcuno che ti piace. Dov'è andato a finire il vero amore?

«Ti ricordi quella telefonata che ho fatto dall'aereo? Ho chiesto a una mia amica di andare a casa mia e spedirmelo con un corriere. È arrivato un'ora fa. Smettila di essere geloso, Will, sei un libro aperto.

E io faccio l'amore solo con gli uomini che mi fanno davvero impazzire, perciò da quella notte a casa tua non mi è più successo.»

C'è un libro intitolato *The last good kiss* di uno scrittore che si chiama James Crumley. L'ho letto qualche anno fa e non ricordo di cosa parli. Ma la cosa che mi aveva colpito di più era il titolo, anche se fino a oggi non ne avevo colto il significato.

È quello che stiamo facendo adesso io e Mary Lou. La lunga lenta risalita verso il paradiso in terra, il puro altruistico piacere di dare e ricevere piacere. Non esiste altro, nient'altro, nessun tormento mondano: lavoro, figli, passato, futuro, non esiste più nulla. Mary Lou mi affascina e mi appaga completamente.

Passa almeno un'ora prima che la penetri. È importante, ma in un certo senso non lo è, perché voglio prolungare all'infinito questa estasi.

Far l'amore deve essere così. Diverso a quarant'anni da quando se ne hanno venti – non hai più quell'assoluta illimitata energia animale e tutta quella adrenalina – ma la sensualità è assoluta, e il piacere profondo e tremendamente consapevole. La prima volta che abbiamo scopato, ai tempi del processo, è stata una prima volta. Per fortuna è andata bene, il che non accade sempre, come sappiamo anche noi famosi don Giovanni. Comunque che vada bene o male la prima volta è un'esperienza speciale. Oggi è diverso. Benché non sia religioso mi sembra che quello che sta accadendo a noi due vada al di là di una rigida interpretazione della teoria evoluzionistica. È così che la gente si innamora.

«Hai fame?» le chiedo.

«Da morire.»

«Ahhh, non farlo, sono troppo sensibile lì! No! Lasciami riposare.» Mi afferra una ciocca di capelli respingendomi la testa all'indietro per guadarmi da vicino.

«Sei bellissima.»

«Tu sei magnifico.»

«Non bellissimo?»

«Carino.»

Altri baci, altre carezze. Restiamo supini, le dita intrecciate, esausti.

«Ho fame davvero.»

«Davvero?»

«Davvero.»

«Anch'io ho fame. Di te. E magari non mi dispiacerebbe un tramezzino e una Heineken.»

«E una crostata di ciliegie. Con gelato. E del burro di noci pecan.»

«Sembri drogato.»
«Lo sono. Mi fai l'effetto di un acido.»
«Ma Will... ti sembra poetico?»
Mi trascino fino in bagno per prendere un bicchiere d'acqua. Striscio, di camminare non se ne parla.
«Chiamo il bar e ci faccio portare qualcosa.»
«Buona idea. Non ho voglia di rivestirmi.»
«E comunque non ti lascerebbero entrare nel ristorante.»
«Perché no?»
«Guardati allo specchio» ridacchia.«La tua faccia ti tradisce.»
«Cosa tradisce? Quale faccia?»
«La faccia di un ossesso. Non fanno entrare ossessi arrapati nella sala ristorante del Brown Palace Hotel.»

Al mondo non esiste una sensazione paragonabile a ciò che si prova all'inizio di una storia d'amore, dell'innamorarsi, della sensazione di innamorarsi, del trasporto, del desiderio. La voglia di piacere, di avere, di prendere e dare. La deliziosa paura nascosta: che sia davvero la volta buona ? Tutto ciò va e viene dai miei pensieri mentre ci amiamo per gran parte della notte, quasi fino all'alba, fino a quando riesco a spegnere il dannato cervello e mi lascio andare con tutte le mie emozioni, smetto di controllarmi, non sono più spettatore, non guardo quello che accade mentre sta accadendo, non sono più l'uomo che si autocensura. Tutto fluisce da lei a me, torna a lei, attraverso di lei.

È un'amante straordinaria, esperta sì, di questo mi sono reso conto la prima volta, ma è soltanto un particolare; ciò che conta è che è presente anche col cuore. Per darmi piacere, per darmi amore. Siamo una coppia eccezionale, è straordinario il modo in cui i nostri corpi si incontrano fisicamente: la distanza tra il suo seno e la fica è perfettamente uguale alla distanza che va dal mio petto al cazzo, le nostre bocche si incontrano senza sforzo, le gambe avvinghiate. Il suo odore è erotico e non soltanto in mezzo alle gambe, sotto le ascelle, sul seno, collo, piedi, palmi, dita, alluci. Leccare. Baciare, succhiare, chiavare, riposare, corpo contro corpo, e poi accarezzare, stringere, baciare, scopare, succhiare, chiavare ancora.

Nessuna fantasia ha mai raggiunto questo livello. Un caso in cui la vita supera l'immaginazione.

Alle tre ordiniamo una bottiglia di Dom Pérignon. Centosettantacinque dollari. Firma il conto e lascia al ragazzino che è venuto a servirci lo champagne non solo una generosa mancia ma anche un'erezione. Il cameriere non cerca nemmeno di nascondere la protuberanza nei pantaloni mentre Mary Lou firma l'assegno seduta a gambe incrociate sul letto con una coperta drappeggiata intorno al corpo che non la copre affatto. Ride quando lui esce, incapace fino all'ultimo di toglierle gli occhi di dosso, pensando alla reazione che avranno in ufficio quando vedranno il conto spese. Beviamo direttamente dalla bottiglia guardando un film alla tv: *Cime tempestose*. Ma cazzo, qualcuno Lassù deve proteggerci. Questa serata, questo giorno, questa notte, devono essere stati organizzati.

Ci amiamo un'altra volta, poi sprofondiamo nel sonno, Mary Lou tiene una mano delicatamente appoggiata sui miei genitali.

«Svegliati Will» canta. «Senti il profumo del caffè.»

«No.»

L'attiro a me senza aprire gli occhi. Come diavolo fa qualcuno ad essere allegro dopo due ore di sonno? Sfugge alla mia mano, respinge verso i piedi del letto coperte e lenzuola.

«Torna a letto, Mary Lou. Non abbiamo ancora fatto l'amore stamattina.» La mia voce mi sorprende; suona come quella di un bambino che vuole altri dolci al cioccolato, che non è soddisfatto di quello che gli è stato offerto. Che vuole assolutamente tutto, l'intera pasticceria.

«Sporco pervertito. Abbiamo fatto l'amore alle quattro.»

Come se avessi potuto dimenticarlo.

«Siccome faceva ancora buio tecnicamente era notte. E poi chi se ne frega?»

«Io, perché ho una riunione. Tra pochissimo.»

«Non andare.»

«Volentieri, se potessi.»

Apro gli occhi, cerco di appoggiarmi sui gomiti. Si è vestita per andare a lavorare, lavoro serio.

«Sei bellissima anche vestita.»

«Grazie, anche tu. Nudo.» Si siede sul bordo del letto. «Ma ti devi alzare.»

«Non posso.»

«Perché no?»

«Ho un problema» indico col dito.

Sfiora con un tocco leggero delle unghie smaltate di rosso la testa pulsante.

«Non è giusto» gemo.

Lo accarezza con aria distratta per un attimo, poi scende su di me e mi mangia ingordamente, mi divora. Vengo quasi immediatamente contraendomi sulle lenzuola come un pesce stremato.

«Ti apro la doccia» mi dice ripulendosi delicatamente la bocca con un angolo del lenzuolo.

«Ho un'idea migliore» rispondo. «Ti aspetto qui. Tu vai a fare le tue cose poi torni all'uomo che fedele ti attende.»

«Niente da fare. Ho delle riunioni tutta la mattina, un convegno all'ora di pranzo, poi devo volare di corsa a casa per un briefing con uno degli associati dello studio prima di chiudere.» Con uno strattone alle coperte mi denuda completamente.

« Tu mi porti a colazione, e in fretta. Alzati.»

Mi tira fuori dal letto e mi spinge in bagno. Mentre regolo l'acqua calda la sento parlare al telefono. Ha un tono impaziente. «Al più presto possibile. Resisti.»

L'avvocatessa alle prese con un cliente recalcitrante.

Resto sotto la doccia meno di quanto vorrei, Mary Lou ha molti impegni, perlomeno fino a dopo pranzo. Mi infilo i vestiti che mi ha comprato ieri da Neiman e schiaccio il pulsante dell'ascensore per andare incontro al giorno.

«Perché non ci siamo fermati nel caffè dell'albergo?»

«Questo posto va meglio.»

Stiamo attraversando il centro di Denver. Mary Lou è al volante di una Taurus a nolo.

«Ti destreggi bene.»

«Sono stata segregata qui per due estati.»

Guida con sicurezza la schiena eretta, le mani ferme sul volante.

«Ma che cos'è questo posto dove stiamo andando? E soprattutto dov'è?» Guardando fuori dal finestrino non vedo certo una zona elegante.

«Vedrai.» Un sorriso da Monna Lisa. «Fidati. Ti piacerà, te lo prometto.»

Siamo nel cuore del *barrio*. Non vedo un'insegna in inglese da più di dieci isolati.

«Pensavo che tu avessi una mattina impegnata.»

«So quello che faccio» mi risponde con una lieve irritazione. «Perciò rilassati e goditi la gita.»

«Ovunque tu mi stia portando devono fare dei burrito eccezionali.»

Ancora quell'irritante sorriso da Monna Lisa. Appoggia una mano rassicurante sulla mia coscia. «Sarà la migliore colazione della tua vita.»

Parcheggia di fronte a una casetta di stucco color rosa sbiadito con gli infissi turchesi e un po' scrostati. È una strada tranquilla, di sole abitazioni ,in tutto l'isolato non c'è un ristorante né un edificio commerciale.

«Okay, cosa succede?»

«Un vecchio amico vuole prepararti la colazione.»

«Un vecchio amico? Dài Mary Lou, cosa sta succedendo?»

Scende dall'auto senza nemmeno rispondere. La seguo con riluttanza; sta facendo un gioco che non capisco e la cosa mi irrita, detesto le sorprese. Comincio a chiedermi se tutta questa storia, a partire dal nostro incontro all'aeroporto, non sia stata organizzata.

La porta della casa si apre e ne esce un uomo. È piccolo, robusto, ispanico. Azzimato, direi. Sembra un giocatore di cavalli di buona famiglia; ha le scarpe ben lucidate e i pantaloni perfettamente stirati. I capelli grigi sono l'unico elemento che tradisce l'età, deve avere tra i cinquanta e i sessant'anni, e non quaranta come mi era sembrato a prima vista. Si avvicina a Mary Lou e le tende formalmente una mano.

«Sei arrivata in fretta.» Parla senza accento, con una voce molto profonda per un uomo della sua statura. Il tono è autoritario.

È un poliziotto. Mi sembra vagamente familiare ma non riesco a collocare la sua faccia.

«Victor Mercado, Will Alexander» ci presenta Mary Lou.

«Mi dicono che lei sia un cuoco straordinario» attacco subito senza preoccuparmi di mascherare il sarcasmo.

Increspa il volto in un sorriso beffardo. «Sì, ho un piatto cucinato a puntino per lei. Si accomodi.»

Il salotto è minuscolo ma immacolato. Un enorme ritratto di Elvis è appeso sopra il sofà. Getto un'occhiata a Mary Lou. Cosa diavolo sta succedendo?

Mercado apre la porta di una stanza che si affaccia sull'ingresso.

«Vieni» dice.

Una tremante Rita Gomez entra nel salotto, mi guarda per un attimo, poi distoglie gli occhi.

Non so chi di noi due stia tremando più forte.

«Siediti.» Mercado le indica il divano. Ubbidisce. Tiene le mani chiuse in pugni contratti. Guardo Mary Lou che non trattiene un sorriso soddisfatto.

«Victor era il responsabile dell'ufficio dell'Fbi di San Antonio» mi spiega. «Adesso dirige la più grande società investigativa del sudovest. Ci siamo conosciuti un paio di anni fa e mi ha aiutato spesso, non soltanto in Texas ma anche a Santa Fe e un po' dovunque.»

«Mi ero stancato di tutte le grane burocratiche» m'informa Mercado. «E del misero stipendio.»

Devo averlo visto a Santa Fe, ecco perché mi sembrava familiare. Guardo di nuovo Mary Lou; avranno dormito insieme? Cerco di controllarmi. Lei non fa queste cose, sono io che le faccio e poi proietto la mia inadeguatezza. Questo Mercado l'aiuta per altre ragioni. Dio come sono fesso ogni tanto.

Mary Lou guarda l'orologio.

«Devo proprio andare.» Mi dà un bacetto su una guancia. «Chiamami quando torni.» Sorride. «Forse adesso mi crederai.»

È fuori prima che io trovi il modo di chiederle come abbia fatto, e perché. Mi offre quest'incredibile regalo e non resta nemmeno a ricevere i ringraziamenti che merita.

Mi rivolgo a Mercado.

«Come ha fatto...?»

«Ho pensato che doveva aver parlato con qualcuno a Santa Fe» mi spiega dando un'occhiata a Rita seduta con un'aria desolata all'estremità del divano. «Per solitudine, o disperazione, o qualsiasi altra cosa. Paura per esempio. Sono venuto nella vostra bella città, ho controllato la situazione e mi sono preso la libertà, per così dire, di intercettare qualche telefonata che mi sembrava interessante. La solita routine, cose che si imparano lavorando per il governo.»

«Ma non è... irregolare?» gli chiedo.

«Mary Lou è una brava ragazza» ribatte lui senza mezzi termini. «Per lei si tratta di una cosa importante e in certi casi non bisogna stare a guardare tanto per il sottile.»

E l'ha fatto per me.

«Vi lascio soli» dice Mercado con circospezione.

Si chiude la porta alle spalle .

Resto immobile, in attesa. Finalmente Rita Gomez si decide a guardarmi.

«Mi avevano detto che non avrei più dovuto vedere nessuno. Mai più. Così mi hanno detto. Me l'hanno promesso.» Parla a voce bassa, quasi un sussurro, come se parlasse a se stessa, ricordando quello che le hanno assicurato, come se pronunciare quelle parole avesse il potere di trasformarle in realtà.

«Chi? Chi ti ha fatto delle promesse?»

«Lo sa benissimo.»

«No, non lo so.» Credo di saperlo invece, ne sono quasi certo, ma voglio che sia lei a dirlo.

«Mi avevano detto che non avrei più dovuto vedere nessuno collegato con questa storia una volta finito il processo. Che non avrei mai più dovuto dire niente. Me l'avevano promesso» balbetta quasi tra le lacrime.

«La polizia?»

Annuisce impercettibilmente.

«Gomez. E l'altro. Come si chiama? Sanchez.»

Annuisce ancora.

«E l'altro» aggiunge.

«Quale altro?» Sono confuso; a quanto ne sapevo io Sanchez e Gomez erano soli.

«Quello sempre sporco. Quello con lo stuzzicadenti che parlava in aula.»

Moseby.

«Il procuratore distrettuale» dico. «L'assistente dell'ufficio del pubblico ministero.»

«Sì. Lui.»

«E Robertson?» le chiedo. «Il capo?»

«Chi?»

«L'altro che parlava in aula. Oltre al giudice.»

«Ah, lui. No.»

«Allora solo loro tre ti hanno fatto quelle promesse. Nessun altro.»

«Sì.» Abbassa la testa, sembra immersa in preghiera.

«Quelli che hanno raccolto la tua confessione?»

Mi guarda come se volesse chiedermi: "Cosa potevo fare?".

«Mi hanno detto che dovevo scegliere tra la mia vita e la loro. Mi hanno detto di avere un sacco di prove e che se non avessi ammesso quello che volevano sarei stata accusata con i quattro motociclisti di omicidio. Come complice nell'omicidio di Richard.»

La portarono in una casupola sperduta sui monti. L'unica nel raggio di chilometri. Dopo un lungo viaggio lei chiese: come mai stiamo andando in montagna, perché non mi interrogate a Santa Fe? Ma le risposero che così nessuno l'avrebbe infastidita.

Era ancora un po' debole per via di tutto il sangue che aveva perso e aveva fame così disse che voleva qualcosa da mangiare e poi dormire un po'. Così uno di loro andò a comprarle un po' di chili e della coca-cola e tutti mangiarono chili. Lei con la coca-cola e loro con la birra, e poi lei doveva andare in bagno ed era imbarazzata per qualche ragione, forse perché sanguinava. Così cercò di resistere fino a quando non ne poté più e dovette chiedere: posso andare? E le risposero di sì, la autorizzarono a fare una doccia. Dopo un paio di giorni scoprì che nel bagno c'era un occhio magico dal quale l'avevano guardata. Ma a quel punto aveva così tanti problemi che non gliele importò niente se le avevano visto le tette e il resto. Era in un ta-

le stato! Dovevano essere molto assatanati se quello spettacolo riusciva a eccitarli.

Quando quel giorno uscì dalla doccia c'era un mazzo di fotografie sparse sul tavolo della cucina. Le chiesero di osservarle attentamente. Fotografie di Richard: era conciato male. Foto pazzesche che cercarono di farle guardare, ma lei non ne era capace.

Le veniva voglia di vomitare. Corse in bagno e vomitò tant'erano disgustose. Poi quando tornò le raccontarono quello che era successo a Richard, tutti i particolari di cui aveva parlato al gran giurì e che più tardi al processo erano lì da vedere in quelle fotografie. Fu così che seppe per la prima volta cos'era veramente accaduto a Richard. Non era stata presente all'omicidio. Aveva detto di essere stata presente, l'aveva dichiarato al gran giurì e più tardi in tribunale ma non era stata testimone di un bel niente.

Poi dopo aver vomitato tutto il chili e la coca-cola ed essersi sciacquata la bocca, loro, i poliziotti, si comportarono gentilmente. Non è tremendo quello che è successo al povero Richard, le chiesero, e altre cose del genere, e poi dissero: Com'è andata? Non capisco... Cosa volete dire? Com'è andata lassù in montagna quando eri lì con Richard e i motociclisti? Cos'è successo, cosa è successo prima e cosa è successo dopo, chi ti ha violentato prima e chi ti ha violentato dopo, chi ha sodomizzato Richard per primo e chi l'ha sodomizzato dopo e avanti così, chi l'ha colpito per primo con il coltello, chi gli ha tagliato il pisello? Tutto quello che era accaduto.

«Non so di cosa stiate parlando.» Riferì dello stupro, di tutto ciò che riusciva a ricordare, e non c'era altro, di come la riaccompagnarono al motel per violentarla ancora prima di partire. Parlarne la terrorizzava, e più ne parlava più odiava i motociclisti, era riuscita a rimuovere il ricordo di quell'episodio. Come se non fosse mai accaduto. Ma il racconto lo rendeva reale, tutto era successo come lo raccontava e lei sapeva che era successo, non avrebbe mai potuto negarlo. Ma in quanto a tutte quelle storie sulla morte di Richard non poteva dire niente perché le cose non erano andate come dicevano loro.

A quel punto la guardarono in modo strano, come se non le credessero o qualcosa del genere, e poi ribadirono che si trovava con i motociclisti in montagna, con Richard quando gli tagliarono l'uccello e glielo infilarono in bocca e lei continuava a ripetere che non era vero, non era vero niente.

Dissero che era vero, lei negò e la fissarono ancora in quel modo strano e poi le dissero di andare a riposare perché doveva essere stanca. Le erano successe tante cose, era stata violentata, l'avevano portata in ospedale e tutto il resto, avrebbero ripreso a parlarne l'indomani mattina. Vero, era stanca. Entrò in una delle due stanze da letto e cadde addormentata senza nemmeno spogliarsi, tanto era sfinita. Più tardi scoprì che anche in camera da letto c'era un occhio magico dal quale la spiavano mentre si vestiva e svesti-

va. La cosa non le fece né caldo né freddo; molti l'avevano guardata spogliarsi, non era un problema. Ma quella prima sera li sentì parlare e prendere delle birre dal frigorifero ed era già l'indomani mattina quando si svegliò con la bocca impastata per il vomito della notte prima e le diedero del caffè con una brioche e un nuovo spazzolino e dentifricio e oggetti da toilette che le avevano comperato. Oggetti belli, come se fossero stati scelti da una signora.

Poi le mostrarono ancora le fotografie costringendola a guardarle a lungo, anzi, per un tempo interminabile. Le raccontarono l'accaduto, la successione dei fatti nella stessa versione che più tardi lei raccontò al gran giurì mentre continuava a ripetere che le cose non erano andate così e che non sapeva cosa fosse successo perché non era stata presente. Allora dissero okay, ricominciamo da capo. Conoscevi la vittima, Richard Bartless? Sì. Lo conosceva, glielo aveva già detto, non era quello il problema. Okay. Dunque, sei mai andata al bar con lui? Sì. Non c'era problema neanche con questa domanda. E in quel bar incontrasti i motociclisti quella notte? Sì. E ti portarono in montagna per violentarti? Sì. E ti riportarono al motel? Sì. Dove Richard dormiva nella stanza accanto alla tua? Sì. A quel punto cominciava a capire dove volevano arrivare. E Richard non venne forse nella tua stanza per impedire loro di farti del male? No, è qui che finisce la verità. Loro non si fermarono; legarono Richard e dopo portarono entrambi in montagna. No. E lo sodomizzarono, continuarono, come se anziché no lei rispondesse sì. E dopo presero un coltello e lo arroventarono nel fuoco e lo colpirono decine di volte. No. Le domande si susseguivano come se i suoi no fossero dei sì. E poi gli tagliarono l'uccello e glielo infilarono in bocca. No. E poi gli spararono nella testa. No. E gettarono il corpo giù dal dirupo e ti riportarono al motel discutendo se farti fuori o no per decidere infine di risparmiarti. Sì e no. E poi se ne andarono con le loro moto lasciandoti lì dopo averti fatto giurare che non avresti fiatato. Sì.

Prepararono un caffè e offrirono a lei una coca e poi ricominciarono con la stessa storia, dal principio. Uguali le domande, uguali le risposte. A un certo punto chiese il permesso di andare in bagno e le risposero di no, non ancora. Sarebbe scoppiata, doveva andare, non poteva trattenersi più. Avrebbe pisciato sul pavimento, la qual cosa l'avrebbe imbarazzata moltissimo, molto di più che essere violentata o altro, non ne capiva il motivo ma non voleva fare pipì sul pavimento, di fronte ai poliziotti. Così infine uno di loro, quello più gentile, Gomez, le disse che poteva andare. Ma ascolta, aggiunse, quando torni, ti rifaremo le stesse domande e questa volta vogliamo che tu dica la verità.

Dopo pranzo li aveva raggiunti un terzo uomo. Moseby. Le disse chi era, quanto fosse desolato per ciò che le era accaduto e si dichiarò disposto ad aiutarla. Per un momento si sentì sollevata ma poi cominciò anche lui a parlare come gli altri dell'omicidio e del fatto che lei vi avesse assistito. Così rispose anche a lui quello che aveva detto agli altri due ovvero che forse le cose erano andate proprio come dicevano ma lei non lo sapeva perché non era stata presente, non aveva visto nulla.

Diede in escandescenze e la chiamò bugiarda, puttana, troia. Disse che se si ostinava a mentire non avrebbe potuto fare altro che arrestarla con l'accusa di associazione per delinquere in quanto complice di un omicidio. Rita era terrorizzata. Ma che cosa poteva fare? Le avevano sempre detto di non mentire mai alla polizia e adesso tre poliziotti le chiedevano di testimoniare il falso.

Andarono avanti fino a notte fonda, era stanca morta, lo stupro e l'emorragia le avevano risucchiato tutte le forze, doveva andare a dormire ma loro non glielo consentivano. Andarono avanti a interrogarla tutto il tempo dandosi il cambio, tenendola sveglia, pungolandola quando si appisolava, costringendola a ingurgitare caffè che non le piaceva e coca-cola, vietandole di andare in bagno fino a quando cominciò a pisciarsi nei pantaloni, beffandosi di lei, tenendola sveglia tutta la notte e il giorno seguente fino a che il suo cervello si fuse del tutto; parlava a stento, non sapeva quello che diceva. Continuarono a ripetere le stesse domande, ininterrottamente. Infine perse i sensi per la stanchezza.

Doveva essere pomeriggio quando si addormentò, ma al risveglio era buio. Giaceva nuda nel letto. L'avevano svestita. Qualcuno aveva abusato di lei, aveva del cotone in mezzo alle gambe, sangue fresco. Forse era stato provocato dalla stanchezza, ma le sembrò piuttosto che avessero approfittato di lei mentre era svenuta. Non importava; voleva soltanto farla finita e aveva ancora paura di mentire, pensava che fosse una trappola, che se avesse risposto "sì" alle domande alle quali avrebbe dovuto rispondere "no" l'avrebbero arrestata. Che fosse una trappola per spingerla a mentire e poi avere una scusa per arrestarla. Non sapeva proprio cosa fare.

Entrarono nella stanza e le dissero di rivestirsi. Non aveva un cambio d'abiti e dovette rimettersi gli stessi che cominciavano a puzzare. Li indossò controvoglia, non aveva scelta. Tornò nel salotto dove c'era un quarto uomo davanti a una macchina appoggiata sul tavolo della cucina. Le dissero di sedersi accanto alla macchina e le legarono una cinghia intorno al braccio. Era una macchina della verità, le dissero. Le spiegarono che le avrebbero rifatto le stesse domande e che la macchina avrebbe detto se diceva bugie o diceva la verità.

La cosa le fece piacere: siccome sapeva di non avere mentito pensava che la macchina li avrebbe convinti a lasciarla andare, che le avrebbero infine creduto. Le rifecero le stesse domande, sempre le solite, mentre il quarto uomo osservava la macchina in modo strano prendendo appunti sul foglio di carta che usciva dall'apparecchio e gettava curiose occhiate a Moseby. Mo-

seby guardava lei come se fosse arrabbiato, come se quello che la macchina stava dicendo non fosse quello che avrebbero voluto sentire. Ma lei non poteva farci niente; stava dicendo la verità.

I quattro cominciarono a parlottare tra loro. «È grave» dissero, «è piuttosto grave.» Poi Sanchez andò a sedersi accanto a lei e all'improvviso la colpì duramente con uno schiaffo facendola cadere dalla sedia. Era sconvolta e spaventata a morte per il dolore, lo schiaffo e la sorpresa.

«Sacco di merda! Bugiarda!» urlò. «La macchina della verità l'ha appena dimostrato. Dice che menti.» Ricominciò a schiaffeggiarla ma Gomez intervenne fermandogli il braccio, affermando che in quel modo non avrebbe risolto niente.

A quel punto ebbe davvero paura perché aveva detto la verità e la macchina sosteneva il contrario. Ricominciarono con le domande, le chiesero cos'era accaduto quando i motociclisti l'avevano riportata al motel per la prima volta dopo averla violentata e lei raccontò di come si erano allontanati a bordo delle loro moto lasciandola libera di cadere in un sonno profondo.

Poi Gomez, quello più gentile, disse: «Voglio parlarle in privato» e Moseby: «Neanche per idea, è una maledetta bugiarda e a questo punto la riporto a Santa Fe e la schiaffo dentro con l'accusa di complicità nell'omicidio di Richard Bartless e faccio la festa a lei e a quei fottuti motociclisti che cerca di coprire e che non sono meno colpevoli di lei, bugiarda stronzetta.» E Gomez disse: «Aspetta, lascia che le parli per cinque minuti» al che Moseby rispose: «Okay, ma solo cinque minuti, e poi io considero chiusa questa pagliacciata e la riporto a Santa Fe e la incriminiamo per complicità in omicidio. Così vieni ripagato quando cerchi di aiutare qualcuno, si fotta»e Gomez disse: «Solo per cinque minuti».

Quando gli altri furono usciti Gomez le offrì una sigaretta e gliel'accese con una certa eleganza e gentilezza guardandola in modo diverso non come se fosse un sacco di merda, buona solo da scopare anche se era svenuta e sanguinante.

«Adesso sappiamo che sei stata violentata e spaventata a morte. L'hai detto tu.» Lei rispose «Sì, è vero» e lui riprese: «E quando ti riportarono al motel eri praticamente priva di sensi e ricordi a stento di averli sentiti partire. A quel punto eri probabilmente svenuta». E lei rispose che anche quello era vero.

«E qualcuno bussò davvero sul muro della tua stanza al motel.» Sì. «Poteva essere Richard?» Rita cercò di riflettere; era possibile, dormiva nella stanza accanto e a quel punto lei era così mal ridotta che non poteva confermare niente, tuttavia non poteva nemmeno escluderlo.

«Okay» disse Gomez. Avvicinò la sua sedia a quella di lei, le accese un'altra sigaretta. Aveva gli occhi tristi e belli scuri come i suoi e la guar-

dava come se l'avesse davvero a cuore, come se volesse aiutarla anziché farla incriminare per un omicidio in cui non aveva colpa.

«Okay. Non ricordi altro fino a quando ti risvegliasti molte ore dopo.» Parlando la guardava negli occhi come se fosse davvero sincero. E lei ricambiò lo sguardo e disse: «Sì, è vero». A quel punto era svenuta e non ricordava altro fino al risveglio avvenuto la mattina seguente.

Gomez le prese una mano tra le sue; erano grandi e coprivano completamente quella di Rita ma erano gentili, le procuravano una sensazione piacevole, tenevano la sua con delicatezza, come un uomo tiene la mano di una donna quando lei gli piace come persona e come donna, non soltanto come oggetto sessuale, ma come una persona vera e disse: «Perciò non è improbabile che ti abbiano riportata su in montagna insieme a Richard Bartless, che l'abbiano ucciso e tutto il resto e che tu fossi così stanca, così esausta e spaventata da non ricordare niente. Non puoi escludere che la tua mente non ti consenta di ricordare».

Per un istante le parve che il suo cuore si fermasse. Lui le teneva una mano tra le sue guardandola negli occhi e lei disse: «Sì, potrebbe essere andata così», pur essendo più che certa del contrario. Era possibile, tutto è possibile a questo mondo. «È così che a volte funziona il cervello» riprese lui, «quando non vuole ricordare una cosa spaventosa si chiude e diventa come una soffitta con un archivio dove finiscono le informazioni e tu non devi nemmeno sapere che sono lì ma ci sono, le hai messe tu per non doverle vedere, perché sono troppo brutte da guardare. È così che la nostra mente ci protegge da noi stessi.»

Rita lo fissò annuendo come se capisse il senso delle sue parole; capiva, capiva quello che diceva e quello che voleva da lei.

Fumarono un'altra sigaretta e divisero una coca-cola, e lui la rassicurò: sarebbe andato tutto per il meglio, avrebbe avuto cura di lei, l'avrebbe protetta. Nessuno le avrebbe più fatto del male e chiunque ci avesse provato, Moseby o chiunque altro, non importava se era il suo capo (e in effetti Moseby lo era da un punto di vista tecnico) gli avrebbe staccato la testa, non avrebbe più consentito a nessuno di farle del male, gliene era già stato fatto troppo. Poi le aveva preso anche l'altra mano come se davvero lei gli piacesse come persona e come donna.

Erano rimasti nella casupola altri tre giorni. Rita, i due poliziotti e Moseby. Le avevano comprato qualche vestito nuovo, l'avevano trattata con gentilezza. Ripeterono gli avvenimenti di quella notte all'infinito fino a quando Rita non incominciò a convincersi che le cose fossero andate davvero come aveva detto Gomez, che tutto fosse accaduto e il suo cervello l'avesse rimosso, avesse cancellato la parte con Richard perché era troppo spaventosa. E di lì a poco lo credette o pensò di crederlo anche perché era più facile pensare che fosse vero mentre loro riandavano all'infinito agli avvenimenti, guardando le fotografie, ripetendo chi aveva fatto cosa, quando. A un certo punto lei non ebbe più dubbi, perlomeno per qualche ora, più tardi tornò in sé ma in quel momento poteva raccontare quello che era accaduto meglio di loro, perché ci credeva, poteva raccontarlo meglio perché era stata presente, aveva visto tutto, era successo a lei. Per qualche ora ci credette davvero.

La riportarono a Santa Fe dove rilasciò la sua deposizione a uno stenografo del tribunale alla presenza di un testimone, dichiarò che le sue parole corrispondevano a verità, che deponeva senza aver subito coercizioni o pressioni, che rilasciava la sua dichiarazione di sua spontanea volontà e che nessuno le aveva suggerito cosa dire. Poi ripeté tutto davanti al gran giurì e, più tardi, al processo.

Non so se mettermi a gridare o buttarmi sul pavimento. Rita mi guarda in attesa di una reazione. Ne ho mille. In questo istante desidero qualcosa da bere più di qualsiasi altra cosa al mondo: mi accorgo di tremare come una foglia. Poi ho un'illuminazione, forse c'è una parte migliore in me e la notte scorsa ha segnato l'inizio di una vita migliore. Al diavolo l'alcol, è l'ultima cosa di cui hai bisogno. Hai bisogno di tutta la tua lucidità.

«Ma adesso sai nel profondo del tuo cuore che era soltanto una menzogna» le dico. «È vero?» Annuisce, in silenzio.

«Non c'era nessuna soffitta nel tuo cervello dove nascondevi l'atroce verità.»

Annuisce ancora.

«Soltanto bugie» insisto, «maledette bugie.» Sono indignato, tremendamente indignato, ma devo mantenere la calma perché questa triste parvenza di ragazza è così fragile che basterebbero una parola o un gesto sbagliato per farla crollare. «Tutto quello che hai detto al processo a partire da quando sei stata riaccompagnata al motel. Tutte le storie su Richard Bartless. Tutte menzogne.»

«Ma il resto è vero» dice. «Mi hanno rapita e violentata.»

«Sì» rispondo.

«E dovrebbero essere puniti per questo, non è vero?»

«Senza dubbio. Ma per questo, per *questo,* non per un omicidio che non hanno commesso.»

«Già. Credo che sia giusto.»

So che cosa fare. Ma ho ancora una domanda.

«Perché lasciasti Santa Fe? Anzi, perché lasciasti lo Stato?»

«Me l'hanno detto loro. Mi hanno detto che non avrei mai più dovuto sapere niente di questa storia. Io non volevo andarmene.»

«Ti hanno dato dei soldi? Per il trasferimento?»

«Cinquecento dollari.»

«Dobbiamo andare in un posto... in un posto dove possa registrare quello che mi hai detto.»

Leggo nei suoi occhi la paura.

«Mi sbatteranno dentro. Me l'hanno promesso» dice in tono lamentoso.

«No. Non lo faranno. Parola d'onore. Comunque non andiamo dalla polizia, dopo quello che è successo. Voglio una tua dichiarazione ufficiale e poi ti nascondo da qualche parte. Pago di tasca mia. Un posto dove non ti potranno trovare.»

«E i motociclisti?» mi chiede.

«Loro sono in galera, bellezza. Ce li hai messi tu, non ricordi?»

«Ma i loro amici? Mi verranno a cercare anche loro.»

«No, non lo faranno. Te lo prometto.»

Mi guarda e non mi crede minimamente. Non posso biasimarla. Perché dovrebbe fidarsi di me? Ogni volta che qualcuno le ha chiesto di credergli si è trovata nei guai.

Don Strickland è un avvocato di Denver con cui ho già lavorato. È tutto pronto quando io, Mercado e Rita arriviamo in ufficio: uno stenografo del tribunale, testimoni (Don e la sua segretaria), un videoregistratore. Rita fa la sua dichiarazione non tralasciando il minimo dettaglio si è decisa infine a dire la verità. Le mostro la registrazione, facciamo le necessarie correzioni e mi firma un affidavit.

«Questa storia farà saltare qualcuno per aria» dice Don.

«Me lo auguro.» Robertson, per esempio. Anche se sembra pulito, almeno per il momento. Il gonzo all'oscuro di tutto. Non so cosa sia peggio: se essere la mente organizzativa o non sapere nemmeno quello che la soldataglia trama alle tue spalle. In un caso e nell'altro, una brutta storia.

Moseby sarà radiato dall'albo e i brindisi di felicitazione in città si sprecheranno. Sanchez e Gomez probabilmente riceveranno una bacchettata sulle mani e saranno mandati in pensione. È la polizia a prendersi cura dei suoi uomini.

Me ne frego. Io voglio vedere i miei quattro liberi, punto e basta. La società può badare a se stessa. Io mi riterrò appagato di una vittoria privata.

La segretaria di Don mi trova un appartamento arredato per Rita in uno di quei residence dove si affittano mese per mese. C'è un telefono; controllo che il numero non sia sull'elenco. Alla fine del pomeriggio ci siamo già insediati; ho pagato per due mesi e con l'aiuto di

Mercado ho trovato un'agenzia investigativa locale che mandi un uomo a controllarla a intervalli irregolari perché sappia di essere sorvegliata ma non esattamente quando. Voglio che se ne stia il più tranquilla possibile.

Ho scartato in fretta la prima ipotesi, quella di riportarla con me a Santa Fe, perché se le persone sbagliate la vedessero in città prima che io sia riuscito a registrare la deposizione in tribunale e a renderla pubblica, Rita sarebbe spacciata. Se hanno giocato con la mano così pesante non vedo perché dovrebbero tirarsi indietro a questo punto.

Rita si guarda intorno compiaciuta. Probabilmente non ha mai abitato in un luogo altrettanto bello; surclassa il mio appartamento. Bene, voglio che sia contenta, che stia tranquilla e non diventi nervosa. Siamo stati al supermercato a fare scorte per un paio di settimane. Non manca nessun genere di prima necessità; ha delle birre, tutte le cose di cui le ragazze non possono fare a meno, una televisione a colori via cavo, un paio di nuovi ricambi di vestiti: cos'altro potrebbe desiderare?

«È carino» dice sfiorando con una mano le tendine. «Mi piace la piscina.»

«Cerca di non farti troppi amici nuotando. È meglio se non parli con nessuno.»

«Ho capito. Me l'hai già detto dieci volte.»

«Voglio essere sicuro che ti sia entrato in testa. Fino a quando non torneremo in tribunale dobbiamo stare superattenti. Se quei due poliziotti scoprono dove sei...» non concludo la frase.

Annuisce con solennità. Si è già fatta abbastanza nemici.

«Cercherò di telefonarti ogni giorno» dico. «E se hai bisogno mi puoi chiamare tu. Hai i miei numeri di telefono.»

Mi mostra il biglietto da visita con i numeri dello studio e dell'abitazione.

«Okay.» Do un'ultima occhiata in giro. «Tra non molto sarà tutto finito.»

«Lo spero veramente. Sono stata segregata abbastanza per questa storia. Non mi piace niente.»

«Suggerisci un'alternativa.»

«Cosa?» Certo non ha un vasto vocabolario.

«Di' tu un altro modo per uscirne.» Dentro una scatola di legno di pino, o peggio ancora sepolta sotto tonnellate di immondizia in una discarica.

«Oh. Già.» Ha capito. «Starò attenta. Non preoccuparti.»

«Chiudi la porta. Tutte e due le serrature.»

Facile a dire non preoccuparti. Ma mentre dormirai, Rita, sarai tranquilla? Saranno sereni i tuoi sogni? Non sognerai bande di motociclisti armati di coltelli per castrare, motociclisti che ti squarteranno colpo su colpo, o poliziotti corrotti che minacciano di chiuderti in una prigione per la vita o peggio? Riuscirai a vivere giorno dopo giorno fino a quando questa schifosa storia non sarà finita senza mai preoccuparti? Senza sentire nemmeno una volta i tentacoli freddi della paura? Perché quando gli lasci spazio, se lasci che ti tocchino, che ti posseggano, i tuoi terrori non ti abbandoneranno più. Ne sarai capace, Rita? Forse puoi vivere di fede cieca.

Me lo auguro con tutto il cuore.

Io non ne sono capace e già mi preoccupo. Per lei, per i motociclisti, per tutti noi costretti a ballare al tetro ritmo di questo requiem.

«Mi stai prendendo per il culo o che cosa? È la verità? Dimmelo, cazzo!» Lone Wolf sta tuonando tutto proteso verso di me con il peso dell'intero corpo sui pugni dalle nocche bianche per la tensione, appannando il vetro che ci separa nel tentativo di avvicinarsi il più possibile. «Dimmelo subito, stronzo!»

«È la verità. Ma adesso siediti, prima che ti sbattano in isolamento.»

Si abbandona sulla sedia col respiro pesante; sta sudando, e all'improvviso il davanti della camicia è tutto bagnato. Per mesi ha tenuto a bada emotività e sentimenti, e ora deve farci di nuovo i conti.

«Non ci credo per un cazzo. Non ci credo.»

«Fai male.»

Ci fissiamo e all'improvviso sorride...

«Gloria alleluia. Forse Dio esiste.»

«Forse. Anche se personalmente non ritengo la questione pertinente al caso.»

«E adesso cosa si fa? Quando usciamo di qui?»

«Non correre.»

«Ma ha cambiato la versione dei fatti e lei è l'unico testimone dell'accusa. Quello che è giusto è giusto... o no?»

«La giustizia qui non c'entra niente. A questo punto dovresti averlo capito.»

«Sì, però...»

Ha già paura, di nuovo. L'euforia è durata un istante, forse meno. Poi la realtà.

Gli spiego quello che succederà. (Più tardi in giornata farò la stessa cosa con gli altri tre. Ho chiesto di poterli vedere tutti insieme poiché si trattava di un caso eccezionale ma la mia richiesta ha incontrato un veto sommario soprattutto perché non avevo dato al direttore del carcere i particolari che tengo in serbo per il giudice.) Porterò il video di Rita Gomez alla Corte Suprema e inoltrerò l'istanza per un nuovo processo basato sulla ritrattazione della testimonianza non emersa durante il processo originale. Una volta accolta l'istanza, sempre che l'accolgano, chiederò che le imputazioni contro i miei motociclisti vengano derubricate perché le dichiarazioni della testimone principale non possono più essere ritenute valide e senza di esse l'accusa non ha elementi contro gli imputati, per non parlare del fatto che l'intero processo è stato compromesso da spergiuri e false prove. Sono abbastanza sicuro che le cose andranno in questo modo; Robertson li vedrebbe volentieri sul rogo, ma non è uno stupido.

«Allora quando?»

«Diciamo sei mesi» ribatto. «Forse meno. Ma le ruote della giustizia girano lentamente, soprattutto se è lo Stato a dover stare attento a non rompere le uova.»

«Già.»

Può stare sei mesi anche a testa in giù. Tutti e quattro. Non è contento e nemmeno gli altri lo saranno ma quantomeno cominciano a intravedere una via d'uscita.

Lo guardo.

«Come stai?»

Ricambia il mio sguardo e ritrovo nei suoi occhi un'espressione che appartiene ormai al passato, al nostro primo incontro.

«Sono innocente, amico. Come sempre.»

Corte Suprema dello Stato del New Mexico. Richiesta: in base all'istanza presentata dai difensori del caso che vede lo Stato contro Jensen et al., la corte accoglie la richiesta di un'udienza per un processo d'appello inoltrata dai difensori.

Una dichiarazione piuttosto semplice. Certo, per arrivarci sono stati necessari due mesi. Quella prima notte al mio ritorno a Santa Fe non riuscii a trovare Paul, ma Tommy, Mary Lou e io celebrammo l'evento fino a notte fonda e poi io e Mary Lou continuammo da soli. Ha una bella casa la ragazza dei miei sogni, a nord della città. Una casa in stile spagnolo con un panorama stellare della città, nuova ma con autentiche travi a vista di legno di pino. Era la prima volta che dormivo a casa di una donna da quando Holly mi lasciò (benché la casa tecnicamente fosse mia lei non era della stessa opinione). La prima di un numero infinito di volte, mi auguro.

L'indomani mattina sono nell'ufficio di Robertson che mi ha già fatto aspettare quarantacinque minuti. Niente di nuovo sotto il sole, le vecchie amicizie sono magari dure a morire ma prima o poi ce la fanno. Mi siedo di fronte a lui cercando di non avere l'aria del gatto che si è appena mangiato il canarino. È impaziente. «Ho una giornata zeppa di appuntamenti, mi auguro che sia davvero importante.» Gli tendo l'affidavit senza una parola.

Lo sfoglia velocemente, poi si ferma, mi guarda allarmato e ricomincia a leggere più attentamente. Lo osservo sorseggiando il caffè. È un documento lungo, circa una ventina di pagine e Robertson ci impiega un po' a finirlo. Non ho nessuna fretta, può prendersi anche tutta la mattina se lo desidera, voglio che non gli sfugga niente.

Quando arriva alla fine il documento gli scivola dalle dita. Abilmente lo afferro al volo e lo ripongo nella mia borsa. Robertson fissa la parete di fronte, il soffitto. Cerca di raccogliere i pensieri. Sono paziente: posso aspettare anche le calende greche.

«Potrei averne una copia?» chiede.

«A tempo debito.»

«Quando la presenti?»

«Nel pomeriggio, se mi riesce. Altrimenti domani.»

Annuisce.

«Se fossi in te non lo farei.»

«Ma per la fortuna dei miei clienti non sei me» ribatto. «Perché no, comunque?»

«Perché si tratta di un mucchio di menzogne. Una completa e totale invenzione. Si sente la puzza della frode a miglia di distanza. Potresti rovinarti la carriera.» Afferra una matita e la fa girare vorticosamente tra le dita come fanno le majorette con le bacchette dei tamburi.

«Non sono d'accordo.»

Ci squadriamomo, un confronto molto macho. Il muro psichico che ci separa in questo momento è più spesso e più impenetrabile del vetro che mi separa dai motociclisti durante i nostri colloqui.

«Io sono un bugiardo» dice in tono monocorde. «Uno spergiuro. Un fabbricante di prove false. Un criminale.»

«Nessuno dice niente del genere» replico. Attento Alexander, non metterti a giocare a chi sputa più lontano con lui.

«C'è scritto questo.» Indica la mia borsa. «In quel mucchio di pattume che hai lì dentro.»

«Due poliziotti. Moseby. Tu non sei coinvolto.»

Scuote la testa. «Io sono il solo responsabile» sbraita picchiando con un dito sulla scrivania. «Della mia vita.»

«Sei stato giocato.»

«Vai all'inferno.»

«Dico sul serio, John. I tuoi uomini hanno tramato alle tue spalle. Ma non te ne rendi conto? Per l'amor di Dio, John, non te ne rendi conto nemmeno ora?»

Sta diventando paonazzo e le vene gli pulsano sulle tempie. Avrei paura per la sua salute se non fosse un esemplare così perfetto della specie.

Ne ho per me.

«E dovrei credere alla parola di una fottutissima troia, una squallida messicana che non sa fare due più due... dovrei credere che tutto quello che ha detto era falso mentre ora sta dicendo la verità, ovverossia che il mio braccio destro e due degli uomini migliori dell'ufficio dello sceriffo di questa contea, due uomini che insieme totalizzano più di quarant'anni di esperienza durante la quale hanno ricevuto centinaia di encomi senza mai avere una macchia sulle loro schede, dovrei a questo punto credere che tre uomini fidati hanno architettato tutto?»

«Io ci credo» rispondo con la maggior calma possibile. Sono molto pacato; so di avere ragione e che anche lui lo sa o che perlomeno comincia a nutrire forti dubbi su questo caso. Sulla sua valutazione.

Tento la sorte, a volte non riesco proprio a trattenermi e in tono scherzoso dico: «Strano. Quando era la tua testimone sembrava un paradigma di verità, e adesso è una squallida bugiarda».

«Balle.» Liquida l'argomento con un gesto. «Non uscire dal seminato.» Mi guarda come se fossi entrato nel suo ufficio subito dopo aver calpestato un mucchio di merda.

«Dov'è?» domanda.

«Al sicuro.»

«Dove?»

«In un posto dove i tuoi uomini non riusciranno a trovarla» ribatto. «Come l'ultima volta.»

«Me lo auguro per te.»

Mi metto sul chi vive. «È una minaccia? Stai minacciando la mia testimone?» Brutto figlio di puttana, stiamo giocando davvero duro.

«Prendila come ti pare» risponde tetramente. «Io non infrango la legge, io la rappresento, non dimenticartelo.»

«Non è facile quando si sentono stronzate simili.»

«Fottiti.» Si protende verso di me, arriva a pochi centimetri dal mio naso. Non mi ritraggo.

«Se i miei mentono, mente anche il dottor Grade. Nientemeno che uno dei più illustri e rispettati patologi criminali del paese. È così Will, mente anche lui, non è vero?»

Ho riflettuto a lungo sulla questione. «Non necessariamente» dico.

«Oh sì, invece. Si coprono a vicenda. Senza la sua testimonianza quella della Gomez risulta sospetta. Lavorano in coppia.»

«Non è detto, se i tuoi uomini erano al corrente della teoria del dottor Grade prima di trovare la Gomez. Non è obbligatorio se si sono limitati a prendere l'informazione da lui e a incorporarla nella storiella che le hanno propinato.»

Robertson spezza in due la matita con un colpo secco. «Probabilmente stai fumando dell'erba molto potente. Cos'altro? Vuoi forse farmi credere che la Gomez non li ha mai incontrati? Cosa ne dici di questo? Forse è falso anche che lei e i motociclisti si siano conosciuti.»

«Lo sappiamo tutti. Ci sono centinaia di testimoni che li hanno visti uscire insieme dal bar.»

«E se mentissero tutti quanti?»

Mi alzo. Non arriveremo da nessuna parte di questo passo.

«Ci vediamo in tribunale.»

«Ci sarò.» Mi guarda come un esaltato.

«Ti avevo quasi distrutto, Will. Alla prossima volta ti finirò.»

O ti scaverai la fossa con le tue stesse mani, stronzo, penso mentre esco. Sento il suo sguardo fisso sulla mia schiena anche quando ho già richiuso la porta.

«Rita. Sono io. Will Alexander. Apri la porta Rita.»

Busso ancora. Nessuna risposta. Sono quasi le dieci di sera, dovrebbe essere a casa.

«Rita?»

Merda. Perché non c'è? Le ho parlato ieri per dirle che sarei arrivato. Per accertarmi che ci fosse. L'udienza per il nuovo processo sarà la prossima settimana e voglio ripassare tutta la deposizione con lei.

Sono passati quattro mesi da quando l'abbiamo registrata, quattro mesi da quando portai la notizia ai miei motociclisti in gattabuia, quattro mesi da quando misi con le spalle al muro John Robertson nel suo ufficio. Quattro mesi estenuanti durante i quali ho incontrato Robertson una ventina di volte. In alcune occasioni Moseby era presente benché Robertson sia sempre stato attento a fare in modo di non essere ulteriormente compromesso: il suo luogotenente numero uno potrebbe trovarsi un giorno o l'altro dal lato opposto della barricata, nel ruolo di imputato in un processo per avere intralciato la giustizia, se mai ci si arrivasse.

Quando si tratta di pene capitali gli appelli sono automatici, tutte le corti supreme ne sono coinvolte, non c'è nessun problema. Una volta che Robertson si è calmato e ha capito che la mia richiesta era legittima e non stavo facendo dell'esibizionismo né pubblicizzandomi per il circo dei media, ci siamo accordati di non fare chiasso e di lasciare che la questione venisse giudicata in aula anziché dalla stampa.

Comunque, quando scoppierà, la bomba avrà un effetto devastante. Via via che ci avviciniamo al giorno dell'udienza dormo sempre meno. So di non essere solo, sono quasi sicuro che Robertson, i suoi uomini, gli avvocati che stanno con me, i motociclisti e tutti quelli che guardano avvicinarsi la data fatidica con ansia stanno fissando anche loro il soffitto alle tre di notte.

«Dai Rita, apri.» Busso ancora più forte.

Da dietro le porte chiuse sul corridoio sento giungere ovattati i suoni della televisione, degli stereo, i consueti rumori della sera. Ma dietro la sua porta tutto tace.

«Rita!»

Picchio con forza.

Niente. Non c'è. Le avevo detto che sarei arrivato, le ho fatto ripetere tutto per filo e per segno. Maledizione, perché diavolo non rispondi? Perché nove decimi della mia vita girano intorno a questa cretina? A questo relitto umano?

Sta scopando con qualcuno: ecco cosa sta succedendo. È con un uomo dietro la porta che sto abbattendo; se non la smetto di picchiare le nocche cominceranno a sanguinare. Deve aver raccattato qualche marinaio (un marinaio a Denver? Impossibile, più probabile un cow-boy) e sta aprendo le gambe da quella troia rotta a tutte le esperienze che è. Forse è con uno dei detective che paghiamo perché la tenga d'occhio. Diciamo la verità, la professione dell'investigatore privato non è più quella dei tempi in cui Sam Spade si aggirava furtivo nei vicoli malfamati.

A proposito del doppio legame amore-odio, ho disperatamente bisogno di Rita Gomez e tuttavia la odio con tutto me stesso.

Peccato. Detesto l'idea d'interrompere un incontro amoroso ma prima viene il dovere. Ho una chiave dell'appartamento, non sono stato così sprovveduto. La sfilo dalla tasca, apro la porta.

«Cara, sono tornato.» Spalanco il battente come faceva sempre Ricky Ricardo chiedendosi che cosa stesse cucinando Lucy. Sta' calmo, campione, lei è tutto per te.

Come dice la canzone *the light is on but here is no one home*. Sporcizia ovunque: i piatti di un paio di giorni nel lavandino, del cibo nel frigorifero, gli armadi mezzi vuoti, idem i cassetti, qualche articolo da toilette ancora nella stanza da bagno. Ha arraffato in fretta e furia l'indispensabile. Non una partenza per un viaggio di piacere; è uscita di corsa e spaventata.

Ha tagliato la corda. Scomparsa.

Mary Lou arriva con il primo volo del mattino. Battiamo la città. Bar, alberghi, motel, YWCA, ristoranti, tutti i posti dove un fuggiasco potrebbe cercare di nascondersi. Le stazioni dei Greyhound, degli Amtrak, compagnie aeree. Niente. Come prevedevo. Non conosco i suoi amici, se ne ha, non so quanti soldi avesse con sé e quante ore o giorni di vantaggio abbia. Se l'è battuta dopo la nostra conversazione telefonica, a questo punto potrebbe essere ovunque, anche all'estero.

Passiamo due giorni cercandola. È peggio che cercare il fatidico ago nel pagliaio perché non sappiamo nemmeno dove sia il pagliaio, né se ci sia.

Potrebbe essere morta.

Cerco di non pensarci senza molto successo. Possono averla trovata. L'ho messa in guardia innumerevoli volte: non fare amicizia con nessuno, non dare il tuo numero di telefono a nessuno, non portare nessuno a casa e soprattutto non rivolgerti per nessun motivo al mondo alla polizia. La polizia *non* sta dalla tua parte. Sono loro che vorrebbero metterti fuori gioco più di chiunque altro perché sei una potenziale nemica, qualcuno che può distruggere i loro più profondi interessi.

E sapevano dov'era perché ce l'hanno mandata loro. Hanno avuto a disposizione quattro mesi per trovarla e quattro mesi sono un lasso di tempo più che sufficiente per scovare chiunque se lo si vuole davvero. La polizia di Denver potrebbe avergli dato una mano, se non in modo attivo lasciandogli perlomeno via libera.

È un pensiero che mi raggela il sangue nelle vene. Robertson non potrebbe mai autorizzare una cosa simile. Conosco Moseby e so che non ha il fegato per un atto così estremo, ma Gomez e Sanchez? Un tiro lungo, ma i tiri lunghi a volte vanno in porta.

Più realisticamente è probabile che non si sia sentita di affrontare la terrificante prospettiva di un ritorno a Santa Fe, in tribunale, di affrontare gli uomini che l'hanno spinta alla falsa testimonianza. Non è colpa sua se è stata violentata, se conosceva un disgraziato che si è fatto ammazzare dagli stessi delinquenti che l'hanno stuprata, che le hanno fatto del male. Una vittima, nient'altro. E non vuole più esserlo.

La posso capire. Per la prima volta da quando la conosco le sono vicino.

«E adesso?» chiede Mary Lou.

«Non so. Hai qualche idea?»

Siamo nella sala d'aspetto dell'aeroporto Stapleton in attesa del nostro volo per Albuquerque. Siamo qui da meno di mezz'ora e ho già bevuto tre Johnny Black. Ogni volta che cerco di ridurre le dosi succede qualcosa di tremendo.

«Non sono mai stata alle Hawaii» dice.

«Hai un costume da bagno con te?»

«Ho portato la mia American Express d'oro. È lo stesso.»

Ci guardiamo disperati. Faccio cenno alla cameriera di portarmi un altro whisky.

«Will...» Un ammonimento.

«Ma che diavolo di differenza fa?» Mi sento così male che vorrei mettermi a piangere. «Ne ho diritto. Bevo anche per gli altri quattro.»

«Non sarebbero d'accordo. Non piace neanche a me.»

«Mi pagano per ricevere i miei consigli, non per darmene» ribatto sprofondando nella mia rabbiosa autocommiserazione.

«Io non c'entro.»

«Per piacere» gemo, «non esagerare... non mi merito una ramanzina. Non oggi.»

«D'accordo.» Se ne lava le mani.

Merda. Detesto quando qualcuno rinuncia a combattere e ottiene la vittoria facendomi sentire in colpa.

Arriva la cameriera. Appoggio una mano sul bicchiere.

«Ho cambiato idea.» Sorrido in modo vago e lei si allontana. Guardo Mary Lou. «Contenta?»

«Sì» dice. «Dunque...»

«Non so.» Scolo il fondo del bicchiere leccando le ultime gocce di scotch rimasto sui cubetti di ghiaccio.

«Dobbiamo trovarla» dice. «Assolutamente.»

Mi prende una mano e depone un bacio sul palmo.

«Possiamo farcela. Anzi, dobbiamo. Non abbiamo scelta.»

«Rita Gomez ha l'influenza, Vostro Onore È impossibilitata a muoversi a causa della febbre. Ho un certificato medico.»

Tendo il foglietto a Martinez. Non è proprio un falso, l'ha rilasciato un dottore di Boulder.

La paziente non c'era, d'accordo, ma il dottore è l'amico di un amico.

«Che aggiornamento desidera, avvocato?» mi chiede con gentilezza.

Guardo dietro di me. Robertson e Moseby mi stanno fissando. A nessuno dei due piace quello che vedono, sanno che sto improvvisando. Robertson non sa cosa succede, pensa che io stia rincarando la dose per ottenere il massimo effetto ma non sospetta la verità. Tengo d'occhio Moseby continuamente; se è coinvolto nella sparizione di Rita è un attore migliore di quanto abbia mai creduto.

«Sono sicuro che una settimana basterà, Vostro Onore. Vogliamo soltanto accertarci che sia in buone condizioni fisiche per affrontare il viaggio e l'udienza.»

«Obiezioni?» chiede Martinez.

Robertson potrebbe piantare una grana ma sa che il giudice questa volta me la darebbe vinta.

«No, Vostro Onore .Nessuna obiezione se si tratta solo di una settimana.»

«Una settimana a partire da martedì» dice il giudice Martinez consultando il calendario. «Dunque una settimana e mezzo, avvocato.»

«Grazie Vostro Onore. Ci saremo.»

«Siete pronti, avvocato?»

«Abbiamo un problema, Vostro Onore»

«State forse dicendo alla corte di non essere pronti?» mi chiede con una certa durezza.

«La mia testimone è scomparsa.»

«Prego?»

Alle mie spalle Robertson parlotta con i suoi.

«In questo momento non siamo in grado di rintracciare Rita Gomez la quale è... uh... è scomparsa dalla nostra vista o quantomeno non si trova in nessun luogo raggiungibile da noi» spiego in tono poco convincente.

Se la terra si spalancasse per inghiottirmi in questo momento sarei contento.

Non ho mai lavorato tanto come nei dieci giorni appena trascorsi. Subito dopo l'aggiornamento mi sono precipitato a Denver con

Mary Lou. Mary Lou è eccezionale, ha tutto quello che si potrebbe desiderare in un socio e in una donna. Ha usato tutti i suoi giorni di ferie per aiutarmi, e quando questa storia sarà finita, se mai finirà, dovrò ripagarla degnamente, cosa che sarò ben felice di fare.

In quanto all'agenzia investigativa devo ammettere che hanno dato una mano; tre uomini a duecento dollari al giorno ciascuno più le spese, tutto gratis. Subito dopo la scomparsa di Rita avevamo avuto un battibecco ma come mi hanno ragionevolmente fatto rilevare non potevano essere ritenuti responsabili di ogni suo movimento visto che non avevamo richiesto una sorveglianza ventiquattro ore su ventiquattro; non l'avevamo ritenuto necessario, e inoltre non potevamo permettercelo economicamente. Abbiamo chiamato tutti gli avvocati, i vecchi amici, le conoscenze, chiunque potesse aiutarci a trovarla. Migliaia di telefonate. Tutti i bar, i ristoranti, gli alberghi a ore. Ospedali e obitori. Abbiamo passato al setaccio ogni angolo nel raggio di cento miglia. Di Rita Gomez nemmeno l'ombra; nessuna traccia, neppure una debole pista da seguire.

«Ormai potrebbe essere ovunque» disse Mary Lou una notte quando arrivammo sfiniti nella nostra stanza d'albergo. «Sono passate due settimane.»

«Credo che non abbia lasciato la città, o quanto meno la zona.» Ci credevo ostinatamente, non so perché, ma ne ero sicuro. «Penso che sia qui con un amico, nascosta in qualche angolo della città.» Ne sono convinto; era troppo spaventata per studiare un piano, e conoscendola ritengo che si sia rifugiata senza ragionare nella tana più vicina, da quel coniglio che è, e spero con tutto me stesso che riesca a restare nascosta e a non farsi beccare dai cacciatori.

«Vuoi crederlo, Will.»

«Esatto.»

«Anch'io voglio credere che sia ancora in città, ma dobbiamo affrontare il fatto che potremmo non trovarla.»

Lo so. E non è affrontabile.

Il capo dell'agenzia investigativa era imbarazzato.

«Non mi sono mai occupato di un caso simile con così poco successo.»

«Avete fatto del vostro meglio.»

«Continueremo a tenere gli occhi aperti informalmente. È un omaggio.»

Lo ringraziai, uscii, Mary Lou mi aspettava nel taxi. Arrivati all'aeroporto prendemmo un volo per Santa Fe.

Mary Lou si tenne in contatto con Mercado. Niente nemmeno da quella parte. Rita si è fatta furba e questa volta non ha lasciato tracce. Era la nostra ultima fievole speranza.

Tutto ciò accadeva ieri.

Martinez mi guarda dall'alto in basso.

«Lei ha qualche idea del perché la signorina non sia presente, avvocato?»

«No signore. Niente di preciso.»

«E in generale? Niente?»

«No.»

«Vuole chiedere un altro aggiornamento?»

«Tenendo conto del carattere eccezionale delle circostanze mi piacerebbe, Vostro Onore. Sì, vorrei un aggiornamento.»

«Obiezione, Vostro Onore!» grida Robertson saltando in piedi. «Non ci sono i presupposti. Se il primo aggiornamento era dubbio questo sarebbe del tutto ingiustificato.»

Il giudice guarda da lui a me.

«Qualora io le concedessi un altro aggiornamento, lei è in grado di assicurare a questa corte che riuscirà a trovare la testimone? Che vi sono buone probabilità che essa entri in quest'aula entro un tempo ragionevole?»

«No, Vostro Onore. Non sono in grado di garantirglielo.»

«Allora dobbiamo procedere senza di lei» mi informa.

Martinez ha guardato il video di Rita.

«Non ha altro da aggiungere?» chiede. «Qualche altro testimone o qualche elemento a sostegno della sua richiesta?»

«No, Vostro Onore. Null'altro che la deposizione.»

E Robertson la fa a pezzi in quattro e quattr'otto; anche uno studente del primo anno l'avrebbe smontata, se minimamente competente. Rita Gomez sostiene di dire la verità e di aver mentito al processo; perché non potrebbe essere il contrario? Una dichiarazione vale l'altra.

Chiama Gomez a testimoniare.

«Ha fatto qualcuna delle cose che la signorina le imputa?»

«No.»

Sanchez: «No. Un mucchio di bugie dall'inizio alla fine.»

Moseby si rivolge a Martinez, a me, a Robertson. Indossa una camicia pulita e stirata. Nuova di zecca.

«Non solo non sono colpevole di ciò di cui mi si accusa» dice, «ma tenendo conto del tipo di persona che mi trovavo davanti ho fatto l'impossibile per controllare la veridicità delle sue attestazioni. Ho controllato e ricontrollato tutti gli aspetti della sua storia. Non ho mai trattato un testimone come mi si accusa di aver fatto; non ho mai infranto la legge né l'ho mai adattata alle mie esigenze. Sembra che qui sia *io* l'imputato» dice con aria molto addolorata, «e non è così. E disapprovo l'avvocato Alexander per aver montato queste accuse fasulle contro di me e questi due poliziotti. Si cerca di servire la comunità nel migliore dei modi ed ecco come si viene ringraziati.»

Mi alzo davanti al giudice.

«Con il permesso della corte chiedo l'apertura di un nuovo processo basato sulle nuove prove emerse e presentate nell'istanza e nella deposizione registrata.»

«Sono contrario a un nuovo processo» incalza Robertson. «Sono assolutamente contrario. Dovremmo chiudere questo caso per sempre e subito. Non si tratta di nient'altro che di un disperato tentativo di inficiare un processo giusto. Un pietoso e disperato tentativo che si smaschera da solo. Non è degno di questa corte prendere in considerazione una simile beffa della giustizia, del nostro sistema legale.»

Lo dice chiaro e tondo senza mezzi termini, nel caso Martinez non abbia capito bene.

Martinez respinge il ricorso. Impiega meno di venti minuti a deliberare; non c'era niente su cui deliberare.

Autorete.

Non mi sono mai sentito un rottame impotente come in questo momento. Negli ultimi due anni il malessere è diventato praticamente una seconda natura. Non stavo peggio nemmeno quando Holly mi lasciò o quando Andy e Fred mi buttarono fuori, o quando Patricia si trasferì a Seattle. Neanche alla fine del processo, quando sentimmo il terreno mancarci sotto i piedi. Quegli uomini mi hanno affidato le loro vite e io ho fallito, ho tragicamente fallito ancora e, quel che è peggio, ho riacceso le loro speranze.

Il direttore del carcere è una brava persona e mi fa un grande favore concedendomi l'autorizzazione a incontrarli tutti e quattro insieme. È irregolare, dal punto di vista tecnico, ma è la sua prigione e può dirigerla come gli pare se le cose sono tranquille, e in questo momento lo sono.

È la prima volta che i motociclisti si incontrano dal processo ed è passato quasi un anno. Muoiono dal desiderio di abbracciarsi e stringersi il più forte possibile ma sanno che ogni contatto fisico è severamente proibito e provocherebbe l'interruzione immediata dell'incontro oltre ad aggiungere aggravanti alle imputazioni per cui stanno già pagando facendogli guadagnare una cella d'isolamento.

Perciò si abbracciano l'un l'altro mentalmente, gli occhi lucidi di affetto.

Questi quattro uomini, i più duri e spaventosi che io abbia mai conosciuto, hanno un disperato bisogno d'amore; ho davanti a me la dimostrazione vivente che anche la belva più feroce può essere domata, se lasciata a marcire in una prigione abbastanza a lungo. Io sono cinico, lo sono sempre stato, e a ragione, ma un momento come questo mi rafforza nella convinzione che la riabilitazione è possibile e che perfino il peccatore più incallito può trovare la luce (sembro un evangelista fasullo, come Jim Bakker o uno di quegli altri caproni, ma è vero).

Siamo tutti insieme in uno stanzone e non c'è plexiglas a separarci. Sono già al corrente di tutto, erano già al corrente prima che li avvisassi perché il tam-tam del carcere è più veloce del fax, ma ancora non capiscono il significato esatto delle notizie. La Gomez non si è presentata, ma prima o poi dovrà saltar fuori, e allora potremo riprovarci. È la testimone chiave dell'accusa. Se ricompare devono concederci un nuovo processo, non funziona così? È questione di tempo, non è così?

«Vuoi dire che anche se ricompare non servirà a niente?» chiede Roach.

«Probabilmente no.»

«E perché cazzo non dovrebbe servire più?» Dutchboy non ha ancora capito.

Lone Wolf non parla, tiene gli occhi fissi su di me.

«Perché...» Mi sta venendo un mal di testa grande come Rhode Island. «Perché si possono inoltrare istanze solo un certo numero di volte non all'infinito. Avrebbero potuto respingere la nostra richiesta fin dalla prima volta. Siamo stati fortunati, di solito non ti danno un'altra possibilità in questo gioco» concludo infelicemente.

«Ma lei ha ammesso di avere mentito» insiste il ragazzo.

«Non cambia niente.» Ci giriamo tutti. Lone Wolf ha aperto la bocca per la prima volta dall'inizio dell'incontro. «O no?» mi chiede.

«No.»

«Ma perché?» insiste Dutchboy.

Questo ragazzo di ventidue anni si rifiuta di capire perché capire e accettare significa rassegnarsi all'idea di non lasciare più questa galera se non dentro una bara.

«Esiste una procedura» comincio a spiegare. Voglio che tutti capiscano. «Un appello ha delle regole. Non si può tornare in tribunale ogni qualvolta si ritenga di essere in possesso di un elemento nuovo, e non si può soprattutto se lo si è già fatto una volta con un'istanza specifica come nel nostro caso, con una testimone che invalidava la testimonianza precedente. Perché altrimenti tutti passerebbero la vita chiedendo di rifare i processi, e lo Stato non potrebbe più né ammazzare né seppellire qui dentro nessuno, e allo Stato questo non piace perché lo Stato vuole la sua dose di carne da macello.»

«E così anche se l'intero caso si regge su una balla non fa niente perché per un cavillo legale riescono a farla franca» conclude Goose.

«È esatto.» Lui lo sa, l'ha sempre saputo.

«Non riesco a crederci» dice Roach. Sta tremando e batte nervosamente un piede sotto il tavolo. È il più instabile dei quattro e potrebbe crollare.

«È come in quel film di quel tizio in Texas. Sai...»

«*The Thin Blue Line*» ribatte Goose.

«Già. Quel tizio dovrebbe essere ancora dentro. Perché un pivello ha mentito e la polizia voleva credergli. Come con noi. Merda, scommetto che succede tutti i giorni.»

«No. Grazie a Dio non tutti i giorni. Ma qualche volta accade ed è sempre una volta di troppo.»

«Soprattutto quando tocca a te» dice Roach.

«Perciò anche se ricompare» ripete Goose che vuole essere assolutamente certo di capire quello che sta succedendo, «anche se si fa viva e giura su un mucchio di bibbie non serve più a niente.»

«Non è detto, ma le probabilità sono contro di noi. E non solo perché non si è fatta viva questa volta» spiego, «ma perché è una bugiarda e sta dicendo "allora mentivo ma adesso dico la verità". Una dichiarazione annulla il valore dell'altra. Chi può garantire che sia vero, che non abbia detto la verità allora e menta adesso? È già successo.»

Il silenzio riempie la stanza.

«E ora cosa si fa?» chiede infine Roach. «Che cosa facciamo adesso? Ci sbattiamo sulla branda e aspettiamo di morire?»

«No» dico, «andiamo avanti. Ci sono altre possibiltà. Continuerò a cercarla e insisterò con tutti i mezzi per avere un'altra udienza. Ma se questo non si verificasse ci sono varie strade. Possono durare anni.»

«Cavilli» dice Lone Wolf senza intonazione.

«È vero» ammetto, «ma hanno già funzionato in altre occasioni.»

«Già, per impedirgli di farti fuori. Un bell'ergastolo invece della pena di morte. Fantastico» conclude senza allegria.

Sono franco con loro: per il momento non abbiamo altro.

Parliamo ancora un po'. Qualsiasi contatto umano è prezioso.

Poi non c'è più niente da dire. Li portano via ammanettati e con i ceppi alle caviglie, li riconducono nelle loro celle. Non si vedranno più Dio sa per quanto tempo.

Lone Wolf è l'ultimo a uscire. Mentre varca la soglia tra un rumore di ferraglia con le pesanti catene penzoloni come sartie mi fissa.

«Ma ne vale la pena?»

«Sei ancora vivo, amico.» Cerco di esprimermi nel modo più convincente possibile. «E finché sei vivo tutto può succedere.»

«Dipende da che parte stai.»

Poi lo portano via.

Ho paura. È pericoloso regalare una speranza a un uomo disperato e poi strappargliela. Lo fa impazzire. Farebbe impazzire me.

E quando gli uomini impazziscono fanno cose pazze. Fregandosene delle conseguenze.

È mezzanotte passata. Seduto al buio nel mio ufficio guardo la città o perlomeno la parte visibile da qui, gli edifici scuri dalle linee spagnoleggianti, più in lontananza gli uffici statali, tutti spenti. Sono solo.

Ho l'impressione di essere davanti a un crocevia. È una sensazione che ho già provato, che anzi sembra essere diventata un leitmotiv della mia vita, questo sentirmi a un crocevia o pensare di essere a un crocevia. Ho sempre avuto una forte propensione al melodramma, caratteristica che si è rivelata molto utile in aula ma ora che mi fermo a considerarla con distacco sembra aver nuociuto al resto della mia esistenza. Mi è costata alcuni rapporti con persone care. Mi ha fatto vedere motivi d'affronto dove non ce ne erano, o se esistevano erano insignificanti. Ho sentito la necessità di trasformare minimi dispiaceri in montagne di dolore fino a quando il dolore non diventava reale e io potevo scatenare la mia ira sulle sue cause. Non me stesso, l'unica causa essenziale, bensì le ragioni che mi ero inventato. Sono una di quelle persone che sarebbero pronte a tagliarsi il naso pur di sputarsi sulla faccia. Non sono mai stato capace di superare questo atteggiamento infantile. Alberga dentro di me una spinta all'autolesionismo. Probabilmente uno psicologo direbbe che non sentendomi degno delle cose belle faccio sempre in modo di non averle. Può essere. Ma mi sta costando le cose più importanti della vita, quelle che mi fanno sentire bene e vivo quando non mi crogiolo nel pantano dell'autocommiserazione. Sono pieno di rancore nei confronti di Andy e Fred, ma un tempo siamo stati amici, uniti da un sentimento forte, e insieme abbiamo creato qualcosa di importante e durevole che mi è sopravvissuto. E io ho rovinato tutto. Non era colpa loro ma colpa mia. Dal mio divorzio da Patricia è passato tanto tempo che non ne ricordo più i motivi, ma sono sicuro che il problema fosse più o meno analogo; il bisogno di vantarmi delle mie gesta, di essere sempre sotto le luci della ribalta, il capobranco che attacca briga ed esercita il controllo. Ammetto che probabilmente le cose con Patricia sarebbero finite nello stesso modo, ma mi sento irrisolto per via di ciò che sono e sono stato. Non un uomo, non un vero uomo.

Ho paura di comportarmi nello stesso modo con Mary Lou. Comincio a temere che sia il mio destino distruggere le cose a cui più tengo. Questo mi spaventa.

Pensavo a tutto ciò mentre nel pomeriggio tornavo dalla prigione, e dopo aver augurato la buonanotte a Susan mi trattengo in ufficio con la scusa di dover sbrigare del lavoro.

Non voglio andarmene e non so perché. Forse non voglio interrompere i miei pensieri; andare a casa a dormire vi porrebbe fine, chiuderebbe quest'episodio, e chissà cosa ha in serbo per me il mattino.

Ritornando in città pensavo ai miei motociclisti, al duro trattamento che stavano ricevendo, a quanto era faticoso per loro più che per altri, poiché sono fuorilegge nel senso romantico della parola, uomini per i quali ciò che più conta è la possibilità di correre liberi e selvaggi come mustang. Essere in gabbia per loro è più che sentirsi rinchiusi in una scatola fisica, veder morire l'anima, la loro intima essenza. Senza neppure accorgermene stavo simpatizzando con quei quattro, immaginando di essere uno di loro, un avvocato fuorilegge; e il collegamento non mi sembrava male: l'Hunter Thompson degli avvocati. Che cosa fantastica cavalcare una motocicletta lungo strade che attraversano montagne e vallate, con la ragazza giusta sul sellino posteriore stretta alla mia schiena virile, fantasticando di gloriose bevute e succulente puttane. Ovviamente per me non sarebbe stata una vocazione ma una fantasia occasionale dalla quale entrare e uscire a mio piacimento. Non mi dispiacerebbe come non mi dispiacerebbe andare a spasso con Mick Jagger e gli altri. Una celebrità fuorilegge.

E poi l'assurdità di quel pensiero come un pugno. La ridicola assurdità. Questi uomini non sono eroi romantici, sono criminali. Violentano, derubano e feriscono la gente e ne provano piacere. Ho quarant'anni: è questo a cui aspiro? Ma sono davvero tanto immaturo dietro l'apparenza adulta? Vorrei forse che mia moglie (se mai ne avrò un'altra) o la mia fidanzata o qualsiasi donna di mia conoscenza, per non parlare, Dio ce ne scampi, di mia figlia, dovesse passare anche solo un secondo con quegli uomini? Merda, cosa c'è che non va in me per farmi affascinare da un immaginario sciocco e insensato? Che cosa mi manca per sentire il bisogno di emulare o ammirare il loro modo di essere?

Ecco perché me ne sto qui seduto. Perché sento la necessità di riflettere.

Penso di voler diventare grande. Sono stanco della vita vissuta fino a oggi, di questo eterno provocare e inseguire demoni che non esistono ma poi prendono corpo e mi costringono a danze infernali. Stanco di rovinarmi l'esistenza, perso dietro la nobile causa di un romanticismo adolescenziale. Una parte di me non ha mai superato questa fase, ma devo arrivarci. James Dean è morto o qualcosa del genere.

Bevo ergo sono. Gioco a fare il mascalzone, scappo sempre, non voglio mai assumermi responsabilità, quelle vere, che pesano ma non possono essere evitate. Porto giacca e cravatta ma tra me e me mi sento un guerriero della notte. L'eterno adolescente.

Ma nulla resta immobile. La vita continua. Io non sono un romantico fuorilegge e quegli uomini in galera, per quanto ferma sia la mia intenzione di aiutarli sono diversi da me. Sono lontani mille miglia.

Procederemo ancora insieme in un certo senso, ma distinti.

«Tanti auguri a te, tanti auguri a te, tanti auguri cara Claudia, tanti auguri a te...» sono le sue amiche che cantano, ancora così bambine e già così padrone del mondo.

Undici anni. La mia bambina che una bambina non è più, che cambia a vista d'occhio. Da quando non la vedo tutte le settimane come un tempo (a volte può trascorrere anche un mese benché io cerchi religiosamente di stare con lei almeno un fine settimana su quattro; la mia frequentazione assidua della compagnia aerea mi farà presto meritare un viaggio premio intorno al mondo) ogni volta che ci incontriamo è uno shock, perché i cambiamenti alla sua età sono incredibilmente visibili. Claudia si trova in un momento dello sviluppo in cui tutto si muove velocemente, un po' come quando nei documentari sulla natura vedi la corolla di un fiore dischiudersi in meno di trenta secondi oppure segui (a fatica) le nubi che attraversano il cielo dall'alba al tramonto nel tempo di un battito di ciglia. Durante l'ultima visita mi ha confidato che una sua amica,maggiore di lei di un paio di mesi, ha avuto le prime mestruazioni. Io ho avuto un trasalimento. Come per effetto valanga il fenomeno non si è arrestato e adesso sono già in tre. Biologicamente in grado di procreare? E vogliono il reggiseno. Indipendentemente dalle mestruazioni e dalle tette. Il reggiseno alla scuola media? Un sabato pomeriggio in un centro commerciale abbiamo incontrato alcune sue amiche; dopo convenevoli, risatine e pettegolezzi di rito si sono precipitate nel reparto biancheria intima sbirciando a destra e a sinistra per vedere se i genitori le osservavano. Per fortuna, Claudia non sembra essersi particolarmente appassionata al gioco delle piccole donne, almeno a giudicare da quello che mi racconta e che fa quando è con me. Ma si confida ancora come un tempo? A ogni incontro dobbiamo affrontare un'oretta di disagio, passa presto ma tuttavia quel momento di adattamento resta sospeso tra noi come un'ombra palpabile. Non appartengo più alla sua realtà quotidiana, sono un padre assente. Benché cerchi di fare dei discorsi da adulta Claudia mi sembra ancora una bambina e forse assomiglia a Patricia, che è uscita tardi dall'infanzia per entrare nell'adolescenza. Potrebbero passare altri due o tre anni prima che debba fare i conti con Tampax e disturbi da signorina. Tuttavia con una madre con le tette al silicone troppo sprovveduta non può essere. Recentemente ho letto (ormai noto cose alle quali mai avrei pensato di prestare attenzione) che l'attuale tendenza dei giovanissimi a una maturità precoce dipende dagli stress a cui sono sottoposti, dalla spinta a crescere troppo in fretta. Non so se sia vero ma credo che l'adolescenza sia per tutti un'età difficile e disperata e so che vorrei tenere Claudia al sicuro nell'infanzia il più a lungo possibile.

È una giornata calda. La festa di compleanno si svolge nel ranch del mio amico Lucas (l'ex hippie speculatore edilizio), l'uomo nel cui fiume io e Claudia pescavamo quando trovarono il corpo di Richard Bartless e tutto ebbe inizio. È una bella radura, oltre alle scuderie e alle case c'è un campo di tennis, una piscina e una Jacuzzi. Lucas non è soltanto rimasto mio cliente e amico quando ruppi con lo studio ma mi procura anche altri clienti spesso a spese di Fred e Andy. Si diverte. Li considera dei puritani troppo facili alla condanna. Questo perché io mi faccio un bicchiere con lui ogni tanto e loro no. Mi piace attribuire una morale a questa storia.

Lucas e Dorothy non hanno figli, sono troppo edonistici per accettare qualcun altro nelle loro vite, ma hanno sempre voluto bene a Claudia e a ogni occasione la coprono di regali sontuosi. Quest'oggi non hanno fatto eccezione regalandole una bambola da cinquecento dollari e una collana con un disegno di fiori di zucca. È abbastanza grande ormai per apprezzare queste cose e li ha ringraziati con tutti gli oooh e gli aaah del caso. Dovrei protestare per questi regali così costosi ma non lo faccio. Non vorrei che nessuno la viziasse in questo modo ma ritengo di poterle concedere un ricco padrino. Si incontrano cose di tutti i generi in questo mondo e forse è meglio che vi si abitui.

Alla festa sono presenti sei amiche di Claudia, le più affezionate. Sono tutte felici di ritrovarsi insieme. Seattle è okay ma questa resta casa.

Il ranch è riccamente addobbato come nel giorno del rodeo. Per l'occasione a ciascuna delle ragazze è stato assegnato un cavallo. Abbiamo trascorso la mattina cavalcando sulle colline a oriente, sette ragazzine in blue jeans ed elmetti che conducono i loro cavalli lungo le piste. Chiudo la carovana con una videocamera sulla spalla cercando di non farla tremare mentre riprendo ogni scena per i posteri, perché Claudia possa rivedere questo giorno quando sarà grande, per i suoi figli, per me stesso quando lei sarà cresciuta e ben più lontana che a due ore di distanza.

«Mio padre sta per tagliare la torta» dice a tutti. «Tienimi il pezzo con la rosa, papà.»

Le ragazzine sono in costume da bagno. È caldo nel tardo pomeriggio. La festa sta per finire, dopo la torta e il gelato tutti a casa. Del tutto involontariamente noto i corpi di alcune delle sue amiche. Qualche bambina ha già delle curve. Piccoli seni in fiore e morbidi. Non ne sembrano consapevoli ma forse lo sono, non saprei. Ricordo di aver baciato delle ragazze alle scuole medie e di aver toccato le mie prime tette al ginnasio. E vivevo in campagna.

«Un dolce squisito» mi dice Ellie Godswiling. Siamo seduti su due sdraio accanto alla piscina. Sua figlia è tra le invitate. Ellie è venuta per aiutare a riaccompagnare qualcuna a casa.

Le ragazzine sono sdraiate sull'erba, chiacchierano animatamente, ridono. Quando ho chiesto a Claudia se non volesse invitare qualche ragazzo la risposta è stata «Sarebbero una palla al piede. Si metterebbero tutti a posare e io voglio essere al centro dell'attenzione.»

«Chi ha fatto la torta?» mi chiede Ellie.

«Io.»

«Non ci credo» mi risponde arrossendo leggermente.«Sarà stata piuttosto la tua ragazza.»

«La mia ragazza?»

«Claudia ha detto a Maria che hai una fidanzata. Qualcuno che lavora con te?» aggiunge in tono interrogativo.

La guardo socchiudendo gli occhi contro il sole. Mi sta facendo la corte? Ha la mia età, è divorziata e ha un corpo generoso.

«Non esattamente» rispondo con indolenza. Non intendo farne niente di questa storia, ma mi piace giocare, vedere dove arriviamo.

«Oh.»

«L'ho comperata in pasticceria. Da Lukavitch» spiego.

«Allora capisco» esclama, «le loro torte sono migliori di quelle fatte in casa. Perlomeno delle mie.» Mi sorride incerta. Credo che mi stia facendo la corte ma non sappia come andare avanti. Probabilmente non esce spesso con un uomo. Forse non esce mai. Mentre mangia con delicatezza il dolce si protende leggermente in avanti mostrandomi il solco tra i due seni. Seni grandi e soffici, un po' lentigginosi. Una scopata tenera e squallida da non affrontare in condizioni di totale sobrietà.

Potrei farlo. Potrei organizzare le cose in modo che più tardi ci si incontri. Una generosa offerta da parte del papà: continuiamo la festa a casa, Claudia può invitare tutte a mangiare la pizza, so che sente la mancanza delle sue amiche e che vuole vederle il più possibile. A volte divento geloso perché la vorrei tutta per me ma lei fa sempre in modo di non trascurarmi.

Le ragazze sono abbastanza grandi per poter essere lasciate a casa sole. Farei in modo di essere raggiunto da Ellie con una scusa del tipo che temeva non avessi abbastanza tazze, piatti o coca- cola. Potremmo lasciar sole le ragazze e andare in un bar vicino per un drink veloce, per evitare la confusione. I bicchieri diventerebbero tre, lei non sarebbe in condizioni di guidare e io mi offrirei di accompagnarla a casa, non è lontano. E poi, essendo un gentiluomo, l'accompagnerei fin sulla soglia, e lì l'amichevole bacio della buonanotte si trasformerebbe in un bacio appassionato, in carezze eccetera. Potrei farlo ma sarebbe crudele. Potrei farlo lo stesso anche se è crudele. Seduto qui a guardare il suo décolleté coperto di lentiggini e il corpo morbido e pesante trovo la prospettiva leggermente eccitante. Leggermente.

Quello che mi eccita davvero è l'idea di saltare nel letto di Mary Lou e dare inizio a una delle nostre maratone. Abbiamo deciso di non vederci durante questo fine settimana perché non voleva intromettersi tra me e Claudia. Un nobile gesto. Ancora più nobile nella teoria che nella pratica, rifletto seduto accanto alla piscina. Claudia è a suo agio con Mary Lou, ma quando ci sono entrambe inevitabilmente la mia attenzione dev'essere divisa. Claudia ha diritto ad avermi tutto per sé nel giorno del suo compleanno. Potrò precipitarmi da Mary Lou domenica sera dopo aver messo la bambina sull'aereo.

Respingo il pensiero di dare una ripassata a Ellie. Se mi violentasse non riuscirei a resistere, suppongo, ma il nuovo Will vuole fare il bravo. Mi piacerebbe credere di essere forte abbastanza da poter abbandonare comportamenti di questo tipo, non ne sono mai stato capace.

«Ti sei divertito, papà?»

«Sì. E tu?»

«È stata la più bella festa che abbia mai avuto.»

«Mi fa piacere. Certo hai guadagnato un bel bottino.»

«La mia bambola nuova mi piace molto.»

La bambola è seduta al posto d'onore su uno scaffale proprio accanto all'orsacchiotto e al pinguino, i suoi pupazzi preferiti, quelli che porta sempre a dormire con sé.

«E anche la collana. Lucas e Dorothy sono carini.»

«Ti vogliono bene. Ti considerano una figlia.»

«Però io ho un solo papà» dice accovacciandosi vicino a me. «Ed è il più grande.»

«Grazie, angelo mio.» Gesù. E pensare che sarei stato capace di rinunciare a questa serata per una squallida scopata. O magari una scopata decente. Non si può mai dire. Ma questo non è nemmeno paragonabile.

«Anch'io ho solo una figlia ed è la più grande.»

«Siamo una famiglia eccezionale.»

«Eccoci qui.»

«Anche la mamma. È grande anche lei.»

«Sì, certo.

Segue un momento di pausa durante la quale riflettiamo entrambi.

«La mamma sente la tua mancanza.»

«Davvero?» Davvero? Da dove le viene quest'idea?

Annuisce. «Le manchi molto.»

«Non credo» dico. Non mi piace la piega che ha preso la conversazione e vorrei cambiare argomento.

«Mi vuole bene» brancolo nel buio, «siamo rimasti amici anche se non viviamo più insieme da tanto tempo... può darsi che le manchi questo. Anche lei mi manca, perché la vedevo spesso quando venivo ad accompagnarti. Probabilmente proverà gli stessi sentimenti. Tutto qui. Ha una vita completamente diversa e piena, e il nuovo lavoro è molto più impegnativo di quello vecchio, forse qualche volta si preoccupa e dice cose del tipo: "A Santa Fe era tutto più facile"..»

La guardo. Sto dicendo cose insensate?

«È vero» conferma, «era tutto molto più facile. Per me era più facile e anche più bello. Ti potevo vedere quando volevo, non solo una volta al mese.»

«Tra non molto cominceranno le vacanze» le ricordo. «Starai con me tutta l'estate.»

«Non è la stessa cosa.»

Come potrebbe esserlo?

«Ma Seattle non è male» le dico. «Hai degli amici, li ho incontrati. Me l'hai detto tu che ti piacevano i tuoi compagni.»

«Sì, ma non sono proprio come quelli di qui. Amici veri.»

«Lo diventeranno.Sono cose che richiedono tempo.»

Claudia non ci crede, e mentre mi sento parlare sono scettico anch'io. Inoltre lei ha uno strumento per individuare le mezze verità che è più sensibile di un radar.

«Voglio tornare qui» dice.

«Non credo che sia possibile, cara. Non in questo momento.»

«Perché no?»

«Perché no.»

«Ma perché no?»

«Perché Patricia è tua madre e una ragazza deve stare con la madre. Perlomeno la maggior parte del tempo.»

«E se fossi un ragazzo cosa succederebbe?»

«Non credo che avrebbe molta importanza. Comunque non lo sei.»

«Mi hai sempre detto che non faceva nessuna differenza.»

«Infatti è così.»

«E allora cosa c'entra il mio sesso con il fatto che voglio vivere con te?»

«Mi hai frainteso. Volevo solo dire che di solito i bambini hanno bisogno di stare con la loro madre.»

«Ma non sempre. Tu e io andiamo perfettamente d'accordo, non è vero?»

«Certo che andiamo d'accordo.»

«E allora cosa c'entra che tu sia un padre e non una madre?»

Cristo. Qualcuno mi considera uno dei più bravi avvocati della città, un maestro di dialettica, ma mia figlia mi mette sempre alle corde.

«In questo senso non c'entra niente.»

Mi sorride: vedi che avevo ragione?

«Ma quella non è l'unica componente» dico.

«So già che cosa stai per dirmi» mi dice.

«Cosa?»

«Che sto per diventare una signorina e che una signorina ha bisogno della guida di sua madre.» Imita il tono di voce degli adulti, il tono di Patricia.

«Be'... è vero.»

«Potrebbe aiutarmi Mary Lou.»

«Mary Lou?»

«Non è la tua fidanzata?»

«Più o meno.» Mi sento come un testimone sul banco a farsi torchiare.

«Perciò potrebbe darmi una mano lei.»

«Ma non è suo compito. Quello è compito di tua madre.»

«La mamma non ha tempo, in questi giorni. Lavora come una schiava» dice.

Ah, dunque è così.

«Anch'io» tento di dire con prudenza.

«Da te ce lo si aspetta.»

«Che cosa intendi dire?»

«Ci si aspetta che un padre lavori fino a tardi. Lei è una madre.»

«Anche Mary Lou lavora sodo.»

«Se avesse un bambino non lo farebbe» ribatte Claudia.

«A questo non posso rispondere perché non ha un bambino. Inoltre non ha nessuna importanza perché tua madre è Patricia, non Mary Lou. Sono due persone diverse.»

«Non la vedo quasi mai» dice con rabbia. Evidentemente è una esplosione che si preparava da tempo. «Certe sere vado a dormire senza averla mai incontrata. Sono stufa!» esclama con veemenza.

Merda. Come diavolo abbiamo fatto ad arrivare a questo punto? Perché dev'essere proprio Claudia a portare il fardello delle nostre ambizioni? È soltanto una bambina, ha bisogno di essere seguita da almeno uno dei genitori. Mi chiedo se Patricia sappia quello che sta succedendo.

«La mamma ha un lavoro nuovo, e a volte queste cose succedono. Ma cambierà presto.»

«E se non cambiasse?»

«Senti... la scuola finisce tra un mese e passeremo insieme tutta l'estate. Restiamo a vedere come vanno le cose e poi decidiamo, okay?»

«Non ho scelta, vero?»

Buona domanda.

«Non ne ho» conclude da sola.

«Non pensi che feriresti i sentimenti di tua madre?»

«Non lo so. Può darsi. Non so.»

«Sei stata tutta la sua vita per anni. Credo che ne soffrirebbe terribilmente.»

«Non lo sono più. Tutta la sua vita, voglio dire.» Si appoggia a un gomito e mi guarda. «E tu? Sono importante anche per te?»

«La cosa più importante al mondo.»

«E dunque?»

«Ho avuto tante cose più di lei dalla vita» rispondo. «Più successo, ho guadagnato più soldi...»

«Adesso guadagna un sacco. Molto più di te, scommetto.»

«Può essere.» Merda, ci mancava solo questo: Claudia che fa i conti in tasca ai genitori.

«Mi sono risposato, e lei no.»

«Ma non ti piaceva. Era molto peggio che stare da soli. Me l'hai detto tu che era orribile» ribatte colpo su colpo senza risparmiarmi niente.

«E adesso ho una relazione importante» insisto.

«Con Mary Lou.»

«Sì.»

«Come mai oggi non è venuta?»

«Non voleva intromettersi nella tua festa.»

«Ma tu non gliel'avresti comunque permesso di intromettersi nella festa, vero?»

«No.»

«Doveva venire. Si sarebbe divertita.»

«Glielo dirò. Sarà felice di saperlo.»

«Mary Lou mi potrebbe piacere» dice Claudia.

«Anche tu potresti piacere a lei.»

«Questo è importante. Nel caso che tu la sposassi.»

Quanto è veloce, maledizione. «Ma non ne abbiamo nemmeno mai parlato, Claudia.»

«Potrebbe succedere, un giorno o l'altro. Volevo solo farti sapere che mi piace. Nel caso che il mio parere t'interessasse.»

«Grazie.»

La mia mente va a mille. I bambini sono preveggenti; sta forse vedendo qualcosa di cui io non sono consapevole?

«Anche la mamma ne avrebbe bisogno» continua.

«Di cosa? Di sposarsi? Non credo che il nuovo lavoro le lasci il tempo per pensare a queste cose, non credi?»

«Comunque ci pensa lo stesso.»
«Come fai a saperlo? Te l'ha detto lei?»
«Da molto tempo la mamma non dice, *ordina*.»
«Sei sicura di non esagerare un pochino?»
«No. Dà soltanto ordini. Ed è sempre arrabbiata con me.»
«Claudia...»
«È così. Perde sempre la pazienza. E qualsiasi cosa io faccia, non importa quale, a lei non piace.»
«È il nuovo lavoro» ripeto. «Dev'essere pesante per lei dover fare i conti con una mole di lavoro alla quale non è abituata. Non è abituata e si sente in colpa per il fatto di non poter passare più tempo con te e di conseguenza si comporta così. Lo sai quanto ti vuole bene.»
«Già» risponde senza entusiasmo.
La cioccolata è diventata fredda. Decido di riscaldarla. Claudia mi segue in cucina. È in camicia da notte, pronta per andare a letto. Sono le dieci passate, ben oltre l'ora in cui normalmente va a dormire. Mi ero illuso che avremmo bevuto la cioccolata e fatto due chiacchiere veloci, senza impegno.
«Esce con qualcuno, vero?» chiedo. «Mi ha detto che esce con un tizio interessante.»
«Vermi.»
«Non tutti, ne sono certo.»
«Tutti invece. Ne sono sicura. E la mamma non esce mai con lo stesso due volte.»
«È di gusti difficili.»
«Sono tutti vermi. Non permetterei mai a nessuno di loro di avvicinarsi.»
«Troverà qualcuno» dico. «Adesso che è ricca e sicura di sé sarà solo questione di tempo.»
«Non m'importa niente. Qualche volta penso che abbia paura.»
È la voce dell'innocenza.
Il telefono squilla mentre sto versando per la seconda volta la cioccolata calda nelle tazze. Claudia risponde, ascolta per un istante e mi tende il ricevitore.
«Stai guardando la tv?»
«Come?»
È Mary Lou. «Accendila subito.» Sembra sconvolta.
«Che canale?»
«Tutti. Un canale qualsiasi.»
«Ma cosa devo cercare?»
«Tu accendila e basta! Arrivo subito.» Senza aggiungere altro riaggancia.

Do la cioccolata a Claudia, vado in salotto e accendo il televisore. Ho un senso di nausea che da vago diventa sempre più forte.

«Appena hai finito la cioccolata ti lavi i denti e vai a letto. *Comprende*?»

«Ma anche la sera del mio compleanno?»

«Sono quasi le dieci e mezzo. Bevi la cioccolata e va'...» Ammutolisco quando l'immagine compare sullo schermo.

È il penitenziario. I fari illuminano il cielo muovendosi avanti e indietro al di là delle recinzioni di filo spinato dove sono posizionate le telecamere, all'esterno dei cancelli. Non ci sono luci che provengono dall'interno ma fuochi, fuochi che squarciano la notte da diversi settori. Le immagini sono campi lunghi; circa duecento metri separano le telecamere dagli edifici dietro le recinzioni.

Decine e decine di agenti, uomini dell'esercito e vigili del fuoco si aggirano disordinatamente davanti all'ingresso. Automobili della polizia, i mezzi dei pompieri, i camion della televisione e altri veicoli che non identifico sembrano ammassati nel parcheggio e nelle aree adiacenti. La confusione regna sovrana, è un grande girare in tondo senza senso, si sentono grida, voci che si sovrastano a vicenda. Il caos.

Compare un annunciatore. Alle sue spalle, da dentro le mura, giunge il frastuono di un'esplosione. L'uomo istintivamente si accovaccia a terra proteggendosi la testa tra le braccia. Una seconda esplosione segue la prima e una palla infuocata descrive una parabola in cielo partendo dal tetto di uno degli edifici carcerari.

L'annunciatore si ricompone e torna davanti alla telecamera. Sembra nervoso: come se questo posto potesse esplodere da un momento all'altro vomitando fuori ottocento prigionieri armati fino ai denti.

«L'unica informazione che siamo riusciti ad ottenere dalle autorità» dice, «è che una protesta spontanea sulla qualità del cibo, rancido, a detta dei prigionieri, si è trasformata in una sommossa generale che vede coinvolto tutto l'istituto di pena. I detenuti del quarto blocco, un edificio a media sicurezza che consente libertà di movimento entro le mura, hanno sopraffatto le guardie prendendole come ostaggi e hanno invaso gli altri bracci chiudendo la prigione dall'interno. Hanno costretto gli agenti carcerari e le autorità del penitenziario ad aprire tutte le celle di tutti i blocchi compreso quello di massima sicurezza dove i detenuti vivono in isolamento sotto sorveglianza ventiquattro ore su ventiquattro.»

Il braccio della morte. I miei quattro sono fuori: belve uscite dalle gabbie che si aggirano libere. Pronti a Dio sa cosa.

Claudia mi guarda.

«Papà...» dice con un filo di voce. È al corrente dei prigionieri, del mio coinvolgimento nel caso.

«Vai a dormire cara.»

«Papà...»

«Vai a dormire subito. Non voglio che guardi queste cose.»

«D'accordo.» È insolitamente docile; anche lei non vuole vedere quello che sta succedendo.

L'abbraccio e la bacio frettolosamente su una guancia. Esce. Mi lascio cadere sul divano.

Si materializza il direttore del carcere. È scarmigliato, coperto di fumo, con capelli e abiti in disordine. Ostenta però una certa calma esteriore. Lo pagano per questo. Vuole dimostrare ai contribuenti che i loro soldi sono spesi bene e soprattutto non vuole perdere il posto.

«Può aggiornarci sulla situazione all'interno della prigione dottor Gates?» chiede il giornalista.

«Non sono in grado di dire niente» risponde con franchezza il direttore. «Nessuno sa niente. Non abbiamo alcuna comunicazione con i detenuti. Hanno tagliato tutte le linee.»

«Che cosa intende fare ora?»

«Cercare di ristabilire la comunicazione» ribatte il direttore. «È la cosa più urgente. Dobbiamo scoprire cosa sta succedendo, qual è esattamente la situazione, che cosa vogliono.»

«Quanti sono gli ostaggi nelle mani dei rivoltosi?»

«Non so neanche questo.» Un paio di domande dirette e diventa subito nervoso; ha perso il controllo del suo carcere, la cosa peggiore che gli potesse capitare nella vita. «Perlomeno sei agenti, ma probabilmente di più, nonché parecchi prigionieri, detenuti che godevano di speciali privilegi.»

«Ci sono stati morti?»

Il direttore si volta a guardare gli edifici. Le fiamme escono dalle finestre, soprattutto nell'area in cui sorge il blocco numero 1, il reparto di massima sicurezza.

«Sì.»

Il direttore viene allontanato bruscamente e il giornalista riprende a parlare.

«In questo momento la confusione è totale. Nessuno all'esterno del carcere, comprese le autorità responsabili, sa che cosa stia succedendo all'interno.» Si gira a guardare qualcuno alle sue spalle. È ancora il direttore che avanza verso il microfono con un foglio in una mano.

«Devo rilasciare una dichiarazione» esordisce. «Non è ufficiale, ma si basa su informazioni ricevute da una fonte affidabile che si trovava nella prigione quando è iniziata la sommossa.» Il suo volto ora è una maschera tetra: è furibondo, e a ogni minuto che passa è sempre più spaventato. Mi sembra di sentire l'odore della paura anche attraverso il televisore.

«Si ritiene che la rivolta non sia nata in seguito a un'azione spontanea» legge, «ma che si tratti dell'attuazione di un piano organizzato da tempo. La settimana scorsa, al fine di alleviare il sovraffollamento nel settore di massima sicurezza, per ordine del tribunale sei uomini, sei detenuti pericolosi, sono stati trasferiti dal reparto di massima sicurezza a quello di media sicurezza, dove appunto è esplosa la rivolta.» Scuote la testa con aria disgustata. «Quell'ordine non mi era piaciuto e avevo comunicato al tribunale il grado di rischio che avrebbe comportato, ma mi è stato risposto che non c'era scelta, quegli uomini andavano trasferiti. Per alleviare il problema del sovraffollamento. Ho eseguito l'ordine, li ho trasferiti, e ora, a quanto mi è dato di capire, sembra che proprio questi uomini...» è sul punto di soffocare per l'emozione e la rabbia, «che proprio questi uomini avessero progettato la rivolta, quando ancora si trovavano nel reparto di massima sicurezza ma sapevano che entro breve sarebbero stati trasferiti.»

I conti tornano, in questo modo i conti tornano perché di solito i prigionieri non prendono possesso di un carcere spontaneamente, senza un piano. È probabile che l'avessero progettato da mesi o da anni.

Entra Mary Lou in maglietta e blue jeans. Si avvicina, mi stringe una mano in modo rassicurante e si lascia cadere sul divano accanto a me.

«Hai sentito?» chiedo.

«La dichiarazione del direttore? Sì, l'ho sentita alla radio mentre venivo qui.»

«Potrebbe essere grave» dico.

«Per i nostri ragazzi?»

«Potrebbero essere morti.»

«Lo pensi davvero?» Rabbrividisce involontariamente, non ci aveva pensato.

«No. Ma potrebbe essere.» Vado in cucina a prendere due birre. «Più probabilmente» riprendo, «se ci sono state delle uccisioni loro vi hanno preso parte attiva.»

«Oh Dio. Spero di no. Oh Santo Dio!»

«Anch'io lo spero. Ma perché avrebbero dovuto tirarsi indietro?

Erano così felici di avere un nuovo processo, un'altra possibilità, e il sistema gli ha dato un calcio nelle palle. Adesso non hanno più niente da perdere. Perché non andarsene in una fiammata di gloria?»

Guardiamo la televisione per altre due ore, fin verso mezzanotte. Il servizio è frammentato, succedono molte cose ma non ci sono vere e proprie notizie.

Prendo il telefono e comincio a comporre un numero.

«Chi chiami?»

«Robertson. Forse sa qualcosa.»

«Buona idea.»

«Se mi vorrà parlare» aggiungo.

«Ti parlerà. Perché non dovrebbe farlo?»

«Perché devo aver trasgredito qualche sua stupida regola e non l'ha dimenticato. Ha la memoria di un elefante e il garbo di un mastino da combattimento.»

Il numero è occupato. Riprovo dopo qualche minuto, ancora occupato. È nell'occhio del ciclone, il suo telefono sarà rovente, devo aspettare.

Facciamo l'amore. È strano, e in assurda contrapposizione con quello che sta succedendo fuori di qui ma è quello che desideriamo. Il sesso dovrebbe stancarmi, aiutarmi a dormire (una giustificazione logica, come se ne avessi bisogno, non riesco a smettere di sentirmi in colpa), ma non funziona. Nessuno dei due riesce a prendere sonno.

Perciò restiamo svegli fino all'alba a chiacchierare. Ripartiamo da capo:dalla scomparsa di Rita Gomez, dalla sensazione condivisa da entrambi che all'interno dell'ufficio di Robertson vi sia una cospirazione, un cancro di cui probabilmente lui è inconsapevole. Mi sento come John Dean che cerca di spiegare la storia del coinvolgimento di Haldeman e Erlichman nello scandalo Watergate a Nixon prima che anche lui ne fosse coinvolto; non vuole sentire, non può sentire, l'attacco è troppo intimo e personale, mira al cuore proprio di ciò che ha di più importante, di tutto ciò che è.

Facciamo l'amore ancora una volta e infine ci addormentiamo avvinghiati.

La qualità del cibo era andata inarrestabilmente peggiorando. Certi giorni era così immangiabile che anche un lebbroso di Calcutta l'avrebbe rifiutato. Poi l'impianto dell'aria condizionata smise di funzionare in tre dei cinque reparti e per una settimana le celle si trasformarono in forni. La situazione era più critica nel settore di massima sicurezza dove i detenuti sono confinati nelle loro celle per venti ore al giorno. Il direttore avrebbe voluto infrangere le regole e consentire agli uomini di trascorrere la giornata in cortile. Si rendeva conto che tenendoli in quelle condizioni avrebbe rischiato guai grossi, ma la sua richiesta venne respinta dall'alto, dal Ministero di Grazia e Giustizia.

Più tardi si seppe che il ministro non ne era nemmeno al corrente. La telefonata era stata fatta da qualche funzionario, e come accade sempre in questi casi la sua identità non venne mai rivelata.

In seguito a tutte le leggi speciali degli ultimi anni il problema del sovraffollamento era progressivamente peggiorato; da un uomo per ogni cella si era passati a due, poi a tre. Tre uomini in una cella di tre metri per quattro ventiquattro ore al giorno. Con la terza branda non c'era più nemmeno lo spazio per scoreggiare. Il numero di risse aveva subito una brusca quanto inevitabile impennata, nell'ultimo anno erano morti tre detenuti per mano dei compagni.

E mentre l'aria condizionata non funzionava più, nella prigione della cucina che andava famosa per fare la cresta sugli approvvigionamenti, il personale servì della carne inequivocabilmente andata a male, visibilmente marcia. Più di duecento prigionieri patirono una grave forma di avvelenamento alimentare, e poiché l'infermeria della prigione non era in grado di prestare le cure a un numero così alto di pazienti, gli uomini vennero lasciati nelle loro celle. L'odore di vomito soffocò la prigione per giorni e giorni.

La situazione era quella di una polveriera in attesa di un fiammifero.

Tre settimane prima della sommossa i tanto attesi lavori di rinnovamento ebbero inizio. Era prevista la costruzione di un nuovo reparto con trecento nuove celle. Non avrebbe risolto del tutto il problema ma avrebbe quantomeno fatto guadagnare un po' di tempo, qualche anno. Qualche anno per i burocrati equivale all'eternità, perché il loro senso della prospettiva è notoriamente scarso. Pensavano di aver trovato una soluzione al problema, mentre i funzionari del carcere sapevano che si trattava di una convinzione sbagliata, perché nelle trecento celle nuove di lì a poco ci sarebbero stati seicento prigionieri da sistemare. Comunque era qualcosa. Si auguravano che gli desse perlomeno un po' di respiro.

Prima di cominciare la costruzione del nuovo reparto decisero di ristrutturare il centro di controllo nel blocco principale, il centro nervoso dell'intera prigione. Una scelta prioritaria perché una maggiore sicurezza era necessaria in vista dell'arrivo di seicento nuovi carcerati. Il centro di controllo è il luogo da cui una guardia da sola è in grado di aprire e chiudere automaticamente la prigione.

Gli operai di una famosa multinazionale, una società edile di San Fran-

cisco che aveva costruito sia negli Stati Uniti che all'estero molte carceri (e a costi ragionevoli, solo in un secondo tempo si venne a sapere che avevano impiegato materiali scadenti) sostituì le sbarre antiquate che circondavano il centro con un vetro garantito dieci volte più forte del metallo, un materiale altamente tecnologico capace di sopportare anche la forza d'urto di un terremoto del decimo grado della scala Mercalli.

Grazie al vetro le guardie avrebbero potuto godere di una visione migliore del braccio e in particolare di quello di massima sicurezza. Dietro le sbarre si erano creati angoli invisibili e già alcune volte in passato i prigionieri avevano usato questi spazi al riparo degli sguardi per dare inizio a delle rivolte. Questo rischio grazie al vetro sarebbe stato eliminato.

Gli operai addetti ai lavori erano controllati a vista dai secondini. Da principio stavano molto attenti, alla fine di ogni giornata, a far sparire qualsiasi traccia del loro passaggio. Non una rondella veniva dimenticata. Con il passare del tempo tuttavia subentrò una certa rilassatezza, e materiali e strumenti che sarebbero stati riusati non vennero più riposti. Le guardie non sorvegliavano i movimenti degli operai perché non era loro compito; loro unico dovere era proteggere gli operai dai prigionieri.

Durante la settimana precedente la sommossa sei detenuti vennero temporaneamente trasferiti dal reparto di massima sicurezza al reparto di media sicurezza. Il trasferimento avvenne, come spiegò più tardi il direttore del carcere, in seguito a un ordine del tribunale. Un prigioniero aveva inviato una petizione alla Corte Suprema sullo stato di sovraffollamento della prigione e la Corte Suprema aveva deliberato un'ingiunzione temporanea. Nel braccio di media sicurezza c'era più spazio.

Sfortunatamente, in seguito a un errore nella trascrizione di alcuni documenti, errori che accadono nei dipartimenti, in alcuni più frequentemente che in altri, ci fu una confusione di nomi cosicché furono trasferiti uomini che non si sarebbero mai dovuti spostare, uomini che per la natura dei crimini commessi e per le loro personalità psicotiche e violente, dovevano essere tenuti segregati. Furono proprio questi uomini che alla prima ora d'aria nel braccio di media sicurezza progettarono la rivolta. Si trattò di uno di quegli incidenti che capitano di tanto in tanto quando un'organizzazione è gestita con personale insufficiente. La rivolta non era stata pianificata molto tempo prima. I responsabili non avrebbero potuto progettarla perché avevano vissuto separati dalla comunità del carcere e perfino isolati gli uni dagli altri. Ma appena si ritrovarono insieme con una certa libertà di movimento non persero tempo.

Così andarono le cose: una serie di incidenti concorsi casualmente e contemporaneamente. Troppa libertà concessa agli uomini sbagliati, la prigione in fase di ristrutturazione (quindi con strumenti abbandonati in giro) e il nuovo centro di controllo recintato dal vetro non ancora messo alla prova.

Usciti senza troppe difficoltà dal braccio di media sicurezza i prigionieri invasero l'edificio principale, quello con le celle di massima sicurezza. Nel frattempo i secondini si erano ritirati nel centro di controllo chiudendo immediatamente l'intero reparto e isolando se stessi per mettersi al sicuro. L'unico sistema per aprire le porte delle celle del carcere (comprese quelle nel braccio della morte) era in loro potere, e i rivoltosi si trovavano all'esterno del centro. Non avevano nessuna possibilità di accesso.

Una situazione di stallo. Le guardie avrebbero mantenuto le loro posizioni, sarebbe arrivato l'esercito e la rivolta sarebbe stata schiacciata.

Ma le cose non andarono così.

Diretti al reparto di massima sicurezza i detenuti riuscirono a entrare nel deposito delle armi del braccio di media sicurezza che qualcuno aveva dimenticato di chiudere completamente. Si impdronirono di fucili e carabine, tutte le armi più potenti su cui riuscirono a mettere le mani. Perciò quando invasero il reparto di massima sicurezza erano armati fino ai denti.

Gli strumenti usati quel giorno dagli operai erano rimasti incustoditi. I prigionieri li trovarono. Potenti torce ad acetilene, martelli pneumatici, trapani, fiamme ossidriche. Strumenti in grado di tagliare o spaccare qualsiasi cosa.

Le nuove pareti di vetro che proteggevano il centro di controllo dove tutte le guardie si erano barricate e dove si trovavano i sistemi elettronici che regolavano l'apertura e la chiusura delle porte delle celle non erano ancora state messe alla prova. Certamente non erano state sottoposte alla prova del fuoco. I trapani e i martelli pneumatici le fecero a pezzi in cinque minuti. Le otto guardie presenti vennero sopraffatte e disarmate. Schiacciando alcuni pulsanti le porte di tutte le celle della prigione furono spalancate.

I detenuti si scatenarono. Cominciarono l'opera di distruzione strappando tubature, incendiando, compiendo ogni sorta di atto vandalico. Razziarono la farmacia prendendo ogni sostanza psicotropa e tutte le droghe su cui riuscirono a mettere le mani. Nel giro di un'ora la maggior parte della popolazione carceraria era alterata e, di conseguenza, paranoica. Per proteggersi affilarono pezzi di metallo o di legno trasformandoli in rozzi coltelli che potevano tagliare una gola con un piccolo movimento del polso.

La maggioranza delle guardie e tutto il personale amministrativo riuscì a fuggire con l'eccezione di tre impiegate che dopo pranzo avevano indebitamente schiacciato un pisolino in una delle sale dove durante il fine settimana avvengono i colloqui tra detenuti e familiari ma che negli altri giorni restano vuote. (Era noto a tutti che in quelle stanze avevano luogo anche gli occasionali incontri sessuali tra i membri del personale.) Sentendo l'allarme le donne disorientate non reagirono subito, e quando si resero conto di quello che stava succedendo era ormai troppo tardi per tornare in ufficio. Il primo gruppo di prigionieri le individuò e le catturò. Benché quasi tutti gli uomini fossero immediatamente intenzionati a violentarle, i loro capi li dissuasero, non per simpatia nei confronti delle impiegate che, come tutte le donne, secondo il loro punto di vista l'avrebbero meritato, ma perché li avrebbe rallentati mettendo in pericolo la riuscita dell'impresa. Dovevano prima conquistare la prigione, poi avrebbero potuto chiavare fino a perdere il senno.

Mostrarono la loro compassione chiudendole in una stanza senza finestre e praticamente senza ventilazione.

Dal centro di controllo erano state aperte le porte di tutte le celle con un'unica eccezione: quelle dell'ala della custodia protettiva. In quell'ala del reparto erano ospitati gli uomini che dovevano essere completamente segregati dal resto della popolazione carceraria per la loro stessa sicurezza. Uomini odiati da tutti, le cui vite fuori dalle celle non avevano valore.

Alcuni di questi uomini erano colpevoli di reati sessuali perpetrati su bambini e perciò considerati dai carcerati l'espressione del livello più infimo di degenerazione sessuale. Nella maggior parte dei casi però i prigionieri in custodia speciale erano spie: detenuti che avevano denunciato altri prigionieri all'interno della prigione, o ancora prima, cantando con la polizia o il magistrato.

Le loro celle potevano essere aperte soltanto da un meccanismo composto da tre serrature. E le chiavi non si trovavano all'interno della prigione vera ma nella zona amministrativa, un'area dove nessun prigioniero sarebbe mai arrivato. Era l'unico modo per assicurare protezione a uomini altrimenti condannati senza possibilità di scampo.

All'inizio Lone Wolf era corso fuori dalla sua cella come tutti gli altri. La prima cosa che voleva fare era incontrare i tre fratelli, la seconda armarsi. La terza, una volta ottenute le prime due, stare il più lontano possibile dal luogo della rivolta. I quattro motociclisti non faticarono a trovarsi poiché, per quanto isolati, erano tutti nello stesso reparto.

Si unirono al gruppo che correva verso il deposito delle armi già in parte saccheggiato. Benché all'interno della prigione si tengano poche armi nel timore di rivolte come questa, qualcosa per l'emergenza c'era, e siccome Lone Wolf e gli altri venivano dal braccio della morte e non erano criminali comuni, godevano di una certa considerazione da parte degli altri, ed ebbero perciò la possibilità di scegliere i pezzi migliori all'interno di un assortimento ridotto. Presero ciascuno un fucile e Lone Wolf si impossessò anche di due pistole perché gli piaceva l'idea di portarle.

Si impadronirono inoltre di tutte le munizioni disponibili. Volevano essere sicuri di potersi difendere. Innanzitutto dai carcerieri, ma anche dagli altri detenuti. Le rivolte carcerarie possono finire come la rivoluzione francese: già folli i prigionieri diventano ancora più folli grazie al potere acqui-

sito e alle droghe ingurgitate e possono aggredirsi l'un l'altro come un serpente che si mangia la coda fino a distruggersi. Una volta che si comincia a uccidere qualsiasi testa può diventare un bel bersaglio.

Dopo essersi armati i motociclisti ritornarono nella cella di Lone Wolf. Nessuno parlò di scappare e tornare liberi; non ce l'avrebbero mai fatta. Il problema era sopravvivere o morire. L'unico modo per sopravvivere era di guardarsi le spalle.

E così, appoggiati contro la parete della cella di Lone Wolf restarono a osservare la parata.sfilare.

Il telefono mi risveglia da un sogno. Lo faccio cadere insieme alla sveglia prima di riuscire ad afferrare il ricevitore.

«Chi è?» dico con voce intontita.

«Sei sveglio?» È Robertson.

«Adesso che mi hai svegliato sì» ribatto seccato.

«Tra quanto riesci a essere nel mio ufficio?» C'è una certa urgenza nella sua voce. Deve aver cavalcato tutta la notte una tigre tenendosi per la coda.

«Perché dovrei venire?»

Mary Lou si appoggia su un gomito e mi guarda.

«Chi è?» chiede.

«C'è qualcuno con te?» mi domanda Robertson.

«Non sono cazzi tuoi.» Poi, coprendo il ricevitore con una mano, dico a Mary Lou di chi si tratta.

«Che cosa vuole?»

«Non lo so ancora.»

«Tu non gli devi niente» dice con impeto. «Se mai è il contrario.»

«Quando lo vedo glielo dirò» la rassicuro.

«E quando?» Adesso è inquieta, quantomeno preoccupata. Da molto tempo Robertson per noi significa solo brutte notizie.

«Subito .»

Tolgo la mano dal ricevitore.

«Perché non mi dici di cosa si tratta?» gli chiedo.

«Perché è troppo complicato. E poi ci sono coinvolte altre persone. È un'emergenza, Will. La cosa ti riguarda. Anzi, riguarda tutti.»

L'urgenza nella voce comincia a sfociare nel panico. «Il governatore in persona ha richiesto la tua presenza .»

«Dammi un'ora. Prima non posso.»

«Hai visto la televisione?»

«Ieri sera.»

«Un inferno, come ad Attica» dice. «Se non peggio.»

«Un'ora» ripeto. «Ci sarò.» Poi ho un ripensamento.«Una cosa.»
«Quale?» chiede sospettoso.

«Non farmi incontrare Moseby. Non voglio vedere la sua faccia di merda.» Mi sembra di vedere la sua reazione. Ma mantiene la calma. «Come vuoi, Will. Se è quello che desideri a me sta bene. Comunque la faccenda non lo riguarda.»

Mary Lou mi dà un pizzicotto sul sedere mentre esco dal letto.

«Tienimelo caldo» le dico.

«Quello sempre. Quanto starai via?»

«Non so. Sembra che vogliono la mia consulenza.Ma tra due giorni cominciano le vacanze di Claudia. Niente mi farà cambiare programma.»

Entro nell'ufficio di Robertson dal retro evitando i giornalisti appostati sui gradini dell'ingresso principale. Il circo dei media gioca sempre un ruolo pessimo in queste circostanze: non lasciano mai che le situazioni si evolvano da sole, devono sempre attizzare il fuoco fino a trasformarlo in un incendio per poter fare un servizio speciale in più.

Robertson mi sta aspettando nel suo ufficio. È da solo. La cosa mi sorprende. Mi ero aspettato una folla.

«Grazie per essere venuto» comincia, «lo apprezzo davvero. Anche gli altri lo apprezzeranno.»

«Non chiedere quello che il tuo paese può fare per te eccetera, eccetera» ribatto con modestia.

«Quello che è stato è stato, Will. Possiamo dimenticarlo?»

«Ma mi stai prendendo per il culo?» Dove li trova i *cojones* per dirmi una cosa simile? E mi fa perdere l'agognato sonno nel grembo del mio amore? «Troppo semplice Johnny. Implicherebbe il fatto che l'argomento fosse chiuso e chiuso non è; non per me e non per loro.» Strafottente figlio di puttana, adesso che ha le spalle al muro vuole tornare in buoni rapporti con me come se niente fosse accaduto. Non può avere la botte piena e la moglie ubriaca.

Si accascia sulla poltrona. «Ma dovete rendermi tutti la vita impossibile?»

«Stai parlando con la persona sbagliata» ribatto. «E dovresti saperlo.»

«Ci ho provato.» Sapeva benissimo che non avrei abboccato.

«Dovresti provare piuttosto a darci un taglio.»

«Già. D'accordo. Che diavolo, dovevo fare un tentativo.»

Ha un aspetto tremendo. Non ha dormito, non si è rasato, non si è fatto la doccia. Riempie due tazze di caffè. Ci sono passato anch'io, Nescafè al posto delle amfetamine; prima della fine avrà bisogno anche di quelle.

Chiama la segretaria dall'interfono.

«Il direttore del carcere sta arrivando, signore.»

«Fallo passare subito.»

«E il governatore. Ha telefonato dalla sua auto. Sarà qui tra meno di cinque minuti.»

Questo risveglia la mia attenzione. Mi metto a sedere ben diritto, sorseggio il mio caffè. Perlomeno ho un aspetto presentabile anche se mi sento uno schifo. Sono rimasto sotto la doccia fredda per cinque minuti ma mi sento ancora stanco. Mary Lou ha preso un giorno di vacanza e porterà Claudia al parco fino a quando non le raggiungerò. È la prima volta che le mie due donne restano insieme da sole. Spero che funzioni.

Robertson soffia sul caffè, si divora mezzo bombolone ripieno di marmellata in un solo boccone. Pessima roba... se deve mangiare schifezze simili farebbe meglio a sceglierle almeno buone.

Ho l'impressione di essere stato incastrato. Non può essere una semplice coincidenza l'arrivo simultaneo del governatore e del direttore del carcere. Ci sono guai in vista. E la cosa mi rende nervoso.

«Magari torno quando avrete finito coi vostri affari» suggerisco alzandomi dalla sedia. «Vado a fare il giro dell'isolato.»

«Faresti meglio a restare. Abbiamo qualcosa di interessante per te.»

Cosa, per esempio? I miei quattro sono morti uccisi nella prima ondata di incidenti e vuol vedere la mia reazione? O al contrario: sono i capi della rivolta e quando tutto sarà finito – prima o poi inevitabilmente accadrà –, saranno sommariamente giustiziati?

Perché sono stato scelto per partecipare a un incontro con questi pezzi grossi? Ci sono ottocento uomini là dentro, dove sono i loro avvocati? Perché sono stato onorato di questa stronzata?

M'infilo in bocca una brioche gelatinosa e riempio di caffè la tazza.

La segretaria di Robertson fa entrare Gates senza nemmeno annunciarlo.

«Non ammettere nessun altro eccetto il governatore» le ingiunge Robertson.

Il direttore del carcere si serve il caffè senza chiedere il permesso. È a pezzi, ma ha avuto il tempo di darsi una ripulita. Vuole avere un aspetto presentabile, far vedere al mondo che non è un gorilla. Dovrà affrontare i reporter per giorni e giorni; i quotidiani nazionali e le televisioni hanno già inviato giornalisti e troupe. Quelli che non sono in agguato qui fuori sono accampati davanti alla prigione.

Questa mattina ho guardato *Today* e la sommossa occupava il primo servizio.

«Buongiorno avvocato» mi dice il direttore con una certa cordialità. «Grazie per essere venuto.» Allunga una mano. Gliela stringo, non è sudata, non ha perso il controllo di sé. Il pensiero mi conforta.

«Qual è il problema?» chiedo irritato a Robertson. «Se avete qualcosa in mente mi piacerebbe saperlo. Io non mi nutro alla mangiatoia pubblica, e non sono tenuto a trovarmi qui.»

«Abbiamo bisogno di te» risponde. «Ma non ci sono secondi fini, credimi.»

Una premonizione mi assale. Mi appoggio allo schienale della sedia. Ogni qualvolta uno mi dice «credimi» o «fidati» mi guardo subito alle spalle, ma in questo momento non riesco a immaginare da dove possa venire il pericolo.

La porta si apre ed entra il governatore. È accompagnato da un'assistente bionda come il grano, atteggiamento e abiti severi, ma molto molto attraente. Non capita mai di vedere un uomo politico in compagnia di una donna brutta, a meno che non sia la moglie. Sono sicuro che il governatore ha passato la notte in bianco come gli altri ma ciononostante ha un'aria perfettamente riposata. Indossa una polo, pantaloni di tela color kaki e gli inevitabili stivali da cow-boy; sembra pronto per andare allo stadio a vedere il figlio giocare a calcio. Ci siamo già incontrati. Una volta ho perfino collaborato alla sua campagna elettorale. Tenuto conto del livello medio degli uomini politici lui non è tra i peggiori.

L'assistente scompare in un angolo ma i suoi occhi non abbandonano sua eccellenza neppure per un istante.

«Grazie per essere venuto con un così breve preavviso, avvocato Alexander.»

«Non è stato un gesto spontaneo.»

«Grazie ugualmente.» Guarda Robertson e Gates. «L'hanno informata?»

«Tutto quello che so l'ho visto alla televisione» rispondo.

«Aspettavamo lei» interviene Robertson.

Il governatore annuisce approvando la scelta. Vuole dimostrare di non essere uno che scarica le responsabilità.

«Ne abbiamo parlato tutta la notte... mi verseresti una tazza di caffè, Elaine? Due cucchiai di zucchero questa mattina» sorride. Sempre in pista, non si può mai dire quando un fotografo potrebbe sbucare da un ficus. «Ho bisogno di energia.» Torna a dedicarsi a me.

«Mi scusi. Ne abbiamo parlato dicevo... i miei colleghi qui e le altre persone coinvolte, a Santa Fe e Washington... il che vuol dire un bel po' di gente. La prigione è competenza del direttore, il responsabile è lui, ma la faccenda ci è ormai sfuggita di mano.» Si rivolge al direttore.

«Ne ho perso il controllo» conferma Gates. Sembra affrontare la situazione con tranquillità ma dentro deve sentirsi morire. Ha una cinquantina d'anni e ha passato tutta la vita all'interno del sistema carcerario, partendo dai ranghi inferiori fino a diventare il numero uno. E adesso nel suo carcere c'è una rivolta di proporzioni gigantesche in corso. La cosa più tremenda che potesse accadergli. Il lavoro l'ha perso, comunque vadano a finire le cose prima della fine dell'anno sarà stato trasferito.

«La prigione è inespugnabile» riprende il governatore. Non abbiamo molto tempo da perdere, deve arrivare al sodo cioè al motivo della mia presenza qui mentre il carcere brucia. «Tutti quelli che potevano scappare sono scappati. Gli altri sono intrappolati dentro.»

Annuisco, sorseggio il mio caffè, sto zitto, tocca a loro parlare.

«Hanno undici ostaggi» riprende. «Otto agenti di sorveglianza e tre impiegate.» Fa una pausa, consapevole di quello che sto pensando, che chiunque penserebbe al mio posto. «Riteniamo che siano incolumi. Che non siano stati feriti... o molestati. Non ne siamo sicuri, non siamo sicuri di niente, ma non abbiamo motivo di pensare che non stiano bene anche se le informazioni in nostro possesso sono ormai vecchie.»

In una situazione come questa qualsiasi notizia che risalga a più di un quarto d'ora prima è vecchia. Mentre noi stiamo qui a chiacchierare mangiando ciambelle unte e bevendo caffè, una decina di persone forse stanno per essere massacrate.

«L'avevo capito» dico con cautela, «dal telegiornale di questa mattina e dalle notizie sentite alla radio mentre venivo qui.»

«È già un tremendo disastro» esclama mostrando per la prima volta un briciolo di sentimento. «Continuo a pensare a quelle donne... sono impiegate, santo cielo... non sono addestrate per un'evenienza simile. Fossero almeno agenti di sorveglianza... quelle tre donne devono essere in preda all'isteria. E lei sa bene dove può portare l'isteria. »

Al panico, al caos e alla distruzione. Come con il neonato che piange in chiesa... faresti qualsiasi cosa pur di zittirlo.

«Comunque» riprende, «c'è stato uno sviluppo. I loro capi, le cui identità ci sono sconosciute, hanno creato un consiglio e si sono messi in contatto con me attraverso il direttore, più o meno... quand'era?... Un'ora e mezzo fa o due.»

Gates conferma con un cenno.

«Sono pronti a parlamentare. Vogliono cominciare una negoziazione.»

«È un passo in avanti» dico. Mi sembra un buon segno; finché la gente parla di solito non ammazza.

«Il problema è che non vogliono negoziare con le persone ufficialmente adatte all'incarico. Non hanno fiducia nel sistema, il che tenendo conto di chi sono e di dove si trovano mi sembra perfettamente comprensibile.

Guarda Gates e Robertson, poi me.

«Il governatore ed io ne abbiamo parlato a lungo» mi dice Robertson. A quanto pare è giunto anche per lui il momento di esprimersi. «Ne abbiamo parlato questa mattina. Lui dà carta bianca, mentre io disapprovo completamente.» Mi guarda con un'espressione ostile. «La mia disapprovazione è completa, ma la decisione tocca al governatore e tenendo conto delle circostanze non sembriamo avere molta scelta.»

Il governatore mi guarda come se sapessi di cosa sta parlando Robertson. Io guardo Robertson. Non so ancora cosa sta per succedere ma è chiaro che era già tutto organizzato fin dalla telefonata di questa mattina.

«I detenuti chiedono che sia lei a rappresentarci» dice il governatore con freddezza. «Vogliono che sia lei a negoziare per... per noi. Per le autorità. Noi concordiamo...» e qui fissa Robertson con un'espressione che dice "siamo tutti sulla stessa barca, ragazzo, non te lo dimenticare",«sul fatto che lei sia l'uomo adatto. Sostanzialmente, avvocato, noi la autorizziamo a negoziare un accordo; le stiamo chiedendo di assumersi la responsabilità della trattativa. Di diventare il padrone della prigione finché tutto sarà finito, perché noi non siamo in grado di farlo.» Alza le mani in un gesto di frustrazione e resa. «Ne abbiamo perso il controllo. Lei è l'unica persona con cui i rivoltosi si dichiarano disposti a parlare.»

«Ma perché proprio io?» Ho fatto la domanda prima ancora di essermi reso conto di averla formulata nella mia mente.

«Ti considerano fidato» dice Robertson. E dal tono non suona come un complimento. «Ritengono di poter contare su di te.» Fa una pausa. «E anche noi lo pensiamo» aggiunge irritato guardando il governatore.

«Devo farlo?» chiedo.

Il governatore inspira profondamente.

«Non possiamo costringerla.»

Trangugio quel che resta del caffè; ha il sapore della grafite.

«Se rifiuto che alternativa avete?»
«Non ci abbiamo ancora pensato» risponde Robertson. «Noi... accidenti Will... stiamo improvvisando.»
«Che garanzie ho?» chiedo. Sto cercando di pensare il più velocemente possibile.
«Riguardo alla sua incolumità? Vuole una risposta onesta? Nessuna. I padroni assoluti della scena sono loro.»
Scuoto la testa.
«No, dicevo da voi.»
«Tutte quelle che vuoi» mi risponde Robertson guardando il governatore. «Il capo sei tu.»
«Il capo.» Uh, uh. «In altre parole io tratto e voi mi coprite e firmate, giusto? Con un accordo ufficiale tra noi nero su bianco.»
John e sua eccellenza si guardano.
«Be'...» Il governatore non si pronuncia. Non vuole giocare tutte le sue carte. Ma sfortunatamente per lui non ha scelta.
Infine si decide. «Sì» dice. «È giusto. I termini dell'accordo dovranno essere approvati da me, comunque la risposta è sì.»
Lo guardo. «Devo riflettere.»
«Per quanto tempo?» È più ansioso di quanto vorrebbe sembrare.
«Non so. Ma devo pensarci.»

«Ma perché proprio tu?» chiede Mary Lou.
«Mi è stato chiesto di farlo. Un po' come quando la regina ti convoca a corte. Puoi rifiutare, ma sembrerebbe scortese.»
Mary Lou non coglie l'umorismo.
«Ma perché proprio tu? Sei un civile.»
«Appunto. Loro... i tizi là dentro... non si fidano di nessuna autorità... il che perlomeno me li rende fratelli in spirito.»
«Questa faccenda è un po' più seria, non si risolve con uno slogan, Will.»
Siamo in un bar. Claudia è a casa di un'amica, ci sembrava la cosa più saggia da fare. Mary Lou è molto più preoccupata di me. Ha un senso della realtà più sviluppato del mio.
«Ti stanno mandando al massacro, Will.»
«Può darsi. Ma cos'altro potrei fare?»
«Dirgli che non ci vai. Che è il loro sporco lavoro... che si ripuliscano da soli il casino che hanno fatto.»
«Sarebbero più contenti anche loro» le rispondo. «Chiedermi di fare una cosa simile non gli è piaciuto minimamente, te lo posso assicurare.»

«In fondo *vuoi* farlo» dice.
«No.»
«Andiamo Will, non è il momento di giocare. È un trip narcisistico da macho, ammettilo.»
«Be'...» Su, Alexander, questa è la donna che ami. Sii onesto con lei.
«Sì, l'ego c'entra.»
«L'ego manda la gente a morire.»
«Non mi succederà niente.» Continuo a ripeterlo: suona bene.
«Hai delle garanzie?» chiede. «Qualcosa di scritto? Sei un avvocato, sai che deve essere messo per iscritto.»
«Certo. Lo farò vedere ai detenuti. "Non potete ammazzarmi, ho una lettera scritta da mia madre."»
«Ci andrai, vero?»
«Non ho scelta, Mary Lou.»
«Suppongo di no» dice. Sta lottando per trattenere le lacrime. «Chiunque altro l'avrebbe ma tu no.»
Fuori dal bar mi abbraccia.
«Ti vedrò al telegiornale» dice.
«Sarò quello con un garofano all'occhiello.»
«Sta' attento, amore mio» mi implora, « e torna a casa.»

«Ecco il programma» dico rivolgendomi a tutti ma fissando il governatore. «Non intendo essere la vostra esca. E voi non mi mandate là dentro a fare quello che non siete capaci di fare per poi tagliarmi le gambe una volta ottenuto il controllo della situazione. Se ci vado... e sottolineo *se*... stabiliamo qui e adesso fino a dove posso spingermi e il resto è a mia discrezione. E voglio tutto per iscritto... da lei.»
«Will...» Robertson interviene in gran fretta.
«Sayonara, baby. Grazie per il caffè.»

Entro meno di un'ora tutti i documenti doverosamente firmati dal governatore e controfirmati dai testimoni, due sue segretarie e Susan, riposano al sicuro nella cassaforte del mio ufficio.

Vengono a prendermi al cancello principale. Sono in quattro e indossano delle maschere. Sembrano terroristi mediorientali: l'unico tratto visibile dei loro volti sono gli occhi infossati per la fatica, la paura e la rabbia.

Resto solo in loro compagnia in questa terra di nessuno tra i due cancelli. Uno di loro mi perquisisce accuratamente. Mi sforzo di restare calmo e immobile; ci sono duecento persone che stanno guardando questo show dal vivo e al telegiornale della sera lo vedranno parecchi milioni. di telespettatori. La battuta mi passa per la testa: "Avvocato gonzo spogliato e perquisito; il film alle ventitré. "Iperbole: sono vestito di tutto punto e i miei tempi da gonzo se mai ci sono stati sono finiti per sempre. Perlomeno nella mia mente.

Il giorno sta finendo. A occidente il sole muore dietro le colline. Uscito dall'ufficio di Robertson sono andato a casa a mettere qualcosa in una piccola valigia e a spiegare a Claudia cosa stava succedendo. Era preoccupata naturalmente ma tranquilla in virtù di quella meravigliosa fede che i bambini nutrono nei loro genitori che considerano invincibili soprattutto quando stanno facendo la cosa giusta.

Ci siamo detti addio. Mary Lou l'accompagnerà all'aeroporto di Albuquerque. È lei la più preoccupata; non voleva assolutamente che accettassi. Ma se l'avessero chiesto a te, le ho domandato, cosa avresti fatto? Entrambi conosciamo la risposta. Ho abbracciato e baciato tutte e due e sono rimasto a guardare fino a quando l'automobile è diventata invisibile. Poi sono tornato in città per la mia missione.

Non ho paura, non per me stesso. C'è un protocollo in queste cose che è stabilito da molto tempo. Io farò del mio meglio e le cose funzioneranno o non funzioneranno. In situazioni come queste non si ammazza l'ambasciatore, dopotutto non siamo in Libano.

Devo soltanto continuare ad augurarmi che questi uomini siano abbastanza sani di mente da ricordare le regole. La prospettiva di diventare un martire non mi attrae; non ho alcun desiderio di diventare un Terry Waite nostrano.

Mi spaventa di più il pensiero di non essere all'altezza della situazione. Che tutto quello che farò, dirò o prometterò, non sia sufficiente, o che, peggio ancora, la situazione sia ormai degenerata a tal punto da non lasciare altra soluzione che l'assedio. In fondo non potrò promettere la luna; non posso restituire a questi uomini la libertà.

Finiscono di perquisirmi. Uno di loro mi prende la borsa come se fosse il mio facchino personale. Superiamo i cancelli interni la cui chiusura automatica viene comandata a distanza. Percorriamo i cinquanta metri di prato. I detenuti-guardia che mi accompagnano (e si comportano con grande serietà, con un atteggiamento militaresco) camminano davanti e dietro a me e ai fianchi. Saliamo velocemente i gradini che conducono all'edificio amministrativo. Sono entrati e il mondo degli uomini liberi scompare dietro di me nel momento in cui il sole scompare dal cielo.

Il mondo è immerso nelle tenebre e le tenebre sono in fiamme. Il buio non è soltanto mancanza di luce; è un'oscurità reale, vischiosa, spessa e pesante, causata non soltanto dalla perdita della luce ma dalla rimozione forzata dalla luce, dalla luce strappata con violenza e sostituita dall'oppressione. Si ha l'impressione che basterebbe allungare una mano per toccarla, come se fosse un muro tanto sembra fitta e reale. Pesa e soffoca enormemente. Vivere in un'oscurità come questa significa arrivare prima o poi alla pazzia.

La densità del fumo mi assale irritando bocca e naso appena varco la soglia del vecchio reparto di massima sicurezza. Uno degli uomini della mia scorta mi accompagna fino a un lavandino dove immergo le mani nell'acqua tiepida e mi inumidisco il volto. Poi mi dà un asciugamano bagnato e mi aiuta a legarlo intorno alla testa e al collo.

«Qui è peggio» mi dice. È un uomo di colore e parla con il forte accento strascicato del sud. I neri qui dentro sono pochi; il settantacinque per cento della popolazione carceraria è composta di chicano, la minoranza oppressa di questa zona. «In caso cerchino di attaccarci» mi informa, «l'abbiamo disseminato di fusti di petrolio; possiamo far esplodere questo fottuto posto in un secondo, se necessario. Le esalazioni sono pesanti, vero?»

Vero, e c'è anche un caldo infernale; da più di ventiquattro ore l'impianto di condizionamento è fuori uso anche qui. Tutti i servizi sono guasti, c'è solo l'acqua che viene fornita da un sistema autonomo di pozzi e cisterne. Se le cose andranno avanti per più di una settimana finiranno i viveri.

Se le cose andranno avanti per più di una settimana verrà a trattare qualcuno di molto più autorevole di me e sarà armato. A quel punto gli ostaggi saranno morti.

Ho dato alle autorità tre giorni. Se entro tre giorni non avrò concluso niente o non sarò arrivato molto vicino a un accordo definitivo abbandonerò il campo. Poi potranno provarci loro con la forza.

Tutta la popolazione del carcere è stata portata in questa sezione, il reparto A che è il nucleo originario dell'edificio costruito ancora alla vecchia maniera con le celle su molti livelli, tutte dotate di sbarre. I nuovi settori sono compartizzati e nessun reparto ospita più di ventiquattro prigionieri. È una sistemazione più efficiente perché impedisce che gruppi numerosi di carcerati si riuniscano insieme.

Quando la sommossa cominciò il direttore del carcere avrebbe potuto far isolare il braccio dove stavano succedendo i primi disastri, nel reparto D; avrebbe potuto evitare che la rivolta si estendesse a tutto il carcere. A quel punto soltanto duecento detenuti sarebbero stati coinvolti mentre gli altri seicento sarebbero rimasti lontani dall'azione. Il punto debole di questa scelta era rappresentato dagli ostaggi, perché quelli catturati nella prima ondata sarebbero sicuramente stati uccisi se non all'istante certamente prima che tutto fosse finito. Altri direttori di carceri l'avrebbero fatto, avrebbero sacrificato la truppa. La legge lo consente. Si baratta qualche vita in cambio di un contenimento dei danni.

Bisogna riconoscere che Gates ha scelto di non sacrificare i suoi uomini, e ha barattato il controllo della prigione in cambio delle loro vite. Scommetto qualsiasi cosa che la maggior parte dei suoi colleghi l'ha giudicato uno stupido; al suo posto avrebbero fatto saltare tutto immolando chiunque andasse immolato.

Ma la maggior parte dei suoi colleghi non dovranno mai dover fare una simile scelta, anche se passano tutta la loro vita temendola. Non ho dubbi in merito al fatto che Gates abbia fatto la cosa giusta e sospetto che lui non sia pentito anche se gli sta costando molto.

Se riesco a farcela e a portare via gli ostaggi potrei anche salvargli la pelle, ma la pelle del direttore in questo momento non è il mio problema principale. Il problema è che ci sono più di ottocento uomini che sono stati chiusi in gabbia come belve. Se meritino di essere rinchiusi, se debbano necessariamente esserlo, non è in discussione. Per molti di loro non esiste un altro modo per tenerli sotto controllo. Quello che mi domando è come farò a convincere questi disperati, questi psicotici, questi perdenti che hanno così poco da perdere a tornarsene docilmente nelle loro gabbie.

Tutto tace. Normalmente le prigioni sono luoghi molto rumorosi Gli uomini parlano e gridano ininterrottamente. Nelle carceri ci sono persone che urlano ogni secondo del tempo che passano svegli. Qui non c'è niente del genere. È spaventoso questo silenzio così assoluto.

Ci troviamo nella piccola zona blindata all'esterno della sezione principale. In condizioni normali per entrare bisogna superare due pesanti porte di metallo che si aprono e chiudono indipendentemente l'una dall'altra, e di solito si resta in attesa tra le due mentre una si chiude prima che l'altra cominci ad aprirsi. Per evitare che qualche cretino provi a scappare. Ora sono aperte. Gli uomini possono andare e venire a loro piacimento, ma non lo fanno, perché non hanno nessun posto dove andare.

«Mettiti queste, *hombre*.» Uno degli uomini della mia scorta mi tende un paio di sacchetti di plastica di quelli che si usano per la spazzatura. Guardo in giù e vedo che anche gli altri li portano sulle scarpe.

«Perché?» chiedo.

«Perché dentro i pavimenti non sono asciutti» mi risponde seccamente. «Non vorrai sputtanarti le tue Nikes nuove.»

Mi avvolgo i sacchetti della spazzatura intorno alle scarpe e li fisso con due strisce di scotch.

«Seguimi» mi dice il più autorevole dei quattro, il detenuto nero. «E stammi dietro. Non guardarti in giro come un turista, hai capito? Lasciale per un'altra volta queste stronzate. Adesso dobbiamo raggiungere il consiglio. Seguimi e basta.»

Avanziamo verso il centro della prigione. Camminiamo vicinissimi, gomiti contro gomiti. Giriamo un angolo e mentre procedo entrando nel reparto vero e proprio vengo assalito da un incredibile e penetrante odore che mi colpisce prima ancora che abbia registrato qualcosa di visibile,in ondate simili a esplosioni nucleari, è così forte e immediato e precede la registrazione di qualsiasi immagine. Il più potente, acre e nauseabondo fetore che abbia mai sentito, il puzzo di migliaia di sciacquoni rotti, di diecimila gabinetti che stanno facendo fuoriuscire tutto quello che contenevano. Ho un violento conato e mi porto una mano alla bocca nascondendola con l'asciugamano bagnato. Non voglio vomitare davanti a questi uomini. Non appena varcata la soglia. Procediamo.

«Occhio a non scivolare» mi avverte la mia scorta. Il pavimento in effetti è molto sdrucciolevole. Linoleum. Facile da tenere pulito. Mi accorgo che c'è dell'acqua, anzi, un fiume scorre sotto i miei piedi, profondo una decina di centimetri. Immediatamente mi rendo conto con una nuova ondata di disgusto che tutti i gabinetti sono bloccati e che sento gli sciacquoni scorrere senza sosta. Devono essere stati manomessi così da straripare sul pavimento e io non sto camminando nell'acqua ma dentro un fiume di piscia, merda e vomito. E sangue. Non posso impedirmi di guardare in basso e malgrado l'oscurità vedo il sangue scorrere, raggrumato, quasi fluorescente, rosso argento nell'acqua giallo pallida che trascina stronzi e vomito. Si muove lentamente da una parte all'altra, cercando una via d'uscita, uno sfogo che non c'è, diventa una marea stagnante, un pantano di scorie umane.

Mi costringo a camminare, a tenere il passo delle mie guide.

Avanziamo scivolando lungo il pavimento diretti mi auguro verso un piano superiore.

Il caos è indescrivibile. La prigione è letteralmente messa a ferro e fuoco. Da questo punto posso vedere fino all'altra estremità. Fuoco ovunque. Innumerevoli piccoli incendi. Tutto brucia: materassi, immondizia, tutti i pezzi di legno su cui gli uomini sono riusciti a mettere le mani. Ovunque enormi bidoni di petrolio che devono essere stati portati dall'area dove vengono tenuti per far funzionare i macchinari. Ripensandoci mi sono chiesto perché mai una prigione debba tenere entro le sue mura una tale quantità di materiale infiammabile. È come dare in mano a un bambino un'arma carica. Dai bidoni escono le fiamme, sono quasi tutti fuocherelli del genere che si incontra agli angoli delle strade di Chicago in inverno. Ma qui siamo quasi in estate, fuori la temperatura si aggira intorno ai trenta gradi e dentro accendono fuochi.

Immediatamente mi trovo in un bagno di sudore. Sembra una sauna infernale. Devono esserci almeno cinquanta gradi. Il fumo sale fino al soffitto e le dense esalazioni si attaccano ai polmoni. Mi premo l'asciugamano bagnato contro la faccia mentre avanziamo.

Tutta la popolazione carceraria a quanto pare è in questo edificio, anzi, in questi corridoi. Se ne stanno lì nei corridoi o nelle celle a guardarmi passare. Sono mascherati come le mie guide, foulard legati sul volto, burnus fatti con asciugamani o brandelli di lenzuola. Qualsiasi cosa per nascondersi. Occhi che fissano intensi pronti a esplodere.

Sono tutti armati. L'élite, i capi riconosciuti, quelli che controllano l'azione, hanno armi da fuoco. Carabine, fucile e pistole, lacrimogeni,ogni cosa su cui sono riusciti a mettere le mani che fosse in grado di sparare un colpo. Gli altri, ovverossia la maggioranza, dispongono di armi improvvisate o trovate in prigione. Coltelli, asce, sbarre di metallo, pezzi della struttura dei letti strappati letteralmente dalle pareti e trasformati in rozze lance. Altri ancora hanno manganelli, bastoni di legno, tubi, mattoni, catene avvolte intorno agli avambracci o ai polsi. Qualsiasi cosa capace di uccidere.

Vedendoli mi rendo conto che le armi e soprattutto le maschere non servono soltanto per proteggersi dal mondo esterno ma per nascondere la propria identità ai compagni. È una rivolta, sì, tutti insieme per la causa, ma è anche l'anarchia, ognuno per sé. La prima regola del carcere: guardati alle spalle. Nessuno può dire chi siano gli altri con l'eccezione dei pochi neri. Ci si deve proteggere le spalle, nascondere il volto perché non si sa mai quando un nemico potrebbe approfittare di questo caos come scusa per sistemare una vecchia pendenza. Si impara presto che quasi tutte le morti che avvengono in una prigione sono regolamenti di conti, storie di detenuti che si uccidono tra loro per un motivo spesso futile.

«Okay, adesso stai attento a dove metti i piedi. Non voglio che caschi e ti rompi il collo, capo» mi dice la mia guida quasi scherzosamente. «Praticamente sei la nostra unica speranza di sistemare le cose qui dentro senza altro spargimento di sangue.»

Senza altro spargimento di sangue. Mi sento rivoltare lo stomaco un'altra volta. Ci sono stati dei morti? Chi sono? Ostaggi, prigionieri?

Mi conduce lungo una serie di scale metalliche all'interno del complesso, scale che conducono verso la torre che ospita il centro di controllo dove in condizioni di normalità sono riunite le guardie. Da quest'altro punto di comando, che si estende in altezza per trenta metri e proprio al centro dispone di un'unità di controllo protetta da vetro antiproiettile su ogni piano, un solo secondino è in grado di avere una visione dell'insieme a trecentosessanta gradi; può vedere se sta succedendo qualcosa e se è necessario chiudersi al sicuro dentro l'unità di controllo. Qui dentro la sommossa non avrebbe potuto nemmeno cominciare perché la popolazione che vi è reclusa non gode della libertà di movimento di cui dispongono i detenuti in zone meno rigidamente gestite. A una maggiore libertà di movimento fa seguito una maggiore responsabilità e libertà, e più libertà e responsabilità hanno portato all'anarchia. Un'ironia sulla quale in futuro qualcuno non perderà l'occasione di riflettere.

Ora siamo nel livello centrale. Seguo le mie guide lungo un interminabile corridoio su cui si affacciano tante celle. Il corridoio è affollatissimo; vi si aggirano senza meta uomini armati. Tutti mi osservano .Qualcuno mi lancia un epiteto, un "Giuda, figlio di puttana d'un bianco" qualcun altro sputa sul pavimento al mio passaggio ma la maggior parte mi fissa in silenzio, centinaia di occhi dietro maschere mi trafiggono senza pietà. Procedo in mezzo a un fuoco incrociato di furore e rabbia.

Vengo spinto in uno stanzone in fondo al reparto, un locale che solitamente viene usato durante il giorno dai detenuti che si sono conquistati dei meriti per buona condotta; galeotti con privilegi speciali eccetera... I due televisori e il tavolo da ping-pong sono stati fatti a pezzi. Dai divanetti sono state strappate le molle, usate per la costruzione di armi e di barriere difensive in tutto l'edificio. Percorrendo i corridoi ho superato alcune rozze barriere di reti metalliche. Hanno radunato sedie e tavoli; negli angoli sono ammucchiate bottiglie d'acqua e confezioni di cibo in scatola.

«Ciao bello.» La voce familiare arriva dal fondo della stanza.

Lone Wolf è l'unico tra i presenti a non portare una maschera. Siede al lungo tavolo, in quella che mi sembra una posizione di comando. Il posto che occupa, il fatto che sia l'unico a non indossare una maschera mi rivelano subito che è il capo. Lavorano insieme è chiaro, ma *El Jefe* è lui, è lui che dirige lo spettacolo. Sono sei settimane che non ci vediamo. Si è fatto crescere la barba. Mi ricorda Che Guevara, le foto del Che sui muri delle stanze del college (compresa la mia) durante i radicali anni Sessanta e i primi Settanta. Il Che, Huey Newton e Mao, la blasfema trinità dei ragazzini bianchi tanto disperatamente bisognosi di una causa, ansiosi di partecipare attivamente anziché vivere di deleghe come i loro genitori. Riconsiderando oggi le cose il Vietnam mi appare, in definitiva, come un'esperienza valida, in particolar modo per chi non ci è andato, perché fu sempre qualcosa per cui appassionarsi soprattutto dopo che i neri buttarono fuori i ragazzi bianchi dal movimento per i diritti civili. (Così pensavamo al Vietnam: non ci saremmo mai fatti incastrare, non saremmo mai diventati dei borghesi. Merda, che sognatori scoppiati ci siamo rivelati poi.)

Tre manifesti in bianco e nero sul muro, tre eroi della mia generazione oggi screditati o, peggio ancora, dimenticati. La stabilità del transitorio.

Al diavolo. Devo ricordarmi che qui siamo in una prigione dove non c'è ideologia, ma soltanto una questione di vita o di morte. Non devo lasciarmi prendere dal romanticismo nemmeno per un istante.

Accanto a Lone Wolf ci sono molti detenuti ma riconosco immediatamente Goose seduto proprio alla sua destra. Mi sorride togliendosi il fazzoletto dalla bocca e si protende per stringermi la mano.

Sono nove in tutto seduti in fila lungo un lato del tavolo e aspettano me. Il consiglio del carcere, gli uomini responsabili, quelli con cui negozierò.

Qui è relativamente più pulito, l'aria è meno viziata. Sono riusciti a tenere la parte peggiore dello spettacolo lontano da questa area perché siccome sarà qui che avrà luogo il negoziato non vogliono che mi si ricordi costantemente quello che è successo. È una mossa intelligente. Le condizioni del luogo non potrebbero non influenzarmi. Per questi uomini io sono un avvocato ma faccio anche parte del sistema, sono dall'altra parte della barricata, dall'altra parte del tavolo, e non voglio vendere fumo. Io non sono un alleato, siamo uniti soltanto dalla volontà comune di uscire dai guai.

Comunque sono contento di vedere Lone Wolf e Goose. Sono felice che siano vivi. Non ne ero sicuro.

«Bel casino, eh?» esordisce Lone Wolf.

«Già» rispondo. È calmo. Io posso esserlo ancora di più.

Ci guardiamo. Non posso trattenermi dal sorridere. Provo un grande senso di sollievo, so che con Lone Wolf si può ragionare.

Poi mi giro e fisso gli altri a uno a uno. Ci misuriamo in occhiate deliberate. Il modo in cui loro mi recepiscono, il fatto che pensino oppure no che sarò onesto con loro determinerà in gran parte l'esito della mia missione. Stabilirà se sarò in grado di impedire una guerra.

Lone Wolf guarda i compagni seduti al tavolo.

«Abbiamo preparato una lista di lamentele» mi dice spingendo dei fogli verso di me.

Non li tocco.

«Alcune cose hanno la priorità» dico, «vengono prima di questo.»

«Cosa?» mi chiede uno degli uomini presenti.

«Le condizioni degli ostaggi.»

«Stanno bene» mi risponde Lone Wolf.

«Voglio vederli.»

«Si può fare.»

«Da solo» insisto.

Si stringe nelle spalle come per dire "lo sapevo"

«Sì, si può fare. Però c'è qualcosa che voglio farti vedere prima. Ti accompagno io.»

Fa il giro del tavolo e si dirige verso la porta. Lo seguo. La mia scorta si accoda. Tutti gli altri aspettano. È una cosa che gli riesce bene.

Siamo nel vecchio buco, il reparto isolamento. Quaggiù non è tutto bagnato perché il tribunale decretò l'area inabitabile alcuni anni fa. Non c'erano uomini a bloccare gli sciacquoni. L'odore è ugualmente cattivo, diverso però, non rancido come quello delle scorie umane ma più dolce, più pungente. C'è un caldo infernale, ancora di più che nel reparto. Il sudore ormai zampilla a spruzzi.dai nostri corpi

Le solide porte hanno una apertura in fondo per spingere i vassoi dei pasti nelle celle e ritirarli.

«Preparati» mi avverte Lone Wolf prima di aprire una porta.

Armati fino ai denti e in possesso di strumenti altamente tecnologici, mezzi capaci di abbattere le cosiddette indistruttibili pareti del centro di controllo in meno di cinque minuti, un gruppo di ribelli si mosse alla volta dell'ala della custodia protettiva. In questo settore era rinchiuso un gruppo di prigionieri che viveva nel terrore di un'eventuale sommossa. Quando seppero che la rivolta era riuscita cominciarono a pregare. Sapevano che prima o poi sarebbero giunti anche da loro, ma non sapevano quando; pote-

vano solo aspettare e sperare che le sbarre dietro cui erano segregati li salvaguardassero da chi li avrebbe voluti fuori. Non sapevano chi sarebbe venuto, non conoscevano i volti, ma conoscevano l'ineluttabilità di quell'arrivo. Una scelta fatta all'epoca in cui avevano deciso di tradire i compagni. Era sembrato un rischio ragionevole perché il sistema carcerario aveva un forte interesse nella sicurezza e nel benessere di questi uomini. Potevano contare su una protezione praticamente totale.

La rivolta dei detenuti era una delle poche cose contro le quali non potevano essere difesi.

Quando gli uomini chiusi in queste celle videro chi stava arrivando cominciarono a gridare, un urlo isterico e acuto come quello delle donne o dei castrati. Il peggiore incubo della loro vita diventava realtà. Che i secondini li disprezzassero lo sapevano. Tutti li disprezzavano. Faceva parte dell'accordo come i lati positivi, cioè le drastiche riduzioni delle pene che in alcuni casi avevano trasformato come per magia un ergastolo senza appello in pochi anni e poi adio amigos.

Questa feccia del sistema, questi infami tra gli infami sapevano anche che per quanto fossero odiati, disprezzati e maledetti da prigionieri e sbirri, nemmeno le guardie avrebbero potuto toccarli in virtù della loro condizione speciale. Erano detestati e necessari al tempo stesso. Senza il loro aiuto molti uomini in galera non ci sarebbero finiti: sarebbero stati liberi per le strade. Nella maggior parte dei casi erano colpevoli, è vero, ma ugualmente non sarebbero stati condannati senza la testimonianza di un informatore. Alcuni detenuti (come i motociclisti, anche se dentro per motivi diversi) erano in realtà innocenti del crimine per cui stavano pagando. Ma erano stati inchiodati dalla testimonianza di uno o più degli uomini chiusi in quest'ala.I prigionieri traditi e denunciati dagli informatori erano tra i capi della rivolta. Adesso questi detenuti affrontavano i loro accusatori, affrontavano la causa prima della loro segregazione ed erano ormai armati fino ai denti di sbarre e altre armi rozze oltre che di torce potenti e strumenti sofisticati. L'unica cosa che li separava ormai dagli informatori erano le porte e le sbarre, una ridicola inezia.

Avrebbero potuto ammazzarli subito, avrebbero potuto dar fuoco alle celle e lasciarli bruciare dentro, ma la soluzione sembrò inadeguata alla sete di sangue che li divorava da anni. Volevano che la morte dei loro accusatori fosse lenta, la più lenta e dolorosa possibile.

Così invece di togliere gli informatori dalla loro condizione infelice in modo veloce e relativamente umano, scelsero la via complicata. La via lunga, lenta e psicologicamente torturante che risveglia l'appetito con il sapore dolce della vendetta.

Tagliarono le sbarre delle gabbie degli accusatori con le fiamme ossidriche e gli strumenti che forgiano il metallo di cui si erano appena appropria-

ti. Un lavoro lungo e pesante, ma non se ne preoccuparono. Al contrario, ne godettero ogni minuto.

Mentre tagliavano tormentavano gli uomini dall'altra parte delle sbarre raccontando loro i mezzi lenti e dolorosi con i quali li avrebbero uccisi. Si udivano le loro grida da ogni angolo della prigione. Perfino i motociclisti isolati nel loro braccio della morte li sentirono. Il reparto era un amplificatore naturale e le urla si propagavano echeggiando.

«Poveri bastardi» esclamò Goose.

«Ma meritano davvero le nostre lacrime? Ti stai dimenticando che sono stati dei bastardi come quelli a farci chiudere qui dentro?» gli ricordò Lone Wolf senza pietà. «Quelli che scelgono di vivere così devono essere pronti a morire.»

Non fecero il minimo tentativo di intervenire. Nessuno lo fece. Non poteva essere evitato.

Infine i rivoltosi riuscirono a entrare nelle gabbie e trascinarono nel corridoio gli informatori urlanti e scalcianti. Erano in una sezione dell'ultimo piano.

I primi due subirono una fine caritatevole e vennero gettati dalla tromba delle scale trenta metri più sotto a sfracellarsi contro il cemento schizzando sangue sulle pareti.

«Uno, due, tre issa!» Risero sguaiatamente mentre li gettavano come sacchi di patate.

Dopodiché diventarono più creativi. Un detenuto strappò dalla sua cella un informatore con molta fatica perché quest'ultimo aveva sfasciato la sua branda e il materasso e si era legato alle sbarre con il filo di ferro e la lana dell'imbottitura. E l'aveva fatto con tanta maestria che il suo persecutore fu costretto a usare un tagliabulloni, la qual cosa lo irritò profondamente; «Non hai i coglioni per morire come un uomo» gli disse. La mancanza di coraggio lo disgustò. Il coraggio è importante, quando è il tuo momento di timbrare il biglietto per l'inferno devi farlo da uomo, con dignità. All'informatore della dignità importava meno di niente e piangeva come un bambino.

Lacrime inutili. Non aveva scelta, doveva pagare.

Usando la stessa fiamma ossidrica con la quale aveva faticosamente tagliato le sbarre della cella bruciò il delatore. Le sue urla echeggiarono come mai urla umane avevano risuonato mentre la fiamma della torcia danzava sul suo corpo soffermandosi soprattutto sulle parti intime. E il rivoltoso bruciò quell'infame avanzo di galera fino a farlo diventare croccante.

I suoi compari lo acclamarono con entusiasmo e poi gettarono quel che ne era rimasto a raggiungere i resti dei complici.

Quell'omicidio scatenò la loro sete di sangue e tutto si trasformò in un teatro del macello. Alcuni uomini immobilizzarono un informatore a turno mentre gli altri gli tagliavano i testicoli il più lentamente e dolorosamente possibile senza smettere di parlargli. «Come ci si sente a essere fottuti? Adesso non avrai più niente, vero, tacchino?» Poi un colpo esploso sulla faccia, un proiettile nella schiena o una sbarra nella tempia.

Li eliminarono a uno a uno e ci volle molto tempo. Dopo qualche ora anche quelli che più avevano sognato quel momento se ne stancarono. Ma il lavoro andava finito. Gli ultimi furono i più fortunati; nessuno aveva più voglia di divertirsi e quindi li uccisero nello stile di alcune gang: un proiettile dietro l'orecchio, il membro tagliato e infilato in bocca.

Poi sul carcere scese una calma innaturale; anche i più folli avevano bisogno di aria. Persisteva tuttavia un sotterraneo rimbombo, un rumore sordo ed elettrico che un uomo esperto poteva riconoscere. Come gli animali sanno in anticipo quando si sta avvicinando un terremoto. Lone Wolf non mancò di cogliere il messaggio.

Si alzò e uscito dalla cella arrivò al parapetto e guardò giù. Da quel punto poteva vedere l'intero reparto brulicante di uomini. Qualcuno stava appiccando incendi, altri bloccavano gli sciacquoni dando il via alle inondazioni. Lone Wolf sapeva che ben presto sarebbe stato il caos totale.

Anarchia, ogni uomo per sé e nessuno per tutti. Se non veniva creata una parvenza di struttura organizzata la metà dei detenuti sarebbe morta nel giro di poche ore.

«Dove vai?» gli chiese Roach.

«A fare un giro di ricognizione» rispose Lone Wolf. «Andiamoci insieme. Nessuno proverà a fare il pirla se siamo tutti e quattro insieme.»

A quel punto gli uomini cominciavano ad avere paura. Prima era toccato agli informatori. E poi, a chi? Tutti hanno qualche nemico in carcere, tutti hanno qualcuno che vorrebbero eliminare. E adesso la possibilità era a portata di mano.

Così nacquero le maschere. A un gruppetto di detenuti venne l'idea e strappate le lenzuola si coprirono il volto prima di uscire nei corridoi brandendo armi o scudi. Chi li vide apprezzò il suggerimento e nel giro di pochissimo tempo tutti i detenuti erano mascherati. A quel punto i fuochi bruciavano bene dai fusti di petrolio che erano stati portati dentro in precedenza, e l'aria era così densa di fumo da consentire una visibilità inferiore ai due metri. Se qualcuno sbucava all'improvviso dal fumo ti irrigidivi perché non sapevi chi era. Poteva essere il tizio che ti aveva assalito in cortile o quello che ti aveva accusato di tenere i pesi in palestra per troppo tempo e che ti aveva giurato vendetta. O qualcuno che ce l'aveva con te per un motivo di cui non eri nemmeno consapevole. L'uomo che consideravi il tuo amico per la pelle e invece segretamente ti odiava per un milione di immaginari sgarbi.

Lone Wolf sapeva cosa si agitava nella mente degli uomini e che la para-

noia si nutre di sé come un verme solitario, e sapeva che l'unica possibilità di uscire vivo da quella situazione era di creare un po' di ordine. Perché altrimenti quando le autorità fossero riuscite a entrare si sarebbero trovate il lavoro già fatto dai detenuti. Avrebbero dovuto occuparsi solo delle sepolture.

Si diressero verso il punto dov'erano state chiuse le tre donne. Lone Wolf sospettava che lì stesse già per succedere qualcosa.

Aveva ragione.

Adesso che gli assassini avevano avuto il loro pasto di sangue erano pronti per il seguito. Cinque o sei di loro stavano strappando gli abiti ai tre ostaggi quando Lone Wolf e i suoi infilarono la testa nella porta.

«Volete intingerlo anche voi? Dopo di me però!» ridacchiò il capo dei rivoltosi. «Mi dicono che siete stalloni di prim'ordine.» Era pronto, e il suo membro era così eccitato per la prima femmina in dieci anni che le vene pulsavano.

Le donne emettevano lugubri grida.

«Non trattarla così» disse a bassa voce Lone Wolf. Era una frase che gli piaceva presa dal suo film preferito, One-eyed Jack. Marlon Brando la dice a un amico di Ben Johnson in una bettola messicana prima di centrarlo con un colpo di rivoltella per avere apostrofato la cameriera nel modo sbagliato.

«Che cosa cazzo stai dicendo testa di cazzo?» chiese l'uomo tornando ai suoi affari.

Lone Wolf lo colpì di sorpresa due volte con il calcio della sua carabina. La prima nei testicoli facendolo piegare in due per il dolore e poi sulla mascella, spaccandogliela. Gli altri lo guardarono sbalorditi.

«Qualcun altro vuole provarci?» La vittima del suo attacco si contorceva sul pavimento. Gli sguardi degli altri passavano da Lone Wolf ai tre motociclisti stretti in una falange intorno al loro leader.

«Non deve succedere» disse Lone Wolf. «Avete fatto quello che avete fatto e così doveva essere. Ma questo no. Adesso fuori dalle balle.»

I predatori uscirono trascinandosi il loro capo svenuto. I motociclisti fecero rivestire le donne e le calmarono, poi Lone Wolf lasciò Dutchboy a fare la guardia e andò a gettarsi nella mischia.

Dopo tre ore i prigionieri avevano formato un consiglio di cui Lone Wolf assunse la direzione senza che vi fosse la minima polemica. Cominciarono ad agire in modo per così dire responsabile.

Le donne e gli agenti di sorveglianza vennero definiti off-limit. Stilarono l'elenco delle proteste e cominciarono a discutere con chi volevano parlare.

I corpi sono ammucchiati fino al soffitto, gettati uno sull'altro a casaccio. Sono tutti nudi e lo stato di decomposizione è uno spettacolo difficile da sostenere. Incredibile: non avrei mai immaginato niente di così orribile, non parliamo poi dell'idea di esserne un testimone diretto. Li hanno portati qui per allontanarli dalla vista degli altri. Sono gonfi e irriconoscibili, alcuni sono esplosi, carne cartilagine e ossa sulle pareti.

Vomito il pranzo.

«Dovevo fartelo vedere» dice Lone Wolf. «Perché dovrai raccontarlo a loro.»

Mi costringo a guardare. Sono diciassette. Sono, anzi, erano tutti prigionieri. Bianchi, ispanici, neri, giovani, di mezza età. Le vittime, gli infami, diciassette bocche con un pene dentro. Anche quelli carbonizzati.

«Dovevo fartelo vedere» ripete Lone Wolf.

«Evidentemente.»

Usciamo richiudendo la porta alle nostre spalle. L'odore permea ogni cosa. Terrà concentrata la mia attenzione sul problema più urgente.

Torniamo verso l'area principale.

«Chi è stato?» chiedo. Devo farlo.

Lone Wolf scuote la testa.

«Non si saprà mai.»

«Potrebbe succedere invece» ribatto. «Non si possono uccidere diciassette uomini in quel modo e far finta che non sia successo niente. Metterci una pietra sopra. Anche se erano degli informatori.»

«Io non so niente» dice. «Erano morti prima che il resto di noi si fosse organizzato.»

«È la verità?» chiedo. «Sii franco con me. Non è il momento per le stronzate.»

«Giuro» risponde. «Sta' a sentire avvocato, pensi davvero che avrei commesso una cosa così stupida? Dopo un processo come quello che ho avuto?»

«Okay, ti credo.» In realtà non importa perché presto o tardi la realtà verrà a galla. Forse non conoscerò l'identità esatta di tutti i colpevoli ma saprò perlomeno se i miei quattro sono coinvolti nella vicenda o se ne sono estranei. Altro non m'interessa. Voglio mettere fine a questa storia il più presto possibile e voglio che i miei motociclisti ne escano puliti.

Le tre donne sono coperte di sudore dalla testa ai piedi. La stanza dove sono stare rinchiuse è piccola e senza finestre.e manca l'aria. Sono accasciate sulle sedie, distrutte dal caldo, si sono tolte le scarpe e le piante dei piedi coperte dalle calze sono sudice e scivolose. La più giovane e attraente delle tre (quella che Lone Wolf ha salvato dallo stupro) si è sfilata anche le calze in un inutile tentativo di alleviare la calura. Rivoli di sudore corrono lungo i loro corpi dalle ascelle fino alle pance un po' cedevoli. La parte superiore delle loro camicie è nera di sudore.. Strizzando i loro indumenti credo che se ne potrebbe ricavare tre litri di acqua salata.

Mi giro a guardare i due detenuti messi a guardia delle donne; sono chiaramente omosessuali, quanto di più vicino a un eunuco si potesse trovare qui dentro. Lone Wolf si è preso a cuore il problema.

«Aspettate fuori» dico alle guardie. Anche la mia scorta esce con loro concedendoci di parlare da soli.

«Mi chiamo Will Alexander» le informo in tono tranquillo e colloquiale. «Sono stato incaricato dal governatore di cercare una mediazione tra lo Stato e i detenuti.»

«Lei è l'avvocato di quei quattro nel braccio della morte?» mi chiede quella che ha rischiato di essere violentata.

«È esatto.» Anche a me sembra di riconoscerla, lavora al centro medico. Martha qualcosa.

«Perché lei?» mi chiede. «Perché non c'è il governatore qui?»

«Perché con lui non avrebbero trattato, ecco perché» Mi sta già dando sui nervi.

«Figuriamoci.» Si accascia di nuovo all'indietro, le gambe aperte. Scommetto che non si siederebbe in questo modo davanti a un detenuto di gusti più tradizionali, non in questo momento comunque. Mi domando se prima della rivolta fosse una di quelle che provocano i carcerati; in prigione qualsiasi donna esercita uno spaventoso potere. Alcune ne abusano e altre ne hanno pagato personalmente lo scotto. Durante i disordini avvenuti alcuni anni fa nella prigione statale dell'Oklahoma una delle agenti di sicurezza che aveva l'abitudine di esagerare con i pantaloni stretti, reggiseni imbottiti eccetera, fu violentata centosessantasette volte.

«Quanto tempo dovremo stare qui dentro?» mi chiede una delle altre due con la voce che trema.

«Non so. Fino a quando non raggiungeremo un accordo.»

«Dio, non so ancora per quanto riuscirò a resistere» geme. «Non so, sto per perdere il controllo.»

«Senta» le dico avvicinandomi, «è la cosa peggiore che potrebbe fare.»

«Ne sono consapevole. Sono stata addestrata come tutti gli altri. Ma non so che farci, sono spaventata a morte.»

«Farò del mio meglio e il più in fretta possibile. Siamo tutti sulla stessa barca.» Le do un paio di colpetti amichevoli sulla spalla. «Cerchi di tener duro. Andrà tutto bene.»

Mi allontano. Non voglio correre il rischio che si aggrappino ai miei vestiti come a una scialuppa di salvataggio.

«Come siete trattate?» chiedo. «Cibo e acqua sono sufficienti?»

«Chi può mangiare con questo caldo?» dice la terza. «Però l'acqua l'abbiamo.»

«Si comportano bene?»

«All'inizio stavano per violentarci» risponde Martha.

«Siete state stuprate?»

«No» mi risponde. «Uno di loro stava per farlo. Mi aveva strappato i vestiti e aveva il pene fuori. Ma loro l'hanno fermato. I suoi quattro.»

«Be', se questa è la cosa peggiore che vi sia successa credo che siate state piuttosto fortunate. Potevano violentarvi in ottocento. E qualcuno ha l'Aids.»

Deglutiscono e restano a bocca aperta come pesci rossi.

«Comunque ora non correte alcun pericolo» le rassicuro. «Gli uomini che vi hanno messo di guardia sono omosessuali, significa che i prigionieri vogliono vigilare sulla vostra incolumità.» Mi alzo. «Adesso vado a lavorare, ma appena possibile torno a vedere come state.»

«Mi ha salvato la vita» dice Martha. «Anzi l'ha salvata a tutte noi.»

«Mi fa piacere sentirlo» le dico. «Sono felice per lei.»

E per loro. I miei quattro. Sinceramente, per loro quattro.

I secondini sono più enfatici.

«Eravamo qui seduti e dovevamo sentirli ammazzare gli informatori» mi spiega il più anziano e autorevole dei tre, «e sapevamo che dopo sarebbe toccato a noi. E dalle grida che arrivavano e dal tempo che ci mettevano sapevamo anche che non sarebbe stata una cosa veloce. Ci avrebbero riservato lo stesso trattamento, né più né meno.»

Siamo nella cafeteria del reparto dove sono stati segregati una volta usciti dal centro di controllo demolito.

«Quei quattro motociclisti ci hanno protetto la pelle» continua, «non c'è nessun dubbio al mondo.»

«Gli dobbiamo la vita» aggiunge un altro.

Accidenti! Guarda come cambia in fretta l'opinione pubblica. È chiaro adesso perché i prigionieri mi hanno scelto come mediatore. Se non avessi accettato l'incarico la prigione sarebbe diventata come Fort Alamo.

Durante una pausa del negoziato domando a Lone Wolf perché

l'abbia fatto: perché si sia assunto la responsabilità di ristabilire l'ordine e di salvare le vite degli ostaggi.

«Perché non volevo esser fatto fuori» mi risponde semplicemente. «Una cosa come questa sai come comincia ma non come finisce. Al terzo o al quarto giorno cominciano tutti a cercare di scalare i muri e se un cretino qualsiasi pensa che l'hai guardato storto ti fa fuori. Cazzo, la maggior parte di questi deficienti è fuori di testa.

«E poi io credo nell'organizzazione. La mia organizzazione ha delle regole. Tutti le rispettiamo e ce la caviamo benone. Quando la gente incomincia a infrangere le norme va tutto a puttane. Il problema con questi è che non hanno mai vissuto secondo nessuna regola e questo spiega perché sono qui dentro e ci staranno sempre. E soprattutto, mio vecchio amico avvocato, nessun altro l'avrebbe fatto. Non c'era un piano, capisci cosa voglio dire? Nella vita bisogna avere un piano. Il mio è di uscire vivo di qui. Perciò ho fatto quello che dovevo fare.»

È la solita lista di lamentele. Dopo cinquemila anni di tentativi – che si tratti di Alcatraz o di Devil's Island o di un gulag – isolare gli uomini dalla comunità senza disumanizzarli è una cosa di cui ancora la società non sembra capace.

«La devono piantare di darci da mangiare merda.»

Cibo.

«Ti ammazza mangiare questa roba un anno dopo l'altro. Vogliamo pasti decenti, per esseri umani.» Più di una volta vennero trovati vermi nella carne che doveva essere cucinata. È evidente che qualcuno dei responsabili dei rifornimenti alimentari ruba.

«Le celle qui sono troppo piccole anche per *una* persona. Due vuol dire viversi addosso e tre è maledettamente impossibile.» Il numero di violenze carnali e scazzottate tra compagni di cella nell'ultimo anno è aumentato del cinquanta per cento.

«La biblioteca è una presa per il culo. Non ci sono nemmeno testi sulle leggi dello Stato, non parliamo poi di quelle federali.»

«Un dottore qui non lo vedi neanche se sei in punto di morte.»I casi di Aids tra la popolazione carceraria hanno subito un'impennata e ormai è indispensabile un reparto apposito. Questa è una delle richieste più importanti: tenere i detenuti malati lontani dagli altri. Nel frattempo i poveri bastardi che risultano positivi al test sono trattati peggio dei lebbrosi .Completamente segregati e evitati. (Ciò perlomeno ha avuto l'effetto di ridurre praticamente a zero l'uso di aghi non sterili.)

«Vogliono che rispettiamo le loro fottute regole. Ne hanno anche loro e devono rispettarle come noi.» Il che vuol dire per esempio che un secondino non è autorizzato a picchiare senza motivo un prigioniero soltanto perché il prigioniero è un rastafari e al secondino non piacciono i suoi capelli.

L'elenco è composto di ottantadue punti. Due terzi sono cose poco importanti, le conseguenze di una burocrazia che gioca a palla con la testa della gente. Appongo senza esitazione la mia firma. Gli altri sono più importanti: una migliore qualità del cibo, la soluzione del problema sovraffollamento, un più attento ascolto delle rimostranze dei detenuti, la fine dei favoritismi da parte degli agenti e del personale. E la cosa più importante di tutte: *non* essere puniti senza motivo solo perché qualcuno con un po' di autorità ha litigato con la moglie o i figli prima di andare a lavorare.

Il vero problema è che vogliono essere trattati con dignità, vogliono essere considerati persone, non animali. Anche se devono vivere chiusi dentro una gabbia vogliono ancora essere trattati come uomini.

Ogni volta che una prigione esplode, questa è la miccia.

Darei qualsiasi cosa per una birra fredda.Stiamo andando avanti da quattordici o sedici ore. Malgrado tutte le garanzie ottenute dal governatore non ho carta bianca. E non la voglio. La prigione è loro e dovranno viverci molto dopo la mia tranquilla uscita di scena. Inoltre non posso approvare richieste materiali o giuridiche che non saranno poi soddisfatte.

Ho una linea diretta con il governatore. Risponde a metà del primo squillo. Parliamo.

«Quello del cibo non è un problema» mi assicura. «Al contrario. La userò per un'interrogazione sul problema della corruzione nella fornitura alimentare.»

Che uomo gentile, pronto a fare qualsiasi cosa per i suoi simili, soprattutto se ne ricaverà i voti dei chicano.

Quello del sovraffollamento è un punto più complesso.

«I bravi cittadini di questo Stato impoverito votano per l'arresto preventivo» mi dice con un tono carico di sarcasmo, «poi respingono la proposta di costruire un'altra prigione per ospitare tutti i criminali che vogliono mettere al fresco.»

Questi uomini politici sono strani, possono sembrare reali ma appena entrano nel ruolo ufficiale cominciano a parlare come se fossero alla televisione anche se la conversazione ha un carattere privato. Dev'essere un vizio del mestiere. Me lo immagino benissimo a letto con la vecchia moglie: «Considerate tutte le opzioni, cara, ed esaminati i pro e i contro della situazione ritengo che a mio parere stanotte dovremmo fottere».

«Se una cella è stata concepita per ospitare un solo detenuto» riprendo, «vogliono che dentro vi sia soltanto un detenuto. Punto e basta. Su questo si gioca il negoziato. Soprattutto tenendo conto del problema Aids.»

«Le prigioni della contea sono già strapiene» ribatte stizzito. «E nella maggior parte dei casi non sono adatte ad accogliere criminali incalliti.»

Segue una pausa pregnante; mi sembra di percepire fisicamente la decisione che arriva lungo i cavi del telefono.

«Vada così allora» esclama. Avverto una nota di allegria nella sua voce.

Al diavolo quelli che pagano le tasse, vogliono forse la botte piena e anche la moglie ubriaca? Be', non possono.

«È la legge. Quindi ubbidiremo. Prenderemo quel deposito abbandonato dell'esercito a ovest di Gallup ai federali e useremo le baracche.» Il bastardo ha una certa furbizia, devo riconoscerlo: aveva questo asso nella manica da mesi e adesso lo gioca. Farà perfino una bella figura. «A Washington andranno in brodo di giuggiole, e possiamo mettere qualcuno a pulirle e a sistemarle. Ci costerà del denaro che non abbiamo ma *c'est la vie.* Anche così finiremo col mettere per strada un sacco di gentaglia, ma questa è un'altra storia. Forse in questo modo la popolazione si darà una mossa e voterà la proposta per un'altra prigione.»

Se Robertson è nella stanza con il governatore, e non ne dubito, sta rabbrividendo. Si fa in quattro per mandar dentro la gente poi arrivo io e con una telefonata gliene libero uno stuolo.

«Cos'altro?» chiede il governatore.

«L'amnistia.»

«Ma ci sono dei morti lì dentro.»

«Sì» confermo, «ci sono.»

«Assassinati da altri detenuti.»

«Esatto.»

«Non possono farla franca.»

«È quello che ho detto. Lo sanno. Cercano di spuntare il massimo. Come noi.»

«Sa chi sono i responsabili?» chiede.

«No» rispondo sinceramente. «Ma loro lo sanno.»

«Dovranno pagare lo scotto. Gli mettiamo la prigione a ferro e fuoco prima di concedere un'amnistia al buio.»

Per quel che vale il mio parere la penso come lui, ma non tocca a me dirlo. E poi non voglio che dimentichi che io agisco da indipendente.

«Quando ricominciate?» chiede.

«Domani mattina. Siamo a pezzi.»

«Buona fortuna. Sono con lei Alexander.»

«Ciò mi rassicura.» E riappendo prima che abbia la possibilità di capire se era sarcasmo o adulazione.

È notte. Non so l'ora perché non ho portato niente di valore con me, nemmeno l'orologio. Il caldo rincretinisce, è così caldo e pieno di fumo qui dentro che respiro a stento. Sono appiccicaticcio, bagnato di sudore, sotto le ascelle e ai testicoli ho un prurito come se fossi vittima di un caso terminale di piattole. Tutt'intorno a me altri ottocento uomini si sentono nello stesso modo.

Potevo uscire e andare a fare il mio rapporto al governatore ma è stato deciso che mi fermassi perché siamo arrivati a un punto cruciale: o concludiamo la trattativa o incomincia l'assedio.

Ma non riesco a dormire. Troppo caldo, troppa tensione. Giaccio sulla branda di una cella che mi hanno assegnato all'ultimo piano, una cella nell'angolo più isolato e tranquillo dove dovrebbe soffiare un po' di brezza. Cercano di darmi tutto il comfort possibile.

Della brezza nemmeno l'ombra. L'aria ristagna, immobile come i corpi mutilati che dormono il loro sonno eterno quattro piani più sopra.

Fuori dalle celle i detenuti di guardia fanno i turni per proteggermi. A intervalli di pochi minuti qualcuno si affaccia per vedere che sia tutto a posto. Non so chi siano i miei angeli custodi, sono ancora mascherati e così rimarranno fino a quando tutto non sarà finito e saranno state deposte le armi.

Nell'ultima ora tutto è stato tranquillo; un'ondata di sonno collettivo ha sommerso la prigione come una pellicola invisibile scesa infine sul riposo di questi uomini.

Mi sembra di avvertirla fisicamente, è una specie di nebbia confusa, un po' come quella del sonno drogato. Uno sfinimento fisico e emotivo avviluppa ogni cosa; le persone chiuse qui dentro fanno parte di un unico caotico organismo. Basterebbe tagliare un solo filo e l'intera struttura crollerebbe.

Una delle iniziative più intelligenti prese dal consiglio dei prigionieri è stata quella di ordinare il coprifuoco per le ore notturne. Durante la notte tutti, guardie escluse, devono stare nelle loro celle. I prigionieri si sono assoggettati a questa regola più che volentieri poiché è l'unica possibilità di riposare, di ricuperare le energie spese. Dormire con un occhio aperto e un orecchio teso al rumore dei passi di qualche esaltato che cerca di entrare nella tua cella per tagliarti la gola non è di fatto possibile.

Dubito che qui dentro qualcuno riesca ad addormentarsi se non è davvero esausto. Un uomo capace di dormire in una situazione come questa non ha coscienza né sangue nelle vene. Sono sicuro che quasi tutti siano nella mia stessa condizione: svegli e all'erta, cercando di restare calmi. Di più non si può.

C'è troppo silenzio; non riesco a sentire il rumore dei passi delle mie guardie.

Cautamente mi alzo dalla branda. Sono vestito da capo a piedi perché preferisco star dentro questi abiti incrostati di sporcizia piuttosto che spogliarmi e doverli rimettere. Arrivo fino alla porta aperta della mia cella e spio all'esterno.

Non c'è nessuno. Le mie guardie sono scomparse. Non riesco a vedere a molta distanza perché il fumo è troppo denso ma so che il corridoio è deserto.

Mi si rizzano i capelli sulla nuca, come elettrizzati.

È una trappola. Là fuori mi attende un agguato.

Mi sforzo di guardare nel corridoio, in entrambi le direzioni. Non si vede oltre dieci metri. Il fumo onnipresente ha invaso l'edificio, illuminato qua e là dai fuochi.

Devo uscire di qui. Devo trovare Lone Wolf.

Scivolo fuori dalla cella e avanzo lentamente tenendo la schiena appoggiata contro la parete di cemento del corridoio. Sono spaventato a morte. Questo non faceva parte degli accordi. Cercando di non fare rumore imbocco il corridoio che conduce verso il centro di comando dove Lone Wolf e gli altri capi bivaccano.

Il pavimento è ancora bagnato e appiccicoso, incrostato di Dio sa cosa, con una patina gelatinosa sotto quel rivolo che scorre inarrestabile. Mi sembra di camminare su delle meduse lasciate al sole, viscide e scivolose.

Io mi trovo all'estremità opposta del punto dove c'è il centro di controllo. Per arrivarci devo attraversare tutto l'edificio e scendere di due piani.

Mi fermo. Malgrado il calore intenso la mia pelle è diventata all'improvviso gelida. Ho la bocca secca; credo di non essere mai stato tanto consapevole come in questo momento delle mie sensazioni; percepisco parti del mio corpo di cui normalmente non sono cosciente, come se vivessi in un mondo che mi manda soltanto messaggi ostili.

Avverto una presenza, qualcuno cammina nella mia direzione. Io non posso vederlo e non credo che lui veda me ma lo sento, sento i suoi passi silenziosi sul pavimento. Non avrei mai pensato che i sensi potessero sintonizzarsi a tal punto con l'ambiente circostante. Mi pare di essere una vedetta indiana. Il pavimento si muove sotto i miei piedi.

Sarà uno degli emissari di Lone Wolf che viene a controllarmi. Deve esserlo per forza perché tutti gli altri prigionieri hanno l'obbligo di restarsene nelle loro celle. Soltanto gli uomini di guardia possono percorrere i corridoi bui e fumosi.

Torna nella tua cella. Torna nella tua cella e aspetta come ti hanno detto di fare. Tutto è sotto controllo.

I passi avanzano inesorabili. A questo punto li percepisce anche il mio udito. Forse a venti o trenta metri di distanza. Lenti e misurati, attenti.

Con un pavimento così sdrucciolevole basta un passo falso per cadere e fratturarsi un osso. O lasciarci la pelle precipitando oltre la balaustrata per trecento metri sul cemento.

Torna nella tua cella, avvocato. Questo non è il tuo elemento. Fa' come ti hanno detto di fare.

Dalla direzione opposta sento altri passi. Anche questi vengono verso di me. Percorrono la stessa strada che ho percorso, sono passati accanto alla mia cella. Si fermano e poi ripartono.

Non so perché ma il pensiero che mi attraversa è chiarissimo: qualsiasi cosa stia succedendo è sbagliato. Questi non sono gli uomini che Lone Wolf o il consiglio hanno incaricato della mia protezione. Non so perché lo penso ma ne sono assolutamente certo.

«Sei tu?» grida uno dei due. Il secondo.

«Sì.»

«Non c'è. Non è nella cella che gli hanno assegnato.»

«Merda.»

Si sono fermati. A quindici metri da me. Nessuno vede gli altri. Ancora cinque metri e sono allo scoperto.

Chiunque siano vogliono farmi fuori. Chiunque essi siano; quelli che hanno di più da perdere, quelli che hanno dato inizio alla sommossa, ecco chi sono. Quelli che hanno torturato e ucciso gli informatori.

«Non è nella sala riunioni. Ho controllato dappertutto. E poi l'avrei visto passare.»

«O sarebbe passato di qua prima che mi muovessi» risponde il secondo. «Con questo fottuto fumo può darsi benissimo che mi sia sfuggito.»

«Dev'essere ancora qui da qualche parte.»

Guardo a destra e a sinistra. Un solido muro senza celle nelle quali cercare scampo.

«Tu resta dove sei. Vengo io da te» dice il primo.

Maledetto Robertson, rotto in culo, fottutissimo governatore, direttore di merda. Questo non era previsto.

Il primo avanza verso il suo compagno, verso di me. Sento i suoi passi che percorrono con attenzione il corridoio inondato.

Emerge da una nuvola di fumo nero come un emissario dell'inferno; mi scorge nell'istante in cui io vedo lui. Si immobilizza con un piede a mezz'aria. Per una frazione ci fissiamo. Io ho un vantaggio su di lui... sapevo che stava arrivando.

Lui ha tutti gli altri.

«Ma che... ehi!» grida.

Spicco un balzo cercando di centrarlo in pieno, non se lo aspetta e io mi auguro di riuscire a superarlo facendogli perdere l'equilibrio e di sparire nell'oscurità che ci circonda.

Le suole delle scarpe scivolano sul pavimento bagnato.

Cado in avanti riuscendo solo all'ultimo momento a mettere giù le palme delle mani. Mi rialzo mentre lui si riprende dallo shock e comincia a correre brandendo la sua arma, un fucile a canne mozze.

«Ehi» grida ancora. Il fucile sta abbassandosi sulla mia faccia.

Scivola.

Io mi rialzo e scatto in avanti con le spalle giù come mi ha insegnato l'allenatore di football J.V. al liceo e colpisco con forza al basso ventre mandandolo a sbattere contro il parapetto. Le gambe scattano in avanti e cade sulla schiena. Atterrando lascia andare l'arma che spara in aria: un suono incredibilmente forte come di una bomba a poca distanza, l'esplosione si perde nel silenzio echeggiando con una serie di tuoni contro le pareti di cemento.

Corro tenendo una mano sulla balaustra.

Sento il secondo uomo a pochi passi e un altro sparo nella mia direzione; il proiettile rimbalza sul muro a un paio di metri da me.

Scappo il più velocemente possibile ma non so se basta, non corro certo alla velocità di un proiettile e molto probabilmente loro sono in una forma fisica migliore della mia perché passano le giornate a fare esercizi se sono dei culturisti e molti detenuti spesso lo sono.

I detenuti sono usciti dalle celle e gridano, regna una grande confusione, un pandemonio totale, mentre io corro e scivolo attraverso nuvole di fumo superando ombre che vedendomi apparire all'improvviso dall'oscurità si defilano per istinto perché non hanno la minima idea di quello che sta succedendo. Capiscono solo che qualcuno sta cercando di uccidere qualcun altro.

Dal rumore dei passi deduco che il numero dei miei inseguitori è aumentato. Non riesco a respirare; fumo e calore stanno consumando le mie forze, quel poco che ne era rimasto dopo tante ore chiuso qui dentro. Le mie gambe sono diventate spaghetti, scivolo sul pavimento un'altra volta coprendomi la faccia di schifezza, arranco, riesco a rimettermi in piedi poi striscio su mani e ginocchia ormai fradicio dalla testa ai piedi e ricomincio a correre con i miei inseguitori sempre alle calcagna. Sento il loro fiato sul collo.

I lunghi quattro piani della scala si spalancano davanti a me attraverso il fumo. Ancorata inutilmente alla scala è la gabbia distrutta del centro di controllo, una massa di metallo contorto e vetro frantumato, come la carcassa di un'astronave affondata, i pannelli divelti, i cavi strappati. Mi precipito lungo le scale che spiraleggiano prendendo tre gradini alla volta, cadendo a testa in giù con la spalla che ormai mi fa un male pazzesco, una sensazione bruciante, come se l'articolazione del braccio fosse uscita dalla spalla, ma cerco di scendere con tutta la velocità che le mie forze mi consentono.

I miei inseguitori ormai mi stanno tallonando, loro conoscono questo posto e io no. Non riuscirò a sfuggire, non riuscirò a trovare un riparo.

Non ci sono ripari qua dentro.

La detonazione di un'arma, così vicina che sembra venire da dentro la mia testa, un rombo ancora più fragoroso del precedente, sento le pallottole colpire la carne e i muscoli e un uomo gridare. Sta succedendo tutto a pochi passi da me, gli eventi si susseguono a un ritmo frenetico.

Poi altri due spari.

L'eco rimbomba contro le pareti rumoroso quasi quanto le detonazioni vere e proprie che attraversano l'edificio in onde assordanti.

L'eco si ripercuote sempre più debole e infine scompare. Scende il silenzio.

Non mi posso muovere. Sono rannicchiato su me stesso come una palla e tengo la testa nascosta tra le braccia.

Passi che scendono le scale. Piedi accanto alla mia testa nascosta.

«Stai bene?»

Sono i quattro motociclisti che mi fissano.

«Sì, stai benone» decide Lone Wolf guardandomi più da vicino. «Hai soltanto un cattivo odore. Ma non sei morto... vero?»

«Per puro caso» rispondo in un roco sussurro.

«Hanno fatto fuori le tue guardie» mi informa. «Perciò ti sei trovato da solo.»

Annuisco intontito. Lentamente mi alzo appoggiandomi alla balaustrata per sostenermi.

«Mi dispiace per quello che è successo» mi dice regalandomi uno dei suoi mezzi sorrisi, «a quanto pare non tutti qui dentro ti vogliono bene come noi.»

L'amnistia non può essere più presa nemmeno in considerazione. Gli uomini che hanno cercato di ammazzarmi erano gli stessi che hanno dato inizio alla sommossa e guidato la strage degli informatori. Pagheranno e pagheranno caro. Me ne accerterò personalmente. Nessuno nel consiglio ha fatto storie.

Prima di sera è tutto deciso. Le richieste dei prigionieri verranno accolte. E, cosa altrettanto importante, non verranno applicate punizioni collettive per quello che è successo. Saranno passibili d'imputazioni soltanto gli ideatori della rivolta e quelli che hanno preso parte attiva nelle uccisioni. Il consiglio dei prigionieri li ha identificati e isolati.

Formalizziamo l'accordo nell'ufficio del direttore. Martha trascrive tutto a mano poiché non c'è elettricità per far funzionare le macchine per scrivere e le fotocopiatrici. Appongo la mia firma per conto dello Stato, Lone Wolf e altri due detenuti sottoscrivono in rappresentanza del carcere.

È finita.

Sono davanti alle telecamere con il governatore. È stata un'impresa epica. Sua eccellenza parla di me come se fossi il secondo messia, il salvatore dei popoli.

In privato faccio in modo che venga a conoscenza e nei dettagli, del ruolo giocato dai miei quattro. Tenendo conto delle circostanze hanno diritto a qualche considerazione. Non può impegnarsi formalmente ma sembra d'accordo.

«Ci hai venduti» mi accusa Robertson mentre ci avviciniamo al governatore per stargli al fianco.

«La prossima volta vacci tu» ribatto. Non è il momento di provocarmi. «Ho rischiato la vita per te e i tuoi» gli ricordo. «I miei clienti hanno salvato undici dei tuoi uomini e probabilmente più di cento carcerati. Sei in debito con loro. Dal punto di vista personale e da quello professionale. Lo Stato è in debito con loro. Se tu fossi un uomo, se avessi i coglioni, li faresti uscire. Quanto meno con la condizionale.»

«Nemmeno se ne andasse della mia testa.».Si pente subito delle sue parole, vorrebbe poter cancellare l'intero episodio.

«Invece è la tua testa a essere in pericolo» ribatto. «Quegli uomini non dovrebbero trovarsi là. Sono stati i tuoi a metterli dentro, e sono corrotti. Se prima lo sospettavo, adesso lo so con certezza, lo so come so che mi chiamo Alexander. E ho tutte le intenzioni di inchiodarli alle loro responsabilità. Alla croce che si meritano. Quando usciranno da dove intendo mandarli, dal loro culo potrà passare anche un Tir.»

«Parla piano. Ricorda dove sei.»

«Io lo so dove sono» rispondo. «E *tu*?»

Cerca di allontanarsi ma gli afferro un braccio. Deve ascoltare quello che sto per dirgli.

«Non sono puliti, John. E stanno insozzando anche te. Merda, te lo dico da amico. Se avessi un po' di cervello e di integrità affronteresti la situazione e cercheresti di limitare i danni.»

Chiama a raccolta le sue forze. Quando è provocato diventa un antagonista feroce.

«Non cercare di sfruttare la situazione» mi dice. «Io e i miei siamo puliti e tutte le palle di questo mondo non potranno cambiarci.»

«Non sono palle e tu lo sai dannatamente bene.»

«Ci scommetto la mia carriera» risponde. «E scommetto soltanto su cose sicure.»

«Le cose sicure sono un'illusione, bello mio.»

Si avvia ma per fermarsi dopo pochi passi. Si volta.

«Non credere che questo ti faccia meritare un trattamento speciale. Hai svolto un servizio pubblico. Nessuno ti ha costretto.»

Gli rido letteralmente in faccia. Dopo tutto quello che è successo ha la sfacciataggine di venirmi a dire una cosa simile.

«Me ne ricorderò la prossima volta che mi telefoni.»

Tornato a casa brucio gli indumenti indossati in prigione e ne seppellisco le ceneri. Poi m'infilo sotto la doccia con una confezione da sei di birra e mi lavo fino a scorticarmi la pelle per un'ora e mi faccio cinque shampoo di seguito.

«Vieni dal tuo amore.»

Sono sdraiato supino nel mio letto. Ho appena consumato una cena squisita: filetto alla Strogonoff con riso, fagiolini verdi, insalata, e apple pie con gelato fatta in casa. (E vino, una bottiglia di Cabernet Mondavi dell'85 Riserva Speciale che ho sempre conservato per un'occasione speciale. E riuscire a uscir vivo dalla prigione mi sembra un'occasione speciale.) Il tutto cucinato con amore dalla mia amata, anche la torta.

Viene afferrandosi ai miei capelli, con il corpo teso e sussultante per l'orgasmo. «Oh Dio» mormora, «oh mamma» tutte le altre cose creative che si dicono quando il sesso ti sta facendo uscire di testa. La stringo forte a me premendo la mia bocca contro il suo pube umido e appiccicoso, leccando, tormentando la sua clitoride, viene ancora, com'è bello dare piacere, senza rendermene conto comincio a pensare agli uomini in prigione che non potranno mai più conoscere quello che c'è tra le gambe di una donna per il resto della vita e comincio a tremare, tremo come se avessi la febbre, Mary Lou mi tiene stretto, «va tutto bene bambino mio» dice,«tutto bene, sei al sicuro adesso.» Mi conforta stringendo il suo corpo al mio, facendomi sentire al sicuro.

La paura se ne va e facciamo l'amore teneramente. Come nel canto di Salomone lei mi consacra col suo amore.

«Avevo paura» mi confida. Stiamo guardando il talk show di David Letterman e finendo la seconda bottiglia di vino. «Non volevo dirtelo perché ti avrebbe complicato le cose ma ero terrorizzata. Sono stata così felice quando ti ho visto uscire sano e salvo.»

La guardo; sta piangendo in silenzio, grosse lacrime che corrono lungo le guance.

«Avevo tanta paura» mormora.

La stringo più forte a me. Squilla il telefono.

«Parlo con l'avvocato Alexander?»

Mi metto a sedere sul letto trattenendo all'improvviso il respiro. «Sì.»

«Sono Rita Gomez.»

«Lo so. Ho riconosciuto la tua voce.»

«L'ho vista prima. Alla televisione. È stata una bella cosa quello che ha fatto.»

«Dove sei?»

Mary Lou mi guarda, mi legge nel pensiero. Annuisco per farle capire che ha indovinato.

«A Greeley. Sarebbe in Colorado.»

«Lo so dov'è. Chi sa dove sei?»

«Nessuno. Sto scappando.»

«Dove sei stata? Che cosa ti è successo?»

«Ho ricevuto una telefonata..» Parla con voce malferma,alla gente spaventata accade spesso, soprattutto alle donne. «Una telefonata il giorno prima di quando dovevo venire al processo.»

«Chi ti ha chiamato?»

«Io... io non lo so.»
Decido di lasciar perdere. Per il momento.
«E come hanno fatto a trovarti?»
«Non so» ripete. «Io non l'ho detto a nessuno. Lo giuro.»
Le mura hanno orecchie anche a cinquecento miglia di distanza.
«È arrabbiato con me?» mi chiede piena di paura. «Perché sono scappata via?»
«No» rispondo. È una bugia, come potrei non essere arrabbiato, ha rovinato le nostre vite. Ma è acqua passata e adesso non lo so più. Tutto quello che è successo con Rita Gomez sembra essere stato inevitabile, prestabilito.
«E che cosa ti ha detto?» chiedo. «Chiunque ti abbia chiamato?»
«Che non avrei mai dovuto tornare a testimoniare. Che se ci avessi provato sarei morta.» È spaventatissima, lo sento dalla voce; come potrei essere arrabbiato con lei? Dopo tutto questa telefonata ha richiesto un coraggio che non posso nemmeno immaginare.
«Nessuno ti avrebbe ammazzata»la rassicuro.«Te lo avevo promesso.»
«Ero spaventata.»
«Dove sei adesso... Sei al sicuro?»
«Penso di sì. Spero.»
«D'accordo, sta' a sentire. Ti ricordi quell'avvocato amico mio? Quello nel cui ufficio hai rilasciato la tua dichiarazione a Denver?»
«Sì?»
«Verrà a prenderti. Ti porterà a Denver e starà con te fino a quando non arrivo. Hai capito?»
«Sì.»
«Sarai completamente al sicuro.»
«Non voglio più scappare.»
«Bene. Benissimo. Non dovrai fuggire più.»
«Non ho fatto niente di male. Solo quello che mi hanno fatto fare loro.» Sta per mettersi a piangere.
«Non hai fatto niente, lo so. Ma adesso andrà tutto bene. Non dovrai più nasconderti.»
«Tu quando vieni?»
«Al più presto. Domani mattina sarò lì.»
Mi dà l'indirizzo del motel e il numero di telefono. Almeno questa volta à stata furba e si è registrata con un nome falso.
«Il mio amico avvocato sarà lì tra un paio d'ore» la rassicuro, «e poi arriverò io.»
«Non scappo più» ripete come se la reiterazione le desse forza. «Quando l'ho vista alla televisione e hanno detto quello che aveva

fatto... sa... io mi sono detta: "Rita, se può aiutare loro potrà aiutare anche te."»

Accidentaccio. Ne valeva la pena, ne valeva veramente la pena.

«È proprio così» le dico. «Adesso non fare niente, aspetta e basta. D'accordo? Sarò lì tra pochissimo.»

«Senta» mi dice impedendomi di riagganciare il ricevitore, «l'uomo che mi ha chiamato... penso di sapere... chi era.»

Eccoci qua. Lo sapevo che presto o tardi ci sarebbe arrivata.

«Il poliziotto» continua, «quello gentile.»

«Gomez.» È sempre quello gentile che ti frega.

«Riconosco la sua voce.»

«Siamo pronti, Vostro Onore.»

«Si chiami Rita. Gomez»

Sono trascorsi cinque mesi da quando sono uscito dalla prigione di Stato e ho ricevuto la telefonata dalla mia supertestimone e finalmente oggi siamo nella corte distrettuale con la richiesta di un'autorizzazione a riaprire il processo. Le ruote della giustizia forse non sono bloccate ma girano con una lentezza micidiale.

Non sapevo se Martinez me l'avrebbe consentito; avevo già fallito una volta e di solito nessuno concede un'altra possibilità. Sono piuttosto sicuro che sulla sua decisione abbia pesato la straordinaria pubblicità positiva delle mie gesta. E' tutta strategia politica: non volevano che la stampa strombazzasse in giro l'insinuazione di un fraintendimento della giustizia per quegli assassini incalliti che hanno visto la luce e salvato vite innocenti, e per il loro avvocato che con altruismo ed eroismo è riuscito ad arrivare a un negoziato senza spargimento di sangue (sono stati uccisi soltanto dei detenuti e i detenuti non contano).

Comunque questa è soltanto un'udienza, un primo passo. Se tutto va bene otterrò dal giudice la possibilità di presentare prove nuove per dimostrare che il processo precedente è stato inquinato e ottenere la garanzia di un altro processo. Anche se questa volta vinciamo, le possibilità che Martinez modifichi il verdetto sono molto scarse. Tuttavia il processo comincia oggi con questa udienza, ed è un momento di importanza vitale perché se falliamo ora è finita per sempre.

Robertson ha combattuto contro di me con le unghie e con i denti e si è inasprito ancora di più quando il giudice ha deciso che avrebbe concesso un appello basato soltanto sulla dichiarazione di una teste dichiaratamente spergiura.

«L'ultima volta mi sono comportato come un gentiluomo» mi disse Robertson. «Ma questa volta non avrò pietà.»

« "Nonna, che bocca grande che hai" disse Cappuccetto al Lupo» fu la mia sarcastica risposta.

Nel profondo mi indigna, e a ragione, il fatto che abbia scelto una linea così dura. La frattura nella nostra amicizia è ormai insanabile. Siamo avvocati dopotutto, non potrebbe cercare di ricordarselo? Non potrebbe cercar di ricordare che i motociclisti hanno salvato la pelle a lui e al governatore, e a molti altri ancora, non più tardi di pochi mesi fa? È diventato così rigido, così aggrappato a un principio che naviga sulle sabbie mobili che se le cose non andranno come vuole lui gli succederà qualcosa di terribile.

Ci fissiamo mentre Rita giura di dire la verità e prende posto.

Siamo in pochi nell'aula. Mary Lou e Tommy sono seduti al mio tavolo; dall'altra parte ci sono Robertson e Moseby con Gomez e Sanchez nella prima fila alle loro spalle.

Guido Rita attraverso la deposizione fatta a Denver. È spaventata ma parla con calma e in modo diretto. Di tanto in tanto Martinez le rivolge una domanda quasi sempre per ottenere un chiarimento. Per il resto tutto procede quasi sotto tono.

Dopo pranzo tocca a Robertson. Avanza verso di lei con il suo atteggiamento più disarmante.

«Lei ha mai letto un libro intitolato *Alice nel paese delle meraviglie?*» le chiede.

«No signore.»

«Ma ne ha sentito parlare, non è vero?»

«Sì signore. Non ne hanno fatto anche un film?»

«È probabile» risponde seccamente, «non c'è libro da cui non abbiano tratto un film.»

«Dunque lei sa di cosa parla?»

«Più o meno» risponde incerta come se temesse di dover essere interrogata.

«Sa che cosa penso?» continua Robertson sorridendole in modo quasi amichevole. «Penso che lei abbia letto *Alice nel paese delle meraviglie*, signorina Gomez.

«No signore. Mai.»

«Io credo che lei abbia letto *Alice nel paese delle meraviglie* e abbia pensato: "Caspita, questa è proprio una bella storia, il modo in cui tutto si confonde fino a che nessuno sa più quale sia la verità, supposto che esista.una verità" È così che lei ha meditato tra sé e sé quando ha letto *Alice nel paese delle meraviglie*, non è vero?»

«No. Gliel'ho detto. Non l'ho mai letto.»

«Che cosa si dice nel libro?» chiede per puro spirito retorico. «Sul fatto che il nero sia bianco e tutto si capovolga fino a quando non si riesce più a dire cos'è... è una delle frasi del libro, ricorda signorina Gomez?»

«Come faccio a ricordarlo se non l'ho mai letto?» chiede Rita sbalordita.

«E ha pensato: "Ragazzi è proprio divertente come si capovolge la verità. Più divertente di qualsiasi altra cosa. Scommetto che sarebbe carino fare una cosa del genere e modificare del tutto la verità."»

«No»

«Obiezione!» dico. «La sta tormentando. Inoltre questa linea di interrogatorio è ridicola.»

«Ah sì?» tuona Robertson guardandomi. Poi si gira ad affrontare il giudice. «È forse più ridicola di questa totale invenzione che la testimone viene a raccontarci? La signorina Gomez scambia Alice per Diogene, Vostro Onore.»

«Arrivate al punto, avvocato» lo reguardisce Martinez.

«Il punto, Vostro Onore, è che tutto quanto ha raccontato questa testimone oggi è un cumulo di nefande bugie, un cumulo di spaventose e malvage menzogne raccontate da una donna paranoica e in preda alla confusione mentale. Questa donna è stata sul banco dei testimoni per un'intera settimana durante il processo, ed è stata controinterrogata, tormentata senza pietà non da uno ma da quattro ottimi avvocati della difesa. E mai si è fatta la benché minima allusione a questa scemenza. Ed ora a più di un anno di distanza questa donna si materializza misteriosamente davanti a noi e ritratta tutto. Trovo sinceramente impossibile credere a quello che dice.»

Rita Gomez è fuori gioco a questo punto; è una storia tra Robertson e il giudice. Guardo la faccia di Martinez mentre John illustra nei dettagli l'inattendibilità della nuova testimonianza.

«Se questa testimone racconta la verità adesso» dice con veemenza «allora tutto lo staff del procuratore distrettuale nonché tutto il corpo di polizia di Santa Fe è corrotto. Se questa donna oggi dice la verità io sono corrotto.»

Fissa Martinez sfidandolo a smascherare il suo bluff. Martinez non ha alcuna intenzione di fare niente del genere; John è una giovane promessa da queste parti e gode della fama di uomo retto.

«Prendiamo in considerazione quello che ci ha detto oggi», continua, «secondo quanto sostiene un assistente del procuratore distrettuale le ha imposto di mentire sul banco dei testimoni perché in caso contrario l'avrebbe imputata di concorso in omicidio. Se questa dichiarazione corrisponde a verità, l'uomo in questione ovverossia il mio più fidato assistente, un avvocato che ha condotto centinaia di processi, è corrotto.

«Se quello che questa spergiura dice oggi corrisponde al vero» insiste, «se ciò che è vero oggi era falso allora, la polizia l'ha imbeccata, ha costruito il caso. Se tutto questo è vero quegli uomini sono colpevoli di aver ostacolato la giustizia in un caso di omicidio. E potrebbero andare in prigione fino a quando l'inferno non si ghiaccerà.»

Continuo a guardare il giudice; presta grande attenzione alle parole di Robertson.

«A quante coincidenze siamo disposti a credere?» gli chiede Robertson. «Com'è possibile che questa spergiura dichiarata, la quale conosceva gli uomini giudicati da una giuria imparziale, ora in attesa del compimento della sentenza, rinchiusi nel braccio della morte per il loro abbietto crimine, com'è possibile che questa donna li conoscesse, si trovasse con loro quella notte, forse in compagnia della vittima ? Com'è possibile che i detenuti colpevoli dell'omicidio conoscessero la vittima e venissero visti con lui, che violentassero la teste la notte in cui la vittima fu uccisa nello stesso luogo dove lei era stata violentata, tutti fatti inconfutabili, che non vengono messi in discussione oggi, com'è possibile che malgrado tutte queste coincidenze per qualche motivo inspiegabile non l'abbiano ucciso? Credere a una cosa simile è impossibile. Mentre ne parlo e riassumo gli eventi mi sembra ridicolo perfino prendere in considerazione una simile ipotesi. Vostro Onore, ascolti quello che dice questa donna.»

Si gira a guadare Rita.

«Secondo le sue dichiarazioni qualcuno l'ha sequestrata. Oggi, non allora, solo oggi, a un anno e più di distanza, dice che si trattava della polizia, di uomini dell'ufficio del procuratore. Ebbene, questa donna mente.»

Si protende verso Rita che sobbalza sulla sedia.

«Forse sta dicendo la verità» riprende Robertson. «In parte. Forse qualcuno l'ha sequestrata. Ma garantisco che non si trattava né di agenti della polizia né del mio braccio destro. Gioco la mia reputazione su questa certezza. La mia carriera. Se qualcuno è andato da lei» dice, «era un membro degli Scorpion, la banda di motociclisti i cui quattro compagni hanno commesso l'omicidio. La trovarono, la minacciarono e la spaventarono a morte. Sono uomini molto più pericolosi dell'avvocato Moseby, garantisco.»

«Non è vero!» grida Rita.

Martinez la richiama all'ordine.

«La prego di controllarsi, signorina. Questo non è un processo ma un'udienza.»

«Obiezione, Vostro Onore» intervengo io.

«Su quali basi?» mi chiede.

«Quella del pubblico ministero è un'arringa, Vostro Onore, e anche di quelle coi fiocchi.»

«E questa è un'udienza avvocato. Non un processo.»

Dopo avermi redarguito fa cenno con la testa a Robertson di continuare.

«Non sarebbe molto più logico concludere, Vostro Onore, che quanto sto dicendo ora abbia una parvenza di verità e che con le sue odierne dichiarazioni la testimone, ormai in preda al panico, stia solo tentando di salvarsi la pelle? Non è questa la genesi delle fandonie di oggi se le si considera con qualche obiettività?»

Torna al suo tavolo e vi si appoggia. È calmo, controllato.

«Il punto di questa udienza è di decidere se sussista una ragione convincente per giustificare l'apertura di un nuovo processo. Ripeto, una ragione *convincente*. E non c'è. Lo sappiamo entrambi. Quel che ci viene presentato oggi è una testimone isolata la quale ieri ha detto una cosa e adesso ne dice un'altra. L'argomento è chiuso, con il permesso della corte. Il processo riguardava proprio questo; se la testimonianza di questa donna, nonché quelle di decine di altre persone, fossero veritiere. La giuria ha preso la sua decisione. Questo argomento è ormai chiuso. È diventato storia. La richiesta di un nuovo processo dev'essere respinta perché in caso contrario saremmo tutti complici di un terribile fraintendimento non solo della giustizia ma anche del nostro sistema legale.»

Martinez prende mezz'ora di pausa e chiede a Robertson e a me di seguirlo in ufficio.

«Le sue argomentazioni sono ottime, John» dice a Robertson. «Ma se la ragazza ha davvero mentito quattro innocenti pagheranno. Vogliamo avere un peso simile sulla coscienza?»

Si rivolge a me. «Avvocato, non ha altri testimoni, altre prove, qualcosa insomma che sostenga la sua posizione?»

Leggi tra le righe, mi sta dicendo. Sei un eroe, hai aiutato lo Stato ma devi darmi qualcosa di più se vuoi che io aiuti te; se Rita Gomez è tutto quello che hai in mano è troppo poco, non posso andare contro il pubblico ministero armato di argomentazioni scarsamente convincenti.

Il telefono squilla prima che possa rispondere. Martinez alza il ricevitore e resta per un attimo in ascolto.

«Sì, infatti» risponde alla domanda che gli è stata posta.

Mette una mano sul ricevitore e ci guarda.

«Il governatore» dice con calma.

Si rimette in ascolto.

«Sì, lo so» dice alla fine di alcuni interminabili minuti. «Sono perfettamente consapevole che questi uomini abbiano salvato undici vite e convengo con lei che meritino qualche considerazione.» Ascolta ancora per un istante, scuote la testa. «No. Non mi spingerò fino a dire che li ritengo innocenti, nemmeno in forma del tutto privata. Probabilmente non lo sono, il caso sembrava chiaro e convincente. Condivido tuttavia con lei l'opinione che qualora sussistesse una possibilità, un'ombra di dubbio che questa testimone abbia giurato il falso durante il processo, allora essi meritano di avere un'altra possibilità.»

Ascolta per un altro momento.

«Lo farò, e grazie.»

Riappende il ricevitore, ci guarda.

«Il governatore ritiene che meritino il beneficio del dubbio.»

«Qualora ve ne fosse uno» ribatte Robertson deciso a non cedere. «Il governatore ha il diritto di avere le sue opinioni, ma la legge è la legge.»

Ostinato bastardo. Bisogna riconoscergli la tenacia.

Martinez lo guarda freddamente e senza emozione risponde: «Conosco la legge.»

C'è una lettera di raccomandazione da parte del direttore del carcere e una esplicita supplica da parte degli otto secondini e delle tre donne. I miei quattro, e soprattutto Lone Wolf, hanno trovato un modo di salvarsi la vita.

«Mentre ero nel mio ufficio ho ricevuto una telefonata dal governatore» dichiara Martinez. Siamo di nuovo in aula. «Mi ha chiesto di considerare con tutta l'attenzione possibile la condizione di questi uomini che hanno contribuito a evitare una tragedia spaventosa.» Fa una pausa e guarda sopra le nostre teste. Poi torna al lavoro. «Io l'ho ringraziato per i suoi consigli e il suo sostegno ma gli ho ricordato che devo decidere soltanto in base alla legge. E a nient'altro. Il governatore ha capito.» Si china verso di noi, poi osserva di nuovo il soffitto.

«Vi prego di comprendere che non sto muovendo alcuna critica né a lei né agli uomini del suo dipartimento o del corpo di polizia» dice fissando intensamente Robertson.

«In effetti giudicando le prove attuali ritengo che un'altra giuria in un secondo processo perverrebbe alla stessa conclusione a cui è giunta la prima. Tuttavia, considerate le circostanze particolari ritengo che sia corretto e che serva la causa della giustizia che a questi uomini venga data la possibilità di un altro processo, poiché se esiste una possibilità su cento che una falsa testimonianza sia stata rilasciata nel primo, la giustizia ci impone di riesaminare il caso.

«Perciò cogliamo l'istanza della difesa di un'udienza preliminare per la riapertura del processo.»

Robertson mi si avvicina nell'atrio del tribunale.

«Suppongo che tu ti senta bene» dice. È sorprendentemente calmo per aver appena perso qualcosa a cui teneva tanto.

«Benissimo» rispondo.

«Manovre politiche» dice con voce controllata. «Pure e semplici manovre. Eri un eroe, hai aiutato lo Stato a uscire dai guai, ti abbiamo dato il contentino. Adesso siamo pari. Loro sono comunquecolpevoli e pagheranno sempre per quello che hanno fatto, Will. Spingerò personalmente la carrozzella di quella povera vecchia verso il luogo dell'esecuzione.»

Resto a guardarlo mentre si allontana a passi rigidi. Non è più una questione professionale per lui, è una faida, una vendetta privata.

Che cerchi pure di rovinarci la festa, se vuole. Oggi abbiamo vinto. Siamo vivi.

PARTE QUARTA

Patricia è stata licenziata. Chiama proprio mentre sono in una riunione a porte chiuse: un incontro importante con un nuovo cliente e la moglie. Un cliente che se faccio il mio lavoro come si deve mi porterà un sacco di soldi.

Susan entra in punta di piedi scusandosi profusamente per averci disturbati, cosa che mai si sarebbe sognata di fare se Patricia non le avesse detto che era urgente. Mi sussurra nell'orecchio che la mia ex moglie ha bisogno di me immediatamente, e prima che la mia pressione arteriosa subisca una pericolosa impennata aggiunge che Patricia ha specificato che la cosa non riguarda Claudia. Claudia non ha avuto un incidente né niente del genere. Così non vengo preso dal panico.

«Se non riguarda Claudia il resto può aspettare» sussurro. Sorrido rassicurante ai miei clienti. «Mia figlia vive con la madre a Seattle. La mia ex moglie... la prima» aggiungo senza necessità alcuna. Chiudi il becco, non hanno nessuna voglia di stare a sentire la storia della tua vita.

Sorridono a loro volta con aria comprensiva; hanno due bambini. Sorridono perché vogliono piacermi, perché hanno bisogno di me o perlomeno così credono.

«La richiamerò più tardi. Non disturbarci più» dico a Susan, «a meno che non sia la Corte Suprema o il governatore. O la corte d'appello per l'omicidio.»

Susan si scusa con i miei clienti ed esce. Sorridono ancora una volta, ma sorridere è praticamente l'unica cosa che per il momento possono fare.

Quest'uomo seduto di fronte a me è il primo potenziale cliente davvero importante che abbia avuto da quando sono stato cacciato dallo studio. Si chiama Clinton Hodges ed è paralizzato dalla vita in giù a causa di una lesione permanente alla spina dorsale. Può muovere la testa e il collo, parlare e deglutire; ha una mobilità parziale a un braccio e a una mano. Non sufficiente per spingere la versione manuale della carrozzella Everest & Jennings, e infatti gliene hanno comprata una motorizzata, quella che puoi guidare da solo anche se riesci a muovere soltanto un dito. Se non puoi muovere nemmeno il dito in alcuni casi puoi imparare a guidarla soffiando dentro un tubo. Clinton non è messo così male, le dita le muove. Persone che nel suo stato col tempo imparano a considerare benedizioni ogni insignificante miglioramento.

Adesso sta imparando a guidare la carrozzella: certi giorni vanno meglio di altri. Qualche volta va a sbattere contro un muro e non riesce più a voltarla. La moglie o uno dei tecnici lo trovano intento a far girare vorticosamente le ruote, come un giocattolo impazzito contro un angolo.

Di un ritorno alla normalità non se ne parla nemmeno, questo poveraccio di normale non avrà più nemmeno un movimento intestinale. Necessiterà di assistenza per il resto della vita. Con un po' di fortuna potrà mangiare da solo se qualcuno gli aggancerà il vassoio alla sedia, gli metterà la posata in una mano e poi gli richiuderà le dita.

Ha trentatré anni. Quando si reggeva sulle sue gambe era alto più di un metro e novanta e pesava centootto chili. Sua moglie è una bruna statuaria di straordinaria bellezza. Il loro figlio più grande ha otto anni e il secondogenito ne ha soltanto uno.

Prima dell'incidente, accaduto l'altro anno, Clinton allenava la squadra di T-ball dove il figlio gioca riuscendo a fargli vincere il campionato della lega. Uno di quegli uomini portati per tutte le attività fisiche. Possiede una società edile con sedici dipendenti che ha fatto nascere dal nulla. L'ultimo fatturato supera il milione di dollari, e se fosse sano sarebbe ancora sul cantiere durante il fine settimana a versare personalmente il cemento. Il lavoro era tale e tanto nei quattro Stati del sud-ovest che aveva conseguito la licenza per pilotare un aereo e aveva comprato un velivolo. L'aereo venne consegnato quasi sei mesi fa mentre lui era in terapia intensiva.

Adesso è legato a una sedia a rotelle costretto a ricorrere a tutti i muscoli ancora disponibili per riuscire a grattarsi il naso, e spesso si deve tenere il prurito.

I casi di lesioni arricchiscono gli avvocati. Perlomeno quelli come me che non annoverano tra i loro clienti società come la Mobil o l'Ibm. Un risarcimento di danni di tre milioni di dollari, cosa non impossibile di questi tempi, significa per l'avvocato del querelante un guadagno di un milione di dollari e più. Un paio di casi come questo e i conti da pagare non rappresentano più un problema.

Quello che è successo a Clinton è che in una luminosa mattina ha deciso di andare in bicicletta. Una domenica, il giorno in cui si consente una ricreazione personale mentre la moglie e i bambini sono in chiesa poiché sono mormoni piuttosto devoti, anche se non bigotti,. parte con alcuni amici, tutti forti atleti che fanno cinquanta chilometri orari. Clinton si trova in mezzo a un gruppo intento a rimontare per raggiungere il gruppetto di testa. A un certo punto si trova a circa venticinque metri dietro il primo e altrettanto davanti al secondo, momentaneamente isolato. È un buon ciclista, ma qualcuno dei suoi amici pedala sei giorni alla settimana e sono tutti più giovani di lui di cinque, dieci e perfino quindici anni. Comunque Clinton se la cava bene mentre attraversa un incrocio con il semaforo che passa dal verde al giallo. Passa con il giallo e ne ha pieno diritto poiché, come parecchi testimoni dichiareranno, la luce era appena diventata gialla quando lui cominciò ad attraversare alla velocità di trentacinque miglia all'ora sulla sua bicicletta da corsa in fibra di carbonio, fatta su misura per lui al prezzo di oltre duemila dollari. Mentre pedala a testa bassa deciso a raggiungere i leader, una donna al volante di un camion carico di cavi elettrici avanza nella direzione opposta sull'altra corsia. Ora, questa conducente di camion ha appena avuto una lite con il marito che l'ha mandata al diavolo, perché se non le piace quello che lui fa può anche fottersi. Il che significa che se ne starà fuori casa per due o tre giorni dopo aver picchiato lei e i bambini. È già successo. E si berrà tutta la paga della settimana in birra e whisky; i soliti problemi domestici. Insomma è lì sulla strada già in ritardo per la consegna e quando si è in ritardo il capo te la fa pagare tutto il pomeriggio e lei non ha proprio voglia di altre grane, ne ha avute abbastanza, grazie, sta cercando di accendersi una sigaretta Virginia Slim e di bere una tazza di caffè mentre lotta con il cambio del suo Mack di venticinque anni, il tipo di antiquato rimorchio che nessuno produce più. E non sta riuscendo a fare niente perché il cambio esce dalle marce e i freni sono metallo contro metallo. È a metà dell'incrocio quando si rende conto che avrebbe dovuto girare, perché la prossima svolta è a tre chilometri. Vede il semaforo cambiare, nessuna macchina arriva dalla direzione opposta perciò imprime un giro completo al volante usando il braccio come un pistone ed ecco che si trova davanti Clinton. E come in un flash capisce che se tocca il freno rovescerà il caffè sui pantaloni appena lavati e prenderà un bel contraccolpo. Quindi un po' frena e un po' sterza, e investe con la fiancata Clinton che non l'ha nemmeno vista arrivare.

Adesso lui è un quadriplegico e lo resterà per tutta la vita, e la compagnia di assicurazioni non vuole pagare più del limite della polizza, ovvero duecentocinquantamila dollari che non basterebbero nemmeno per coprire le spese della riabilitazione, figuriamoci quindi per provvedere a lui e alla sua famiglia. E la compagnia elettrica proprietaria del camion rifiuta a sua volta ogni partecipazione al risarcimento. Perché? Perché sostengono che Clinton è passato nel momento sbagliato e citano il regolamento stradale secondo cui una curva a sinistra può essere fatta durante il passaggio dal giallo al rosso ma che un veicolo che procede in linea retta dopo il cambiamento di colore è a rischio. E sostengono che il semaforo fosse giallo molto prima che lui arrivasse all'incrocio e che perciò avesse avuto tutto il tempo per frenare ma avesse scelto di non farlo. È una menzogna e lo sanno anche loro. È una volgare scusa per coprire la vera ragione del loro rifiuto. E la vera ragione è che Clinton è ricco, bianco e mormone, mentre la donna al volante è ispanica e in questo buco di mondo i mormoni bianchi e ricchi non piacciono. Anche se sono bravi padri di famiglia,lavoratori instancabili, industriosi cittadini che attraversano con il semaforo al momento giusto.

La società elettrica non paga perché i capi pensano che una giuria pronuncerebbe comunque il voto in base a considerazioni di ordine razziale e da queste parti in un processo del genere la razza sbagliata è quella bianca. Un caso di discriminazione al contrario.

Ma quello che come sempre dimenticano perché non soltanto sono ricchi e arroganti ma sono anche stupidi, è che io non ho nessuna intenzione di andare in aula con una causa contro Izela Munotz, madre ispanica di quattro figlioli. Io farò causa a una società elettrica da dieci bilioni di dollari.

E più dei ricchi anglosassoni, le giurie odiano le ricche società elettriche. Dimostrerò alla giuria che dandomi ragione non porteranno via i soldi a Izela ma a un ente miliardario.

Trascorro con gli Hodges un altro paio d'ore per definire i dettagli. La preparazione di un processo come questo costa molto denaro.

Una volta finito con i modelli, gli investigatori, le ricostruzioni e tutto il resto, a cui vanno aggiunte le ore di lavoro effettive, saremo intorno ai cinquantamila dollari. Denaro che sborso personalmente visto che non chiedo agli Hodges una tariffa oraria come faccio di solito. Prendo una percentuale. Il trentatré per cento. Alcuni avvocati chiedono il cinquanta per cento. Sono soldi ben guadagnati perché si lavora senza rete. Si può guadagnare una fortuna, ma se le cose vanno male sono soldi buttati. Un rischio elevato, una ricompensa elevata. In bilico sul filo più alto, un caso adatto a me. Se vinco mi rimetto al sicuro, categoria super lusso. Posso camminare a testa alta ovunque, anche nei buchi che fanno acqua frequentati dai miei ex soci.

Riesco a chiamare Patricia soltanto dopo pranzo. Risponde sulla sua linea privata al primo squillo. Ho l'impressione che sia rimasta tutto il tempo in attesa della mia telefonata.

«Will» dice. Ha pianto. In questo momento sembra tranquilla ma ha la voce di chi ha versato molte lacrime.

«Cosa succede?»

Speriamo che non riguardi Claudia. È l'unica cosa che chiedo. So che ha già tranquillizzato Susan, ma poteva essere un trucco per farmi venire al telefono. Patricia sa che da molto tempo non mi piace più parlare della sua vita privata. Sono riuscito a venirne fuori e non voglio esserne risucchiato.

«Sono stata licenziata.»

«Cosa?»

Cominciano le lacrime. Le sento, e sento anche che lei cerca di trattenerle perché io non me ne accorga. Ma senza successo.

«Licenziata. Sono stata licenziata dallo studio.»

«Perché?» Sono sorpreso, anzi, sbalordito. So con assoluta certezza che Patricia è una lavoratrice coscienziosa. E intelligente. Chi mai licenzierebbe una donna intelligente sei mesi dopo averla assunta e fatta trasferire a proprie spese?

«Perché... oh merda, sono così imbarazzata.» Altre lacrime. Si soffia il naso direttamente dentro al mio orecchio; un bel rumore sonoro.

Allora capisco quello che è successo. È andata a cercare amore nel posto sbagliato.

«Io ho... Oddio!» Piange ancora. «Mi sento così scema» dice parlando e piangendo contemporaneamente. «Scusami, non ha senso. Ti richiamo più tardi quando... quando...» e piange.

«Non essere sciocca» la esorto, «e non riappendere» aggiungo in fretta. «Non ho nessuna intenzione di giudicarti, qualsiasi casa sia successa, perciò non preoccuparti, okay?»

«Okay.» Si soffia il naso fragorosamente. Allontano il ricevitore dall'orecchio prima di perdere un timpano. Questa donna non è moderata né signorile quando si tratta di svuotare i suoi seni nasali.

«Allora.. vuoi raccontarmi quello che è successo?» Potrei raccontarglielo io per filo e per segno lasciando lo spazio in bianco per i nomi e i luoghi. Conosco questa storia come le mie tasche ma aspetto che sia lei a farsi avanti; è per questo che ha chiamato: per raccontare non per ascoltare me.

Si calma. La immagino nel suo ufficio intenta a prendere un respiro profondo e a riguadagnare il controllo sedendosi più eretta. Si è concessa un bel pianto e adesso si comporterà da adulta.

«Avevo una relazione» mi informa.

«Capisco» replico. Il "capisco" che si usa in tribunale quando si cerca di estorcere delle informazioni da un testimone riluttante. Il "capisco" che aiuta a sciogliere le lingue.

«Con uno dei soci anziani» continua, «Joby Breckenridge.»

«Quello che ti ha assunta.»

«Hai buona memoria.»

«Conosco Joby.» È un uomo a posto. Un amante non mi sembrava nel suo stile, ma ci sono sempre le eccezioni.

«È una cosa seria?» chiedo.

«Molto» risponde, e poi si corregge: «era, non è. Molto seria. Perlomeno così pensavo. Adesso è...» s'interrompe.

«Finita.»

«Bisogna essere in due per ballare il tango» dice. «E adesso a quanto pare ballare non gli interessa più.»

«Be'... sono cose che succedono.»

«A me non era mai capitato.»

«Mi dispiace.»

«Ero innamorata di lui.» Una pausa. «*Pensavo* di esserne innamorata. Forse lo desideravo soltanto. Comunque non importa. Non più.»

«E lui?»

«Diceva di sì.» Un'altra pausa. Sente le sue parole mentre mi parla e può darsi che qualcosa le giunga completamente nuovo mentre lo articola ad alta voce. «Probabilmente era innamorato. Non è un grande simulatore anche se è un maledetto figlio di puttana.»

Eccola, quando si arrabbia è ancora la Patricia che conosco. È la cosa più sana da fare. Dirsi che non è stata colpa tua.

«Okay. Hai avuto una relazione..»

«Non è soltanto quello, santo cielo! Una relazione con un uomo sposato che per di più è il mio capo.»

«Di solito se uno dei due non è sposato non la si chiama relazione» la informo. «Diventa scopare e basta.»

«Oh!»

«Allora hai avuto una relazione con questo tizio dello studio...»

«Il mio capo...»

«Con il tuo capo, il che tra le altre cose è comunissimo...»

«Grazie. In altre parole non sono nemmeno speciale» si lamenta precipitando nella fase dell'autodisprezzo.

«Patricia, tu sei molto speciale» la rassicuro. «È la tua storia che non lo è.»

«Comunque non vedo la differenza.»

«Adesso no ma in futuro la vedrai. Quando sarà tutto finito.»

«Fantastico» esclama amaramente.

Merda. Ma perché mi fai carico di questo fardello? Siamo divorziati, l'hai dimenticato? Da tempo immemorabile. Non devo più fare i conti con questi squallori. I miei mi bastano.

Non lo dico. Non posso; è la madre di mia figlia ora e sempre. E starò sempre dalla sua parte, non fosse altro che per Claudia.

«Allora tu e il tuo capo avete avuto una storia» continuo tornando al problema principale, «ed è finita. Ma cosa c'entra questo col licenziamento?»

«Perché nessuno di noi può più lavorare con l'altro» dice, «c'è troppo disagio.»

«Troppo disagio? Ma stai scherzando?»

«È così, o perlomeno così mi ha detto.»

«*Lui* ha detto *a te*?»

«Sì, quando mi ha comunicato che mi piantava.»

«Cioè quando?»

«Questa mattina... ieri sera... cioè, ne abbiamo parlato ieri sera ma poi ne abbiamo riparlato anche stamattina e lì mi ha detto che non aveva scelta.»Comincia a tirare su col naso. Aspetto fino a quando ritrova un po' di calma.

«Ti licenzia perché averti intorno gli procura disagio?» le chiedo con tutta la gentilezza possibile.

«È troppo dura per lui. Afferma che non può lavorare con me intorno. Non può sopportare il senso di colpa – così dice – anzi ha detto» si corregge. «Tutte le volte che mi vede si sente a disagio. Perché mi desidera ancora» aggiunge, «me l'ha detto lui.»

«Bene. Bello scherzo.»

«Come?» chiede.

«E tu?»

«E io?»

«Ma c'è un'eco in linea? Tu. Come ti senti *tu*?»

«Malissimo.»

«Sì, ma a parte quello? Saresti in grado di lavorare? Vedendolo, desiderandolo ancora?»

«Non è facile.»

«Ma potresti o no?»

«Sì» risponde infine. Ha dovuto rifletterci. «Potrei svolgere benissimo il mio lavoro.»

«Quindi il succo della storia è che lui ti sta chiedendo di andartene perché lo fai sentire a disagio. Le tue prestazioni professionali non c'entrano niente.»

«Sì.»

«Bene, allora la soluzione al tuo problema è facilissima.»

La sento trattenere il respiro.

«Davvero?»

«Sì.» Mi prendo un momento; sono e resto prima di ogni altra cosa un principe del foro. «Lascia che se ne vada *lui*.»

«Non credo di aver sentito bene quello che hai detto.»

«Hai capito benissimo.»

«Hai detto "lascia che se ne vada lui"?»

«Vedi? Mi avevi sentito.»

Un'altra pausa.

«È... impossibile.»

«Perché?»

«Perché... perché sì.»

Lo ripeto ancora una volta: «Perché?».

«Perché sì. È il suo studio. Il capo è lui. Mi ha assunto lui. Mi può licenziare quando vuole.»

«Col cazzo!»

«Will. È il suo studio. È il socio più importante.»

«Non me ne frega niente anche se fosse il papa» ribatto, «non ti può licenziare per questo.»

«Be'... se stai parlando da un punto di vista legale...» dice timidamente dopo un'altra pausa.

«Esatto. Io sono un avvocato e il linguaggio legale è quello che uso.»

Silenzio.

«Chi ci ha provato per primo?» chiedo.

«Chi...»

«Su, Patricia. Se vuoi che ti aiuti non farmi perdere tempo.»

«Lui.»

«Non era reciproco?»

«Mi piaceva. Lo trovavo... lo trovavo attraente. Mi piace ancora. Ma è un uomo sposato. Non avrei mai fatto la prima mossa.» Pausa. «Mi conosci.»

Come no.

«Già. Non è il tuo stile dare la caccia agli uomini sposati.»

«No.»

«Volevo soltanto esserne sicuro. Quest'anno hai fatto molti cambiamenti.»

«Non in questo senso» mi rassicura.

«Sì, ho capito.» Stiamo andando fuori tema. «D'accordo. Allora il tuo capo che è un uomo sposato ti ha fatto delle avance che tu hai respinto... giusto?»

«Sì, la prima volta.»

«Bene. Tu l'hai respinto ma lui ha insistito. Perché non poteva impedirselo. Aveva bisogno di te.»

«Così diceva. Praticamente parola per parola» aggiunge rendendosi conto del mio ironico cinismo.

Che mortali schifezze sono gli uomini.

«E il suo matrimonio cominciava ad andare male» continuo.

«Non va bene nemmeno adesso.»

«È di dominio pubblico?»

«Così mi ha detto.»

E bravo Joby. Non così onesto dopotutto.

«L'avrebbe lasciata» dico. «Indipendentemente da te. Perché il suo matrimonio era finito.»

«Conosci tutte le battute del copione, vero?» mi chiede arrabbiata.

«Le conosco ma non le ho mai usate.»

«Scusa.»

«E tu gli hai creduto» continuo.

«Sì, volevo credergli.»

Mi sento il cuore spezzato per lei anche a tanti chilometri di distanza.

«Mi dispiace.»

«Non è colpa tua» dice dolcemente. Sento il pianto incrinarle la voce.

«Non piangere» la imploro. «Non adesso.»

«D'accordo.» Raccoglie le forze. «Okay.»

«Chiedo scusa a nome del genere maschile.»

«Sì. Per quello... sì.»

«Patricia...»

«Cosa c'è, Will?»

«Vuoi tenerti il lavoro? Vuoi continuare a lavorare lì?»

«Sì, certo. È il miglior impiego che abbia mai avuto.»

«E puoi svolgere un lavoro di qualità anche con lui intorno? Anche con lui seduto a un metro di distanza?»

«Sì.» Lo dice con una certa determinazione. È la prima volta che la sento sicura. «Non sarà facile, perlomeno all'inizio, ma sono sicura di poterlo fare. Sono una professionista.»

Dove ho già sentito questa battuta?

«Chi è al corrente?» chiedo.

«Della relazione? O del fatto che mi abbia licenziato?»
«Una delle due. Entrambe. La relazione.»
«Nessuno.. che io sappia» dice. «Cioè *io* non ne ho parlato con nessuno. Siamo stati molto discreti.»
Ma certo. Soci anziani sposati che hanno relazioni amorose con le dipendenti di solito sono molto discreti.
«Sono certa che anche lui non l'ha detto a nessuno» rassicura perversamente se stessa.
«Moglie inclusa» aggiungo.
«È l'ultima delle possibilità.»
Annuisco; mi piace parlarle in questo modo, darle saggi consigli.
«Dovresti dirglielo tu.»
«Ma Will!»
«Glielo devi» dico. «Da donna a donna.»
«Non credo» risponde con riluttanza. Sto cominciando a mettere in moto qualcosa.
«Non pensi che dovrebbe sapere che suo marito scopa alle sue spalle?» chiedo.
«Be'...»
«Con un giovane membro dello staff? Qualcuno che ha assunto personalmente facendolo trasferire a centinaia di chilometri di distanza?»
«Non mi ha assunto per... per fare del sesso con me» dice.
Ma mi sembra che nella sua testa stia risuonando un campanellino: e se invece fosse così? Forse è per questo che mi ha chiamata? Quando è cominciata questa storia? Sono sempre stata soltanto una da scopare fin dalla prima volta che sono entrata nello studio cercando lavoro? Quanta parte di verità c'è in questa insinuazione? Una piccola percentuale?
«Certo che no» rispondo in tono tranquillizzante. «Ma è andata così, e da donna che si preoccupa per un'altra donna forse dovresti dirglielo» insisto. «Per il suo bene.»
«Non so quanto bene potrebbe farle» risponde Patricia. «Credo che potrebbe distruggerla.»
«E allora il vecchio Joby avrebbe dovuto pensarci prima di cominciare a corteggiare te» dico.
Non risponde.
«E gli altri soci? Non dovrebbero esserne informati?»
«Dici sul serio?»
«In verità sì. Questo è il genere di cose che può rovinare uno studio. Non la relazione in sé» aggiungo, «succede, nessuno di noi è

perfetto. Ma le menzogne, la falsità. Il fatto di avere approfittato di una giovane donna.»

«Non si è approfittato di me... non proprio. Sono entrata in questa relazione a occhi aperti.»

«Col cavolo» ribatto. «Ti sei innamorata di lui e avevi tutti i motivi per credere che lui fosse innamorato di te, invece lui ti prendeva in giro e adesso che è finita ti scarica, e come se non bastasse ti priva della tua fonte di sostentamento. Se questo non è approfittare di qualcuno, bambina mia, non so che cosa lo sia.»

Mi sembra di sentirla riflettere. «Se la metti in questo modo...»

«Siamo nel ventesimo secolo, Patricia. Anzi, praticamente nel ventunesimo. Hai mai sentito parlare di molestie sessuali?»

«Certo ma...»

«Ma niente ma. Non ti può licenziare soltanto perché non ha più voglia di sbatterti.»

«Oh, per questo ne avrebbe ancora voglia...»

«Qualsiasi sia il motivo: perché ha paura di divorziare dalla moglie, perché teme di essere danneggiato professionalmente, o che gli costi troppo denaro. Qualsiasi sia il motivo a noi non interessa. Non può farlo e basta.»

«Dunque... che cosa devo fare?»

«Ha parlato con qualcuno del tuo licenziamento?»

Non risponde subito. «Non credo» dice poi un po' incerta.

«Potrebbe essere?»

«No.» È più sicura. «Ne abbiamo parlato bevendo qualcosa insieme ieri sera.»

«Bevendo qualcosa?» esplodo.

«Non me lo aspettavo» risponde in tono difensivo. «Pensavo che fosse una sera come le altre.»

«Che stronzo. Mi dispiace» dico, «ma è una carognata.»

A bassa voce: «Lo so. Avrei voluto tirargli il bicchiere in faccia».

«Per fortuna non l'hai fatto. Per il momento. Comunque fino a oggi è una questione solo fra te e lui. E me» insinuo.

«Sì. Vuole che le cose siano tranquille – no, per l'esattezza ha detto il più *discrete* possibili. Non vuole danneggiare la mia carriera...»

«E bravo!»

«Il problema è che non mi vuole nello stesso studio. Dice che mi aiuterà a trovare un nuovo lavoro e noi...»

«Un addio senza rancore,. ufficialmente.»

«Qualcosa del genere.» E mentre pronuncia queste parole ne sente tutta la vacuità e l'ipocrisia.

Mi passano davanti ombre della mia esperienza con Andy e Fred.

Sono sempre più convinto che nell'universo regni un ordine simmetrico.

«Allora cosa dovrei fare?» chiede implorandomi metaforicamente in ginocchio. «Qui non posso stare, Will, non a lungo. Una giornata è già stata abbastanza infernale. Non riesco ad aspettare una settimana o tutto il tempo necessario per trovare un altro lavoro. Sempre che riesca a trovarne uno» aggiunge, «anche solo remotamente buono come questo.»

«Molto semplice» dico. «Quello che devi fare è di andare nel suo ufficio, chiudere la porta, dirgli cortesemente di chiedere alla sua segretaria di non passare nemmeno una chiamata, cosa che farà alacremente, e poi gli comunichi che il tuo impiego ti piace e che intendi tenertelo. Anzi che te lo tieni. Non hai nessuna intenzione di danneggiarlo. Non vuoi soldi, non vuoi che sua moglie sappia quello che è successo né che ne siano messi al corrente i suoi soci, l'unica cosa che vuoi è che ti si lasci la possibilità di svolgere il lavoro per cui sei stata assunta senza subire alcuna discriminazione per via di una differenza fra voi due, una differenza cromosomica. Gli dirai che se agisce in modo professionale tu farai altrettanto e considererai il capitolo chiuso. Con molta calma e serietà gli spiegherai tutto per bene. E con molta calma e serietà lo informerai anche del fatto che se per un motivo qualsiasi non ritiene le tue condizioni accettabili, non avrai scelta e racconterai alla moglie quello che è successo, lo racconterai ai soci, all'associazione del bar Washington State e magari anche a un paio di giornalisti. Tu non vuoi fare una cosa simile, accertati che lo capisca anche perché è la verità. Ma non ti lascerai licenziare così. È il tuo lavoro e non ti può buttare fuori perché vuole quelle tette perfette che hai e il suo senso di colpa protestante non lo lascia in pace. Lui ha un problema e tu non hai nessuna intenzione di risolverglielo trasformandoti in capro espiatorio visto che fai bene il tuo mestiere, ti sei trasferita, sradicando te stessa e tua figlia, hai distrutto il rapporto tra tua figlia e suo padre che ne sente tremendamente la mancanza..:»

«Will» mi interrompe, «non sai quanto mi dispiaccia.»

«Sì, lo so, ma voglio farlo sapere anche a lui.» E ricordarlo a te, Patricia. Perché no? Anche a te.

«In altre parole» concludo, «non accetterai niente del genere. Non ne vale assolutamente la pena. Se le cose si mettono male sporgi una bella denuncia per molestie sessuali contro lui e il suo studio. Punto e basta.»

«Non so Will...»

«Preferisci farti licenziare?»

«No!... Cioè... ho paura. Sai che odio i confronti.»
«È in gioco la tua vita.»
«Forse avrei fatto meglio a restare nel reparto appelli» si lamenta. «Forse è quello il posto che mi merito.»
Ah! Eccoci alla verità dietro la verità. All'innata paura di essere, in fondo in fondo, una cretina senza valore che non si merita questo. Ha lavorato per il governo tutta la vita e prima o poi si finisce per pensare di appartenergli. Si perde il fegato.
Ma in questo caso non è vero. Se c'è qualcuno che se lo merita, te lo giuro, Patricia, quella sei tu. Altrimenti non saresti dove sei. Perciò non raccontarmi stronzate. La prego in silenzio, non raccontarle a te stessa né a tua figlia.
«Non so» le dico, «ma non lo credo. È soltanto una mia opinione ma non lo credo.»
Segue una pausa.
«D'accordo» risponde infine. «Ci penserò su.»
«Bene.»
«Sono contenta che ne abbiamo parlato» dice.
«Anch'io. E so che prenderai la decisione giusta qualunque essa sarà.»
«Lo spero... Lo spero.» Ha paura. È un salto difficile. Qualcuno non ce la fa mai.
«Fammi sapere come è andata» dico. Un modo cortese per mettere fine alla conversazione.
«Will» aggiunge prima che possa riappendere, «grazie.»
«Non essere sciocca. Faresti altrettanto per me.»
«Grazie di esistere per me» dice.
«Certo. Fammi sapere.»
«Di sicuro»
«Non fare prigionieri.»
«Ci proverò.»
«È già qualcosa» dico.
«Ciao Will. Grazie ancora.»
«Ciao.»
Appoggio il ricevitore con gentilezza. Quando hai un figlio con qualcuno non sei mai davvero divorziato.

«Parlo con l'avvocato Alexander?»
Si potrebbe tagliare l'accento con un coltello tanto la pronuncia è strascicata.
«Sì» rispondo sorridendo tra me e me. Questa voce che mi arriva

attraverso il telefono rievoca il ricordo di alcune persone con cui ho trascorso le mie estati in Alabama e Mississippi. Non torno da quelle parti da quando ho finito gli studi, più di vent'anni fa, e non ho in previsione di andarci in futuro, tuttavia amo la sonorità e la musicalità della loro lingua.

«Finalmente la trovo» riprende la voce. «Sono tre giorni che ci provo.»

Il tono è risoluto e tutt'altro che lamentoso.

«Mi dispiace» mi scuso. Non lo ritengo necessario in realtà, ma visto che lui è così civile... So che non si tratta di un cliente perchè me l'ha detto Susan due giorni fa quando mi ha passato il messaggio: un certo Willard Jenkins dall'accento incomprensibile aveva telefonato chiedendo di essere richiamato.

Di solito do la precedenza ai clienti e a quelli potenziali e lascio che gli altri aspettino il loro turno, soprattutto se specificano di non avere urgenze.

«L'avrei richiamata» dico. È la verità; prima o poi l'avrei fatto.

«Oh no, non si preoccupi» mi risponde con quella voce dolce e spessa come melassa. «Lo Stato paga le mie telefonate, perciò richiamare non mi crea problemi.»

Trovo il biglietto lasciato da Susan: è sepolto sulla scrivania sotto molti altri fogli. Il prefisso telefonico non mi dice assolutamente niente.

Il mio interlocutore sembra leggermi nel pensiero.

«Sono lo sceriffo di qua» dice. «Raley. Nel West Virginia Vicino alla Linea Virginia-Kentucky. Probabilmente non ne ha mai sentito parlare. Se uno non è nato qui non sa nemmeno che esiste.»

Ricordo quell'inflessione del sud che conclude ogni frase affermativa con un punto di domanda.

«Cosa posso fare per lei?»

«Senta... quel caso di cui si è occupato nel New Mexico, di quei motociclisti che hanno fatto fuori un tizio, gli hanno tagliato l'uccello e così via?» continua. «L'altro giorno mi entra in ufficio un ragazzo e dice che è lui.»

Dopo tutto questo tempo sento ancora una vampata di calore alla testa. Probabilmente perché vorrei disporre di qualche altro elemento da portare in tribunale insieme a Rita. Ma purtroppo so che si tratterà soltanto dell'ennesimo falso allarme.

«Pronto? È sempre lì?»

«Sì, sì, ci sono.»

«Okay» dice con la sua voce cullante. «Non voglio che cada la linea» aggiunge, «con l'attrezzatura antiquata che abbiamo in questo buco potrebbero volerci altri due giorni per ristabilire il contatto.» Ridacchia.

«Sono sempre qui» ripeto.

«Bene, fa piacere sapere che a qualcuno il telefono funziona.»

A questo punto pensavo che i mitomani si fossero calmati. Abbiamo un dossier delle false confessioni su questo caso e Susan, previdente, me l'ha messo sulla scrivania. Sono diciassette in tutto; nessuna è di quest'anno.

Perché proprio questa di cui non conosco ancora i particolari mi faccia sentire in modo diverso non lo so. Ma è scattato un campanello d'allarme.

Comunque è molto probabile che cinque minuti dopo aver riappeso il campanello si zittirà. Non è la prima volta che succede: la speranza è l'ultima a morire.

«Dunque qualcuno è arrivato da lei e ha confessato il crimine. Com'è successo? Ha bussato alla porta o cosa?»

«Più o meno» mi risponde lo sceriffo Jenkins. «È entrato con il suo amico predicatore e mi hanno chiesto se potevano parlarmi. E poi il ragazzo ha aperto la bocca e ha dichiarato: "Bene, sono stato io." E si riferiva a quel crimine in particolare.»

«Ma cosa ha detto precisamente? C'è qualche particolare specifico?»

«Molti, secondo me» mi risponde Jenkins. «Non è entrato nei dettagli» tergiversa, «perché affermava che voleva raccontare prima tutto a lei poiché lei è l'avvocato dei quattro condannati, ma quello che ha detto è bastato per catturare la mia attenzione, gliel'assicuro. Immagino che false confessioni non vi siano mancate» dice come se leggesse ancora nei miei pensieri. «Ma questo tizio ha parlato proprio di cose specifiche. Voglio dire cose che non penso possa aver appreso dalla televisione, capisce quello che voglio dire?»

L'ultima cosa che desidero in questo momento è prendere un aereo per chissà dove nel West Virginia.

«Sì» dico, «capisco.» Prendo un foglio e una matita.

«Cominciamo dall'inizio. Come si chiama questo tizio?»

Si chiama Scott Ray. È un vagabondo. Vive nella zona dello sceriffo Jenkins da tre o quattro mesi. Un tipo qualsiasi, forse un po' effeminato, anzi non è un brutto ragazzo, mi dice Jenkins mentre prendo appunti, le donne sembrano trovarlo attraente anche se gli uomini da queste parti lo considerano un po' dandy. La gente di qui lavora duro e ha una mentalità ristretta. Avrà venticinque o al massimo trent'anni.

Quello che è successo è che Scott Ray ha incontrato la fede. È diventato un discepolo del reverendo Reuben Hardiman. Il reverendo Hardiman ha una reputazione da queste parti, mi spiega Jenkins. È un predicatore carismatico, un salvatore d'anime, un taumaturgo nel nome della fede senza eguali perfino nel sud del West Virginia dove guaritori e salvatori abbondano. È un uomo dall'aria incolta di cui nessuno conosce esattamente l'età, probabilmente tra i quaranta e i cinquanta. Vive sulle colline insieme alla sua congregazione, montanari, contadini. Uno di quei predicatori davvero passionali capaci di spaventare chiunque al punto di fargli accettare il Signore come unica salvezza dell'anima loro. Sì, questo Hardiman dev'essere un tipo molto passionale.

Comunque Scott Ray in un modo o nell'altro dev'essere finito sulla collina dove c'è la chiesa di Hardiman e lì ha trovato la fede. Senza mezzi termini. E adesso vuole mettersi a posto con Gesù e per farlo deve confessare i suoi peccati. E il suo più grave peccato è quello di avere assassinato Richard Bartless nel New Mexico e di lasciare che quattro uomini innocenti vengano giustiziati per un crimine che non hanno commesso.

«La storia è questa. Pensa che valga la pena di approfondire?» mi chiede Jenkins.

Merda. So una cosa sola: il campanello d'allarme non c'è più. Mi fido delle confessioni religiose, delle conversioni e dei salvatori d'anime quanto degli investimenti nelle paludi della Florida.

«Ne dubito» ammetto. «Non credo molto alle confessioni dell'anima.»

«Sì, capisco quello che vuole dire. Però...»

Aspetto.

«Però?»

«Non saprei» dice lui. «È che a volte... si ha una sensazione particolare... capisce cosa intendo?»

Susan mi prenota un volo per il West Virginia, scalo Dallas. È un'altra falsa pista, ne sono sicuro. Ma vado. Devo farlo.

La città di Raley, West Virginia, si trova a circa due ore di distanza da Charleston dove mi lascia l'aeroplano e dove noleggio una Toyota dalla Avis. Il percorso pittoresco si snoda tra crinali e vallate contrappuntati qui e là da cittadine che conobbero momenti migliori all'epoca in cui il carbone e John L. Lewis regnavano sovrani. È piuttosto freddo; la primavera non è ancora arrivata fin qui e in alcuni punti la neve resiste aggrappata alla terra dura e argillosa. Le persone che incontro lungo le strade dei villaggi hanno volti pallidi ed emaciati mezzi nascosti da strati di flanella e lana per proteggersi dal vento umido. Tanti anni fa, appena rimpatriato dal Vietnam e prima di iscrivermi alla Facoltà di Giurisprudenza feci un viaggio attraverso la Jugoslavia e la Grecia settentrionale. Le facce che incontro qui mi ricordano quelle dei contadini greci, ma sono meno colorite. Nessuno ha l'aria allegra .

Raley è il capoluogo della contea e assomiglia a tutte le altre. Ha un'aria tetra. Chiunque percorra queste strade scoscese per tutta la vita deve avere un buon paio di gambe. Mi fermo in un bar per bere un caffè e farmi dare indicazioni per arrivare all'ufficio dello sceriffo. Gli avventori, tutti uomini di una certa età, mi scrutano. Sono certo che abbiano già visto qualche turista, ma io non corrispondo all'immagine del visitatore classico. Sono vestito bene, con indumenti di buon taglio. Ho una tenuta sportiva, pantaloni di velluto, un maglione a collo alto, una giacca calda e delle scarpe da ginnastica, ma il mio parka marca Patagonia costa probabilmente più di qualsiasi completo elegante si possa trovare nel miglior negozio della città. I ragazzi di qui che vogliono qualità e stile devono viaggiare. E una volta finite le superiori di solito se ne vanno per non tornare più.

L'ufficio dello sceriffo Jenkins è in un edificio pubblico situato in una traversa della via principale. Il vicesceriffo che mi accoglie è una donna truccata in modo esagerato. Probabilmente ha molti meno anni di quelli che dimostra con tutti quei colori sulla faccia e i pantaloni dell'uniforme di poliestere aderente incollati su un sedere più largo del manico di un'ascia. Quando le dico il mio nome mi sorride allegramente, e mentre mi accompagna nell'ufficio dello sceriffo chiede come mi piace il caffè. L'ospitalità del sud. È graziosa anche se frequenta la scuola di trucco Tammy Faye Bakker.

Jenkins mi stringe la mano con vigore. È l'antitesi del tipico sceriffo di queste parti; è così magro e sottile che, come sostiene il detto, se camminasse di sghembo sarebbe invisibile. Alto, spigoloso e più giovane di quanto pensassi. Mi rendo conto di avere un inconscio pregiudizio nei confronti della gente del sud, un pregiudizio indotto dai media. Mi ricorda le reazioni negative che qualcuno ha nei confronti degli avvocati.

«È stato difficile trovarci?» mi domanda con sollecitudine.

«Niente affatto.» È gentile e vuole rendersi utile.

Il vicesceriffo mi porta il caffè.

«Spero che le piaccia zuccherato» dice con un sorriso. Il suo accento è ancora più country di quello di Jenkins, una combinazione di vocali nasali e miele.

«La dolcezza non mi basta mai» scherzo sorridendole di rimando.

Arrossisce. Non è abituata a stranieri venuti da lontano a flirtare. Ha messo nella tazza di caffè quattro cucchiai di zucchero e del latte condensato. Cerco di non soffocare e faccio un cenno di approvazione. Sorride lieta che sia di mio gradimento e se ne va chiudendosi la porta alle spalle.

«È arrivato in fretta» dice Jenkins. «Lei dev'essere molto impegnato.»

«Avevo un buco nell'agenda» rispondo. «Inoltre questo caso per me è importante.» Inutile fingere indifferenza, inutile menare il can per l'aia.

«Immagino.»

Lo guardo. Non c'è nessuna ambiguità in quest'uomo. Posso fidarmi di lui.

«Che cosa pensa di questo Scott Ray?» chiedo. «Lei è uno sceriffo, sa distinguere chi dice la verità da chi mente.»

Mi guarda con occhi fermi.

«Penso che stia dicendo la verità.»

Oh mamma!

«Per quello che ne sa» precisa.

«Prego?»

«La gente religiosa può essere stramba, Alexander.»

«Sì, lo so.»

«Soprattutto i neo-convertiti. Soprattutto se sono stati sottoposti al trattamento di un rullo compressore come il reverendo Hardiman. Quell'uomo potrebbe spremere sangue da una rapa. È potente.»

«Dunque lei mi sta dicendo» ricapitolo cercando le parole giuste, «che quest'uomo, questo Scott Ray, crede sinceramente di essere colpevole dell'omicidio per cui i miei uomini sono stati condannati. Ma che potrebbe dirlo e pensarlo perché è stato... diciamo così... convinto...»

«Dica pure che ha subito un lavaggio del cervello» risponde Jenkins. «Che è stato manipolato. A volte questi predicatori sembrano fuori dal mondo. Interpretano il Vangelo alla lettera fino al punto che quella che noi chiamiamo verità assume un aspetto completamente diverso.»

Annuisco. È sepolto quaggiù tra i boschi ma non ha il cervello di uno zotico.

«Manipolato» ripeto pensando ad alta voce. «Benissimo. È stato manipolato o convinto non per un malvagio motivo recondito ma per il desiderio di espiazione. Oppure, se non l'avesse fatto, che avrebbe potuto farlo, e perciò se confessa un crimine immaginario quando andrà in paradiso sarà più puro.»

«Questo è quello che i predicatori dicono alle loro congregazioni.» conferma Jenkins.

«E questo Hardiman?» chiedo. «Che tipo è? Che cosa devo sapere sul suo conto? Sembra un personaggio interessante.»

Lo sceriffo Jenkins si appoggia allo schienale della sua sedia girevole e un sorriso divertito gli illumina il volto. «Preferisco che sia una sorpresa» dice senza smettere di sorridere. «Non sarà spiacevole. Perché qualsiasi cosa possa raccontarle non sarebbe mai in grado di prepararla al reverendo Hardiman. Intendo dire che in *tutto* il mondo non c'è nessuno come lui.»

Ride, una bella risata sonora di pancia.«Accidenti. Hardiman!» Ride un'altra volta. «Quell'uomo sì che sa predicare»

«È pericoloso?»

«Oh no! Diavolo no, niente affatto. È un onesto predicatore di campagna timoroso di Dio. Solo che è... vedrà.»

Non ho nessuna voglia di sorprese ma a quanto pare non ho scelta. Le cose andranno come devono andare.

«Quando posso incontrarli?»

«Questa sera. La stanno già aspettando.»

La chiesa di Hardiman si trova a circa quaranta chilometri di distanza; è immersa nelle colline e vi si arriva attraverso tortuose strade che sono state asfaltate all'epoca di Roosevelt o, nella migliore delle ipotesi in quella di L.B.J. La mia fuoristrada giapponese affonda nelle buche tanto da farmi temere per gli assali e più di una volta picchio la testa contro il tetto malgrado la cintura di sicurezza. Tuttavia l'automobile resiste da quel bravo mulo meccanico che è.

La luna quasi piena illumina la notte, e quindi guidando riesco a notare anche i dettagli. Questa è la foresta primitiva dell'America di Margaret Bourke-White, case fatte di assi grezze che portano le tracce di una vernice stesa tanto tempo prima, nella maggior parte senza acqua corrente né elettricità. Quelle dotate di elettricità sono riconoscibili per via delle antenne tv che spuntano dai tetti coperti di tela incerata; ci sono rottami arrugginiti di automobili, Chevy e Merc, qualche vecchia Hudson e alcune Packard e un fazzoletto di dura terra davanti a ogni casa che quando verrà il disgelo verrà trasformato in un orticello per fornire le uniche verdure fresche alla gente di qui. Indumenti appesi ad asciugare sui fili, abiti senza colori fluorescenti o etichette alla moda: qui il tempo si è fermato dagli anni Trenta ai Sessanta, poi si è fermato un'altra volta quando la guerra in Vietnam ha consumato tutti i soldi che sarebbero serviti per mettere al passo coi tempi posti come questo. Quelli che stanno qui restano perché non sentono nessun bisogno di andarsene; tutte le ambizioni, i sogni e la forza gli sono stati risucchiati dalla ubicazione di questo posto e da qualche endemica deficienza genetica. Questa zona mi ricorda le riserve indiane delle mie parti: il terzo mondo che vive dentro la più ricca nazione della storia. E come in altre zone dell'ovest, come nell'Irlanda settentrionale, vi sono famiglie che vivono di assistenza pubblica da tre o quattro generazioni.

Il rumore mi giunge prima di vedere la chiesa.

È un suono simile a un acuto ronzio, ma quando mi avvicino diventa più forte e differenziato, un compendio di molti suoni diversi emessi contemporaneamente. Voci ancora incomprensibili, come un forte gemito.

Seguo la brusca curva della strada e mi trovo in una ampia radura spoglia.. Macchine parcheggiate ovunque; quasi tutte vecchie carriole come quelle che ho visto arrivando qui e altre più nuove, molti camioncini, e alcune automobili moderne, Oldsmobile e Buick. Noto che se la maggior parte delle targhe sono del West Virginia ve ne sono comunque alcune della Virginia, del Kentucky, del North Carolina e perfino di stati ancora più lontani: Tennessee, Maryland, New Jersey, Georgia.

La chiesa è un grande edificio di legno. Niente affatto tradizionale con campanili e vetri colorati bensì molto più simile a un'enorme e bassa tenda di legno. Quando scendo dalla macchina e mi avvio verso l'ingresso il rumore diventa più forte; benché non amplificato assorda ugualmente. Centinaia di voci su note acutissime. Si tratta di una preghiera, è ovvio, ma non riesco a distinguere nemmeno una parola; non è inglese né nessun'altra lingua che abbia mai sentito.

Io non sono religioso, non lo era nemmeno la mia famiglia il che, tenendo conto della nostra origine e delle condizioni socio-economiche, può sembrare piuttosto strano. Con l'unica eccezione delle funzioni a cui ero obbligato a partecipare nell'esercito, non credo di essere entrato spontaneamente in una chiesa più di una ventina di volte. Ma ho visto abbastanza programmi alla televisione con Jimmy Swaggart e Ernest Ainsley e gli altri per immaginare quello che sta succedendo.

Devo dire addio al mio atteggiamento distaccato. Quando apro la porta della chiesa ogni mia nozione preconcetta viene spazzata via, con un colpo secco.

E qualcuno parla di estasi religiosa! Questo tipo di fondamentalismo non arriverà mai alla televisione se non in un documentario di Frederick Wiseman. Ci sono circa duecento persone pigiate qui dentro e tutte stanno parlando lingue sconosciute. Sono rapite in estasi, in altre parole roteano e danzano al ritmo di una melodia frenetica, agitando le teste a occhi chiusi gridano e gemono.

Paralizzato sul fondo di questa specie di fienile, cerco di individuare l'altare che è in parte oscurato dai corpi in movimento. C'è della gente sull'altare ma non riesco a distinguerla. Il rumore è così intenso che mi sembra di percepire ondate di energia che mi arrivano, una marea di preghiere.

Sono felice che Jenkins non mi abbia preparato a questo spettacolo: la sorpresa è parte dell'eccitamento dell'esperienza.

Dopo un momento indispensabile per superare lo sbalordimento iniziale comincio a guardarmi intorno. Siamo in campagna e questi sono contadini. Anglosassoni bianchi di campagna. Le loro pelli completamente prive di colore sembrano quasi trasparenti. Le vene pulsano alle tempie e i capelli sottili color topo sono incollati alla fronte dal sudore della preghiera, gli occhi sono azzurri, un azzurro sbiadito. Molti tra gli uomini e le donne presenti sono magri non per questioni di diete o mode ma per via di un'indigenza endemica, di un'alimentazione insufficiente. Sono ossuti nei punti sbagliati. Hanno grosse mani nodose, dita ricurve, menti sfuggenti, nasi cadenti. Oppure sono grassi e flaccidi, con quel tipo di gonfiore causato dal mal di cuore o dal cancro. Sembrano tutti vecchi ma in zone come questa si è vecchi a quarant'anni.

La mia età.

Tra i presenti i giovani sono pochi. Quasi tutti sulla quarantina e vecchi. I ragazzi hanno di meglio da fare, cose più moderne.

«Credete voi in Gesù?» tuona all'improvviso una voce.

Viene dall'altare e si alza sopra tutte le altre, un ricco baritono, pieno e autorevole.

La preghiera si smorza immediatamente e la congregazione intera volge l'attenzione al punto dove sorge l'altare.

«Credete voi in Gesù?» grida un'altra volta la voce risuonando in ogni angolo del vecchio edificio di legno.

«Amen!» risponde la congregazione.

«Credete voi in Gesù?» chiede per la terza volta. Una domanda puramente retorica nel rito della chiamata e della risposta del predicatore.

«Amen!» è la risposta. «Bene!», «Sì!» «Signore!» e altre cose del genere tutte con voce alta e gutturale.

Vengo travolto dal ritmo, dal fervore della cerimonia. Mi riporta alla mente ricordi dei miei tentativi con la Native American Church. Anche lì ci sono stati mostrati sentieri strani, ma non fino a questo punto. Là era lo spirito, qui una fede viscerale, l'estasi e la sottomissione.

Percorro la navata laterale per andare a vedere a chi appartiene la voce roboante, l'uomo che fino a questo momento è stato nascosto alla mia vista.

Resto di stucco un'altra volta.

Per cominciare Hardiman è nero. Non caffellatte come i neri americani ma nero carbone, più nero di una notte senza stelle. Nero assoluto. Non credo di aver mai visto un africano di questo colore né tanto meno un americano. E Hardiman è americano. Parla con un forte accento del sud, non strascicato né impastato ma profondo e pieno di risonanze.

Soprattutto è enorme, immenso. Da dove mi trovo non riesco a dire esattamente quanto sia alto ma deve superare i due metri, forse i due metri e dieci. E pesa perlomeno centocinquanta chili. I capelli, ovviamente nerissimi, gli circondano la testa alla Don King, ma sono molto più folti.

È vestito semplicemente, con una camicia bianca e dei pantaloni scuri. Tiene una Bibbia nella sinistra e la brandisce in alto, un libro consunto che quasi scompare nella grande mano coperta di anelli con pietre colorate.

«Amen» dice in risposta ai loro amen, «amen» a voce più bassa, «amen» ancora una volta. Non ha nessuna necessità di gridare perché la chiesa è immersa nel silenzio.

I fedeli si siedono. Trovo un posto in fondo. Qualcuno si volta a guardarmi: è chiaro che non sono di qui. Sorrido, loro mi guardano per un momento con curiosità, poi con disapprovazione.

Quando mi metto a osservarli meglio, mi colpisce il grande numero di storpi. Parecchie persone sulle sedie a rotelle sono state sistemate lungo le navate mentre altri che si sostengono alle stampelle sono sparsi un po' ovunque nei punti strategici dai quali possono avere libero accesso all'altare.

So cosa sta per succedere, l'ho visto alla televisione. Non ci ho mai creduto. Adesso ho la possibilità di vedere un predicatore autentico in azione.

Hardiman apre la Bibbia e guarda i fedeli. Fruscio di piedi sotto le sedie, rumore di gole schiarite. La maggior parte di questa gente frequenta la chiesa regolarmente. Si stanno mettendo comodi per assistere al grande spettacolo. Lo zoppo camminerà, la vista sarà restituita al cieco, diverse malattie che la medicina moderna non è in grado di guarire verranno debellate nel nome del Signore.

Ma mi sbaglio. Sono così spiazzato dalle proporzioni di quello che succede qui dentro che ho perso tutto il mio distacco. Sono esterrefatto.

Vengono portate due scatole all'altare. Sono grosse e solide scatole di legno delle dimensioni delle casse di arance, con dei buchi per l'aria sparsi qua e là. Percepisco l'elettricità nella congregazione: sta per succedere qualcosa, e non saranno né preghiere né testimonianze.

Per un momento le scatole mi sconcertano e cerco di indovinarne il contenuto. Poi qualcosa colpisce la mia attenzione, uno dei due portatori è fuori posto almeno quanto me, qui dentro. È giovane, non ha ancora trent'anni, è abbastanza ben vestito e ha i capelli tagliati alla moda. Mentre appoggia la scatola sull'altare rivolge ad Hardiman uno sguardo di adorazione, venerazione, totale sottomissione.

È il mio uomo. Scott Ray.

Si confonde in mezzo al gruppo accanto all'altare. Non lo perdo di vista. Non sembra un assassino, ha più l'aria di un ragazzo del coro, il coro di una chiesa dei nostri tempi.

Rivolgo la mia attenzione ad Hardiman mentre apre una delle scatole e vi infila una mano. Si protendono tutti in avanti trattenendo il respiro. Poi la mano riemerge, e tiene un serpente a sonagli.

È un esemplare enorme che nella parte centrale del corpo ha la circonferenza di una mazza da baseball, e sulla coda una fila di sonagli lunga quindici centimetri. Hardiman non lo solleva tenendolo poco sotto la testa per immobilizzarlo, ma lo afferra nella parte centrale del corpo. Il serpente può contorcersi e contrarsi, la sua testa triangolare con le sacche del veleno sopra le palpebre cerca il predicatore, la sua lingua biforcuta saetta in fretta, quasi invisibile.

Se questo serpente lo morde sul volto o sul collo Hardiman sarà spacciato in meno di sessanta secondi.

La gente apre le Bibbie. Getto un'occhiata sopra la spalla del mio vicino e seguo un dito incrostato di sporcizia che sottolinea una pagina dal Vangelo di San Marco, XVI, 17 e 18. *Or questi sono i segni che accompagneranno coloro che avranno creduto: nel nome mio cacceranno i demoni; parleranno in lingue nuove; prenderanno in mano dei serpenti; e seppur bevessero alcunché di mortifero, non ne avranno alcun male; imporranno le mani agli infermi ed essi guariranno.*

Prendere in mano serpenti. Qui si tratta di una lettura davvero letterale. Sono inchiodato al pavimento e fisso Hardiman che tiene il serpente a tre centimetri dalla faccia e lo fissa intensamente negli occhi.

«Credete voi in Gesù!» grida.

«Amen!» rispondono in un ruggito.

Hardiman toglie il coperchio alla seconda scatola, vi infila una mano e ne estrae un mocassino d'acqua. Una vipera di taglia più piccola del serpente a sonagli ma altrettanto mortale. Hardiman tiene anche questo non sotto la testa, dove potrebbe controllarla, ma sempre nella parte centrale del corpo.

Brandisce i due serpenti all'altezza del volto mostrandoli alla congregazione: ondeggiano nelle sue mani, lo guardano, si guardano l'un l'altro. Ricordo di avere letto da qualche parte che specie diverse di serpenti velenosi si detestano tra loro. Se questi due decidono di azzuffarsi Hardiman sarà il campo di battaglia.

L'unica cosa che mi impedisce di sentirmi male è la convinzione che questa scena si sia già ripetuta altre volte.

In un punto imprecisato vicino all'altare una donna comincia a gemere emettendo una nota acuta e disumana, e all'improvviso capisco dove ho già visto questa gente. Sono la madre di Richard Bartless e tutti i suoi parenti, se non consanguinei perlomeno parenti nello spirito. È la voce di Cora Bartless quella che sento, il suo urlo di dolore al processo. Sono solo con tutti i parenti della madre di quell'uomo morto. Completamente solo, eccetto che per il loro ministro e il suo accolito Scott Ray.

L'urlo dapprima è un gemito animale. Poi si trasforma e diventa quello che sentivo quando sono entrato qui dentro, una preghiera in molte lingue sconosciute.

"Parleranno in lingue nuove"

Altri si uniscono a lei, prima le donne, poi uomini e donne insieme fino a quando tutti parlano ancora la babele di lingue eccetto Hardiman che danza intorno all'altare come sui carboni ardenti, come un derviscio. Ma controlla la situazione e tiene con mani salde i serpenti e li sferza come fruste. È lo spettacolo più spaventoso e ipnotizzante che abbia mai visto.

Gli unici che non sono catturati nell'incantesimo della babele di lingue siamo io e Scott Ray. Ray è silenzioso e tiene gli occhi fissi su Hardiman.

Poi si gira e mi fissa. Siamo alle due estremità della chiesa, ma la direzione del suo sguardo è inequivocabile. Per una frazione di secondo sembra accigliato, poi fa un grande sorriso come se la mia presenza in questo posto fosse la conferma dell'ineluttabilità degli eventi.

Quindi si volta e torna a dedicare tutta l'attenzione al suo mentore.

Per un momento l'incantesimo si è rotto, e ricordo il motivo della mia partecipazione qui. Sento freddo e tristezza. È tutto così straordinario e affascinante che l'intrusione del reale sembra banale, sbagliata.

Torno a guardare l'altare. Due donne tra le più giovani e attraenti della congregazione si sono unite ad Hardiman nella danza. Nelle mani del predicatore i serpenti ondeggiano al ritmo di un canto inudibile e muovono velocissimi le lingue. Anche le donne sembrano dondolare allo stesso ritmo e muovere le lingue danzando con i serpenti, danzando al loro ritmo. Una di loro, quella alla destra di Hardiman, avvicina la testa al serpente a sonagli e quando è a pochi centimetri di distanza comincia ad allungare la lingua verso quella del serpente in una specie di perverso bacio. Il serpente sembra raddrizzarsi nella mano di Hardiman in tutta la sua lunghezza. Il crepitio dei sonagli sovrasta il frastuono generale, e con uno scatto il rettile si avventa su Hardiman colpendolo in mezzo al petto in prossimità del cuore.

Per qualche ragione che mi sfugge (da dove sono posso vedere che sotto la camicia di cotone Hardiman non ha indosso niente), i denti dell'animale non affondano ma vengono respinti dal suo massiccio corpo, e il veleno fuoriuscito scivola sulla camicia fino alla cintura dei pantaloni.

«Amen!» grida la congregazione emergendo dall'estasi.

«Amen!» risponde Hardiman rallentando la danza.

«Amen!» Tende il serpente ormai innocuo alla donna che l'ha baciato e lottando per sostenerne il peso lei lo tiene stretto fra le mani, lo ripone nella scatola e chiude con cura il coperchio.

Poi Hardiman si dedica al mocassino d'acqua. Gli astanti tornano a seguire i suoi gesti in assoluto silenzio.

«Salve, Diavolo» dice al serpente.

«Satana!» risponde l'assemblea.

Avvicina la testa del mocassino d'acqua a pochi centimetri dalla faccia.

«Satana! Tuo fratello ha cercato di mordermi! Ha cercato di avvelenarmi! Ma l'ho respinto! Dio l'ha respinto. Adesso non ha più veleno. E io rido di lui.»

«Amen!»

«E rido di te. Satana vestito da serpente! Sei stolto quanto lui?» grida. Sta sorridendo come se tra lui e il rettile vi fosse un'intesa tutta privata.

La testa del serpente si trova a tre centimetri da quella di Hardiman. Certo testa e collo non sono forti come il petto. Ma il serpente non può saperlo. Il serpente sa soltanto che qualcuno o qualcosa lo tiene stretto ed è più forte di lui.

Non attacca.

I cervelli dei rettili non sono molto sofisticati, tuttavia sono pronto a giurare sulla Bibbia che questo è terrorizzato.

Hardiman lo fissa ancora per qualche secondo e poi lo ripone nella scatola. Quando sono entrato qui dentro faceva freddo, adesso sudo e non credo che dipenda dall'antiquata stufa a carbone della chiesa.

Il coro comincia a cantare un vecchio inno che mi sembra di ricordare. Indipendentemente da quello che potrà accadere con Hardiman e Scott Ray, posso dire di avere assistito a uno spettacolo terrificante.

Mentre il coro prosegue nel suo canto una delle due donne che avevano ballato con il serpente torna verso l'altare. Porta un grosso asciugamano e un vasetto a chiusura ermetica pieno di un liquido denso e scuro che ha tutto l'aspetto e la consistenza dei liquori distillati clandestinamente.

Hardiman si asciuga il sudore dal volto con l'asciugamano e prende il vasetto.

La curiosità ha subito la meglio su di me. Mi protendo verso un vecchio seduto nella fila davanti.

«Cosa c'è nel vasetto?» chiedo.

«Cianuro» risponde come se stesse dicendo "limonata".

«A cosa serve?» insisto.

«Lo beve.» Si gira a guardarmi.

Lo beve? Che cazzo... Beve veleno e gioca con serpenti velenosi? D'accordo, è carismatico come nessun altro al mondo, forse è l'uomo più carismatico che abbia mai avuto occasione di incontrare, ma io ho quattro ragazzi chiusi nel braccio della morte la cui salvezza potrebbe dipendere da lui e da un ragazzotto che lo segue come un cane. E se beve davvero questa robaccia e si ammazza?

«Beve il cianuro?» ripeto come un pappagallo.

«Quando Dio glielo ordina» è la risposta.

Quando Dio glielo ordina.

Sull'altare Hardiman brandisce il vasetto.

"E seppur bevessero alcunché di mortifero non ne avranno alcun male".

In India ho visto santoni camminare su carboni ardenti che avrebbero dovuto bruciargli i piedi fino alle caviglie cavarsela senza nemmeno un arrossamento. E nelle mie puntate alla Native American Church ho visto – anzi non l'ho visto con i miei occhi ma l'ho sentito raccontare da fonti assolutamente fidate – miracoli inverosimili come bere veleno da un vasetto di vetro.

Hardiman osserva il liquido scuro. Porta il vasetto vicino alla bocca, piega la testa e inala profondamente.

«Oh Signore! Questo cianuro brucia il naso sul serio.»

I seguaci ridono.

«Amen!» gridano. «Parla!»

Getta al vasetto una lunga occhiata piena di rimpianto e poi lo appoggia sull'altare.

«Più tardi» dice, «ci torneremo più tardi forse.» Torna al centro dell'altare e guarda i fedeli riuniti.

«Qualcuno di voi conosce Gesù?» chiede a bassa voce.

«Amen» risponde il suo gregge. «Sì, bene, Signore.»

«Ma *conoscete* Gesù?» chiede un'altra volta. «Vive con voi, nel vostro cuore?»

«Sì!»

«Amen!»

«*Conoscete* Gesù nel vostro *cuore*?»

«SI.»

«AMEN!»

«Lo conoscete?»

«Sì.»

«Nel vostro cuore?»

«Sì.»

«Conoscete Gesù?»

«Sì.»

«Completamente?»

«Sì!»

«Senza riserve?»

«Sì!»

«Completamente?»

«Sì!»

Accanto a me una donna sviene. Le persone più vicine a lei l'appoggiano sulla sua sedia e tornano subito a dedicarsi ad Hardiman senza perdere una battuta.

«Quale amico è per me Gesù» comincia a cantare Hardiman con una bella voce da basso degna di Paul Robeson. La congregazione si unisce al canto con ardore.

Ne conosco soltanto poche parole ma canto anch'io. Mi sembra la cosa più giusta da fare, provo uno strano senso di appartenenza. Sto cominciando a capire perché un uomo che ha ucciso un suo simile (come sostiene di aver fatto Scott Ray) colpendolo con un pugnale quarantasette volte e evirandolo, sia pronto a confessare spontaneamente. Il reverendo Hardiman è una forza della natura.

Cantiamo qualche altro inno. Non ci sono uomini di colore qui dentro oltre a lui, e stranamente anche questa sembra la cosa più naturale del mondo. Lui è il loro pastore e il resto non ha nessuna importanza.

Incomincia la parte delle testimonianze. Coloro che sono già stati salvati e quelli che verranno redenti questa sera si fanno avanti. Parlano con fervore della loro conversione, di come Gesù li abbia strappati dal pozzo di tenebre, solitudine e peccato per metterli sul sentiero della rettitudine. Benché commovente è una scena già vista. Non è originale né nuova come la danza coi due serpenti velenosi. Personalmente non verrò salvato, perlomeno non questa notte, malgrado tutto quello a cui ho assistito. Riaffiora l'ansia. Voglio incontrare Scott Ray e scoprire cosa c'è dietro a tutto questo.

La funzione è lunga ed estenuante. Guardo l'orologio: sono già le dieci e mezzo e non se ne intravede la fine. Cercando di fare poco rumore e di non disturbare nessuno esco dalla chiesa.

L'aria fredda mi fa piacere. Mi siedo su una palizzata umida e un po' marcia e guardo il cielo. Si sta rannuvolando; sento avvicinarsi la pioggia. Vedo la luna velata dai cumuli, le stelle che spariscono dietro la nebbia. Le voci della congregazione si allontanano mentre lascio che i miei pensieri vaghino sprofondando nella notte terrea e scura che mi circonda e avvolge la chiesa e la radura.

«È troppo per te?»

Sobbalzo; non l'avevo sentita avvicinarsi.

La guardo. «No» rispondo. «Avevo bisogno di un po' d'aria. Non sono abituato.»

Si avvicina dalla porta chiusa della chiesa con indosso una vecchia giacca per proteggersi dal freddo. La riconosco: è una delle due danzatrici. Vista da vicino è bella, avrà all'incirca la mia età, ha un volto senza rughe coperto di lentiggini e grandi occhi verdi con bagliori dorati. La carnagione è bianca come il latte, i capelli lunghi color castano ramato sono raccolti in un severo chignon. Nessuna traccia di trucco, nemmeno un po' di rossetto. Con qualche piccolo accorgimento sarebbe una vera bellezza.

«Evelyn Decatur» si presenta. «Benvenuto nella nostra chiesa.»

«Will Alexander. Grazie.» Molto formali.

Fa un cenno col capo.

«Hanno parlato di te» mi informa.

«Chi?»

«Il reverendo Hardiman e... Scott.»

«Ah.» Alzo immediatamente la guardia; è stata mandata qui per sondare il terreno?

Estrae da una tasca del cappotto un pacchetto sgualcito di sigarette. Ne accende una senza offrirmene e inspira profondamente. Fuma come un'europea, come immagino che fumasse Simone Signoret, con intensità e senza avere l'aria di scusarsene.

«Scott è un bravo ragazzo» dice dopo una lunga boccata. «Ora che ha trovato Cristo.»

«Eh... sì» rispondo cercando di essere generico.

«Ha reso la sua confessione il mese scorso» continua.

«Davanti a tutti?» Non riesco a nascondere né lo stupore né la preoccupazione. Una dichiarazione pubblica fatta davanti a qualche centinaio di cristiani *born-again* potrebbe inquinare il caso. Mi sembra insolito, ma qui è tutto strano.

«Davanti a Dio» risponde inspirando profondamente la sua paglia. Si gira e mi fissa. Il cappotto aperto rivela un corpo pieno sotto il vestito di lana. Mi sbagliavo, non ha bisogno di nessun ritocco, è perfetta così com'è.

«Sei cristiano?»

«No» rispondo con un soprassalto. È una domanda alla quale non sono abituato. «I miei genitori lo erano» aggiungo sentendomi obbligato a dare una spiegazione. «Ma io no, personalmente non lo sono.» Mi sembra di essere arrossito.

Si appoggia alla palizzata: benché il suo corpo sia vicino al mio non ci sfioriamo. Fuma la sigaretta fino in fondo guardando il cielo ormai privo di stelle e coperto di nuvole. Prima o poi un uomo sogna sempre di buttar tutto alle ortiche e incominciare una nuova vita con una nuova identità. In questa immaginaria rinascita incontra una donna. Quando mi capita di avere queste fantasie la donna è terrena, solida, fuori del tempo: è come la donna accanto a me.

Mio malgrado guardo il suo anulare sinistro. È disadorno.

«Torni dentro per le guarigioni?» mi chiede.

«Devo?»

Mi guarda per un momento senza rispondere. Poi getta il mozzicone della sigaretta disegnando una scia incandescente nell'oscurità della notte e rientra in chiesa. La guardo, mi fermo a osservare le sue gambe bianche che spuntano dal cappotto, i capelli raccolti sulla nuca.

Hanno mandato la loro donna più bella ad accertarsi che non me ne andassi, che, qualsiasi cosa stessero facendo, non fossi spaventato.
Hanno fatto la scelta giusta. Mi alzo, la seguo.

«Prima che tu possa dire qualsiasi cosa voglio fare una precisazione. Io non sono il tuo avvocato. Tutto quello che mi dirai non avrà per me carattere riservato. Potrò usarla contro di te. Capisci quello che ti sto dicendo?»
Scott Ray mi guarda senza battere ciglio.
«L'ho ucciso.»
Siamo in chiesa, vicino all'altare. Scott Ray, Hardiman e io. Gli altri se ne sono andati. Le luci sono quasi tutte spente.
Ho assistito alla fase dei miracoli che è andata avanti per un paio d'ore. Gli zoppi hanno ripreso a camminare e i ciechi a vedere. Tutte cose previste. Miracoli genuini, ma avevo già assistito a cose simili. Ero ansioso di avere il mio show personale.
Finalmente si è arrivati alla fine. C'è stata un'offerta, molti abbracci e baci, altre testimonianze. Ho aspettato in fondo fino a quando la chiesa si è svuotata per poter avere, se tutto andava bene, la soluzione al tormento che mi assilla da più di un anno.
Ray e Hardiman sono seduti su una panca della prima fila. Io sto su una sedia pieghevole davanti a loro dando le spalle all'altare. Le uniche luci provengono da una nicchia invisibile in alto dietro l'altare e conferiscono ai loro volti l'espressione dei vampiri nei film muti. Sembriamo dentro un'enorme caverna percorsa da gelide correnti d'aria. Quando cominciamo guardo l'ora: l'una e trenta di notte.
«Se non me lo chiedi espressamente» informo Ray, «quanto mi dirai sarà ufficioso. Per tutelarti. Tutti gli appunti che prenderò saranno privati e lo Stato non li toccherà mai, te lo prometto.»
Ray annuisce. «Io non ho niente da nascondere.»
«Sì, comunque non voglio che il mio caso venga inquinato per un errore procedurale. Non voglio che un cavillo rovini tutto, capisci?»
«I cavilli non mi preoccupano» risponde Ray guardando Hardiman in cerca di approvazione.
«Vuole camminare accanto al Signore» dice Hardiman. «Adesso non vuole altro.»
«Voglio regolare i miei conti con Gesù» afferma Ray. «Non posso presentarmi davanti al Creatore con un omicidio sulla coscienza.»
«Deve vivere secondo le Scritture» precisa Hardiman. «Deve rispettare i comandamenti del Signore.»
«Quinto non ammazzare» dice Ray col volto inespressivo.

«Sono d'accordo» ribatto. «E lo penserei anche se non fosse scritto nella Bibbia, tu no?»

«Si deve allineare con le Scritture» ripete Hardiman.

Che cosa diavolo vuol dire? Forse le cose funzionano così in Medio Oriente, dove il Corano è legge. Ma qui siamo in America e i tribunali sono laici. Se ne rendono conto questi due?

«Ho capito quello che dite» dico con amarezza, «ma quello che dovete comprendere voi è che mettersi a posto davanti al Signore, a Gesù, come volete chiamarlo, non è la stessa cosa di farsi processare negli Stati Uniti. In questo paese la religione non fa parte del sistema giudiziario. Siete entrambi intelligenti e lo sapete, ma voglio chiarirlo bene. Non possiamo intorbidare le acque trasformando questa storia in un'esperienza mistica.»

Mi guardano dubbiosi.

«Forse Dio ti perdonerà, ma lo Stato del New Mexico no. Questo sto cercando di dirti.»

«Noi vogliamo solo il perdono di Dio» risponde Hardiman. «Se lo Stato vuole il corpo di questo ragazzo così sia.»

«A Cesare quello che è di Cesare e a Dio quello che è di Dio» mi dice Ray.

«Finché ne siamo tutti consapevoli...»

«In virtù della confessione sarai mondato dei tuoi peccati» dice Hardiman.

Merda. Avrei dovuto fare un corso accelerato in bibbiologia prima di venire qua. Mi seppelliranno di citazioni. Devo entrare in argomento prima che si perda di vista l'obiettivo. Fisso Scott Ray negli occhi.

«Eri a Santa Fe» dico.

Annuisce.

«Quando sei arrivato?» chiedo. «Quanti giorni prima dell'uccisione di Richard Bartless?»

È come nuotare nella melassa. Annaspo. Ma a poco a poco la storia emerge. E più ascolto più vado a fondo.

«Stavo gironzolando senza una meta precisa, nè uno scopo, solo vagabondando un po' qui e là. Ero stato in Messico, in Texas, in Arizona. Dappertutto. Arrangiandomi. Soprattutto vendendo roba. Movimenti da poco, niente di grande, niente che potesse mettermi nei guai con i pezzi grossi. Più che altro vendevo roba e dormivo con le donne. Scopavo. Qualsiasi fica si lasciasse sbattere. Carne fresca, e più giovani erano meglio era. Qualche volta mi son fatto figlia e madre insieme. Quelle vecchie ci vanno matte. Apprezzano un giovane stallone dotato. Una volta mi son fatto due sorelle e la madre; vendere roba e sbattersi le donne, la bella vita insomma..:»

«Un abominio davanti al Signore» commenta Hardiman con trasporto.

«Amen» risponde Scott. «Adesso lo so; se c'è una cosa che so è questa. Era una vita malvagia.»

«Fornicare al di fuori del vincolo matrimoniale è peccato» intona il predicatore.

«Questo è sicuro» conferma Scott. «Perciò adesso sono scapolo» mi spiega. «Continuerò a esserlo fino a quando incontrerò la donna giusta pronta a perdonare questo peccatore e a unirsi a lui in matrimonio.»

Dice tutto ciò con un'aria assolutamente seria mentre io faccio fatica a non ridere; il fatto che creda davvero a quello che dice rende le cose ancora più difficili.

Da un punto imprecisato della chiesa si materializza Evelyn Decatur. È così silenziosa che mi rendo conto della sua presenza solo quando è a pochi passi.da me. C'è con lei l'altra donna che danzava con i serpenti sul pulpito. Portano due vassoi carichi di caffè e pasticcini.

Hardiman circonda con un braccio possente la vita della compagna di Evelyn. Lei gli sorride.

«Questa è mia moglie, Rachele» mi dice.

«Salve.» Sorride anche a me.

«E questa è sua sorella Evelyn che hai già incontrato, mi pare.»

«Sì.» La guardo con ammirazione e ne ricevo in cambio un sorriso gentile. Credo che sia la più giovane delle due.

«Anche lei non è sposata» spiega Hardiman.

«Peccato per gli uomini della zona» dico.

Il predicatore ride di gusto come un uomo che capisce le donne e il bisogno che gli uomini hanno di loro.

«È giusto. Giustissimo. Ma è molto esigente. Esigentissima.»

Lei gli sorride senza arrossire, senza civetteria.

«Come ti piace il caffè?» mi chiede.

«A quest'ora della notte nero.»

Lo versa in una tazza, e quando me lo porge le nostre dita si sfiorano per una frazione di secondo. Lei non se ne accorge e io mi sento come un ragazzino che cerca di trovare il coraggio di chiedere un appuntamento alla più bella della classe. Hardiman tiene con fermezza il braccio intorno alla vita della moglie che gli si stringe accanto come una donna felice e appagata.

Prendiamo il caffè e i pasticcini, e le donne ci tengono compagnia. Gli altri mettono panna e zucchero nel caffè, molti cucchiaini di zucchero. I pasticcini sono fatti in casa e sono molto dolci anche loro. Ne prendo due; Evelyn ne mangia soltanto mezzo e dà a me l'altra metà. Cerco di sentire il sapore delle sue dita ma lo zucchero lo copre.

Poi le donne se ne vanno improvvisamente, silenziose come sono venute.

Scott guarda Hardiman e il predicatore fa un cenno col capo. Il giovane riprende il racconto dove l'aveva lasciato.

Continuiamo fino all'alba. È un lavoro lento, laborioso. Con il passare delle ore l'apporto di Hardiman diventa fondamentale nella narrazione: interviene, ricorda, puntualizza. Scott accondiscende a ogni precisazione. E l'interpretazione biblica mi fa diventare matto, è come un lavaggio del cervello, come se la realtà non potesse esistere in mancanza di una frase o di un brano biblico a sostenerla. E poi si contraddice, e ogni argomento ha un controargomento perché nelle Scritture si possono trovare due facce di quasi tutte le medaglie e di tutti i problemi. Milioni di studiosi si sono rotti la testa per millenni, nei Primi Corinti tizio disse che... ma poi in Geremia Caio disse qualcos'altro che è l'opposto. E avanti così per tutta la notte lottando per separare il grano dalla pula, ciò che è accettabile dalla giurisprudenza americana e ciò che dovrà essere giudicato da un'autorità più alta.

Lentamente, passo dopo passo, dettaglio dopo dettaglio, la storia emerge e quando Ray arriva alla fine sono convinto al di là d'ogni dubbio della sua colpevolezza.

La cosa che mi preoccupa è il completo controllo di Hardiman sul ragazzo. In aula potrebbe diventare un problema. Scott non agisce per sua libera volontà più di quanto facesse Rita Gomez al processo. Se Robertson se ne accorge – e non essendo stupido succederà – potrebbe buttarci tutti a mare. Avrò il mio bel da fare a tenere Hardiman dietro le quinte.

Ma questo non è fondamentale. Scott Ray è colpevole. La sua storia mi convince fino in fondo: è al corrente di particolari che solo l'assassino può conoscere.

Lo sceriffo Jenkins mi mette in contatto con un avvocato locale. Sembra un uomo perbene, un po' provinciale magari ma preparato. Gli spiego la situazione e, passato lo sbalordimento, accetta di rappresentare Scott Ray per quanto concerne la stesura della testimonianza.

Restano da soli per un'ora. Hardiman vuole prendere parte all'incontro invocando il privilegio del confessore (la sua conoscenza della legge mi sorprende) ma io e l'altro avvocato rifiutiamo. Non conosco i termini precisi della sua relazione con Ray e non voglio correre il rischio di rovinare tutto per un dettaglio.

Hardiman e io inganniamo il tempo nell'ufficio di Jenkins, poco distante dallo studio legale. Dopo qualche minuto di irrequietezza Hardiman si rivolge a me.

«Non voglio perdere quel ragazzo» mi dice con voce angosciata. «È un'anima che merita di essere salvata.»

Annuisco senza rispondere. Non so quanto resterà da salvare una volta che tutto sarà finito.

L'avvocato registra ufficialmente la testimonianza di Scott Ray. Passa l'intera giornata prima che la trascrizione sia pronta. Chiude il nastro in cassaforte e dà a me due copie autenticate.

Hardiman e Ray mi accompagnano all'aeroporto di Charleston.

«Buona fortuna» mi dice Hardiman stringendomi la mano.

«Grazie del grande aiuto.» Sono sincero.

«Era l'unica cosa da farsi.»

Poi anche Scott Ray mi stringe la mano. Sembra star bene, senza preoccupazioni, non ha una ruga sulla fronte.

«Le sono grato per essere venuto» dice. «Adesso grazie al reverendo Hardiman e a lei potrò mettermi a posto con Gesù.»

Annuisco. Probabilmente è matto, sicuramente il suo cervello ha perso alcune rotelle fondamentali, ma so che è del tutto sincero.

«Sono contento» rispondo. «Anche i miei clienti lo saranno. Molto contenti.»

Mentre percorro la pista per imbarcarmi Hardiman mi chiama.

«Non scapperà» grida. «Quando avrai bisogno di lui lo troverai qui. Ne rispondo io.»

Faccio un cenno con la mano mentre salgo la scaletta.

Prendo posto e guardo fuori dal finestrino. Sono ancora lì.

Sono partito in inverno e a casa vengo accolto dalla primavera. Non è come in altre parti del paese, dove gli alberi rinverdiscono all'improvviso e sbocciano i fiori. È più una sensazione, quasi un odore, l'aroma caldo della primavera del deserto, un tepore nell'aria.

All'uscita dell'aeroporto di Albuquerque c'è una sorpresa: Mary Lou. Me l'aspettavo, l'avevo chiamata per comunicarle l'ora dell'arrivo. Mi fa piacere vederla, sembra in gran forma perfino sullo sfondo di bitume delle piste. Avevo dimenticato quanto era bella. Mi basta una settimana per dimenticare una cosa tanto importante.

La presenza di Claudia invece mi sorprende. È in piedi accanto a Mary Lou e le arriva all'altezza delle spalle. Non era così alta l'ultima volta che l'ho vista. Sobbalzo scoprendola quasi un'adolescente. Ma cosa sta facendo qui? Le vacanze non sono ancora cominciate!

«La mamma ha lasciato l'ufficio» mi annuncia prima ancora del bacio.

Guardo Mary Lou che si stringe nelle spalle. Claudia mi tende una busta chiusa.

«È partita» continua Claudia danzandomi intorno mentre ci avviciniamo all'automobile. «Perciò vivrò con te per il resto dell'anno scolastico. Non è fantastico?»

Sì e no. Per me lo è. Per Patricia non so.

Mary Lou guida con Claudia seduta accanto; ascoltano un nastro di Elvis Costello mentre ci dirigiamo a nord. Mi sdraio sul sedile posteriore a digerire la lettera di Patricia.

Alla fine non si è rivelata all'altezza dei miei suggerimenti. Ha dato le dimissioni. Lo studio le ha concesso un grande paracadute tenendo conto della brevità del tempo trascorso con loro: tre mesi di stipendio pieno (una liquidazione sontuosa, in parte, ne sono sicuro, uscita direttamente dalle tasche di Joby Breckenridge) e le hanno trovato un altro lavoro, non dissimile, perlomeno dal punto di vista economico, in uno studio di Seattle dove si insedierà finite le vacanze. Non è stata, strettamente parlando, una scopata gratis la sua: le avvocatesse intelligenti non crescono sugli alberi. Non sarà obbligata a trasferirsi. E all'improvviso si è trovata con i mezzi e le condizioni ideali per prendersi la prima vera vacanza della sua vita adulta. È a Parigi, poi andrà a Roma, a Milano. Un po' dovunque. Ha un biglietto aperto e starà via per qualche tempo, perciò Claudia resta con me da adesso fino alla fine dell'anno scolastico. Tutti felici e contenti, almeno per ora.

(È tutto spiegato nella lettera, lettera molto più formale di quello che mi sarei aspettato, come se si sentisse un po' colpevole, delle dimissioni, della partenza improvvisa; in fondo è successo tutto nel giro di una settimana, e mi ha lasciato, per dirla con le sue parole, il peso di Claudia.)

È strano quanto possano cambiare in pochi giorni le vite. Sia quella di Patricia che la mia. Immagino che sia felice, non le sono mai piaciuti i confronti e ha sempre sfuggito gli scontri. L'inseguimento quotidiano della preda l'avrebbe devastata, ci vogliono nervi ben più saldi dei suoi. Tuttavia continua a pensare che avrei preferito vederla affrontare la situazione; per sé, per sua figlia.

Ceniamo tutti e tre insieme poi Mary Lou ci lascia a casa. Le sono mancato, non ha bisogno di dirmelo e muore dalla voglia di conoscere tutti i dettagli del viaggio. Le dico come stanno le cose a grandi linee per soddisfare almeno in parte la sua curiosità. Vorrebbe avere i particolari subito ma sceglie di non intromettersi tra me e Claudia. Aspetta di vedere se Claudia la invita a restare, ma non succede. Mi vuole tutto per sé. Ha trascorso con Mary Lou gli ultimi due giorni perché Patricia, scoprendo che ero assente, ha chiesto con sfrontatezza a Mary Lou "Poiché suo padre non c'è e io non ne ero al corrente, non potresti tenerla tu?" Mary Lou stata così gentile da rispondere "Ne sarò felice" pur non avendo nessun obbligo di farlo, solo per amore, e così hanno passato due giorni insieme, mia figlia e la mia donna in carica. Ma adesso per Claudia si avvera un sogno: è tornata a Santa Fe insieme a suo padre. Noi due soli.

Mary Lou e io ci diamo il bacio della buonanotte. Ci desideriamo. Faremo colazione insieme domattina quando avrò lasciato Claudia a scuola dove incontrerà le sue compagne, cosa che la eccita oltre ogni dire. Anch'io ho sentito la mancanza di Mary Lou; forse ci voleva un po' di bramosia giovanile per un'altra donna per capirlo davvero.

Mia figlia assomiglia più a me che a sua madre. Non è una cosa particolarmente significativa, succede nelle migliori famiglie e ne sono consapevole fin da quando era bambina. Nel nostro caso poi mi sembra particolarmente logico poiché Patricia e io ci siamo separati quando lei era ancora piccolissima e ha dovuto interpretare un ruolo che non era il suo. Vi sono state occasioni in cui ha dovuto essere troppo adulta, troppo cresciuta. Con me che sono un uomo è sempre una bambina. C'è meno tensione. Lei non lo sa ma questo è sicuramente uno dei motivi per cui si sente sempre a suo agio in mia compagnia.

D'altra parte, benché fino a un anno fa vivessimo a pochi minuti di distanza, io non ho mai dovuto affrontare la routine quotidiana. Ho avuto più aspetti piacevoli che problemi, e al tempo stesso sono stato meno coinvolto nello sviluppo della sua personalità. Il prezzo del divorzio è incommensurabile. In fondo al cuore Claudia sarà sempre figlia di Patricia.

Divorata la pizza vuole chiacchierare. Di sua madre, di quello che è successo dal suo punto di vista di donna-bambina, di se stessa e di quello che succede qui. Gentilmente ma con fermezza la blocco. Ha dovuto sopportare abbastanza a lungo il fardello della vita adulta. Le piace assumersi delle responsabilità ma io non sono d'accordo. Ne parleremo, ma questa sera voglio che vada a letto alle undici.

Di solito le leggo qualcosa ad alta voce prima che s'addormenti. A entrambi la lettura piace molto, siamo essenzialmente due solitari e i libri sono più facili della vita, certo più vivi.

Vuole leggere qualcosa di nuovo, qualcosa che mi sia piaciuto particolarmente, un libro "da adulti" che potrebbe amare anche lei e quindi ripesco la mia copia dell'Odissea dei tempi dell'università. È piena di orecchie e sottolineature. Comincio dal Libro I: *Parlami o Musa, dell'uomo versatile e scaltro che andò vagando tanto a lungo, dopo che ebbe distrutto la sacra roccaforte di Troia. Egli vide le città di molti uomini e ne conobbe i costumi: soffrì molte traversie in mare cercando di salvar la sua vita e il ritorno dei compagni...*

Arriviamo a metà del primo libro prima che si addormenti. Metto un segno, ripongo il libro sul comodino. Lo riprenderemo domani. Forse questa notte sognerà di vele e acque, questa mia figlia così legata alla terra. Forse sognerà la mamma sulle spiagge di altri mari.

Le do il bacio della buonanotte ed esco chiudendo la porta, poi vado a sedermi in una poltrona al buio con due dita di Johnny Walker Black e i miei pensieri.

Io cerco la donna perfetta e la donna perfetta non esiste se non nei miei ridicoli desideri infantili. Ho fatto fallire il matrimonio con Patricia, sono stato il principale promotore del disastro, e forse saremmo ancora sposati se mi fossi comportato diversamente. Lascia perdere, sono stronzate. Non saremmo mai rimasti insieme, non avevo la minima idea di cosa volesse dire vivere con una donna: "Non funziona? *Adios*." Holly è stata la più grande sciagura della mia vita e non ho colpe nel nostro divorzio. Ma cosa ci facevo con lei? Ho scopato a destra e a manca mentre stavo con tutte e due, ho scopato a destra e a manca tra una e l'altra: finalmente nella mia vita entra una donna straordinaria che praticamente si getta ai miei piedi, e la prima fica esotica che passa sul mio orizzonte, una semivergine fanatica ,accende le mie fantasie. Domani sera farò l'amore con Mary Lou che mi ridurrà come Dalila ridusse Sansone e scommetto qualsiasi cosa che pur senza volerlo penserò a Evelyn Decatur. "Non si può avere tutto. "Dovranno inciderlo sulla mia tomba. E ovviamente quando lo ottengo (non volevo forse Mary Lou con tutto me stesso?) quando ottengo quella cosa, qualunque essa sia, non è mai quella che volevo o che pensavo di volere.

Sono più che convinto che la terapia psicoanalitica con tutto quel narcisismo sia una panzanata ma forse ne ho bisogno. Devo sapere perché mi brucio sempre i ponti alle spalle, perché rovino le cose più importanti della mia vita. L'ho fatto con due mogli, con lo studio; a chi o cosa toccherà in futuro: a Mary Lou, al mio nuovo lavoro, a Claudia?

Continuo a pensare che Patricia non sia un buon modello femminile per Claudia e la paragono ad altre donne in termini a lei sfavorevoli. Ma quale diritto ho di parlare, di paragonare, di giudicare? Che diavolo di esempio maschile sono io per mia figlia? Sono un puttaniere e un ubriacone. Se dobbiamo parlare di modelli faccio proprio una bella figura. E ormai deve averlo capito, è grande abbastanza, mi ha visto perdere lavori e rapporti umani.

Devo cambiare. Quantomeno per il suo bene. Non voglio che veda suo padre rovinarsi: e non penso al successo, quella è roba da poco, e posso averlo anche con la mano sinistra, è la realtà ciò a cui sono inadeguato. Devo dimostrarle che negli uomini c'è anche bellezza e onestà.

Due dita di whisky portano ad altre due e ad altre due ancora e prima che me ne renda conto la bottiglia è finita. Decido di riporla per non cadere nella tentazione di un secondo bicchiere. Voglio dormire senza mal di testa. Voglio restare sveglio, se necessario, ma a mente lucida. Perché i pensieri, se verranno, siano reali.

Ma sono un figlio di puttana senza spina dorsale, ecco quello che sono. Riesco a fermarmi al secondo bicchiere, non pieno, solo per sorseggiarlo un po', per avere un compagno nella notte.

Merda, sono diventato bravo a prendermi in giro. Un maestro. Non tento nemmeno più di fingere.

E ovviamente quando metto via la bottiglia sono pieno di ridicolo disgusto di me. Scott Ray è reale e io dovrei essere al settimo cielo. Invece sprofondo nelle mie sabbie mobili, senza nemmeno un urlo o un gesto eroico ma con un debole gemito.

PARTE QUINTA

«Nell'udienza per un nuovo processo nel caso che vede lo Stato del New Mexico contro Jensen Paterno Hicks *e* Kovalski, la corte è in sessione, presiede il giudice Lewis Martinez. Tutti in piedi.»

Eccoci finalmente. Dopo tutte le giravolte, i cambi di direzione, i vicoli ciechi, le disillusioni, dopo esserci visti chiudere sulla faccia una porta dopo l'altra, dopo esserci sentiti dire che non sarebbe mai successo, eccoci qui sullo stesso palcoscenico con gli stessi protagonisti del processo, processo che sembra aver avuto luogo un'eternità fa. In effetti sono trascorsi più di due anni dalla telefonata di Robertson, un tempo sufficientemente lungo perché nel frattempo io potessi perdere lo studio, definire un divorzio, vedere mia figlia trasferirsi in un'altra città e perdere il caso più importante della mia vita. Ma tutto è bene quel che finisce bene, e con un po' di fortuna, questa volta ce la faremo. Sì, non ho illusioni, ci vuole fortuna altrimenti potremmo andare avanti con gli appelli per anni. Ma se non ci riesco questa volta, se non tiro fuori i miei quattro adesso non ce la farò mai, e moriranno in un penitenziario per mano dello Stato.

«Questo non è un processo» ci istruisce Martinez. «Non siamo qui per giudicare l'innocenza o la colpevolezza degli imputati..»

Lancio un'occhiata a Robertson seduto al tavolo del pubblico ministero. Ben azzimato, nel suo gessato, coi capelli tagliati di fresco e la tintarella presa nel fine settimana che gli dà un'aria sana e robusta. Moseby, al suo fianco, non è altrettanto impeccabile.

Pochi minuti prima dell'udienza Robertson mi si è avvicinato. «Divertiti finché puoi» mi ha detto. «Questa volta non mi accontenterò di sconfiggerti, ti metterò in ginocchio.»

Ho mantenuto la calma. Non abboccherò all'amo: la difesa condurrà il caso senza preoccuparsi dei problemi dell'accusa che se non ha una strategia è perché ritiene di non averne bisogno, di potersi limitare a stare a guardare. Per quanto ne sa Robertson noi procediamo alla cieca in un ultimo disperato tentativo di spuntare qualcosa.

«In un procedimento come questo» ci sta spiegando Martinez, «non è l'accusa a dover dimostrare la colpevolezza al di là d'ogni ragionevole dubbio. Ciò avviene nella fase processuale. Oggi siamo qui perché sono emerse prove che potrebbero indurci a riesaminare le conclusioni della causa: prove che se si riveleranno sufficientemente importanti ci obbligheranno a riaprire un nuovo processo.»

I motociclisti ammanettati e con la divisa carceraria sono seduti tra Mary Lou e me.

Per l'ultima volta.

«Si chiami Rita Gomez.»

Ed eccola che sale al banco dei testimoni un'altra volta, la nostra Madonna Addolorata. Niente vestitini bizzarri e acconciature esagerate come alla sua prima apparizione, niente ciglia cariche di mascara e tacchi alti del genere "Vieni qua che ti rovino" È al naturale: acne, labbra screpolate e tutto il resto. Questa bambina ha percorso una strada lunga, e tutta scoscesa.

«Giura...?»

La mano sulla Bibbia Rita giura. Come ha sempre fatto, con la stessa espressione.

Ho davanti sul tavolo la trascrizione della sua testimonianza al processo. Del groviglio di bugie che hanno spedito quattro uomini nel braccio della morte. Alzo il fascicolo per un istante e sento tra le mie dita le pagine piene di menzogne incriminanti che scricchiolano come foglie secche. In una foresta imprecisata dello Stato di Washington un albero è stato tagliato per farne carta che accogliesse queste parole false; magari era un albero vecchio di centinaia d'anni che dava ombra e ossigeno. Un organismo indispensabile alla vita ridotto a fogli coperti di merda.

Lone Wolf guarda Rita rannicchiata sulla sedia di legno di quercia, resa piccola e insignificante dalle proporzioni di ciò che la circonda; un esserino spaventato dentro un'enorme e spaventosa caverna.

«Non è cambiata neanche un po'» esclama.

«Oh sì» gli rispondo. «Non immagini nemmeno quanto.»

«A me sembra uguale» ribatte. «La stessa scema.»

«Vedrai com'è cambiata quando comincerà a cantare.»

«Ci crederò quando lo vedrò» risponde dubbioso. Li ha già fottuti due volte, prima al processo, e poi quando ha tagliato la corda invece di presentarsi all'udienza. L'unica cosa che si aspettano da lei è che in un modo o nell'altro riesca a fregarli ancora.

Rita evita con cura di guardarli. Cercherà di salvargli la vita ma non vuole stabilire con loro nessun contatto, né visivo, nè di altro tipo. Probabilmente ha più paura oggi di quanta ne avesse al processo: ha avuto due anni interi per dar corpo al terrore.

Ma dirà quello che deve dire. Io e Mary Lou abbiamo trascorso ore e giorni interminabili preparandoci per questo momento. Abbiamo fatto tutto da soli; Tommy e Paul non sono più con noi. Tommy è sempre stato disponibile e anche se Mary Lou e io bastavamo per tutto ha sempre voluto partecipare, ma un paio di mesi dopo la rivolta nel carcere uno studio di Albuquerque gli ha offerto un'occasione che non ha potuto rifiutare. Aveva ripagato abbondantemente i suoi debiti e poteva lasciare il suo ruolo di difensore d'ufficio a testa alta. Nel nuovo studio si aspettano molto da lui, e non saranno delusi, non ne ho alcun dubbio. Ma con la mole di lavoro del nuovo impiego non aveva nessuna possibilità di venire quassù a lottare con noi.

Me ne dispiace, ha l'impressione di averci abbandonati; gli ho garantito che non ho alcun motivo di criticare il suo operato, ha fatto la sua parte, e anche di più. La vita continua. Lo terremo aggiornato telefonicamente. Vede ancora Goose, il loro è un rapporto che non finirà tanto presto. Goose capisce le ragioni dell'assenza di Tommy e per festeggiare il suo nuovo lavoro pagò di tasca sua una bottiglia di champagne che gli fece recapitare in studio.

Paul invece è scomparso senza lasciare traccia. C'eravamo tenuti sporadicamente in contatto dopo il processo ma gli incontri si erano diradati. Anche il telefono di casa non rispondeva più, e non c'era alcun messaggio con nuovi numeri e indirizzi. Sparito e basta.

La mia impressione è che si fosse stancato di questa storia. In tutti questi anni ha preso parte a moltissimi processi ma dopo tutta la fatica che gli è costata il nostro il fatto di trovarsi dalla parte degli sconfitti deve avergli spento ogni entusiasmo; anche perché, credo, era stato lui a commettere l'unico errore della difesa, quello d'aver sollevato l'argomento dei "coltelli roventi". Non ne abbiamo mai parlato, ma penso che almeno in parte si sentisse responsabile della nostra sconfitta.

Ovviamente non è così, chiunque di noi avrebbe potuto commettere quell'errore. Inoltre non abbiamo perso per un motivo così semplice. Siamo stati vittime dei simboli, non della logica o della prova concreta.

Paul deve fare i conti con i suoi demoni che, come i miei, sono alimentati dall'alcol. Prima o poi il whisky brucia troppa materia grigia e diminuisce la capacità di incassare i colpi e tornare all'attacco pronti a prenderne ancora.

Forse è una benedizione. Se non cambio abitudini prima o poi lo scoprirò, probabilmente nel modo più doloroso. È un pensiero che mi rende sobrio.

Mi alzo, liscio con le mani i risvolti della giacca, prendo tempo. Bevo un sorso d'acqua e sorrido rassicurante ai motociclisti e a Mary Lou. Poi mi incammino verso la mia testimone abbarbicata sul bordo della sedia come un opossum in trappola in attesa che si compia il suo destino.

«Ho incontrato il nemico e il nemico è in noi.» (L'ha detto Pogo, uno degli eroi della mia infanzia.)

È giunto il momento di affrontare il nemico.

Martinez ha già visto molta parte della documentazione nell'udienza precedente, tuttavia non riesce a distogliere l'attenzione da Rita. Non è più il giurista distaccato, che dispensa la giustizia con equanimità, l'uomo di legge al di sopra delle parti, ma un uomo che deve scoprire la verità, l'unica verità, perché due anni fa, erroneamente, pensò di averla trovata.

Anche Robertson è assorto dalle dichiarazioni di Rita e prende copiosi appunti controllando continuamente l'affidavit con la testimonianza giurata che gli ho gettato in grembo come una bomba quando ho ripescato Rita a Denver e ho sentito la sua storia di crimini, castighi e gradimenti.

All'inizio, quando comincia a raccontare di come fu trascinata fuori città senza poter lasciare un messaggio a nessuno grazie a Sanchez e Gomez, i suoi padri confessori, e quando parla del lavaggio del cervello che le fecero, Robertson muove continuamente delle obiezioni. Martinez ne accoglie qualcuna e ne respinge altre, ma quando ci addentriamo nella narrazione decide di zittirlo.

«Questo non è un controinterrogatorio, avvocato» lo ammonisce. «La prego di concedere alla testimone l'opportunità di raccontare la storia come meglio ritiene. Le opportunità di controinterrogarla non le mancheranno.»

Martinez torna a rivolgere la sua attenzione a Rita dopo aver liquidato Robertson che si accascia sulla sua sedia furente, e girandosi verso il nostro tavolo ci lancia strali d'odio. I motociclisti si danno un colpetto col gomito l'un l'altro e ricambiano l'occhiata velenosa. Lone Wolf gli regala un gran sorriso: "Vai a farti fottere, pezzo di merda. Prima ci hai pisciato addosso, e adesso tocca a noi", è l'inequivocabile messaggio.

Rita siede al banco dei testimoni da più di due ore. Racconta la stessa versione data a me nella camera d'albergo del Brown Palace. La narrazione procede a fatica. Rita è ancora spaventata a morte dalle conseguenze.

«Dunque... dopo quei giorni in montagna lei fu riportata a Santa Fe.» dico. «Dalla polizia.»

«Sì.»

«Dove rilasciò la sua testimonianza. La deposizione ufficiale.»

«Sì.»

«E le dissero – la convinsero – che se avesse modificato la deposizione, se anche in minima parte l'avesse ritrattata...»

«Cosa?»

«Ritrattata... cambiata.»

«Oh. Sì così.»

«Che se l'avesse cambiata l'avrebbero accusata di complicità nell'omicidio. Glielo dissero esplicitamente.»

«Sì.»

Guardo il tavolo del procuratore. Robertson prende freneticamente appunti. Moseby che stava scrutando me e Rita distoglie lo sguardo in fretta. I due poliziotti Sanchez e Gomez fissano stoicamente il muro come due idoli che tutto vedono e niente rivelano.

Anche Martinez li sta guardando, con un'espressione che non riesco a decifrare. Ma una cosa so, le crede. Forse non del tutto ma abbastanza per essere visibilmente a disagio. Quattro uomini sono stati condannati a morte nella *sua* aula quasi esclusivamente in base alla testimonianza di questa ragazza che adesso sostiene che non solo tutta la storia è inventata ma che è stata corrotta e costretta a dire il falso: il peggior incubo che possa perseguitare un onesto giurista. Nella sua aula, sotto la sua responsabilità.

Aveva già letto la nuova testimonianza, ma evidentemente le parole scritte non avevano lo stesso impatto di una presenza fisica, di una narrazione che suona più viva.

Lo guardo: sembra addolorato, ferito. Come se le menzogne fossero state raccontate a lui, come se fosse *lui* a dare vita a quelle bugie. Mi fa pena; è un uomo onesto e un simile incidente non era previsto. Sente la terra aprirglisi sotto i piedi, minacciosa, pronta a inghiottirlo.

Ha paura per la sua reputazione, per quella del tribunale. Sono solidale, non è stata colpa sua. È stato il sistema a tradirlo, come ha tradito John Robertson. La differenza tra i due è che Martinez è disponibile a rendersene conto, ad accettarlo, a fare ammenda, mentre Robertson no.

«Quando venne riportata a Santa Fe» riprende, «le venne offerta un'assistenza legale?»

«No» risponde senza esitazione.

«Eppure le avevano detto che rischiava un'incriminazione per complicità, qualora la storia non avesse funzionato.»

«Sì.»

«Le hanno mai comunicato i suoi diritti, le hanno mai detto che poteva ricorrere a un avvocato e non rispondere?»

«No.»

«Vostro Onore» È Robertson. «Rita Gomez non era un sospetto ma un testimone. Non leggiamo il codice Miranda ai testimoni.»

«Sì se rischiano d'essere incriminati per un omicidio» ribatto.

«Vostro Onore.» Robertson alza la voce. «Da parte del mio ufficio non c'è mai stata nessuna intenzione di incriminare la signorina Gomez. Assolutamente nessuna. Perciò i suoi diritti non erano in discussione.»

«D'accordo» risponde Martinez. «Per ora terremo la questione in sospeso.»

«Fino a quando, Vostro Onore?» domanda Robertson.

«Fino a quando stabiliremo la veridicità delle dichiarazioni della signorina Gomez, avvocato. Né prima né dopo.»

Robertson sembra sul punto di dire qualcos'altro poi ci ripensa e si siede.

Martinez si rivolge a me.

«Fin qui le dichiarazioni della testimone corrispondono all'affidavit, avvocato. Desidera chiedere qualcos'altro alla testimone?»

«Sì signore.» rispondo. «Una cosa ancora.»

Mi rivolgo a Rita.

«I quattro uomini seduti a quel tavolo...»

Si costringe a guardare nella loro direzione per qualche istante.

«Sì.»

«Al processo dichiarò di essere stata violentata da loro.»

Con esitazione: «Sì».

«La violentarono davvero?

Li fissa e loro ricambiano l'occhiata con freddezza, senza espressione. Benché adesso sia dalla loro parte non ne hanno nessuna pietà. Non è nella loro natura, sono e restano uomini malvagi, individui per i quali lo stupro di Rita fu soltanto un diversivo.

«Sì» risponde.

«Ripetutamente?» chiedo.

«Sì.»

«Dev'essere stato terribile.»

«Molto.»

«E doloroso.»

«Mi ha fatto un male d'inferno per giorni.»

«Andò in un ospedale?» chiedo. «Per essere esaminata e curata?»

«Vuol dire da sola?»

«Sì.»

«No.»

«Perché no? Se era così doloroso?»

«Avevo troppa paura.»

«Che l'ospedale la denunciasse alla polizia e che si trovasse costretta a raccontare dei motociclisti che avrebbero potuto tener fede alle loro minacce e tornare a ucciderla» elaboro per lei.

«Sì.»

«Quando la polizia... quando gli agenti Sanchez e Gomez... quando la trovarono, lei era ancora sofferente?»

«Sì.»

«Perdeva sangue?»

«Sì.»

«E loro fecero qualcosa per aiutarla?»

«Sì. Mi portarono all'ospedale.»

«Obiezione!» Robertson è in piedi, le braccia protese in avanti.

«Respinta» grida Martinez senza distogliere gli occhi da Rita.

«E si accertarono che le venissero prestate le cure necessarie?» chiedo.

«Sì.»

«E solo dopo le cure lei venne condotta in montagna per raccontare la sua storia?»

«Sì. »

Sono in piedi davanti a lei; i nostri occhi si incontrano. La guardo con tutto il calore e la capacità di rassicurazione che riesco a trovare.

«Lei mentì al processo, vero?»

«Sì.» Occhi bassi, trema come una foglia. Non ho mai sentito tanta pietà per lei come in questo momento.

«E sta dicendo la verità oggi?»

«Sì.»

«Tutta la verità senza riserve e senza aver subito alcuna coercizione né aver ricevuto promesse da me?»

«Sì» risponde con voce ferma e chiara. «Adesso non dico bugie.»

«Signorina Gome.»

Robertson è in piedi di fronte a lei. Saldamente piantato sulle gambe si protende leggermente in avanti, Rita si ritrae per sfuggirgli schiacciandosi contro il duro schienale della sedia.

«Perché mai qualcuno qui dentro dovrebbe credere a quello che lei ci ha raccontato oggi?»

«Perché è la verità.»

«Capisco. La verità.»

«Proprio così» dice Rita con più aggressività. L'ho istruita a prepararsi a questi attacchi e a non cedere. Non deve aver paura di difendere le sue affermazioni: la legge è con lei. Ma nel suo caso è una cosa più facile a dirsi che a farsi.

«E quanto disse al processo, anche quello era la verità, non è vero?»

«No.»

«Ma disse di sì. Giurò sulla Bibbia.»

«Ho giurato il falso.» Guarda Martinez. «Ho dovuto farlo, giudice, altrimenti mi avrebbero mandata in prigione.»

«Perlomeno così dice lei» risponde Robertson in un tono di voce che echeggia in tutta l'aula.

«È la verità» protesta Rita con un balzo sulla sedia. Sbalordita e spaventata dalla sua stessa violenza.

«Lei sembra turbata, signorina Gomez.» Non ha cambiato tono di voce. «Ovviamente è normale che lo sia; è sommersa da un mare di bugie, intrappolata in una ragnatela di inganni che mira a far sembrare questo tribunale corrotto!»

«Non è vero» risponde arditamente.

«Ma perché mai qualcuno dovrebbe credere anche una sola parola di quel che lei ci ha raccontato oggi?» tuona. «O di quello che c'è scritto in queste pagine scandalose» dice brandendo la testimonianza.

«Perché...»

«Perché è la verità» risponde lui con voce grondante sarcasmo. «Perché lei, bugiarda e spergiura dichiarata, ci chiede di crederlo.»

«È vero» balbetta.

«Certo, e la luna è fatta di formaggio coi buchi.»

Martinez si sporge dal suo scranno.

«Avvocato, ci risparmi le iperboli, d'accordo? E non intimorisca più la testimone.»

«Intimorire la testimone?» esclama Robertson. «Intimorire... che cosa c'è da intimorire Vostro Onore, questa donna manca del tutto di credibilità.»

«Questo tocca a me deciderlo» ribatte Martinez.

«È esatto» dice Robertson. «Tocca a lei, alla corte decidere.» Sta lottando per mantenere la calma e non gli è facile perché è un uomo di cieca fede. «Potrei ricordarle, Vostro Onore, che la sua decisione deve fondarsi su prove chiare e inconfutabili, prove concrete. Non basta che una testimone dichiari d'avere mentito allora e di dire la verità oggi. Lei deve essere convinto che quanto la teste dichiara oggi corrisponde al vero al di là di ogni ragionevole dubbio e che tutto il resto sono menzogne. Lei deve esserne completamente sicuro.»

«E deve anche essere sicuro» continua girandosi per un istante per gettare ai miei clienti un'occhiata carica di disprezzo, «che se quanto dichiara oggi sotto giuramento corrisponde al vero, allora parecchi degli uomini presenti in quest'aula hanno commesso atti criminali. Atti atroci che andranno puniti con la carcerazione. Questi uomini sono incalliti bugiardi, forse, e Rita Gomez siede alla destra della Vergine Maria.»

«Sono consapevole dei miei doveri, avvocato» risponde Martinez con voce gelida «comunque la ringrazio per avermeli voluti ricordare.»

«Non intendevo essere irrispettoso, giudice Martinez» dice Robertson mangiando un po' di polvere. «Ma non riesco a capacitarmi. È la testimone più imprevedibile e contraddittoria che abbia mai incontrato in tutti questi anni.»

Martinez lo guarda attraverso le palpebre socchiuse.

«Quando era la teste dell'accusa le ha creduto senza esitazioni.»

È quello che penso anch'io.

«Perché la sua testimonianza era coerente con gli altri fatti emersi» protesta Robertson, «quello che sentiamo oggi è del tutto privo di fondamento.»

Martinez scuote il capo. «Non sono d'accordo con lei.»

«Mi consenta di fare un esempio» prega Robertson.

«Perché no?» ribatte Martinez seccamente.

Robertson si rivolge a Rita.

«Lei ha dichiarato che quando gli agenti Gomez e Sanchez la trovarono era ancora sofferente in seguito allo stupro.»

«È così. Stavo veramente male.»

«E che la portarono in ospedale perché ricevesse le cure necessarie.»

«Sì.»

«E di quale ospedale si trattava, signorina Gomez? Lo ricorda?»

«Non sono sicura. Ero un po' intontita. Non ho fatto attenzione.»

«Tuttavia doveva trattarsi d'un ospedale con un pronto soccorso. La condussero in un pronto soccorso?»

«Un pronto soccorso, sì, questo lo ricordo.»
«E l'ospedale era a Santa Fe.»
Annuisce. «Non abbiamo fatto tanta strada.»
«E chi ha pagato l'ospedale, signorina Gomez? Lei forse?»
«Certo che no. Non avevo una lira.»
«Be', forse la sua assicurazione pagò.»
«Non ho nessuna assicurazione» risponde quasi ridendo; vive praticamente per strada e il solo pensiero di un lusso come un'assicurazione le sembra ridicolo. «Non posso nemmeno permettermi una macchina o un appartamento decente.»
«Allora pagò la polizia, forse? I detective che presumibilmente la portarono all'ospedale?»
«Dev'essere così. Non ci ho mai pensato.»
Robertson torna a dedicare la sua attenzione al giudice. E all'improvviso capisco dove sta andando a parare e mi odio per non averlo previsto.
«A Santa Fe gli ospedali con un servizio di pronto soccorso sono tre, Vostro Onore. Siamo andati a controllare l'elenco dei ricoverati del giorno in cui secondo le sue stesse dichiarazioni la signorina Gomez dovrebbe essere stata visitata. In realtà abbiamo svolto delle verifiche a partire dal giorno in cui dice d'essere stata stuprata fino al giorno in cui volontariamente confessò l'incidente. Nessuno di questi ospedali ha registrato la presenza di Rita Gomez al pronto soccorso o in altro reparto.»
Si avvicina al suo tavolo, ne prende una grossa busta e la tende a Martinez.
«C'è una copia anche per la difesa?» chiedo di cattivo umore lanciando un'occhiata a Mary Lou. Sono veramente indignato con me stesso, avrei potuto prepararmi a una simile evenienza.
Robertson me ne dà una copia. La passò a Mary Lou che la guarda prima di restituirmela.
Ci sentiamo tutti e due stupidi come campane.
Martinez invece legge con attenzione.
«Sembrano a posto» dice infine.
«Lo sono, Vostro Onore» ribatte Robertson. «I miei uomini hanno fatto dei controlli incrociati. Dovevamo essere sicuri. La signorina non è mai stata visitata da un medico del pronto soccorso di un ospedale di Santa Fe, perlomeno non nelle date che lei dichiara.»
Getta una dura occhiata a Rita e poi torna a rivolgersi a Martinez.
«La questione è semplice e chiara, Vostro Onore: questa donna mente quando dice d'essere stata in un ospedale. Non vi ha mai messo piede».

«Per lei è normale, Vostro Onore. È una bugiarda. E se ha mentito su questo, che per quanto importante non è un elemento critico, chi può garantirci che non stia mentendo su altro? Su tutto il resto? Chi può garantirci che quanto raccontato oggi alla corte nella cosiddetta dichiarazione giurata sulla quale si basa tutta la linea della difesa non sia altro che un disperato mucchio di bugie?»

«Non è vero!» grida Rita.

Martinez la richiama all'ordine.

«La prego di controllarsi, signorina.»

«Vostro Onore, la mia teoria sull'accaduto è diversa» riprende Robertson, «ed è molto più coerente con i fatti emersi durante il processo e con le personalità degli uomini coinvolti nel caso.»

Si gira verso il nostro tavolo e fissa i quattro detenuti nella loro divisa del braccio della morte.

«Quei quattro uomini laggiù, seduti davanti a noi, sono feccia. Sono il più tremendo cancro della società e hanno commesso crimini che meritano punizioni eterne. Sono stati giudicati in seguito a un processo giusto e sono stati condannati a pene adeguate ai delitti commessi.»

«Ma cos'è questa stronzata dell'ospedale?» mi sussurra Lone Wolf avvicinandosi a me, «è vera?»

«Non lo so. Cercherò di scoprirlo» rispondo.

Cercherò di scoprirlo in fretta perché apre una grossa falla nella nostra linea difensiva.

«Ma non lo potevano accettare» continua Robertson. «Volevano costringerla a cambiare la sua versione dei fatti in un modo o nell'altro.» Si rivolge al giudice. «Tutti noi conosciamo le storie di orrore che circondano uomini come questi e sappiamo come hanno proteso i loro tentacoli velenosi in tutto il paese e che i loro compagni d'armi sono pronti a uscire dai loro covi per venire a dargli man forte.»

Anche questo è vero, ha ragione. Non in questo caso specifico, ma in generale ha ragione.

«Qualcuno è arrivato fino a lei» dice Robertson piattamente. «Un altro Scorpion, un Hell's Angel, uno di loro. In un modo o nell'altro, malgrado tutti i suoi sforzi di mettersi in salvo e ricominciare una nuova vita, l'hanno trovata e l'hanno spaventata al punto da spingerla a presentarsi qui oggi con questa storia. Storia che non solo...»

«Obiezione!» Scatto in piedi. «Questo dovrebbe essere un controinterrogatorio della testimone Vostro Onore, e non un'arringa formale.»

«D'accordo» dice Martinez. «Obiezione accolta.»

«Vorrei ribattere personalmente, Vostro Onore.»

«Prego» mi risponde Martinez.

«Qualcuno arrivò davvero da Rita Gomez. Io, per cominciare. E la trovai. Anzi, per essere preciso fu la mia collega, l'avvocato Bell a trovarla. Trascrissi la sua dichiarazione. Più tardi, quando arrivò il momento di comparire davanti alla corte qualcun altro la raggiunse. Secondo la signorina fu uno degli uomini che l'avevano corrotta.»

«Balle!»

Ci voltiamo tutti. Moseby è in piedi, paonazzo.

«È una menzogna Vostro Onore!»

Martinez picchia furiosamente il martello.

«Seduto e in silenzio» ordina. «O sarà accompagnato fuori da quest'aula *immediatamente*!»

Poi si rivolge a tutti noi.

«Questo non è il momento più appropriato per discutere simili asserzioni. Le affronteremo a tempo debito, ovverossia quando sarò io a deciderlo.»

Guarda Robertson. «Avvocato, ha finito con questa testimone?» chiede senza fare alcuno sforzo per nascondere la sua profonda irritazione.

«Sì, Vostro Onore.»

«Allora che la testimone sieda ma si tenga pronta a tornare sul banco.» Guarda l'orologio. «Questa corte si aggiorna fino alle dieci di domani mattina.» Fissa prima Robertson poi me. «Cerchiamo di condurre il resto dell'udienza con meno rancore e isteria da entrambe le parti.»

Con uno svolazzo della toga esce a grandi passi lasciandoci a bocca aperta.

Alle tre del mattino Ellen, la mia intrepida ricercatrice si precipita in studio in compagnia di un ragazzo pallido di rara bruttura. È riuscita a fare un miracolo, a trovare il fatidico ago in un pagliaio, e mentre me lo presenta esulta. Stringo la mano al nuovo venuto. È fredda e umida.

Poi il ragazzo, un esperto di computer coperto di foruncoli e non ancora ventenne si siede alla mia scrivania, apre un minipersonal Toshiba T3100SX, collega il modem al mio telefono e comincia a battere sui tasti.

Dietro insistenza di Robertson (e con il nostro consenso, apparentemente dato a malincuore) Sanchez e Gomez vengono invitati al banco dei testimoni. A turno negano categoricamente di avere portato Rita in un ospedale, di averle fatto il lavaggio del cervello e di averla spinta in qualsiasi modo a modificare la sua storia nel seppur minimo particolare. Si attengono alla testimonianza precedente vantando i quarant'anni di servizio che tra tutti e due hanno accumulato nell'ufficio dello sceriffo della contea di Santa Fe nonché i numerosi encomi ricevuti.

Un confronto assurdamente impari: la testimonianza giurata di due poliziotti pluridecorati contro quella di una spergiura dichiarata.

«Louis Bonfiglio al banco dei testimoni.»

Il ragazzo si trascina lungo la navata, sale sul banco e languidamente alza una mano per giurare. È vestito come se fosse uscito dal set di un film di fantascienza: camicia di poliestere, un portapenne di plastica trasparente nella tasca piena di penne a sfera, pantaloni di gabardine tirati con la cintura fino a metà petto, sandali Birkensteck. Capelli corti mal tagliati, una carnagione pallida come la pancia di un pesce; questo ragazzo non vede mai il sole. Pesa almeno venticinque chili di troppo ed è il perfetto prototipo del genio dei computer.

Raccolgo una pila di stampati sparsi sul mio tavolo e mi avvicino al ragazzo. Ricambia il mio sorriso: la sua è l'espressione di un monello il cui più grande piacere nella vita sia prendere in giro le autorità.

Lo presento: è uno studente del St. John College di Santa Fe (la scuola che accoglie i geni che non possono permettersi Harvard o Princeton). È uno dei più brillanti studenti di matematica e fisica del college nonché presidente del "computer club". È conosciuto nel mondo dei sabotatori perché l'anno scorso si è inserito nel computer delle centrali nucleari che forniscono energia a gran parte del sudovest bloccandolo per parecchie ore. (È famoso non soltanto per quell'impresa ma anche perché non venne mai ufficialmente incriminato: le autorità non volevano essere travolte dalla pubblicità negativa e si limitarono a lasciarlo andare con una severa ramanzina e a tenerlo d'occhio come gufi.) Da allora ha rigato più o meno dritto. Fino a oggi.

«Hai recentemente procurato questi documenti per mio conto?» gli chiedo tendendogli gli stampati.

Gli dà un'occhiata frettolosa..

«Sì, l'ho fatto.»

Li tendo a Martinez perché possa esaminarli.

«Questi sono i dati originali ricavati dal computer del pronto soccorso del Saint Mary's Hospital di Santa Fe, Vostro Onore, e si riferiscono al giorno in cui Rita Gomez dichiara di esservi stata portata dai detective Sanchez e Gomez. Come può vedere il nome Rita Gomez è stato registrato.» Glielo indico col dito proprio nel centro della pagina.

Martinez sbarra gli occhi.

«Mi faccia vedere.»

Gli tendo i fogli e incomincia a leggerlo.

Robertson fa un mezzo giro su se stesso per guardare i due poliziotti seduti alle sue spalle. Distolgono gli occhi. Scatta in piedi. «Voglio vederli anch'io.»

«A tempo debito» dico.

Si risiede schiumante di rabbia. Martinez sta sfogliando le pagine e torna a quella che gli avevo indicato.

«Sono autentiche?»

«Assolutamente» lo assicuro. «Gli unici documenti effettivi sul ricovero in ospedale presentati in quest'aula.»

Martinez tende i fogli all'usciere.

«Li registri» ordina. E poi, come in seguito a un ripensamento, aggiunge, «E ne faccia avere una copia all'ufficio del procuratore distrettuale.»

Mary Lou si alza e ne porta un duplicato al loro tavolo. Robertson l'afferra e si getta a capofitto nella lettura.

«Come è entrato in possesso di questi documenti?» mi chiede Martinez.

«Me li ha procurati il signor Bonfiglio, Vostro Onore. Alle quattro di questa notte.»

Il giudice mi fissa; è perplesso e combattuto.

«Sono stati ottenuti illegalmente?» chiede con riluttanza come se si sentisse obbligato a domandarlo ma non volesse conoscere la risposta.

«In verità, Vostro Onore, la questione è controversa. Non si tratta di documenti pubblici, tuttavia il Saint Mary è un ospedale pubblico, e si potrebbe perciò sostenere che i loro registri sono registri pubblici. Se consultarli non viola il rapporto di segretezza tra dottore e paziente, e decisamente questo non mi sembra il caso.»

Robertson nel frattempo ha smesso di leggere e si avvicina a noi.

«Con il dovuto rispetto, Vostro Onore, io non ho mai visto prima questi documenti: non ho mai saputo della loro esistenza fino a questo momento ma mi sembra ovvio che essi siano stati ottenuti illegalmente e che quindi non dovrebbero essere accettati nel corpo delle prove né usati in altra sede.»

Martinez lo raggela con un'occhiata che potrebbe fermare perfino un rinoceronte lanciato alla carica.

«Questo non è un processo, come devo dirglielo? Stiamo cercando di scoprire cosa diavolo succede.» Si rivolge a me. «Ci spieghi come li ha ottenuti e perché non fanno parte dell'elenco ufficiale delle prove.»

«Lascerò al mio testimone il compito di spiegare, se non le dispiace.»

Martinez si rivolge al ragazzo.

«Spieghi.»

Bonfiglio sorride. È nel suo elemento: si divertirà.

«Certo giudice. Con piacere. Funziona così.»

Mi ritiro nell'ombra perché voglio che tutta l'attenzione dei presenti sia concentrata su di lui. E gli occhi di tutti, dei motociclisti, di Martinez, di Robertson, Moseby eccetera non lo mollano un minuto.

«Questa paziente arrivò all'ospedale. Presero tutti i suoi dati, gruppo sanguigno eccetera. Sono questi.» Indica una riga sullo stampato. «Ogni paziente che entra in un ospedale viene registrato. Devono essere registrati nell'archivio nel caso che qualche avvocato senza scrupoli più tardi cerchi di piantargli una grana.» Mi sorride con malizia. Faccia pure: sarà anche un pivello strafottente e uno stronzo ma è uno stronzo che sta dalla mia parte.

«Poi la curarono. Secondo quanto c'è scritto qui» legge, «seguirono questa procedura: biopsia del tessuto uterino, terapia coagulante, sutura eccetera.»

«Procedura medica standard nel trattamento di emorragia causato da stupro» interviene Mary Lou alzandosi. «Possiamo convocare un ginecologo per confermarlo, se necessario.»

«Le credo sulla parola» risponde Martinez. Si rivolge al ragazzo. «Continui» gli dice con impazienza.

«Okay. Dopo la medicarono impiegando, vediamo... ecco, cinque ore» indica, «questa è l'ora di ammissione e questa è l'ora in cui venne dimessa.»

«Ho capito» lo interrompe Martinez. «Continui con i registri.»

«Okay, okay. Ora...» si ferma e ridacchia. «Qui viene la parte buffa...»

Indica un asterisco alla fine del foglio.

«Poi scompare.»

«Cosa vuol dire "scompare"?» chiede Martinez.

«Hanno cancellato i suoi dati. Come se non fosse mai stata lì dentro.»

«Si può fare una cosa simile?» chiede Martinez.

«Si fa continuamente.»

Getto un'occhiata a Robertson che fissa il ragazzo a bocca aperta con un'espressione di assoluta incredulità.

«Davvero?» dice Martinez.

Il ragazzo lo guarda con disapprovazione.

«Giudice... non ha mai sentito parlare di sabotaggio col computer?»

«Sì.»

«Be', si tratta di questo. Solo che loro l'hanno fatto all'interno invece di agire dall'esterno come ho fatto io. Il risultato è lo stesso. Adesso c'è e dopo qualche secondo non c'è più.»

«Capisco... mi pare» dice Martinez sillabando lentamente le parole.

«No. Non esattamente» risponde il ragazzo. «Ma va bene lo stesso. La sola cosa che lei deve capire è che qualcuno ha cancellato i dati archiviati. Rita Gomez? C'era e un istante dopo non c'era più.»

Martinez guarda Bonfiglio come se si trattasse dell'esponente di una specie mai comparsa sul pianeta.

«D'accordo. Ma se fu cancellata dall'archivio come mai è ricomparsa in seguito?»

Mary Lou e io ci scambiamo un sorriso. Questa mattina quando il sole cominciava a sorgere abbiamo fatto la stessa domanda.

«Hanno fatto casino» spiega il ragazzo.

«In che modo?» chiede Martinez.

«L'hanno cancellato dal computer ma hanno dimenticato il sistema di supporto.» Sorride trionfante. «Probabilmente perché, chiunque l'abbia fatto, qualche infermiera o qualche altro tirapiedi, non sapeva nemmeno che esistesse. Invece c'era.»

Martinez congiunge le mani nervosamente.

«È una pratica comune?» chiede.

«Avere un sistema di supporto o cancellare i dati sull'archivio?»

«Entrambe le cose?

Il ragazzo annuisce.

«Cancellare archivi ufficiali è normale?»

«La Cia lo fa tutti i giorni» lo informa Bonfiglio. «Un paio di milioni di volte all'anno. È la maniera moderna di riscrivere la storia, giudice.»

Martinez annuisce ottusamente. Non appartiene all'epoca moderna come questo pivello.

«E per quanto riguarda i sistemi di supporto?» gli chiede.

«Sono normali nelle istituzioni. La polizia, l'Fbi, l'esercito... e gli ospedali. Perdere le informazioni è troppo facile e quindi serve un sistema a prova di errore come quello del dottor Stranamore.»

«Chi?»

«Non fa niente. Era una battuta. È chiaro che lei non è un fan di Kubrick, giudice.»

Martinez a questo punto fa la sua domanda da sessantaquattromila dollari.

«Suppongo che questi sistemi non siano a disposizione del pubblico, vero?»

«Nossignore. Assolutamente no.»

«Come ha ottenuto la possibilità di accedervi?»

Il ragazzo ringalluzzisce come José Conseco dopo aver fatto un fuori campo.

«Il computer in cui io non riesca a entrare non è stato ancora costruito, giudice. Non se ci lavoro abbastanza duramente e sufficientemente a lungo.»

«E quanto tempo le ci è voluto per entrare in questo?» chiede Martinez.

«Trenta secondi» risponde il ragazzo.

«Trenta secondi? Lei dev'essere un genio dei computer» esclama pieno di ammirazione. La cosa mi sembra piuttosto interessante tenendo conto del fatto che il ragazzo ha appena ammesso di avere infranto la legge.

«È vero.» Bonfiglio fa una pausa. «Ovviamente conoscevo già la parola d'ordine perché l'anno scorso ho dovuto entrare proprio in quel computer per aiutare un paio di amici con certe prescrizioni di sostanze farmaceutiche.»

Se mi capitasse mai il bisogno di droghe non avrei che da chiedergli di registrare una prescrizione a mio nome come ha fatto per i suoi amici. Deve guadagnare mica male.

Martinez decide di lasciar correre.

«Dunque lei trovò l'accesso a questo sistema...»

«Che contiene dati che non compaiono sull'altro, sì, ha capito» finisce per lui il ragazzo. «Ecco lì la piccola Rita Gomez, chiara come il sole. Il computer non mente, giudice. Mentono quelli che hanno manomesso i dati.»

«È semplice. La polizia non poteva correre il rischio di registrare ufficialmente la presenza di Rita Gomez nell'ospedale perché qualcuno avrebbe potuto interrogarla prima che le inculcassero la storia da raccontare.»

È l'indomani mattina. Sono davanti al giudice Martinez. Niente è mutato da ieri eccezion fatta per l'assenza di Sanchez e Gomez. Scommetto mille a uno che non li rivedremo più qui dentro se non in veste di imputati.

«Si tratta soltanto di congetture» dice Robertson. È tetro: la sua obiezione suona debole.

«Lo scopriremo presto» replica Martinez. E a me: «Continui pure, Will».

Qualche familiarità dal giudice. Forse siamo sulla giusta strada.

«Questo è quello che io penso, Vostro Onore. Se a quell'epoca avesse rilasciato pubblicamente una dichiarazione, cos'avrebbe detto? Oggi dice di essere stata costretta a testimoniare il falso e quest'informazione riguardante l'ospedale a mio parere ci conferma che ora sta dicendo la verità e che al processo ha mentito perchè terrorizzata. Se hanno fatto davvero quanto lei sostiene, fin dove si sarebbero potuti spingere?»

Martinez annuisce. Si rivolge a Robertson.

«Ha qualcosa da aggiungere a questo proposito?»

«Ciò non prova che i miei uomini abbiano mentito» dice annaspando disperatamente in cerca di un appiglio. «Ma ci indica soltanto che i registri furono manomessi. Qualcuno potrebbe aver addirittura inserito i dati in un secondo tempo per discreditarci.»

«Si aspetta davvero che le creda?» chiede Martinez sbalordito.

«Sto solo dicendo che è una possibilità» insiste Robertson ostinatamente. «Se questo sabotatore presentato ieri dalla difesa ha potuto entrare in un file confidenziale con tanta facilità e aggiungere dati come dice di avere fatto, lui o qualcun altro con la sua esperienza potrebbe avervi inserito anche le informazioni che riguardano Rita Gomez.»

«Sì» dice Martinez, «ma non penso che sia andata così.» Fa una pausa. «E credo che non lo pensi nemmeno lei.»

Robertson non risponde. Si accascia sulla sedia, guarda Moseby e poi fissa il muro disgustato. Comincia a dubitare dei suoi uomini. L'espressione sul suo volto parla chiaro.

Ciò non significa che si sia convinto dell'innocenza dei miei clienti. In mancanza di Gesù Cristo in persona tornato appositamente sulla terra a proclamarla, John Robertson arriverà alla tomba convinto che siano colpevoli della morte di Richard Bartless, non tanto perché ha prove concrete della loro colpevolezza ma per via di *ciò che sono*. E nessuna testimonianza presentata da me potrà mai fargli cambiare idea perché ormai si è affezionato troppo alla sua.

Il dottor Grade si siede pesantemente al banco dei testimoni con un atteggiamento austero; con molta fatica cerca di mantenere l'abituale aria di condiscendente superiorità. Ma è un atteggiamento che non paga più e il buon dottore lo sa. Il vento sta cambiando in tribunale e la terra sotto i suoi piedi è meno sicura di due anni fa. La sua opinione insolita e anche un po' azzardata si era adattata perfettamente alla testimonianza di Rita, la autenticava e ne era autenticata, ma adesso che il suo sostegno non c'è più il buon dottore dovrà riuscire a farla stare in piedi da sola. Deve essere un'esperienza spiacevole anche per un uomo con un ego grande come una casa.

Ancora una volta gli vengono mostrate le fotografie. Ancora una volta dà l'impressione di studiarle attentamente. Credo che ormai le conosca a memoria.

«Si tratta delle stesse fotografie del processo?» si accerta.

«Le stesse.»

«Bene.»

Ce ne sono altre copie. Martinez ci segue sulla sua; lo stesso fanno Robertson, Mary Lou e gli imputati. Con la punta di una penna a sfera tocco alcune ferite sulla copia di Grade.

«Ferita da arma da taglio» dico.

«Sì.»

«Qui... qui... qui...» Mostro dove sto indicando anche al giudice e al tavolo del procuratore distrettuale. Passo da un punto all'altro sulle foto in bianco e nero e gli altri mi seguono sulle loro copie.

«Sì.»

«Pugnalate provocate da coltelli arroventati fino al punto di cauterizzare.»

«Testimoniai già in questo senso, avvocato.»

«E apprese per la prima volta questa teoria in un giornale medico di cui sfortunatamente ancor oggi non è in grado di ricordare il nome.»

«Sfortunatamente è la parola giusta»

Gli affido le fotografie e mi dirigo verso il mio tavolo dove Mary Lou estrae da una grossa busta arancione una pubblicazione. La prendo e torno dal dottor Grade."Modern Abnormal Pathology", marzo 1983.«Potrebbe essere questa ?» chiedo.

Grade la apre, ne scorre il sommario e va all'articolo in questione.

«Sì, è questo.» Si rivolge al giudice Martinez con espressione arrogante. «A questo punto non ci possono più essere dubbi sulla veridicità delle mie dichiarazioni, Vostro Onore». Poi, rivolgendosi a me : «Né sulla mia integrità». Sorride un'altra volta. «Sono lieto che infine qualcuno l'abbia trovata. Dove, se posso chiederlo?»

«In una biblioteca» rispondo in tono indifferente.

L'ha trovato Ellen, la mia intrepida ricercatrice. Non ha mai smesso di cercare questa dannata pubblicazione dai tempi del processo. Ha sudato sangue per scovarla perché è un periodico sconosciuto. Che Grade l'avesse letto era una possibilità su mille soprattutto perché la rivista ha chiuso pochi numeri dopo la pubblicazione di questo articolo e non ha mai avuto diffusione nei circuiti medici. Ellen l'ha trovata qualche giorno fa nella biblioteca della Facoltà di Medicina dell'Università dell'Idaho.

Il giudice Martinez non parla. È perplesso. Non riesce a capire perché io sembri felice di aver scovato una prova che mi danneggia, e peggio ancora, l'abbia introdotta come prova, cosa che non ero assolutamente obbligato a fare. Sono sicuro che si aspettasse da parte nostra un tentativo di incastrare Grade, sostenendo magari che l'articolo non fosse mai esistito se non come elemento della trappola in cui si erano voluti far cadere i miei clienti. A questo punto ho legittimizzato la storia di Grade e apparentemente danneggiato la nostra posizione.

Robertson mi fissa con una incredulità quasi euforica; ma ti sei scavato la fossa, cretino? sembra dire, mi hai perfino risparmiato la fatica.

Martinez chiede un aggiornamento per poter leggere l'articolo.

«Anche noi vorremmo esaminarlo, Vostro Onore» dice Robertson.

«Fategliene una copia» ordina Martinez all'usciere. «Fatene tante... ci serviranno.» Ci guarda. «Se nessuno ha altro da aggiungere, la seduta è aggiornata per un'ora.»

Parlo prima che il martello si abbassi.

«Avrei ancora una domanda da rivolgere al dottor Grade, Vostro Onore.»

Seccamente: «Proceda».

«A quanto le è dato di sapere, dottor Grade, sono stati pubblicati altri articoli in merito alla teoria dei "coltelli roventi"?»

«No, che io sappia» risponde.

«Lei si tiene aggiornato in quest'ambito... nell'ambito degli sviluppi della patologia legale?»

«Sono aggiornato quanto qualsiasi altro coroner del paese» ribatte Grade con voce di ghiaccio. «Qualsiasi coroner o patologo di fama potrà confermarglielo.»

«Questo mi farà sicuramente dormire meglio stanotte» replico con altrettanto disprezzo mentre mi allontano. Grade è un borioso imbecille.

Mary Lou e io restiamo con i motociclisti nell'aula vuota mentre aspettiamo che gli altri arrivino alla fine della lettura dell'articolo.

«Devono pensare che siamo diventati matti» osserva Mary Lou.

«Se frequentate dei fuori di testa come noi dovete esserlo per forza» dice Roach. «Comunque... vi vogliamo bene lo stesso.»

«È sicuro di voler introdurre questa prova, avvocato?» chiede Martinez dopo avermi convocato insieme a Mary Lou nel suo ufficio privato.

«Sì, Vostro Onore» rispondo.

«Ma danneggia la vostra tesi. Tesi, vorrei dire, convincente, fino a questo momento.» Sembra sofferente, come se gli avessimo tirato un colpo basso. «Potete sempre ritirarla» aggiunge. «Qui non siamo al processo.»

«Vogliamo che stia dov'è. Vogliamo tutte le carte sul tavolo» risponde con forza Mary Lou.

Martinez sospira pesantemente. «È la vostra udienza. Mi auguro che sappiate quello che state facendo. Mi auguro che i vostri clienti lo sappiano.»

Frank Sugarman, M.D., Ph.D. coroner della città di St.Louis, celebre autore e conferenziere sulle cause e gli effetti dei casi di morte violenta, percorre con passo dinoccolato la navata e prende posto. Il suo "lo giuro" in risposta alla richiesta dell'usciere echeggia nell'aula immobile.

Sugarman è un uomo robusto di una cinquantina d'anni, alto, con l'aria aggressiva, una specie di Jerry Spence della medicina in termini di notorietà nelle aule dei tribunali, uno dei più eminenti patologi legali del paese. Testimonia spesso come esperto in importanti casi di omicidio e le sue opinioni sono prese molto sul serio. È decisamente un pezzo da novanta.

È arrivato in volo la notte scorsa. Mary Lou, Ellen e io abbiamo trascorso parecchie ore rivedendo la trascrizione originale del processo, soprattutto la testimonianza di Grade, riguardando le fotografie del corpo e analizzando quasi parola per parola l'articolo che più tardi avrei introdotto in aula. Sugarman passava continuamente dall'ilarità alla rabbia.

«Conosco Milt Grade» ci aveva detto. «La sua reputazione è okay benché a mio parere ormai sorpassata. Ma questo è terribile.» Si riferiva alle conclusioni tirate da Grade. «È l'incubo di tutti i coroner.

Una cosa simile scredita tutta la categoria facendola sembrare una banda di stregoni.»

Ripenso ad Hardiman, al suo ardimento nel guarire la gente ricorrendo all'impiego di serpenti e fede ma tengo la bocca chiusa. Non è il momento di stare a discutere la contrapposizione tra religione e scienza.

«Quindi lei non ha alcuno scrupolo a refutare la tesi del dottor Grade?»

«Assolutamente nessuno.»

Metto il pacchetto di foto con il corpo mutilato di Richard Bartless davanti a Sugarman. Le guarda a una a una, le studia con attenzione e poi me le restituisce.

«Queste ferite, dottor Sugarman» dico indicandone alcune su fotografie diverse, «come le definirebbe?»

«Ferite da arma da taglio inferte da un coltello da caccia o da cucina. Può vedere le tracce della seghettatura in parecchi casi» dice indicandomene diverse.

Guardo ma non vedo nessuna differenza. Martinez mi fa cenno di dargli le fotografie e le scruta con attenzione.

«Non vedo, dottore.»

«Per un profano non è facile. Se mi si procura una lente d'ingrandimento potrò mostrargliele.»

Aspettiamo che l'usciere torni con la lente d'ingrandimento. La tende a Sugarman che si alza per essere allo stesso livello di Martinez.

«Questa» dice indicando con un fiammifero di legno che ha estratto dalla tasca e che usa per accendere i suoi Macanudos. «E questa, questa, e questa.»

Martinez si concentra sulle foto.

«Sì» dice. «Adesso le vedo. Ma cosa significano?»

«Un paio di cose. Innanzitutto che tutte le ferite sono state inflitte dallo stesso coltello. I segni della seghettatura sono identici al punto da consentirci di dirlo con assoluta certezza.»

«Ho capito» dice Martinez.

Io non sto guardando le foto, le ho già viste ieri sera con Sugarman. Robertson invece si sporge dalla sedia come un segugio in attesa del suo turno di dare un'occhiata.

E il rumore di una porta che si apre sul fondo cattura la mia attenzione. È entrato Grade che prende posto in silenzio nell'ultima fila di panche. Quando mi vede guardare nella sua direzione, distoglie gli occhi.

Torno a dedicarmi a Sugarman.
«C'è altro, dottor Sugarman?» chiedo.
«Non furono inferte mentre la vittima era viva» risponde.
Guardo un'altra volta Grade che è pallido come un cencio.
«La vittima non era viva» ripeto.
«No.»
«Perché non sanguina?» dico.
«Sì, anche. Ma non è questa la ragione più importante.»
«E qual è?»
«Tutte le ferite sono identiche» risponde. «Hanno le stesse dimensioni e la stessa forma.»
«Ma ciò non è dovuto al fatto che venne usato un solo coltello?»
Scuote la testa un po' spazientito.
«La ragione per cui le ferite hanno tutte quante la stessa dimensione e la stessa forma dipende dal fatto che la vittima era morta. I cadaveri non si muovono.»
«Ma cosa mi dice della teoria dei "coltelli roventi"del dottor Grade, secondo la quale le ferite vennero cauterizzate?»
«Impossibile.»
«Perché?»
«Lei è vivo» spiega Sugarman, «e qualcuno cerca d'infilzarla con un coltello arroventato. Non importa quante persone la tengono fermo, lotterà come un pesce che cerca di liberarsi dell'amo. Si squarcerà la pelle dove entra la lama e perciò le ferite saranno lacerate e slabbrate soprattutto dove c'è la seghettatura. E reagirà così a ogni pugnalata fino a quando sarà troppo debole per combattere. Nessuna di queste ferite era mortale, il coltello non ha reciso l'aorta né la carotide.
«Non furono le pugnalate a ucciderlo» dichiara con fermezza, «bensì un proiettile nel cervello. Le ferite da taglio vennero inferte soltanto in seguito alla morte della vittima. Hanno tutte le medesime dimensioni, ovviamente.»
Martinez è ipnotizzato dalle dichiarazioni di Sugarman mentre Robertson esamina freneticamente le fotografie.
Arrivo fino al mio tavolo, prendo una copia dell'articolo che ha messo Grade sulla strada della teoria dei "coltelli roventi". La do al dottor Sugarman.
«Dottore, lei ha mai letto questo articolo?» chiedo.
«Me l'ha mostrato ieri sera.»
«E prima di ieri sera?»
«Sì.»
«Ricorda quando?»

«Quando fu pubblicato. Subito dopo che assunsi il mio attuale incarico.»

«Quale fu la sua reazione?»

«Quando smisi di ridere? Pensai che fosse la più irresponsabile panzanata nella quale mi fossi mai imbattuto durante tutta la carriera. È una tesi pericolosa.»

«Non gli attribuì alcuna credibilità?»

«Certo che no. Ovviamente era stato scritto da un picchiatello e non aveva alcun sostegno nella scienza medica »

«E quale fu la reazione nell'ambiente della patologia?»

«Come le ho appena detto. Tutti lo considerarono alla stregua di una favola raccontata da un idiota.»

«Qualcuno del campo, qualcuno di importante fece forse qualcosa per confutare l'articolo?»

«Sì. Io.»

«E cosa fece?»

«Condussi una serie di esperimenti che dimostrarono al di là d'ogni ombra di dubbio non solo a me ma a molti colleghi che la teoria era priva di fondamento. Una storia impossibile.»

«E pubblicò le sue scoperte?»

«Sì, furono pubblicate.»

Vado a prendere un giornale medico dal mio tavolo e glielo porto.

«È questo il suo articolo?» chiedo.

«Sì.»

«Vorrei presentarlo alla corte, Vostro Onore. L'articolo è pubblicato sul numero di novembre del 1983 dell' "American Journal of Pathology".

Lo porgo a Robertson che ne legge il titolo.

«Se non sbaglio questa rivista è considerata una delle pietre miliari nel settore.»

«Infatti» ribatte Sugarman.

«Non vi verrebbe mai pubblicato un articolo che non si basasse su fatti reali e corretti.»

«Certo non pubblicherebbero mai un articolo così sciatto» ribatte brandendo il pezzo sui "coltelli roventi".

«Dottore, come definirebbe la teoria dei "coltelli roventi"?»

«Se fossimo io e lei e un altro paio d'amici intorno a un fuoco a raccontare fandonie la definirei una grossa cazzata; senza offesa, Vostro Onore» dice a Martinez con un sorriso. «In termini scientifici equivale più o meno a sostenere che la terra è piatta. Pura ignoranza. In tutto il paese non c'è un solo patologo stimabile che potrebbe sognarsi di sottoscriverla.» Prende fiato. «Mi spiace dire questo a proposito di un collega e soprattutto di un collega con la reputazione di Milt Grade, ma quando seppi della sua testimonianza ne rimasi scioccato.»

«Anche perché vi era stato il suo articolo» dico.

«Suppongo che il dottor Grade non l'abbia letto» dice. «Per quanto la cosa mi sorprenda perché non c'è nessuno nel nostro campo che non legga quel giornale.»

«Probabilmente ha perso quel numero.»

«Peccato davvero se è andata così» ribatte Sugarman. «Perché se l'avesse letto non avrebbe mai fatto riferimento a quella teoria assurda.»

Robertson si nasconde la testa tra le mani.

Guardo in fondo all'aula. Grade non c'è più e i massicci battenti di quercia della porta stanno ondeggiando ancora lentamente chiudendosi sulla sua scia.

«Chiediamo che il verdetto del processo originale venga annullato Vostro Onore, perché si sono verificati casi di manomissione delle prove, coercizione sui testimoni eccetera, e che tutte le imputazioni contro i nostri clienti vengano fatte decadere.»

Robertson si oppone. È un mastino, non cederà mai.

«Vi darò la risposta domattina» dice Martinez. È a pezzi; la testimonianza appena udita l'ha messo k.o. Ha presieduto un processo fasullo. Raggela Robertson con un'occhiata mentre esce.

«Spero di essere stato d'aiuto» dice Sugarman.

«Fondamentale» lo rassicuro.

«Grade.» Scuote la testa disgustato. «Dovrebbero mettere quel disgraziato in naftalina.»

Io e Mary Lou raccogliamo le nostre carte e usciamo diretti allo studio. Ci aspettano ancora molte ore di lavoro e quando arriviamo a casa nessuno dei due chiude occhio.

Siamo nell'ufficio del giudice Martinez. Robertson si tiene un po' in disparte, dritto come un fuso.

Martinez si rivolge a me. «Ho le mani legate, Will. Non posso respingere tutto subito pur volendolo. Rita Gomez dice di avere mentito e probabilmente è vero, ma si tratta pur sempre di una dichiarazione contro l'altra e come lei sa, tenendo conto delle circostanze viene considerata prova soggettiva e non causa legale per annullare il verdetto, certamente non senza un nuovo processo. Lo stesso vale per la testimonianza del dottor Sugarman, benché abbia creduto a ogni sua parola.»

«E la falsificazione dei registri dell'ospedale?»

«Questo è un discorso diverso.» Si rivolge a Robertson. «E mi auguro che le autorità indaghino con attenzione.»

«Stiamo esaminando i fatti, Vostro Onore» risponde Robertson.

«Non indugiate troppo» ribatte Martinez prima di rivolgersi a me con un'espressione di sincera sofferenza.

«Mi dispiace. Ho le mani legate» ripete. «A meno che il pubblico ministero non voglia prendere in considerazione la possibilità di lasciar cadere le imputazioni» dice esplicitamente.

«No, non vogliamo Vostro Onore.» L'uomo tutto d'un pezzo.

Martinez ci sta provando, devo ammetterlo. Meglio una conversione tardiva che niente del tutto.

Guarda il nostro elenco dei testimoni.

«Vedo che c'è un altro nome soltanto sulla vostra lista... Scott Ray...»

«Sì, Vostro Onore.»

«La sua testimonianza toccherà qualche punto fondamentale del caso? Perché altrimenti ritengo di avere in mio possesso dati sufficienti per prendere una decisione.»

«Credo che troverà la sua testimonianza illuminante, Vostro Onore.»

«Allora benissimo. Sentiamo.»

«Si chiami Scott Ray.»

E si avvicina il mio giovane gigolò convertito con un vestito appena comprato in un grande magazzino Sears.

Robertson lo guarda. Non sa chi sia Scott Ray ma non perderà il suo tempo cercando di scoprirlo.

Lasciamolo fare. Quando lo saprà sarà tutto finito, in un modo o nell'altro.

Scott Ray giura solennemente di dire la verità. Che Dio l'aiuti.

Mi avvicino.

«Signor Ray, potrebbe dire a questa corte dove si trovava e cosa stava facendo la notte in cui Richard Bartless venne ucciso?»

Un paio di giorni prima dell'omicidio, forse tre. Arrivava dal sud, dall'ovest texano, entrando nel New Mexico a Clobis dove Buddy Holly and the Crickets hanno registrato That'll be the Day e Peggy Sue nello studio di Norman Petty. Buddy Holly, era uno stramaledetto genio, nessun dubbio. Fare un giro, guardare il posto come si visita un tempio, pensare se non l'avesse fatto il vecchio Buddy l'avrebbe fatto lui. Così va la mia buona sorte, arriva sempre troppo tardi nel posto sbagliato.

L'idea era di arrivare fin su a Denver e trovare un lavoro e smettere di esagerare col sesso e lo spaccio, stronzate che prima o poi ti portano alla tomba se ogni tanto non ci dai un taglio. Ma la macchina non andava, non andava quando l'aveva comprata e non era mai andata: quel brutto stronzo del venditore l'aveva visto arrivare e gli aveva mollato il limone più spremuto. Questo è quello che succede quando ti fidi della natura umana, ti fottono sempre. A singhiozzi era riuscito ad arrivare fino alla periferia di Santa Fe, poi il motore si era fermato e non aveva più voluto saperne di ripartire, e l'aveva lasciata lì in pasto agli avvoltoi. Nessuno gli aveva dato un passaggio ed era stato costretto a camminare sei chilometri nella polvere sotto il sole cocente.

Seguendo il suo fiuto aveva trovato un bar gay di classe e si era messo al lavoro nel gabinetto. Per l'ora di chiusura aveva convinto una mezza dozzina di tristi finocchi a fargli un pompino dietro la porta del cesso a quindici dollari al colpo (riusciva sempre a farselo venire duro, quante volte veniva non aveva importanza, era una cosa normale per lui, era nato così e in casi come quello poteva tornare utile). Poi, per concludere la serata aveva seguito l'ultimo dei suoi clienti, un ubriacone di mezza età, fino al parcheggio dove l'aveva stordito e ripulito. Un gioco da bambini, e lo stronzo non avrebbe mai saputo chi l'aveva colpito. Se ne era venuto via con quasi trecento dollari in contanti e un mucchio di carte di credito che usò per affittare una macchina (l'abbandonerà al momento di battersela), per cercarsi una stanza decorosa, comprarsi un guardaroba nuovo e ritirare un migliaio di dollari dai distributori automatici. Poi le buttò nella pattumiera prima che scottassero troppo: il coglione aveva il codice segreto dentro il portafoglio accanto alla patente. L'unico modo per sfruttare le carte di credito è di non diventare avidi ma di usarle e buttarle in fretta prima che vengano denunciate.

Pieno di soldi, con una macchina decente e i vestiti nuovi l'indomani sera è al Dew Drop Inn in cerca di donne. Non è gay, neanche per sogno, si fa succhiare ma il resto lui non lo farebbe mai, se chiudi gli occhi potrebbe anche essere una ragazza, è come una puttana, è un lavoro. E lì arriva Richard e immediatamente si dicono: «Ehi amico, divertiamoci insieme» perché è ovvio che loro due erano diversi dalla clientela abituale di quel posto, avevano della classe lui e Richard, era evidente dall'inizio. Lui aveva i soldi, e quando ce li hai li spendi, era il suo motto, e così tirarono su un paio di troie e una bottiglia di buona tequila. Si procurarono un'oncia di erba di prima scelta (Richard aveva dei buoni contatti da quelle parti) e sulla sua macchina a noleggio, una Mustang 5.0 convertibile tutta nera, arrivarono a un motel pulcioso dove viveva Richard.

Lui e la sua troia si erano scopati via la notte; un po' di sadomaso, un po' di pioggia d'oro, le solite cose. Richard non era andato altrettanto bene e la sua puttana l'indomani mattina aveva detto all'amica che non aveva combinato niente: troppo ubriaco, troppo fuori. Ma Scott aveva capito il problema: Richard era un finocchio perso, un occhio esperto lo capiva subito. A lui personalmente non gliene fregava niente: il sesso è sesso, che differenza fa? Fai pure quello che ti funziona di più. Personalmente lui era un eclettico e si considerava fortunato.

Allora che cosa gliene fregava se Richard era gay? Scott era pronto a tutto fin quando non si trattava di fare la femmina. Tracciava lì la sua linea di confine, poteva darlo ma non prenderselo, poteva lasciare che i finocchi lo spompinassero ma lui non l'avrebbe mai fatto a loro e niente fist fucking, niente stronzate del genere. Era, è e sarà sempre uno a posto, lui, un uomo. E voleva che tutti lo sapessero. Le pupe con cui se la spassava non ne avevano dubbi, era uno scopatore di prima qualità, supremo, lo dicevano tutte.

Okay, forse in prigione aveva fatto un po' la checca quelle due volte che c'era stato, ma quella è galera e lotti per la vita; a volte è l'unico modo di cavarsela, diventare il protetto di qualche stramaledetto caporione per poter restare vivo e ottenere qualche favore. Ma lo sanno tutti che il carcere è diverso, che lì le regole della vita normale sono sospese. Un sacco di tizi a posto devono fare la Barbie in prigione, così vanno le cose, pure e semplici. Niente a che vedere col fatto di essere un uomo nel mondo libero. Un cazzo a che vedere.

L'indomani sera si era fiondato ancora al Dew Drop Inn perché era il posto giusto dove stare, pieno di pupe pronte a farsi sbattere in cerca di un vero uomo come lui. Richard era lì e gli si era attaccato subito alle costole il che era okay perché Scott sapeva che prima o poi avrebbe voluto dell'altra roba e Richard poteva metterlo in contatto con le persone giuste. Allora Richard lo presenta a questo rottame di cassiera che lavorava nel motel e si chiamava Rita e insieme avevano fatto l'autostop perché la macchina di Richard non funzionava. Scott l'aveva vista anche la sera prima. Gli si era offerta, anzi, praticamente gli si era buttata addosso. Scott le aveva detto grazie, un'altra volta, aveva delle ambizioni più grandi, non aveva bisogno di una reginetta di bellezza o di qualcosa del genere per farsi venire voglia, ma quella tipa era proprio rovinata, anche un cieco si sarebbe accorto che in quanto a storie di letto e di uomini era già andata all'inferno e ritorno, poteva avere tutte le malattie conosciute più qualcuna non ancora scoperta.

Invece a Richard sembrava piacere: forse riusciva a farlo andare su di giri, la gente è strana su quello che li eccita. Vivi e lascia vivere era il suo det-

to, qualsiasi cosa ti ecciti va bene. Divertiti e al diavolo il resto era un altro dei suoi motti.

Quella sera era un fiasco. Le donne non ci stavano. Ce n'erano abbastanza e anche mica male ma o erano accompagnate o gli rispondevano picche. Le uniche che si dimostravano disponibili erano al di sotto dei suoi standard, merce danneggiata. Era ovvio che stare con Richard e la sua camerierina sarebbe stato uno sbaglio, la ragazza non aveva assolutamente classe e per associazione il suo squallore passava a lui. Se voleva trovarsi una figa per la notte doveva scaricare Richard e Rita e cercare un altro bar.

Prima però voleva stonarsi, perciò lui e Richard escono a farsi una canna. Richard aveva tanta buona erba, il che controbilanciava quasi tutti i suoi lati negativi. Rita li seguì. Lei era già ubriaca, non si accorgeva nemmeno dell'esistenza di Scott, e a lui andava benissimo.

Faceva caldo e la maglietta di Rita le si era incollata alle tette, si vedeva praticamente tutto come in una gara di magliette bagnate. Scott doveva ammettere che le tette non erano per niente male ma il resto della confezione era troppo rovinato. Nessun mistero da scoprire.

Si erano fumati una canna di erba come si deve e cominciavano a sentirsi languidi. La notte era ancora giovane e non era pronto ad andarsene a letto senza nessuno con cui giocare eccetto la mano, Mary dalle cinque dita. E così è pronto per tagliare la corda quando sente arrivare le motociclette. Erano Harley, confondere il suono del loro motore è impossibile.

Entrano nel posteggio sollevando la ghiaia e le parcheggiano allineandole simmetricamente. Quattro moto magnifiche. Doveva essere mica male guidarne una. Ma non in quel momento. Scott non aveva nessuna intenzione di avvicinarsi a dare un'occhiata, conosceva la musica: non pianti grane a dei tipi simili, giri al largo. Ne aveva conosciuto qualcuno spacciando, se hai un po' di sale in zucca te ne tieni lontano.

Aveva già detto a Richard che mollava la compagnia così si dirige verso la macchina e mentre apre la portiera sente che Richard sta parlando con i quattro motociclisti. Scott è in piedi al buio e quindi può guardare Richard che parla, sembra che abbiano una breve conversazione. Ma non riusciva a sentire le loro parole. Però uno di loro alza la voce in risposta a qualche menata di Richard e all'improvviso un altro gli dà un manrovescio sulla bocca, di quelli duri; suona come un colpo di pistola. Anche un altro lo colpisce coi pugni e Richard cade a terra e loro ridono e lo scherniscono e Richard cerca di allontanarsi strisciando. Dopo si alza e comincia a correre, la prima cosa intelligente che abbia fatto in tutta la serata.

Poi vanno tutti dentro il bar (Rita era già entrata quando è cominciata la discussione). Scott accende il motore e si dirige verso l'autostrada. A cinquanta metri dall'ingresso trova Richard che si trascina come se avesse le costole rotte e per gentilezza nei confronti di quel povero scemo frena e gli dice di salire, lo lascerà al motel mentre va nel prossimo locale.

Scott chiede a Richard qual era l'argomento del contrasto con i quattro motociclisti.

«Droga» risponde Richard.

«Come» scherza Scott, «volevi che te ne dessero un po'?»

«Cazzo no, volevo vendergliene io. Ho cinque chili di Michoaçan appena raccolta nascosta in montagna, da dove pensi venisse quell'erba fantastica che ti sei fumato? E ho bisogno di soldi subito per riparare la macchina e pagare un mucchio di conti.C'è da guadagnarci a vendere roba simile.»

Immediatamente nella testa di Scott si accende una lampadina. Cinque chili di erba messicana di prima qualità... potrebbe piazzarla a Denver per quindici, diciottomila.

«Quanto vuoi?»

«Vendo tutto per duemilacinquecento» risponde Richard.

Scott non perde un secondo.

«Affare fatto.»

Richard lo guarda.

«Hai tutti questi soldi?»

«Questi e altri.»

«Fammeli vedere.»

Senza esitazioni Scott tira fuori il suo rotolo dalla tasca. Richard guarda e sorride.

«Concludiamo.»

Scott ha la gola secca e chiede un bicchiere d'acqua. Mi avvicino al mio tavolo e mi protendo verso l'imputato.

«Ricordate niente?»

Lone Wolf si stringe nelle spalle.

«Ricordo vagamente un coglione che ha detto qualcosa di stupido nel parcheggio. Può essere andata benissimo come dice lui. Comunque quando siamo entrati nel bar nessuno era morto.»

«E lui?» chiedo indicando Scott.

«Mai visto in vita mia.»

Gli altri annuiscono; per tutti loro è un perfetto sconosciuto.

Torno da Scott Ray.

«La prego di continuare.»

Prima si fermano al motel perché Richard doveva prendere qualcosa nella sua stanza. Scott aspetta nell'auto, Richard torna in un battibaleno con un coltello perché Scott potesse tagliarne un pezzetto per provarla, un sacchetto di carta dove mettere i soldi, e si dirigono verso le montagne dov'era na-

scosta l'erba. Richard era a suo agio e cantava insieme alla radio. Anche Scott si sentiva bene; dopo tutto stava per tosare a quel povero agnello tutta la sua lana. Duemilacinqeucento per cinque chili. Il profitto che ne avrebbe ricavato gli sarebbe bastato per mesi. Richard aveva della buona erba, su questo non ci pioveva, ma nessuna capacità per gli affari.

Peccato per lui.

Erano diretti a nordest. Lassù non è male. La strada serpeggiava in curve e tornanti, di tanto in tanto si riusciva a vedere l'intera città e la vallata più sotto con le luci che scintillavano a intermittenza come le decorazioni natalizie rifrangendosi l'un l'altra. Era tranquillo e bello e Scott si sentiva felice. Tre giorni prima era entrato zoppicando in città con le scarpe coperte di polvere e adesso stava per andarsene con dei bei vestiti nuovi, una macchina gratis (l'avrebbe portata fino a Denver e poi l'avrebbe abbandonata lì), e un bel po' di soldi in vista. La fortuna stava finalmente cambiando: al momento giusto.

«Fermati qui» dice Richard all'improvviso.

Erano arrivati abbastanza in alto e si erano arrestati in una radura costeggiata dagli alberi. Un posto molto appartato poco lontano dalla strada, al riparo da occhi indiscreti.

Richard scende dalla macchina. Scott spegne il motore e lo segue in un punto dove gli alberi erano più fitti.

«Cos'hai fatto, l'hai sepolta qui?»

«Non esattamente» rispose Richard. Poi si girò a guardare Scott: «Non temere. Avrai quello che vuoi, o perlomeno quello che ti meriti».

Ho in mano una pianta, una mappa aerea della zona dove venne ritrovato il corpo di Richard Bartless. L'appoggio sul cavalletto davanti a Scott in modo che la possa vedere anche il giudice Martinez.

«È questo il punto dove vi fermaste?» chiedo indicando un segno sulla cartina.

«Sì. Quello.»

Scott Ray sta tremando. Ha una gamba che sembra in preda al ballo di San Vito.

«Si sente bene?» chiede Martinez notando il suo nervosismo. «Ha bisogno forse di un po' di tempo per raccogliere i suoi pensieri?»

Scott Ray lo guarda.

«Ho avuto due anni per raccogliere i miei pensieri.» dice. «Andiamo avanti.»

«Proceda allora.»

Scott guarda Richard. Di cosa diavolo stava parlando?

«Che cosa vuol dire "quello che mi merito"? Siamo qui per concludere un affare, lascia perdere quel cazzo che mi merito io.»

Richard lo stava guardando in un modo strano che aveva l'effetto di fargli raddrizzare i capelli sulla nuca.

«Dov'è la roba Richard?» chiede Scott.

«Ce l'ho io la tua roba. Ce l'ho in mezzo alle gambe. La tua pentola d'oro alla fine dell'arcobaleno.»

La rivoltella compare all'improvviso nella mano di Richard. Era uscita dal sacchetto di carta insieme ad alcune corde elastiche.

«Piantala di dire stronzate Richard, non succhio cazzi. Metti giù quella fottuta pistola e concludiamo l'affare.»

Aveva paura; se non hai paura quando qualcuno ti punta addosso una rivoltella sei matto o morto. Ma più ancora che spaventato era arrabbiato: maledetto Richard, il bastardo voleva farsi succhiare l'uccello per sovrapprezzo? Mai.

«Metti via la pistola. Concludiamo l'affare per cui siamo venuti qui e andiamocene.»

A quel punto Richard gli sorride.

«Questo è il nostro affare.»

Dentro l'agnello c'era nascosto il lupo.

«Qui non c'è neanche un grammo di erba, vero, figlio di puttana?»

«Proprio così, bel bambino» risponde Richard con una smorfia. «L'unica erba che assaggerai questa notte è quella del cespuglio che cresce intorno al mio palo.»

Leva la sicura, si avvicina a Scott e gli appoggia la bocca della canna contro la tempia.

«In ginocchio, succhiacazzi.»

Scott non aveva scelta.

«Metti le mani dietro la schiena.»

E gliele lega con una delle corde che aveva portato.

Scott teneva gli occhi chiusi. Questo non sta succedendo, si diceva. È soltanto un brutto sogno.

«Apri gli occhietti dolcezza. Ho quella canna che volevi tanto succhiare. Sto per mandarti su di giri come non ti è mai successo.»

Scott apre gli occhi. Il pene di Richard era sulla sua faccia. Forse la sera prima con la ragazza al motel era stato un cazzo floscio, ma adesso era duro come una sbarra di ferro.

«Bacialo» gli ingiunge infilandogli la canna della pistola in un orecchio. «Come se fosse la cosa più deliziosa che tu abbia mai assaggiato nella tua vita.» Sorrideva con una spaventosa smorfia. «Ammettilo bello. Tu sei gay.

Sei gay quanto me. Perciò è ora che cominci a fare quello che ti viene naturale.»

Scott non aveva scelta; chiude le labbra intorno alla sommità del pene di Richard e comincia a succhiare.

I gemiti di Richard arrivano subito. Sembravano quelli di una ragazza, erano quasi come quelli che aveva emesso la sera prima la puttana di Scott quando lui l'aveva leccata.

Scott era un leccatore di fica di prim'ordine; molte donne gli avevano detto di aver goduto con lui come con nessun altro. Era bravo a farlo perché gli piaceva molto. Ma sempre con donne; non succhiava cazzi, non l'aveva mai fatto e non avrebbe mai pensato di farlo. Fino a quel momento.

«Di più. Prendilo di più. Ti piace. Ti piace un casino, prendilo tutto.»

Godeva, roteava i fianchi, chiavava Scott in bocca. Con la mano libera gli stringeva la nuca spingendolo contro di sé, spingendogli il cazzo in gola. Come lui aveva fatto due notti prima nel gabinetto del bar gay. Come aveva fatto al triste finocchio che aveva ripulito.

Richard incominciò a venire in bocca a Scott, spruzzando sperma. Con un conato di vomito Scott cerca di sputarlo.

«Mandalo giù!» Richard gli preme la pistola nell'orecchio.

Scott inghiotte. Poi piange. Non sapeva quando fosse cominciato ma stava piangendo come un bambino.

«Perché piangi signorinella?»

Scott lo fissa. Che cazzo di domanda era...?

«Che cosa ti ha fatto piangere? Ti è piaciuto. Ti è piaciuto un casino, non è vero? Ammettilo almeno.»

«Vai a farti fottere.»

«Da te volentieri.»

E si mette a quattro zampe, la faccia contro quella di Scott.

«Ti è piaciuto» ripete Richard. Aveva ancora il cazzo semieretto e ne fuoriuscivano gocce di seme. «È per questo che piangi, perché ti è piaciuto. Sei omosessuale, Scott, lo sei almeno quanto me. Solo che non l'hai mai voluto ammettere con te stesso. Ma adesso non puoi più fingere.»

Comincia a ridere.

«Stallone macho. Sei finocchio come tutti i finocchi della Quarantaduesima. L'ultimo culo macho. L'ultima checca repressa.» Si raddrizzò sulle gambe un po' incerte agitando il fallo gocciolante sulla faccia di Scott.

«Ma adesso sei venuto allo scoperto e non puoi più tornare indietro.»

Richard gli barcollava intorno e rideva con l'uccello al vento agitando la pistola come un marinaio ubriaco. Era profondamente soddisfatto perché aveva avuto da Scott quello che voleva.

«Ti farò un regalo. Ti lascerò la possibilità di mettermelo nel culo. Cosa che secondo me hai fatto spesso.»

Le mani di Scott erano ancora legate e non poteva fare niente. Richard aveva la pistola.

«Fai finta che sia una di quelle vacche che ti piace fottere eccetto che quando chiudi gli occhi cerchi di immaginare che sia un uomo. Ammettilo, Scott.»

Doveva fare quello che l'altro gli diceva. La cosa lo spaventava perché Richard era un omosessuale e un drogato e il pensiero dell'Aids lo preoccupava, ma Richard aveva la pistola, doveva ubbidire.

Lo scopò alla grande. Come se si stesse fottendo una ragazzina di quattordici anni.

Quando finisce Richard ricomincia a prenderlo in giro.

«Non dire che non ti ho mai fatto un favore. Ti ho dato la più grossa chance della tua giovane vita.»

Era seduto a culo nudo sulla nuda terra e rideva a crepapelle.

Poi una delle estremità della corda salta e i polsi di Scott sono liberi.

Alzandosi piano avanza verso Richard, che non lo vede arrivare perché nella sua euforia non si è accorto che lui si è liberato. Scott aveva l'impressione di muoversi sott'acqua: con movimenti lentissimi si alza. Quando Richard lo vede sulla sua faccia si dipinge la paura. Alza la rivoltella.

«Me la puntava addosso» dice Scott con un filo di voce spezzata dal pianto.

«Le avrebbe sparato» dico io per lui.

«Sì.» Annuisce. «Non c'è dubbio.»

«Perché non sparò?»

«Perché ero stato troppo veloce per lui, non reagì abbastanza in fretta.»

«Dunque lei riuscì a prendergli la pistola?»

Annuisce.

«Gliel'ho strappata di mano. Non pensavo a niente. Sapevo soltanto che se non gliela toglievo mi avrebbe ammazzato.»

«Poi che cosa fece?»

Scott mi guarda alzando il volto rigato di lacrime.

«L'ho ammazzato. Gli ho fatto saltare quel suo fottutissimo cervello.»

Guarda dietro di me implorando comprensione.

«Ho dovuto farlo. Mi ha costretto. Mi ha costretto! Io non sono un culattone! Mi ha costretto! Non sono un culattone! Non lo sono mai stato!»

Martinez aggiorna la seduta per dare a Scott Ray un po' di tempo per ricomporsi. Scott siede su una panca nel corridoio davanti all'aula e legge la Bibbia. Io controllo che nessuno si avvicini per importunarlo.

«Cosa accadde in seguito?» chiedo.

È passata un'ora da quando Martinez si è ritirato. Siamo di nuovo in aula.

«Dopo che gli ho sparato?»

«Sì.»

«Non ricordo esattamente. Sono andato fuori di testa perché non era nelle mie intenzioni ucciderlo. Era come se non avessi nessun controllo su me stesso... su niente.»

Si agita ancora mentre rivive gli eventi accaduti lassù in montagna.

«Ci pensi con calma» gli dico. «Prenda tempo e cerchi di pensare bene.»

«Sono uscito di testa. Mi ricordo di aver sentito degli altri colpi e di essermi domandato da dove venissero. Poi guardando la pistola che avevo in mano mi sono chiesto "ma perché spara?" Poi ho capito che la stavo scaricando su Richard fino all'ultimo colpo. Non so nemmeno se l'ho colpito davvero, non ero cosciente di niente in quel momento.»

Rivolge a Martinez un'occhiata di supplica.

«Non so niente di quello che ho fatto» dice. «Era come se non fossi io, come se qualcuno stesse agendo per me.»

«Capisco» gli dice Martinez.

Osservo gli altri: il giudice Martinez, Robertson, Mary Lou, i miei motociclisti. Sono tutti assorti, sono tutti lassù in montagna con Scott Ray.

«E poi?»

«Mi sono seduto. Le gambe hanno ceduto.»

«Sedette vicino al cadavere?»

«Sì.»

«Perché non scappò?»

«Non riuscivo a muovermi.»

«Dunque rimase lì seduto. Per quanto tempo?»

Scuote la testa.

«Un'ora?» chiedo.

«Sì, perlomeno un'ora. Forse di più.»

«E poi cosa fece?»

«Andai fuori di testa un'altra volta. Lo guardavo e lui diventava bianco come un pesce morto, con quell'orribile bianco che hanno i pesci morti. Così ho cominciato ad arrabbiarmi un'altra volta. A infuriarmi sul serio. Non volevo ucciderlo. Volevo soltanto concludere un affare e andare per la mia strada. Ho fatto delle brutte cose nella mia vita, non lo nego, ma non ho mai ucciso nessuno. Posso giurarlo. Lei mi crede, non è vero?»

«Sì. Ci credo» gli dico. Aspetto un momento e poi insisto. «Continui. Poi cosa accadde?»

«Presi il coltello che aveva portato e cominciai a colpirlo. Piangevo e lo maledicevo per avermi costretto a ucciderlo senza ragione.»

«Lo colpì soltanto quando era già morto?»

«Era morto dal minuto in cui sparai il primo colpo.»

«Più di un'ora prima.»

«Sì.»

«Sanguinò molto dalle ferite?»

Scuote il capo.

«Non sanguinò quasi per niente. Non c'era sangue. Si stava già irrigidendo.»

«D'accordo. Vada avanti.»

«Capii che lo dovevo nascondere meglio perché altrimenti l'avrebbero trovato troppo in fretta lì dov'era. Magari qualcuno mi aveva visto farlo salire in auto, oppure ci aveva visti insieme al motel o qualcosa del genere, quindi lo trascinai nella macchia.»

«E questo è tutto?» chiedo. «Dopo averlo trascinato nella macchia lei se ne andò?»

Scuote un'altra volta la testa.

«Gli ho tagliato l'uccello.»

«Perché?»

«Perché me l'aveva fatto mettere in bocca! Perché mi aveva costretto.» Sbarra gli occhi e scruta tutti i presenti per essere sicuro che lo vedano bene, che capiscano.

«Mi ha costretto a succhiarglielo!» grida. «Mi ha costretto!»

«Ed è per questo che lo ha evirato?» chiedo retoricamente.

«In parte» risponde.

«Per quale altro motivo?»

«Perché se lo meritava» dice Scott Ray in tono provocatorio. «Sapevo che prima o poi l'avrebbero trovato. Avrei chiamato io stesso la polizia se non fosse successo.» Mi guarda con un'espressione insolente. «Volevo che tutti sapessero cos'era. Che era un finocchio. Volevo che tutti lo sapessero.»

«Ci ha raccontato una storia interessante, signor Ray.»

Robertson è davanti a Scott. Considerando le bordate che ha sparato sembra relativamente composto. Ma John è uno che alle cose crede fino in fondo e crederà che siano stati i motociclisti fino alla tomba, indipendentemente da quello che tutti gli altri diranno o faranno.

«Non è una storia. È la verità.»

«O perlomeno così lei dice.»

«Esatto» risponde Scott. «Ho giurato sulla sacra Bibbia di dire la verità e l'ho detta. Io non giuro sul nome di Gesù invano.»

«È una buona storia» dice Robertson. «Devo ammetterlo.»

«È la verità, accidenti! Sto dicendo la verità.»

«Signor Ray, io credo che in questo caso la verità non esista più. Tutto è uscito dal controllo ormai e non c'è più verità. C'è la sua versione, quella della signorina Gomez, quella dei miei uomini, quella degli imputati. Ognuno di voi ha la sua verità, per quello che mi è dato di capire.»

«Solo io la conosco» ripete Scott ostinatamente.

«Davvero?» lo schernisce Robertson.

«Sì.» Con fermezza, è sicuro.

Robertson fa un cenno di diniego e poi si rivolge a Martinez.

«Ogni cosa raccontata da questo teste può essere stata appresa dai giornali, dalle riviste e dalla televisione, Vostro Onore. Non è emerso niente di nuovo che possa indurre la corte a credere alla versione dei fatti data da quest'uomo. Versione che non è più credibile della ritrattazione di Rita Gomez.»

«Sta dicendo che non mi crede?» chiede Scott.

«Penso che lei sia il più grande bugiardo che io abbia mai incontrato.»

«Ma perché diavolo sarei venuto qui a dire che l'ho fatto, che sono quello che dovrebbe essere dentro e finire magari nella camera a gas o qualsiasi sia il mezzo con cui uccidete la gente, se non fossi davvero colpevole?» chiede Scott.

«Non so, forse qualcuno l'ha istigata. Forse lei è una specie di fanatico religioso che vuole salvare il mondo.»

Mi alzo.

«È ridicolo, Vostro Onore» dico a Martinez. «Quest'uomo sta mettendo a repentaglio la sua vita. Sono certo che lei rispetta e comprende la sua posizione.»

Martinez mi fa un cenno affermativo.

«E allora dove sono le prove?» grida Robertson rivolto a me. «In tutto questo tempo, malgrado tutte queste ritrattazioni lei non ha prodotto una sola testimonianza in grado di suffragare le sue ridicole dichiarazioni. Lei non ha mostrato a questa corte un solo brandello di prova concreta a dimostrazione del fatto che tutta questa vicenda non è soltanto un complesso stratagemma, un groviglio di menzogne impossibili da districare. Nemmeno un piccolissimo fatto concreto, reale.»

Lo fisso come se stessi riflettendo sulla verità delle sue parole. Martinez guarda me. Una sola, avvocato, mi dice in silenzio, una prova soltanto.

«E poi dov'è questa famosa pistola?» si chiede Robertson.

«Non è mai stata trovata» rispondo.

«Non è mai stata trovata» ripete Robertson con sarcasmo.

Mi alzo, lascio il mio tavolo e mi avvicino al banco dei testimoni. I francesi hanno un detto: "La vendetta è un piatto che si gusta freddo". Dopo due anni terribili i miei clienti e io stiamo per avere il nostro meritato momento di gloria. Non tirerò mai più un colpo così basso a un antagonista in aula come quello con cui sto per colpire Robertson.

«Signor Ray» dico, «la pistola che ha detto di aver tolto dalle mani di Richard Bartless, la rivoltella che ha usato per ucciderlo... che cosa ne è stato di quella pistola?»

«L'ho nascosta» risponde.

«Ricorda dove?»

«Sì.»

Aveva gettato la pistola in un canale a metà strada dal luogo dove è avvenuto l'omicidio. La polizia impiega meno di un'ora a trovarla.

«Vostro Onore. Chiediamo che la corte annulli tutte le imputazioni contro i nostri clienti e ne ordini l'immediata scarcerazione.»

«Obiezione» risponde Robertson senza espressione. Non si può dire che la tenacia gli faccia difetto.

Martinez lo fissa allibito.

«Così sia.»

Batte il suo martello.

«Gli imputati sono liberi di andare» dichiara. «E... signori... questa corte vi presenta le sue più sentite scuse. Sono certo di poter dire a nome di tutte le persone coinvolte...» e mentre parla non distoglie lo sguardo da Robertson, «che vorremmo che questo episodio non fosse mai avvenuto.»

Nell'aula restiamo solo noi: i motociclisti, Mary Lou e io. Finiti gli abbracci e i baci, quando la realtà della conquistata libertà viene assimilata fino in fondo Lone Wolf si avvicina furtivo.

«Ma perché, avvocato? Perché sei andato avanti? Perché non ci hai mollato come tutti?»

Me lo sono chiesto spesso anch'io.

«Perché per una volta» gli dico, «almeno per una volta volevo fare una cosa fino in fondo.»

È ormai buio. Ognuno è andato per la sua strada. Mary Lou mi aspetta a casa.

Sono in montagna, vicino al luogo del delitto. C'è molto silenzio. Ogni traccia della violenza generata da quei terribili eventi è scomparsa. Forse per sempre. Forse pioggia e neve, gli anni passati e i prezzi pagati le hanno cancellate e io potrò ancora portare qui mia figlia a sentire, in perfetta sintonia, la pace di questi luoghi.

QUESTO VOLUME È STATO IMPRESSO NEL MESE DI GENNAIO 1993
PRESSO ARNOLDO MONDADORI EDITORE S.P.A
STABILIMENTO NUOVA STAMPA MONDADORI - CLES (TN)

STAMPATO IN ITALIA - PRINTED IN ITALY